별과 같이 살다/
카인의 後裔

1990

차 례

별과 같이 살다 11
카인의 後裔 173

〈해 설〉 인고의 미학·김인환/355

별과 같이 살다

I

 이십호 남짓한 마을이었다. 마을 가는 곳마다 옹달샘이 솟아 이름도 샘마을이라 불리우는 이 동네는 어느 먼 조상 한 분이 동네 살림이 이 샘물의 몇 만분의 하나만 된대도 걱정 없으련만 하고 탄식했듯이, 예나 이제나 땅 파먹는 사람만이 살고 있는, 그리고 너나없이 가난한 사람만이 살고 있는 마을이었다. 대구에서 동북쪽으로 한 이십리 가량 떨어져있는 이 마을은 이렇게 이룰 수 없는 먼 조상의 탄식을 가슴속 깊이 간직한 채 황토 위에 엎드려있었다.
 이 마을이 통째 대구 사는 김만장네 소유로 돼있었다. 벌써 몇 대째. 그러니 어느 옛날부터 대대로 비록 가주는 갈릴지라도 한결같이 가난해만 내려오는 이곳 사람들은 또 김만장을 그대로 하나의 무서운 존재로 받들고 살아가는 백성일 밖에 없었다.
 하기는 이들 샘마을 가난한 사람들은 또 다른 하나의 이런 존재를 알고 있었다. 그것은 바로 이 샘마을과 한 시오리 새떠있는, 도리어 대구서는 이 샘마을보다 가까운, 향나뭇골 마을의 한명인이란 사람이었다.
 나는 여기서 잠깐 이 한명인에 대한 이야기를 해두는 것도 무방할 것같다. 뒤에 이 사람이 우리 이야기와 관계가 없는 것도 아니니.
 본이름은 갑손이었으나 세상에서 부르기는 그저 명인이란 이름으로 통했다. 명인이란 이름이 말하듯이 그는 원래 점쟁이였다. 아버지되는 사람도 근방에서 점 잘 친다는 소문이 났던 사람이지만 명인 대에 와서는 정말 명점쟁이로 원근에 소문이 자자했다.
　지금도 샘마을 늙은이 가운데는 전날 명인에게 점을 쳐본 사람이 있어, 두고두고 명인은 참말 점에 명인이라는 말을 해오는 것이다. 이렇듯 명인이 친 점이 명점이 많은 가운데, 원근에서 오래 두고두고 이야기해오는 것이 몇 있다.
　그 하나는 어떤 사람이 하도 명인이 점을 잘 친다니 한번 시험해보리라고 길가 밭에다 돈 십원을 숨겨놓고 명인한테 가, 오늘 돈 십원을 잃었는데 어떻게 해야 찾겠느냐고 물었더니, 명인이 대뜸, 어서 가보라고, 지금 밭 가는 사람이 거반 돈 숨겨둔 자리까지 갈아왔으니 아주 잃기 전에 어서 가보라고 하였다는 이야기요, 또 하나는 잃었던 소를 찾은 이야기다.
　어떤 곳 사람이 소를 잃고 명인에게 가 점을 쳤더니 점괘가 나오는데, 동쪽으로 한 이십리 가느라면 개울이 하나 나서리라, 그러면 개울둑에 서있는 나무 가운데 제일 큰 나무로 올라가라, 게서 소를 찾으리라는 것이었다. 이상한 점괘도 있다고 하면서 소 잃은 사람이 동쪽으로 난 길을 한 이십리 가량 가느라니 과연 개울이 하나 나서는데 개울둑에 많은 미루나무가 서있었다. 그래 보아서 제일 큰 나무를 골라잡고 쳐다보아야 자기네 소라고는 있을 리 없고, 까치집 하나가 보일 뿐이었다. 이 나무 밑에 매여있대도 모르겠는데, 아무리 소란 놈이 재주를 부렸댔자 까치둥우리 속에 들어가 숨어있을 턱은 없고, 에라 이젠 자기네 소는 잃어버린 소다. 그건 그렇다 하고, 이런 점을 쳐준 명인이란 놈이 괘씸하기 짝이없지 않은가. 명인이라는 놈이 아마 자기를 한번 놀려먹자는 요량으로 이런 장난을 한 게 분명하다. 그렇다면 이길로 가서 한번 톡톡히 해대야겠다. 그러나 가만 있자. 큰 나무를 골라 그 나무 위로 올라가 보라고 그랬겟다? 좌우간 하라는 대로는 해보고 나서 볼 일이다. 그래 그 사람은 나무 위로 올라간 것인데, 물론 까치둥지가 있는 데까지 올라가 보아야 자기네 소란 터럭 하나 있을 리 없었다. 도로 내려올 밖에 없다고 생각한 바로 그때였다. 소 잃은 사람의 눈에 자기네 소가 커다랗게 비친 것이었다. 그러나 그 사람은 자기의 눈을 의심하지 않을 수 없었다. 자기가 지나치게 자기네 소 찾기에 정신이 팔려있는 탓에, 사실은 이게 자기네 소도 아닌 게 그렇게 뵈어진 게나 아닐까. 눈을 몇번 비비고 자세히 보아도, 아니, 보면 볼수록 이건 자기네 소가 분명한 것이다. 아무리 먼 데서라도 얼핏 그림자만 뵈면 그게 자기네 소라는 걸 알 수 있을 것을, 그리고 눈을 감고 영각소리를 듣는다든가, 발자국 소리만 들어도, 심지어는 숨소리만 듣고도 대번 자기네 소를 가려낼 수 있겠거든, 자기의 손때가 가닿지 않은 데가 없는 얼룩배기 몸뚱이하며, 왼쪽 뿔 끝이 안으로 옥은 것하며, 지금 빤히 내려다뵈는 바로 개울 건넛마을 어떤 집 뜰에 매여있는 자기네 소를 못 알아볼 리가 도시 없는 것이었다. 이렇게 해서 잃었던 소를 찾았다는 이야기.

그저 예서 한 가지 문제되는 것은 위의 명인을 시험하러 갔던 사람이나 잃었던 소 찾은 사람을 두고, 이 마을에서는 저 마을 사람의 일이라 하고, 그 마을에서는 또 다른 마을 사람의 일이라 하여, 서로 말이 어긋난다는 점이다. 애당초 이런 것이 문제될 것조차 없을지 모르지만.

이 명인이 일이십년내에 돈을 태산같이 모아 지금은 군내 갑부가 되었다. 이렇게 그가 큰 부자가 된 데 대해서도 여러가지 전해내려오는 이야기가 있다.

명인이 한창 점으로 소문이 날 무렵이라 한다. 하루는 명인이 어디 갔다 밤늦게 돌아오는 도중 한 다릿목을 지나느라니, 웬 키가 구척같은 사나이 하나가 불쑥 나와 앞을 막아서더라는 것이다. 그리고는 명인보고 다짜고짜로 돈 닷냥만 꾸어달라더라는 것이다. 명인은 서슴지 않고 꾸어주었다. 벌써 명인은 이 다릿목에서 만난 키가 구척같은 사나이가 보통사람이 아니라는 걸 눈치챈 것이었다. 수상한 사나이는 명인에게 집이 어디냐고 묻고는 그대로 어디론가 가버렸다. 그 뒤였다. 밤 깊어(명인이 그날 밤 다릿목에서 만난 시각쯤해서) 수상한 사나이는 명인네 집을 찾아와서는 꾸은 돈 받으라고 방안에 돈꾸러미를 들여뜨리고 가곤 한다는 것이다. 그게 지금까지도 계속된다는 것이다. 그러니 명인이 본 대로 다릿목 수상한 사나이는 보통사람이 아니고 복도깨비였다는 것이다. 복도깨비란 원체 남에게서 꾸은 것만 생각하고 남을 준 것은 생각지 못한다는 것이다. 그래 생각나면 갖다 던져주는 돈꾸러미로 해서 명인은 오늘과 같은 큰 부자가 되었다는 것이다. 명인네 재산이 그냥 부쩍부쩍 느는 걸 보면 이런 말도 날 만했다.

또 한 말에 의하면 명인이 오늘날과 같은 큰 부자가 된 것은 복도깨비를 사귄 덕에 그렇게 된 것만은 틀림없지만, 그 복도깨비를 사귄 것이 사실은 명인이 아니고 그의 어머니라는 것이다. 명인의 아버지가 예순이 되도록 애가 없다가 환갑에 가서 지금의 명인을 낳았는데(그래 이름도 갑손이라 지은 것이었다), 그러나 기실은 그게 명인의 아버지의 애가 아니라 명인의 어머니가 복도깨비와 사귀어 낳은 것이라는 것이다. 사람들은 명인의 어머니가 자기 집 광 한옆에다 살림방처럼 꾸며놓고 며칠에 한 번씩 거기 나가서 잤다는 말까지 했다. 그래 명인의 백발백중의 명점도 온전히 이 복도깨비의 영기를 받은 때문이고, 그가 오늘날의 많은 재물을 차지하게 된 것도 이 복도깨비 때문이라는 것이다. 이 설도 명인의 아버지의 늙고 꾀죄죄한 주제에 비겨 명인의 어머니가 지나치게 젊고 아름다웠던 사실과, 그리고 명인의 명점과 아울러 명인대에 와서 큰 부자가 된 데 비추어 보면 또한 그럴듯한 데가 있다.

또 일부의 사람들은 명인이 거부가 된 데 대해 복도깨비설을 부인하고 이런 이야기를 하는 것이었다. 명인의 아버지가 점쟁이 노릇을 해 번 돈으로 여기저기 빚을 놓았었는데 그것을 명인대에 와서 거두어 보니 변리의 키가 클 대로 커서 거액의 돈이 되었다는 것이다. 그 뒤부터 명인은 점치는 한편 돈놀이를 끊지 않고 계속해 오늘과 같은 거부가 되었다는 것이다. 그러니 명인으로 하여금 오늘날의 거부를 이루게 한 건 빚을 내간 촌락 가난한 사람들이니 복도깨비가 있다면 다른 것 아닌 이 촌락 가난한 사람들이라는 것이다. 이 설도 명인이 거부가 되어 점쟁이 노릇을 그만둔 뒤에도 돈놀이만은 그냥 계속해오는 것으로 미루어 응당 날 만한 이야기다.

하여간 이렇게 명인이 거만의 부자가 되어 점쟁이로부터 부락민의 지주이며 빚쟁이로 옮아앉은 뒤로는 그가 하나의 뚜렷한 무서운 존재로 변한 것만은 사실이다. 하기는 명인이 명점쟁이라는 칭호를 받아올 때도 점치러 오는 아낙네라든가 늙은이들에게 어떤 두려움을 느끼게 하는 존재이기는 했지만, 그러나 그것은 어디까지든지 점쟁이에게 대한 감정이요 결코 지주라든가 빚쟁이에 대해 가난한 사람들이 가지게 되는 그런 두려움에는 비길 바가 아닌 것이었다.

그렇다고 지주이자 빚쟁이가 된 뒤의 명인이 무어 유별나게 사나워졌다든가 한 건 아니었다. 도리어 빚을 놓아도 그렇게 심하게 빚독촉은 하지 않는 명인이었다. 일년 농사 지어 이자만 물 정도면 절대로 본금 채근을 않는 것이다. 그렇건만 향나뭇골 사람들은 말할 것도 없고 그를 아는 원근 가난한 사람들은 저도모르는 새 이 명인을 두려워하게끔 됐다. 그게 본디 가난한 사람들의 내력인지도 몰랐다.

다른 곳 사람들은 그만두고 샘마을만 두고 봐도 그렇다. 명인이 점쟁이로부터 지주며 빚쟁이로 변했을 때, 이곳 시오리 가량이나 떨어져있는 샘마을 사람들은 어떤 말할수없는 무서움을 그에게 느끼게 된 것이었다.

샘마을 사람들은 요즈음와서 자기네 지주 김만장의 조상 벼슬한 이야기보다도 이 명인의 이야기가 더 잦았다. 일간에 모여 집세기를 삼는다든가 섬피를 친다든가 하다가 이 명인의 이야기가 나올라치면, 그가 점 잘 치던 이야기로 다음에 복도깨비 이야기, 그러다가 그의 오늘날의 빚쟁이로서 지주로서의 이야기에 미치게 되는데, 그렇게 되면 한자리에 있던 사람들은 모두 이 명인에게 대해 어떤 두려움을 느끼지 않으면 안되는 것이었다.

그러다 밤 깊어 헤어져 돌아가는 길에 누가 있어 혹 오늘밤에 그 명인처럼 복도깨비라도 만나면 내 두말없이 돈을 꾸어주리라 하는 어이없는 생각을 먹어본다 치더라도 실은 가난한 이 사람의 몸에는 그 복도깨비에게 꾸어줄 귀떨어진 동전 한 닢도 없는 것이다. 그러한 가난한 사람들에게 정말 무슨 도깨비라도 나서듯이 눈앞을 절벽 같은 것이 탁탁 가로막곤 하는 것이었는데, 그것은 아무것도 아닌 그저 이들이 하도 오래오래 비린 것이라고는 입에 대보지 못한 데서 오는 밤눈 어두운 증세인 것이었다. 그래 그냥 허청허청 걸어가며 이들은 중얼거리는 것이다──도깨비란 흔히 봄 여름에 나도는 게지 이런 가을에나 삼동에는 나돌지 않지.

그리고 이렇게 헤어져 돌아간 다음날, 이들 가운데는 마을에서 뵈지 않게 되는 수가 있었다. 물론 그 사람 혼자뿐 아니고 그의 온 가족이 다 뵈지 않는 것이었다. 집으로 가 보면 다 쓰러져가는 오막살이가 남아있을 뿐. 대개 그해 지은 낟알을 들에 남겨둔 채 이기가 일쑤였다. 묻지 않아도 서간도 아니면 북간도로 떠난 것이었다.

밤중에 몰래 떠나는 사람은 간혹가다 여름철에도 있는 것이었다. 서로 한창 분주할 때는 하루이틀 옆집 사람이 어디로 떠난 것도 모르는 수도 있었다. 참말 한창 분주할 무렵엔 집에 남은 사람이라곤 호밋자루 쥘 수 없는 어린애나 늙은 병인밖에 없었으니까.

그래 어린애들이 긴긴 낮을 혼자 울다 혼자 지쳐서 울음을 그치고, 바람벽이라든가 구들바닥의 흙을 긁어먹으며 혼자 놀다 지치면 다시 혼자 울기 시작하곤 하는 것이었는데, 이런 애들이 가다 어른들이 물것을 없애느라 굽도리로 돌아가며 짓이겨 발라논 할미꽃뿌리를 뜯어먹고 아무도 모르게 혼자 죽어가는 수도 있었다. 그러나 누구네가 이런 일을 당한 것을 보고도 다음날은 역시 자기네의 이런 어린애를 집에 남겨둔 채 모두 들로 나가야 하는 그들이었다. 혹 그렇게 죽은 애가 자식이라도 많은 집 애일 경우엔 속으로들, 되레 그 집에서는 한 입 덜어서 시름놓았다는 말까지 하면서.

이렇게 샘마을 사람들이란 가난한 족속의 하나였다.

곰녀는 이런 샘마을, 땅밖에 팔 줄 모르는 농부의 딸로 태어났다. 할아버지도, 할아버지의 할아버지도 땅밖에 팔 줄 모른, 마을에서들 곰이라는 별명으로 불리우는 나이 아직 젊은 농부의 딸로 태어났다. 곰녀의 이름도 처음에는 몇대째 외아들 손으로 내려오는 터라 첫아들 못본 게 서운하여, 다음에나 꼭 아들을 낳으라고 후남이라 지었었으나, 어느새 마을에서는 곰이의 딸이라는 것과 후남이의 인물이 이쁘지 못하고 아버지를 닮았다는 데서 곰녀라는 이름으로 불리우게 되었다.

이 곰녀가 아직 돌이 되기 전의 일이었다. 그러니까 곰녀아버지가 스물셋인가 나던 해 첫가을이었다. 본디 키들은 자그마하나 건

강한 집안인 데다가 곰녀아버지만은 또 자기 할아버지처럼 곰이란 별명대로 힘도 막 써서 마을 어른들은 모두, 곰이는 이젠 아무 걱정없이 됐다는 말들을 하던 때였다. 마을 어른들이 곰녀아버지보고 이젠 아무 걱정없이 됐다는 것은 사실은 곰이네 집이 벌써 여러대째 외아들 손으로 내려오던 중, 곰이의 대에 와서는 곰이가 열네살인가 나던 해 남조선 일대를 휩쓴 열병이 경북 이 두메라면 두메인 촌락에도 돌아 수많은 목숨을 앗아간 일이 있었는데, 그때 곰이는 할머니와 부모를 한꺼번에 잃고는 그저 그 나이에 힘하나 센 탓으로 이집저집 돌아가며 일해주고 살아오던 것을, 그것도 곰이가 상일꾼이라 하여 같은 마을에 사는 배나뭇집할머니가 얻어다 기르던 말같은 처녀까지 주어 애까지 낳고 제 살림을 하게 된 데다가 앞으로 부부의 나이도 한창이니 정말 누구보다 걱정없이 됐다는 말인 것이었다.

그즈음, 한 소문이 대구로부터 이 샘마을까지 전해 들어왔다. 그것은 일본에서 삼년 계약으로 탄광부를 모집하러 왔다는 것이었다. 이 소문은 샘마을에 적지않은 파문을 일으켰다. 그러지 않아도 일본만 가면 순식간에 돈을 막 번다는 말이 있던 참이었다. 더구나 이번 탄광부로 뽑혀 가기만 하면 거저 먹여주고 월급은 월급대로 어느 공장보다도 제일 많이 준다는 것이었다. 그리고 또 한 가지 이곳 사람들의 귀를 솔깃하게 한 것은 만약 정한 시간 외에 일을 더하는 경우에는 그 시간에 대해서 따로 특별한 삯전을 준다는 것이었다. 이밖에도 해마다 연말에는 상여금이라는 게 있고, 일 잘하는 모범 일꾼에게는 따로이 또 상금이 있다는 것이었다.

마을사람들은 두셋 모이기만 하면 으레 이 말들이었다. 그저 늙은이 가운데는, 그까짓것 사내대장부치고 한번 가볼 만한 일이지, 예서 죽도록 땅을 판댔자 신통한 일 뭐 있을라고, 하는 이가 한둘 있는가 하면, 쓸데없는 소리다, 저 해먹던 노릇이 제일이랄 밖에, 농사꾼이야 땅 파먹는 게 제일이다, 하는 늙은이가 태반이었지만 젊이들은 모두 한결같이 어떤 소망에 눈뜬 듯한 얼굴로, 가봤으면 하는 말뿐인 것이었다.

그러나 거기에는 젊은이들의 뜻대로 되지 못할 여러가지 장애가 있었다. 부모들이 놓아주지 않는 사람도 있었다. 소같은 너 하나 믿고 농사를 지어 오는 터에 소 없는 농사를 어떻게 짓겠냐는 것이었다. 혹 부모는 허락해도 할아버지나 할머니가 놓아주지 않는 수도 많았다. 괜히 남의 말에 넘어가지 말고 농삿일이나 성실히 해라, 그리고 나는 또 몇 만년 사느냐, 오늘 죽을지 내일 죽을지 모를 목숨 아니냐, 나 죽거든 네 마음대로 해라, 하고 넋두리를 펴는 것이었다.

이런 가운데서 그래도 가기로 작정된 사람은 범이와 바우아버지와 그리고 곰녀아버지 이렇게 세 사람뿐이었다. 범이는 부모가 그리 늙지 않은 관계로 갈 수 있게 되었고, 바우아버지는 아직 마흔 전이면서 스물 전에 본 아들이 제 아버지 몫까지 대신할 수 있었던 관계로 나서게 되었고, 곰녀아버지는 자기가 간대도 그동안 아내가 제 입과 어린애 입 하나야 치지 못하리, 더구나 올 농사는 지어두고 가니 한 입 일 년 계량은 될 것이고——이런 마음에서 아내보고, 그저 죽자하고 한 삼년 꾹 참아라, 내 돈 한 짐 벌어올 테니, 하여 가기로 작정한 것이었다. 곰녀어머니는 그저 남편이 정말 한 짐 될 만큼 돈을 벌어 온다면 그게 얼마나 많은 돈일까 도무지 셀 수 없는 돈일 거라고 생각하면서 조용히 곰녀에게 젖을 물리고만 있었다.

장모 셈인 배나뭇집할머니가 몇번 말리는 것을 곰녀아버지는, 한번 가기로 작정한 것을 그렇게 막지 말라고 하며 물리쳤다.

이제 모집한 광부들의 신체검사 한다는 날짜를 이삼일 앞둔 어느 날이었다. 개똥이아버지가 와서 지금 배나뭇집에서 지주 김만장이가 곰이 자네를 부른다는 말을 전했다.

곰녀아버지가 배나뭇집 할머니네 집으로 가니, 김만장은 술상을 벌여놓고 앉았다가 잘게 삼박거리는 노랑눈으로 곰녀아버지를 쳐다보며,

"니 일본 광부로 뽑히 갈라카는 기 참말이가?"
한다.

"예, 그르치만 인자 몸조사를 바서 되야 합니더."

곰녀아버지가 몸조사라 한 건 물론 신체검사를 말함이었다. 김만장은 이 무식은 하나마 건장하기 이를데없는 곰이의 몸집을 탐스러운 눈으로 한번 훑어보았다. 무엇을 생각하거나 또는 무엇을 유심히 바라보려면 눈을 삼박거려야 하는 김만장은 더욱 수없이 눈을 삼박거렸다.
 그러나 곧 김만장은 이렇게 홀린 듯 곰이를 바라보고만 있을 때가 아니라는 듯이 자못 나무람조로,
 "그라믄 와 내캉 한분 이논 안했노?"
한다.
 그러고보니 곰녀아버지는 큰 실수를 했다. 다른 젊은이들에게는 부모가 있고 조부모가 있고 그리고 이 무서운 지주가 있지만, 곰녀아버지에겐 이 지주가 그대로 무서운 지주이자 무서운 아버지요 조부인 것이었다. 그는 이 무서운 아버지요 조부인 사람에게 먼저 말을 비추어야 할 걸 까맣게 잊고 있었던 것이었다. 큰 실술 했다 싶었다.
 그렇다고 약빠른 사람처럼 이제 몸조사까지 해서 정말 가게 되면 찾아뵐려던 참이었다는 말도 할 줄 모르는 그였다. 그러니까 그저 고개를 숙이고 있을 밖에 없었다.
 "그래 참말로 갈라카나?"
 그냥 숙인 얼굴로 곰녀아버지는,
 "예,"
했다.
 "나는 니를 위해서 하는 말이다, 아예 그런 데 갈 생각 말고 농사나 지라, 농사꾼이야 농사 말고 또 머 있노,"
하고 김만장은 언성을 누그려 말하고 나서, 차돌이할아버지 앞에 가있는 술잔을 손짓해서 곰녀아버지에게로 돌리게 했다.
 "자, 한잔 마시라."
 곰녀아버지가 받을 생각을 못하고 있으려니까 차돌이할아버지가,
 "바라, 술은 어르신네 앞에서 배아야 한데이. 모초롬 주시는 술잉께 퍼떡 받아 묵어라."
 그제서야 곰녀아버지는 마지못해 잔을 받아들었다.

김만장이 수없이 눈을 삼박거리며 다시,
"그래 나는 니를 위해서 하는 말이다, 또 참말로 갈라카나?"
했다.
"예."
그리고 곰녀아버지는 얼김에 술사발을 단숨에 들이켰다. 다부진 체격에 비겨 곰녀아버지는 술을 도무지 못하는 편이었다. 막걸리 한 사발에 얼굴이 빨개지고 숨이 차지는 형편이었다.
"나는 니를 위해서 하는 말이다, 잘 생각해바라. 농사꾼에게는 땅 파는 것밖에 더 없데이. 어대 물고기가 물을 떠나 살 수 있나."
김만장의 말소리는 어디까지나 은근하고 부드러웠다. 진정 곰녀아버지를 위해서 그런다는 것이 들어있는 음성이었다. 그래 차돌이할아버지를 비롯해 거기 송구스러운 몸가짐으로 앉아있던 마을 늙은이들은, 그처럼 아껴서 하는 말씀이니 거역해서는 못쓴다는 말을 하는 것이었는데, 이때 부엌 샛문이 열리며 배나뭇집할머니가 지금까지 방안의 말을 듣고 있었던 듯,
"좀 잘 타일러 주이소, 농사꾼이 땅이나 파묵지 백제 딴 궁리를 할라캉이 어대 쓰겠소,"
하자 김만장은 덩달아,
"이바라, 참말로 니를 위해서 하는 말이다, 그래도 고집 씨우고 갈라카나?"
하고 되묻는 것이었다.
"예."
샛문 안에 앉았던 차돌이할아버지가,
"아따 억시기 고집도 씨다, 즈그 할배가 사람은 좋았는데 똥고집재이였재,"
하고는 이 곰이의 할아버지도 곰이라는 별명을 듣던 일을 생각한 듯이 앞니 없는 입을 있는 대로 벌리고 우는 것같은 웃음을 웃었다. 그러나 누구 하나 이 웃음에 화해주는 사람은 없었다.
곰녀아버지가 어느새 그맛 술에 얼굴이 불그스레 올라 약간 숨까지 찬 소리로,
"되기나 안 되기나 한븐 가보겠심더,"

하였고 김만장은 한결같이 부드러운 목소리로,
"그래 니 맘대로 해라"는 집에 가서 잘 생각해 봐라,"
하여 곰녀아버지가 어렵기만 하던 그자리를 일어나 나오는데, 김만장은 또 탐나는 눈을 자꾸만 삼박거리며 곰이의 와짝 벌어진 우지개로부터 아랫도리까지를 다시 훑어보는 것이었다.
　사실 마을 통틀어 소작인 쳐놓고 이 곰이만큼 김만장의 눈에 드는 사람은 없었다. 논김 네벌 매는 사람도 이 곰이밖에는 없는 성싶었다. 그렇게 기울던 논배미를 몇해 가을 봄 삽 한자루 가지고 고르게 만든 것도 이 곰이 아니면 못할 일이었다. 그리고 지주가 일일이 타작 마당을 지켜 서있지 않아도 제편에서 꼭꼭 신용있게 반작을 해주는 것도 이 곰이 아니면 안될 일이었다. 따라서 지주의 수입이 마지기 푼수로 보아 제일 많은 것도 이 곰이한테서인 것이었다. 그리고 또 아직 지주의 빚을 지고 있지 않은 것도 이 곰이뿐인 것이었다.
　그래 김만장은 다른 소작인들이 빚을 내러 오면 곰이를 예로 들어, 누군 곰이처럼 손이 없나 발이 없나 왜 그사람처럼 부지런히 일을 못한담, 부지런히 일하니 그사람 어디 빚지던가, 하는 말을 하곤 했다. 그러면서 김만장은 속으로 언제나, 곰이녀석이 지금 한창 젊은 나이에 양주가 다 곰처럼 일하는 데다 식구까지 적어 여태 빚은 안 내가는 모양이나 이 곰이녀석한테만은 어떻게 해서라도 빚을 지워놓아야 하겠다, 그래야만 이놈의 발목을 붙잡을 수 있으렸다, 하는 궁리를 하는 것이었다. 오늘 곰이가 그냥 제 고집을 부리는 것도 사실은 아직 자기가 곰이의 발목을 붙잡지 못한 탓이 아닌가.
　이날밤, 김만장은 개똥이네 집에 가 자리에 누워서도 곰이 붙잡을 궁리를 하는 것이었다. 김만장이 대구서 나와 이 마을에 묵게 되는 날이면 으레 개똥이네 집에서 자는데, 그것은 과부가 돼 와있는 개똥이만누이가 있는 때문이었다.
　다음날, 김만장은 아침결에 친히 곰이를 찾아갔다. 이건 또 전에 없는 일이었다.
　"농사땅이 나빠서 그러나? 말만 하믄 내 다른 논하고 바까 주께."

"그른 기 앙임니더."
"그라믄 농사를 한븐 억시게 안 지어 볼래? 내 다른 사람 논이라도 떠서 니를 주께."
"그른 기 앙임니더."
"내 벌써부터 생각해왔지만 소 한 마리 사주께. 이자는 헐케 해줄 텡이 및 해고 노나서 갚애고 니 소를 맹글도록 해라. 소가 없으믄 어대 농사짓는 거 같애야 말이재. 니만 좋다믄 오늘이라도 사주께."
"그른 기 앙임니더. 내친걸음잉께 한븐 갔다 오겠심더."
그만 김만장은 참았던 노염이 복받치는 듯 노랑수염이 한번 바르르 떨었는가 하자 버럭 고함을 질렀다.
"에끼 고얀 놈! 그래 내가 그만큼이나 니를 생각해서 타일르믄 그대로 안하고 곰맨치로 자꾸 고집만 써우이, 그래 니놈 두고 보자, 내 말 안 듣고 잘되능가."

신체검사하는 날이었다. 이날 새벽 샘마을에는 뜻하지 않았던 소동이 하나 일어났다. 부모나 조부모의 허락이 떨어지지 않아 아주 단념한 줄로 알았던 개똥이맏형과 차돌이가 어른들의 눈을 속여 신체검사를 보러 가려다 들킨 것이었다. 개똥이아버지와 차돌이할아버지는 몽둥이 하나썩을 들고 아들과 손자를 쫓아가며, 잡히기만 하면 단매에 아랫동을 분질러놓고 말겠다고 고래고래 소리를 질렀다. 젊은 사람들이 자기 아버지와 할아버지한테 잡힐 리가 없었다. 휑하니 고개턱을 넘어 달아나 뵈지 않게 되고 말았다.
개똥이아버지와 차돌이할아버지는, 이놈들이 필시 대구까지 갔을 거라고, 곰녀아버지네들을 따라 대구까지 가기로 했다. 걷는 동안 차돌이할아버지는 젊은이들의 뒤를 따르기에 가빠서 어느새 그 앞니 없는 입을 반쯤 벌리고 헐떡이게 됐는데, 마침 범이가 어제부터 별안간 이질에 걸려 뒤를 보느라고 자연 늦어지게 되어 같이 가기로 하고, 곰녀아버지네는 먼저 앞서 가기로 했다.
대구 중앙통 거리, 신체검사소 앞에는 벌써 수많은 사람이 모여 법석이었다. 한편엔 줄을 서서 검사소로 들어가느라고 법석인가 하면, 한편엔 검사를 마친 사람들이 나오느라 야단들이었다. 검사에

합격된 사람들은 떠날 때 신으라고 내준다는 통발이 한 켤레씩을 들고 나왔는데, 돈도 오원씩을 준다고 여기저기서 떠들었다.
 검사소 앞에 모인 사람들 가운데는 개똥이아버지나 차돌이할아버지처럼 온 사람도 많은 듯하여, 늙은이들이 디룩디룩 누구를 찾는 눈치인가 하면, 이편저편에서 이름을 부르며 돌아가기도 하고, 젊은이들의 멱살을 잡아끌고 가는 사람도 있었다. 그러는가 하면 또 손자라도 신체검사 시키러 온 모양이어서 젊은이보고, 이따 다 끝나거든 꼭 예서 만나자고 몇번이고 당부하는 늙은이도 보였다.
 곰녀아버지와 바우아버지가 뒤떨어진 범이를 기다리다 못해 먼저 신체검사를 받으러 들어갔다. 곰녀아버지는 검사원 일동의 이야말로 건강체라는 절찬 속에 합격이 되고, 바우아버지도 무사히 통과가 되어, 세 군데서나 종이쪽지에 지장을 찍고 제 발에 맞는 통발이 하나씩과 돈 오원씩을 타가지고 밖으로 나오니까, 그제서야 범이가 들어가는 줄에 끼어 배가 아픈 듯 두 손으로 아랫배를 부둥켜 안고 있었다. 차돌이할아버지도 와서 개똥이아버지와 함께 자기네 손자와 아들이 와있나 하고 두리번거리고 있었다. 그러나 차돌이와 개똥이맏형은 종시 거기 얼씬하지도 않았다.
 한참만에 검사소에 들어갔다 나오는 범이는 이질 때문뿐만이 아닌 무척 풀이 죽은 걸음으로 걸어나오는 것이었다. 물론 손에 통발이도 들리어있지 않았다. 불합격인 것이었다.
 범이는 이쪽 곰녀아버지네들이 서있는 데로 나와서는 풀썩 아무렇게나 땅바닥에 주저앉으며,
"에이 비러묵을 그눔으 손 땜에,"
한다.
"손 땜에라꼬?"
 바우아버지가 의아해서 물으니까 범이는 분한 목소리로,
"그만 이눔으 손이 나도 모르는 새 아랫배를 붙잡지 안했겠나, 그래 거어 앉았든 사람들이 배가 아푸나꼬 물어서 어대 거짓말이야 하겠드나, 그래 고만 어제부터 이질로 아푸다캉이 다른 데 다 볼 것도 없다카드라,"
하고는 그것이 지금도 얼마든지 분한 듯, 이 역시 보통 이상의 건

장한 체격을 가진 젊은이는 몇번이고, 에이 이눔으 손 땜에, 라는 소리를 되뇌었다.
 차돌이할아버지와 개똥이아버지는 거기 좀더 있어 보겠다고 하여 곰녀아버지들은 먼저 돌아오기로 했다. 돌아오는 도중에서는 범이가 오늘 새벽에 조려 먹은 미나리뿌리가 그제야 좀 효력이 나타났는지 한 번도 뒤를 보지 않았고, 그러면서 어느새엔가 그의 입에서, 에이 이눔으 손 땜에, 라는 말소리도 없어졌다. 그러나 어쩐지 범이의 얼굴빛은 자꾸 창백해들어가는 것만 같았다.
 곰녀아버지는 집에 돌아오자 아내에게, 자 보라고, 조끼주머니 속 깊이에서 돈 오원을 꺼내주고 나서, 가지고 온 통발이를 다시 한번 신어보려고 한쪽 것을 다 신고 다른 한짝을 마저 신고 있는데, 어디서 갑자기 사내의 울음소리가 들려왔다. 곰녀아버지는 멈칫 손을 멈추었다. 그러나 곧 그 울음소리가 한 집 건너 있는 범이네 집에서 들려오는 범이의 울음소리인 것을 알자, 곰녀아버지의 입가 장자리에는 절로 웃음이 떠오르면서 신던 통발이를 그냥 신기 시작했다.
"저기 범이 앙인교?"
"그래 맞다."
"와 저래 우노?"
 마침 다 신은 통발이가 편안한가 어떤가 하여 일어서서 양 발의 발가락을 놀리어보던 곰녀아버지는 무심히,
"오늘 몸조사 떨어졌다 앙이가,"
했다.
 그리고 신어보는 통발이가 아주 편안한 것이 만족스러워 다시 한 번 입가장자리에 웃음을 띠우는 것이었다.
 곰녀어머니가,
"부모가 죽었어도 저래는 안 섧겠다."
 곰녀아버지는 그냥 얼굴에 웃음을 띤 채 발을 몇번 더 놀려보고 나서야 통발이를 벗어 소중히 시렁 위에 얹었다.
 이렇던 곰녀아버지가 그래도 하루 이틀 떠날 날이 가까워지자 본래의 말 없던 그로 돌아간 듯 그의 입에서는, 이제 가서 돈을 한 짐

벌어 오겠다는 말조차 없어지고 말았다. 그리고 떠나는 날 정거장으로 가는 길에서 곰녀아버지는 더욱 말이 없었다. 정거장에 가서는, 정거장 바로 앞에 큰 책상을 내다놓고 전날 신체검사 때 본 양복장이가 몇 앉아, 구주탄광으로 가는 사람들은 이리들 오슈, 하고 연거푸 소리치는 곳으로 간 곰녀아버지는 이번에는 곰녀어머니와 서로 바라보는 것까지 피하려는 듯 딴 곳에만 눈을 주고 있는 것이었다. 이런 속에서 곰녀만이 그저 어머니의 젖가슴을 파고 있었다.

II

 곰녀아버지들이 떠나간 지 한 달이 좀 지나 곰녀아버지와 바우아 버지에게서는 누구에게 써달랜, 잘 있다는 간단한 사연과 함께 이 원 액수썩의 환이 와닿았다. 생각했던 바와는 동떨어지게 틀리는 액수의 돈이었다. 그러나 그것이 곰녀네나 바우네에게는 또 결코 적은 돈은 아니었다.
 마침 그 다음날은 바우네가 사람을 얻어 가을걷이를 하기로 돼있 었으므로 곰녀어머니 혼자서 일찍이 대구로 들어갔다. 지나가는 사 람에게 여러번 물어서야 우편국을 찾았다. 찾아놓고 보니 이번에는 도장이 있어야 했다. 어제의 편지만 해도 받을 때 도장이 없어 귀 동이할아버지의 것을 대신 찍었다. 곰녀어머니는 이참에 도장을 하 나 새겨두기로 했다. 이름은 도장방 사람이 지어준, 아직 한번도 그렇게는 불리어본 일이 없는, 김소사라는 이름이었다.
 곰녀어머니는 돈을 찾아가지고 대구에서 퍽 멀리까지 걸어나오다 가 문득 지금 자기가 가지고 가는 돈도 돈이지만 앞으로 올 돈을 간수하기 위해서라도 좋은 주머니가 하나 있어야 하겠다는 생각을 해내고는 오던 길을 되가, 마침 한 포목상에 본견 모본단 자투리가 있어 주머니 한 감을 뜨고 표주박 달린 주머니끈도 샀다. 첫돌이 다 된 곰녀를 업었건만 힘든 줄 모를 길이었다. 본시 옹골차고 걸 음 잘 걷는 곰녀어머니기도 했지만.
 곰녀어머니는 그날 밤, 밤이 들도록 정성껏 주머니를 지어 돈을 넣어가지고, 궤 속 깊이 간직하고야 자리에 누웠다. 그렇건만 도무지 곤한 줄도 몰랐다.

　매달 그 날짜쯤에는 으레 편지와 함께 그만한 환이 와닿았다. 곰녀어머니는 매달 이 환이 오기를 기다려 그것을 대구 우편국에 가서 돈과 바꾸어다 모본단 주머니에 간수하는 재미가 대단했다. 눈오는 날 돌 지난 곰녀를 업고 가는 길도 이 일로 가는 길이면 조금도 힘들지 않았다.

　이같은 돈은 바우네에게도 매달 와닿아 그 재미가 괜찮은 모양이었으나, 이리저리 찢기우는 데가 많은 탓에 곰녀네처럼은 그걸 남기지는 못하는 눈치였다.

　마을에서는 곰녀네가 저렇게 이삼년만 지나면 볏담불이나 하는 땅을 장만하기란 쉬우리라는 공론과 함께 바우네도 근년에 그렇게 꼬이던 살림살이가 바로잡혀간다고 부러워들 했다.

　곰녀아버지들이 떠나간 지도 이제 한 달 좀 남짓하면 제 돌이 되게 되었다. 그래 대개 계집애들이 사내보다 오되다고 하지만 곰녀는 사내보다도 늦돼 첫돌이 지나서도 퍽 오랜 뒤에야 걸음발을 타기 시작한 것이 요즈음 와서야 제법 걸어다니며 엄매 아배 소리를 하게끔 된 어느날, 기다리던 곰녀아버지한테서 그달 편지가 와닿았다. 이번 달은 비가 너무 자주 와서 쉬는 날이 많아 요것밖에 더 못 보낸다는 말과 함께 일원 미만의 환이 들어있었는데, 편지 끝에 다 될 수 있으면 고추장을 좀 부쳐 보낼 수 없겠느냐는 말이 썩어 있었다. 편지 읽어주던 귀동이할아버지나 그것을 듣던 곰녀어머니와 바우어머니는 그 고추장을 좀 보내달라는 대목에 와서 같이 웃음이 터지고 말았다. 쇠고기 장조림이면 또 몰라도 그까짓 고추장이 뭘 먹고 싶을까 하여 우스웠던 것이다.

　다음날 일찍이 곰녀어머니는 곰녀를 배나뭇집할머니한테 맡기고 우선 대구 우편국으로 달려갔다. 찾은 돈을 꿰 안 모본단 주머니 속에 꽁꽁 싸넣은 뒤, 남편에게 고추장 보낼 궁리를 하며 장독에서 기어나는 가시를 골라내며 하루이틀 지났을 때였다. 사흘 만에 한 번씩 오는 체부가 곰녀네 집에 또 편지 한 장을 가져다주었다. 이번 편지는 도장 받아가는 편지가 아니었다. 부랴부랴 귀동이할아버지한테로 가 보아달란즉 별 사연이 씌어있는 게 아니고, 고추장 보내라고 한 것은 손이 많이 갈 터이니 그만두라는 편지인 것이었다. 무엇 손이 많이 갈 게 있을꼬. 설사 손이 많이 간다기로 그것쯤이야 못 보낼 것이냐고, 곰녀어머니는 하루속히 그것을 부쳐보내리라고 마음먹는 것이었다.

곰녀어머니는 먼저 마을 어른들의 말대로 대구에 가서 뚜껑 달린 생철통을 하나 구해 왔다. 고추장은 아무리 생각해봐도 자기네 것보다 바우네 것이 달다고 해서 그집 장을 얻어 보내기로 했다. 바우네도 바우아버지 편지에 고추장 보내라는 말이 씌어있지 않았지만 이참에 같이 보내겠다는 것을, 곰녀어머니가 우선 한 통 보내야 나누어 먹게 한 뒤에 다시 보내도록 하자고 하여 그렇게 하기로 했다.

한창 곰녀어머니는 생철통을 들고 섰고 바우어머니는 보시기로 고추장 독에서 속 장을 퍼담고 있는데, 갑자기 개가 짖어대고 밖에서 웅성거리는 소리가 나더니, 순사 한 사람하고 웬 낯선 양복 입은 사람 하나가 마을사람 몇과 함께 앞마당으로 들어섰다. 양복 입은 사람은 흰보자기에 싼 네모난 곽을 안고 있었다. 이 사나이는 눈치로써 지금 고추장을 퍼내고 있는 여인이 이집 주인이라는 것을 안 듯, 그리로 가까이 와 정중히 허리를 굽혀 인사를 한 후, 안고 온 곽을 두 손으로 받들어 내주는 것이었다.

바우어머니는 어인 영문인지를 몰라 어리둥절할 밖에 없었다. 순사가 옆에서, 구주 탄광에 갔던 바깥주인이 불행히 굴속에서 세상을 떠났다는 말을 했다. 그리고 사나이가 주나 달 듯이 장마철이라 거듭 주의를 시켰는데도 불구하고 그저 돈 벌 욕심에 시간 외의 일을 들어갔다가 그만 굴이 무너앉아 그렇게 됐다는 말을 붙였다.

바우어머니는 이 생벼락같은 말에, 곽을 받기는커녕 쥐고 있던 보시기마저 떨어뜨리고는 그 자리에 풀썩 주저앉아버리고 말았다. 사나이는 하는수없다는 듯이 곽을 바우어머니 앞에 내려놓더니, 주머니에서 봉투를 하나 꺼내어 곽 위에 놓고, 그리고 곽과 바우어머니를 향해 다시 정중히 허리를 굽히고는 조용히 밖으로 걸어나가는 것이었다. 바우어머니는 그저 실성한 사람처럼 멍하니 허공 한 곳을 바라보고 앉아있었다. 미처 울음도 나오지 않는 모양이었다.
　사나이가 나가고, 그 뒤를 따라 순사가 나간 뒤, 마을사람 몇만이 당장은 위로의 말도 안 나온다는 듯이 거기 남았다. 그러자 별안간 곰녀어머니의 목에서 흑! 하고 숨이 넘어가는 듯한 소리가 나더니 밖으로 뛰어나가 자기 집을 향해 내달리기 시작하는 것이었다. 들고 있던 생철통을 그냥 안은 채. 그렇건만 지금 안고 있는 것이 무언지도 모르는 듯 치마 앞자락에 온통 고추장을 엎지르면서 지금 바우어머니 앞에 놓인 그 흰보자기에 싼 것이 또하나 있어 자기를 잡으려고 뒤쫓아오기나 하는 것처럼 마구 달리는 것이었다.
　곰녀어머니가 정신없이 자기 집에 돌아와 있느라니까 그제야 꽤 멀리 떨어져있는 바우네 집에서 곡소리가 들려왔다. 온 집안이 다 우는 곡소리였다. 곰녀어머니는 곡소리가 다 그친 다음에도 한참동안이나 한자리에 앉아 온몸을 와들와들 떨고 있었다. 요행 곰녀네 집에는 그 흰보자기에 싼 것이 그날이나 그 다음날에도 와닿지 않았다. 그리고 또 다음날에도.
　사흘 만에 바우네는 장례를 치렀다. 시신은 없지만 관습대로 곽을 다시 관에 넣어 장례를 했다.
　마을에서들은 바우네를 두고, 그 사람네 집안살림 좀 펴가더니 그런 불상사를 당해 말이아니라고 하는 사람이 있는가 하면, 그새 벌어 보낸 돈도 적지않지만 이번 부의금으로 온 돈(실은 죽은 사람에게도 이렇게 후히 해준다는 것을 보여 앞으로도 조선인 광부를 계속해 얻기 위해 보내온 돈) 삼십원이란 적지않은 돈이다, 까놓고 말이지 바우아버지가 예 있었으면 늙어 죽기까지 어디 지금처럼 집안 형편이 피어보았겠느냐고 하는 축도 있어, 옆의 사람이, 거 다 쓸데없는 소리다, 사람 살고 돈이지 무슨 소리인지 모르겠다고 할라치면, 먼젓사람이 목청을 돋구어 누가 쓸데없는 소리를 하는지 모르겠다, 사실 말이지 자기는 언제고 집안 형편 피는 것하고 자기 목숨하고 바꾸자면 서슴지 않고 나서겠노라고, 아마 그런 데 목숨 내놓을 사람이 자기 혼자뿐 아닐 게다, 사람 살고 돈이라는 자네부터 머리를 싸매고 나설지도 모른다고 하자, 나중에는 누군가가, 그런 곳에 가서 죽고 사는 것은 다 제 팔자다, 그래도 우리 마올서 갔던 두 사람 중에 한 사람만이라도 무사한 모양이니 다행이라는 말을 했다. 곰녀어머니는 그러나 언제 그 흰보자기에 싼 것이 자기 집에도 와닿을지 몰라 마음이 놓이지 않았다. 그러면서 그네는 제발 남편이 이제는 돈이고 뭐고 몸만이라도 빨리 돌아와주었으면 싶었다.

지주 김만장이 마을에 와서는, 내 말 그른 데 없다, 농사꾼이야 땅 파먹느니밖에 또 있을라고, 그래 물고기가 물을 떠나서 살 수 있는가, 하는 말을 무슨 말 끝에고 되뇌곤 했다. 그러면서 한 달이 지났다. 이제 편지와 돈이 와닿을 날짜가 오늘내일로 다가왔다. 곰녀어머니의 마음이 한껏 죄이고 안타까웠다. 그런데 기다리던 편지가 왔다. 도장 받아가는 편지였다. 잘 있다는 말과 오원짜리 환이 들어있었다. 어느때보다도 많은 돈이었다. 그저 바우아버지에 대한 이야기가 한마디도 섞어있지 않아 뭣했지만 남더러 써달라는 편지가 되어 그러려니 했다. 그제야 곰녀어머니의 마음은 놓이는 것이었다. 그리고 곰녀어머니는 그제야 남편에게 고추장을 부쳐줄 수가 있었다. 맛이 덜하나마 자기네 고추장을 부쳐주었다.

다음달도 제 날짜에 오원짜리 환이 왔다. 가을이었다. 마을에서는 낟알 거두어들이기에 한창이었다. 곰녀어머니도 혼자서 지은 농사를 베기 시작했다. 바우네도 이미 죽은 사람은 죽은 사람이요 산 사람은 또 살아야 하는 것이어서 온 집안이 추수해 들이기에 골몰했다.

그날 밤도 바우네 온 집안이 낮일에 피곤해 한창 깊은 잠이 들었을 때였다. 그리고 그것은 그믐 가까운 밤도 이슥해서였다.

어둠속에서 옆집 개를 짖기우면서 바우네 집을 향해 오는 검은 그림자가 하나 있었다. 어둠속에 잘 보이지는 않으나, 그 그림자가 양 옆구리에 쌍지팡이를 끼고 걷는 절름발이라는 건 알 수 있었다. 그게 도무지 사람의 그림자같지가 않은 것이었다.

이 그림자가 바우네 집 앞까지 와닿자 바우네 집 개도 몇번 컹컹 짖더니 곧 짖기를 그쳤다. 그림자가 밖에서도 열 수 있는 사립문을 열고 안마당으로 들어섰다. 그리고 안마당을 지나 문고리를 가 잡는다. 잠기지 않은 문이 그냥 열렸다. 검은 그림자가 방안으로 들어섰다.
 들어선 그림자가 잠시 망설이는 듯 섰더니,
 "바우야,"
하고 바우의 이름을 부르는 것이었다.
 첫잠이 들어 누가 업어가도 모를 바우가 이맛 소리에 깨어날 리는 만무했다.
 그림자는 무슨 생각을 했는지 다시 더 불러보기를 그만두고 윗목에 자리를 잡고 주저앉는다. 그리고 좀만에 그림자는 또 무슨 생각이 들었는지 드윽 하고 성냥불을 그었다. 방안 가득 흩어져 자는 바우네 식구들의 모양이 어룽신하니 드러나보였다.
 등잔을 찾는 눈치였다. 그러나 등잔이 있을 자리에 없었다. 그러자 그는 그제야 아직 농가에서는 등잔을 켤 시절이 되지 않았다는 것을 깨달은 듯 다 타가는 성냥을 꺼버린다.
 그러는데 본시도 잠귀가 밝았지만 남편을 잃은 뒤부터는 더욱 잠귀가 밝아진 바우어머니가 인기척에 잠이 깨어,
 "거 누고?"
했으나 그것은 아직 곤한 잠속에서 나오는 목소리였다.
 "내다."
 그제야 바우어머니는 번뜩 정신이 들어 윗몸을 일으키며 다시,
 "거 누고?"
한다.
 "내다. 바우아배다."
 "아이고, 아이고, 허깨비…… 야, 야들아……"
 바우어머니는 정녕 이 바우아버지의 귀신이 틀림없는 것에 대해서 어서 식구들을 깨우느라 고함을 치는 것이었으나 자던 참에 너무나 놀란 탓으로 목이 메어 소리가 크게 질러지지가 않는 것이었다.
 "기차가 밤에 와 댔기 때문에 이래 마 늦었다. 대구서 자고 아침에 올라캤지만 쓸데없이 주막에서 밥 사묵는 것도 사묵는 기고, 싸게 오고 싶어서……"
 식구들이 하나 둘 일어나 앉았다.

바우어머니는 가슴이 떨리는 중에도 식구들이 일어나 앉는 데 힘을 좀 얻어,
"우리 바우아배는 벌써 죽어서 장사꺼지 지냈소,"
한다.
그림자는 딱한 듯이,
"불 좀 써라, 야 바우야, 정지에 가서 등잔불 쫌 써 온나,"
한다.
틀림없는 바우아버지의 목소리였다. 그래도 바우보다는 바우어머니가 일어나 부엌으로 나간다. 새벽 조반을 하느라고 아무때고 부엌에만은 아주까리 등잔불을 떨구지 않는 것이었다.
바우어머니가 등잔불을 켜가지고 들어왔다. 도깨비나 귀신같으면 지금 바우아버지의 목소리가 나던 자리에는 사람 모양은 간 데 없고, 몽당비나 썩은 나무토막같은 게 놓여있어야 할 것이었다. 참말로 거기에는 두 개의 나무토막(쌍지팡이)이 놓여있는 게 아닌가. 그리고 거기 앉았는 사람은 오른편 다리가 무릎에서 아래가 없는 게 아닌가. 그러나 그것은 갈데없는 바우아버지였다.
그러자 누구의 가슴속으로부터인지 새어나온 흐느낌에 따라, 온 집안이 모두 울음을 터뜨리기 시작했다.

다음날 아침, 마을에서는 어느 결에 바우아버지가 살아 돌아왔다는 소문이 퍼져나갔다. 이 소문과 함께 전번에 바우아버지의 해골이라고 돌아온 것은 실은 바우아버지의 것이 아니고 곰이의 것이었다는 말까지도. 바우아버지는 언제까지나 감추어둘 수는 없는 일이므로 마을사람들에게 사실대로 말을 한 것이었다. 석탄굴이 무너졌을 때, 자기는 오른편 다리 하나를 잃고 곰이는 죽고 말았는데, 그때 자기와 곰이의 시체가 잘못 바뀌었던 것이라고.
이 소문을 먼저 들은 배나뭇집할머니는 그달음으로 곰녀어머니에게로 달려갔다. 마침 그날 곰녀어머니는 새벽부터 들에 나가고 집에 없었다. 배나뭇집할머니는 그길로 들로 쫓아나갔다.
곰녀어머니는 전에 바우어머니가 그랬듯이, 손에서 낫자루를 떨어뜨리고, 땅바닥에 풀썩 주저앉고 말았다. 울지도 못했다. 그러다

가 곰녀어머니는 벌떡 일어나더니 마을 쪽을 향해 밭고랑을 그냥 질러 내달리기 시작하는 것이었다.
 밭두렁에 내려서 놀던 곰녀가 울음을 터뜨렸다. 물론 지금 곰녀어머니에게는 딸의 울음소리같은 것이 들릴 리 만무했다. 그리고 지금 곰녀어머니의 내달림은 전날 그네가 바우네 집에서 그 흰보자기에 싼 곽을 보고 집으로 내달아 오던 달림과는 같지 않은 것이었다. 이젠가이젠가 오금이 자려 주저앉아버릴 듯한 내달림이었다. 사실 곰녀어머니는 아직 마을을 저만큼 둔 채 맥없이 쓰러지고 말았다. 그제야 그네에게서는 땅이 꺼지는 듯한 곡성이 나왔다.
 곰녀는 또 배나뭇집할머니가 업자는 것도 마다고 그냥 울면서, 통곡하는 자기 어머니만을 찾아 몇번이고 밭고랑에 엎어지면서 걸어가는 것이었다.

 역시 죽은 사람은 죽은 사람이고, 산 사람은 또한 살아야 했다. 곰녀어머니는 전에 바우네가 바우아버지 죽었다는 소식을 받았을 때 그랬듯이, 사흘 뒤에는 다시 들로 나가 가을걷이를 해야 했다. 그리고 여자 한몸으로 그것들을 등짐으로 져 날라야 했다. 날수가 오래 걸렸지만 곰녀어머니는 혼자 그것들을 다 해냈다.
 물론 다음해 봄에도 곰녀네는 혼자서 농사를 지어야 했다. 농사를 지어도 지난해보다는 수확이 더 많이 나게끔 지어야 했다. 지난해에는 그래도 계량은 되리라고 지었던 농사가, 이제 와서 보니 밀보리도 못 심고 하여, 가을까지는 아무래도 양식을 좀 사 먹어야 할 형편이니 말이었다. 더구나 올가을부터는 아직 어리다고는 하나 곰녀가 먹을 양식도 생각해야 했다. 그러나 아무리 남자처럼 일하는 곰녀어머니라 해도 여자 한몸으로는 한정이 있는 것이었다. 게다가 아직 어린애가 딸린 애 어머니였으니 더구나 그랬다.
 그러는데 마침 범이가 자기네에게 소 한 마리만 사주면 곰녀네가 짓는 농사에 소가 할 일은 무엇이든지 다 와서 해주겠다는 것이었다. 그리고 그밖의 힘든 일도 소 품과 바꾸면 웬만한 농사는 지을 수 있으리라는 것이었다.
 곰녀어머니는 생각다 못해 그렇게 하기로 했다. 배나뭇집할머니와 한데 모이기로 하고, 자기네가 있던 집을 팔아버렸다. 김만장이 그집을 샀다. 개똥이맏누이를 주기 위해서였다. 그리고 그동안 남편한테서 받아두었던 모본단 주머니 속의 돈도 내놓았다. 그리고 또 바우네가 전에 자기네에게 잘못 와닿은 부의금 가운데서 이것은 또 자기네에게 올 것이 곰녀네에게 잘못 와닿은 마지막 두 달치의 돈을 제하고 준 돈마저 털어냈다.

이렇게 하여 곰녀어머니는 소 한 마리를 샀다.

III

 배나뭇집할머니의 집 뒤에 서있는 늙은 배나무가 너무 늙어서 벌써 여러 해째 꽃 피우고 열매를 맺지 못하면서도 잎을 피우고 낙엽 지우기를 두 번 했다. 물론 이동안 마을에서는 바우아버지가 돌아온 뒤에 왁자했던 이야깃거리— 막상 그 구주 탄광이란 데를 간즉 여기서 광부를 모아 갈 때의 말과는 틀려 월급이 아니고 일급이더라는 것, 그래 어떠한 일이 있어서 굴에 들어가지 못했던간에 굴에 들어가지 않은 날은 일일이 품삯을 깎더라는 말과 먹고 자는 것도 거저라더니 꼭꼭 받더라는 것, 그리고 대체 일본이라는 데는 비가 많이 온다는 곳이지만 그해는 예년에없이 더 심한 장마를 만나 하고한 날 다른 건 그만두고 밥값이라도 벌어야 할 텐데 하고들 탄식만 하던 끝이라 굴에 들 수 있은 날 시간 외까지 들어갔다가 그만 굴이 무너앉았다는 이야기와 다음날 정신이 들어서야 바우아버지는 자기의 오른편 다리 하나가 없어진 것을 알았다는 것, 그러고도 얼마 후에야 그때 굴 밑에 깔려 죽은 사람 중에 곰녀아버지도 들어있었다는 것을 알았으나 그 곰녀아버지의 시체와 자기가 바꿔었다는 것은 병원에서 나올 때까지 통 알지 못했다는 것, 그래서 자기가 병원에 있는 동안 사무소에서 집에 넉넉히 돈을 보내고 있으니 안심하라고 한 것이 결국 곰녀네에게 보내졌다는 이야기, 이런 이야기들을 듣고 마을사람들은 죽은 사람이 바뀔 형편이니 그 흰보자기에 싼 나무곽에 든 것도 곰녀아버지의 뼛조각이 들었는지 뉘것이 들었는지 모를 일이라는 등, 산 사람을 두고 바우아버지를 죽었다고 장사까지 지냈으니 이제 바우아버지는 백살은 살리라는 둥, 곰녀어머니가 보낸 고추장은 생각도 않았던 사람이 잘 받아 먹었겠다는 둥, 하는 이런 이야깃거리는 이미 마을사람들의 입에서 사라져있었다. 그리고 이제는 곰녀어머니도 이미 죽은 남편 생각보다는 올해에나 지난해보다 낟알이 많이 나줬으면 하는 따위의 생각이 앞서는 것이었다.

다만 지주 김만장만이 여태 무슨 말 끝에 곰녀아버지의 말을 꺼내어, 농사꾼에게는 농사밖에 더 없다, 물고기가 어디 물을 떠나 살 수 있나 하면서, 모두 자기 말대로만 하라고, 자기 말 안 듣다 저 꼴이 된 꼬라지 좀 보라는 말을 줄창 하곤 했다. 일전에도 마을에 왔다가 곰녀를 보고, 꼭 자기 아비 닮았다고 하며 쟤 아비는 자기 말 안 듣다가 아까운 사람 죽었다고 했다. 이때도 곰녀어머니는 김만장을 보고 낯설어 뒷걸음질쳐 오는 곰녀를 안아들이며 남편 생각보다도, 사실 이 애가 자기 아버지를 닮을 바에는 사내로 태어났더면 얼마나 좋았을까 싶은 마음이었다. 그것은 물론 곰녀가 계집애로서 예쁘게 생기지 못했다는 데서 오는 생각만은 아니었다. 남들은 어떻다고 하든 곰녀어머니 저로서는 곰녀가 얼마든지 귀여웠다. 그저 앞으로 저를 도와 농사를 지으려면 곰녀가 아무래도 아들만 못한 것이었다. 그리고 아마 곰녀가 아들이었던들 요새와서 마을 아낙네들이 저더러 개가하라는 말도 그리 대단치는 않을 것이었다. 그것이 곰녀어머니로서는 듣기 싫었다.

그런데 지난 여름철부터 향나뭇골 마을서 우역이 돈다는 말이 끊이지 않아, 소 가진 사람들이 마음을 놓지 못하고 있던 참에, 하루는 범이아버지가 황겁히 달려오더니 소가 통 여물을 먹지 않는다는 말과, 지금 바로 침을 놓아주고 오는 길이라는 말을 하고 갔다. 곰녀어머니는 어쩔줄을 몰랐다. 외양간으로 달려가 밤을 새웠다. 그러나 다음날은 소가 거짓말처럼 죽고 말았다. 곰녀어머니는 아뜩했다. 그것은 남편을 잃었을 때에 못지않은 아뜩함이었다.

이 일이 있은 뒤에, 마을 아낙네들은 벌써 전에 곰녀어머니가 남편을 잃었건만 이번에야말로 아주 남편이 죽었다는 듯이, 개가하기를 다시 권했다. 마침 좋은 자리가 있다는 것이었다. 바로 향나뭇골 사람으로, 아이도 곰녀보다 한 살 위인 전처의 딸이 하나 있을 뿐이라는 것이었다.
 배나뭇집할머니도 이번 기회에 곰녀어머니가 마음을 돌리도록 타일렀다. 전부터 곰녀어머니 개가 말이 날 적마다 자기는 소년과부로 이렇게 늙지만 아무 소용없더란 말로, 수양딸 곰녀어머니만은 저처럼 과부로 늙히우지 않겠다는 말을 했다. 그것도 사내자식이 하나라도 있으면 또 몰라도 딸자식 하나 바라고 뭣하러 늙느냐는 것이었다. 또한 살림이나 넉넉해도 모를 일이다. 옛날과도 또 달라 장차 어떻게 생계를 이어나가느냐는 것이었다.
 곰녀어머니도 다른 것은 다 그만두고 장차 어떻게 생계를 이어나가느냐는 말 한마디에 꺾이고 말았다. 그래 곰녀어머니는 상대편이 수양어머니인 배나뭇집할머니를 자기네가 맡을 수 있고, 곰녀를 데리고 가도 된다는 조건만 들어준다면 좋다고 했다. 상대편 남자에게서는 곧 그렇게 하라는 대답이 왔다. 그러나 배나뭇집할머니를 맡는다는 것에 대해서는 누구보다도 배나뭇집할머니 자신이, 전에 곰녀어머니가 곰녀아버지에게 시집을 갈 때도 함께 모이자는 것을 마다했던 것처럼, 이번에도 듣지 않았다. 아직 오금이 성하니 제 걱정일랑 말라는 것이었다. 그래 곰녀어머니는 곰녀만을 데리고 향나뭇골 그 농부한테로 들어갔다.

 곰녀어머니가 향나뭇골로 가던 날로 곰녀는 전처의 딸과 한판 싸움을 했다. 아이들이란 닭처럼 텃세를 하는 것이어서 전처의 딸이 먼저 트집을 잡은 것이었다. 그리고 또 아이들이란 한살 차이라는 것이 큰 것이어서 전처의 딸은 할퀴고 꼬집는 재주가 대단했다. 삽시간에 곰녀의 뺨에는 손톱자국이 여러 군데 나고 피까지 내배었다. 그러나 곰녀는 울지 않았다. 그저 곰녀는 달겨드는 전처의 딸의 가슴을 떠밀어내고 있었다. 그러나 나중에 하도 전처의 딸의 손톱이 성가시게 와닿으니까, 와락 이편에서 달겨들며 가슴패기를 떠다밀쳐버렸다. 그제야 전처의 딸은 뒤로 나가자빠지며, 으아 하고 울음을 터뜨리고 말았다. 애들 싸움이란 먼저 운 편이 진 편이다.
 한번 싸움에 진 애는 꼭 닭싸움같아서 늘 지게 마련이지만, 게다가 전처의 딸은 곰녀에게는 어머니까지 있다는 것에 눈뜨면서부터는 아주 수그러지고 말았다. 그렇다고 곰녀어머니가 전처의 딸에게 무어 사납게 구는 것은 아니었다. 물론 곰녀가 더 귀엽기는 했다. 그러나 전처의 딸이라고 덮어놓고 미운 것도 아니었다. 그렇다고 해서 또 변덕 많은 여인들처럼 겉으로 얼쭝거릴 줄도 모르는 곰녀어머니였다.

이번 곰녀어머니가 개가한 집도 그곳 지주 명인의 땅을 소작하는 순농부로 어려운 살림살이에 그저 부지런한 덕에 겨우 살아가는 형편이었다. 내년부터는 전처의 딸의 호미를 벼려와야 할 것이었다. 내후년부터는 곰녀의 호미까지도 벼려와야 할 것이고. 곰녀어머니는 여기서도 새 남편과 함께 온갖 힘든 일을 다 해나갔다. 이런 그네는 지금 한창 실할 대로 실할 나이건만 어느새 중늙은이의 꼴이 돼가고 있었다.

향나뭇골로 개가해 온 지 만 일년 남짓한 어느 눈오는 날, 곰녀어머니는 산기가 있어 아침부터 애낳이배를 앓기 시작했다. 곰녀를 낳을 때에는 첫애건만 도무지 두어 시간 앓고 섭사리 낳아버린 곰녀어머니가 이번에는 그렇지가 않았다. 배도 자꾸 자주 아파오고 아랫배에 힘이 주어지는 데도 애는 나오려는 기색이 뵈지 않는 것이었다.

이러기를 다음날 낮이 기울도록 계속했다. 처음에는 앓는 소리 한번 안 내던 그네가 차차 괴로운 신음소리를 내더니, 나중에는 신음소리 낼 기운조차 빠진 듯 어깨숨만 쉬는 것이었다. 이따금 뜨는 눈은 아무 힘없이 탁 풀린 눈자위였다.

마을에서 애 잘 받는다는 노파들이 모두 한 번씩은 다녀갔다. 모두 와서는 문은 잡혔는데 애가 안 나오니 무슨 조화인지 모르겠다고들 했다.

그런데 한 노파가 왔다가 곰녀어머니의 아래를 들여다보고는 깜짝 놀라는 것이었다. 그래도 노파는 그렇다는 것을 산모에게 눈치채이지 않으려는 듯이 조용히 일어나 밖으로 나와 곰녀 의붓아버지를 찾아가지고서야,

"이사람아, 큰일났데이, 아가 꺼꾸로 안 나오나,"
하고 나직하나 급한 소리로 일러주는 것이었다.
"꺼꾸로라꼬예?"
하고 놀라는 곰녀 의붓아버지에게 노파는 산모가 들으면 **안되니** 큰 소리를 내지 말라고 손을 내젓고 나서 역시 낮은 목소리로,
"발이 한나 안 나왔나, 내 눈으로 분멩이 봤다, 마지막으로 원이나 없도록 퍼떡 이사나 불러다 비라,"
하고는 혼잣말로,
"아가 꺼꾸로 나오다이,"
하며 고개를 좌우로 젓는 것이었다. 그건 몸서리쳐진다는, **또는** 가망이 없다는 그런 뜻의 고갯짓이었다.
 곰녀 의붓아버지는 곧 숫눈길을 밟고 대구까지 달려갔다. 그의 말을 듣자 의사는 도리어 그를 나무라는 말로, 산모를 가마에라도 태워가지고 올 것이지 집에 놔두고 오면 어떡하느냐고 하면서 그런 것은 약이나 주사를 가지고 되는 게 아니라 기계로 벌치고 각을 떠내야 된다는 것이었다. 그래서 곰녀 의붓아버지는 그 기계가 얼마나 큰지 몰라도 내 지고 가겠다고 한즉, 의사는 어이없다는 듯이 웃고 나서 날이 저물기 전에 어서 가보기나 하라는 것이었다.
 곰녀 의붓아버지가 흠뻑 땀을 흘리며 어두워서 집에 돌아오니, 방안에서 애 우는 소리가 들렸다. 들어가 보니 사실 애를 **낳아놓았**다. 와 앉았던 노파들이 애아버지더러, 자네 복 많이 받았**다**고, 산모의 기운이 보통사람의 기운이 아니라고 하면서, 무슨 애 **낳았**는지 아느냐고, 가시낸 가시낸데 고추달린 가시내라는 것이었다. 그리고는 어디 사는 아무개는 저렇게 거꾸로 애를 낳다가 **산모와** 애가 한꺼번에 **죽었**다는 이야기를 여러 사람 꼽아가며 얘기하는 것이었다.
 갓낳아논 애지만 정말 크고 싯멀건 사내애였다. 그런데 산모는 검붉은 얼굴빛이던 것이 백지장같이 되어 죽은 사람처럼 꼼짝않고 누워있었다. 마을 노파들은 헤어져 돌아가며, 산모가 기운을 있는 대로 쏟 뒤라 그대로 한참 푹 쉬게 그냥 두라고 곰녀 **의붓아버지**에게 일렀다.

밤이 깊어 옆집 거북이어머니가 와서 국밥을 끓여 들여왔을 때에도 산모의 기운이 회복된 기미는 조금도 뵈지 않았다. 국밥도 뜰 생각 않고 겨우 알아들을 만한 목소리로, 추우니 이불을 덧덮어달라고만 했다.

남편이 하나 더 있는 이불을 덧덮어주었다. 그런데도 산모는 이불 속에서 몹시 떨기 시작했다. 그러다가 한참만에 이번에는 번열증이 나는지 이불을 벗겨 달라는 것이었다. 덧덮었던 이불을 벗겨 주었다.

조금 뒤에 산모는 본시 덮고 있던 이불을 마저 벗기라고 했다. 산모가 그렇게 홀딱 맨몸이 되면 어떡하느냐고 그냥 두었더니, 산모는 겨우 손발을 움직이어서 이불을 내차는 것이었다. 남편이 도로 이불을 덮어주는데 산모의 몸이 불덩이였다.

이렇게 사흘 동안을 열에 떠있다가 곰녀어머니는 그예 세상을 떠나고 말았다.

이 가난한 여인의 죽음을 위해서는 곡해주는 사람도 없었다. 곰녀 의붓아버지만 얼나간 사람모양 앉았을 뿐, 곰녀는 아직 어머니의 죽음을 알지 못할 나이였다. 어머니의 죽음보다는 어머니가 낳은 애가 더 귀여운 듯 거기만 정신이 팔려있었다.

그저 배나뭇집할머니가 곰녀어머니 죽었다는 기별을 듣고 말없이 며칠을 두고 눈물을 흘렸다. 그러나 배나뭇집할머니는 곰녀어머니 장례에도 오지 않았다. 정말 곰녀어머니의 장례는 못 보겠다는 것이었다.

곰녀어머니 장례를 치른 지 며칠 안 된 어느날, 곰녀와 전처의 딸이 이번에는 갓난애를 두고 싸움을 했다. 제각기 자기의 애라는 것이었다. 이제는 곰녀편에 어머니가 없다는 것이 전처의 딸에게 새로운 용기를 준 듯했다. 그러나 이번에는 전처의 딸이 곰녀를 할퀴고 꼬집기 전에 곰녀편에서 전처의 딸의 앞가슴을 냅다 떠밀쳤다. 전처의 딸은 어울려 겨룰 새도 없이 뒤로 나자빠지며 울음보를 터뜨렸다.

곁에서 이것을 보고 있던 곰녀 의붓아버지가 곰녀더러, 문둥이같은 것 꼬라지가 곰같아가지고 미욱스럽기만 하다고 꾸짖었다. 그러자 곰녀는 곰이 어떻게 생긴 것인지는 모르건만 문둥이보다도 무척 나쁜 것일 것만 같고, 그러니 꼬라지가 그런 자기는 영 이렇게 귀여운 갓난애를 자기 애라고 부르지 말라는 것만 같아 울음을 터뜨리고 말았다.

다음날, 곰녀는 배나뭇집할머니에게로 업혀왔다. 그리고 곰녀가 배나뭇집할머니한테로 온 지 몇 달 안 된 이른 봄철, 향나뭇골로부터는 곰녀 의붓아버지가 내내 암죽 한 가지로 살려오는, 그것마저 충실하지가 못해 설사와 고뿔이 겹쳐 다 죽어가는 어린것을 들쳐업고 전처의 딸일랑 앞세우고 어디 살 곳을 찾아 북쪽을 향해 떠나고 말았다는 소문이 들려왔다.

곰녀는 그 나이에 벌써 배나뭇집할머니를 돕기 시작했다. 아침저녁 부엌일을 거들었다. 낮에는 할머니를 따라 들로도 나갔다. 그리고 겨울밤에는 늦도록 할머니의 물레질할 솜을 말아도 주었.

이런 밤이면 대개 배나뭇집할머니는 가물거리는 아주까리 등잔 밑에서 옛이야기를 해주는 것이었다.

옛날옛적 갓날갓적에 한 농부가 살았다. 그사람이 하루는 길을 가다 쇠쪼가리를 하나 주웠다. 그것으로 낫을 하나 벼려왔다. 벼려온 낫으로 산에 가서 싸리를 쳐다가 삼태기를 하나 엮었다. 엮은 삼태기로 개똥을 주웠다. 주운 개똥을 거름해서 보리를 심었다. 그랬더니 싹이 돋아 자라서 이삭이 나오는데 큰 방망이만한 이삭이 나왔다. 그사람은 하도 처음보는 큰 보리 이삭이라 그것을 나랏님에게 진상보내기로 했다. 하루아침 그사람은 그 보리이삭을 지고 서울을 향해 길을 떠났다. 하루종일 훨훨 가느라니 날이 저물었다. 그래서 주막을 찾아가 진상가는 보리이삭 지고 가는 사람인데 하룻밤만 재워달라고 했다. 그랬더니 주막주인의 말이 우리집에는 쥐가 야단이라서 못 잔다고 했다. 그래도 하룻밤만 재워달라고 진상가는 보리이삭을 주인집에 맡겼다. 그랬는데 그날 밤 쥐라는 놈이 진상가는 보리이삭을 죄다 먹고 말았다. 아침에 진상가는 사람이 주인보고 진상가는 보리이삭을 달라고 했더니 주인의 말이 진상가는 보리이삭을 쥐라는 놈이 다 먹고 없으니 쥐라도 잡아가라고 했다. 그래서 그사람은 쥐를 한 마리 잡아가지고 휠휠 길을 떠났다. 가다가 또 날이 저물었다. 주막을 찾아가 진상가는 쥐를 가지고 가는 사람인데 하룻밤만 재워달라고 했다. 그랬더니 주막주인의 말이 우리집에는 못된 괭이가 있어 못 잔다고 했다. 그래도 하룻밤만 재워달라고 진상가는 쥐를 주인집에 맡겼다. 그랬는데 그날 밤 괭이란 놈이 진상가는 쥐를 잡아먹고 말았다. 아침에 진상가는 사람이 주인보고 진상가는 쥐를 달라고 했더니 주인의 말이 간밤에 괭이란 놈이 진상가는 쥐를 잡아먹고 말았으니 괭이라도 대신 잡아가라고 했다. 그래서 그사람은 괭이를 잡아가지고 다시 휠휠 길을 떠났다. 가다가 또 날이 저물었다. 주막을 찾아가 진상가는 괭이 가지고 가는 사람인데 하룻밤만 재워달라고 했다. 그랬더니 주막주인의 말이 우리집에는 개가 사나워 못 잔다고 했다. 그래도 하룻밤만 재워달라고 괭이를 주인집에 맡겼다. 그랬는데 그날 밤 개라는 놈이 진상가는 괭이를 물어죽이고 말았다. 아침에 진상가는 사람이 주인보고 진상가는 괭이를 달라고 했더니 주인의 말이 간밤에 개라는 놈이 진상가는 괭이를 물어죽였으니 개라도 대신 가져가라고 했다. 그사람은 개를 잡아가지고 다시 휠휠 길을 떠났다. 가다가 다시 날이 저물었다. 또 주막을 찾아가 진상가는 개를 가지고 가는 사람인데 하룻밤만 재워달라고 했다. 그랬더니 주인의 말이 우리집에는 말이 사나워 못 잔다고 했다. 그래도 하룻밤만 재워달라고 진상가는 개를 주인집에 맡겼다. 그랬는데 그날 저녁 말죽 먹는 데 개가 가까이 갔다가 채여 죽고 말았다. 아침에 진상가는 사람이 주인보고 진상가는 개를 달라고 했더니 주인의 말이 간밤에 말이라는 놈이 진상가는 개를 차죽였으니 대신 말이라도 가져가라고 했다. 그사람은 말을 끌고 또 휠휠 길을 떠났다. 가다가 또 날이 저물었다. 그래서 또 주막을 찾아가 진상가는 말을 가지고 가는 사람인데 하룻밤만 재워달라고 했다. 그랬더니 주막주인의 말이 우리집에는 처녀애가 말괄량이라서 못 잔다고 했다. 그래도 하룻밤만 재워달라고 진상가는 말을 주인집에 맡겼다. 그랬는데 그날 저녁 처녀애가 말죽을 가지고 나갔다가 말이 죽을 잘 안 먹는다고 그만 주격으로 대가리를 때려 죽이고 말았다. 아침에 진상가는 사람이 주인보고 진상가는 말을 달라고 했더니 주인의 말이 지난밤 처녀애가 진상가는 말을 때려죽였으니 처녀애라도 대신 가져가라고 했다. 그사람은 처녀애를 업고 다시 휠휠 길을 떠났다. 가다가 또 날이 저물었다. 그래서 주막집을 찾아가 진상가는 처녀애 업고 가는 사람인데 하룻밤만 재워달라고 했다. 그랬더니 마침 그집에 나이든 총각이 하나 있어 주인의 말이 자고 가라고 했다. 처녀애를 주인집에 맡겼다. 그랬는데 그날 밤 그집 총각과 진상가는 처녀애는 혼인을 했다. 아침에 진상가는 사람이 주인보고 진상가는 처녀애 달라고 했더니 주인의 말이 가져가라고 하면서 진상가는 처녀애 대신 간밤에 해 먹은 두부의 비지찌꺼기를 한 궤짝 넣어 주었다. 그사람은 궤짝을 지고 또 휠휠 길을 떠났다. 그러느라니 궤짝 속에서 비짓물이 줄줄 흘러내렸다. 그러자 진상가는 사람은 궤짝 속 처녀애를 달래느라고, 오줌은 누어도 똥은 누지 마라, 오줌은 누어도 똥은 누지 마라.……

곰녀는 이 옛이야기를 몇번이고 듣고듣고 되풀이해 들었다. 어린 곰녀로서도 이 옛이야기의 마디마디를 그대로 외울 지경이었다. 그러나 이 옛이야기는 할머니한테서 들으면 들을 때마다 재미난 것이었다. 재미난 중에도 맨 마지막에 진상가는 사람이 두부비지가 든 궤짝을 지고 가면서, 오줌은 누어도 똥은 누지 마라, 오줌은 누어도 똥은 누지 마라…… 하는 대목에 이르러서는 재미나다못해 절로 웃음이 터지곤 했다.

곰녀는 이 진상가는 이야기와 함께, 할머니의 콩쥐팥쥐 이야기를 즐겨 들었다. 진상가는 이야기는 우습고 재미나는데, 이 콩쥐팥쥐 이야기는 눈물이 나면서 재미났다. 콩쥐가 의붓어미에게 쇠호미로도 하루종일 다 못 맬 밭을 나무호미로 매라는 분부를 받고 김을 매다가 그만 나무호미가 부러져 어찌할 바를 몰라 울고 있을 때의 가엾음과, 의붓어미가 제가 낳은 딸 팥쥐와 같이 잔치 구경을 가면서, 콩쥐보고는 밑빠진 독에 물 한 독 긷고, 조 한 섬 찧고, 베 한 필 짜고 나서야 오라는 분부를 받고 어찌할 바를 몰라 울고 있을 때의 가엾은 대목에 이르러서는 곰녀 제가 콩쥐나 된 듯이 절로 눈물이 솟는 것이었다.

곰녀는 할머니를 도와 들에서 김을 매다가도 문득 이 콩쥐팥쥐 이야기를 생각하고는 어린 마음에도 자기는 지금 쇠호미를 가지고 더구나 의붓어미 아닌 외할머니와 같이 김을 매고 있으니 콩쥐의 신세보다는 낫다는 생각같은 것을 하는 것이었다. 그런 때면 곰녀는 또 으레 어린 마음에도 그렇게 콩쥐의 신세보다 나은 자기는 그러니까 더 열심히 김을 매야 한다는 생각같은 것을 하는 것이었다. 그리고 사실 곰녀는 제 나이 이상의 김을 매는 것이었다.

　곰녀는 이렇게 배나뭇집할머니한테서 열두살의 처녀가 되었다. 아버지 어머니가 다 그랬던 것처럼 곰녀도 이제는 웬만한 어른 한 몫을 다 했다. 배나뭇집할머니는 또 칠십이 지났건만 애낳이 한번 못해본 소년과부로 늙어서 그런지 보기보아서는 아직 정정하여 물레질로부터 부엌동자에 이르기까지 제대로 다 하였건만, 곰녀가 도맡아 돌아가며 저혼자 하도록만 힘썼다.
　어느 화창한 봄날, 지주 김만장이 배나뭇집에 들렀다가 곰녀를 보고,
"자가 인자 제법 정지일을 잘 할끼다,"
하여 배나뭇집할머니가, 나이치고는 못하는 것 없다고 했더니, 김만장은 오십 전에 온통 머리가 센 반면 이건 또 육십이 가까워올수록 붉어만 가는 홍안을 들어 한참이나 탐나는 듯한 눈을 삼박거리며 곰녀를 지켜보다가 혼잣말처럼,
"자가 지 에미 애비 닮아서 충실하기도 할끼다,"
하고 나서는 배나뭇집할머니를 향해,
"자아 우리 주게, 집에 도났든 가시나가 어른들 눈을 쏙이서 감당을 할 수가 있어야재, 그래서 내쫓고 마침 저른 가시나 한나 구하든 참일세,"
했다.
　마을에선 누구나 김만장의 청을 거역할 수는 없었다. 그러니 배나뭇집할머니도 마음대로 하랄 수밖에 없었다. 김만장이 다시,
"자는 할매가 딜고 있는 것보다 내가 딜고 있으면서 이것저것 가르치주는 기 낫지, 그래 몇해 동안 배울 거 다 배아갖고 시집가믄 얼매나 좋노? 시집은 내가 보낼낀께,"

하였고, 배나뭇집할머니의 입에서 그 말이 옳다는 말이 나오자 김만장은,
"할매 묵고 지낼 양식은 내가 댈 팅께 격정 말게,"
하였는데, 배나뭇집할머니가 이 말에만은, 말씀만은 고맙지만 늙은 것이 아직 꿈적일 수 있으니 제 걱정이란 마시라고 사양했다.

곰녀는 다음날 대구로 돌아가는 김만장을 따라나섰다. 떠나는 마당에서 곰녀는 눈물을 흘리지 못했다. 김만장 앞이라 어려워 감히 서러운 표시도 마음대로 못하는 것이었다. 그런데 전에 곰녀어머니 죽기 전까지만 해도 좀처럼 눈물이라고는 흘릴 줄 모르던 배나뭇집할머니가 이번 곰녀를 떠나보내면서는 먼저 눈물을 흘리는 것이었다. 살아서는 다시 못 보리라는 생각이 든 모양이었다.

곰녀는 이 할머니의 눈물을 보고서야 저도 눈물이 소리없이 흘러 내림을 어쩌지 못했다.

그러나 김만장이 곰녀 쪽을 향해,
"이 가시나가 심청이걸이 죽으로 가나 울긴 와 우노,"
하고 우스갯조로 말하고는 다시,
"아무때고 오고 싶을 때 오믄 안 되나? 지끔 호강하러 가믄서 와 자꾸 울어쌓노?"
하여 곰녀는 그만 김만장 앞에서 눈물을 거두고 말았다.

IV

 대구 달성동 김만장네 집에 가자 곰녀는 먼저 이름이 고쳐졌다. 곰녀라는 이름은 상스러워 안됐다는 것이다. 삼월이라는 이름을 얻었다.
 삼월이가 되어 곰녀가 김만장네 집에서 해야 할 일은 사실 어른 한몫 이상의 것이었다. 부엌동자는 말할것도 없고, 안팎 소제, 빨래, 푸새, 다듬이질, 그리고 아침마다 사랑방에서 나오는 요강 부시기까지 혼자 해야 했다.
 다만 사랑방 쓰는 것만은 김만장이 손수 했다. 얼마 전에 사랑방에서 심부름하던 상노애가 나간 뒤, 그렇다고 계집애를 사랑방에 들일 수는 없다 하여, 차라리 사랑방은 김만장 제손으로 쓸어오는 것이었다.
 김만장 영감이 다시 상노애를 얻어들이지 않는 데는 약간의 이유가 있었다. 그에게는 금광을 한다고 떠돌아다니는 맏아들이 있었다. 김만장의 생각으로는 장차 관계에 출세를 시켜보려고 서울 법학전문학교까지 보냈던 것인데, 이 맏아들이 졸업을 하자 무슨 바람이 불었는지 금광에 미쳐버려 그즈음 삼사만원이나 좋이 되는 재산을 축낸 것이었다. 그래 김만장 영감은 집안 살림살이를 한푼이라도 절약하기로 마음먹었다. 그러니 상노애가 나갔다는 것도 실은 이쪽에서 내보낸 셈이었다.
 상노애가 없어진 뒤에도 사랑방 쓸어내는 것만은 곰녀가 하지 않아도 됐지만, 밥상 나르는 일은 상노애 대신 곰녀가 맡아 하지 않으면 안되었다.
 그것은 실로 고된 일이었다. 꼭두새벽부터 밤늦게까지 서둘러야 겨우 감당해낼 수 있는 일이었다. 전날 김만장이 곰녀더러 호강하러 간다던 말은, 그저 상귀에 남아 나오는 나머지 음식이나마 주워 먹는 것, 그것은 여태까지 곰녀가 못 먹던 것들이었다.
 그해 추석 전날이었다. 곰녀가 부엌에서 떡쌀을 씻고 있느라니까, 안방에서 주인마누라의 나지막한 목소리로, 쟤를 추석에는 집에 보내야 하지 않느냐고 묻는 말에 뒤이어 김만장 영감의 목소리로, 아니 쟤가 그런 말을 하더냐고 하는 말소리가 들려나왔다.
 걔는 아무말 없었다는 주인마누라의 말에 김만장 영감의 목소리는 별안간 낮으면서도 꾸지람조로 변해, 아니 미쳤나, 걔가 그런 말 낸대도 못쓴다고 해야 할 터인데 왜 먼저 서둘러 야단이냐고, 그런 년 오고가고 하다가 탈집이 생기는 거라고, 이놈저놈의 쓸데없는 말 듣고 여기 있기 싫어진다든지 어른들의 눈을 기어 뭣을 훔쳐낸다든지 하는 것이 다 그런 데서 탈집이 나는 거니까 아예 집에 보낼 생각은 하지도 말라는 소리가 들려나왔다.
 곰녀는 가슴이 두근거렸다. 자기는 아무말 안했는데 그런 말을 낸 주인마누라가 고맙다느니보다 미웠다. 날만 새면 줄곧 눈코 뜰새 없이 분주하고, 밤들어 골방으로 가 누우면 눕자마자 잠이 들어버리는 곰녀는 집생각같은 것을 할 겨를이 있을 수조차 없는 것이었다. 혹시 한마을 사람들이 왔다가 어떻게 곰녀와 눈이 마주치면 그저 말없이 서로 웃는 수가 있었다. 그것이 마을서는 잘들 있다는 말이 되었고, 곰녀편에서도 잘 있었다는 표시가 되었다. 그리고 그것으로 곰녀는 만족하지 않으면 안되었다. 그런 곰녀가 지금 김만장 영감에게 직접 집에 다녀오겠다는 말이라도 꺼냈다가 꾸지람을 당한 것같이 가슴이 두근거리고 떨렸다. 그렇게 곰녀는 언제나같이 김만장 영감이 무섭고 어려웠다.
 무엇 곰녀 자기만이 김만장 영감이 무섭고 어려운 것같지도 않았다. 이 집에 드나드는 사람이라면 대개가 다 그런 것같았다. 그중에서도 곰녀네 마을에서 오는 사람들은 더 그런 듯했다.
 혹 곰녀가 안마당에서 듣는 김만장 영감의 언성 높인 말소리가 들려나온 날은 물론, 부드러운 음성이 들려나온 날도, 얼핏 사랑방을 나오는 마을사람들을 볼라치면 모조리 오금을 펴지 못하고 있는 것이었다.
　이런 가운데서 삼년이란 세월이 흘렀다. 곰녀에게 있어서 삼년이란 세월은 꽃나무가 꽃피우기를 세 번 한 것이 아니요, 손등이 얼어터져 피가 내배고 쓰리고 아리고 하기를 세 번 한 거나 마찬가지였다. 이동안 곰녀는 잠속에서라도 이집 수저가 뉘 수저와 뒤섞인대도 첫눈에 그것을 가려낼 수 있게쯤 됐다.

　하루는 김만장이 안방으로 들어와 마누라에게,
"그눔으자식 다시는 집안에 안 얼씬거리재?"
했다.
　그눔으자식이란 맏아들을 두고 하는 말이었다.
"예."
　그러나 마누라의 대답은 거짓말이었다. 어제만 해도 맏아들이 뒷문으로 와 어머니를 만나고 간 것이었다. 그동안 이 맏아들은 그냥 금광에 미쳐 돌아다녔는데, 한때는 재미를 좀 보는 모양이었으나 작금년에는 거듭 실패만 하여 또 오륙만원의 빚을 졌던 것이다. 얼마 전에 김만장은 이 아들의 빚을 갚아주면서, 이게 마지막이라고, 앞으로는 무슨 일이 있어도 돌보지 않겠노라고, 그리고 금광에서 손을 떼지 않는 한 다시는 집에 발을 들여놓지 말라고 딱 잘랐던 것이다. 그러나 아들은 벌써 몇 차례나 아버지 몰래 어머니한테 와서는 얼마큼의 돈을 융통해가곤 했다.
"그눔으자식 정신 채릴 때꺼지 아예 집안에 얼씬도 몬하게 해라."
　그리고 사랑으로 나가려다 곰녀를 보더니,
"저 가시나 벨 실수 없나?"
했다.
　마누라가,
"몇 해 동안 끼고 가르찄드이 지끔은 쫌 낫심더,"
하자 김만장이 생각난 듯이,
"저 가시나 지 애비를 닮아서 심이야 쎄겠지, 지 애비는 내 말 안 듣다가 끝내 지 명에 몬죽었지만,"
하고는 이번에는 빨래를 너는 곰녀에게,
"이 가시나 니는 어른 말 잘 들어라이,"
하고 엄포를 했다.
 그러지 않아도 김만장은 이 곰녀가 자기나 마누라의 말을 어길 엄두도 못 낸다는 것을 잘 알고 있었다. 그리고 이 곰녀가 그 나이에 보통여자 두 몫 일을 넉넉히 한다는 사실도 알고 있는 터였다. 그러기에 김만장은 곰녀가 온 뒤부터는 상노애가 없어도 아무 불편을 느끼지 않았던 것이었다.
 하루는 또 샘마을에 갔다 여러날 만에 돌아온 김만장이 안방으로 들어오다가 거기 방안을 치우고 있는 곰녀에게,
"니 할무이 시상배렸다(세상떠났다), 팔짜좋게 하룻밤 앓고 안 죽었나, 그래 내가 널(관)을 사다가 장사 다 지냈다, 니한테 알릴까 했지만 니가 온다꼬 죽은 사람이 살아나겠나 우짜겠노, 그래 그만 뒀다, 내가 니 대신 효자 아들딸 짓 다 안 했나, 마실사람들도 말하드라, 배나뭇집할무이는 외손자딸 한나 잘 뒀다가 덕 본다꼬, 니가 엥간한 아들딸 열보다 낫다꼬 칭찬해 쌓드라,"
했다.
 불현듯 곰녀는 눈물이 쏵 쏟아질 것같았다. 그것은 배나뭇집할머니가 세상을 떠났다는 슬픔도 슬픔이려니와 이 엄하고 무섭기만 한 주인이 그렇듯 끔적이 배나뭇집할머니와 저를 위해준다는 감동에서였다. 그러나 김만장의 앞에서는 감히 눈물이 나오지 않았다. 더구나 오늘은 주인이 이상하게 수없이 삼박거리는 눈으로 자기를 바라보는 앞에서는 더욱 울 수가 없었다.
"니 멧살이고?"
"열다앗살임니더."
 곰녀는 겨우 이렇게 대답을 하고는 그만 방을 나오고 말았다. 그러면서 김만장의 그 부드러운 말씨가 너무도 고마워 어쩔줄을 몰라 했다.
 그러한 어떤 날, 곰녀가 안마당을 쓸고 있는데 사랑 쪽에서 사람의 그림자가 얼씬거려 고개를 드니 개똥이아버지였다. 지금 개똥이

아버지가 손에 보퉁이를 하나 들고 서서 곰녀에게 고개를 끄덕여 보이는 것이었다. 보퉁이를 좀 받아달라는 뜻이었다. 곰녀가 가까이 가며 보니 그새 개똥이아버지는 무척 늙었다.

곰녀가 떡 보퉁이를 안에 들여다 두고 안마당을 마저 쓸고 있는데, 사랑에서 김만장의 노기띤 언성이 들려나왔다. 그건 안된다고, 일전에 갔을 때도 자기가 말하지 않았느냐고, 그런 말 하러 왔으면 썩 돌아가라는 것이었다.

개똥이아버지의 잘 들리지 않는 말소리에 뒤이어 다시 주인의 노기찬 목소리로, 그러기에 도지가 헐하다고, 몇해 가다 한번씩 물이 간다든지 올처럼 가물이 들 것을 예산해서 싸게 매긴 도지가 아니냐고, 그래 수삼년 풍년이 들었다고 어디 도지에서 한톨을 더 줘본 일이 있느냐고, 대체 지주는 뭐나 먹고 살라고 그러느냐는 말소리가 들려나왔다.

곰녀는 오늘 주인이 저렇게 노한 것은 얼마 전까지 자기가 생각해오던 것처럼 주인이 사나운 탓만이 아니고, 개똥이아버지가 잘못을 저지른 것이라 생각했다. 그것도 주인이 개똥이맏누이를 적은집으로 삼은 터에 장인더러 저렇게 노하였을 적에는 개똥이아버지가 이만저만 잘못을 저지른 게 아니라고 생각했다.

잠시 말이 없더니, 이번에는 주인이 좀 부드러워진 달래는 듯한 언성으로, 영감은 입장이 또 다르다고, 만일 이번에 도지를 감해줘 보라고, 모두들 나도 나도 하고 나설 게 뻔한 노릇이 아니냐고, 도리어 영감은 그런 말 하고 싶어도 안 해야 할 처지라고. 여기서 잠깐 말소리가 끊어졌다가 다시 주인의 목소리로, 자기의 성미는 도와줄 때는 도와주지만 계산볼 것은 계산대로 보지 않고는 밤잠을 못 자는 성미라는 말이 들려나왔다.

조금 이따 개똥이아버지가 사랑에서 나오는 것이 보였다. 곰녀는 곧 떡 싸온 보자기를 가져다주었다. 개똥이아버지는 마치 실성한 사람모양 곰녀를 곰녀로 알아보지도 못하는 듯이, 손윗사람에게나 대하는 듯 두 손으로 공손히 보자기를 받아들고는 머리까지 굽히는 것이었다. 곰녀는 이 개똥이아버지가 참말 말할 수 없이 대단한 잘못을 저지른 게라고 생각했다.

이듬해 이른봄이었다. 낯선 양복 입은 사람이 몇 차례 김만장 영감을 찾아와 한참씩 사랑방에서 이야기하고 돌아가곤 했다. 그때마다 김만장 영감의 목소리로, 택도 없다, 그놈으자식 징역 살든지 말든지 내 모르겠소, 하는 꽤 높은 말소리가 들려나왔다. 그리고 손님이 돌아가자, 우리집도 인자 망했다 망했어, 하는 혼잣소리를 몇번썩 지르는 것이었다. 전에없이 비통한 빛이 서린 음성이었다. 사랑 쪽으로 귀를 모으고 있던 주인마누라의 얼굴빛이 사뭇 창백해지곤 했다.
 맏아들이 사건을 일으킨 것이었다. 한번 미친 금광에 대한 꿈을 버릴 수가 없는 데다가 자금이 마음대로 융통되지 않고 하여 마침내 아버지의 인감을 위조해가지고 샘마을 전답을 팔아먹었던 것이다.
 산 사람은 향나뭇골 한명인이었다. 김만장 영감은 먼저 한명인의 처사가 괘씸해 견딜 수가 없었다. 자기가 이렇게 엄연히 살아있는 데도 불구하고 금광에 미쳐 돌아다니는 아들녀석과 그런 중대한 매매계약을 하고 나서야 사람을 내세워 타협을 짓는다는 것은 어디까지나 고의적이 아니냐. 토지값도 아들녀석이 급해서 파는 것이라 헐값으로 후려친 것이다. 김만장 영감은 아들이 감옥살이를 하더라도 그 토지를 내놓을 수는 없다고 생각했다. 대체 그 전답들이 몇대째 물려받아 내려오는 땅이라고 내 손으로 놓아준단 말이냐. 더구나 제아무리 재물이 군내 일등이라 해도 근본이 점쟁이에 지나지 않는 자에게 내 조상땅을 넘겨주다니 될 말이냐. 김만장 영감의 헛가래 돋구어 요강에 뱉는 소리가 전보다 높아지고, 놋재떨이에 담배 떠는 대통소리가 전보다 요란스러웠다.
 명인 앞으로 나선 사람이 수삼차 김만장 영감을 찾아와 타협을 지어보려 했으나 종내 이루지를 못한 어느날 사랑대문 앞에 자동차 한 대가 와 멎었다. 소문에 듣던 명인의 사위되는 군수가 몸소 김만장 영감을 만나러 온 것이었다.
 이쪽이 황송할이만큼 정중한 인사를 하고 난 군수는, 실은 이 사태를 그냥 내버려두면 노인장 댁에 큰 불행을 가져올 것이 뻔하기 때문에 차마 그것을 곁에서 보고만 있기 어려워 바쁜 몸이지만 찾아왔노라는 말로, 설마 노인장께서도 이런 일로 전도가 양양한 자제의 장래를 망쳐버리지 않으리라는 것을 자기는 믿고 있다는 것, 이번 자제가 저지른 사건은 사기뿐 아니라 공문서 위조까지 겹쳐 경합죄에 걸린다는 것, 만약 여기서 노인장께서 자제의 행위를 추인하지 않는다면 별수없이 자제는 전과자가 되는 수밖에 없다는 것, 그리고 이미 자제는 경찰에 붙들려있다는 것, 앞으로 이번 일이 무사히 해결만 된다면 자제의 전공이 법률이었으니 자기가 지방법원에 취직 자리를 알선해주겠노라는 말까지 하고는 내일 오후에 다시 모시러 올 터이니 자기 빙장과 만나 잘 타협을 짓도록 하라는 것이다. 그동안 찾아온 사람의 말과 별반 다른 것도 없었다. 그러나 이날 김만장 영감의 입으로부터는, 그눔으자식 징역 살든지 말든지 내 모르겠소, 하는 소리가 질러지지 않았다. 단지 군수가 돌아간 뒤에 떨리는 손으로 재떨이를 뚜드리는 대통소리가 어느때보다도 더 요란했을 따름이었다.

　이튿날 김만장 영감은 의관을 정제한 후 아버지 위패를 꺼내놓고 그 앞에 엎드려 오랫동안 일어날 줄을 몰랐다. 그러는 그의 등에 잔 경련이 물결쳐 지나가고 지나가고 했다.

　저녁때가 가까워 김만장 영감이 군수의 자동차를 타고 가서 한명인을 만나고 돌아온 것은 날이 어두워서였다. 술이 약간 취해있었다. 토지값 잔금 받은 돈보따리를 안고 있었다. 그러나 좀더 귀중한 것을 뒤에 남기고 온 심정이었다. 묵묵히 대문을 들어서며 무심코 어둠속에 자리잡고 있는 사랑채 추녀로 눈이 가자 그는 별안간 현기증을 느껴 그자리에 주춤 서버렸다. 그러는 그의 윙하는 귓속 저 안에서 울려오는 소리가 있었다. ……에헤에야……쿵…… 선소리꾼 하나가 목청을 돋구어 무어라고 가락을 붙여 메기면 연달아 여러 사람이, 에헤에야…… 하고 받으면서 뒤이어 쿵 하고 무거운 것이 땅을 울리는 소리. 사랑채를 고쳐짓느라고 지경다지는 소리. 네 살짜리 김만장은 할머니 등에 업혀있었다. 어슬녘이었다. 몸채 부엌에서는 떡시루에서 오르는 김이 새어나오고, 김만장은 할머니 등에 업힌 채 일정한 사이를 두고 같은 가락으로 지르는 달구질꾼들의 소리를 들으면서 절로 흥겹고 포근해 잠이 들어버리고 말았다.

에헤에야……쿵…… 에헤에야……쿵…… 그러나 이날 밤 김만장 영
감은 이 ……에헤에야……쿵…… 소리에 잠을 이루지 못했다.
 저녁마다 반주하는 습관이 생겼다. 밤중에 술 기운이 가시면 정
신이 말똥해져 다시 잠을 잇지 못하는 것이었다. 낮에는 낮대로 아
주 실의한 사람처럼 멍하니 앉았을 때가 많았다.
 군수가 말한 아들의 취직건이 구체적으로 추진되기도 전에 아들
한테서 자기는 만주로 떠난다는 편지가 왔다. 김만장 영감은 이미
군수의 취직 알선에 어떤 기대를 걸고 있지 않았던 듯이 별로 의외
의 낯빛도 짓지 않았다.

 그해 가을에 접어들어서였다. 그동안 김만장 영감은 좀더 사람이
변해져있었다. 안방 출입도 않고 사랑에만 틀어박혀서 저녁마다 마
시는 반주의 양만이 늘어갈 뿐 아니라 때를 가리지 않고 술을 찾는
수가 많았다.
 어느날, 그러니까 그것은 이 집 세째딸이 애를 낳았다는 기별과
함께 어머니가 좀 와서 산후 구완해달라는 기별을 받고서 주인마누
라가 부산으로 내려간 지 사흘잼가 되는 날 저녁이었다. 저녁상을
물리러 곰녀가 사랑에를 나갔다. 이날도 낮술에 반주를 겸하여 취
해있던 김만장이 빨개진 눈을 삼박거리며 곰녀더러 들어오라는 것
이었다. 전에없던 일이었다. 사랑이라면 주인마누라도 통 드나들지
못하는 곳이었다. 그래 곰녀가 잠시 주저하고 있으려니까 김만장이
다시 들어오라고 재촉을 했다.
 주인의 명령을 어기어서는 안되는 것이다. 곰녀는 안으로 들어갔
다. 그러면서 곰녀는 혹시 오늘 저녁상에 무슨 실수 저지르지 않
았나 하고 가슴을 죄었다.
 동향인 데다가 바로 사랑문 앞을 드높은 담장이 막고 있어, 해만
기울면 어둑해지는 사랑방은 저녁어둠이 어디보다 먼저 깃들었다.
게다가 김만장은 전등불이 아직 없을 때의 습관인 듯 담뱃대를 물
고 앉아 아주 캄캄해지기 전에는 좀처럼 전등불을 켜지 않았기 때
문에 저녁어둠이 한층 더 침침하곤 했다. 이날 김만장은 담배는 피
우고 있지 않았지만 어둑한 방안에 혼자 앉아있다가, 들어오는 곰

너를 향해 눈을 삼박거렸는가 하자 갑자기 손을 내밀어 곰녀의 팔을 잡아끌었다. 확 술냄새가 끼쳐졌다.
 무슨 일이 있더라도 주인을 거역해서는 안되는 것이었다. 곰녀는 주인이 하는 대로 내맡겼다. 그러자 곰녀는 아랫배 쪽이 쑤시는 듯 아픔을 느꼈다. 이 아픔도 곰녀는 겨우내 손등이 터져 아프고 쓰린 것을 참듯이 참는 수밖에 없었다.
 이날 밤 깊어 곰녀는 뒷울안 우물터로 갔다. 거기서 곰녀는 속곳을 벗어 빨았다. 어둠속에 잘 보이지는 않았으나 속곳에 피같은 것이 묻어있었다.

 다음날 밤이었다. 누우면 곤하여 곧 잠이 들어버리는 곰녀가 막 깊은 잠에 떨어졌을 때였다. 무거운 무엇이 가슴을 내리눌러 잠속에서 답답한대로 참으며 몸을 모로 눕히려 했다. 그럴수가 없었다. 곰녀는 그냥 잠속에서 가슴을 내리누르는 것을 떠밀쳤다. 그러나 가슴을 내리누르는 것은 물러나지를 않고 도리어 더욱 찰싹 그네의 가슴에 들러붙는 것이었다.
 곰녀는 마침내 잠속에서 깨어나며 와락 소리를 지를 뻔했다. 지금 자기 가슴을 내리누르고 있는 것은 사람인 것이었다. 그리고, 삼월아, 내다, 내다, 하고 숨가삐 속삭이는 것은 분명히 주인집 중학교 다니는 도련님인 것이었다. 다음 순간, 곰녀는 소리지를 힘도 떠밀칠 힘도 한꺼번에 잃어버리고, 도련님이 하는 대로 몸을 내맡기고 말았다.

 그런 지 이틀 뒤의 일이었다. 이날도 저녁상을 물리러 사랑에 나갔던 곰녀는 다시 주인의 들어오라는 명령을 받았다. 요 전번보다 더 진한 술냄새가 끼쳐졌다.
 곰녀가 사랑에서 풀려나 상을 들고 부엌으로 와 그것을 내려놓는데, 여태까지 곰녀가 사랑에서 나오기를 기다리고 있었던 듯이 별안간 도련님이 쫓아들어오더니, 이 문둥이같은 년! 하며 연거푸 곰녀의 뺨을 후려갈기는 것이었다.
 곰녀는 무슨 영문인지 몰랐다. 그러면서 곰녀는 도련님의 매를 피하려고 하지도 않았다. 미처 눈물도 나오지 않았다.
 그냥 설겆이를 하고 자기 골방으로 왔다.
 문득 배나뭇집할머니가 생각났다. 자꾸 그리워졌다. 곰녀가 이 김만장네 집에 온 이래 이렇게 배나뭇집할머니가 그리워져본 적은 없었다. 자기는 베를 짜고 할머니는 물레질을 하고, 아무리 말려도 그냥 물레질을 하던 할머니, 이 할머니와 단둘이 다시 살아봤으면. 이번에는 기어코 할머니에게 물레질을 안 시키고 자기 혼자 다 하리라.…… 그러고보니 할머니가 아직 그 샘물가 크나큰 배나무 아래 오막살이에 살아계실 것만 같았다. 이런 밤이면 아주까리 등잔불을 따스로이 켜고.
 아주까리 등잔불, 아주까리 등잔불…… 그러자 그 아주까리 등잔불 밑에서 듣던 옛이야기가 떠오르는 것이었다. 그중에서도 콩쥐 이야기가. 가엾은 콩쥐, 가엾은 콩쥐…… 그러는 곰녀의 눈에서는 저도모르는 새 눈물이 흘러내렸다. 소리 없이. 꼭 자기가 콩쥐가 된 듯이.
 그래도 그때 콩쥐에게는 하늘에서 내려온 황소가 쇠호미니 능금이니 가져다주고, 두꺼비가 와서 밑없는 독밑창에 엎드려주고, 참새들이 날아와, 먹지 말고 까주자, 먹지 말고 까주자, 하며 조 한 섬을 다 까주고, 하늘에서 내려온 선녀가 잠깐 사이에 베 한 필을 다 짜주고 했는데? 그러니 자기는 콩쥐보다도 더 가엾다. 새로운 눈물이 자꾸 흘러내렸다.
 그러나 곰녀는 얼굴의 눈물이 채 마르기도 전에 이번에는 온몸이 잦아드는 듯한 곤함에 버티어볼 사이도 없이 그만 잠속으로 끌려들어가고 마는 것이었다.
 다음날 아침 부산 갔던 주인마누라가 돌아왔다. 산모도 깨끗하고, 애도 크고 실하게 잘 생겼더라고, 주인마누라는 대단히 만족해 했다. 이 주인마누라가 옷을 갈아입기가 바쁘게, 장독들은 왜 꼭꼭 닫아만 두었느냐, 빨래를 했으면 다듬이질까지 해서 착착 개켜두는 게 아니고 왜 산더미처럼 쌓아놓아만 두었느냐, 그새 놋그릇도 한 번은 닦을 것이지 때가 시꺼멓게 끼도록 내버려뒀느냐, 자기가 잠시 집을 비워도 집안꼴이 이모양이라고 야단법석인 것이었다. 이렇게 주인마누라가 집을 비웠다 돌아와서 데림사람에게 야단을 치는 것이란, 주인마누라가 자기가 없는 새 혹시 집안에 별일이나 있지 않았나 하고 유달리 데림사람의 눈치며 거동을 살피는 것과 아울러 이 주인마누라의 한 버릇인 것이었다.

곰녀는 더 바빠야 했다. 부랴부랴 놋그릇을 닦고는 잇대어 다듬이질이었다. 밤이 들어서야 제 골방으로 돌아온 곰녀는 또 어젯밤에 미처 빨지 못한 속곳 생각을 하고 뒷울안 우물로 나갔다.

한창 곰녀가 속곳을 주무르는데 어디서 그림자 하나가 그네 등뒤로 와 서는 것이었다.

그 그림자는 잠시 곰녀 등뒤에서 곰녀가 빨고 있는 빨래를 내려다보다가,

"니 몸있나?"

했다.

곰녀가 와닥닥 놀라 저도모르게 빨랫감을 끌어당겼다.

"니 하매(벌써) 몸있나?"

곰녀는 고개를 옆으로 저었다.

"그라믄?"

이번에는 곰녀는 그저 고개를 아래로 떨굴 밖에 없었다.

그러자 주인마누라가 자기 없는 새 집안에 무슨 일이 있었다는 걸 짐작한 듯이,

"바른대로 말해라이, 내 다 알고 있데이,"

하고 곰녀의 대답을 다그쳤다.

곰녀는 울음을 터뜨리고 말았다. 소리 죽인 울음이었다.

"이 문딩이같은 년, 울긴 와 우노."

주인마누라는 속상한 듯이 주먹으로 곰녀의 옆구리를 쥐어박으며,

"싸게 말 몬해?"

하고는 이번에는 곰녀의 대답을 기다리지도 않고 제김에,

"할부지가 그랬나?"

하는 것이다.

곰녀는 고개를 끄덕일 수밖에 없었다.

주인마누라는 기가 막혔다. 남편이 밖에 나가서는 몰라도, 데리

고 있는 애를 더구나 나이도 아직 어린 애에게 이렇게 손을 대리라고는 꿈에도 생각지 못했던 것이다. 그네는 절로 숨까지 가빠지며,
"이 망할눔의 가시나가!"
하고 곰녀의 목덜미를 수없이 쥐어박는 것이었다. 곰녀는 그냥 소리 안 나는 울음을 울고 있었으나, 주인마누라의 매에 모든걸 바른대로 말하지 않고는 못배길 것같아,
"데련님도……"
하고 말았다.
 주인마누라는 잠시 어쩔줄을 몰라 몸을 떨고 있다가,
"머 우짜고 우째? 이 문딩이같은 년!"
하고는 이번에는 곰녀를 닥치는대로 꼬집어뜯으면서,
"한분만 더 주딩일 놀리바라, 때리직이뿐다 마,"
하고 악을 쓰는 것이었다.
 그러다가 주인마누라는 지금 자기가 한 말소리나, 소리를 안 내고 운다고는 하지만 곰녀의 흐느낌소리가 이 밤중에는, 그리고 이렇게 밖에서는 큰 소릴 것만 같아 이런 상스럽지 못한 여자의 목소리가 행여 문밖에는 고사하고 사랑에라도 들리는 날이면 저번 아들의 일로 아직 심란해있는 남편이 이번 일에 제 잘못은 생각지 않고 도리어 이편더러 야단을 칠 것이 분명해 언성을 낮추어, 그러나 독이 오를대로 오른 목소리로,
"이 가시나 고만 울음 몬 그치겠나?"
하며 더 세게 곰녀를 꼬집어뜯는 것이었는데, 이 더 세게 꼬집어뜯는 데 대하여 다시 혹 곰녀가 울음소리를 높이지나 않을까 염려되는 듯, 그런 여유를 주어서는 안된다고 잇달아 꼬집어뜯으면서,
"소리만 질러바라,"
하는 것이었다.
 곰녀는 이제는 어디를 꼬집히는지 어디가 아픈지도 모를 만큼 되어 그저 겁먹은, 한결같이 소리 안 나는 울음을 울고 있을 뿐이었다.
 그제서야 주인마누라는 무슨 생각이 떠오른 듯 벌떡 일어나더니 안방 쪽으로 급히 걸어가는 것이었다.

곰녀는 아직 누가 옆에서 그냥 꼬집어뜯거나 하는 것처럼 그대로 떨고 앉아있었다.

좀만에 주인마누라가 다시 이쪽으로 나오는 기척이 났다. 곰녀는 일어섰다. 자기가 그대로 그곳에 앉아있다고 주인마누라가 다시 꾸짖으러 나오는지도 모른다는 생각이 든 것이었다.

곰녀는 안쪽으로 걸음을 옮겼다. 그러나 주인마누라가 곰녀의 앞을 막아섰다. 그러는 주인마누라의 손에는 작은 보퉁이 하나가 들리어있었다.

"아나!"

주인마누라는 곰녀에게 보퉁이를 떠맡기고는 혹시 이제 이 계집애가 큰 소리로 울음을 터뜨린다든가 해서는 큰일이라고 부러 상냥한 목소리를 지어,

"서울 가그라, 서울 가믄 니같은 아 공장에서 돈 망이 번다카드라,"

했다.

곰녀는 보퉁이를 안은 채 어찌할 바를 몰라 했다.

주인마누라는 치맛속 주머니에서 지전을 꺼내어 여덟 장 세어가지고,

"아나, 지끔 나가믄 기차 탈 수 있을끼다,"

하고 내주는 것이었다.

곰녀는 돈을 받아들고 열어주는 대문을 나와 몇 걸음 걷다 저도 모르게 집 쪽을 돌아다보았다. 이미 대문이 굳게 닫혀있었다. 그래도 지금 곰녀에게는 이 집이 그리운 집인 양 좀전에 주인마누라에게 꼬집힐 때보다도 더 많은 눈물이 좍좍 흘러내렸다. 절로 소리나는 울음으로 변해갔다. 주인영감의 말을 거역할 수 없어 하라는 대로 한 것뿐인데.

갑자기 곰녀는 무엇에 쫓기듯이 밤거리를 달리기 시작했다. 써늘한 밤바람이 곰녀의 얼굴에 와 부딪쳤으나 곰녀의 더운 눈물을 식히지는 못하고 지나갔다. 그러나 정거장에 닿기 전에 곰녀는 벌써 눈물을 거두고 있었다.

마침 막차에 미치었다. 그러나 곰녀는 찻간 한편에 자리를 잡고

앉아서도 지금 자기는 어쩐지 서울이라는 데를 가는 것같지가 않았다. 서울이 어디라고 자기가 간단 말인고. 더구나 이런 밤중에.
 차 안에는 이미 잠들어옜는 사람이 많았다. 그리고 새로 오른 사람들도 자리를 잡고는 대개 잘 궁리들만 하는 것이었다.
 곰녀는 도무지 그것이 모를 일이었다. 저러다가 자기네가 내려야 할 곳을 지나치면 어떡하나. 그러지 않아도 어떤 사람은 기차가 멎을 임시에야 눈을 떠 허둥지둥 모자랑 손짐이랑 마구 꿍지어쥐고 아슬아슬하게 내리는 것이 아닌가.
 곰녀는 자기만은 자지 않으리라 마음먹었다. 졸음도 오지 않았다.
 곰녀는 대구를 떠나 몇 정거장 안 가서부터 내리는 사람들보고 염치를 무릅쓰고 서울은 아직 멀었느냐고 물었다. 그랬더니 앞에 마주앉은 늙은이가 자기도 서울 가니 자기 내릴 때 내리라고 했다. 그러나 곰녀는 자꾸만 잠이 드는 이 늙은이도 당최 미덥지가 않아 이 늙은이가 으스스해서 눈을 뜰 적마다 서울이 거의 되지 않았느냐는 말을 해야만 했다.
 이렇게 해서 다음날 아침 곰녀는 서울에 와닿았다.

V

 숱해도 많은 사람이 차에서 내려 어디로 흩어지고, 끔찍이도 많은 사람이 줄을 서 차를 타러 나가서는 없어진다. 이런 가운데서 다만 곰녀만이 갈 곳이 없었다. 정거장 삼등 대합실 비좁은 사람들 틈에 끼어 앉은 채. 마치 다시 어디로 떠나기나 하려는 사람처럼, 또는 누가 마중이라도 나오기를 기다리는 사람처럼.
 도리어 어젯밤에는 그런 줄 몰랐던 온몸이 무던히도 결리고 아팠다. 가만 앉아있는데도 주인마누라에게 꼬집힌 자리가 따끔따끔 쑤셨다.
 도대체 어디로 가야 그 공장이란 데를 찾아갈 수 있단 말인고. 그러면서도 낮쯤해서 곰녀는 여태까지의 피로가 한꺼번에 밀려와 그 비좁은 사람들 틈에서도 저도모르게 까무룩 잠이 들곤 했다. 그러나 잠이 든 것이 안된 거나처럼 화닥 눈을 뜨면 옆에는 아까 앉았던 사람이 아닌 딴사람이 바뀌어 앉아있곤 했다.
 한번은 곰녀가 까무룩 잠이 들었다가 눈을 뜨는데 웬 중년사내 하나가 누구를 찾으러나 나온 듯이 이쪽에 앉아있는 사람들 앞을 살피며 지나가다가 곰녀 앞에 와서는 유달리 유심히 들여다보는 것이었다. 그리고는 저쪽 자리로 가 앉아서도 이쪽 곰녀편을 끊임없이 지키는 눈초리로 바라보는 것이었다.
 곰녀는 대합실 안이 좀 뜸한 틈을 타서 보통이를 안고 변소를 찾아 자리를 일어났을 뿐, 마음만은 조바심이 나면서도 어찌할 바를 몰라 그냥 앉아만 있는 것이었다. 중년사내는 곰녀가 변소에 가는 것마저 뒤따랐다가 다시 곰녀와 함께 제자리로 와서는 그냥 곰녀 쪽을 지키는 것이었다.
 낮이 기울면서는 졸음도 오지 않았다. 옆의 사람들이 고구마를 사다 먹는다. 곰녀도 저녁 때가 되어서는 배고픔을 참다못해 고구마를 사러 자리를 일어났다. 그리고 보통이를 안은 채 정거장 밖으로 나섰다.
 그러자 중년사내도 뒤따라 나와 곰녀가 고구마장수를 찾느라 두리번거리고 있는데 가까이 다가오며 다정한 목소리로 말을 붙이는 것이었다.
 "너 공장에 가구 싶지 않니?"
 곰녀는 깜짝 놀랄 밖에 없었다. 이 난생처음 보는 사나이가 어떻게 자기가 공장에 들어가려고 하는 것을 알고 있는 것일까.
 중년사내는 벌써 자기를 쳐다보는 곰녀의 눈에서 모든걸 알아챘다는 듯이 그냥 다정한 목소리로,
 "나하구 같이 가, 내 존 공장에 넣어주께,"
 하는 것이다.
 곰녀는 머뭇거렸으나 결국은 낯설기는 하지만 이 친절한 사나이를 따라갈 수밖에 없었다. 지금 곰녀에게는 그밖에 다른 도리가 없었으니까.
 중년사내는 정거장 앞 이게 바로 공장인가 싶게 큰 집으로 곰녀를 데리고 들어섰다. 음식점이었다. 곰녀는 또 생전처음 보는 음식(그것은 카레라이스였다)을 앞에 받아놓고, 생전처음 보는 사내 앞에서 감히 술을 들지 못했다.
 "어서 먹어."
 아주 다정한 목소리다. 이건 또 좀전부터 생전처음 듣는 다정한 목소리인 것이다. 그러나 곰녀는 배가 고플대로 고프면서도 그냥 술을 들지 못하고 있었다.
 중년사내는 곰녀 접시에 스푼까지 얹어 그것을 좀더 곰녀 앞으로 바싹 밀어주고는 자기가 먼저 제것을 먹기 시작했다. 그래야만 이제 곰녀도 자기를 따라 술을 들리라는 것을 미리 알기나 한 듯이.
 사실 중년사내가 다음번에 다시 다정한 목소리로, 어서 먹어, 했

을 때 곰녀는 술을 들 수 있었다. 그리고 곰녀는 어느새 그것을 셋은 듯이 먹어버리고 말았다.

음식점을 나와 곰녀는 또 생전처음 전차를 탔다. 무척 번화한 거리를 달리면서 붐비는 전차 속에서 곰녀는 조그만큼이라도 사나이 옆을 떨어지지 않으려 애썼다. 조금이라도 사나이 옆을 떨어졌다가는 그를 잃을 것만 같고, 그를 잃는 날이면 이 복잡한 거리 속에서 어떻게 자기 혼자 공장을 찾아간단 말인고.

전차를 내려서는 또 어찌나 많은 골목을 휘돌아 들어가는지 도무지 정신을 차릴 수가 없었다. 이런 곳에 있는 공장을 자기 혼자서는 도저히 찾지 못했을 것을. 세상에는 이런 고마운 어른도 다 있구나. 곰녀로서는 지금 자기네가 걸어가고 있는 곳이 익선동 뒷골목, 곧장 갈 수 있는 길을 이리저리 휘돌아가고 있다는 것은 꿈에도 알 리가 없었다. 그리고 같이 걸어가는 사나이의 속마음은 더더구나 알길이 없었다.

이러는 새, 날이 저물어 반짝하고 외등이 켜졌다.

그런데 그 근처에는 외등조차 없는 어떤 낡아빠진 대문 앞에 이르러, 중년사내는 곰녀더러 잠깐 기다리라는 말을 남기고는 안으로 들어가는 것이었다. 아까의 음식점보다 너절하기 짝이없는 집이었다. 아니 대구 주인집보다도.

이런 곳이 공장일 수 없을 터인데? 그러는데 사나이가 다시 나와 앞장을 선다. 그러면 그렇지, 아무렴 이런 집이 공장일라고.

몇집 안 가서 중년사내는 역시 낡아빠진 집 대문 앞에 이르러, 잠깐 기다리라는 말을 남기고는 안으로 들어가는 것이다. 역시 자기네가 찾아가는 공장은 아닐 게다. 그 양반이 또 잠깐 볼일이 있어 들어간 집이지.

이번에는 꽤 볼일이 많은 것같다. 꽤 오래 나오지를 않는 것이다. 날은 이렇게 저물어가는데. 이번에 나와서야 정말 공장으로 가겠지.

사나이가 나왔다. 그리고는 곰녀더러 안으로 들어가자고 한다. 곰녀는 말대로 좇을 밖에 없었다. 이처럼 자기를 위해주는 어른의 말을 안 듣고 어쩌나.

안에 들어서니 마침 안방 마루 위에, 방에서 새어나오는 전등빛을 등지고 웬 사내가 하나 앉아있다가 곰녀를 유심히 바라보는 것이었다. 곧 곰녀는 고개를 떨구었기 때문에 이 사내가 자기와 같이 온 사내에게 고개를 끄덕여 보인 것은 보지 못했다.

거기에 어디선가 늙수그레한 여인 하나가 나와 곰녀를 뜰아랫방으로 데리고 가는 것이었다. 곰녀는 같이 온 사나이를 돌아다보았다. 저 양반만은 잃어서는 안될 텐데. 그런데 같이 온 사나이는 웬일인지 자기 쪽을 보지 않고 마루 위의 사나이와 마주 향해 있기만 하는 것이었다.

여인이 여는 방안에는 곰녀와 같은 또래의, 나이가 많은 애라야 곰녀보다 두세 살 위일까싶은 계집애들이 네댓 앉아있었다. 그러고 보면 이 집은 자기같은 애들을 재우는 주막인가보다.

곰녀는 방안으로 들어서며 다시 같이 온 사나이 쪽을 돌아다보았다. 자기는 어김없이 예서 하룻밤을 잘 터이니 내일 아침에는 꼭 데리러 와달라는 심정으로. 그러나 벌써 거기에는 마루 위의 사내만이 좀전처럼 전등빛을 등지고 앉았을 뿐이고 같이 온 사내의 그림자는 뵈지도 않는 것이었다. 이런 곰녀의 눈앞을 여인은 한 장의 미닫이로 완전히 막아버리고 말았다.

사나이는 다음날도 그 다음날도 오지 않았다. 그리고 그곳은 주막이 아니었다. 하기는 아침저녁 두때 들어오는 밥만은 주막이었다. 그래 그렇게 해다 주는 밥을 앉아 먹기란 주막에 든 것같이 편안하다고도 할 수 있었다.

그런데 그게 도무지 그렇지 않은 것이었다. 몸가짐의 자유가 도시 없는 것이었다. 첫째 매일 너나없이 모두가 싸디싼 한통의 분을 나누어 얼굴에 발라야 했다. 그리고 대문 밖에는 말할 것도 없고 뜰안에 나와서 오래 서성거려도 안되는 것이었다. 낮이면 온종일 주인의 눈초리가 양지바른 마루에 나와 앉아 지키고, 날이 궂어 밖에 나와 앉지 못하는 날이면 으레 이 눈알은 방안에서 미닫이 유리창 바투 다가앉는 것이었다. 밤에는 또 밤대로 이쪽 방에는 전등을 꺼서는 안되는 것이었다. 그래야만 한눈에 이쪽 방안의 동정을 살필

별과 같이 살다 63

수 있기 때문이었다. 밤에 변소에라도 가느라고 문소리만 내도 안방 미닫이 유리창에 와 붙는 것이 있어, 누가 이쪽 내다보기를 앛지 않는 것이었다.

그리고 어떤 때는 매일, 적어도 하루이틀 건너쯤은 꼭꼭 밤들어 이 집 그 늙수그레한 안주인이 뜰아랫방으로 나와 모두 안방으로 불러들이는 것이었다. 그러면 거기에는 으레 주인사내하고 낯선 사람이 두셋 와 앉아있는 것이었다. 이 낯선 사람들의 샅샅이 살피는 눈초리가 곰녀네들이 안방으로 들어간 순간부터 줄곧 하나하나의 애에게 부어지는 것이었다.

그러다 이 눈초리의 한 임자가 한 애보고, 네 이름이 뭐냐, 고향이 어디냐, 묻는 수가 있었다. 그런 뒤에는 곰녀네들이 그곳을 물러나와 뜰아랫방으로 돌아온 지 얼마 안 있어 안주인이 다시 좀전에 이름이며 고향을 묻기운 애를 불러내는 것이었다.

이렇게 되면 대개 좀 뒤에 또한번 안주인이 나와 좀전에 불러낸 애의 보통이같은 것이 있을라치면 그것을 내달라가지고 가서는 불리어 나간 애는 영 돌아오지 않는 것이었다.

그래 잘 있으란 말 한마디 없이, 그리고 방안의 애들은 또 잘 가란 말 한마디 못하고 헤어지곤 하는 것이었다.

한참만에야 누구의 입에선가 남의 일같지 않게, 아까 안방에 낯선 사나이의 말소리가 평안도 말씨였으니 그애는 필시 평양으로 팔려갔을 것이라는 둥, 또 낯선 사나이가 저희들끼리 중국말을 쓰는 걸 보고는 이번 애는 분명히 만주로 팔려갔다는 둥, 또는 낯선 사나이들이 전라도 말씨에 항용 일본말을 섞어 쓰는 걸 보고는 이번 애는 일본으로 팔려감에 틀림이 없다는 둥, 하는 말들을 하는 것이었다.

애들 중의 누가 이렇게 떠나든가 하면, 잇달아 또 새 애가 오곤 했다. 그럴 때마다 안주인은 번번이 새로 온 애의 눈앞을 한 장의 미닫이로 완전히 막아버리곤 했다.

그리고 이렇게 새로 온 애들이나 미리 와있던 애들이 혹은 가난에 쪼들린 부모를 위해서라든가, 혹은 동생을 위해서라든가, 혹은 곰녀와 같은 신세로서든가, 각기 이런 데로 오게 된 연유는 조금씩 다른 듯했지만 모두가 농사꾼의 딸이란 점에선 한결같은 것이었다. 하기는 전라도 어느 고을 품팔이꾼의 딸도 하나 있기는 했지만.
 그러한 어떤 날, 곰녀가 변소에를 갔다오다 마루에 나와 앉았는 주인과 마주서서 이야기하고 있는 한 사나이와 시선이 마주쳤다. 그 남자였다. 자기를 공장에 넣어준다고 정거장에서 이리로 데려 온 그 남자였다. 곰녀는 저도모를 반가움에 가슴이 울렁거렸다. 자기를 찾으러 왔는지도 모른다는 생각에.
 그러나 그렇지가 않았다. 사나이는 이것은 또 그렇게 다정하기만 하던 양반이 어디다 그런 무섭기만 한 눈을 간직했던 것인지 독하 디독한 눈으로 곰녀를 노려보는 것이었다. 공연히 사람을 잘못 보고 무슨 수작을 꺼냈다가는 큰일난다는 눈! 사실 곰녀는 자기가 이 사나이를 전의 그 다정만 하던 사나이와 잘못 보거나 한 것처럼 고개를 떨구고 말았다. 그 뒤에도 이 사나이는 가끔 이 집에 드나드는 모양이었으나 곰녀는 다시는 자기를 데리러 왔거니 생각지 않게 됐다.

 어느날 밤이었다. 곰녀는 퍼뜩 잠속에서 눈을 떴다. 분명히 곁에 있어야 할 대구집 주인마누라가 없다. 지금 자기는 그 대구집 주인 마누라에게 한창 어깨며 옆구리를 쥐어박히고 꼬집히고 하여 이번 만은 참을래야 참을 수가 없어, 아고 소리까지 지르고 있었는데? 그 대구집 주인마누라는 간데없고 한방 애들이 누운 채 이리로들 고개를 돌리고 있는 것이다. 그럼 지금 자기는 꿈을 꾸었나. 꿈속 에서 잠꼬대소리까지 지르면서. 좌우간 꿈이어서 다행이다. 곰녀는 저도모르게 후유 한숨을 쉬었다.
 그러는데 어디선가, 아고 아고 하는 낮으나 급한 비명소리가 들려왔다. 곰녀는 문득 그것이 자기 가슴속에서 나온 소리로 느꼈다.
 한방 애들이 고개를 돌려 미닫이 밖으로 귀를 기울이고 있다. 곰 녀도 그제야 그것이 문밖에서 들려오는 소리로 깨닫는다.
 무슨 일일까. 가슴이 두근거려졌다. 아고 아고 소리는 잠시 끊겼 다가 다시 들린다. 무엇에 쥐어박히고 억눌린 속에서 지르는 여자 의 비명소리였다. 누구일까. 곰녀가 한방 애 가운데 누구 없어진 애가 없나 하고, 그 없어진 애가 누구인지 채 알아내기도 전에 드윽 미닫이가 열리며 나타난 것은 안주인의 손아귀에 머리채를 잡힌 곰녀와 같은 경상도 어느 시골서 엊그제 갓 온 애였다. 그애는 머리채를 바싹 그러잡힌 채 눈물 젖은 고개를 뒤로 젖히고 참으려 하나 어쩔수없는 듯 그냥 아고 소리만 지르는 것이었다.

안주인은 머리채 잡은 팔에 힘을 주어 냅다 그애를 방안으로 들이쏘아 밀어버렸다. 그러는 안주인의 손에는 한 움큼의 머리카락이 남아있었다. 그것을 안주인은 다른 한 손을 가져다 툭툭 털면서 독이 오른 소리로, 이 망할년이 도망가긴 어딜 도망갈려구, 안된다 안돼애, 하는 것이었다. 그리고 이 방안과 바깥 세상과의 사이를 막아버리기라도 하듯이 미닫이를 탁 닫아버리는 것이었다.

지금 머리채를 잡혀 들어온 애는 그냥 얼마든지 머리가 아프다는 듯이, 두 팔로 머리를 싸안고 와들와들 떨고 있었다. 곰녀는 제가 직접 그런 일을 당한 거냐처럼 속이 와들와들 떨림을 어쩔 수 없었다. 그것은 방안에 있는 애들 전부가 그런 듯했다.

며칠 뒤에 곰녀는 대낮에 안주인에게 불리어 안방으로 들어갔다. 낯선 중년여인이 하나 와 있었다. 그 여인이 곰녀보고 몇살이냐고 물었다. 서울 말씨였다. 열여섯살이라고 했다. 여인은 혼잣말 비슷이 나이치고는 얼떠 보인다고 했다.

곰녀가 그곳을 나와 뜰아랫방에 돌아와있는데 다시 안주인이 곰녀를 나오라고 한다. 그리고 안주인은 곰녀의 보퉁이마저 가져다주는 것이었다.

이렇게 해서 곰녀는 좀전의 낯선 여인을 따라 그집을 나섰다. 한방 애들 보고 잘 있으란 말 한마디 못하고. 물론 곰녀는 지금 자기가 가는 곳이 어디인지 알 리 없었다. 그저 여인의 뒤로 묵묵히 걸어갔다.

전에 이리로 올 때보다는 쉽게 골목을 빠져나와 전차를 탔다.

전차에서 내려 얼마 걷지 않아, 큰 골목에 면해있는 한 집으로 들어갔다. 거기가 화천동이요, 그 집이 진주관이라는 술집이란 걸 뒤에야 알았다.

곰녀는 여기서 삼월이라는 이름을 버리고 새로 유월이라는 이름을 얻었다. 유월이가 되어 곰녀가 진주관에서 해야 하는 일이란 손님에게 술을 붓는 일이었다. 곰녀가 아직 이런 술집에 경험이 없는 것을 아는 주인여인은 처음에 손님방에 들어가 앉는 법(언제나 한 무릎은 세우고 앉을 것)이며, 술 붓는 법(언제나 두 손으로 부을 것)이며, 술 권하는 법(언제나 손윗사람인 듯한 손님에게 먼저 권하되, 그날 술좌석의 형편을 보아 대접을 받는 듯한 손님에게 더 술을 권할 것) 따위를 가르쳐주는 것이었다. 곰녀는 그대로 다 했다.
　그런데 곰녀가 하는 일은 손님에게 술을 붓는 것뿐만 아니었다. 손님들한테서 술잔을 받아야 하기도 하는 것이었다. 이것도 주인여인한테서 가르침을 받은 대로 손님이 술잔을 주거들랑 몇번 사양하다 받아라, 그러나 곤드레만드레가 되도록은 절대로 먹지 말라는 말 그대로 해야 했다. 술을 곤드레만드레가 되도록 먹지 말라는 것만은 곰녀에게 다행이었다. 곰녀는 아버지의 체질을 닮아서 그런지 한 잔 술에도 금방 얼굴이 붉게 달고 숨이 차지는 것이었는데, 그것을 핑계로 더 못 먹는다고 술을 사양할 수도 있었기 때문이었다. 그러나 손님들은 손님들대로 이 잘 생기지는 못했으나 어린 계집애가 술을 한 잔 먹고는 얼굴이 빨개져서 숨이 차 하는 꼴이 뭐가 재미난지 억지로 술을 먹이려는 것이었다.
　술뿐 아니고 담배도 피워야 했다. 이게 또 큰일이었다. 이것도 주인여인의 말대로 손님들에게 일일이 담뱃불을 붙여주어야 했는데, 그것만은 곰녀도 할 수 있는 것이었다. 한 모금 빨아 불만 붙이면 그만이었으니까. 단지 손님들이 같이 피우자고 담배를 건넬 때가 문제인 것이었다. 도무지 제대로 피울 수가 없었다. 여기 오기 전에도 그 뜰아랫방에서 큰애들이 이런 것이라도 피우지 않고는 못견딘다는 듯이 피우던 담배를 곰녀보고도 피우라고 주었고 곰녀는 그것을 못 피운다고 물리치기만도 안되어 받아 빨아보곤 했으나 번번이 사레가 들려버리곤 했다. 그게 이 진주관에 와서도 좀처럼 배워지지가 않는 것이었다.
　이밖에 곰녀가 또 해야 되는 일은 주인여인의 말대로 손님이 그런 눈치만 보이면 주인더러 말하라고 하고는 잠까지 재워보내야 한다는 것이었다. 사실 이 진주관 주인여인이 곰녀를 사온 것도 손님에 따라서는 비록 인물은 잘 생기지 못했다 하더라도 나이 어린 숫처녀를 찾는 축이 있어, 그런 손님을 위해 곰녀를 사들인 것이었다. 값도 싸고 해서. 그래 곰녀의 머리도 많아 늘어뜨린 채로 그냥 두었다.

곰녀가 이리로 팔려온 다음다음날인가였다. 곰녀가 젊은 손님을 상대로 술을 붓고, 억지로 술을 몇 잔 받아먹고, 그러다가 한 손님이 일본말로 술을 더 가져오라고 하는 것을 곰녀가 무슨 말인지 못 알아듣고 그냥 앉았으려니까, 그제는 그 손님이 곰녀가 일본말을 모르는 것을 알고 조선말로 술을 더 가져오라고 하는 것이었다.

곰녀가 술을 가지러 일어서는데, 지금의 손님이 다시 일본말로 같이 온 사내더러, 나이도 나이지만 저렇게 못생긴 것 가운데 숫자가 있지 않을까 하니 맞은편 사내가 같은 일본말로, 말 말라고, 되레 저런 것 가운데 병을 가지고 있는 게 얼마나 많은지 모른다는 말을 하는 것이었다. 곰녀는 물론 무슨 말인지 알아듣지 못했다.

곰녀가 빈 술주전자를 들고 나가자 좀전에 일본말로 저런 것 가운데 병을 가지고 있는 게 얼마나 많은지 모른다고 한 사내가,

"저렇게 못생긴 건 누가 좋아하지 않겠지 하구 행여 숫잘까 해서 제마끔 달겨들어 되레 병이 있는 수가 많어. 허지만 병 있구 없는 건 간단히 알 수 있지."

"뭘루 아나?"

"그저 담배 속에다 머리칼을 넣어가지구 빨려 보면 대번에 알지. 병 있는 건 사례가 들려 영 빨지를 못하거든."

"정말?"

"여부 있나. 한번 시험해볼까."

"어디 해보세."

이쪽 사내가 자기 머리털 한 올을 뽑아 성냥개비로 궐련에 쑤셔 넣기 시작하는 것이었다.

곰녀가 들어왔다.

술이 몇 잔 오고 간 뒤 이쪽 사내가 궐련 세 개를 꺼내어 한 개

는 자기, 한 개는 맞은편 사내에게 그리고 한 개는 곰녀에게 돌렸다.

곰녀가 두 손님의 것까지 제가 불을 붙여 주겠노라고 했다. 그러나 두 사람은 좋으니 그냥 성냥만 그으라고 하여 곰녀는 두 손님에게 불을 대주고 제 담배에는 불을 붙이지 않았다.

맞은편 손님이 곰녀보고 담배를 피우라고 했다. 곰녀가 자기는 아직 담배를 피울 줄 모른다고 했더니, 그러지 말고 어서 피우라고 하면서 제 담뱃불을 내미는 것이다. 곰녀는 하는 수없이 불을 붙였다. 두 손님의 시선이 곰녀에게로 모였다.

곰녀는 한 모금 조금 빠는 시늉을 하고 그냥 연기를 내보냈다. 두 모금째도 그렇게 했다. 그랬더니 맞은편 손님이, 어디 담배를 그렇게 피우는 법이 있느냐고 한 모금 힘껏 빨아 연기를 코로 내보내 보라는 것이다.

곰녀는 진작 담배를 배워뒀더면 좋았을 걸 하면서 자기는 정말 그렇게는 피울 줄 모른다고 했다. 그래도 한 모금 흠뻑 빨아보라고 재촉하는 바람에 하는수없이 그렇게 해보았다. 다음 순간 곰녀의 목 안으로부터는 사레들린 기침이 쏟아져나왔다.

두 젊은 손님은 눈을 크게 떠가지고 서로 바라보았다. 이 어리고도 못생긴 계집애가 벌써 병이 있구나, 그래서 그런 담배인 걸 눈치채고 안 피우려 했구나, 그리고 불을 붙이고 나서도 시원스레 빨지 않았구나, 하고.

곰녀가 이 진주관에 온 지 한 열흘도 못되어서였다. 곰녀에게 뜻하지 않은 일이 생겼다. 뒤에 생각해봐도 도시 알 수 없는 일이었다.

술집 진주관에는 색시가 곰녀까지 다섯이 있었는데, 그중에 벽도라는 평양서 온 애가 하나 있었다. 벽도는 인물도 잘 생겼지만 수심가를 잘 부르기로 유명했다. 그리고 이 수심가 부르는 것보다는 또 술좌석에서 벌거벗곤 하는 거로 더 유명했다.

이 애는 술만 얼근해지면 곧잘 손님들과 노래를 주고받고 하다가 으레 나중에는, 우리 술먹기 내기를 한번 하자고 하는 것이었다.

별과 같이 살다

가위바위보를 하여 지는 사람이 술을 먹기로 하자는 것이었다. 그러나 벽도는 이 술먹기 내기에서 자기가 그 이상 더 먹지 못할 정도에 이르게 되면 이번에는 자기는 술잔 대신에 제 옷 한 가지썩을 벗기로 하는 것이었다. 그러다가 옷을 몽땅 벗어버리는 수도 있었다. 속살결도 맑고 고왔다. 이것이 손님들한테 대인기였다.

그날도 벽도는 어떤 방 손님들을 상대로 술먹기 내기를 시작하여 치마까지 벗기우고 있었다. 그러는데 마침 술이 떨어져 새로 술을 가져오기로 했다. 곰녀가 술심부름을 했다. 일은 여기서 일어난 것이었다.

곰녀가 술주전자를 들여가자, 바로 문 안에 앉았던 손님이 주전자 뚜껑을 열고 속을 들여다보는 것이었다. 이 손님은 그중 제일 술이 덜 취해있었다. 벽도가 무엇을 눈치챈 듯 주전자를 이리 보내라고 했으나 소용없었다. 벌써 주전자 속을 들여다본 손님은 제 예감이 들어맞은 듯이 입을 한번 비쭉하더니, 이번에는 주전자를 들어 기울여 뵈는 것이었다. 반 이상이 기울도록 술이 나오지 않았다. 술이 반주전자도 못되는 것이었다.

그러자 그 손님은 버럭 소리를 질렀다.

"이게 한 되야? 이게 무슨 술 내오는 법야!"

주방에서 사람이 달려왔다. 그런 술주전자를 내보낸 기억이 없다는 것이었다. 결국은 곰녀가 잘못해서 그런 빈 주전자를 들여왔다는 것이었다. 모를 일이었다. 사실은 곰녀가 무어 제 손으로 그것을 집어 들여온 것도 아니요, 주방에서 주는 것을 받아가지고 들여온 것뿐인데. 그렇다고 그런 말을 곰녀는 할 수 없는 것이었다.

주인여인까지 나왔다. 주인여인은 두말없이 곰녀의 머리끄덩이를 잡더니,

"이 육실할년이 누굴 망신시킬려구,"

하며 주방 쪽으로 끌고 가는 것이었다.

곰녀는 곱다라니 끌려갈 밖에 없었다. 그러면서도 곰녀는 이게 도시 어떻게 된 일인지를 몰라 했다.

그리고 주인여인은 손수 새 술주전자를 들고 나가,

"글쎄 그런 육실할년이 어디 있수, 제 맘대루 술주전자를 집어오

다니 글쎄, 선생님들 조금두 기분 상해 마세요, 그년 땜에 잠깐 실수된 일이니…… 그년을 당장 내쫓구 말겠습니다,"
하는 것이었다.
　곰녀는 암만해도 모를 일이었다.
　다음날 곰녀는 사실 주인여인을 따라 그곳을 나와야 했다. 또 전차를 탔다. 그리고 꽤 번화한 거리를 몇 지나서 한곳에 가 내렸다. 좀 낯이 익었다. 그럴 것이 곰녀가 처음 정거장에서 들어오던 날 내린 곳이요, 얼마 전에 이 주인여인과 같이 전차를 탄 곳이었던 것이다.
　들어서는 골목도 그 골목인 듯했다. 그러나 곰녀가 들어선 집은 그전 집은 아니었다.
　주인여인이 안방으로 들어갔다가 좀만에 나오는데 뒤에 한 남자가 따라 나온다. 이번에는 이 사나이가 곰녀를 뜰아랫방으로 데리고 갔다. 그리고는 한 장의 미닫이로 곰녀의 등뒤를 막아버리는 것이었다. 방안에는 역시 전번 집과 같이 네댓의 처녀애가 먼저 들어 있었다.

　눈초리가 뜰아랫방을 지키는 것이라든가, 때로는 매일 밤, 적어도 하루이틀 건너쯤은 으레 안방으로 불리어 들어가는 것도 전 집과 똑같았다. 전에 자기를 공장에 넣어준다고 정거장에서 이런 데로 데려다준 그 사나이가 드나드는 것까지도 마찬가지였다.
　곰녀는 여기서 담배를 배우고야 말았다. 한방 애 가운데 좀 큰 애들이, 이런 것이라도 피우지 않고는 못배긴다고, 피우던 담배를 곰녀보고도 피우라는 것이었다. 곰녀는 또 굳이 받지 않는다는 것도 주는 애에게 안됐다고 생각돼, 한 모금 두 모금 받아 피우기 시작한 것이 이제는 사레를 들리지 않고 꽤 제대로 피우게쯤 됐다.
　이러는 동안, 곰녀가 이리로 왔을 때 있던 애들이 또 하나 둘 어디로 떠나고 새로 애들이 오고 하여(그러나 전번 집에서 만났던 애는 하나도 오지 않았다) 처음 곰녀가 왔을 때 있던 애로는 곰녀 하나가 남게 되었다.
　워낙 주인은 곰녀를 싼값으로 샀기 때문에 작자만 있으면 역시 싼값으로 넘기려 했건만 좀체로 작자가 나서지 않는 것이었다. 그러나 주인편에서 곰녀를 못 팔아서 안달하는 것은 아니었다. 아무 물건이고 제 임자가 나서야 팔리게 되는 것이고, 그 제 임자라는 것은 또 아무 때고 꼭 나서게 마련이라는 걸 주인은 잘 알고 있는 것이었다. 이런 장사를 시작한 이래 아직 팔아보지 못한 계집애라곤 하나도 없는 것이었다. 그저 그 어떤 때가 오기만 기다리면 되는 것이었다.
그러면서 주인은 또 곰녀를 곰녀대로 달리 이용할 것을 잊지 않았다. 보아하니 세게 생긴 데다 됨됨이가 밖에 내놓아도 어디 달아나든가 그런 엉뚱한 생각도 않을 성싶었다. 부리자. 들인 돈의 이자라도 뽑게끔 부리자. 그리고 먹이는 밥값이나마 빼내자.
이렇게 해서 곰녀는 이 집 부엌동자로부터 빨래 다림질 할것없이 모조리 맡아 하게 되었다. 주인의 생각대로 곰녀는 힘도 센 데다가 도무지 몸을 아끼지 않는 것이었다. 그리고 안팎 주인의 감시가 떠나지 않기도 했지만 곰녀 자신 어디 도망이라도 칠 생각은 아예 하지도 못하는 것이었다.
온종일 이렇게 힘든 일을 해낸 곰녀는 또 밤이면 밤대로 다른 애들과 같이 낯선 손님들 앞에 나서야 했다. 아무래도 주인은 이 곰녀를 팔아 돈을 남겨야 하는 것이 본 목적이었으니까.
그날밤도 안방에 낯선 사나이들이 와 곰녀는 한방 애들과 함께 한차례 들어갔다 나왔다. 오늘 온 낯선 사나이들은 평안도사투리로 충청도서 온 한 애를 골라잡아가지고 이름과 고향을 물었다. 예에 의해 곰녀네들이 뜰아랫방으로 물러나온 지 얼마 안 되어 안주인은 그 충청도 애를 불러내갔다. 그리고 보따리도.
그런 지 좀 있다 곰녀는 변소에를 나갔다. 그런데 변소 쪽으로 걸어가던 곰녀는 바로 변소 쪽 어둠속에서 소변을 보며 주고받는 사나이들의 말소리에 발걸음을 멈추고 말았다.
"아무래두 값이 좀 비싼 것같디 않아?"
"그래두 애만은 꽤 쓰갔어. 이자두 자세히 봤디만……"
말소리로써 그들이 간 줄 알았던 좀전의 낯선 평안도 사나이들이란 걸 알 수 있었다.

"어디 밤이 돼나서 자세히야 생긴 꼴을 알 수 있어야디."
"건 모르는 소리야. 갈보란 밤에 봐서 그럴듯해야 쓰는 거야. 암만 곱게 생긴 녀자라두 밤에 봐서 시원티 않은 게 있거등. 그런 건 못써. 갈보란 밤에 봐서 그럴듯해야 되는 거야. 그래 내 메라등가. 갈보 사례들은 밤애 뎅긴다구 했디 않아?"
"목소리 들어서는 병은 없는 것같든데."
 평안도 사나이들은 소변을 다 본 눈치인데도 그냥 이야기다.
 곰녀는 사나이들이 변소를 나오기 전에 일단 제방으로 돌아와있어야 할 것을 깨닫고 돌아서려는데 다시,
"그르트래두 값이 좀 센 것같디 않아?"
하는 한 사나이의 말에 이어,
"애만은 쓰갔어, 값이 좀 세드라두 쓸 만한 걸 사가야 해, 저 아까 문쪽우루 둘짼가 앉았든 거야 어디 거저 준대믄 갖다 뭐해? 받을래는 소같은 것…… 참, 갈보 고르기란 소 당에 가서 소 사는 눈치루 봐야 해, 부리기 좋은 소란 헨둥하디 않아? 대가리두 과히 크지 않구, 몸집두 알맞은 거…… 사람두 같애, 대가리 크구 목이 밭구 한 년은 받는 소걸애서 부리기 힘들거등, 만주서 그런 엠나이 하나 만냈다가 정 뽕빠뎄대서, 받는 소터럼 증만 부리구 어디 손님을 끌어줘야 말이디, 즘생 말 안 듣는 건 잡아나 먹디, 사람 말 안 듣는 건 잡아두 못 먹구 야단이야, 아까 그런 거 사가는 사람 정말 큰일나디 않으리……"
하는 말이, 그건 다른 누구를 두고 하는 말이 아니고 곰녀 자기를 두고 하는 말이어서 자기도모르게 서서 들었다.
 자기더러 받으려는 소같다고 한다. 그럼 이렇게 소같은 자기가 여기 서있다는 걸 어둠속 사나이들이 알아보기라도 하면 어쩌나 싶어, 곰녀는 이번에는 급히 방으로 들어가버리고 말았다.
 곰녀는 방안의 애들이 모두 자기보다는 잘나 보였다. 이 애들뿐만 아니라 세상사람이 모두 자기보다는 잘났다고 생각됐다. 그러니 자기는 못생긴 값을 해서라도 받는 소처럼 증을 부리거나 하지 말고 부지런히 일을 해야 한다는 생각이었다.
 다음날부터 곰녀는 한층 더 몸을 아끼지 않고 자기가 할 일을 했다.

VI

 그해 겨울이 잡혀 곰녀의 손등이 다시 찬물 다루기에 붉게 붓기 시작하는 어느날, 곰녀는 그래도 제 임자를 만나 평양으로 팔려가게 되었다. 기차를 탔다. 곰녀는 한편 쪽에 이건 또 다른 집에서 사오는 애 하나와 같이 앉고, 그 맞은편에 자기네를 사가는 주인 하나가 앉았다. 전에 대구에서 서울로 올 때와는 달리, 옆에 앉은 애와 함께 곧잘 잠도 들곤 했다. 그저 추위 때문에 잠이 깨지는 게 안됐다. 눈을 떠 보면, 앞에 앉은 주인이 외투 속에 묻혀 잠들지 않고 있다가, 그 왼쪽 눈썹 위에 큰 점이 하나 박혀있어서 흡사 눈이 셋 있어 뵈는 눈으로 곰녀네 쪽을 바라보곤 하는 것이었다.
 새벽녘에 곰녀가 다시 추위에 눈을 떠 보니, 여태까지 앞에 앉았던 주인은 간데없고 다른 한 사람이 그자리에 와 앉아 여전히 지키는 눈으로 이쪽을 보고 있는 것이었다. 그새 주인들은 대번을 한 것이었다.
 다음날 아침 평양역에 닿았다. 여기는 벌써 한겨울인 듯 매우 날이 추웠다. 그러나 곰녀는 전에 서울에 와닿았을 때처럼 갈 곳이 없어 걱정할 필요는 없었다. 역에서 얼마 멀지도 않은 곳에 훌륭한 집이 곰녀네를 기다리고 있었다.

 곰녀는 평양 아랫거리 청루로 오자 또 이름이 고쳐졌다. 복실이라는 이름이 붙었다. 그리고 복실이가 되어 그네가 할 일이란 다른 것 아닌 몸을 파는 일이었다.

저녁이 되어 전등불이 들어오기 시작하면 장사는 시작되는 것이었다. 곰녀는 먼저 놀랄 밖에 없었다. 그렇게 낮에 죽은 듯 고요하던 동네가 정말 장거리처럼 부산스러워지는 것이었다. 대체 어디 이렇게 많은 여자가 들어있다 나오는 것일까. 하기는 자기 집에만도 여섯 명이 되니 (기실은 한 집치고 여럿되는 편도 아니었다) 이렇게 좌우 줄로 쭉 연달은 집집에서 나온 여자들이라 오죽 많으랴.

이 여자들이 모두 지나가는 사내들에게 소리를 지르는 것이었다. 처음 듣는, 도시 알 수 없는 소리였다. 같은 집에 있는 같은 경상도애 (그리고 거의 모두가 전라도니 충청도니 해서 남도 애들이었지만)의 목소리와 말만 해도 그게 도무지 그애의 목소리도 말도 아닌 것이었다. 저 오라반 잠깐 왔다 가라우요, 엉야. 저 세스방 날 잠깐 보구 가소고레, 엉야. 이런 소리만 지르는 게 아니라, 지나가는 사나이를 나와 붙들고 끌어들이고 하는 것이었다. 엉야, 들어가자우요, 엉야.

이렇게 집집에서 나온 여자들이 소리지르고, 지나가는 사나이들을 붙들고 끌어들이고 할 뿐 아니라, 여기저기 사나이들편에서 먼저 집집 문 앞에 나와 섰는 여자들에게로 와, 우리 마누라 잘 있었나 하는가 하면, 그새 우리 십팔춘 뉘 고와뗐네, 하며 허리를 쓸어안기도 하는 것이었다. 그리고 이 사나이들은 또 한 여자보고만 그러는 게 아니고 만나는 여자마다 붙잡고 주절대고 쓸어안고 하는 것이었다. 모두가 사람이 지르는 소리가 아니요, 사람이 하는 짓이 아닌 성싶었다.

곰녀로 하여금 더한층 놀라게 한 것은 이런 사나이들 틈에 이건 아직 열서너너덧밖에 더 안나 뵈는 어리디어린 사내애들이 섞여있다는 것이었다. 모두 담배를 피워물고 있었다. 그리고 대개 금방 일하다 나온 듯이 무슨 기계기름이 젖어밴 주제들을 하고 있는 것이었다. 그러고 보면 이 무슨 기계기름이 젖어밴 듯한 주제를 한 것은 비단 이 사내애들만 아니고 큰 사나이들 가운데도 드문히 보이는 것이었다. 그리고 이 큰 사나이들은 계집애들과 장난을 치는 한편, 거기 모인 다른 여러 사나이들에게 수작을 붙이기도 하는 것이었다. 멋쟁인데! 어어 개 멋쟁이!

갑자기 옆에서,
"이 호박갈보 첨 보갔다,"
하여 곰녀가 놀라 돌아보니 웬 양복쟁이 사내 둘이 와 서있었다.
곰녀는 어쩔줄을 몰라 주춤거렸다.
"너 언제 완?"
곰녀는 무슨 말을 해야 좋을지 몰랐다.
그러니까 곰녀에게 말을 붙이던 사내가 담배를 빨아가지고 훅 곰녀의 얼굴에다 내뿜는다. 술냄새가 풍겨왔다. 그리고 눈앞의 담배연기가 스러지는 속에 곰녀는 두 사나이의 손이 모두 귀한 집 여자의 손처럼 포동포동하다는 걸 알아본다.
"쌍통 묘오하다."
담배연기를 내뿜던 사내의 이 말과 함께 두 사내는 한바탕 얼려 웃어젖히고 나서 그곳을 떠난다.
곰녀는 무슨 큰 잘못을 저지른 사람처럼 가슴이 내려앉는 심사였다. 주인이 나왔다. 그리고 그 셋으로 븨는 눈으로 정말 곰녀가 큰일을 저지른 듯이 노려보면서 소리를 지르는 것이었다.
"넌 꿰온 보릿자루가? 아가리가 있음 손님보구 말을 해야디! 끌어두 들이구! 넌 데쪽 뒷문으루 나가있다가 손님 끌어라!"
뒷문 쪽으로 갔다. 어두웠다. 문등 하나 켜져있지 않은 좁은 골목은 그저 집집의 전등불이 뒷문을 통해 크고 작게 희끄무레한 빛을 던지고 있어, 컴컴한 어둠과 이 희끄무레한 광선이 꽤 규칙있게 서로 엇바뀌는 무늬를 이루며 저기 골목이 끝나는 데까지 계속되고 있었다. 이런 골목 속에서는 앞쪽처럼 사람의 말소리가 분주살스럽게 들려오지 않았다. 그 대신 그 속에서는 한층 더 직접적인 사람들의 몸뚱이들이 뭉쳐 돌아가고 있는 것이었다. 그것들은 마치 희끄무레한 광선 속에서 허깨비처럼 한데 붙었다, 떨어졌다, 다시 붙었다, 그러면서 어두컴컴한 데로 사라졌다, 희끄무레한 데로 나왔다, 했다. 곰녀는 자꾸 추웠다.
불쑥 검은 그림자 둘이 다음 집 뒷문 희끄무레한 곳을 지나 이쪽으로 걸어오다가 곰녀가 섰는 바로 옆 어둠속에 서더니 그중 한 사나이의 목소리가,

"그럼 우리 담배에 머리칼을 넣어개지구 빨레볼까?"
 두 사내가 잠시동안 어둠속에서 우무적거리더니 곰녀네 집 광선 속에 들어선다. 그러면서 사내가 곰녀 쪽을 쳐다본다. 그리고 곰녀를 다 지나치고 나서야 문득 거기 곰녀가 있다는 걸 알아본 듯 걸음을 돌려 아리로 다가오면서 다시 한번 곰녀의 얼굴을 들여다보고는 같이 온 짝패를 부르는 것이었다.
"어이, 이리 오라우."
 한쪽 사나이도 곰녀 있는 데로 왔다.
"담배 한대 피우구 가세."
 이쪽 사내가 주머니에서 담배 한 대를 꺼내어 자기 입에다 물고, 머리카락 넣은 담배일랑 곰녀에게 내주며,
"자 우리 뉘두 한대 피우디, 어느새 여길 와있었구만,"
하는 것이다.
 두 사나이가 먼저 붙이고, 곰녀의 담배에로 불이 왔다. 곰녀는 담배를 빨았다. 그리고 아무 이상 없이 담뱃내를 코로 내보냈다.
 이쪽 사나이가 같이 온 사내에게 눈을 한번 꿈쩍해 보였다. 이 호박갈보는 병이 없으니 안심하라는 뜻이었다. 그리고는 같이 온 사나이의 어깨를 잡아 곰녀 쪽으로 떠미는 것이었다. 곰녀는 저도 모르게 자기 쪽으로 쏠리는 사나이의 몸을 받았다. 그러자 이번에는 그 여자의 손같이 포동포동하고 따스한 손길이 와서 곰녀의 갈고랑이같은 거친 손을 잡았다.
 이날부터 이렇게 곰녀의 몸 파는 일이 시작되었다.

 이 아랫거리는 또 싸움고장이었다. 거의 매일 밤이다시피 크고 작은 싸움판이 벌어지는 것이었다.
 곰녀는 처음에는 그것이 싸움인지 뭔지도 몰랐다. 한쪽 사내편에서, 여보 여보, 하고 누구를 부르는 듯한 소리를 질러 지나가던 사나이가 돌아다볼라치면 이쪽 사내는 천연스럽게 곡조를 붙여, 거북님 내말 들어보오, 하는 것이고, 이때 지나가던 사나이가 그냥 고개를 거두어가지고 저 가던 길을 가면 무사했지만, 그대로 서서 바라본다든가 하는 날이던 싸움이 되는 것이었다. 무어 어느편에서고

별과 같이 살다 77

별반 다툼말도 오고가지 않는 것이었다. 갑자기 양편의 사내가 툭 탁거리기 시작하고 이렇게 툭탁거리다 떨어지고 다시 붙어 툭탁거리고 나면, 으레 어느편의 코에서나 입에서나 피가 흐르는 것이었다. 이런 싸움이란 곰녀네 고향에서는 도무지 보지 못하던 싸움이었다. 곰녀는 처음 보는 이런 싸움에 몸을 떨곤 했다.

싸움은 또 어른들만 하는 게 아니고 나이 어린 사내애들도 썩 잘 하는 것이었다. 이 사내애들은 또 자기 또래의 애들과만 하는 것이 아니고 곧잘 큰 사나이들과도 얼러붙는 것이었다. 그래 큰 사나이들의 콧등이며 입을 터쳐놓는 것이었다. 그리고 이런 싸움은 한 사람 한 사람씩의 싸움뿐만 아니고 패거리와 패거리와의 싸움이 벌어지는 수도 있었다. 더 무서웠다.

이런 가운데서 또 한 가지 곰녀를 놀라게 한 것은 이 사내들 싸움 속에, 나도 좀 끼자, 하면서 뛰어드는 색시가 하나 있는 것이었다. 곰녀는 처음에는 이 색시가 아무래도 지금 싸움하는 어느편 사내와 관계가 있는 여자인 줄로만 알았다. 그러나 그런 게 아니었다. 알고보니 바로 곰녀네 맞은편 줄로 두어 집 건너에 있는, 같은 경상도에서 온 산옥이란 애로 아무 상관도 없는 사내들 싸움 속에 그렇게 뛰어들곤 하는 것이었다. 대개 그럴 때는 술이 취해있는 듯했다. 그러나 아무리 술이 취했기로서니 어쩌면 그렇게 왈패가 되는 것일까. 지내보니 평상시에도 서글서글하고 이야기 잘하는 애이기는 했다.

싸움은 그믐께가 되면 한층 잦고 심해지곤 했다. 이때는 거의 밤마다 이 아랫거리에 나타나는 사내들은 물론, 이런 때만 뵈는 사내도 많이 모여들었다. 이런 때만 뵈는 사내들은 대개가 무슨 작업복 같은 걸 입었다든가 몸에서 무슨 기계기름 냄새를 풍기는 사내요 사내애들이었다. 이런 사내들로 해서 거기에는 여태까지보다 더 지독한 싸움이 벌어지는 것이었다. 마치 그것은 그들이 이런 데라도 와서 이렇게라도 하지 않고는 견딜 수 없어 벌여놓은 싸움인 듯했다. 이런 때면 또 산옥이도 이러지 않고는 못견디겠다는 듯이 싸움 속에 뛰어들었다. 이상한 것은 이 산옥이의 뛰어듦으로 해서 사내들의 싸움이 멎는 수가 있다는 것이었다.

산옥이의 주인은 이런 산옥이를 눈감아주는 눈치였다. 눈감아준
다기보다 도리어 이런 산옥이를 이용하는 것이었다. 인물이 좋고,
평상시에도 활발하고 이야기 잘하는 산옥이가 이런 짓을 함으로 해
서, 그 소문을 듣고 일부러 그네를 찾아오는 손님이 적지않기 때문
이었다.

   대동강 물이 두 번 얼어붙었다가 풀렸다. 그동안 곰녀가 있는 집
애가 넷이나 바뀌었다. 어디론가(대개 만주로 간다는 소문이었다)
떠난 애의 뒤를 이어 지체없이 딴 애가 들어왔다. 대개가 곰녀처럼
주인이 서울 가서 사오는 수가 많았다.
   그런데 알 수 없는 것은 서울 그 주막 아닌 주막에서 곰녀보다
앞서 이 평양으로 온 애들을 곰녀는 여태 한 애도 볼 수 없다는 점
이었다. 하기는 아랫거리에 같이 있으면서도 서로 못만나는지도 모
를 일이었다. 그만큼 이 아래 청루거리는 크기도 했지만 워낙 태양
을 등진 그네들의 생활이 한거리에 있으면서도 누가 넌지 알지 못
하게 하는 것이었다.
   혹은 그때 평양으로 팔려온 애들은 저 윗거리에 있는 가루개고개
유곽으로 와있는지도 모를 일이었다. 혹은 그새 또 다른 곳으로들
팔려갔는지도 모를 일이고.
   한때는 곰녀도 다른 데로 팔려간다는 말이 있었다. 인물도 인물
이지만 손님을 끌어잡는 재주가 없어 주인은 어디 다른 데로 팔아
넘기려는 것이었다. 사실 곰녀의 손님이란, 도리어 곰녀가 인물이
없으니 누가 그렇게 봐 다니지 않을 것이고 그러니 병만은 없을 것
이라는 생각으로들 곰녀의 몸을 사는 정도의 것이었다. 이곳 주인
이 처음에 곰녀를 사올 때도 그런 예산에서이긴 했다. 손님에 따라
서는 한사코 이런 여잘 찾는 수가 적잖다는 것과 곰녀의 값이 페는
싸다는 데서 사왔던 것이다. 그래 여기서도 곰녀는 머리를 땋아 늘
어뜨린 채로 있었다. 그랬던 것이 주인은 곰녀가 그러한 손님이나
마 끌어잡는 재주가 없다는 걸 알게 된 것이었다.
   손님을 끌어잡는 재주가 없다고 해서 곰녀는 주인에게 무던히 매
도 얻어맞았다. 이 꿰온 보릿자루같은 년아, 아무런들 그르케야 손

님을 못 끌어들이니? 주인은 다른 애들이 있는 데서 곰녀의 따귀를 후려갈기곤 했다. 그것은 다른 애들에게 너희들도 손님을 안 끌어들이면 이 맛을 봐야 한다는 엄포도 되었다.

곰녀를 사러 왔던 만주 갈보장수들이 그네의 생김새를 보고는 입속으로들, 몸이 튼튼하니 딴 병으로 해서 성화는 먹이지 않겠지만 그대신 이런 계집애는 쩍하면 받는 소처럼 증을 부리기가 쉬워 그것이 겁난다고 중얼거리고 돌아가곤 했는데, 그런 뒤에는 또 빼놓지 않고 주인이 곰녀에게 매질을 하곤 했다. 이 께온 보릿자루같은 년아, 그래 어뜨케 생겼으믄 누가 사갈 넘두 안하니? 이 턴하에 뭣겉이 생긴 년아!

그러나 결국 이렇게 매를 얻어맞는 것은 곰녀 혼자만이 아니었다. 번차례로 다른 애들도 맞아야 하는 것이었다. 애에 따라 잦고 덜한 차이가 있을 뿐이었다. 그리고 이 주인한테 매 얻어맞는 일은 비단 곰녀가 있는 집에만 있는 일은 아니었다. 옆집에서도, 맞은편 집에서도, 이 아랫거리 온 동네에 있는 일인 것이었다.

그리고 또 주인한테 이렇게 매 얻어맞는 일은 손님을 끌어들이는 성적이 좋지 못할 때만 있는 일도 아니었다. 나쁜 병을 옮겨받았을 때는 더 심한 매질이 내렸다. 이 개겉은 년아, 어데서 그런 몹쓸 병은 얻어개지구 누굴 성화멕일 작뎡이가? 칵 뒈디구 말아라!

그러다가 검진하는 날이라도 되면, 이들 몹쓸 병으로 고통받는 애들을 안방 한구석에 이불을 씌워 뉘어두는 것이었다. 죽은 사람이나처럼. 사실 이들은 검진이 끝날 때까지 죽은 사람처럼 어떠한 고통이 있어도 신음소리 한번 내어서는 안되는 것이었다. 만일 검진원에게 알려져 한 애의 영업정지를 받아도 주인에게 큰 낭패니까. 영업정지까지는 가지 않는다 하더라도 말썽을 없애기 위해서는 돈을 써야 할 테니까.

검진 때 이불을 뒤집어쓰고 있던 애들도 밤에는 또 영업만은 계속해야 하는 것이었다. 오랜 경험으로써 포주들은 검진한 날 밤에는 손님이 현저히 더 많다는 것을 알고 있는 것이다. 이날 밤만은 소독을 했기 때문에 어떠한 여자와 관계를 해도 병이 오르지 않는다는 것으로.

포주측에서 근본적인 치료를 해줄 리 없었다. 기껏해야 국부 소독에 그칠 뿐, 그저 돈 안드는 함지박이라든가 거울 뒷면을 핥게 하는 것이었다. (이 함지박이라든가 거울 뒷면을 핥게 하는 것은 일종 미신의 짓같으나 기실은 이것들에 발리워진 물건 속에 수은이 들어있는 걸 생각하면, 노상 일리가 없는 것도 아니다.) 그러나 이들의 병이 만성이 되어, 병균이 살과 골수 속으로 잠복하여 얼른 보아 겉에 나타나지만 않게 되면 그때는 포주들은 한시름 놓는 것이었다. 검진원에게도 무사히 통과되곤 했다. 이렇게 되면 또 누구보다도 당사자들이 마음을 놓는 것이다. 당장의 몸의 고통이 덜린데다 주인들의 매질도 덜해지니까.

그동안 곰녀는 머리카락 든 담배도 드문히 빨아 보았다. 곰녀도 이제는 그런 담배를 왜 자기에게 빨리는지 그 까닭을 알았다. 그러나 누구처럼 재치있게 일부러 사레들린 것처럼 캑캑거리며, 나는 몹쓸 병이 들었노라는 농말을 건넬 줄도 모르는 곰녀였다. 주는 대로 그냥 빨아 피울 뿐이었다.

이런 속에서 곰녀도 종내 병을 얻었다. 사내들이란 욕심쟁이랄가 심술쟁이랄가, 아직 화류계에 물들지 않은 숫자라고 해서 곰녀를 골라잡는 사내들이 천연스럽게 그런 병을 옮겨준 것이었다. 그러나 곰녀는 고통을 참아가며 주인에게 눈치채이지 않게 했다. 혹 손님이 있어, 너 병 있디? 하고 물을라치면 바른대로, 그렇다는 말을 하면서도.

그러나 정작 검진날이 돌아와, 곰녀는 하는수없이 주인에게 바른 말을 하고야 말았다. 주인의 손길이, 이 개걸은 년 칵 즉사하구 말아라! 하는 고함소리와 함께 번쩍 따귀에 와 떨어졌다. 그리고 곰녀는 또 한나절 동안 죽은 사람모양 안방 구석에 틀어박혀있어야만 했다.

그런 가운데에서도 주인편에서는 주인대로 곰녀를 이용할 것을 잊지 않았다. 언제고 다른 데 팔릴 때가 되면 팔릴 것이니 그때까지는 부리고 보자. 그래 부엌동자니 빨래니 온갖 진일을 다 시키는 것이었다. 밤에는 또 밤대로 몸을 팔게 하고. 곰녀는 여기서도 그것들을 몸하나 아끼지 않고 다 해냈다. 빨래같은 것은 동무들의 것까지 해달라는 대로 혼자 도맡아 해주었다. 그래 대동강이 얼어붙었다 풀린다는 것은 바로 곰녀의 손이 얼어터졌다 아문다는 것과도 마찬가지였다.

VII

 그날도 곰녀는 주인집 것이니, 동무들 것이니 빨랫감을 잔뜩 이고 방죽을 내려가면 되는 대동강으로 빨래를 하러 갔다.
 빨래터에는 산옥이와 한집에 있는 주심이라는 애가 와있었다. 충청도 애로, 동무들 새에 언니라고 불리우는 애였다. 그렇게 주심이가 다른 애들보다 나이가 동떨어지게 위여서 그런 것은 아니었다. 그저 주심이가 모든 몸가짐에 있어서나 마음 쓰는 데 있어서 첫번 보는 사람에게도 어딘가 어른같은 데가 있어, 모르는 동안에들 언니라고 부르게 된 것이었다. 이런 주심이는 또 빨래같은 것도 동무들의 것을 제편에서 마치 동생의 것이나 해주듯이 맡아 해주는 것이었다. 그날도 주심이는 자기 것보다는 남의 것이 더 많은 빨랫감을 가지고 나와있었다.
 곰녀는 주심이 곁에 앉아 빨래를 해나가며, 종종 이 빨래터에서 만날 적마다 생각키는, 어쩌면 주심이언니는 저렇게 마음씨가 고울까 하는 생각을 해보는 것이었다. 그리고 이럴 때면 언제나 따르는 생각으로 자기가 주심이언니의 빨래를 좀 도와줄 수 있었으면 하는 것이었다. 그러지 않아도 벌써 한두 번 도와준 일도 있기는 했지만. 그러나 그것은 곰녀가 먼저 나와 자기 빨래를 먼저 다 해치웠을 때의 일이었다. 오늘같은 때는 도저히 도와줄 수가 없는 것이었다. 도리어 오늘같은 때는 주심이편에서 곰녀의 빨래를 도와주려고 하는 것이었다. 그렇지만 자기편에서 그런 말을 듣지 않으리라.

그러다가 곰녀가 빨래를 두드리면서 무심코 방죽 위를 쳐다보니, 거기에 어느새 산옥이가 와 앉아있는 것이었다. 산옥이는 언제나처럼 지금 무엇에 취한 듯이 대동강 한가운데를 내려다보고 있었다. 하루에 한 번씩은 강물을 보지 않고는 못견딘다는 산옥이. 강물만 내려다보고 있으면 모든 시름이 다 잊어버려진다는 산옥이. 이런 때의 산옥이는 또 얼마든지 음전하게만 뵈는 것이었다.
 사실 어쩌면 산옥이가 이때만은 저렇듯 음전해뵈는 것일까. 밤에 그처럼 사내들과 왈패 노릇을 부리던 애가. 아니 평상시에도 그처럼 말 잘하고 서글서글한 애가 조금도 그런체없이 저렇게. 저렇게 앉았으면 모든 시름이 다 없어진다고 하지만 도리어 무슨 수심에나 찬 듯이 보이게스레 저렇게.
 참 요새와서 산옥이는 왜 술만 취하면 그 왈패짓이 더 심해져가는 걸까. 그러다가 큰일나려고. 그것은 산옥이가 바로 자기네 고향인 샘마을서 한 시오리 떨어져있는 향나뭇골 애라는 걸 안 뒤부터 절로 곰녀의 관심이 더해진 때문인지도 몰랐다. 일본이 미국과도 전쟁을 일으켜 이곳 병기창을 확장할대로 확장하고 수많은 조선 청소년을 동원시키자부터는 사내들은 또 이런 데 와서 이렇게 싸움이라도 하지 않고는 무슨 재미로 살라는 거냐는 듯이, 아랫거리엔 한층 더 싸움이 잦았는데, 산옥이는 또 산옥이대로 이들 사내들 싸움 속에 뛰어드는 도수가 좀더 심해지고 잦아진 것이었다. 싸움 속에 뛰어드는 것만으로는 부족한 듯 산옥이는 제편에서 이쪽저쪽 사내들의 멱살을 그러쥐고, 이 개새끼 어디 나하고 한븐 해보자, 하기까지 하는 것이었다. 보기에도 위험하기 짝이없다.
 지금도 빨랫감을 물에 헹구는 곰녀에게 바로 어젯밤 일이 떠올랐다.
 방죽 위에서 큰 싸움이 났다고 사람들이 그리로들 몰렸다. 마침 곰녀네 뒷문 앞이라 그네도 사람들 틈에 끼어 가까이 가 보았다. 어둠속에 두 개의 검은 그림자가 붙어서 툭탁거렸다, 갈라졌다, 하는 것이었다. 그것은 마치 어둠속에 두 개의 검은 힘덩어리가 서로 얽혀 끌어당겼다, 떠밀쳤다, 하는 것과도 같았다.
 그러다 한번 이 두 검은 힘덩어리가 서로 끌어당겨 붙었다 갈라졌는가 하자, 한 점은 덩어리가 저쪽으로 기울어지더니 아주 없어지고 말았다. 방죽에서 떨어진 것이다. 구경하던 사람들도 그제야 이들이 바로 방죽 기슭에서 싸움을 하고 있었던 위험을 깨달은 듯 모두 입속으로들, 저런! 하는 소리를 질렀다.

그러는데 방죽 위에 남은 그림자가 어디서 주웠는지 무엇을 아래로 향해 던지는 것이었다. 그것이 밑에 가 떨어지며 둔하게 부딪는 소리와 함께 땅속 깊이에서인 듯 으응 하는 꼬리 긴 비명소리가 올라왔다. 이러다간 사람을 잡고야 말겠다, 그만큼 했으면 그만두지 않고, 하고들 사람들은 이 그림자에게로 고개를 돌렸다.

그림자는 다시 허리를 구부리고 무엇을 더듬어 찾는 모양이더니, 그것을 또 방죽 밑으로 던지는 것이었다. 밑으로부터 다시 으응 하고 꼬리 긴 비명소리가 올라왔다. 이러단 정말 사람 잡겠다.

그러나 감히 누구 한 사람 그 그림자의 하는 짓을 말리는 사람은 없었다. 이때였다. 별안간 뒤에서 한 그림자가 달려와, 다시 무엇을 주우려 허리를 구부리는 방죽 위 그림자에게 매달리는 것이었다.

이 개자식 날 떤져라! 산옥이의 목소리였다.

방죽 위의 그림자가 허리를 폈다.

이 개같은 자식아, 날 떤져! 그리고는 산옥이가 방죽 위 그림자를 방죽 기슭으로 끌고가는지 방죽 위 그림자가 산옥이를 방죽 기슭으로 끌어당기는지, 얽힌 두 그림자가 방죽 기슭으로 다가가는 것이었다. 어쨌든 저러다 성난 사내가 정말 산옥이를 밑으로 던질지도 모를 일이었다. 그래도 누구 하나 말리는 사람은 나서지 않았다. 곰녀는 이 일을 어쩌나 하고 오금이 자렸다.

이 간나새끼 어서 날 떤지라캉이! 산옥이는 지금 사내의 멱살을 붙들고 있는 것같았다. 그리고 그 붙들고 있는 품이, 어디 나를 던져보아라 너도 같이 떨어진다, 하는 기세같았다.

마침내 사내편에서 할수없는 듯, 이거 놔라, 한다.

그라믄 그르치, 인제 술이나 사재! 하고, 산옥이가 사내의 멱살을 놓고 이번에는 사내의 팔을 잡아끄는가 싶더니 사내가 산옥에게 끌려 순순히 이쪽으로 왔다.

산옥이는 구경꾼들 새로 빠져나가면서, 방죽 밑에 떨어진 사람 걱정은 할 것 없다고, 사람의 목숨이 그리 쉬 끊어지지는 않는 법이라고 혀꼬부라진 소리로 주절대는 것이었다.
　사실 방죽 밑 사내는 그 밤으로 제 발로 어디로 갔음이 틀림없어, 다음날 방죽 밑은 어젯밤 그런 일이 있었다는 흔적조차 남아있지 않는 것이었다. 별별 쓰레기가 전처럼 쌓여있었고, 이것도 전부터 거기 있었던 듯한 돌멩이 몇 개가 아무렇게나 굴러져있을 뿐이었다.
　곰녀는 고개를 들어 다시 방죽 쪽을 바라보았다.
　산옥이가 여전히 같은 모양으로 앉아있었다. 어젯밤 일이 있었느냐는 듯이 조용히. 그리고 그렇게 앉아있으면 모든 시름이 다 사라진다고 하지만 도리어 수심이 차 보이게. 술이 취했을 때는 취했을 때지만, 생시에도 그렇게 활발하고 말 잘하던 산옥이가 도시 산옥이답지 않게. ……그러다가 곰녀는 언젠가 산옥이가 들려준 이야기가 다시 머리에 떠올랐다.
　그때 곰녀는 처음으로 산옥의 고향이 자기네 동네에서 한 시오리 떨어져있는 향나뭇골이라는 걸 알았다. 산옥이가 자기 고향에 재미있는 얘기가 있다고 하면서 한명인의 얘기를 했던 것이다. 명인아 점쟁이로서 이름을 날리던 얘기로, 명인네가 복도깨비를 사귀자부터 큰 부자가 되었다는 말을 했을 때, 곰녀는 자기도 어려서 마을 어른들에게서 들은 얘기가 떠오르며, 배나뭇집할머니한테서 자기 어머니가 개 가져갔던 마을이 바로 이 명인의 마을이었다고 들은 일이 생각나, 놀랍다 할까 반갑다 할까 이런 때 얘기 틈에 끼일 줄 모르는 곰녀이건만 저도모르게 산옥이더러, 고향이 향나뭇골이 아니냐고 했다. 그랬더니 이번에는 산옥이편에서 놀라운 듯, 그 어리어리한 눈을 곰녀를 향해 크게 떠 보이며, 그렇다고, 그래 어떻게 향나뭇골을 아느냐는 것이었다.
　곰녀가 자기 고향이 바로 샘마을이라 하니 산옥이는, 어매나 그런 걸 여태 몰랐다고, 그러면 우리가 바로 한고향 친구나 다름없지 않으냐고 하면서, 샘마을 우물은 쪽박으로 떠내는 우물인데도 물이 차디차고 물맛도 참 좋다니 참말이냐고 하여, 곰녀는 그렇다고 했다.
　그러는 곰녀의 눈앞에 자기네 집 뒤의 샘물터와 그 옆의 늙은 배나무, 그리고 할머니의 모양이 나타났다. 그러나 그것들은 곧 사라지고 말았다. 그리고 그뿐이었다. 지금에 와선 그것들이 곰녀에게 별다른 그리움을 자아내주지도 못하는 것이었다.

산옥이가 곰녀보고, 그라믄 향나뭇골 일도 잘 알끼고만, 하여 곰녀가 고개를 저어 그렇지 않다고 했다.

다시 산옥이가 곰녀더러, 언제 고향을 떠났느냐고 하여 곰녀가, 열두살 때라고 하니, 그러면 잘 모를 게라고, 이어서 산옥이가 향나뭇골 명인의 이야기를 하는 것이었다.

나는 여기서 산옥이가 한 이야기 가운데, 곳에 따라서는 좀 첨가하여 상세히 적기로 한다. 이것은 결코 산옥이의 이야기만으로는 부족해서 재미가 없다든지 해서가 아니라, 실은 앞에서도 명인의 이야기를 약간 했지만 왜 그런지 그의 이름이 나오고보니 그와 관련된 이야기를 절로 더 쓰고 싶어진 것이다.

명인이 부자가 된 뒤에도 빚놀이를 계속하면서도 마음 쓰는 것이 무던하다는 소문이 날 정도로 지운 빚을 도무지 강퍅스럽게 독촉하지 않는다는 것은 이미 말한 바와 같다.

한 예로서 이런 일도 있었다.

역시 명인의 소작인으로 귀돌이아버지라는 사람이 빚을 지고 죽었다. 그런데 장사지낸 지 사흘 만에 마을에 소문이 하나 퍼졌다. 명인이 어디를 갔다 공동묘지 옆길로 돌아오다였다고 한다. 갑자기 누가 공동묘지 쪽에서 자기를 찾는 소리가 나, 걸음을 멈추고 돌아다보아도 사람의 그림자는 뵈지 않더라는 것이다. 그래 오던 길을 다시 걸어오는데 또 자기를 부르는 소리가 나더라는 것이다. 이번에도 사람의 그림자는 뵈지 않으나 분명히 공동묘지 쪽에서 나더라는 것이다. 하도 수상해서 좌우간 소리나는 데로 올라갔다는 것이다. 그랬더니 자기를 부르는 소리가 나는 곳은 다른 곳 아닌 바로 사흘 전에 내다 묻은 그 귀돌이아버지의 무덤에서라는 것이다. 그래 명인은 무덤을 향해, 네가 귀신이냐 사람이냐 했더니, 무덤 속에서 자기는 일전에 죽은 귀돌이애비노라고 말하는데, 그 목소리가 꼭 귀돌이아버지 생전의 목소리더라는 것이다. 명인이 그래 무슨 일로 나를 불렀느냐고 하니까, 무덤 속 귀돌이아버지의 말이, 이렇게 명인어른을 부른 것은 다름이 아니오라 자기가 생전에 진 빚 때문이노라고, 예사 빚과 달라 인자하신 명인어른의 빚을 갚지 못하고 그냥 죽다니, 죽으면서도 눈을 감지 못했다고, 지금도 자기의 혼이 극락으로 가지 못하고 여기 헤매고 있는 것도 그 때문이노라고, 사실은 이런 말은 명인어른께 여쭐 말이 아니고 자기 집 안식구한테 하여야 할 말이지만 명인어른도 아시다시피 집식구라야 안사람은 저보다도 어두운 사람이고 아들자식 하나 있다는 것은 또 벙어리고 보니 누구보고 이런 사정의 말을 할 수가 있겠느냐고, 생각다 못해 명인어른께 여쭙는 것이니, 부디 이 사정을 자기 집 안식구에게 알려, 자기 원을 풀게 해달라고 하더라는 것이다.

물론 이 소문은 즉시로 죽은 귀돌이아버지보다도 세상 일에 어두운 마누라에게 알려졌다. 가슴이 떨릴 일이었다. 앓아누워서도 헛소리처럼 세상살이 걱정에 이어서, 어서 속히 이 몸이 성해 명인어른네 빚도 갚고 뭣도 해야겠다던 남편이던 것을! 그게 저승에 가서까지 한이 되다니!

그러는데 명인한테서 이번에는 죽은 사람의 혼백을 위로해주라고 하면서 암탉 한 마리와 약주 한 되를 보내왔다. 이런 황송한 일이 또 어디 있으랴. 그래 이런 어진 이의 빚을 지고 죽은 사람이 눈을 감지 못하는 것도 무리가 아니라고, 이들 모자는 그길로 암탉을 잡아가지고 세상 떠난 이의 분묘를 찾아가, 진 빚일랑 기어이 우리의 손으로 갚아놓을 터이니 부디 혼백은 안심하고 극락으로 가라고 외면서 빈 것이었다.

그 뒤에 벙어리 소년과 홀어머니는 몇해를 두고 그야말로 살이 닳고 뼈가 깎이도록 빚갚기에 노력해왔다. 그러나, 본금도 본금이었지만 날이 갈수록 느는 이자의 이자가 덧얹혀, 벙어리 소년이 청년이 되어 병신이긴 하더라도 그렇게 신수가 환한 미남자(산옥이는 이런 말을 썼다)이던 얼굴이 차차 서리맞은 듯 시들어가건만 산옥이가 고향을 떠나기까지 빚을 다 갚는 것을 못 보았다는 것이다.

여기까지 산옥이 이야기를 듣고 있던 애들 가운데서 애라는 애가 궁금한 듯, 참말로 죽은 사람이 말을 할까 하니 한 애가 받아, 점쟁이요 복도깨비를 사귄 사람이니 죽은 사람의 말도 알아들을 수 있을는지 모른다고 했다.
 한자리에 있던 주심이가,
"그래 죽은 귀돌이아부지 말 들은 사람은 명인 혼자 아녀?"
하여, 산옥이가 그렇다고 했다.
 그랬더니 주심이의 말이, 그랬을 거라고, 하면서 고개를 몇번 끄덕였다.
 산옥이는 말을 이어, 죽은 아버지의 빚을 갚으려고 귀돌이와 그의 어머니가 죽을애를 다 쓰는 모양을 보고, 자기는 처음에 어쩌면 귀돌이아버지가 무덤 속에서 그런 말을 해가지고 병신 자식과 자기 여편네를 죽여낼까, 소문에 의하면 죽은 사람의 혼백이 빚갚는 것을 못 보고는 극락으로 갈 수 없노라고 했다니, 그래 죽은 자기가 극락에 못 가면 못 갔지 살아있는 병신 자식과 여편네를 그렇게도 죽여내야 옳단 말인가, 또 설령 자기가 극락에 간다 한들 집안식구가 저렇게 죽어나는 것을 보고 마음속이 편안할까, 하고 남의 일같지 않게 죽은 귀돌이아버지가 원망스럽기까지 했다는 말을 했다. 이야기를 듣고 있던 애들도 모두 참말 그렇다는 눈으로 산옥이를 바라보았다.
 산옥이는 잠시 사이를 두어, 벙어리 귀돌이에 대한 이야기를 했다.
 귀돌이는 나면서부터 벙어리는 아니었다. 예닐곱 때까지는 매일같이 산옥이와 소꿉질이며 술래잡기를 하며 놀았다. 이때의 귀돌이는 같은 또래의 마을 애들 가운데서 제일 똑똑하고 영리한 애였다. 이런 귀돌이는 또 다른 어느 동무보다도 산옥이와 제일 친하게 놀았다. 그때 일이 산옥이에게는 엊그제 일같이 빤히 생각킨다고 했다.
 귀돌이가 일곱살인가 나던 해, 그러니까 차차 호밋자루를 잡기 시작해야 할 어느 화창한 봄날 둘이서 진달래꽃을 꺾으러 갔다. 귀돌이는 산옥이에게 진달래꽃을 꺾어준다고 까맣게 높은 벼랑을 기어올라갔다. 한중턱쯤 올라갔을 때 산옥이는 자꾸 위태롭게만 보여, 그 진달래꽃은 가지고 싶지 않으니 그만 내려오라고 했다. 그러나 귀돌이는 그냥 바득바득 기어올라가기만 하는 것이었다. 기어이 진달래꽃이 있는 데까지 올라갔다. 꽃을 한 아름 꺾었다. 이번에는

내려올 차례였다. 꽃을 한 아름 안고도 손과 발을 그 미끄러운 벼
랑에다 날쌔게 옮겨 붙이며 한중턱까지 내려왔을 때였다. 산옥이는
그만 악 소리를 지르고 말았다. 귀돌이가 미끄러져 떨어졌던 것이
다. 귀돌이의 이마와 양 팔꿈치와 그리고 양 무릎에서는 금세 피가
내배었다. 그리고 사뭇 아프다는 듯 얼굴을 찡그리고 울상을 했다.
그러나 이거 큰일났다고 들여다보는 산옥이 자기를 보더니, 울상을
한 얼굴을 펴면서 이런 때 어떻게 그런 웃음같은 것이 지어지는지
한번 빙긋 웃는 것이 아닌가. 그러는 귀돌이의 가슴에는 그냥 그대
로 진달래꽃이 한 아름 안기어있었다. 산옥이는 지금 생각해보아도
그때 귀돌이가 안고 있던 진달래꽃처럼 붉고 아름다운 꽃은 다시는
보지 못했노라고 했다.

  이 귀돌이가 그해 여름철에 심한 학질을 앓아 눕게 되었다. 그래
귀돌이아버지가 학질에는 무엇이고 한번 크게 놀라면 낫는다고, 뱀
한 마리를 잡아다 죽여가지고 지금 열에 떠 누워있는 귀돌이의 목
에다 감아주었다. 선뜻해 눈을 뜬 귀돌이는 질겁을 할 밖에 없었다.
으악 소리와 함께 벌떡 일어나 문밖으로 뛰쳐나갔다. 그리고는 마
구 달리는 것이었다. 귀돌이아버지 어머니가 뒤따라 나와 귀돌이
이름을 부르며 따라갔으나, 귀돌이는 그 소리도 못 듣는 듯 자꾸자
꾸 내달리기만 했다. 일곱살밖에 안 된 귀돌이의 달림이지만 좀처
럼 어른들이 쫓아 따를 수 없을이만큼 날랬다. 그러다가 결국 귀돌
이는 기진해 아무데고 쓰러지고 말았다. 그런 뒤에 귀돌이는 학질
은 떨어졌지만 어쩐 일인지 귀가 먹고, 나중에는 벙어리가 되고 말
았다.

  산옥이의 이야기를 예까지 듣고 있던 애들이 연방, 아이 가엾어
라, 소리를 발했다. 그리고 전라도에서 왔다는 한 애가 자기네 고
향에서도 학질에는 놀래어주면 낫는다고 열에 떠있는 애를 찬 못물
속에 집어넣는 수가 있다는 말로, 그렇게 하면 어쩌다 나을 때가
돼서 그런지 낫는 수도 있기는 하지만 도리어 딴 병이 겹치는 수가
많다는 것, 자기도 어려서 학질을 앓아 찬 못물에 들어가본 일이
있으나 혼만 나고 낫지는 않았다는 말을 했다. 곰녀도 어려서 자기
고향사람들이 학질 앓는 애들을 안아다 찬 못물 속에 집어넣곤 하는

것을 본 기억이 떠올랐다.
 이번엔 충청도에서 온 한 애가 또 자기네 고향에서도 학질 앓는 애를 멍석에 말아 뉘어놓고 그 위로 소를 세 번 건너 왔다갔다 하게 한다는 말로, 이런 때 용한 건 어른들이 주의해서 소를 끌기도 하지만 소편에서 절대로 사람이 들어있는 멍석을 밟지를 않는다는 말이며, 이렇게 해서도 낫지 않으면 망두석이 서있는 무덤으로 데리고 가서 세 번 재주넘기를 해 내려오게 하는데, 그렇게 해서도 별로 효험을 보는 걸 보지 못했다는 말을 했다.
 산옥이가 귀돌이의 이야기를 계속했다.
 처음에는 듣지만 못할 뿐, 귀돌이는 여태처럼 제대로 말을 했다. 그래 전처럼 산옥이와 틈있는 대로 같이 만나 놀기도 했다. 영리한 애라 귀가 온전할 때와 별반 다름없었다. 그러던 것이 날이 갈수록 차차 말을 잊어버려가는 것이었다. 나중에는 몇마디 말밖에 더 하지 못하게 됐다. 어머니라는 말과 아버지라는 말과 그리고 산옥이 자기의 이름(그때 산옥이의 이름은 순이였다고 한다). 그러나 종내 이런 말까지도 못 하게 되고 말았다. 어린 산옥이로서도 여간 안타깝고 가엾은 게 아니었다. 그런 데다 더 슬픈 것은 귀돌이가 벙어리가 된 뒤부터는 제편에서 이편을 피하기 시작한 일이었다. 멀찌감치 서서 이편을 바라볼 뿐, 가까이 올 생각을 하지 않는 것이었다. 그런 때 산옥이편에서 이리로 오라고 손짓을 하거나 귀돌이 섰는 쪽으로 가까이 가거나 할라치면 귀돌이편에서 피해서 집으로 들어가곤 하는 것이었다. 그렇게도 쾌활하던 애가 풀이 죽어가지고.
 이러는 동안 제가끔 온전한 호밋자루를 잡아야 할 나이가 됐고, 그러면서 사내인 귀돌이는 귀돌이대로, 계집애인 산옥이는 산옥이대로 커야 했다.
 여기서 산옥이는 또 귀돌이가 자라서도 보기에 조금도 병신 티가 나지 않는 미남자였다는 말과, 그 미남자가 그만 죽은 아버지의 빚 때문에 영 서리맞아 겉늙어버리고 말았다는 말을 했다. 그렇게 날로 변해가는 귀돌이를 볼 때마다 가슴이 아파 남몰래 울기도 여러 번 했다는 말도 했다. 그러는 산옥이는 지금도 그냥 가슴아픈 듯한 빛을 얼굴에 띠우는 것이었다.

옆에서 애라가 산옥이더러,
"너 귀돌이한테 무척 반했던 모양이로구나,"
했다.
　다른 애들도 같은 생각이 들었던 듯 모두 미소를 띤 눈을 산옥이에게로 돌리는데, 산옥이가 이번에는 갑자기 얼굴을 붉히며, 반했었는지 어쨌는지는 몰라도 요즈음 와서도 가끔 귀돌이의 꿈을 꾼다는 말로, 꿈을 꾸되 어려서 소꿉질이며 술래잡기하며 놀던 때의 꿈이라든가 진달래꽃 꺾으러 갔던 때의 꿈은 통 꾸어지지 않고 귀돌이가 벙어리가 된 뒤의 꿈만 꾸어진다는 것, 그것도 귀돌이가 저만치 서서 이쪽을 바라만 보는 것을 산옥이 제가 오라고 손짓을 한다든가 그편으로 가까이 간다든가 하면 귀돌이편에서 피해버리는 그런 꿈만 꾼다는 것이다. 그렇게 피하지 말라고 이편에서 따라가면 웬일인지 별안간 눈앞에 무덤이 가로막히며, 그 속에 죽기 전의 수척할대로 수척한, 얼굴에 검버섯이 돋친 귀돌이아버지가 어떤 괴로움으로 해서 몸을 비틀며 누워있는 게 아닌가. 이렇게 귀돌이아버지의 무덤한테 막히어있는 동안, 귀돌이의 모양은 아주 사라져버려, 찾다찾다 종내 못 찾고 마는 꿈만 꾼다는 것이다.
　이때 곰녀의 눈앞에도 지난날 고향에서 본 이 귀돌이아버지같은 아재들의 모습이 떠올랐다.
　애라가 다시,
"그렇게 반했으면 왜 같이 살지 않구,"
하자 산옥이는 평상시에 볼 수 없는 쓸쓸한 웃음을 입가에 떠올리며, 그래 가난한 사람들이 무엇은 제 마음대로 할 수 있느냐고, 했다. 곰녀를 비롯해 거기 앉아있던 애 전부가 다 자기 앞 허공에 눈을 주고 있었다.
　산옥이는, 오늘 자기가 미쳤나보다고, 생각도 않았던 말을 이렇게 지껄였으니, 하고는 지금 한 이야기를 되씹기라도 하듯이 혼잣말로, 돈, 돈, 하며 다시 한번 쓸쓸한 웃음을 띠웠다 지우고 나서, 돈 앞에는 권세있는 사람도 괭이 앞의 쥐더라고, 자기 곳 군수가 명인보고, 아버지, 하고 머리를 숙였다는 말을 하는 것이었다.
　산옥이가 살던 고을 군수 박 아무개라 하면 소문에 들리는 경력부터가 보통이 아니었다. 어렸을 때는 서울 어떤 일본인 상점의 사환으로 있었다는 것이다. 그러다가 그 일본인이 자기 나라로 돌아갈 적에 같이 따라가 동경에서 굴러돌아가는 동안 어떤 세력가네 집에서 뜰도 쓸어주고 마루도 닦아주고 하는 하인으로 들어가게 된 것이 인연으로 후에 그 사람이 총독부의 무슨 고관이 되어 조선으로 건너오게 되자 같이 데리고 와 처음에는 순경으로 붙여주었던 것이 차츰 지위가 높아져 오늘날의 군수가 되었다는 것이다. 이 군수에게 버릇이 하나 있었다. 그것은 이 사람 가는 곳엔 반드시 색시를 대령했다 안겨야 한다는 것이었다. 그러고도 군수 자리를 떨어지지 않는 걸로 유명했다. 이런 군수가 한번은 향나뭇골로 행차를 하게 됐다. 면이 온통 떠들썩할 밖에 없었다. 면장으로 있는 그 콧줄기가 왼쪽으로 기웃한 양반이 제일 바빠야 했다. 그도 그럴것이, 들리는 말에, 어디 면장이 어쩌다 이 군수에게 색시를 대령해 드리지를 못하고, 다음날 자동차로 함께 면내를 시찰하러 나서서 어떤 뽕밭 옆을 지나다 군수가 버럭 고함을 지르기를(물론 일본말로), 면장, 이 뽕나무들이 비료를 달라고 하네, 하였는데, 그 뒤에 곧 그 면장은 양잠 장려하라는 국책에 협력치 않았다는 이유로 면장자리를 내놓아야만 했으니 말이다. 그래도 그 사람은 운수가 좋아 면장자리 내놓는 것으로 일이 끝났지만, 자칫 잘못하면 허수로 이 면장자리 떨어지는 것만으로 끝나지 않고 무슨 책을 잡혀서 경찰의 신세를 지는 몸이 될는지도 모르는 것이다. 이쯤되니 면장은 그야말로 어찌할 바를 몰라, 그 한쪽으로 기운 콧잔등이에다 구슬땀을 맺혀가지고 분주히 마을에 나타나선 곧장 명인네 사랑으로 들어가곤 했다. 이번 군수나리에게 대령해서 안길 색시 문제를 의논하기 위해서였다. 그러나 그 문제는 그리 힘들이지 않고 해결되었다. 명인이 자기의 소작인 가족 중에서 한 애를 정해준 것이었다.

  그날이 되었다. 군수가 행차를 했다. 물론 명인의 사랑으로 모셔 들였다. 그리고 그날 저녁 때였다. 면장이 낯빛을 흙빛으로 변해가지고 황망히 달려왔다. 명인을 조용히 불러내가지고, 큰일났다고 하는 것이다. 명인이 왜 그러느냐고 하니까, 여기 오게 된 애가 어디를 갔는지 뵈지 않는다고 하며, 지금 그 집안식구들을 시켜서 당장 찾아오라고는 했지만 자기 생각같아서는 도망간 게 분명하니 찾아올 것같지가 않다는 것이다. 그러면서 면장은 혼잣말 비슷이 떨리는 목소리로, 아무래도 꺼림칙해서 가 보았더니 종내 그 모양이라고 했다. 이러는 면장의 한쪽으로 기울어진 콧줄기는 더 기울어진 듯했고, 이번에는 땀이 이 콧잔등뿐 아니고 흙빛이 된 얼굴 전체에서 막 흘렀다.

명인은 명인대로 이런 때 자기의 명령을 거역한 계집애의 행위가 자못 못마땅한 듯 하늘을 치어다보는 게, 마치 달아난 계집애가 어디로 도망을 쳤는지 그것을 점이라도 치는 듯했다. 그러나 면장은 면장대로 얼마든지 안타까워, 도망간 년이야 하늘로 올라가지 않고 땅속으로 들어가지 않으면 차차로 찾아내겠지만 당장 오늘밤 일이 큰일 아니냐고, 점점 더 까맣게 죽어가는 입술을 바르르 떨기까지 하는 것이다. 그는 명인에게 죽을 사람 하나 살려주는 셈치고 대신 다른 애를 하나 골라달라고 애걸을 했다. 그러나 명인은 그냥 눈을 하늘로 준 채 잠시 대답이 없었다. 면장은 어서서 하는 마음으로 명인의 입만 쳐다보고 있었다. 그럴 즈음 사랑방으로부터 오늘 군수를 모시고 나온 군의 무슨 과장이라는 자가 나타나더니, 면장을 불러 군수께서 오늘 저녁에는 술은 물론 그밖의 모든 것을 아예 들이지 말라는 분부시라는 말을 전했다. 이 말이 도리어 면장에게는 벼락이 아닐 수 없었다. 군수나리께서는 벌써 자기네의 이 일을 눈치채셨구나. 그래 네깟놈이 들여바치는 술과 색시는 받지 않는다고 노하셨구나. 그렇다면 만사는 틀렸다. 면장은 더 오래 그 자리에 서있을 기력조차 없어 거기 어떤 농사꾼네 오막살이로 찾아 들어가 자리에 눕고 말았다. 그리고는 밤새도록 무슨 중병이나 앓는 사람처럼 헛소리까지 하는 것이었다. 문딩이같은 가시나가 날 직인다! ……살리주이소. 명인어른 죽을 사람 한나 살리주이소. ……군수나리, 군수나아리! ……

그런데 이날 밤 명인의 집에서는 이상한 일이 하나 일어났다. 군수의 분부대로 술상도 안 보고 색시도 들이지 않았다. 그리고 밤이 깊어서였다. 안방에 들어와 잠들었던 명인은 밖에서 누가 자기를 찾는 소리에 잠이 깨었다. 은근하고 조심스러운 음성으로 또 찾는

다. 명인은 일어나 문을 열었다. 거기 스무날께 가까운 달빛 속에 서있는 사람의 그림자는 뜻밖에 지금 사랑방에서 잠이 들어있어야 할 군수나리가 아닌가.

명인이 미처, 왜 그러시느냐는 말을 묻기도 전에, 군수편에서 명인이 열어잡고 있는 문으로 들어서더니 대뜸 그자리에 무릎을 꿇고 넓죽이 절을 하며, 아버지 뵈입시다, 하는 것이다. 별안간에 밑도 끝도없이 당하는 일이라 명인은 그저 얼떨떨할 밖에 없었다. 군수는 그냥 꿇어 앉은 채, 앞으로는 아버지로 모시겠으니 명인께서도 자기를 자식처럼 여겨달라고 하면서 실은 오늘 저녁 술상을 받지 않은 것도 이런 말을 취하지 않은 맑은 정신으로 하기 위해서였노 라는 것이었다.

명인은 처음에는 어디 그럴 수가 있느냐고 했으나 군수가 굳이 자기 속마음에서 우러나온 이 뜻을 물리치시지 말아달라고 하므로 명인도 그대로 잠자코 말았다. 원래 도깨비는 아저씨라면 덮어놓고 좋아한다지만, 그리고 그런 도깨비를 사귀었다는 명인이기도 하지만, 그러나 도깨비를 모르는 보통사람 새에도 그렇게 불리우지 않아도 좋을 새에 아저씨라 불리우면 노상 언짢지 않겠거늘, 항차 이런 군수나리한테 그것도 아버지로 모시움을 받게 되니 누가 마다고 할 사람이 있을까보냐. 이렇게 해서 이날 밤, 명인과 이 군수 사이에는 부자의 의를 맺고 만 것이었다. 그러니 그 콧줄기가 한편으로 기울어진 면장이 무사하게 된 것은 말할 것 없다.

여기서 애라가 또 안타까운 듯이,
"그래 그때 도망간 처녀 어떻게 됐어?"
하니까 산옥이는 간단히, 종내 술집 작부가 되고 말았다고 했다. 애라가 다시,
"그때 도망간 애가 바로 산옥이 너 아냐?"
했다.

산옥이가 그 말에는 쓸쓸히 아무 대꾸가 없었다.
애라도 재우쳐 묻지는 않았다.
이런 일이 있은 지 얼마 뒤였다. 군수로부터 명인에게 한 장의 편지가 왔다. 편지에는 이런 사연이 썩어져있었다. 이번에 말썽

많던 자기 본처와는 아주 이혼을 하고 말았다는 것, 그 자리에 명인의 작은따님을 맞아들이고자 하니 허혼해줍소사 하는 사연이었다. 그것은 일종의 청혼장과도 같은 것이었다. 그리고 사실 그당시 명인에게는 시집을 안 살고 와있는 작은딸이 하나 있었다. 그러고보니 군수가 전일 명인네 집에 와서 하룻밤을 묵으면서 명인보고, 아버지라 부르게 해달라고 한 것도 미리 이런 일을 염두에 두고 그랬었는지도 모를 일이었다. 장래의 장인이라는 뜻으로. 그러고보면 또 군수가 그때 향나뭇골로 행차한 것부터가 명인의 집에 그런 딸이 있다는 것을 알고 한 일이었는지도 모를 일이었다.

어쨌든 명인은 군수에게 허혼의 답장을 보냈다. 듣자하니 군수의 계집 버릇이 적잖이 나쁜 모양이나, 제아무리 군수기로서니 자기 딸을 함부로 구박하지는 못하리라, 또 출입하는 남자치고 계집질을 좀 한다고 무엇 그리 흠될 것이 있느냐, 무어니무어니해도 군수를 사위로 둔다는 것은 해롭지 않은 일이다, 군수라면 지난날의 원님이 아니냐, 그래 여태까지도 자기의 마음대로 안 되는 일이란 없었지만, 이 지난날의 원님격인 군수만 자기의 사위로 만들어놓는 날이면 그야말로 자기의 앞을 막을 놈이라곤 조선놈으로 태어나선 없을 것이다! 이렇게 해서 명인과 군수는 장인과 사위의 의를 맺고 말았다.

그런데 군수가 본처와 이혼하고 명인의 작은딸과 혼인한 데는 무어 명인의 딸이 탐이 나서가 아니고 돈 그것에 탐이 나서였던 것이라, 결혼하자마자 군수는 여편네를 시켜 돈을 가져오게 했다. 교제비로 쓸 일이 있다면서.

명인은 또 사위되는 사람이 총독부를 마음대로 주무르게 되기만 바라, 청하는 대로 돈을 주는 것이었다. 그리고 사실 군수는 이 돈으로 총독부에 상당히 교제를 하는 듯싶어 이 군수가 하는 일이면 어떤 짓을 하든 눈감아주는 것이었다. 제버릇 개 못 준다고, 명인의 작은딸과 혼인을 한 뒤에도 군수는 계집질을 끊지 않았는데, 한번은 어느 절에 있는 여승을 건드려 그 여승으로 하여금 자결해 죽게까지 한 일이 있었으나 무사했다.

명인의 작은딸이 남편의 이 버릇을 보다못해 친정으로 달려가는 수가 있었다. 이럴 때만은 군수도 부랴사랴 아내의 뒤를 자동차로 쫓아가 여러가지로 달래고 얼르고 빌고 해야만 했다. 그럴라치면 명인이 먼저 딸더러, 바깥 출입하는 남편을 둔 여인은 그만한 것쯤 이해할 줄 알아야 한다고 타이르고 나서, 군수사위에게는 남자로서 외도야 않겠냐마는 내 딸 괄시해서는 못쓴다고, 그러면서 내 딸 괄시했다가는 이것 알지? 하듯이, 용돈에 보태쓰라고 지전뭉치를 쥐어주는 것이었는데, 군수는 또 자기가 왜 그걸 모르겠느냐는 듯 여편네더러, 내가 잘못했다고, 그냥 빌고 달래고 하여, 자기가 타고 간 자동차에 태워가지고야 돌아오는 것이었다.

이런 군수를 사위로 둔 한명인이 처음으로 사위의 덕을 보기는 김만장의 토지를 살 때였다. 명인은 김만장의 맏아들이 금광에 미쳐 샘마을 전답을 팔려고 한다는 말을 듣자 이것이 아들이 아버지 몰래 파는 것인 줄 짐작하면서도 그 아버지되는 김만장의 의향을 알아보지도 않고 대번 계약을 해버렸던 것이다. 농토 그것이 탐나서가 아니었다. 군내 갑부라 하지만 지체가 낮은 자기가 조상 때 벼슬을 지냈다는 김만장의 땅을 살 수 있다는 긍지를 맛보고 싶었던 것이다. 그래 김만장의 아들이 해온 인감이 위조라는 것이 판명된 뒤에도 구태여 법으로만 해결지으려 하지 않았다. 김만장 아들을 징역시켜 보았댔자 그것이 상대편의 망신은 되겠지만, 그와 함께 위조 인감인 것도 모르고 남의 토지를 샀다가 상대방을 징역시켰다는 비방이 자기에게도 돌아올 것이 뻔한 것이었다. 결국 이 비방을 받지 않고 처음의 뜻을 관철시키기 위해서는 기어코 이 토지를 자기 소유로 만드느니밖에 없다고 생각했다. 그래 사람을 내세워 여러 차례 교섭을 해보았으나 김만장이 좀처럼 휘어들지 않는 것을 군수사위가 단 한번 찾아감으로써 무사히 해결을 보았던 것이다. 그것도 이쪽의 바라던 대로 김만장편에서 몸소 와서 타협을 짓게끔 하여서.

그때 한명인과 김만장이 토지 건으로 만난 장소가 바로 산옥이가 있는 술집이었다. 달성관이라는 이 집은 대구에서도 꽤 큰 술집이었다. 군수는 자동차로 두 노인을 태워다 조용한 방에 자리잡게 한 후 나중에 관사로 전화를 하면 다시 모시러 오겠노라고 하고는 돌아갔다.
　한명인은 김만장과 단둘이 되자, 우리가 이렇게 만나기는 이번이 처음이지만 오래 사귀어온 사이나 다름없으니 허교를 하자고 하면서, 먼저 자네라고 호칭해 부르는 것이었다. 문득 김만장은 어떤 모욕감을 느껴 어서 볼일을 끝마치고 돌아가고 싶은 생각뿐이었다. 명인이 내놓은 등기서류에 도장을 찍기 시작했다. 전담 필수가 많아 서류가 여러 장이었다. 계인을 찍어나가는 김만장의 손이 눈에 띄게 떨렸다. 그러나 한명인은 그까짓 도장 찍기가 무어 그리 바쁘게 있느냐고, 우선 약주나 몇 잔 들고 나서 보자고 했다.
　술이 두어 순배 돌자 명인이 술 따르는 여자더러, 순이라는 애를 좀 불러오라는 것이다. 그 여자가, 그런 이름 가진 애는 이 집에 없다고 하니까 명인은, 향나뭇골서 온 애 말이라고 했다.
　좀전에 산옥이는 군수의 자동차가 와닿았다는 말을 듣고 대체 군수가 어떻게나 생긴 사람인가 하여 동무 몇몇과 함께 현관까지 맞으러 나갔던 것인데, 거기 들어서는 두 노인 중 한 사람이 명인이라는 데 기겁을 해 돌아서버리고 말았다. 그러나 명인이 그때 벌써 산옥이를 알아보았던 것이다.
　할수없이 산옥이는 불려들어갔다. 저번 군수 일로 명인의 말을 거역한 일이 있는 산옥이는 무슨 호통이 떨어질 것인가 하고 마음이 조마조마했다. 그러나 산옥이는 곧 마음을 단단히 먹었다. 그때 자기는 그럴 수밖에 딴 도리가 없지 않았느냐고.
　그런데 한명인은 산옥이를 보고도 그런체없이 먼저 김만장의 잔에 술을 따르게 한 후 자기도 한 잔 받아놓고 나서 김만장을 향해, 이 애가 치마는 둘렀어도 남자 못지않게 기상이 좋다는 말을 했다. 저번 자기의 말을 어기고 이런 데로 도망쳐 온 것을 칭찬해서 하는 말이었다. 사실 그날 밤 군수가 술과 여자를 들이지 말라고 했지만 이 애를 보았다면 그냥 있지 못했을는지 모를 일이고 따라서 자기와 군수와의 관계가 오늘날처럼 맺어지지 못했을는지도 모른다는 것을 명인은 생각하고 있었던 것이다. 그만큼 많은 소작인의 딸과 누이동생들 가운데서 산옥이가 시골애치고는 인물도 깨끗하게 잘 생겼지만 재작년과 작년 단오 때 그네뛰기 내기에서 이 애가 일등을 하여 명인이 손수 고무신 한 켤레와 댕기 한 감을 상품으로 준일이 있어 눈에 들어있었던 것이다. 지금 명인은 산옥이를 바라보며 댕기를 풀고 머리를 지져올리니까 어른같아 뵈고 얼굴도 더 이뻐졌다고 하고는, 그동안 오빠도 잘 있다는 말로, 얼마 전에는 자기가 소 한 마리를 사줘서(대개 지주들이 소작인에게 소 살 만한 빚을 주었을 때 이렇게 말한다) 앞으로 농사 짓기에도 걱정없이 됐다는 말을 했다. 그리고 산옥이더러 이제는 집으로 돌아가지 그러느냐고 했다. 산옥이는 기왕 이런 데 온 김에 돈이나 벌어갖고 돌아가겠다고 했다. 한명인이 그 말을 듣고는 무릎을 치면서 참 너다운 생각이라고 껄껄 소리내어 웃는 것이었다.

김만장은 혼잣생각에 잠겨 이러한 명인의 말도 제대로 귀에 들어오지가 않았다. 삼박거리는 그의 눈앞에는 지금 샘마을 소작인들의 얼굴이 떠올라있는 것이었다. 그것은 하나하나 따로 떨어진 얼굴이기도 하고 여러 얼굴이 하나로 겹쳐진 얼굴이기도 했다. 그저 어느 얼굴이나 한결같이 햇볕에 타 겁고 고생에 절은 수척한 얼굴들이었다. 이 얼굴들이 지금 김만장 자기를 향해있으면서도 인삿말 한마디 없이 무표정한 대로 있는 것이다. 그런데 갑자기 이 얼굴들이 웃음을 터뜨리는 것이 아닌가. 퍼뜩 정신이 들어 보니, 앞에 앉은 명인이 그 조그만 체통에 비겨 둥그스럼하게 큰 얼굴을 이리 향한 채 소리내어 웃고 있는 것이다. 그리고는, 무엇을 그리 골똘히 생각하고 있느냐고, 어서 약주나 들라고 하면서, 산옥이를 시켜 술을 권하고 나서, 자기가 이번에 그 토지를 샀다고 해도 그것은 임시 자기가 맡아두는 것에 지나지 않는다고, 언제 무슨 일로 또 다른 사람의 손으로 넘어가게 될지 누가 아느냐고, 그러니 이미 여러 대째 싫증이 나도록 물려내려온 땅인 만큼 그것을 놓아준다고 해서 과히 섭섭히 생각지는 말라는 것이었다.

김만장은 잠잠히 술잔만 비웠다. 한명인이 이쪽을 건너다보며, 대체 무슨 보약을 썼길래 그 나이에 아직 그렇게 혈색이 좋으냐고, 두살 아래인 자기보다 이십년은 더 살 것이라고 하고는 무엇을 생각했는지 산옥이더러, 우랑을 한 접시 썰어 오라고 했다.

김만장은 더 오래 한명인과 마주 앉아있고 싶지가 않았다. 처음에는 심란한 마음을 술로 좀 가라앉혀볼까 했던 것이나, 주기는 도는 것같은데도 정신은 더 또렷해지기만 했다. 첫째 그는 한명인이 아니꼽게 자기더러 허교를 하자고 하고는 자네라고 호칭하는 것부터 비위에 거슬려 못견디겠는 것이다. 그런데 이 한명인이 우랑을 안주삼아 연거푸 술 두 잔을 마시고 나더니 김만장보고, 숫제 이 기회에 우리가 친사간이 되면 어떠냐는 것이다. 자기 집 세째딸과 김만장의 맏아들과 혼사를 맺자는 것이다. 김만장의 아들이 금광에 미쳐 돌아다닌다는 것을 자기로서는 그다지 탓하고 싶지 않노라고 했다. 원래 금광이란 사내로서 한번 해볼 만한 사업이라는 것이다. 혼사가 성립되는 날에는 세째딸 몫으로 샘마을 토지 절반을 떼어줄 용의가 있다는 말까지 했다.

김만장은 가슴이 확 달아올랐다. 대체 사람을 어떻게 보고 하는 수작이냐. 비록 오늘 형편에 의해 조상 땅을 제놈에게 팔기는 하되 아직 저같은 놈하고 사돈을 맺을 만큼 가문이 영락하지는 않았다는 생각이었다. 김만장은 더 참을 수가 없어 한옆에 밀어놓았던 서류를 끌어다 계인을 마저 찍기 시작했다. 그 손이 아까보다도 더 떨렸다. 인감증명원에 도장을 찍을 차례에 가서 한명인이 또 김만장더러, 아직 손이 떨리는 것을 보니 약주가 부족한 모양이라고, 소리내어 웃고 나서는 김만장의 손을 잡고 도장을 찍었다. 그리고는 돈보따리를 풀어 다발로 된 돈뭉치를 김만장 앞에 밀어놓고 나서, 남은 돈 중에서 십원짜리 다섯 장을 집더니 산옥에게로 던지며, 저 고리나 한감 떠 입으라는 것이었다. 김만장은 대충 돈을 세는 둥 마는 둥 갖고온 보에 싸가지고 자리에서 일어났다. 그리고 한명인이 자동차를 부르겠다는 것도 들은 체 만 체 그곳을 나와버렸다. 뒤에서 한명인이 산옥이더러, 술 따르라는 말소리가 들렸다.

산옥이는 이날 한명인한테서 받은 돈 오십원 쓸 곳을 생각해보았다. 귀돌이에게 부쳐주리라 마음먹었다. 그러고 나니 정말 자기가 다른 데 쓸 데라곤 하나 없었던 것처럼 느껴졌다. 이튿날 귀돌이에게 빚 갚는 데 보태쓰라는 편지와 함께 돈을 부쳤다. 그리고 그것을 받았다는 소식이 오기만 즐거이 기다렸다. 며칠 뒤에 귀돌이한테서 회답이 왔다. 그속에 산옥이가 보낸 환이 그대로 들어있는 것이었다. 그리고, 자기는 그동안 빚을 다 갚았으니 이 돈을 도로 돌려보낸다는 말이 간단하게 써어져있었다.
　그날 산옥이는 제손으로 술을 퍼먹고 잠뿍 취했다. 그리고는 친구들이 붙드는 것도 뿌리치고 한길로 뛰쳐나갔다. 비틀거리며 지향없이 마구 걸어갔다. 그네의 입에선 웃음도 울음도 아닌 뜻모를 소리가 연신 질러졌다. 지나가던 사람들이 서서 구경을 했다. 그러자 갑자기 그네는 행인 한 사람을 붙들고, 빚을 다 갚았다고? 다 갚긴 멀 다 갚어, 이 돈이 더럽단 말이재? 하고 주절거렸는가 하자 품속에서 환 쪽지를 꺼내어 갈기갈기 찢어 공중에 뿌리는 것이었다. 그러는 그네의 입에서는 지금까지보다 높은 웃음도 울음도 아닌 뜻모를 소리가 질러졌다.
　다음날 오빠가 달려왔다. 산옥이가 이 술집으로 온 뒤 처음 찾아온 것이었다. 와서는 다짜고짜로 명인한테서 받은 돈 오십원을 내놓으라는 것이다. 산옥이는 담담하게 그 돈은 벌써 찢어버리고 없노라고 했다. 처음에 오빠는 그것을 믿을 수 없는 일로만 생각하는 모양이었다. 그러나 마침내 사실이라는 것을 알게 되자, 이 문덩이가 환장을 했다고 마구 산옥이의 뺨을 후려갈기는 것이었다. 그로부터 얼마 되지 않아 산옥이는 자진해서 평양 아랫거리 청루로 팔려오고 말았다.
　언제인가 산옥이는 또 동무들에게 이런 이야기도 했다.
　산옥이가 아직 대구 술집에 있었을 때의 일이었다.
　자기 마을에서 때때로 찾아오는 사내가 있었다. 굉장히 키가 크고 튼튼하게 생긴 사람이었다. 산옥이가 아재라고 부를 만큼 산옥이와는 나이의 차이가 있었다.
　처음 몇번 이 산옥이에게 아재라고 불리우는, 기실은 광우리아버지라는 사람이 농사꾼으로서는 오기 어려운 이 큰 술집을 찾아왔을 때, 산옥이는 싸고도 실속있게 약주를 알맞추 먹게 해서 돌려보내곤 했다. 광우리아버지가 더 술을 찾더라도 절대로 주는 법이 없었다. 그래 광우리아버지를 돌려보낸 후 산옥이는 동무들에게 변명이나 하듯이, 술이 억병이니 그만큼 마시게 해서 돌려보내는 수밖에 없다고 했다.

그런 어느날, 산옥이는 광우리아버지가 다녀간 뒤에, 동무들에게 이런 말을 했다. 광우리아버지는 본래 술 담배를 할 줄 모르는 사람이었다. 그 키가 구척같고 덩치가 클대로 큰 사람이 어쩌다 어느 좌석에서 막걸리라도 한 사발 받아 마실라치면 금세 얼굴이 빨개지고 숨이 차지는 것이었다. 그래 핑계도 좋아 술 담배를 아예 입에 대지 않았다. 그저 소처럼 일만 알았다. 그렇지만 집안은 누구네나처럼 늘 찢어지게 가난했다.

이런 광우리아버지가 술을 배우게 됐다. 그것은 어느해 가을도 퍽 깊은 하룻저녁이었다. 그해도 예년같이 일년 내내 소처럼 부지런히 피땀을 흘려가며 지은 낟알을 도지와 묵은 빚으로 다 내주고 빈손을 털다시피 하며 집으로 돌아오는 길에, 술막 앞을 지나느라니 마을사람들이 안에서 웃고 떠드는지라, 전같으면 또 술들이다, 저렇게 해서야 어디 농사꾼이 밥을 먹고 살 수 있나, 하고 그 앞을 지나쳤을 것인데, 이날 광우리아버지는 전에없이 술막 문 앞에 발걸음을 멈추고 생각하기를, 저 사람들도 나처럼 농사 짓는 사람들이고 나도 저들같은 농사꾼인데, 어떻게 저 사람들만이 지금 아무 시름없는 것처럼 술을 먹고 웃고 떠들 수 있는 것일까. 그러면서 저도모르게 술막으로 들어선 것이다.

술청에 있던 사람들이 광우리아버지 들어오는 것을 보고 한편 놀라고 한편 반색을 하며 이거 어떻게 된 셈이냐고, 자네가 이런 데를 다 들어오니 내일은 해가 서쪽에서 뜨겠다고, 하며 광우리아버지에게 자리를 내주고 술을 권하고 하는 것이었다.

광우리아버지는 주는 대로 무턱대고 술을 받아 마셨다. 첫잔부터 빨개진 얼굴이 이제는 아주 자줏빛이 되어 숨가쁜 소리로 좀전에 문 밖에서 생각한 것을 마을사람들에게 물었다. 대체 당신네들은 올해에 계량이 얼마나 남았느냐고. 그중 한 중늙은이가, 계량 말이냐고, 자기넨 한 백섬 남았다고, 하면서 속빈 웃음을 후후후 웃는 것이었다.

광우리아버지가, 그건 당치않은 말이고, 정말 얼마나 남았느냐고, 알고 싶어 하는 눈으로 그 중늙은이를 바라보니, 중늙은이는 웃던 빈웃음을 딱 끊고, 백섬이라니 무슨 백 자로 아나? 흰백 자 백섬

말이다, 하고는 다시 속빈 웃음을 후후후 웃는 것이다. 옆의 사람 하나가 중늙은이의 웃음이 멎기를 기다리지도 않고, 흰 백자면 일백 백자에서 하나 없는 백섬이니 아흔아홉섬이네, 하고 같이 속빈 웃음을 허허허 웃었다.

광우리아버지는, 그러면서 어떻게 이렇게 약주들을 잡숫느냐고 가슴속의 의문을 물어보려는데, 이번에는 중늙은이편에서, 참 자네네는 얼마나 남았느냐는 것이다. 광우리아버지는 크게 고개를 옆으로 저어 보이고 나서, 글쎄 올해에나 좀 어떨까 했지만 보릿고개 전에 결딴나겠으니 큰일났다고 하니까, 중늙은이가, 아니 자네가 그렇다면서 우리보고 계량 얼마 남았느냐고 물으면 어떡하느냐고 하면서, 술이나 들라고 권하는 것이다. 너나 나나 일반이니 어서 술이나 먹고 걱정을 잊어버리자는 듯이.

광우리아버지는 또 권하는대로 술을 받아 마셨다. 이마가 무겁게 홧홧 달아오르고 가슴속이 서물서물 뒤끓었다. 꼭 무엇이 몸속에다 불을 질러놓은 느낌이었다. 그러나 그것은 괴로운 듯하면서도 어딘가 태평스러운 불이었다. 이런 불이 질러진 몸 한가운데서 불길이 일어 펄럭였다. 백섬이 남았다꼬? 한 일자 없는 백섬이? 그러니 아흔아홉섬이라? 허 재밌다! 참 그눔의 아흔아홉섬이믄 보릿고개도 아무 걱정 없을끼라! 보릿고개뿐인가? 한 십년 계량도 넉넉히 될낀데? 허 재밌다! 백섬! 한 일자 없는 백섬!

이렇게 해, 광우리아버지는 술을 먹기 시작했다. 가슴속에다 그 괴로운 듯하면서도 어딘가 태평스러운 불길을 일으키는 맛이 괜찮았다. 그리고 이렇게 술을 먹기 시작하니 광우리아버지는 덩치값을 하는 듯 누구보다도 많이 먹었다.

광우리아버지의 몸집이 얼마큼 장대한지는 동네에 이런 말이 돌게 된 것만 보아도 알 수 있다. 어느날 밤, 어떤 집에 마을갔다 해어져 나오는데 광우리아버지의 집세기 한 짝이 뵈지 않는 것이었다. 아무리 찾아도 없었다. 그래 같이 나오던 사람 하나이 생각하기를, 혹시 개라는 놈이 어디에 물어다 버렸는지도 모른다고 개 있는 쪽을 보니 개가 무슨 짚방석같은 것을 깔고 엎드려있어 자세히 보니까 그게 짚방석이 아니고 바로 광우리아버지의 집세기였다는 것이다. 큰 개가 짚방석으로 알고 깔고 엎드릴 만큼 광우리아버지의 집세기가 크니 그의 발이 얼마큼 크다는 것, 따라서 그의 몸집이 얼마큼 크다는 것을 알 수 있는 것이다.

그리고 이것은 누가 위의 말을 좀더 보태서 한 말인 듯하지만, 누구네 집엔가 마을갔다가 나오다 보니 마침 그집 개가 새끼를 낳았는데, 자세히 보니 광우리아버지의 집세기 속에 들어가 새끼를 낳았더라는 것이다. 새끼도 자그마치 다섯 마리씩이나. 이렇게 광우리아버지의 집세기 한 짝이 큰 개와 강아지 다섯 마리가 들어가고도 남더라는 것이다. 여기서 산옥이의 얘기를 듣던 애들은 허리를 잡고 웃어댔다.

이런 짚신을 신고 소같이 장대한 광우리아버지가 이 세상에서 무서워하는 것이 둘 있었다. 그 하나는 자기 여편네요, 하나는 팥망아지. 사실은 이보다 앞서 광우리아버지가 무서워하는 것으로 지주 한명인이 있지 않느냐고 할 수 있지만 그것은 비단 광우리아버지에게만 한한 것이 아니니 여기서는 말 않기로 하자.

그 여름철에 흔히 참깨라든가 봉숭아같은 데 붙어있는 팥망아지라는 벌레를 광우리아버지는 어처구니없이 무서워하는 것이다. 하기는 보통사람도 이 벌레를 보고는 누구나 징그러워하지 않는 사람은 없겠지만 그걸 광우리아버지는 징그러워하고 싫어하는 정도를 지나쳐 그만 기겁을 하고 마는 것이다. 이 벌레가 어디 있는 듯만 해도 피해 달아나기가 일쑤였다.

광우리아버지의 말을 들으면 그러는 것도 무리는 아니었다. 그 벌레를 보기만 하면, 그것이 삽시간에 자꾸 크는 거로 보여진다는 것이다. 처음에는 고양이만큼, 다음에는 개만큼, 다음에는 송아지만큼, 마지막에는 큰 황소만큼, 이렇게 커진다는 것이다. 딴은 그렇게 되면 항우장사라도 기겁을 할 밖에 없다.

광우리아버지의 이 팥망아지 무서워하는 꼴을 보기 위해 어떤 사람이 한번은 광우리아버지가 나무 아래서 땀을 들이려 벗어논 적삼 속에 이 팥망아지를 집어넣었다가 그만 들켜 혼난 일이 있다. 광우리아버지가 큰 돌을 하나 집어들고 잡히기만 하면 당장 때려죽인다고 그사람을 자꾸만 쫓아다녔다. 순한 사람이 대개 다 그러하듯이 이 광우리아버지도 웬만한 일에는 좀처럼 성을 내지 않지만 한번 골을 내기만 하면 대단했다. 결국 장난질한 사람이, 죽을 죄로 잘 못했으니 용서해 달라고 빌고서야 무사했다.

이런 광우리아버지가 또 자기 여편네를 무서워하는 것이다. 여편네를 무서워한다는 것이 좀 이상하다면 좌우간 자기 여편네한테 꼼짝못하는 것만은 사실이었다.

여편네는 이건 또 광우리아버지와는 정반대로 아주 작은 여편네였다. 이 작은 여편네의 손에 크나큰 남편이 쥐어지내는 것이었다.

원래 광우리아버지는 노름같은 것도 당최 손에 대지 않았는데 간혹 가다 남들이 하는것을 등뒤에서 구경이라도 하고 있으려면 여편네가 어떻게 알고 찾아오는 것인지, 여기 광우리아배 안 왔능교? 하고 찾으러 왔고, 그럴라치면 광우리아버지는 마치 애놈들이 어른들의 눈을 속여 나쁜 짓을 하다가 들켰을 때처럼 놀라 벌떡 일어나 나가는 것이다. 그래서 마을사람들은 무슨 노름을 할 때 곁에 광우리아버지가 와 앉았으면, 곤전마마 행차하시기 전에 어서 가보라고 했다. 아니나다를까 좀 있느라면 영락없이 밖에서, 여기 광우리아배 안 왔능교? 하는 목소리가 들려오곤 했다.

이런 여편네라 광우리아버지가 술을 먹기 시작하자 이번에는 술좌석마다 행차였다. 그런데 이상한 것은 이것도 처음에는 여편네의 행차한 낌새만 보이면 전의 노름판 구경하다처럼 벌떡 일어나곤 했으나, 차차 그것도 대단치않게 여겨 나중에는 여편네가 술좌석에 들어와 팔을 붙들고 꼬집고 끌고 해야 자리를 일어나게쯤 됐다. 그리고 이렇게 해서 끌려나가서는 집으로 가는 도중, 그리고 집에 가서 한참 아내에게 야단을 맞는 그동안만은 여전히 말대꾸 한마디 못하고 꼼짝못하는 광우리아버지였으나 다시 기회만 있으면 술인 것이었다.

나중에 광우리아버지는 될 수 있으면 여편네의 행차가 미치지 않을 곳을 골라 술마실 궁리를 하게 됐다. 장에라도 가게 되는 날이면 빼놓지 않고 술이었다.

이 광우리아버지가 대구 산옥이가 있는 술집에까지 오게 된 것이다. 그러나 거기까지 또 아내는 쫓아오게 되었다. 처음 한두 번 아내도 산옥이와 아는 처지라 이런 데까지 남편을 쫓아다니는 것이 어린 산옥이 보기에 안된 듯 생각하는 눈치이기도 했으나, 다음부터는 그러한 눈치고 뭐고 없어지고, 도리어 이 조카딸같은 산옥이한테 남편이 홀려서 그러지나 않나, 그리고 조카딸같은 산옥이가 아재같은 자기 남편을 호려대는 탓에 남편이 이렇게 산옥이가 있는 술집에 드나드는 건 아닐까 하는 생각이라도 든 듯, 그런 내색을 감추려들지도 않았다.
 아내는 산옥이보고 술집에 오면 사람이 이렇게 되느냐, 내가 이토록 애태우고 쫓아다니는 꼴 보고도 그래 속이 편해 술만 팔면 그만이냐, 그래 우리 집안 망하는 꼴 보아야 속이 시원하겠느냐는 말까지 하게 되었다. 산옥이가 술에 취해있지 않은 때면 얼굴에 미안한 웃음까지 띠우며 광우리아버지더러 어서 가보라고 하는 것이다. 그럴라치면 아내는, 오라 이제는 아주 제법이라고, 보고 싶어 오라카믄 오고 가라카믄 가고, 하면서 남편의 팔을 잡아끌며, 이 등신아, 정신 좀 차리라고, 소리를 지르는 것이다. 그러면 광우리아버지는 대개 아무말 없이 순순히 끌려가곤 했다.
 그러나 산옥이가 술이라도 취해있는 날 쫓아와 야단이면, 산옥이는 여편네보고 자기 말 좀 들어보라고, 당신이 이렇게 찾아다닌다고 남편이 이런 데 안 오지 않는다, 그러니까 공연히 이 지랄 말고 당신 남편을 동네 주막에서나 술 먹게 하라고 쏘아붙인다. 아내는 또 아내대로, 주둥이 잘 놀린다, 그래 니년이 내 남편 끼고 얼매나 충동질하는지 내 모를 줄 아냐, 그래도 니년이 할수없어 이런 데 와 있다고 불쌍케 생각했다, 그러나 지금 와보니 역시 이런 데서 썩을 년이라는 것을 알았다고, 입에 거품을 물고 뇌까리는 것이었다.
 이런 때는 광우리아버지편에서 자기 여편네를 어서 가자고 잡아끌곤 했다. 그러면 아내는 이번엔 또 자기 남편에게 돌아서서, 그래 내 저년더러 이런 말 하는 것이 그렇게도 듣기 싫으냐고, 저년이 그렇게 중하거든 저년하고 살라고 악을 쓰며 박박 대드는 것이다.
 그러면 광우리아버지는 종내 성가시다는 듯이 자기 여편네를 냉금 한팔로 옆구리에 끼고 그곳을 나간다. 아내는 동동 허공에 뜬 채 사지를 바둥거리며, 종시 나를 저년 앞에서 이렇게 망신을 시켜야 옳으냐고, 내가 이러는 것도 다 나 혼자 먹고 살기 위해 그러는 것은 아니라고, 그래 애들은 누가 거저 먹여 살리느냐고, 이꼴저꼴 안 보게 자기를 그만 죽여달라고 소리소리 지른다. 그러다가 바둥거리는 발에서 신짝이라도 벗겨져 떨어지면, 이 등신아, 신 빗기진 다아 신 빗기져, 하고 새로 고함을 지르는 것이었다.

여기서도 이야기를 듣던 애들이 웃었다. 그러나 그것은 나중에 어딘가 서글퍼지는 그런 웃음이었다.

끝으로 산옥이는, 지금와서 생각하니 남자로 태어난 광우리아버지가 그런 여편네를 만나 여간 가엾지 않았었다는 생각보다도 도리어 여편네편이 얼마나 더 가엾었는지 모른다는 생각이 앞선다는 말을 했다. 광우리아버지란 사람은 그래도 사내여서 술을 배워가지고 속상한 것을 술로 잊어버릴 수도 있었지만 여편네는 그러지도 못하고 한결같이 죽이야 밥이야 하는 살림살이를 정신이 말똥말똥해 보아야 했으니 말이다.

한자리에 있던 애들이 모두 그렇다고 고개를 주억거렸다.

곰녀는 산옥이의 이야기를 듣는 동안, 자기가 열두살까지 자라난 샘마을에서 이 광우리아버지니 그의 여편네같은 사람을 비록 눈으로는 보지 못했건만 어쩐지 이와 똑같은 사람들을 자기가 알고 있다는 느낌이 일어남을 어쩌지 못했다. ……

다시 한번 고개를 들어 방죽 위를 쳐다보았다. 거기에는 이미 산옥이의 그림자는 뵈지 않았다.

주심이가 제 빨래를 다 했다. 그러더니 이편의 빨래를 좀 도와주겠다는 것이다. 그러나 곰녀는 그럴 수 없다고 주심이가 자기 빨래를 만지지도 못하게 손으로 가리워버렸다.

주심이가, 그럼 자기는 먼저 들어간다고 일어섰다. 곰녀는 빨래함지를 인 주심의 뒷모양을 바라보며, 오늘 주심이언니의 빨래를 자기가 한 가지도 도와주지 못한 게 도리어 서운했다.

VIII

 그즈음 아랫거리에는 사건이 하나 생겼다. 곰녀네 바로 윗집, 그러니까 곰녀가 서울서 이리로 팔려올 때 한차에 온 홍도라는 애가 어린애를 밴 것이었다. 처음에는 동무들 사이에도 누구 하나 그런 걸 아는 사람이라곤 없었다. 밤에 손님을 잘 끌어들이지 않는다고 그집 주인이 홍도에게 매질할 때, 홍도가 배만은 차지 말아달라고 애원한 데서부터 알려진 것이었다. 그러고 보면 홍도의 배는 좀 이상했다.
 이런 홍도는 주인에게 맞을 때는 으레 배를 싸고 돌았다. 그리고 이건 또 그럴싸라 해서 그런지 주인은 언제나 때릴 때면 홍도의 배만 노리는 것같았다.
 주인은 홍도가 어린애를 밴 게 아니라고 우겼다. 그러나 이 주인의 말과는 반대로 소문은 원래 홍도는 밑배가 없어서 그렇지 예닐곱 달은 실히 됐으리라는 것이었다. 이 소문과 함께 애아버지는 성안에 사는 어느 포목상의 둘째아들이라는 둥, 이곳 주인이 벌써 몇 번이나 애를 떨구려고 홍도에게 약을 먹여봤으나 종내 떨어지지 않는다는 둥, 그렇게 지독스레 떨어지지 않는 걸 보니 계집애를 밴 게 틀림없다는 둥, 그리고 여기의 여자가 애 밴 것이 이걸로 이 아랫거리 청루가 생긴 이래 세 번째라는 둥, 하는 말이 떠돌았다.
 이러한 어떤 날, 윗집에서 떠들어대는 소리가 들려 곰녀랑이 가보니, 독이 오른 주인이 서서, 이년! 이 방정맞은 년! 하고 고함을 지르며 노려보고 있는 앞에는 언제 왔는지 주심이와 산옥이가 쓰러진 홍도를 부축해 일으키고 있었다. 그네들이 그러고 있는 것으로 보아 지금 그네들이 주인의 매에서 홍도를 떼어놓았다는 걸 알 수 있었다.
 그러나 주인이 이맛 주심이 따위들한테 말림을 당할 녹록한 사람이 아닌데? 아니나다를까 주인은 주심이와 산옥이에게 부축돼 일어나는 홍도의 어깨를 향해 주먹을 내리는 것이었다. 그러나 실지로 맞은 것은 홍도의 어깨가 아니고, 홍도를 감싸안은 주심이의 어깨였다. 또 주인의 주먹이 내렸다. 다시 주심이의 어깨가 맞았다. 이번에는 산옥이도 주심이와 같이 홍도를 감싸안았다.
 이년들이! 이 개같은 년들이! 주인은 분통이 터져 마구 주먹을 내렸다. 그러자 주심이는 잠자코 매를 맞는 것이었으나, 산옥이는 갑자기, 내 죽는다아, 내 죽는다아, 소리를 고래고래 지르기 시작하는 것이었다. 엄살이 든 목소리였다. 이 산옥이의 목소리를 듣고 여기저기서 애들이 몰려왔다. 삽시간에 안마당이 메였다. 다시 아무데고 내려치려는 주인을 막으며 모여든 애들은 너도나도 이 산옥이와 주심이의 위를 덮어섰다.
 무엇 의논해두었던 일도 아니었다. 모르는 새 절로들 그리 된 것이었다. 곰녀도 그중의 하나였다. 순식간에 홍도와 주인 사이에는 몇겹의 애들로 막혀버리고 말았다.
 그제서야 주인은 분하고 골난 것 봐서는 그냥 두고 싶지 않지만 이렇게 되면 할수없다는 듯이 매질을 멈추고 휙 안방으로 들어가버리는 것이었다.
 이런 일이 있은 후부터 홍도에 대한 주인의 매질은 그쳤다.

 그해 복거리 더위가 채 가시지 않은 어느날 대낮이었다. 홍도에게 산기가 온 것은. 지금 홍도가 애낳이배를 앓는다는 말을 바로 아랫집인 곰녀가 듣고 달려갔을 때에는 홍도가 엎드려 한창 애를 쓰고 있을 때였다. 언제 왔는지 또 주심이와 산옥이가 와있었다.
 아픔은 얼마씩 새를 두고 자꾸 되풀이되었다. 그리고 아픔과 아픔과의 샛시간은 차차로 줄어들어갔다. 홍도는 점점 더 자주 온몸을 비틀며 괴로워하는 것이었다. 그럴 적마다 주심이가 홍도의 등

별과 같이 살다　109

을 쓸어줄 따름, 모두 이런 일에는 처음이라 어떻게 손을 써야 할지 몰라들 했다.

주인여편네의 말이, 이제 윗거리 기독병원이라는 데에 입원시킨다고 주인이 지게꾼을 데리러 나갔다는 것이었다. 병원에 입원시킨다는 건 반가운 일이나, 이렇게 자꾸 괴로워하는 애를 언제 그 지게에다 지고 간단 말인고. 시간을 지체하다가는 중도에서 일을 볼 것만 같았다. 애낳는다는 건 둘째고 홍도가 먼저 무슨 일을 당할 것만 같았다. 좀처럼 주인이 돌아오지 않았다.

주심이가, 이왕 지게에 지고 갈 바에는 언제 올지 모를 지게를 기다리느니보다 우리가 업고 가는 것이 빠르겠다는 말을 했다. 딴은 그랬다. 산옥이가 먼저 홍도를 업었다. 곰녀가 산옥이보다는 자기가 힘이 셀 것같아 제가 업겠노라고 하니, 이따가 대거리해서 업자고 하며 산옥이가 앞서 걸었다. 모두 불안스러운 얼굴들을 하고 쳐다보는 애들 새를 지나 주심이와 곰녀가 산옥이의 뒤를 따랐다.

우편국 앞에서 곰녀가 대거리해 업었다. 막 더운 날이었다. 그러나 곰녀는 더위를 잊고 있었다. 등에서 자꾸 괴로워 애쓰는 홍도를 어서 그 기독병원이라는 데로 업어다주어 속히 애를 낳게 하고 싶은 생각뿐이었다. 곰녀는 반 뛰는걸음으로 걸었다.

남문거리 앞에서 주심이가 대거리해 업었다. 그리고 이얏다리에서 산옥이가 또 바꿔 업었다. 서문거리로 접어들며 곰녀가 다시 대거리해 업었다. 긴 서문거리를 반쯤 올라가서 주심이가 바꿔 업자고 했다. 곰녀는 좀더 가서 보자고 했다. 이렇게 해서 이번에는 곰녀가 내내 서문거리 초입에 있는 기독병원까지 홍도를 업고 갔다.

곰녀는 홍도를 분만실 침대 위에 내려놓고는, 온통 땀으로 미역감다시피 된 자기 몸보다는 그새 어떻게 되지나 않았나 하고 홍도의 몸부터가 염려스러워 바라보았다. 홍도는 힘없이 눈을 떠 곰녀들을 둘러보고는 다시 감아버린다. 이러는 홍도의 눈은 고맙다는 빛마저 나타내지 못하는 아주 힘없는 눈이었다.

좀전에 이 분만실로 곰녀네들을 인도한 젊은 간호부가 뒤에 늙수그레한 의사를 데리고 나타났다. 간호부가 곰녀네들보고 나가 기다리라고 해 모두 복도로 나왔다.

좀 뒤에 의사가 분만실에서 나왔다. 곰녀는 홍도가 일을 보지는 않겠느냐고 물어보고 싶은 마음이 간절했다. 그러나 못하고 말았다.
 그래도 주심이가 의사를 따라가 어떠냐고 물었다. 의사는 좀더 기다려야 되겠다고 하며, 이 여자들이 어떤 부류의 여자인가를 살피는 듯한 눈을 던지고는 천천히 저쪽 복도를 돌아 사라지고 말았다. 죽어가는 사람을 두고 의사가 저렇게 태연하다니 모를 일이었다.
 모두 홍도한테 한번 들어가 보았으면 하는데, 분만실에서 간호부가 급히 나와 좀전에 의사가 사라진 쪽으로 뛰어간다. 무슨 일이나 생긴 게 아닐까.
 의사와 간호부가 이리로 오는 것이 보였다. 필시 무슨 일이 생긴 것같았다. 의사와 간호부가 분만실로 들어가고 나서 좀만에 문이 열리더니, 간호부가 머리만을 내밀고, 들어들 오라고 한다. 가슴들이 두근거려졌다.
 들어가니 홍도가 아까보다도 더 힘없는 눈을 뜨고 몸 어느 한끝에서나 짜내는 듯한 가늘은 목소리로, 이리 와 손을 좀 잡아달라는 것이었다. 아직 아무일 없긴 하구나. 산옥이와 주심이가 각각 홍도의 손 하나씩을 잡았다.
 의사가 홍도보고, 힘을 주라고 한다. 홍도가 이를 악물고 잡힌 손을 그러쥐며 힘을 준다. 주심이와 산옥이도 잡은 손에 힘을 주었다. 그러면 옆에서 곰녀도 이 홍도의 쓰는 힘을 보태라도 주려는 듯이 자기 손에 힘을 준다. 홍도가 기운이 모자라는 듯 맥을 놓는다.
 의사가 다시 힘을 주라고 한다. 곰녀는 또 홍도에게 좀더 자기의 힘을 보태어주려는 듯이 자기 몸의 힘을 손으로 모은다. 의사가, 좀더, 좀더, 한다. 그러는데 홍도가 금세 힘이 모자라 맥을 놓 것만 같았다. 곰녀는 저도모르게 속으로, 좀더, 좀더를 수없이 되뇌인다.
 갑자기 응아 소리에 곰녀는 깜짝 놀랐다. 그러고 나서 그것이 애 울음소리라는 걸 알았다. 홍도의 온몸으로부터 맥이 탁 풀려나갔다. 그러는 홍도의 몸속으로부터는 긴 한숨이, 큰일을 치른 뒤의 절로 따라오는 안도의 긴 한숨이 새어나왔다. 이같은 한숨은 곰녀네 세 사람에게서도 절로 새어나왔다.
 젊은 간호부가 역시 절로 반가운 목소리로, 사내애야요, 한다. 산옥이가 먼저 그리로 다가간다. 뒤에 주심이와 같이 곰녀도.
 거기 간호부의 손에 받치어 들린 한 개의 핏덩어리는 그렇게 해서 자기가 살아있다는 것을 보이기라도 하려는 듯이, 조그마한 팔다리를 바동거리며 소리를 지르고 있는 것이었다.
 "참!"
 절로 산옥이의 입으로부터 이런 탄성이 새어나왔다. 곰녀도 가슴속으로 같은 소리를 질렀다.
 "이뿌지?"
하고 주심이가 정말 이뻐서 못견디겠다는 빛을 얼굴 가득히 띠고 홍도 쪽으로 고개를 돌렸다. 참말 이쁜 애를 낳았다, 수고 많이 했다는 뜻이 어린 눈이었다. 곰녀도 또 같은 마음으로 홍도 쪽을 바라보았다.
 홍도는 홍도대로 고맙다는 빛을 띤 얼굴로 이쪽을 마주 쳐다보았으나 곧 눈을 감아버리고 만다. 부끄러운 마음이 든 것이리라. 그러는 홍도의 보시시 땀기가 돋은 해쓱한 얼굴은 전에없이 아름다워 보였다.
 홍도를 옆방 산모입원실로 옮겨 누이는데, 그제야 홍도의 주인이 땀을 뻘뻘 흘리며 들어섰다. 순산했느냐고 물어, 주심이가 지금 금방 몸을 풀었다고 했다. 그리고 주심이는 이어서 복덩이를 하나 낳았다고 했다. 여기서 주인은 홍도편을 향해 수고했다는 말을 했는데, 그 말씨가 어디 이 사람에게 그런 인정스러운 데가 들어있었느냐 싶게 다정한 것이었다. 이 사람 역시 그렇게 나쁜 사람은 아니었구나, 곰녀는 생각했다.
 홍도의 주인이 자기는 먼저 간다고 나가고, 좀 뒤에 홍도가 모든 피로가 한꺼번에 밀려온 듯 이마와 콧등에 고운 땀방울을 맺히우며 잠이 든 것을 보고 곰녀들도 그곳을 나왔다.
 돌아오는 길에서 산옥이가,
 "그아 참 잘 생겼드라,"
하니 주심이도,

"증말이여, 워뜨케 크구 잘 생겼는지 물러,"
한다.
"나도 그른 아 한나만 낳아밨으믄!"
 이 산옥이의 말에 주심이는 말이 없다. 자기도 산옥이와 같은 생각이라는 듯이. 그리고 곰녀도.
 좀만에 주심이가 혼잣말 비슷이,
"홍도가 복뎅이를 하나 낳아놓드니 얼굴이 환하게 피데,"
하였을 뿐.
 그러는데 산옥이가 생각난 듯,
"아까 홍도 손 거머지고 있을 때 말이다, 홍도가 심을 쓰민서 내 손을 꼭 거머지는데 나도 고만 지절로 심이 씨지드라, 그라고 보이 언니도 복실이(곰녀)도 이사 간호부 모두 부득부득 심을 쓰고 안 있드냐, 아 놓는 사람은 홍도 혼자뿐인데,"
하여, 셋은 거리 한복판인 것도 잊고 소리내어 웃었다.
 이 이야기는 아랫거리로 돌아와 다른 여러 애들에게 했을 때에도 한결같이 즐거운 웃음을 자아내게 했다. 홍도의 애가 참 잘 생겼다는 소문도 그날로 아랫거리에 쭉 퍼졌다. 여기저기서 홍도의 애가 보고 싶다고, 내일이고 홍도한테 갈 때는 같이들 가자는 애도 여럿이었다.
 다음날 주심이 산옥이 곰녀가 다른 애 몇과 함께 홍도를 찾아갔을 때에는, 홍도는 젖속을 푸느라 젖을 내놓고 주무르고 있었다. 부석부석하긴 하지만 그래도 밤새 피로가 풀려 맑은 얼굴에 웃음을 지으며 동무들을 맞아주었다. 그리고 이제는 보통 젖이 아닌 애어머니의 부푼 젖통을 주무르는 홍도는 어느새 애어머니 티가 잡혀있는 것이었다. 하룻새에 사람이 이렇게 변할 수도 있는 것일까. 홍도는 자기 젖에 주심이의 손이 가닿아도 아무 부끄럼없이 그냥 내맡기는 것이었다.
 이쪽 창 밑 자기 딸 아니면 며느리일 산모의 침대 옆에 앉았던 노파가, 첫애 젖줄을 그렇게 주물러서 풀어서는 못쓴다고, 빨아서 풀어야 한다고, 그것도 다른 사람보다 남편이 빨아주는 게 제일 좋다는 말을 했다.

산옥이가 옆에서,
"그라믄 내가 홍도 남편 대신 빨아주까,"
하고 선뜻 홍도의 젖을 물고 빨기 시작했다.
그래 잠시 젖을 빨던 산옥이가, 젖물이라도 나오는지 웃는 얼굴에 오만상을 찡그리고 허리를 펴면서 에뛔뛔 하고 대야에다 침을 뱉는다.
홍도 그리고 곰녀네 일행뿐 아니라 한방에서 보고 있던 사람 모두 웃음을 터뜨렸다.
산옥이가 아직도 얼굴을 찡그린 채,
"이게 젖이 앙이고 멋이라믄 어짜든지 빨아묵을껀데!"
하고 중얼거렸다. 멎이란 술을 가리키는 말이리라.
주심이가 철없는, 그러나 귀여운 동생이나 나무라듯 약간 흘김눈을 해 보인다.
같이 온 애들 가운데서 애라가 속삭임말로,
"애기는 어디다 뒀니?"
한다.
그러고보니 홍도의 침대 좌우쪽 어디고 있어야 할 애가 보이지 않는 것이다.
산옥이도 홍도보고,
"어데 있노?"
한다.
홍도는 말없이 신생아실 쪽을 가리켰다.
이어서 홍도는, 왜 갓난애를 어머니 곁에 두지 않느냐고 의아해 하는 동무들에게, 젖먹일 시간이 돼야만 간호부가 안아다 준다는 말을 했다.
모두 신생아실로 밀려갔다.
신생아실로 들어선 그네들은 먼저 눈앞에 나타난 광경에 놀라고 말았다. 어머나! 모두 눈을 크게 뜨고 입을 벌렸다. 거기 세 개의 작은 채롱 속에는 얼핏 보아 크기와 생김생김이 비슷한 갓난애들이 들어있는 게 아닌가. 한 애는 잠들었고, 두 애는 깨어있어 오므작거리고 있다. 어쩌면 어린애란 이렇게 귀엽고 사랑스러운 것일까.

모조리 한번씩 안아 주고 싶었다.
 그런데 어느 애가 홍도의 애란 말인가.
 주섬이가 맨 끝의 채롱 속을 들여다보며,
"애가 홍도 애여,"
한다.
 제가끔, 어디 어디, 하며 채롱 속을 들여다보고는 또, 어머나, 소리를 한번씩 지른다. 귀엽고, 사랑스럽고, 그리고 부럽기까지 하다는 환성이었다.
 다시 홍도가 있는 데로 돌아오니, 홍도가 이편을 보며 어제는 정말 동무들이 있어주었기 말이지 그렇지 않았다면 큰일날 뻔했다는 말로, 동무들의 손을 붙잡고야 그래도 힘을 얻어 애를 낳을 수 있었다는 말을 했다. 이 홍도의 말을 듣고, 저편 창 밑의 젊은 산모 하나가 자기는 그와 반대로 무척 사람을 꺼려서 옆에 의사와 간호부 있는 것마저 영 싫어 종내 밖으로 내보내고야 몸을 풀었다는 말을 하여 웃던 차에, 이쪽 창 밑 노파가 이 말을 받아 또, 애낳이 버릇이란 제가끔이어서 어떤 사람은 자꾸 뒤가 마려운 것같아 쪽쪽 뒷간에 가서야 애를 낳는다는 말을 하여 모두 소리내어 웃었다.
 곰녀네들이 돌아오는 길에서 같이 온 애들이, 홍도의 어린애가 정말 그 포목상집 둘째아들을 닮았더라는 등, 또는 무슨 잡화상을 한다는 사람을 닮았더라는 등, 그런 말끝에 산옥이가,
"누구 닮았든지간에 이뿌기는 이뿌재?"
하니 애라가 받아,
"참 이쁘드라,"
하여 산옥이가 다시,
"그래 그른 머스마 한나씩 놓고 싶재?"
하는 말에는 모두 아무말이 없었다. 누가 그런 애를 낳고 싶지 않을라고. 낳고 싶어 해봤자 별 도리가 없다는 생각들이었다.
 애라가 생각난 듯이,
"참, 아까 갓난애들 봤지?"
"광지리 속에 넣어둔 것 말이가?"
"그랬다가 갓난애들이 서루 바뀌지나 않을까?"

하여 모두, 참 자기네들도 그렇게 생각했었다고, 한바탕 웃었다.
 이날 오후 주심이가 말을 내어, 홍도를 아는 애들끼리 돈을 모아 가지고 백화점으로 가 갓난애의 베이비복을 하나 샀다.
 다음날 주심이들은 이 베이비복을 갓난애에게 입혀줄 즐거움을 안고 다시 홍도를 찾아갔다. 베이비복은 산옥이가 들었다. 입원실로 들어서니 마침 홍도가 퇴원이라도 하려는 사람처럼 침대에서 내려와있었다. 벌써 퇴월을 하는가고, 하여튼 때마침 잘 왔다고들 생각했다.
 그런데 홍도는 주심이네 일행을 보자 창백해진 얼굴이 한층 더 창백해지면서 아무말이 없는 것이다. 무슨 일일까. 어쨌든 갓난애를 안아오고 보자는 듯 산옥이가 가지고 온 베이비복을 침대 위에 놓고 돌아서려는데 주심이가 가만있으라고 산옥이의 팔을 붙들었다.
 홍도가 털썩 베이비복 옆에 주저앉으며 고개를 베이비복 쪽으로 떨구었다. 분명히 심상치 않은 일이 일어났구나. 홍도의 눈에서 눈물 방울이 뚤렁 떨어졌다. 그리고는 계속해 자꾸만 떨어지는 것이다.
 불현듯 불길한 생각이 곰녀네 일행에게 깃들여졌다. 혹시 갓난애에게 무슨 잘못이라도 ?
 주심이가 홍도 가까이로 가더니 조용히, 무슨 일이 있었느냐고 물었다. 홍도는 미처 말이 안 나오는 듯 어깨만을 들먹였다. 주심이도 홍도가 좀 진정하기를 기다리려는 듯 다시 재촉해 묻지 않았다.
 좀만에 어깨의 물결은 가라앉았다. 그리고 홍도가 그냥 베이비복에 고개를 떨어뜨린 채 띄엄띄엄 간신히 한 말은, 좀전에 주인이 어떤 사람을 데리고 와서 애를 가져갔다는 것이었다. 모두 가슴이 덜컥 내려앉을 박에 없었다. 홍도는 또 띄엄띄엄 간신히, 애편으로 보면 자기같은 것한테 길리우느니보다 좋은 사람을 만나 갔으니 다행이긴 하다고 했다.
 이때 별안간 누구의 입에선가,
 "에이 빙신! 빙신!"
 하는 소리가 울려나왔다. 울상이 된 산옥이었다.

모두의 가슴에 뻐근히 치밀어올라오는 것이 있었다.
 실내는 조용했다. 이쪽 창 밑 그 우스갯소리를 하던 노파도 외면하고 저쪽으로 고개를 돌리고 있었다.
 주심이가 홍도의 어깨를 한팔로 안아 일으켰다. 홍도는 일어나면서 두 손으로 베이비복을 소중한 듯 받쳐들었다. 그리고는 가슴에 가져다 꼭 껴안았다. 그리고는 다시 들릴까말까한 목소리로 혼잣말을 하는 것이었다.
 "이거나 쥐 보낼껄."

 병원에서 퇴원한 다음날로 홍도는 또 어디로인지 팔려가고 말았다. 한집에 있는 애들도 누구 하나 홍도가 팔리어가는 것을 보지를 못했다. 그것도 그럴 것이었다. 꼭두새벽에 와서 데려갔으니까. 그리고 그렇게 아무도 모르게 팔아버리자는 것이 주인의 속셈이었으니까.
 벌써부터 홍도의 주인은 계획이 있었던 것이다. 홍도가 임신한 것을 알자, 약으로 매질로 낙태를 시키려던 것이 그만 쌍백당님의 엠나이새끼들 때문에 뜻대로 안 되자부터 생각한 바가 있었던 것이다. 할수없으니 애를 낳게 하자. 애낳기까지 한두 달쯤은 손님을 못 끌리라. 그러나 그새 입은 손해일랑 낳은 애를 처분해서 보충하면 되지 않느냐. 엠나이(계집애)를 낳으면 값이 좀 싸겠지만, 사내애만 낳아 제 자국에 팔면 그새의 손해도 웬만큼 충당되리라.
 이래 주인은 진작부터 사내새끼면 누구에게, 엠나이새끼면 누구에게, 이렇게 갓난애를 처분할 좋은 자국까지 다 구해놓아두고 있었던 것이었다. 그리고 그렇게 하려면 애를 집에서 낳게 하느니보다 남의 눈이 적은 병원에다 입원시키는 편이 낫겠다는 것도 계산해두었던 것이었다. 입원 비용은 애 사가는 편에서 부담하기로 만들어 놓고.
 주인이 바라던 대로 사내애를 낳았다. 사내애라도 아주 잘 생긴 애를 낳았다. 주인은 또 애 살 편에 가서, 이런 애를 낳았으니 값을 더 내야겠다는 다짐 받는 것까지 잊지 않았다. 모든 것이 뜻대로 되었다. 이제 남은 것은 홍도의 처치 문제뿐이었다. 주인은 생각했다. 이 엠나이가 이렇게 털썩 애를 하나 낳았으니 앞으로 또 낳을지 모른다. 그러면 큰 성화다. 그래도 이번만은 복덩이를 낳아, 더구나 제 작자를 만나 별 손해는 없었다 하더라도 누가 앞으로도 복덩이만 낳으리라고 장담할 수 있느냐. 게다가 누가 앞으로 사내새끼건 엠나이새끼건 이번처럼 무사하게 애낳이를 하리라고 보증할 수 있느냐. 그러다 밑천 잡아먹으면 큰일이다.

　팔아먹자. 팔아먹되 또 주위의 그 쌍백당넘의 엠나이새끼들의 눈과 입이 시끄러우니 아무도 모르게 팔아버리자. 이렇게 해서 주인은 홍도를 아무도 모르게 먼 북지로 팔아버린 것이었다. 그것도 셔두르니밖에 없다는 생각에서 홍도가 퇴원해 나온 다음날 신새벽에 데려가게 했다. 모든것이 다 주인의 뜻대로 된 셈이었다.

　그날로 홍도가 어디로 팔려갔다는 소문이 퍼졌다. 그리고 한집에 있는 애의 입으로부터 이런 말도 함께 퍼졌다. 어제 진종일 홍도는 빨아줄 사람 없는 젖이 자꾸 불어 혼자 돌아앉아서는 그것을 짜내고, 치마끈을 올려 졸라매고 했다는 이야기와, 밤에는 주인여편네가 제가 젖을 짜주겠다고 홍도를 안방으로 데려들여다 재웠다는 것.

　또 한 소문에, 빈 손으로 떠난 홍도지만 그 베이비복만은 몸에 간직해가지고 떠났으리라는 말과, 이악스럽기 짝이없는 주인 내외라 끝내 그것마저 빼앗고야 말았으리라는 말도 돌았다. 그러나 그뿐이었다.

IX

 그해 가을, 이미 홍도의 이야기도 이들 그날그날의 호된 삶에 부대껴야 하는 가난한 여인들의 입에서 사라진 지도 오랜 어느날, 곰녀는 아랫거리에서 윗거리 가루개고개 청루로 옮겨 팔려갔다. 이번에는 〈후꾸꼬〉라는 일본 이름이 붙었다. 하긴 아랫거리에 있을 때도 벌써 창씨바람에 〈후꾸짱〉이라는 이름으로 불리어오긴 했으나.
 후꾸꼬가 되어 곰녀가 몸을 팔기 시작한 이 가루개 청루는 아랫거리에 비기면 규모가 썩 작은 곳이었다. 무슨 루니 무슨 관이니 하는 간판만 떼면 그냥 예사 살림집이 될, 낡은 기와집이 외줄로 몇 집 연달아 있는가 하면 끊겼다가 다시 이어지듯이 몇집 연달아 있곤 했다.
 물론 밤에는 또 밤대로 아랫거리 앞쪽처럼 밝다든가 번화하지도 못했다. 그대신 아랫거리 뒷골목에서와 같은 직접적인 것이 그대로 이곳 집집의 앞문가에서 행해지는 것이었다.
 그 옷에서 기계기름 냄새를 피우는 소년과 청년이 많이 보이는 것만은 아랫거리에 비겨 지지 않았다. 따라서 싸움질이 잦은 것도 아랫거리에 지지 않았다.
 곰녀는 여기서도 머리를 땋아 늘어뜨린 채였다.
 그리고 그해 가을도 깊어갈 무렵에는 곰녀는 또 이곳 주인집 부엌동자니 빨래니 할것없이 혼자 도맡아 하게 되었다. 빨래는 이 청루거리 한옆에 옛날식 그대로의 돌로 쌓아올린 우물이 있어, 거기서 했다.

곰녀의 손은 다시 푸릿하게 부르트기 시작했다.

이 곰녀가 여기서 영감 하나를 만났다. 늙은 영감이었다. 오십이 지난, 나이도 나이였지만 머리가 조백으로 온통 센, 그리고 도수 높은 돋보기를 낀, 그래서 애들 새에 모두 하르반(할아버지)이라는 별명을 듣는 사람이었다. 이 사내는 본시 곰녀 주인과는 먼 인척 관계가 되는, 현재 서평양역 앞 무슨 일본인 신탄상회에서 서사 일을 보는 사람으로, 실로 곰녀가 이 하르반을 영감으로 만나게 된 것도 이 사람이 다른 사람 아닌 주인의 먼 인척이면서 신탄상회 서사라는 데 있었다.

전 세월에는 아무것으로도 알지 않았던 이 먼 인척을 주인은 요즈음와서 장작이니 석탄이니 마음대로 살 수 없는 때에 생각해낸 것이었다. 그래 조용히 찾아가 귓속말로 부탁한 것이 뜻대로 돼 신탄 문제를 해결하게 되었는데 그 대가로 주인편에서 제공한 것이 곰녀였다.

주인은 생각했다. 곰녀에게는 원래 손님이 잦지 않으니 한 달에 서너 번쯤 공짜로 제공한들 무슨 큰 손해가 있겠느냐. 그 차차 더 심해가는 석탄이니 장작난을 그렇듯 손쉬이 해결할 수 있다는 데 비하면야 아무것도 아니다.

이건 또 저편 신탄상회 서사의 속도 그랬다. 이왕이면 인척도 되는 유곽 주인에게 신탄을 줄대주고, 한 달에 서너 번씩 가서 놀고 올 수 있다는 게 무엇 해로울 게 있느냐. 더구나 홀아비 생활을 하는 요즈음이니. 이렇게 돼서 곰녀의 주인과 신탄상회 서사와의 사이에는 매부 좋고 누이 좋은 일이 맺어진 것이었다.

늙은 서사는 얼마 전에 상처를 하고 그새 재취를 하라고 권하는 사람도 없지않았으나, 요즈음 세상에 한 식구가 는다는 것도 궁한 살림살이에 힘드는 일이기도 하려니와, 마침 집에 나이찬 딸이 있어 다섯살 난 남동생에게 어머니 대신 노릇을 할 뿐 아니라, 집안 살림살이도 맡아 해주기 때문에 홀아비 생활을 해오는 터였다. 이런 늙은 서사는 곰녀를 알게 되자 과연 무슨 처갓집에나 드나들 듯 매달 서너 번씩은 꼭꼭 찾아오는 것이었다.

그리고 이 늙은 영감은 곰녀에게 끔찍이 굴었다. 곰녀의 손등이 얼어 부르튼 걸 보고는, 쇠기름조각을 싸가지고 와서 그걸 손수 주인집에서 화롯불까지 얻어내다 녹여서는 발라주는 것이었다.
　그뿐만 아니었다. 벌써 전에, 늙은 영감이 처음 곰녀의 방에 드는 날 밤, 늙은 영감은 예의 사내들처럼, 너 병 있니? 없니? 하여 곰녀는, 한땐 심했지만 지금은 다 나은 셈이라고 한 일이 있었다. (이네들은 자기들의 병이 만성으로 변한 것을 이런 말로 표현하는 것이 보통이었다.) 그때 늙은 서사는, 그래 양약을 썼느냐 한약을 썼느냐 해, 곰녀가 약이라곤 별로 써보지 못했다고 하니, 그러면 아주 고쳐진 건 아니라고 한 지 며칠 뒤에, 늙은 서사는 삼씨기름을 사이다병으로 한 병 가지고 왔다. 그 병에는 이 이상 가는 약이 없다는 것이다. 이처럼 늙은 서사가 화룻병에 이 삼씨기름을 내세우는 데는 그럴 만한 이유가 있었다. 수삼년 전 일이었다. 신탄상회 일본인 주인과 밤 늦게까지 술을 먹고 나중에, 일본인 교제에는 이런 데까지 들러야 완전한 교제가 된다는 지식을 갖고 있는 늙은 서사는 주인을 끌고 아랫거리 일본인 청루에를 들른 일이 있었는데 거기서 그는 임매 겸다리 병을 얻었던 것이었다. 그러나 원래 이 늙은 서사도 값비싼 양약같은 것을 줄대어 쓸 형편은 못되어 그저 이것저것 좋다는 초약이나 가지고 치료해오다가 누구한텐가 그 병에 삼씨기름이 제일이라는 말을 듣고 그걸 써보았더니 사실 병이 나아버린 것이었다. 물론 소변검사니 피검사를 해본 건 아니니, 그 결과가 어떤 정도인지는 알 수 없는 일이나 늙은 서사 자신만은 적어도 근치된 걸로 믿을 만큼 병의 증세가 아주 없어진 것이었다. 그로부터 늙은 서사는 그 병엔 이것이면 그만이라고 생각해 오던 터에 이번에 곰녀에게도 이 약을 가져다준 것이었다.
　여간 역하고 독한 약이 아니었다. 매일 식전에 소줏잔으로 한 잔씩 먹는 분량이건만 속이 뒤집히고 어쩔어쩔 취해와, 한참 동안은 누워있어야만 했다. 나중엔 이 약을 생각만 해도 속이 벌컥 뒤집힐 지경이었다. 그렇건만 곰녀는 하르반이 하라는 것이니 꼭꼭 그것을 마지막까지 다 먹어냈다. 그리고 이런 곰녀는 또 약을 다 쓴 뒤에도 병이 나았는지 어쨌는지를 병 증세 여하로써 알려는 것보다도 그저 하르방이 일등 약이라고 가져다준 것이니 자기의 병은 나았음에 틀림없다고 믿는 것이었다.
 이런 사실은 아는 애들의 입으로부터는, 젊어서 난 바람은 멎지만 늙어서 난 바람은 멎지 않는다더니 옛말 그른 데 없다고, 머리까지 센 늙은이가 정신 좀 차리지 않고 주책없이 그저 허리에 치마를 둘렀으면(이것은 곰녀의 인물없는 점도 걸고 하는 말이다) 그만이란 꼴은 참 눈깔이 시어서 못 보겠단 말들을 했다. 그리고 곰녀보고 이런 말을 하는 애들도 있었다. 그 늙정이가 추근추근 못살게 굴면 좀 실쭉해 보이라고. 그래야만 정신을 차린다고.
 그러나 곰녀는 조금도 그럴 마음이 들지 않았다. 여태까지 자기에게 이렇게 고맙게 구는 사람이 있었던가. 아무리 늙었다 해도 이처럼 자기를 위해주는 것이 오죽 고마우냐 하는 심정뿐이었다. 그래 도리어 어떻게 하면 이 자기를 위해주는 하르방을 자기편에서도 위해줄 수 있을까 하는 생각부터 앞서는 것이었다.
 먼저 생각해낸 것이 빨래였다. 늙은 서사가 곰녀를 찾아오는 날 저녁이면, 곰녀는 으레 하르방이 입고 온 내의며 양말을 꼭꼭 벗으라고 해가지고, 그것을 빨아서는 안방 부엌 석탄불 피운 솥뚜껑 위에 펴 말리어가지고, 다음날 아침에 입고 가도록 하곤 했다. 주인네도 곰녀의 이러는 것을 아무말 않는 것은 물론, 도리어 곰녀가 하르방의 내의를 들고 나오는 것을 보고는 이쪽 신탄상회 서사가 듣게스레, 여기 비누가 있으니 가지고 가서 깨끗이 빨아 오라는 말까지 하곤 하는 것이었다.
 한편 신탄상회 늙은 서사는 곰녀를 찾아올 적마다 대개 목욕탕에를 들러 오느라 그 도수 높은 안경을 집에 벗어두고 오는 수가 많았다. 그래서 그렇게 목욕탕에를 다녀서 온 날은 또 번번이 안방에서 가위를 얻어내다 손톱이니 발톱이니 깎곤 했는데, 그럴 때면 도시 눈과 손이 말을 잘 안 듣는 듯 위태위태해 보이기만 했다. 곰녀도 처음에는 그러기가 뭣하여 보고만 있었으나 종내 보다못해 가위를 달래 가지고 깎아주기 시작한 것이 이제는 꼭꼭 곰녀가 맡아 깎아주게 되었다.
 나중에 신탄상회 늙은 서사는 자기 귀까지 후벼달라고 했다. 다음부터 곰녀는 잊지 않고 이 하르반의 귀까지 후벼주었다. 귀지에는 석탄가루가 섞여 나오곤 했다.
 이런 신탄상회 늙은 서사와 곰녀를 두고 애들은, 아주 죽자살자 맞정분이 나서 야단들이란 말까지 하게 됐다. 그러나 곰녀는 이런 입방아가 그다지 듣기 싫지도 않았다.
 한번은 곰녀가 손톱을 깎아주고 있는데 늙은 서사가,
"몇살이랬디?"
하고 말을 꺼냈다.
 요전에도 물었는데 또 잊었나 하며 곰녀는,
"열아홉살이라예."
 열아홉살이라 하지만, 사실은 생일이 동짓달이라 설은 나이까지 먹어 그렇지, 만으로 따지면 아직 열일곱에도 차지 못했다.
 늙은 서사는 새삼스레, 그 나이에 이처럼 멍거칠어 뵐 수가 있느냐는 듯이, 예의 안경 벗은 몽롱한 눈을 곰녀에게로 들었다.
"고향은 남도 어데랬디?"
"경상돔니더."
"그럼 문둥이가 많은 곳이루군. 여름이믄 문둥이가 수수밭골에 우굴우굴한다는 말이 사실이가? 그러다가 어린앨 잡아다 간을 내 먹는단 말두?"
"모름니더."
"오라, 고향 흉보니낀 싫은게디?"
 그러나 무어 곰녀는 자기 고향 흉을 본다고 싫어서 모른다고 한 것은 아니었다. 곰녀가 어려서 배나뭇집할머니랑 마을 어른들의 이야기를 엿들어, 어디서는 몇살 난 애가 문둥이한테 업혀갔다는 둥, 어디서는 몇살 난 애가 문둥이한테 업혀가는 걸 동네사람들이 보고 호랑이 몰이하듯 쫓아가 빼앗아 왔다는 둥 하는 말을 들었고, 또 그럴 때면 곰녀는 호랑이 이상으로 문둥이를 무서워한 것만은 사실이나 실지로는 한 번도 보지 못한 것이었다. 대구에 와서는 또 밖에라고 나다녀보지 못한 곰녀였으니 볼 기회가 없었다.
"그래 경상도 어데?"
"대구땅임니더."

"바루 대구시내?"
"앙임니더. 대구에서 좀 떨어진 촌임니더."
"머라는?"
"샘 말이라카는 동네라예."
"샘마을? 그럼 무슨 자 무슨 자노? 샘 천짜 마을 니짜, 천니? 부모는 안 계시대디? 일가친척두?"
"예."
 부모 일가친척이라는 말에 문득 곰녀의 머리에는 배나뭇집할머니의 생각이 떠올랐다 사라졌다. 그리고는 그만이었다. 아주까리 등잔 밑에서 곰녀 자기는 베를 짜고, 할머니는 물레질을 하던 모양같은 건 떠오르지도 않았다. 곰녀편에서 떠올리려 하지도 않았다. 이미 곰녀의 생활이 그네로 하여금 그런 것에 그리움같은 걸 자아내지 못하게 한 지도 오랜 것이었다. 지금도 곰녀는 그런 것에보다는 차라리 눈앞에 깎고 있는 하르반의 손톱을 좀더 하르반 제 손으로 깎는 것보다 낫게 깎아줘야 한다는 데에 더 마음이 쓰여지는 것이었다.
"그래 이름은 머디?"
"후꾸꼬라카기도 하고, 후꾸짱이라카기도 하고……"
"복 복짜, 아들 자짜. 조선 이름은?"
"복실임니더."
"복 복짜, 열매 실짜."
"그전 이름은 유월이라카고……"
"유월이? 유월이라니?"
"그전 이름은 또 삼월이라카고……"
"삼월이? 오라, 석 삼짜, 달 월짜. 그럼 유월인 여슬 늑짜, 달 월짜, 누월인가?……"
"그라고 본이름은 곰녀라카고……"
 곰녀는 자기의 본이름으로 후남이라는 이름이 있었다는 건 모르고 있었다.
"머라구? 무슨 녀?"
"곰녀."

갑자기 신탄상회 늙은 서사는 웃음을 터뜨렸다. 어디 이따위 이름이 있단 말인가. 흑흑흑흑 신탄상회 늙은 서사는 누렁이빨을 드러내놓고 온몸을 흔들며 웃었다. 곰녀가 손톱 깎던 손을 멈추지 않으면 안될 만큼.

대체 하르반이 뭣이 그렇게 우스워서 이처럼 웃어대는지 곰녀는 몰라 했다.

"곰녀라? 그럼, 곰 웅짜, 계집 녀짜, 웅녀루군."

신탄상회 늙은 서사는 다시 흑흑흑 웃어댔다. 그러고보니 이 하르반이 웃는 건 다름아닌 자기가 무식하다고 웃는구나. 웅년가 무어라고 해야 할 것을 곰녀라고 한다고. 그러나 자기가 무식한 건 무어 다 아는 일이 아닌가. 그저 자기더러 고향에서들, 곰녀, 곰녀 하고 불렀으니 그렇게 알 밖에.

그러니 하르반이 웃는 건 상관없는데 이렇게 웃어대니 손톱을 깎아줄 수가 있나. 이제 하르반의 내의도 빨아야 하겠는데.

X

　곰녀가 여기 가루개로 온 지도 만 일년 반이 넘었다. 봄이 왔다. 아랫거리에 있던 산옥이가 이 가루개고개로 옮겨 팔려왔다. 이렇게 아랫거리에서 이 가루개로 옮겨 팔려오는 수가 더러 있는 것이었다. 이 가루개에서 아랫거리로 옮겨 팔려가는 수는 전혀 없다시피 했지만.
　산옥이가 온 집은 곰녀가 있는 집에서 몇 집 안 떨어져있는 집이었다. 산옥이는 얼마 전 곰녀가 아랫거리로 가 만나본 때보다 알아볼 만큼 얼굴빛이 거칠어지고 수척해져있었다. 머리칼도 윤기를 잃고 있었다. 그저 거기 따라 그 크던 눈만이 더욱 크게 물에 씻은 듯 빛나고 있었다.
　산옥이는 또 술이 굉장히 늘어있었다. 그리고 싸움판에 뛰어드는 품도 더 심해져있었다. 다만 그 무렵엔 일본이 기진맥진해가는 자기네 전쟁을 채찍질하느라 부리는 발악으로 밤이면 밤대로 한층 더 어두운 살림살이를 해야 했는데 그게 곧 이 가루개거리에도 미쳐 밤에는 사람의 그림자를 드물게 만들었고, 따라서 산옥이가 술 먹게 되는 번수도, 그리고 싸움판에 뛰어드는 도수도 줄게 되었다.
　그래도 이런 속에서 산옥이는 거의 매일같이 기자묘를 질러 대동강에 나가는 버릇만은 잊지 않고 있었다.

　어느 맑던 날씨가 갑자기 소나기가 퍼붓고 난 날 오후였다. 곰녀는 처음에 그게 산옥이라는 걸 알아보지 못했다. 저쪽 골목 모퉁이를 돌아 이리로 걸어오는 여인은 분명히 실성한 사람 그대로였다. 좀전에 내린 소나기를 조금도 꺼리지 않고 그대로 맞은 듯 온몸이 흠뻑 젖어 옷이 몸에 찰딱 붙어있었다. 그건 혹 비를 그을 수 없는 장소에서 소나기를 만났다면 할 수 없었을는지 몰라도 이 여인은 지금도 자기의 몸이 온통 비에 젖어있다는 것조차 모르는 듯한 걸음걸이였다. 누가 보나 실성한 사람으로밖에 볼 수 없었다. 그게 가까워진 후에 보니 산옥이었다.

그런 산옥이는 참말 실성한 사람처럼 거기 곰녀가 있다는 것도 모르는 듯 지나쳐버리는 것이었다. 곰녀는 산옥이에게 무슨 일이 있었나보다 생각했다. 그래 산옥이를 따라가며 무슨 일이 있었느냐고 물었다. 그제야 산옥이는 발걸음을 멈추고 곰녀를 돌아다보는데 그 눈이 전에없이 생기가 없었다.

뿐만 아니라 산옥이는 잠시 지금 자기가 바라보는 사람이 그냥 곰녀라는 걸 알아보지 못하는 듯한 눈치더니 겨우 알아본 듯 아무 일도 아니라고 한번 고개를 옆으로 젓고는 가던 길을 그냥 걷기 시작하는 것이었다. 곰녀는 산옥이가 몸이 편찮아도 몹시 편찮은 모양이라고 생각했다.

지금 산옥이는 이상한 것을 보고 돌아오는 길이었다.

오늘도 그네는 방공연습이니 무어니 한다고 떠드는 틈을 용히 빠져 대동강으로 나갔던 것이다.

매일같이 보아도 싫어지지 않는 대동강. 오늘도 산옥이는 그 강물을 대할 수 있었다.

얼마만에 산옥이가 강둑에서 일어서려는 순간이었다. 산옥이는 문득 선교리 쪽에서 누가 자기를 찾는 듯함을 느껴 그리로 고개를 돌렸다. 그러자 산옥이는 이상한 광경에 부닥쳤다.

지금 막 수백 길의 뽀오얀 먼지바람이 선교리 한복판을 남에서 북으로 휩쓸어가고 있는 것이었다. 이 바람이 선교리 북단을 지나 채 꼬리를 감추기 전에 남단에서는 새로운 바람이 일어 북쪽으로 휩쓰는 것이었다.

산옥이는 홀린 듯이 바라보고 있었다. 저만큼이나 큰 바람이 부니까 그 밑의 함석지붕을 들추고, 전선줄을 울리고, 빨래들을 날리

런만 이곳에서는 그저 고요한 거리와 인가 위를 조용한 먼지바람이 지나가는 것으로밖에 뵈지 않았다.
 그리고 저어기 휩쓰는 먼지바람은 그게 먼지가 아닌 듯이만 느껴졌다. 무슨 연기거나 안개가 아니면, 무슨 꽃가루같은 거로만 느껴졌다. 단지 강을 하나 새에 두고 이런 조화가 일어나다니.
 산옥이는 이런 광경을 처음 보는 것이었으나, 어쩐지 전에 이와 똑같은 광경을 당해본 것처럼 느껴져, 먼지바람이 아주 그친 다음에도 좀처럼 거기서 눈을 거두지 못했다.
 그러다가 생각난 듯이 고개를 거두던 산옥이는 또 뜻하지 않았던 대동강 물의 이상함에 다시 놀랐다. 유난히 파아란 물이었다. 가을철에 아무리 여믄 물이라도 이처럼 파아랄 수는 없었다. 이런 강물은 또 산옥이가 여태 이 대동강 물에서 대해보지 못한 강물이었다.
 산옥이는 혹시 자기의 눈이 무엇에 홀리지나 않았나 했다. 그러면서 더욱더 유심히 강물을 들여다보는 것이었으나 물의 파아란 빛은 점점 더 짙게 물들어만 갔다.
 강 위 하늘로 지나가는 구름 때문일까. 사실 이 강물의 파아람이란 이 구름과 강물이 서로 비춰어 되는 듯, 구름이 동남에서 서북으로 퍼질수록 차차 더 빛이 짙어가는 것이었다.
 산옥이는 정신없이 이런 강물을 들여다보고 있었다. 얼마쯤이나 오래 그러고 있었을까. 강물의 파아란 빛이 강줄기 위로 움직이는 것같아 그리로 저도모르게 눈을 주던 산옥이는 자기가 있는 곳에서 퍼그나 떨어진 강 윗쪽 주암산으로 가는 길편에 벌어진 광경에 또다시 한번 놀랐다. 오늘은 왜 이렇게 놀라운 일이 연달은 것일까.
 길쪽에서 한 대여섯 발 들어선 강물 속에서 웬 사내 하나가 웬 여인의 머리채를 움켜잡고 물속에 머리를 꾹 박았다 꺼내곤 하는 것이었다. 그러면서 연방 무슨 말을 지껄이는 것이었다. 물속에 박히는 여인도 머리를 들릴 때마다 무슨 말을 주절댔다. 이쪽 강둑에는 또 웬 여인 하나가 서서, 물속을 향해 뭐라고 소리를 지르고 있었다.
 그러고보니 이 강둑 여인의 지르는 소리는 좀전부터 들려왔던 것 같았다. 그것을 자기는 강물에 취해서 못 들었나보다. 산옥이는 그리로 갔다.
 한 사십 남짓 났을 사내였다. 그리고 머리끄덩이를 잡힌 여인은 아직 새파랗게 젊은 여자였다. 사내는 그냥 젊은 여자의 머리를 물 속에 처박았다 꺼내곤 했다. 그러면서 지껄여댔다. 어디 물에 빠데 죽는다든 년이니 실컨 죽어봐라, 시집살이 안하구 온 년 살아서 멀 하간!
 그러면 물속에 박혔던 젊은 여자는 물먹은 목소리로, 죽던 아나요, 죽던 아나요, 아바지 한번만 용서해달라우요, 아이고 오마니 나 좀 살레주소, 하는 소리를 주절대는 것이다.
 이쪽 둑의 여인이, 이젠 그만두소고래, 고만두라우요, 그러다가 정말 사람 쥑이갔쉐다레, 그만두라우요, 하는 소리를 연발하는 것이다.
 아마 시집갔던 딸이 시집살이가 싫다고 온 것을 그래서는 못쓴다구 꾸짖으니까 가기 싫은 시집에 도로 가느니 죽고 말겠다고 강으로 나온 것을 아버지 어머니가 쫓아나와가지고 저러는 것같았다. 젊은 여자는 사실 강물에 뛰어들었던 듯 온몸이 함빡 물에 젖었고, 아버지되는 사람도 온통 물투성이였다.
 또 딸의 머리를 물속에 박았다 꺼낸다. 그리고는 같은 소리를 지껄여댄다. 외딴 곳이라 지나가는 행인도 별로 없는 곳에서 같은 동작과 같은 말소리가 되풀이되었다. 그속에서 딸의 애원성은 더 애처로워지고, 거기 따라 이쪽 둑의 어머니의 지르는 소리는 더 다급해져갔다.
 그런데 웬일일까. 이 딸의 애원성이 산옥이에게는 가엾다느니보다는 듣기 싫은 생각이 드는 것이었다. 그리고 이건 보지 않을 것을 공연히 보았다는 생각이 들었다.
 먼 데서인 듯 가까운 데서인 듯 툭툭툭 비 듣는 소리가 나더니 좌악 하고 소나기가 쏟아지기 시작했다. 비를 그어야겠다. 그러나 거기에는 들어서서 비를 그을 만한 곳이라곤 없었다. 저기에 부벽루로 올라가는 문이 있었다. 거기 가서 비를 긋는 수밖에 없었다.
 산옥이가 뛰는걸음을 옮겨놓기 시작하는데 뒤에서 산옥이 옆을 지나쳐 앞서는 사람들이 있었다. 다른 사람들 아닌 지금의 젊은 여자와 아버지되는 사람과 그리고 어머니되는 사람이었다.
 이건 또 무슨 일일까. 산옥이는 자기 옆을 지나쳐 앞서는 이네들을 보자, 그만 뛰던 걸음에 맥이 탁 풀리고 마는 것이었다. 온몸의 기운이 쭉 뽑혀 나가는 느낌이었다.
 아니 이 사람들이, 물에 빠져죽는다고 강물에 뛰어들었던 사람이고, 빠져죽겠거든 아주 죽으라고 머리를 물속에 처박던 사람인가. 한 방울의 비라도 더 맞을세라 있는힘을 다해 달리는 이 사람들이. 그것도 이미 온통 젖은 옷들을 해가지고.
 산옥이는 무엇에 속았다는 생각이 듦을 어찌할 수가 없었다. 죽던 아나요, 아바지 한번만 용서해달라우요, 아이고 오마니 나 좀 살레주소고레, 하던 젊은 여자에게 속은 것이다. 그리고 그네의 아버지와 어머니에게도. 그런데 이들은 자기만을 속인 것같지 않았다. 다른 누군가도 속인 것같았다. 누굴까. 옳지. 강물이다. 강물까지 속인 것이다. 오늘은 또 별나게 파아라니 아름답던 그 강물까지를 이들은 속인 것이다.
 그중에서도 산옥이는 자기 낫세의 젊은 여자가 강물을 속였다는 데에, 바로 젊은 여자 낫세인 자기가 강물을 속인 것처럼 느껴지는 것이었다. 뭔가 분한 생각이었다. 비에 옷이 젖는다는 건 아무것도 아니었다.
 전금문에 오니 좀전의 세 사람이 거기서 비를 긋고 있었다. 연신 몸의 빗물을 털어내는 것이었다. 그만 산옥이는 게서 비를 그을 생각도 않고 그냥 지나치고 말았다.

 어젠가 그젠가도 B29가 바로 평양 위로 지나갔다고 웅성거리더니 오늘 신새벽에는 또 무슨 비행기가 굉장히 요란한 소리를 내며 낮추 떠 지나갔다고 수군거린 날, 이날도 낮쯤해서 대동강을 찾아 나갔던 산옥이가 숨가빼, 우리 조선이 독립이 됐다는 소리를 지르면서 뛰어들어왔다.
 저 애가 지금 무슨 소리를 하나? 저 애가 미치지 않았나? 그러면서 이집 저집에서 애들이 쏟아져 나왔다.
 산옥이는 그냥 이편을 향해 외쳤다.

"지끔 라지오로 방송했데이, 일본이 항복하고 조선이 독립됐다카는!"
 그러나 듣는 사람들은 모두 대낮에 꿈꾸는 소리로밖에 듣지 않는 눈치였다. 이 애가 대낮에 눈을 뜨고, 그것도 저렇게 광채나는 그 큰 눈을 뜨고 꿈을 꾸나?
 산옥이는 모여선 사람들의 얼굴을 향해, 우리가 모르고 있었지 어제 벌써 라디오로 오늘 정오에 중대방송이 있겠다더니 지금 금방 그 방송이 있었다, 그렇게 자기 말을 못 믿겠거든 큰거리로 나가보라고 했다. 그래도 누구 하나 먼저 큰거리로 나가보려는 사람은 없었다. 이미 B29가 여러 차례 다녀가고, 요새와서는 소련까지 달려들어 벌써 청진인가 어디까지 쳐들어왔다는 말이 들리기는 하지만 그렇기로서니 일본이 그렇게 항복을 했으리라고는, 게다가 조선이 독립까지 됐다고는 아무래도 성한 사람의 말같지가 않은 것이었다. 이렇게 모여서들 허튼소리를 듣다가 큰코다치기 쉽다, 가만히 집안에들 들어가있다가 공습경보라도 나면 방공호로 들어갈 채비나 하고 있는 게 상책이지.
 그런데 참 저게 무슨 소리냐. 무슨 소리인지 알아듣기 전에 벌써 그게 어떤 기쁨에 넘친 아우성소리라는 것이 가슴에 와 부둥켜졌다. 다음 순간, 누가 먼저라고 할것없이 거기 모였던 사람들은 우욱 기림리 쪽 큰거리를 향해 내달리기 시작했다. 달리면서 저기서 지르는 소리는 분명히 만세소리라는 걸 알아들었다.
 웬 사람이 이렇게도 많으냐. 조선사람들이 어디 이렇게 많이 들어박혔다 쏟아져 나온 것이냐. 그리고 또 이렇게 자꾸 나오고 있는 것이냐. 밀려오는 사람의 떼들. 그저 물결이었다. 크나큰 물결이었다. 만세를 부르며 내뻗치는 팔들. 그것은 또한 물결의 힘찬 움직임이요, 크나큰 파도였다.
 곰녀는 그만 산옥이와 함께, 그리고 같이 달려온 애들과 함께, 이 물결 속에 휩쓸려들어갔다. 이 사람의 물결은 단지 여기서만 일어난 것이 아니고 저기 성안 곳곳에서 일어난 듯 그 움직이며 파도치는 소리가 팔월 하늘을 스쳐 울려오는 것이었다.

날로 커가고 우렁차가던 이 물결은 며칠날 연합군의 하나인 소련군이 평양에 진주해 들어온다는 그 전날서부터 다음날에 걸쳐 최고조에 달했다. 본평양역이니, 서평양역이니, 선교리역이니, 와닿는 기관차는 모조리 사람의 물결을 실어왔다. 그것은 기차가 사람의 물결을 실어왔다느니보다 실로 기차 그 물건이 그대로 사람의 물줄기인 것이었다. 차 안은 말할 것도 없고 기관차의 앞머리와 기차 지붕 위까지 온통 사람이요 태극기였다.
　평양으로 통한 길이란 길도 이 사람과 태극기의 물줄기가 잇닿은 것이었다. 곰녀네가 있는 가루개고개도 북촌 사람들의 물줄기가 그냥 잇달아 넘어왔다. 북촌의 그 검붉은 흙물을 아랫도리에 물들인 사람들의 물줄기가.
　이 모든 물줄기들이 합하여 하나의 큰 강을 이루었다. 전찻길 큰 거리에다가.
　곰녀는 산옥이와 함께 이 강줄기를 따라 아랫거리로 내려갔다. 아랫거리에서도 주심이들이 벌써 강줄기 속에 움직이고 있었다. 산옥이와 곰녀도 거기 강줄기 한 굽이에 흘러들었다.
　강줄기는 쉬지 않고 움직였다. 그래 지리한 줄을 몰랐다. 그렇게 한 시간쯤 흘렀을 때였을까. 저쪽 정거장편으로부터 갑자기 크디큰 물결소리가 일어났다. 만세에! 이 크나큰 물결소리는 이리로 거슬러 오면서 다음다음 일어나는 것이었다. 만세에! 만세에!
　손에 손을 잡듯이 이 물결소리는 물 굽이굽이를 따라 이어와서는 물 굽이굽이를 따라 이어 올라갔다. 삽시간에 온 강줄기는, 아니 온 평양성안은 이 물결소리로 진동되었다. 그리고 이 진동소리는 소련군 선봉대가 자동차를 몰아 지나간 뒤에도 한참 그칠 줄을 몰랐다.
　문득 이 진동소리와는 색다른 만세소리에 곰녀들은 고개를 돌렸다. 거기 한 늙은이가 이쪽 사람들의 강기슭을 거슬러 올라오면서, 조선독립 만세를 부르는 것이었다. 진동소리보다 더 자주. 목은 이미 쉬어있었다. 그리고 만세를 부를 적마다 오른손에 든 태극기와 함께 왼주먹을 불끈 높이 쳐드는 것이었는데 어떻게나 힘을 주어 쳐드는지 양팔이 부르르 떨리는 것이었다. 강줄기의 사람들이 이 늙은이의 만세소리에 화해 새로 만세를 불렀다.

늙은이가 앞을 지날 때 보니 떨리는 건 늙은이의 양팔뿐만이 아니고 만세 부르는 입으로부터 시작해 얼굴 전체가, 그리고 턱아래 늘어진 수염까지가 주는 힘으로 해서 떨리는 것이었다. 곰녀는 저도모르게 가슴속이 벅차오르며, 이 늙은이의 만세소리와 화해 여태까지보다 한층 더 힘차게 만세를 불렀다. 이처럼 이날 이 강줄기의 진동이란 연합국의 한 군대를 맞는 것도 맞는 것이지만 한 겨레의 가슴속에 막혔던 핏줄기가 서로 이어지는 음향 그것이었다.

이 8·15의 흥분은 흥분대로 곰녀네는 그대로 몸을 내줘야 했다. 그것도 이번에는 모색 다른 손들한테까지. 그건 또 무서운 일이 아닐 수 없었다.

퍼지는 소문에, 일본병정들이 전에 만주니 북지를 쳐들어갔을 때는 이르는 곳마다 부녀자를 욕뵈지 않은 곳이 없었는데 이들 일본병정은 욕이면 욕뵈는 데만 그치는 것이 아니고 나중의 말썽을 없애기 위해 욕뵌 부녀자를 일일이 찌르고 쏘아 죽이곤 했다는 것이다.

그리고 이런 말도 덩달아 돌았다. 만일 조선 사나이들이 전쟁에 승리해가지고 남의 나라에 들어가게 되면 어떻겠느냐는. 아마 이만저만한 일로 그치지 않을 것이라는.

곰녀는 퍼뜩 생각키는 것이 있었다. 언젠가 동무들이 말한, 남자란 누구라 할것없이 모조리 짐승과 같다던 말.

어쨌든 곰녀는 이 모든 횡포를 그냥 받는 수밖에 다른 도리가 없었다.

독립했다던 말이, 사실은 독립된 게 아니고 해방이 된 것이라고, 해방이라는 말로 바뀌어졌다.

해방! 그러면 다른 모든 것이 그래야만 하듯이 곰녀네도 해방이 돼야 했다. 해방이 돼도 다른 모든것에 앞서 돼야만 했다.

그리고 사실 이 곰녀네의 해방은 비교적 빨리 오기도 했다. 어느 서릿발이 두터워가는 날 아침, 도 사회부에서 나왔다는 사내 하나와 여자 둘이 가루개를 찾아와 애들을 한자리에 모아놓고 여자 중의 하나가, 오늘부터는 동무들도 해방이 됐다는 말을 했다. 모두 무슨 뜻인지 얼른 알아채지 못하는 눈치들이었다. 벌써 언제부터 자기네들은 해방이 된다는 말을 들어오는 터이지만.
　뒤에서 누가, 그라믄 오늘부터는 이 지랄 안 해도 좋다카는 말이요? 하고 소리를 질렀다. 산옥이었다. 사회부에서 나왔다는 지금의 여자가, 그렇다고 했다.
　산옥이는 같은 지르는 목소리로, 참말인교? 했다. 이 참말이냐는 소리는 비단 산옥이뿐 아니고 거기 모인 애 전부가 다 자기 가슴속으로부터 지른 소리로 들었다. 그만큼 그네들은 여태까지 속아만 살아온 것이었다.
　사회부에서 나온 다른 한 여자가, 참말이고 거짓말이고가 있느냐고, 지금이라도 당장 여기를 나가도 좋다고 했다.
　그러자 어디선가 흑흑 느끼는 소리가 들렸다. 그리고 이 흐느낌소리는 거기 모인 애들의 가슴에서 가슴으로 번지어나가 마침내는 온통 울음바다로 변하고 말았다. 사실 이들의 흐느낌은 무슨 바다 위를 불어치는 바람소리와도 같은 것이었다.
　사회부에서 나온 한 여자가, 이들 서로 같은 여성이면서도 가련하고 불우하기 짝이없는 동성들에게, 해방된 여러 동무들의 앞길은 광명이 비친다는 둥, 조선의 일천오백만 여성은 충심으로 여러 동무들의 앞날을 축복하고 있다는 둥, 하는 말을 하는 것이었으나 아 말소리는 그냥 흐느낌 속에 집어삼키우고 말았다.
　부랴부랴 제것이라고 조그마한 보퉁이들을 싸가지고 어디로인지 떠나는 애들도 있었다. 말이 난 김에 떠나야지 또 누가 다시 좀전의 이야기는 헛말이었다고 하기나 하면 어쩌느냐는 듯이. 여기저기서 떠나는 애들이 남아있는 친구들의 손을 붙들고는 아직 눈물 자국이 남아있는 얼굴에다 서로 다시 눈물을 지었다.
　이렇게 이날 가루개 청루거리는 이들 창녀들의 천지였다.
　주인들의 모양이라곤 통 귀떼기도 보이지 않았다. 어디로 모두 몸을 피한 모양이었다. 그저 때때로 이게 무슨 변인지 모르겠다는 듯한 안주인들의 얼굴이 잠깐씩 뵈었다 사라지곤 했다.

곰녀는 산옥이와 함께 아랫거리로 내려갔다. 거기에서도 울음바다가 이루어졌었음이 분명해 얼굴마다 눈물 자국들이 남아있는 것이었다. 그리고 여기서도 이미 떠난 애들도 있고, 지금 떠나는 애들도 있었다. 떠나는 애들이 친구들의 손을 붙들고 눈물 자국이 남아있는 얼굴에 다시금 눈물들을 짓는 것이었다. 이렇게 이날 아랫거리도 이들의 천지였다. 주인들의 그림자라곤 여기서도 통 뵈지가 않았다.

주심이가 산옥이더러,
"넌 워디루 갈티여?"
하고 묻는다.
"모르겠다."
"고향엔 누가 있는데?"
"농사짓는 오빠빼끼는 없다. 그래 오빠한테 가보고 싶으지만 머 가봤자 벨수 없고."
"애라는 워쨌든 자기 집에 한번 가본다구 떠났어. 그래 복실이 넌 워터칼티여?"
하고 이번에는 주심이가 곰녀더러 묻는다.

곰녀는 어디로 가야 할지 모른다. 자기에게는 오라버니같은 사람도 하나 없다. 그래 대답을 못하고 있는데 산옥이가 옆에서 말했다.
"복실이사 살림살낀데 머."

주심이는 전에 이 곰녀와 하르반과의 이야기를 들어 알고 있었으므로 곰녀가 살림을 들어간다는 말을 곧 알아들었다. 그리고 곰녀도 산옥이가 그렇게 말하니 전부터 하르반이 자기더러 살림을 하면 잘 하겠다면서 농담 아닌 실담으로, 나하구 같이 살아볼까, 하던 말이 새삼스레 생각났다. 절로 가슴이 두근거려졌다.

산옥이가,
"언니는 어데로 갈래?"
하고 주심이에게 묻는다.
"글쎄, 고향이라구 일가친척 하나 읎구…… **산옥아 우리 저 민호단이란 디 안 가볼티여?**"
"민호단이 머꼬?"

"저〈미나까이〉밑에 만주서 돌아오는 동포들 도와주는 구호소가 생겼어, 민호단이라구."
"거어 가서 머 할라꼬?"
"가서 헐 일이야 많어. 홀벗구 배곯어 돌아오는 동포들 끼니두 끓여주구…… 병들어 오는 사람두 많대여."
"우리같은 기 가서 머 할라꼬?"
"모르는 소리여. 우리 손으루 거들어줄 일두 월마든지 있어. 시방두 말했지만 병들어 돌아오는 사람들 간호두 해주구……"
"언니가 가믄 나도 따라갈란다."
 어느새 주심이의 손이 와 산옥이의 손을 잡는 것이었다.
 곰녀도 문득 자기의 손을 주심이의 손길이 와 잡아주는 듯함을 느꼈다. 주심이의 언니다운 마음써에 절로 감복해지면서 이번에는 곰녀편에서도 꼬옥 주심이언니의 손을 잡아주는 느낌이 일어났다. 그리고 산옥이의 손도.

XI

 소문이 그랬듯이 곰녀는 하르반과 살림으로 들어갔다. 살림으로 들어갔대야 무어 곰녀가 하르반의 집으로 들어간 게 아니고 창전리 포도원 위에 셋집, 그 가득 들어선 기와집 새에 낀 방 한간 부엌 반간의 낡은 초가집을 하나 얻어가지고 그리로 옮겨간 것이었다. 하르반의 말이 집에 과년한 딸도 있고 하니 그렇게 급히 서두를 것 없이 당분간 딴살림을 하자는 것이었다.
 곰녀는 물론 잠자코 하르반의 말을 좇았다. 곰녀는 그저 만족했다. 다만 하르반이 두 살림을 하느라 돈이 많이 들지 않을까 그게 안됐을 따름이었다. 그러나 하르반은 하르반대로 이제는 이맛 돈같은 건 문제 아닌 듯했다.
 8·15 이후 일본인 주인이 물러나자 이 늙은 서사가 그 상회를 접수해가지고 서평양신탄상회라는 간판 아래 사실상 주인의 자격으로 들어앉게 된 것이었다. 이때부터 늙은 서사의 살림도 펴이기 시작하여 이제는 이런 포도원같은 데다 싸구려 집 한간쯤 세로 얻어 딴살림을 한대도 괜찮게쯤 된 것이었다.
 포도원에 살림을 차려논 뒤의 곰녀는 또 여태보다 더 한층 몸을 아끼지 않고 일을 했다. 살림도 한껏 아껴가면서.
 곰녀는 여기서 비로소 머리를 틀어올렸다.
 이렇게 새 살림을 시작한 곰녀는 하루에도 몇번썩 자기네의 작은 솥을 소중스러이 닦고닦고 또 닦곤 했다. 그리고 아무리 닦아도 싫은 줄을 몰랐다. 방안만 해도 그랬다. 군데군데 때워붙인 신문지

별과 같이 살다 137

장판 바닥을 쓸고쓸고 하였다.
 당초에 수도같은 것은 들어와있지 않은 집이요, 지대가 높은 데고 보니 우물같은 것도 없어 그게 걱정이라면 걱정이었지만, 먹을 물만은 몇 집 건너의 이층집에서 길어올 수가 있게 되어 다행이었다. 그저 빨래까지 거기 가서 하는 수는 없어 번번이 대동강으로 나가야 했는데 손이 얼어터지는 것같은 삼동이건만 그게 도무지 곰녀에게는 힘들거나 싫지가 않은 것이었다.
 이런 곰녀는 도리어 일감이 떨어져 안돼 하곤 했다. 그럴 때면 곰녀는 이제 자기가 하르반의 집으로 들어가서 할 일을 생각하기도 하는 것이었다. 하르반의 집에는 과년한 딸이 있고 올해 여섯살인가 일곱살 난 아들이 있다고 한다. 그 딸과는 어떻게 대하나? 부끄러워서. 그리고 아들과는 또? 곰녀는 금세 가슴이 더워지며 두근거려지곤 했다. 딸은 곧 시집을 갈 터이니 그만일 것이고, 아들한테만은 힘 자라는 데까지 친어머니처럼 시중을 들어주리라. 곰녀는 이렇게 마음을 먹곤먹곤 하였다.

 밤들어서부터 펑펑 쏟아지던 함박눈이 어느새 멎었는지 이튿날 아침에는 씻은 듯이 개인 날 오후였다. 뜻밖에도 주심이가 곰녀를 찾아왔다. 곰녀는 주심이를 보자마자 아차 자기는 그새 무엇이 바빠서 이 주심이언니를 한 번도 찾아가보지 못했을까 하는 미안하고 죄스러운 생각부터 앞섰다.
 주심이는 곰녀가 권하는 아랫목에 들어와 앉으며 곰녀더러, 아주 제법 가정부인 티가 난다고 웃어 보였다. 그러는 주심이는 화장을 하지 않으니, 그리고 여염집 부인의 옷매무새 그대로고 보니, 더욱 어른다워 정말 시집갔던 언니나 오래간만에 대한 듯한 느낌이었다. 그러나 그 시집살이는 엔간히 고된 시집살인 듯, 다정히 웃는 웃음에도 어딘가 피로가 깃들여있었다.
 이런 주심이언니가 자기더러, 제법 가정부인 티가 난다는 말도 부끄러우려니와 이 주심이언니에 비겨 자기는 이처럼 편안하게만 사는 것같아 곰녀는 한껏 미안한 생각이 듦을 어쩌지 못했다.
 주심이는 곰녀가 여기 있다는 걸 서평양신탄상회에 찾아가 알아가지고 왔다는 말로, 이렇게 찾아온 것은 오래간만에 한번 만나보고 싶어서도 왔지만 산옥이가 왜 오지 않았나 해서 왔노라는 말을 했다. 곰녀는 한 번도 산옥이가 온 일이 없다고 했다. 그러면서 곰녀는 다시 주심이언니가 이렇게 자기 있는 곳을 물어서까지 찾아오도록 자기편에서 한 번도 찾아가보지 못한 게 안됐다는 생각을 했다.

그리고 산옥이가 또 무슨 일을 저지르지 않았나 하여, 산옥이가 어떻게 됐길래 그러느냐고 하니 주심이는 그저 산옥이가 어제 나가 여태 돌아오지 않아 그런다고 걱정스러운 빛을 띠는 것이었다.

이런 주심이가 피곤해 뵈는 눈을 한번 내리감았다 뜬다. 지금 하고 있는 일이 여간 고되지가 않은가보았다.

곰녀가, 내 불을 한 아궁이 넣고 들어올 터이니 좀 누워있으라고 하고 일어섰다. 그랬더니 주심이는 눕는 게 머냐고 곧 가봐야겠다고, 그리고 이 방이 무에 추우냐고 지금 자기네는 한데서 겨울을 나는 형편인데, 하고 일어서며, 참 장작 장수를 하니 땔나무 걱정은 없어 좋겠다고, 또 잠깐 그 다정한 웃음을 짓는 것이었다. 곰녀는 그저 부끄러웠다.

주심이가 다시 곰녀더러, 틈 있는 대로 자기 있는 데로 놀러오라고 하고는 밖으로 나가 언덕 밑의 눈 덮인 지붕을 눈이 신 듯 가늘게 뜨고 바라보면서 혼잣말처럼 나직이, 얘가 어딜 갔을까, 했다. 그리고는 잃은 애나 찾아나서는 것처럼 비스듬히 기울어진 골목길을 돌아 사라지는 것이었다.

곰녀는 주심이의 그림자가 아주 뵈지 않게 되기까지 친언니나 배웅하듯 거기 서 있었다.

며칠 뒤였다. 어슬어슬 어두워갈 무렵 밖에서, 이 집이 복실네집 아니냐는 여자의 목소리가 들렸다. 거쉰 듯한 음성으로 좀 달리 들리기는 해도 분명한 산옥이의 목소리였다. 곰녀는 대답 대신 문부터 열었다. 틀림없는 산옥이었다.

산옥이는 곰녀가 미처 들어오라는 말도 하기 전에 혼잣말로, 바로 찾기는 찾았다고 하며 방으로 들어서는 것이었다. 산옥이의 몸에서는 바깥 찬 기운과 함께 술냄새가 풍기어왔다.
 산옥이는 또 들어오는 길로 아랫목에 가 쓰러지듯 주저앉으며, 오래간만에 마음껏 떠들었더니 기분 좋다는 말을 중얼거렸다. 화장을 안 한 산옥이의 수척한 얼굴이 술과 바깥 냉기로 해서 눈언저리와 양볼이 불그레 꽃이 피어있었다. 옷매무새는 주심이 그대로 여염집 부인의 집안옷 좀 깨끗한 것이었다.
 "바라, 나 오늘밤 여게서 자고 갈란다. 개않나?"
 하르반이 올 날이 아니냐는 뜻이었다.
 곰녀는,
 "개않고 말고,"
한다. 전에없이 산옥이의 하는 말뜻이 부끄럽게 느껴지면서.
 곰녀는 하르반이 묵으러 올 때마다 하는 대로 문을 열고 산옥이의 고무신을 방에 들여놓았다.
 산옥이는 엔간히 취한 듯 곰녀를 향해 나오는 대로,
 "할부지 한 달에 몇븐이나 오나?"
한다.
 곰녀는 얼굴까지 붉히면서,
 "여럴에 한 븐쯤,"
했다.
 그러나 그래놓고 나서 이번 달에는 보름이 가깝도록 오지 않았다는 생각이 들어 곰녀는,
 "여럴이 앙이고 보름에 한 븐쯤,"
하고 먼젓말을 고쳤다.
 산옥이는,
 "야는! 맨날밤 온다카믄 누가 머라카까바,"
하며 그 고운 잇새를 드러내놓고 웃는다.
 곰녀는 그냥 얼굴이 달아오를 따름이었다.
 산옥이는 이어서 하르반이 신탄상회를 한다는 데 생각이 미친 듯,
 "보래이, 이기 장작장수네 방구들이가? 얼음장이구나. 이르케 알뜰한 살림 해서 머하노. 어서 나가서 장작 좀 망이 때라,"
한다.

역시 산옥이도 오고 했으니 한 아궁이 넣으리라고 곰녀가 일어서는데 산옥이는 곰녀의 치맛자락을 붙들며 고운 잇새가 반쯤 드러나는 웃음 머금은 소리로,
"앙이다, 이만해도 됐다 마,"
하고는 또 갑자기 무엇에 노여운 낯빛으로 변하며 불평스런 어조로,
"지끔 우리가 있는 데는 맨마룻방이다, 난로가 있기는 하지만 그기 도로 사람 신세질 헹핀이다, ……참 구들방이 생각나서 죽겄다,"
한다.
곰녀가, 삼동에 마루방에서는 견디기 대단하리라, 난로가 있다 하더라도…… 하긴 이전에 온돌방에서 살았다 해서 무어 우리가 제대로 온돌방 맛을 보아온 것도 아니지만…… 하고 있으려니까 산옥이도 생각이 거기 미친 듯,
"하기사 여태 구들방이라캐도 말뿐이지 언제 우리가 살뜰한 맛 봤다꼬,"
하고는 눈을 감아버리고 마는 것이다.
술이 취한 탓일까, 지금 산옥이가 하고 있는 일이 고된 탓일까.
좌우간 곰녀는,
"좀 눕어라,"
했다.
산옥이는 아니라고 고개를 젓고 나서 그냥 눈을 감은 채,
"주심이 왔다 갔재?"
한다.
"그래, 메칠 전에."
산옥이가 감았던 눈을 번쩍 떴다. 약간 충혈된 눈에 광채가 돋혔다.
"이거는 시집살이도 역시기 된 시집살이드라. 주심이가 무섭은 시에미 이상 앙이가. 잠깐 나갈라캐도, 어데 가노, 머하로 가노, 언제 올래, 퍼떡 갔다 온나, 이기사 전딜 수가 있나. 그라고 하로종일 날 지키고 있거든. 나도 첨에는 날 보살피준다꼬 그카겄지 하고 고맙게 생각 안했나. 그르치만 그것도 하로이틀이지 맨날 그래쌓이 인제는 몸써리가 난다 앙이가. 그래 낮에는 낮대로 이르코, 밤에는

또 밤대로 야학에 끌고 나가지 않나. 그래서 몬 전디겠다. 이거는 시집살이라캐도 보통 딘 시집살이가 앙이다. 유각에 있을 때도 이르치는 않았재. 아무리 유각 주인눔들이 눈깔을 뚝 불쎄고 야단친다캐도 낮에는 그래도 그르케 대단치는 않았재. 강까에 나가 바람도 씰 수 있고. 그기 주심이캉 같이 살민서부터는 맘대로 되야재. 그래 이른 눔의 시집살이가 또 어데 있을끼고."

산옥이는 여기서 말을 끊고 후우 술기운을 내뿜고는,
"나도 지끔 우리가 하고 있는 일이 나뿌다고는 생각 안한다. 거저 내가 몬 전디겠다는 것뿌이지 뭐. 아무리 존 일이라도 내가 몬 전디는 걸 어짜노. 전디다 몬해 주심이한테, 몬 전디겠다고 바람 쫌 씨고 온다캤드이, 주심이 하는 소리 좀 보래이. 어려운 대로 쫌더 꾹 참아보라 앙카나. 그래 정 몬 참겠다캤드이 그라믄 한 시간 안으로 꼭 돌아와야 한다는 기라. 내 하도 기가 차서…… 할수없이 그라께 하고 오래간만에 강까로 나갔재. 강까에 나앉으이까 그제사 살거같드만. 강물은 얼어붙었다캐도…… 다시는 주심이 있는 데로 안 돌아가고 싶드라. 그 까막소같은 데로…… 말이 났으이 말이재, 까막소라카는 데를 가보지는 몬했어도 지끔 우리가 있는 데가 꼭 까막소같이만 생각킨다. 온 사람이 다 해방이 됐다꼬 떠들어쌰도 우리만 까막소살이 하는 거같이 생각키거든. 그라지만 어짜겠노. 내가 다시 돌아갈 데는 이 까막소밖에 없으이. ……그담에도 나는 주심이한테 무신 심한 시에미한테나 허락 맡듯이 해갖고 나오고 안 했나. 그래라도 해야 쪼매라도 사는 거같으이께 어짜노. 어대 주심이 말대로 꾹 참고 있을 수가 있어야재. 주심이 지가 머길래 날 억지로 그런 까막소에다가 시집살이 시킨단 말이고. 메칠전만캐도 그르치. 주심이한테 허락을 맡아갖고 강까로 나갔재. 참말로 살 거같드라. 그르나 또 까막소로 다시 돌아가는 수밖에 더 있었나. 그래 선교리 건너가는 전찻길 끼고 얼매만치 걸어오다가 뜻밖에 쇠제를 만났거든. 쇠제 알재? 와 안 있나. 키가 쪼맨하고 얼굴이 까무잡잡한 가아 말이다. 아, 그아는 니가 가루개로 간 담에 온 아잉께네 잘 모를 끼다. 그아가 이븐에 어떤 남자캉 사창 장마당에다 술집을 채리났거든. 오래간만에 만났다고 하믄서 저그 집으로 가자꼬 앙카

나. 따라가서 오래간만에 술묵고 시큰 안 떠들어댔나. 그카다가 거
어서 차뿌렸지. 그랬드이 아마 주심이가 날 찾아 여기저기 댕긴 모
양인갑드라. 그때 느그 집에도 왔다카든데. 이기사 어대 전딜 수가
있나 생각해 보래이. 무신 죄진 사람같이 막 뒤를 밟고 지랄하이.
담날 아침에 갔드이 또 디기 머라카드라. 앞으로는 아예 쇠제 집에
가믄 안된다꼬 말이다. 혹 어데 가고 싶거든 여게 니한테나 가라꼬
집을 가리키주드라. 그라지만 오늘 나는 주심이 모르게 또 쇠제 집
에 안 갔나. 술을 묵고 또 막 떠들어댔는 기라. 그라고 낭이께
살 거같드라."
　바깥 찬바람을 쐬였던 술기운이 다시 오르는 것인지 또는 이제
술이 깨는 고비인지 산옥이는 여기서 또 후우후우 두어 번 입숨을
내쉬고는,
　"복실이는 아직 우리 있는 데 몬 와봤재?"
　곰녀는 그렇다고 고개를 끄덕여 보였다. 미안한 생각도 섞어서.
　"참 기맥힌다. 모두 거지다. 앙 그르컸나? 돈푸이나 있고 일가붙
이 있는 사람은 다 지 갈 데로 가고 아예 의탁할 데 없는 사람만 모
잉게. 고향을 떠날 때도 거어서는 살 수가 없어서 떠난 사람들이
가서도 허덕거리고 고생만 하다가 그래도 이븐에 우리나라가 독립
이 됐다꼬 빈손으로 돌아오는 사람들잉게 말이다. 나는 첨에 이 사
람들이 딱하고 불쌍해서 눈물도 수타게 흘렸고만. 그래 이븐 이얘
기 듣고 안 울 수 있나."
　만주서 나온 사람의 얘기였다. 그 사람에게는 팔순이 넘은 어머
니 한 분이 계셨다. 그 어머니가 조선 독립됐다는 말을 듣고, 그래
도 오래오래 산 보람이 있어 독립된 고향 구경을 하게 됐다고, 어
서 고향에를 나가자고 앞장을 섰다. 워낙 팔순이 넘은 할머니라 기
력이 있을 리 없었다. 게다가 탈 것은 없고 먹는 것도 굶다시피 하
며 걸어오는 동안 그만 탈까지 나고 말았다. 탈이 났다고 해서
어디 들어가 누울 데도 없었다. 그런데도 어머니는 자꾸만 한시바
삐 조선땅으로 나가자고만 해서 아들이 업고 걸었다. 노파는 아들
의 등에 업혀서도 헛소리처럼, 조선땅 다 왔니, 조선땅 다 왔니,
했다. 그런데 안타까운 것은 거의 압록강에 다다랐을 때 등에 업힌

어머니의 입에서, 조선땅 다 왔니, 조선땅 다 왔니, 하는 말소리가 점점 떠 가더니 나중에는 아주 들리지 않고 만 것이었다. 그래 이번에는 아들편에서, 어머니 거의 다 왔습니다, 이 강만 건너면 됩니다, 하고 마치 잠들려는 어머니를 조금만 더 조금만 더 참으라는 듯이 중얼거렸다. 그러면 아들의 등에서 노파도 내 조선땅을 밟기 전에는 잠들지 않을 테니 걱정 말라는 듯이, 응응 대답을 하는 것이었다. 그러던 것이 압록강을 건너면서는 어머니의 그런 대답소리마저 없어지고 말았다. 몸도 아주 잠든 사람처럼 축 늘어지고. 아들의 가슴은 미어지는 것같았다. 압록강을 건너자 아들은, 어머니, 어머니, 여기가 조선땅입니다, 하고 좀더 큰소리로 잠든 사람이나 깨우듯이 말했다. 그러자 지금까지 축 늘어졌던 어머니가 몸을 움직이기 시작하더니 말소리는 분명치 않지만 아들더러 좀 내려놔달라는 몸짓을 하는 것이었다. 그래 내려놔드렸더니 어머니는 무슨 깊은 잠에서나 깬 사람처럼 뿌득한 눈을 떠 한참이나 땅을 들여다보는 것이 아닌가. 그런데 이때 어머니의 눈이 어떻게나 광채가 나는지, 아들로서는 여태 이런 어머니의 눈을 처음 보는 것이었다. 그러더니 두 손으로 땅을 쓸어보고 쓸어보고 하면서 땅위를 기기 시작하는 것이었다. 그러다가 아들더러 한번 서보고 싶다는 눈치를 보이는 것이었다. 물론 말로 한 것은 아니었다. 그저 아들에게 그렇게 보인 것이었다. 그래 부축해 일으켜드렸다. 그랬더니 노파는 아들에게 부축을 받아가며 걷기 시작했다. 걸음이 온전할 리 없었다. 꼭 어린애가 처음으로 걸음마를 탈 때같은 모양이었다. 그렇게 몇 걸음 걸어가더니 시원치 않은 듯이 이번에는 아들보고 부축한 팔을 치우라는 눈치를 보였다. 그러나 될 수 없는 일이었다. 노파는 그자리에 풀썩 주저앉고 말았다. 그러더니 다시 팔로 땅을 짚고 기기 시작하는 것이었다. 그게 또 꼭 어린애가 처음 기기 시작하는 것처럼. 도리어 웬만한 어린애보다도 잘 기지 못하는 것이었다. 그렇지만 얼굴에는 만족한 빛이 떠올라있었다. 노파는 이 만족한 빛을 얼굴에 띠운 채 세상을 떠났다.

"얼매나 고국땅이 그립으믄 그랬으꼬. 같은 조국땅 안에서도 타간에 나가믄 지 고향이 그립은 법인데…… 그것도 어든 사람같이 맘만 내키믄 아무때고 오고갈 수 있는 처지하고는 틀리서, 인제는 생전에 고향에 몬 돌아가보고 죽을끼라 했든 기 그르케 돌아오게 된 게 더할끼 앙이가? 그른 걸 생각해서도 첨에 나는 만주에서 돌아오는 고생한 사람들한테 참 잘해주고 싶었데이. 그르케 해서 그립은 고국땅이라고 찾아온 사람들을 쪼끔이라도 위로해주까 해서……그른데 그 속에는 얄궂은 이얘기가 다 많다."

어떤 청년이 징병을 피해 북지로 건너가 쿠리들 틈에 끼어 겨우 연명을 해오다가 조선 독립이 됐다고 그 먼 길을 줄창 걷다시피 하여 압록강을 건널 즈음에는 거지꼴이 되고 말았다. 그러나 청년은 독립된 고국땅에 발을 들여놓게 된 것만 다행이라고, 제 주제는 염두에도 없었다. 그런데 몸에 돈이라곤 한푼 없으니 구걸을 하는 도리밖에 없었다. 그때 청년의 심정은 그리운 고국땅에 돌아와 고국사람들의 손으로 주는 밥을 얻어먹게 된 게 그다지 부끄러운 일로 생각되지 앝았다. 아마 주는 사람편에서도 반갑게 주겠지 하고. 그랬는데 청년을 정말 거지로 알고 밥도 제대로 주지 않는 것이 아닌가. 그래도 처음에는 어쨌든 고국에 돌아왔다는 생각에 별로 그게 마음에 걸리지 않았다. 그러나 가는 곳마다 번번이 거지 취급을 당하는 데는 슬퍼지고 말았다. 조선땅 건너서기 전 만주에서도 얻어먹다시피 하면서 왔지만 도리어 거기서는 빵 한조각 죽 한술이라도 군말없이 주던 것을 생각할 때 고국땅이라고 들어서자부터 아무리 자기가 거지꼴이 돼있더라도 먼 타향에서 돌아온다는 자기 말을 전혀 믿어주지 않는 데는 슬퍼질 밖에 없었다.

"나는 첨에 이 말을 듣고 내가 그사람 괄시나 한 것같이 어찌나 안된 생각이 들든지. 그른데 말이다, 차차 날이 갈수록 내 그른 생각은 없어지고 도로 이런 생각이 들드라. 조선땅에 남아있든 사람들이라꼬 다 이 사람보다 나을 끼 머 있나꼬. 더군다나 우리같은 사람은…… 앙그래? 우리가 머 이 사람보다 나아서 동정할 자격이 있겠노 말이다. 도로 다른 사람한테 동정을 받아야 할 처지에 있는 우리 앙이가? 우리가 남을 동정한다는 기 주제넘은 짓이라는 생각이 들데. 앙그래? 우리같은 기 누구를 동정해서 어짜잔 말이고. 진짜 주제넘은 일 앙이가? 요새와서는 아무리 몬 입고 몬 묵는 사람들이라캐도 내보다는 훨씬 낫다는 생각이 들드라. 내 이야기 쫌 들어바라. 이런 일 보고도 그래 내 생각이 안 달라지겠나."

이것도 만주서 나온 사람에 대한 이야기로 이런 일이 있었다. 한 사람이 우스갯소리를 아주 잘했다. 만주 들어갔던 지도 상당히 오래 된 듯 중국말도 썩 잘했다. 이 사람이 하는 말이면 같은 말이라도 안 웃고는 못배겼다. 그러고보니 이 사람만이, 수심스런 얼굴에 병상들을 하고 있는 가운데 아무 걱정 없는 사람같이 보이는 것이었다. 이 사람의 말이 자기는 홀몸으로 아무것도 가진 것 없이 만주땅에 들어갔다가 이번에 이렇게 또 아무것도 가진 것 없이 홀몸으로 돌아오게 되니 자기는 이익 본 것도 밑진 것도 없다고 했다. 정말 천하태평이었다. 그런데 어떤 날이었다. 새로 와닿은 전재민 속에 한 여자가 있다가 이 사람을 보고, 아이고 분이아빠, 하고 왈칵 달려들어 사내의 팔을 붙잡는 게 아닌가. 그리고는 한참은 말도 못하고 있더니 흑흑 느껴 울기 시작하는 것이었다. 울면서 하는 말이, 난 당신이 꼭 죽은 줄만 알았다는 것이었다. 거기 있던 사람들은 모두 무슨 영문인지 몰라 했다. 여태까지 사내의 말은 자기는 홀몸으로 만주 갔다가 홀몸으로 돌아오는 길이라 했으니 말이었다. 그리고 지금 그 사내의 팔을 붙잡고, 당신이 꼭 죽은 줄만 알았다고, 그래 죽은 줄 알았던 사람을 다시 만난 기쁨으로 울음 우는 여자가, 누가 보아도 그 사내의 여편네가 분명하니 말이었다. 게다가 등에는 돌이 될락말락한 애를 업고 또 옆에다는 대여섯살 난 계집애까지 데리고 있지 않는가. 이 계집애도 자기 엄마를 따라 울음을 터뜨리는 것이었다. 틀림없는 사내의 여편네요 자식이었다. 사내는 처음에는 잠깐 어쩔줄 모르고 있었으나 곧 예사롭게, 남 창피스럽게 울긴 뭘 우느냐고, 자기는 벌써 예서 만나게 되리라는 것을 알고 날마다 정거장에 나가 기다렸다는 것이었다. 물론 거짓말이었다. 그리고 차차 부부가 하는 이야기를 들으니, 봉천서 얼마 나오지 않은 곳에서 들끓는 피난민 틈에 이들 부부가 서로 헤어진 모양이었다. 사내의 말은 자기편에서 아무리 아내를 불러도 사람 새에 끼어 자꾸 멀리로 밀려가, 아마 그때가 저녁때였던 듯 그날밤을 거기서 새우고 아무리 찾아보아도 안 보여서 할수없이 혼자 나왔다는 거고, 여편네의 말은 그렇지가 않았다. 옆에서 딸애가 갑자기, 아부지 아부지, 하고 울어 보니, 딸애의 손을 잡고 있어야 할 남편이 벌써 저만큼 멀어진 사람떼 속에 섞여 자꾸 멀어져가기에 쫓아가려고 아무리 애썼으나 여자의 힘으로는, 더구나 애를 업고 끼고 한 몸으로는 도무지 사람들의 새를 뚫고 갈 수가 없어, 죽어라 하고 있는목청껏 남편을 불렀으나 목소리가 게까지 들리지 않는지 자꾸 더 멀어져가다가 종내 뵈지 않게 되고 말더라는 것이었다. 뻔한 일이었다. 길 떠날 때 남편은 큰계집애를 맡고 여편네는 젖먹이를 맡고 이렇게 애 하나씩을 맡기로 한 것이 가다보니 짐스러운 애를 데리고 게다가 여편네의 몸까지 돌봐주다가는 제 몸이 살아날 것같지 않은 생각이 들었던 것임에 틀림없었다. 그래 모르겠다, 가족은 어찌됐건 나 혼자만이라도 살고 보자, 하고 애와 여편네를 버리고 먼저 조선으로 나와버렸던 것이리라. 그리고 가족들은 필시 죽었으려니 생각했던 모양이었다. 그러기에 자기는 혼잣몸이노라고 했던 것이다. 이 광경을 보고 있던 사람들은 모두 아무리 제 목숨이 중하기로 저런 가족을 버리고 올 수 있을까, 그러고도 조금도 염려는커녕 아주 천하태평하게 우스갯소리만 지껄여대고, 에익 뻔뻔스럽고 고얀놈같으니라고, 하고들 있는데 거기 앓아누웠던 사람 하나이 벌떡 일어나더니 그자의 따귀를 보기좋게 갈기는 것이었다. 그러자 여기저기서 그놈 때려죽여라 하고, 주먹과 발길이 마구 내려졌다. 그냥 두었으면 그자리에서 맞아죽었을는지 모른다. 그런데 여편네가 달려들어 이사람 저사람 떼내다가 그래도 매질이 멎지 않으니까 나중에는 자기 남편 위에 엎드리는 것이었다. 떼낼래야 떼낼 수 없을 만큼. 그제서야 매질이 그쳤다. 그리고 사람들은, 그래 아직 그 간놈을 남편으로 생각하느냐고, 그런 남편을 둔 여편네와 자식이 불쌍하다고들 했다.

"나도 그때 그르케 생각했데이. 그른데 앙 그르트라. 예핀네가 남편 매맞은 상처를 딲아주고 만지주고 하는 기 머 쪼끔도 저그들을 죽을 데 내삐리놓고 도망친 사람을 대하는 태도가 아잉기라. 도로 남핀보고 어데 당이 다친 데는 없나꼬 묻기꺼정 하거든. 그라고 사람들을 둘러보는 눈치가 어쨌다꼬 남을 이래 때리쌓고 야단인가고

별과 같이 살다 147

원망하는 눈치데. 그기 메칠 지난 담에는 입에꺼정 올리갖고, 대체 무신 웬수가 져서 이래 남을 때리났나꼬 원망 안하드나. 기집애는 또, 아부지 이거 안 아푸나? 저거 안 아푸나? 하믄서 지 아부지 물팍에 앉아 재롱꺼정 피쌓고. 그래 저런 자를 남편으로 아부지로 둔 사람이 불쌍타고 생각한 기 쓸데없는 격정이라 싶데. ……거저 딱하고 불쌍한 기 딴 누도 앙이고 내 앙이가. ……내같이 불쌍한 기 주제넙게 남을 불쌍하게 여기다이 말이나 될끼가?"
 이야기 도중에도 산옥이는 후우후우 하고 긴 입김을 내쉬곤 했는데 여기서 그네는 또 후우 하고 입김을 길게 내쉬었다. 그것은 사실 술 취해가지고 술기운을 내뿜는다기보다 가슴속 깊이서 한숨을 내쉬는 것만 같았다.
 그러고보면 산옥이는 무어 술이 그렇게 취해있는 편도 아닌 것같았다. 혹은 술이 깨는 고비인가.
 하기는 이야기를 시작할 때의 그 약간 충혈된 큰 눈에 내돋던 광채가 차차로이 흐리게 풀어지는 것만도 산옥이가 취한 탓으로 볼 수 있으나, 그건 산옥이의 술 안 먹은 얼굴에서도 본 일이 있다고 곰녀는 생각했다. 언제일까. 산옥이가 이런 눈을 한 것은? 오라, 해방 전에 대동강에 나갔다가 소나기에 온통 젖어가지고 돌아왔을 때도 이런 눈이였지.
 산옥이가 다시 한숨이나처럼 후우 입김을 내쉰다. 곰녀는 이것만은 산옥이가 취했을 때건 안 취했을 때건 전에는 없었던 일이라고 생각했다.
 "불쌍한 기 내 혼자뿌이라. 주심이도 앙 그르커든. 참, 야, 니 주심이가 와 지끔 있는 데로 갔는지 알기나 아나? 모르재? 나도 얼매 전에야 알았거든. 주심이 지는 도통 그른 말 안하드라마는 내가 눈치로 안 알았나. 주심이 부모가 말이다, 만주 간 모양이드라. 그래 이븐통에 저그 부모가 나오지 않나캐서, 그래서 지끔 있는 전재민 구호소로 간 기 틀림없을끼다. 아직 지 부모는 몬 만났지만 부모 대신이라꼬 생각하고 그래 전재민들을 위해주는 거 앙이가. 그르이 주심이한테는 그런 생각이라도 있어갖고 지끔 있는 데 가있지마는 내사 머…… 거저 불쌍한 기 내 혼자뿌인기라."

이러는 산옥이의 그 힘없이 풀린 눈에 금세 눈물이라도 솟을 것
만 같았다. 오늘은 산옥이가 웬일일까.
　이런 산옥이가 이번에는 눈까지 감는 것이다. 나오려는 눈물이라
도 감추려는 듯이.
　곰녀가 조용히,
"좀 누어라,"
하니 산옥이가 눈을 감은 채,
"좀 누으까,"
한다.
　곰녀가 윗목에서 자기 베개를 가져다 주었다.
　산옥이는 베개 위에 머리를 뉘면서 잠깐 눈을 떴다가 다시 감
는다.
　곰녀가 이불을 가져다 덮어주었다. 그러면서 곰녀는 주심이언니
가 산옥이를 기다릴 텐테 하는 생각을 했다. 그러나 우리집에 와있
으니 일없겠지.
　산옥이는 벌써 잠이 든 듯이 꼼짝않는다. 그러던 산옥이가 문득
한 손으로 제 머리털을 쥐어뜯어내더니, 어깨 너머로 그걸 곰녀에
게 펴보이는 것이다. 눈은 감은 채였다. 거기에는 적잖은 머리털이
뽑혀져있었다.
　곰녀는 무슨 영문인지 몰랐다.
"바라, 이래 내 몸은 다 썩은기라."
　몸이 다 썩다니? 그러다가 곰녀는 깜짝 놀란다. 언젠가 머리털
이 사뭇 몽땅몽땅 빠지는 애가 있어, 그 애의 얻은 병이 골수에 들
고도 남아 저렇다고들 하던 말이 생각난 것이었다. 그러면 이 산옥
이도? 그럴싸라 해서 그런지 그새 산옥이의 머리털이 많이 빠진
것처럼 보였다.
　곰녀는 전에 하르반이 자기에게 그 병에 좋다고 써준 약 생각이
떠오르며,
"그 병엔 삼씨기름이 좋다카든데, 그거 한븐 써보는 기 어뜨쿘
노?"
한다.

산옥이는 다시 잠이라도 든 듯이 잠잠했다.
산옥이가 아주 자려고 하면 요를 깔아주어야겠다.
곰녀는 다음번 하르반이 오면 그 약에 대해 상의해보리라 마음먹으며 우선 요를 가져다 한끝을 펴면서,
"자, 이거 깔고 누어라,"
한다.
그러나 산옥이는 저쪽으로 돌아눕고 만다. 좋으니 내버려두라는 말을 잠속에선 듯 중얼거리며.
곰녀는 발치구석에 밀어둔 빨랫감을 접어가지고 그것을 베개삼아, 거기 누웠다. 하르반의 베개만은 새로 낀 잇대로 정히 간수해뒀다 주고 싶어서였다. 그리고는 산옥이의 잠을 깨우지나 않으려는 듯이 조용히 전등을 끄고 깔렸던 요를 끌어다 덮었다.
밤중에 곰녀는 몇번이고 깨어 자기보다도 산옥이가 추울까보아 이불귀를 눌러주곤 했다.
이튿날 새벽, 곰녀가 잠이 깨어 아직 잠이 들어있는 산옥이를 위해 불을 좀 넣으려고 일어나 전등을 켜는데 산옥이편에서 미리 깨어있다가,
"다 샜재?"
하며 따라 일어났다.
술기가 가신 산옥이의 얼굴은 창백할 정도였다.
"내 불 좀 지피고 들어오께 더 누워 있그라."
"앙이다. 가볼란다."
곰녀는 자기가 괜히 이렇게 일찍 서둘러 산옥이가 일어났다고 뉘우치며,
"가기는 새벽에 어데 가노?"
했다.
"주심이언니가 간밤에 또 한잠도 몬 자고 나를 기다렸실끼다. 어젯밤에는 패니 또 술이 취해 갖고 고만……"
딴은 산옥이의 말이 옳았다. 지난밤에 주심이언니는 또 이만저만 산옥이를 기다렸을 게 아니다.
산옥이가 일어섰다. 곰녀는 이번에는 좀더 밝거들랑 가라든가,

조반을 해먹고 가라든가 하는 말을 하지 못했다.
 산옥이는 어젯저녁과는 딴판으로 이런 산옥이가 어젯저녁에는 어떻게 그랬을까, 그리고 어젯저녁의 산옥이가 또 이렇게 변할 수 있을까 싶게 바쁜 걸음으로 아직 어둑어둑한 골목길을 돌아 내려가는 것이었다.

 이삼일 뒤였다. 내일모레가 우수라고 하는데 날씨가 꽤 매운 날 오후였다. 어제 그제는 볕 안 드는 북쪽 모퉁이에서도 눈석임물이 낙숫물 떨어지듯이 소리를 내며 떨어지고, 고드름 부서지는 소리도 작고 크게 온종일 끊이지 않더니, 오늘은 날이 구물구물하며 대낮에도 그런 소리라곤 하나 들리지 않았다.
 이런 때 누가 밖에서 곰녀를 불렀다. 곰녀는 목소리로 그것이 산옥이라는 것을 알았다. 그런데 오늘은 곰녀가 문을 열기 전에 밖으로부터 문이 열리며 산옥이의 얼굴이 나타났다.
 산옥이 혼자가 아니었다. 산옥이 어깨 너머에 웬 젊은 남자가 하나 서있다. 처음 보는 남자였다.
 "니 방 좀 빌리줄래?"
 곰녀를 바라보는 산옥이의 눈은 또 술 먹은 눈이었다. 곰녀가 무슨 일인지 몰라 하자 산옥이가 다시,
 "저븐하고 이얘기할 일이 있어서 그란다, 방 좀 빌리다고,"
 하고는 곰녀의 대답도 기다리지 않고 뒤에 멈칫거리고 섰는 사내를 돌아보며,
 "자, 들어오이소,"
 하고 제가 먼저 방으로 들어서서 문을 열어잡은 채,
 "자, 추운데 어서 들어오이소, 오유월 꺼적문도 앙이고,"
 하며 뒤의 사내를 재촉하는 것이다.
 사내의 입가에, 이거 미안하다는 듯한 웃음이 지어지는데, 아주 예쁘장한 얼굴이다. 그리고 역시 술 먹은 얼굴이었다.
 사내는 방으로 들어오자 외투 속에 무엇을 받들어 안고 있던 것을 꺼내놓는다. 술병이었다. 그러는 사내의 외투주머니에는 오징어 발이 밖으로 나와있었다.

곰녀는 그제야 알았다. 산옥이가 또 술바람이 나서 술동무를 구해가지고 온 것이다. 곰녀는 자리를 피해줘야 할 것을 느껴 발치구석의 빨래를 주워가지고 방을 나왔다. 나오면서 산옥이의 고무신과 사내의 구두를 방안에 들여놓았다.
산옥이가,
"미안테이,"
한다.
"미안키는 머."
그리고 곰녀는 빨래를 대야에 담으며 방을 향해, 그러지 않아도 오늘쯤 빨래를 가려던 참이었다는 말을 할까 하다가 그만두었다. 무언가 지금 산옥이가 하는 짓이, 그리고 자기가 이렇게 피해 나가는 것이 옳지 않은 듯한 생각이 드는 것이었다.
샛문 열리는 소리가 났다. 아마 산옥이가 술잔이라도 가지러 나오는가보았다. 그러자 곰녀는 이번에는, 자기 집에는 아무것도 없는데, 하는 부끄러운 생각으로 부엌문을 열어보았다. 과연 산옥이가 부뚜막에 놓인 밥공기 하나를 집어들고 있었다.
"술잔이 머 있어야지. 그라고……"
곰녀의 말을 가로채어 산옥이가,
"이거믄 됐다,"
하고 웃어 보였다.
여전히 고운 잇새가 드러났다. 그런데 왜 오늘은 이 산옥이의 웃음마저 전에없이 쓸쓸해 보이는 것일까.
곰녀가 대야에 빨랫방망이를 얹어가지고 집을 나서려는데 방안에서 산옥이의 목소리로,
"복실이 니 술 한잔 묵고 가그라,"
한다.
"안 묵울란다."
문이 열리며 산옥이가 한 손엔는 밥공기를, 한 손에는 오징어쪼가리를 들고 나왔다.
"안 묵울란다."
피하려는 곰녀의 앞을 막아서며 산옥이는,

"어데로 갈래? 강으로 갈래? 강바람 씨드라, 자, 한잔만 묵고 가그라, 그래야 안 춥니라, 자아,"
하고 공기를 곰녀의 입에다 가져다 댄다.
　할수없었다. 먹는 시늉이라도 하지 않으면 안되었다. 그러나 산옥이가 공기를 콱 기울이는 바람에 크게 한 모금이 입에 들어왔다. 곰녀는 이렇게 남이 먹여준 것을 뱉아버리지는 못하는 것이다. 눈을 꾹 감고 삼켜버렸다.
　눈을 뜨니 그냥 밥공기가 눈앞에 와있다. 곰녀는 정말 더 못 먹겠다고 고개를 저었다.
　산옥이가, 그라믄 이거라도, 하고 오징어쪼가리를 곰녀 입에 물려주었다.
　곰녀는 골목을 빠져 대동강으로 내려가는 도중, 그맛 한 모금 술에 가슴이 서물거리고 홧홧 달아오름을 느꼈다. 그리고 이 서물거리고 홧홧 달아오르는 가슴으로 곰녀는 다시, 지금 산옥이가 사내를 끌고 와서 하는 짓이란 옳지 못한 짓이 아니냐, 그리고 자기가 이렇게 방을 빌려주는 것까지도 안된 일이 아니냐, 주심이언니한테 대해서도…… 하는 생각을 하는 것이었는데 이런 생각 때문에 곰녀의 가슴은 더욱 서물거리고 홧홧 달아올라왔다.
　날씨가 추운 탓인지, 그리고 이미 낮이 기운 때라 그런지, 강에는 빨래꾼이라곤 뵈지 않았다. 그리고 벌써 그럴 절기라, 얼음타는 사람도, 또 그 얼음구멍을 뚫고 끈기있게 물속을 지키고 앉아있곤 하는 고기잡이꾼도 뵈지 않았다.
　곰녀는 빈 강둑 한 곳에 혼자 자리를 잡고 앉아 얼음구멍의 물을 퍼 빨래를 해나갔다. 손이 아렸다. 그러나 곰녀는 곧 그런 감각을 잃고 말았다.
　그저 곰녀는 되도록 비누를 덜 들이고 잘 빨기에만 힘썼다. 이런 곰녀는 지금 허허 강변에 자기 혼자라고 해서 조금도 적적함을 느끼지 않았다. 그리고 이런 곰녀는 또 가슴속에서 홧홧거리던 술기운이 사라져서가 아니라, 산옥이의 생각까지도 잊고 있는 것이었다.
　저녁때가 되어 곰녀가 집에 돌아오니 집안은 빈 듯이 조용했다. 곰녀는, 오늘은 날도 흐리고 저녁때도 다 되었으므로 빨래는 내일

널리라고, 대야를 안은 채 방으로 들어섰다. 산옥이가 혼자 아랫목에 꼬부리고 잠이 들어있었다.
 곰녀는 윗목의 이불을 가져다 덮어주었다. 그러면서 곰녀는 또, 주심이언니가 기다릴 텐데 하는 생각을 했다. 그러나 우리집에 와 있으니 일없겠지. 그리고 곰녀는 바람이 들어가지 않도록 돌아가며 이불자락을 여미어주었다. 그러다 산옥이의 얼굴을 가까이서 들여다보니 술이 들어갔을 터인데도 창백한 얼굴이었다. 눈꼬리에는 아직 채 마르지 않은 눈물 자국같은 것이 남아있었다.
 곰녀는 가슴이 선뜩했다. 며칠 전 산옥이가 불쌍한 건 자기 혼자라던 말이 떠올랐다. 그리고 다시 이러는 곰녀의 가슴속에는 아까 이 불쌍한 산옥이를 두고 그네의 하는 짓이 옳지 못하다고 한 것은 어쩐지 너무했다는 생각이 드는 것이었다.
 곰녀는 부엌으로 나가 산옥이를 위해 군불까지 넣어가며 저녁을 끓였다. 그래가지고는 들어와, 반찬 없는 밥이나마 식기 전에 한술 떠보라고 산옥이를 흔들었다.
 산옥이는 눈을 감은 채 잠속에선 듯, 자기는 먹고 싶은 생각이 없으니 어서 먼저 먹으라고 했다.
 "그래도 한 숟가락 떠바라. 그라다간 탈난데이."
 산옥이는 그냥 눈을 감은 채 내버려 둬달라고 했다.
 곰녀는 할수없이 혼자 숟가락을 들었다. 아무래도 옆에 산옥이를 뉘어두고 혼자 먹는 밥이라 잘 넘어가지가 않았다. 먹는 둥 마는 둥 밥그릇을 밀어놓고 말았다.
 밤에 곰녀는 산옥이의 고단해 잠이 든 것을 깨우기도 안되어 전날처럼 산옥이는 이불을 덮은 채로 두어두고, 자기는 따로 요만을 가져다 덮고 누웠다. 베개는 팔베개로. 이날 밤도 곰녀는 몇번이고 깨어 산옥이의 이불귀를 눌러주었다.
 한번은 이불귀를 눌러주려는데 산옥이가 잠꼬대처럼,
 "흥, 해방됐다꼬. 사회부서 나왔다카는 여자가 말했것다. 지끔 당장 여서 나가도 좋다꼬. 그래 우리가 나와서 갈 데가 어됐노. 해방됐다카는 것도 빚존 개살구지 머꼬."
 산옥이는 잠이 깨어있었던 게 분명해 이번에는 어둠속에서 곰녀

를 바라보며,
"복실아, 그래도 나는 갈 데가 있다. 어데 갈 줄 아노? 고향으로 갈란다. 이 지랄 해도 거어 가서 할란다. ······귀돌이도 만나겠재. 전에 귀돌이는 내가 오라꼬 손짓을 하고 가차이 가믄 내빼고 캤는데 지끔 만나믄 내쪽에서 피하게 되까. ······고향 갈란다. 그까짓 삼팔선은 문제없다. 내 갈라카믄 몬 갈끼 머꼬. ······그른데 그동안 귀돌이도 장개들고 얼라 놓고 했겠재. ······앙그르까. ······"
그리고는 꼼짝않고 누워있는 것이었다.
다음날 새벽, 이날은 산옥이편에서 먼저 일어나 요 전번처럼 무엇에 늦어지기나 한 사람 모양 분주히 채 밝지도 않은 밖으로 나서는 것이었다.

다음다음날이었다. 이날은 또 아침부터 줄줄 녹이는, 봄날처럼 따사로운 날이었다. 초저녁 때 밖에서 주심이의 목소리로, 복실이 있느냐는 말과 함께 곰녀가 대답하고 일어서 맞을 새도 없이 문이 열리며 주심이가 들어섰다. 산옥이면 몰라도 주심이가 이렇게 급하게 제 손으로 문을 열고 들어선다는 건 좀 뜻밖이었다.
그러고보니 주심이는 심상치 않은 얼굴이었다. 바쁘게 언덕길을 올라왔음이 틀림없어 숨까지 차했다.
혹 산옥이가 예 오지 않았나 하고 급하게 찾아온 것일까? 그 산옥이면 그제 다녀간 뒤로는 오지 않았는데? 곰녀가 그러고 있는데 주심이가 땀에 젖은 넋빠진 얼굴로 무어라 말을 할 듯하더니 종잇조각 하나를 곰녀 앞에 내미는 것이었다.
곰녀는 그것을 받았다. 연필로 무언가 씌어져있었다. 그러나 곰녀는 무엇이 씌어져있는지 알 리가 없었다.
그러자 주심이도, 아 참 이애는 글을 읽을 줄 모르지, 하는 것을 깨달은 듯 종잇조각을 도로 받아간다. 그러는 주심이의 손이 떨리기까지 했다. 이 손처럼 또 떨리는 목소리로 주심이는 종잇조각을 읽기 시작했다.
"주심이성님, 나는 갑니다, 내가 갈 곳으로 갑니다······ 나도 성님의 뜻을 본받아 옳은 길을 걸을라고 애도 써봤습니다, 그라지만 허사였습니다…… 옳은 길을 걷기에는 암만캐도 안 맞는 몸인가 싶습니다…… 여러가지로 성님의 속을 많이 태웠습니다…… 널리 용서해주이소…… 그라고 쪼금도 슬퍼 말아주이소, 나는 내가 젤 좋아하는 강으로 갈라카니까요, 강물한테 가서 내 몸을 좀 깨끗이 씻어달라고나 할랍니다…… 강이 풀린 담에 갈까도 생각했지만…… 도로 그렇게 되면 나중에…… 내 숭한 꼴을 딴 사람 눈에 보이기 싫어…… 그라기는 죽기보다도 더 싫어…… 지끔 가기로 했습니다…… 잘……이……있으이소…… 그라고…… 복실이한테도…… 잘 있으란……말……"

　주심이의 목소리는 떨리다못해 마지막께 가서는 흐려지다가 급기야는 흑흑 흐느낌으로 변하고 말았다.

　곰녀는 처음에 주심이가 읽는 글만으로는 산옥이가 죽었으리라고는 느껴지지 않았다. 그러나 주심이의 흐느낌을 듣고서야 정말 죽었구나 하는 생각에 가슴이 무너앉았다.

　산옥이를 두고 하는 말이리라, 주심이가 울음 섞인 목소리로, 병신, 병신, 하더니, 같은 울음 섞인 목소리로, 오늘도 산옥이가 강에 나갔다 오겠다기에 일찍 들어오라고 했었는데, 나중에 이런 종잇조각이 나왔다는 말이며, 지금 아랫선창에서부터 쭉 훑어오는 길이라는 말 끝에 다시, 병신, 병신, 하는 것이었다.

　곰녀는 이 병신, 병신, 하는 소리를 언제인가도 들은 생각이 났으나 그것이 전일 홍도가 병원에서 애를 다른 사람에게 빼앗겼을 때 지른 산옥이의 말이었다는 것을 미처 깨닫기도 전에, 벅차오르는 가슴을 억제치 못해 그만 주심이 손을 붙들면서 크게 울음을 터뜨리고 말았다. 주심이의 흐느낌까지 덮어버리는 큰 울음이었다. 이렇게 해서 두 가난한 여인은 서로 손을 붙잡고 언제까지나 울음을 그칠 줄 몰랐다. 그중에서도 곰녀는 산옥이에게 그 삼씨기름 약을 써보게 하지 못한 것이 한이 돼 더욱 가슴이 아팠다. 와 나는 하르반 오기만 기다렸든고? 이편에서 하르반을 찾아가 구해올 맘은 몬 묵고!

XII

 웬일인지 그날 저녁부터 곰녀는 자리에 앓아눕게 되었다. 그것은 그네가 산옥이의 일로 상심해있는 틈을 타 여태까지의 고됨이 한 꺼번에 밀려온 듯이 머리가 지끈거리고, 뼈마디가 쑤시고, 등골에 찬바람이 일며 열이 오르는 것이었다. 곰녀로서는 처음 앓아보는 병이었다.
 앓아누운 이틀이란 동안이 또 얼마나 긴 밤과 낮이었으랴.
 밤이면 밤대로 온 밤을 몸아픔과 산옥이 생각에 절로 끙끙 앓는 소리를 내며 잠깐씩 잠이라고 들었다가는 무엇에 놀라 깨어나곤 했다. 그럴 적마다 가슴속은 더 답답해오고, 그런 가운데서 어서 날만 새어주었으면, 날만 새면 나을 것처럼 날이 새기만 기다리는 것이었으나, 밤은 도로 뒷걸음질이나 치듯 긴 것이었다. 그러다 동쪽에 조그맣게 뚫린 들창구멍이 희끄무레 밝기 시작하면서도 밤은 좀처럼 물러가지 않는 것이었다. 한번은 신새벽에 잠이라고 든 곰녀는 며칠 전에 빨래 나갔던 대동강 얼음구멍 속으로 들어간 자기를 발견했다. 어쩐 일인지 얼음 속이 춥지가 않고 더웠다. 좀전에 먹은 술 때문일 것이다. 그리고 도무지 헤엄이라고 칠 줄 모르는 곰녀건만 잘도 헤엄에 쳐졌다. 곰녀는 생각했다. 산옥이를 찾아내야겠다고. 그래 자기는 조금도 춥지 않으니 자기가 대신 있기로 하고, 산옥이더러는 속히 얼음 밖으로 나가라고 해야겠다고. 그러다가 깜짝 잠이 깨었다. 몸이 불덩이였다. 그런 속에서도 곰녀는 다시 생각했다. 불쌍한 산옥이, 불쌍한 산옥이⋯⋯

별과 같이 살다 157

낮은 또 낮대로 밤보다는 나았지만은 무척도 길었다. 바깥 날씨는 계속해서 푸근한 듯한데 방안은 한결같이 냉랭하고 을씨년스러웠다. 이런 가운데서도 곰녀의 머리에서 떠나지 않는 것은 산옥이 생각, 산옥이만 살아주었다면 이맛 자기의 몸아픔쯤은 문제 아니겠다는 생각.

이렇게 하루낮 이틀밤을 보내고, 다음날 중낮이 되어 무겁디무거운 몸을 일으켜 어젯저녁 죽이라고 끓인 채 먹혀지지 않아 그냥 머리맡에 밀어놓았던 죽그릇을 데워 들여왔으나 역시 한술 뜨는 둥 마는 둥 도로 밀어놓고는 이불을 뒤집어쓰고 말았다. 조금만 이불 밖을 나서도 오싹오싹 온몸이 떨려서 견딜 수 없었다.

이러한 곰녀는 하르반이 들를 날짜가 넘었는데 웬일일까 하면서도 도리어 자기의 이런 꼴을 하르반에게 보이지 않게 된 것만 다행스럽게 여겼다. 그런데 곰녀가 한창 이불을 머리 위까지 쓰고 떨고 나서 이제 떨림이 좀 멎을까 할 즈음 밖에서 인기척소리가 나고 뒤이어 두어번 기침하는 소리가 났다. 하르반의 기침소리였다. 그러나 곰녀는 이불을 뒤집어쓴 것도 뒤집어쓴 것이지만 무엇보다도 이번에 앓아누우면서부터 귀가 먹먹해져서 그 소리를 알아듣지 못했다.

문이 열렸다. 하르반이 새로 지은 구두를 제 손으로 들고 들어섰다. 그 소리에야 곰녀는 머리를 내밀었다.

하르반이 곰녀를 내려다보면서,

"어뜨케?"

하고 놀라는 얼굴을 해보인다.

곰녀의 열에 떠 붉게 된 눈은 올 사람이 왔건만 뜻밖이란 빛이 떠어지면서 자기의 누워있는 꼴을, 그것도 세수는 말고 머리까지 뒤헝큰 채 누워있는 꼴을 하르반에게 보인 것이 안됐다고 몸을 일으키려 했다. 그것을 하르반이,

"그르디 말구 누워있으라구,"

하고 말리고는,

"언제부터?"

한다.

"아렛 밤부텀니더."
"아렛 밤이라니?"
"그러께 밤부텀니더."
 그러고 나서 곰녀는 어젯밤부터라고 해둘 걸 하는 생각을 했다.
 하르반의 손이 곰녀의 이마를 와 짚는다.
"어, 열이 대단한데?"
"개않심더."
"어뜨케 이르케?"
"거저 고뿔일검니더."
 하르반은 머리맡의 식은 죽그릇을 보며,
"고뿔이믄 멋 좀 먹어야디,"
한다.
"금방 묵었심더."
 하르반은 두 손을 제 무릎 밑에 넣어보며,
"불두 좀 뜨뜻이 때구."
"금방 땠심더."
 그러면서 곰녀는 이 자기를 그처럼 위해주는 하르반 앞에 이렇게 누워있는 꼴을 보여 걱정시키는 것이 안됐다는 생각이 다시 들었다. 더구나 근 한달 만에 온 하르반이 아닌가.
 그래 곰녀는 다시 한번,
"지끔은 개않심더,"
했다.
 그리고 자기의 이런 꼴을 하르반에게 보이는 게 아무래도 안되어 고개를 돌렸다.
 이렇게 곰녀로 하여금 하르반에게서 고개를 돌리게 한 것은 단지 그 때문만은 아니었다. 근 한달 만에 보는 하르반이 지금의 곰녀로서는 감히 오래 쳐다볼 수 없을 만큼 변해있는 것이었다. 양복하며, 넥타이하며, 그리고 면도한 자국이 새로운 얼굴하며, 희어진 이빨하며, 그리고 또 은테로 바꾼 돋보기하며, 센 머리털을 새까맣게 물들인 것이며.
 이런 외양과 함께 이 새 서평양신탄상회 주인의 속이 또 좀 변해졌다는 것을 곰녀는 알 리 없었다. 이 새 서평양신탄상회 주인은 요새와서 생각한 것이었다. 암만해도 곰녀를 본마누라로 들일 수는 없다, 본마누라론 딴 적당한 사람을 하나 골라야 하겠다고. 그리고 사실 이 새 서평양신탄상회 주인은 벌써 중매인까지 내세운 것이었다. 그러나 이런 결정을 새 서평양신탄상회 주인은 자기 혼자의 뜻으로 했다고는 생각지 않았다. 집의 자식들이 자기로 하여금 그렇게 만든 것이라고 생각했다. 첫째 이제 혼기를 앞둔 딸이 곰녀와 같은 전신을 가진 여자를 어머니로 들이지 못하게 하는 사정의 하나가 되었다. 그리고 앞으로 한껏 공부를 시켜보려는 아들의 장래를 봐서도 그랬다.

오늘 이 새 서평양신탄상회 주인이 곰녀를 찾아온 것도 실은 그네에게 이런 사정을 말하려는 데 있었다. 딸년과 아들놈이 어머니를 얻지 말라고 하니 이러한 이쪽 사정도 좀 생각해달라고. 그렇다고 너를 전혀 모른다고는 않겠다. 매달 쌀말이나 하고, 땔나무는 당해주마. 그리고 내 가다오다 들르기도 하마.

그랬던 것이 와보니 곰녀가 앓아누워있는 것이다. 앓는 사람에게 그런 말을 할 수 없었다. 훗날 다시 와서 하는 수밖에 없다고 생각했다.

그러는데 곰녀가 생각난 듯이,

"집에서도 다 잘 있고예?"

했다.

"그래, ······그른데 참, 자식놈들 수작이 맹랑해놔서, 하,"

하고 새 서평양신탄상회 주인은 정말 어이없다는 듯이, 하, 소리를 한번 더 지르고 나더니,

"그놈들이 글쎄 오마닐 얻디 말래누만,"

하고는 속으로 내가 오늘은 앓는 사람보고 이런 말 하지 말자던 건데 하면서도,

"그르니 시집가게 된 딸년의 말 안 듣는 수두 없구, 어린 자식놈 말 안 듣는 수두 없구, 내참, 애들이 상던이야, ······그럼 우리 이르케 하디, 내 거길 모른다 하디 않을 테니, 어디 돟은 데루 시집갈 생각을 해보라구, 그때꺼진 매달 쌀말이나 하구 땔나무는 내 당

하디,"
하고 할말을 다 하고 말았다.
　곰녀는 덜컥 가슴이 내려앉았다. 그러면서 그녀는 종내 와야 할 것이 왔구나 하는 생각이었다. 자기가 남의 본여편네가 되고, 남의 어머니가 되다니? 꿈에라도 그런 마음을 먹다니? 안될 일이었다.
　새 서평양신탄상회 주인은 할말을 다해 시름이 놓인다는 건지, 그래도 앓는 사람에게 그런 말을 한 게 안됐다는 건지, 한 손으로 안경다리를 만지작거리면서,
"섭섭히 생각 말라구, 내 짬있는 대루 들릴께니,"
한다.
"예."
　그러자 새 서평양신탄상회 주인의 손이 기계적으로 곰녀의 이마를 다시 와 짚으면서,
"이거 열이 대단한데 약을 제다 먹어야디."
"개않심더."
　곰녀는 지금 자기 이마에 와닿는 하르반의 손마저 전날 손톱을 깎아달라고 내밀던 그 손은 아닌 것같았다.
　새 서평양신탄상회 주인은 지갑에서 십원짜리 몇장을 꺼내어 베갯머리에 놓으며,
"자 이걸루 약을 제다 먹으라구, 양약보다 한약이 돟디,"
한다.
　여기서 곰녀는 이 아직 자기를 위해주는 하르반의 마음씨가 고맙게만 여겨지면서,
"개않심더, 오늘쯤 일어날라카든 참임니더,"
했는데, 그러는 한편 문득 약이라는 말에서 자기는 참 어째서 산옥이에게 그 삼씨기름 약을 구해다 주지 못했을까 하는 뉘우침이 가슴 한복판을 스치고 지나감을 어쩌지 못했다.
"내가 오늘 바쁘디 않으믄 약을 제다 줬으믄 돟갔디만 누과 이제 만나기루 약속한 게 있어놔서……"
　그리고 새 서평양신탄상회 주인은 일어서며,
"그럼 내 또 오디, 약 제다 먹구 속히 나라구,"

한다.
 곰녀는 윗몸을 일으키며, 그러나 하르반을 쳐다보지도 못하며,
"오늘쯤 일어날라카든 참입니더,"
하는 말을 다시 뇌었다.
"어서 뉘있으라구."
 새 서평양신탄상회 주인이 돌아서 나간다. 그제야 곰녀는 하르반의 뒷모양을 바로 쳐다본다. 그리고 곰녀는 느낀다. 이 하르반의 뒷그림자도 이미 자기와는 멀리 떨어진 사람의 뒷그림자라고.
 문이 열렸다 닫힌다. 곰녀는 같은 자세로 있었다. 문득 하르반의 구둣발소리를 들어보려 한다. 그러나 오늘 곰녀의 귀는 하르반의 신발소리가 문앞을 떠나자 곧 잃고 만다. 곰녀는 다시 자리에 누웠다. 그러면서 그네는 이것으로 하르반과 자기 사이는 아주 마지막이라는 걸 느낀다.
 그날 밤, 곰녀는 긴긴 밤을 열에 뜬 채 하르반이 다시는 자기를 찾아오지 않으리라는 생각을 수없이 되풀이하는 것이었다. 또 온다고는 했지만 안 온다, 안 온다! 그럼 오늘 낮에 자기는 하르반보고, 빨랫거리라도 생기게 되면 그런 것이라도 가지고 들르랄 것을! 참, 자기가 하르반의 내의랑 양말이랑 빨아주던 그때가 좋았다. 손톱 발톱도 깎아주고, 귓속도 후벼주고, 참 그때 귓속에서는 검은 석탄가루가 섞여 나왔었지. 그러나 그때가 좋았다. 이제는 하르반은 안 온다, 안 온다!……
 그래도 밤이 가고 날이 밝으니, 혹 하르반은 다시 올지도 모른다는 생각이 드는 것이었다. 온다고 했으니 꼭 오리라. 이번에 오면 빨랫거리가 생기거들랑 꼭꼭 그것을 가지고 들르라는 말을 해야겠다. 그리고 이번에 하르반이 올 때까지는 자리에서 일어나 있어야겠다. 앓아누운 것을 보고 갔으니, 어쩌면 쉬 들를는지도 모른다. 약이라도 지어다 먹고 곧 일어나야겠다.
 머리도 만지는 둥 마는 둥 밖으로 나서니 먼저 햇빛이 눈부셨다. 열 있는 이마에 햇볕은 따갑기까지 했다. 그런데도 곰녀는 찬바람에 등어리를 엄습당한 것처럼 떨기 시작했다. 저도모르게 고개를 들었다. 대동강이 눈에 들어왔다.

그러자 곰녀는 잊었던 것을 생각해낸 듯이 속으로 외었다. 산옥이가 간 곳, 불쌍한 산옥이가 간 곳…… 지금 강은 풀렸는지 그냥 얼어붙어있는지는 몰라도 지붕 너머로 희뜩희뜩 눈이 남아있는 건너편 응달진 강둑이 보였다. 불쌍한 산옥이, 불쌍한 산옥이……

그러는데 강둑 너머 저어기 저 머언 벌 끝에서 아물아물 아지랑이가 피어오르고 있었다. 이렇게 봄은 바야흐로 다가오고 있다는 듯이. 그러나 곰녀는 이런 아지랑이가 다 어지러웠다. 그래 어지럼에 못 견디듯 걸음을 옮겨놓았다. 그러는 곰녀의 걸음은 자꾸 허청거렸다.

내리받이 길인데도 곰녀는 빈 허리가 절로 굽어듦을 어쩌지 못했다. 언덕 밑 거리 모퉁이에 있는 한약국을 찾아들어가는 곰녀는 흡사 늙은이의 허리 그대로였다.

약국 안에는 열댓살쯤 난 사내애가 무슨 약인지를 작도에 썰고 앉았을 뿐, 의원은 뵈지 않았다. 해가 이렇게 퍼졌는데도 아직 자리에서 일어나지 않았나. 그러면 자기가 찾아온 게 너무 이르지 않았나.

사내애가 안방으로 향한 문을 열더니,
"하르반, 손님 왔이요,"
하고 소리를 지른다.

안에서는 아무 대답이 없다. 그런데도 아이는 한번 더 부르지도 않고 문을 닫고 만다. 곰녀는 안방에서 하는 대답소리를 자기가 못 들었나보다고 했다. 지금 자기의 귀는 먹먹해 잘 들리지 않으니까.

역시 안에서는 사내애의 부르는 소리를 듣지 못한 듯 의원은 나타나지를 않았다. 이렇게 오한은 자꾸 심해오는데.

이윽고 안방으로 난 문이 열리며 하얗게 늙은 영감이 하나 나타났다. 지금 바로 아침상을 물리고 나옴이 분명해 입맛을 쩝쩝 다시고 있었다.

영감은 곰녀와 마주앉더니, 곰녀를 한참이나 깜짝이는 눈으로 바라본다. 무엇보다 지금 자기 앞에 앉아있는 여자가 어떤 부류의 여자라는 것부터 알려는 듯이.

좀만에야 의원영감은 알 것을 다 알았는지,

"어데가 아파서 왔소?"
한다.
"이래 떨리고, 온몸이 쑤시고 아파서 몬 젼디겠십더."
　의원영감은 이 여자가 남도 말씨까지 쓰는 걸 보자, 이 여자의 직업은 갈데없다는 듯 눈을 몇번 깜짝이고 나서,
"언제부터 그렇소?"
한다.
"아레……저아렛 밤부텀니더."
　의원영감은 저아레(그그저께)라는 말을 그저 꽤 오래 전부터라는 말로 알아듣는다.
"첨엔 코가 맥히디요?"
"코는 지끔도 이래 매킴니더,"
하고 곰녀는 한손을 코에 가져다대고 숨을 내쉬어 보였다. 물론 숨이 잘 내쉬어지지 않았다.
"고뿔이믄 한 사날이믄 코가 열리는 법인데?"
"지도 거저 고뿔로만 알고……"
"아니 내가 말하는 건 큰고뿔 말입네다."
　곰녀는 의원영감의 큰고뿔이란 말을 알아듣지 못한다. 그건 장질부사를 말하는 것이었다.
　의원영감이 곰녀의 팔목을 잡았다. 진맥을 하려는 것이다. 그때 의원영감이 곰녀의 맥을 짚고, 그 팔목이며 손이 이건 또 자기가 생각한 부류의 여자의 것치고는 딴판이라는 듯, 한번 더 곰녀의 얼굴을 바라보며 눈을 깜짝였다. 얼굴도 그런 부류의 여자치고는 너무나 못생긴 편이다.
　그러나 의원영감은 그까짓 것보다도 진맥을 바로 읽으려고, 눈을 저만큼 한 곳으로 돌리고는 또 몇번이고 깜짝거렸다. 그러다가 의원영감은 고개를 끄덕이면서,
"오한이 나믄서, 등꼴루 찬바람이 부는 것같구, 그리구 가슴이 뻐개지는 것같구……"
하고 바로 알아맞힌다.
"……그리구 또 온몸이 마디마디 쏘구, 머리가 지끈거리구, 코와

귀가 딱 맥히구, 그르티요?"
"예."
 의원영감은 문득 잡고 있는 곰녀의 험한 손을 보는 것같지 않게 다시 내려다보고 나서,
"여지껏 하디 않든 일을 갑재기 썼워서 한다든가 해두 그른 수가 있는데?"
한다.
 곰녀는 그런 일은 한 기억이 없다고 생각했다.
 의원영감이 이번에는 이 여자의 이같은 손은 아무래도 일이년 험한 일을 했다고 해서 이처럼 됐을 리는 만무하다고 생각하며,
"그리구 사람이 갑재기 맥을 놓아두 그른 수가 있구……"
한다.
 곰녀는 이 말이 맞는다고 생각했다. 요새 자기는 너무 지나치게 아무것도 하는 일 없이 맥을 놓고 있은 게 사실이다.
 의원영감은 좀더 병의 근본 원인을 말해야 할 차례라고 생각하며,
"경도는 순도롭소?"
한다.
 곰녀는 사내 의사가 이상한 것을 다 묻는다고 생각하면서도 사실대로,
"양 그르썼더,"
했다.
 의원영감은, 그럴 거라고, 끄덕이는 고개와 함께 눈을 깜짝였다. 이런 부류의 여자에 대해서 집증 잘 잡은 말을 꺼낸 것이 만족스러웠던 것이다.
"있었닥 번뎃닥, 많앗닥 작앗닥?"
"예."
"이슬이 끊티디 않구?"
"예."
 의원영감은 또, 꼭 그럴 거라고, 고개를 끄덕이며 눈을 수없이 깜짝였다.
 그러나 곰녀는, 뭐 그것이 어제오늘 시작된 일이 아닌데, 하고

별과 같이 살다 165

생각했다. 자기의 그곳 병만은 하르반이 써준 약으로 다 나았고.
"애기집과 콩팥이 대단히 약하군."
 의원영감이 곰녀의 손목을 놓는다.
 곰녀는 애기집이니 콩팥이니 하는 말이 무엇을 말하는 것인지 모른다. 그러면서 곰녀는 언뜻 의원영감의 눈 깜짝이는 것만은 언젠가 이런 눈을 본 듯함을 느낀다. 그러나 그것이 지난 날의 김만장영감의 눈이 그랬었다는 것을 곰녀는 미처 생각지 못했다. 물론 더 캐어 생각지도 않았다. 이런 곰녀는 혹시 그것을 생각해냈다 하더라도 벌써 그런 건 지금의 곰녀에게 있어 아무것도 아니었을는지도 모른다. 비록 자기의 여자로서의 길이 이 김만장한테서부터 망쳐지기 시작했다 하더라도.
"무어 약 몇 텁 대레먹으믄 낫디요. 집에 동은 약이 있쉐다. ……그름 어드런 약으루 할까요? 칠십원짜리루 할까요? 오십원짜리루 할까요?"
 그제서야 곰녀는 깜빡 돈을 잊고 못 가지고 나온 생각을 했다.
"아이고, 돈을 깜빡 잊아뿌리고 안 갖고 왔네."
"그럼, 약 질 새 갔다 오소."
 곰녀는 일어섰다. 그러면서, 참 하르반이 놓고 간 돈이 얼마나 되나 하는 생각에,
"약은 지가 온 디에 지어주이소,"
했다.
"그르카소."
 의원영감도 무어 곰녀의 말이 아니더라도 미리 약같은 것을 지어놓는다든가 하지는 않았을 것이었다. 누구에게 대해서나 하는 습관대로 의원영감은 먼저 곰녀가 어떤 부류의 여자라는 걸 알았고, 그러니까 약을 짓기 전에 약값을 말한 것이고, 그것도 두 가지 약값을 말했던 것이다. 따라서 곰녀가 돈을 잊고 못 가지고 왔다고 했을 때, 그것 보지 약부터 지었더라면 에누리없이 외상을 줄 뻔하지 않았나, 그래 저런 여자 외상 주었다가 언제 받으려고, 이렇게 생각을 하는 것이었다.
 곰녀는 비탈진 골목길을 돌아 올라가면서 한층 더 허리가 굽는다.

그러지 않아도 오싹오싹 떨리는 몸을 우그러뜨린 채.
 집 있는 데까지 올라와서 곰녀는 너무 힘이 들어 그자리에 주저앉고 말았다. 이럴 수가 있나? 여태까지 없었던 일이었다. 이게 다 의원영감의 말대로 자기가 너무 맥을 놓아 얻은 탈이다. 곰녀는 일어섰다.
 방안으로 들어가자 곰녀는 베갯머리에 놓여있는 돈을 집었다. 오십원이다. 꼭 오십원짜리 약값이다. 그러나 곰녀는 생각했다. 이 돈을 약값에다 다 써버려? 그까짓 요새와서 맥을 좀 놓았기 때문에 생긴 몸살 고뿔쯤 약 안 지어다 먹기로서니 어떨라고? 의원영감이 경도가 어떻고 무엇이 어떻다는 말을 했지만 당장 쑤시지도 않는데 그게 무어 병이랄 게 있나. 의원영감보고 미리 약을 짓지 말라고 한 게 잘했다.
 곰녀는 소중스레 그 돈을 접었다. 이 돈은 두었다 다른 데 요긴한 때 쓰리라.

 역시 몸살이었던 듯 곰녀는 닷새 만에 자리에서 일어날 수 있었다.
 우선 머리를 빗었다. 여러날 만에 대는 빗이라 머리가 엉키어 잘 갈라지지 않았다. 빗살에 머리카락이 꽤 많이 빠져나왔다. 며칠 동안 평생 처음 앓아누웠던 탓이리라. 이러한 곰녀는 자기 몸의 이상보다도 얼마 전에 자기에게 머리털을 쥐어뜯어 내보이던 산옥이 생각을 했다. 곰녀 자기는 벌써 하르반이 써준 약으로 온전한 몸이 된 걸로 믿고 있었으니까. 불쌍한 산옥이, 불쌍한 산옥이……
 밖으로 나섰다. 다리가 후들거렸다.
 오늘도 햇빛이 눈부셨다. 눈이 잘 떠지지 않았다. 그러는 곰녀는 그새 퍽도 상했다. 그러지 않아도 땡거칠어 뵈던 곰녀가 별안간 나이도 여러 살 더 먹어 보였다. 햇볕이 이마에 따가웠다. 오늘 곰녀는 이런 것들이 요전처럼 싫지는 않았다.
 고개를 들었다. 저기 지붕들이 끝난 곳에 아직 응달 쪽으로 해끗해끗 눈같은 게 남아있는 대동강 건너편 강둑이 보였다. 또 생각키우는 건, 불쌍한 산옥이, 불쌍한 산옥이…… 지금은 저기 바로 강둑 너머 벌판에서 아지랑이가 한창 아물아물 피어오르고 있었다. 불쌍한 산옥이, 불쌍한 산옥이……
그러다가 곰녀는 퍼뜩 이, 불쌍한 산옥이, 불쌍한 산옥이, 하는 말소리가 저도모르는 새 자기 자신을 두고 하는 말로 느껴졌다. 그러나 다음 순간 곰녀는, 그렇지 않다고, 자기에게는 하르반이 있지 않느냐고, 그리고 하르반은 또 온다고 했으니 이제 올 것이 아니냐고 생각한다. 곰녀의 마음이 적이 후련해진다.
그러한 어떤 날, 밖에서 누가 찾는 소리가 나 문을 열어보니 웬 짐꾼 하나가 와 서있는 것이다. 등에다 자루 하나를 지고 있었다.
이 집에 복실이라는 여자가 있느냐고 해, 곰녀가 자기노라고 했다. 짐꾼은 여긴 걸 모르고 저쪽으로 가서 한참이나 찾았다고 하며 지고 온 자루를 내려놓는다. 그리고는 한손으로 이마의 땀을 씻으면서 서평양신탄상회 주인의 심부름을 왔노라고 하며 돈 삼백원을 내준다.
곰녀는 가슴부터 뛰었다. 하르반한테서 왔다는 이 사람이 하르반 그사람이기나 한 듯이. 하르반은 역시 자기를 잊지 않고 있었구나. 이 돈은 반찬값, 그러니 자루에 든 것은 보지 않아도 쌀이 분명하다.
짐꾼은 곰녀더러 자루를 내어달라고 하고는 리어카에 장작도 가져왔노라고 하면서 골목을 돌아 언덕길을 내려간다. 장작까지 보냈구나.
곰녀는 자루의 쌀을 옮겨담으면서 한 사발 한 사발의 쌀을 그대로 하르반의 정다운 마음씨로 여긴다. 쌀은 서너 말 푼수나 되었다.
짐꾼이 장작단을 지고 올라왔다. 장작개비 하나하나도 그대로 하르반의 정다운 마음씨로 여겨졌다. 이런 장작단을 짐꾼은 두 짐이나 져 날랐다.
곰녀는 빈 쌀자루와 함께 짐꾼에게 수고했다고 일전에 하르반이 약값으로 놓고 간 돈 중에서 십원을 떼어주었다. 그리고는 귀한 손님이나 보내듯이 짐꾼을 배웅했다. 그러다 짐꾼이 골목을 돌아 아주 뵈지 않게 되자 그제야 곰녀는 자기가 하르반의 빨랫거리가 나는 대로 보내라는 말을 전하지 못했다는 생각이 들었다. 그리고 문안도. 그렇지만 짐꾼이 아무말 없는 걸 보면 하르반이 잘은 있는가 보다. 자기도 이렇게 잘 있다는 걸 짐꾼이 본 대로 가 말하겠지.
그런데 이것은 무슨 일일까. 지금 하르반 생각에 젖어있는 곰녀의 몸을 갑자기 허전함이 밀려와 에워쌈은? 이제 한 달 동안은 하르반이 자기를 찾아주지 않으리라는 생각에선가. 그리고 그동안은 지금의 심부름꾼같은 사람마저 찾아와 주지 않을 것이라는?
곰녀는 이 외로움이란 것을 털어나 버리듯이 돌아섰다. 그러는데 뒤에서 누가 자기를 부르는 것만 같았다. 곰녀는 고개를 돌렸다. 아무도 없었다. 그저 저기 지붕 너머로 이제는 눈 자취라곤 하나 남지 않은 건너편 강둑이 보일 뿐. 불쌍한 산옥이, 불쌍한 산옥이…… 그리고 지금 바로 그 강둑 위에서 여태보다 한층 분명한 아지랑이가 피어오르고 있었다. 이렇게 봄은 완연히 찾아온 것이다. 불쌍한 산옥이, 불쌍한 산옥이……
그러다 곰녀는 또 문득 이 불쌍한 산옥이가 다른 누가 아니고 자기 자신으로 느껴졌다. 그러나 다음 순간 곰녀는 다시, 그렇지 않다고, 자기에게는 하르반이 있지 않느냐고, 그리고 이 하르반은 온다고 했으니 반드시 또 올 것이 아니냐고, 그 증거로 오늘은 하르반이 사람까지 보내지 않았느냐고, 그러니 자기는 조금도 불쌍할 게 없지 않느냐고 했다. 그러나 지금 곰녀의 가슴은 이런 생각만으로는 좀처럼 후련해지지가 않았다.
한 달에 한 번씩은 하르반이 자기를 찾아주리라. 하르반이 친히 못 오게 되면 오늘처럼 다른 사람을 대신 보내기라도 하리라. 보내온 쌀을 다 먹는 동안에는…… 그리고 그것은 하르반의 말대로 자기가 어디 좋은 데로 시집갈 때까지 계속될는지도 모른다. 그래 자기가 좋은 데로 시집을 가? 어디로?…… 그러면 이렇게 살다 늙어 죽는 수밖에 없지 않은가. 그것도 하르반의 아들딸의 눈에 뵈지 않는 데 숨어서. 그러는 자기가 어쩐지 죄를 짓는 것같았다. 지금 당장 죄를 짓고 있는 것같았다. 그래서는 안된다, 그래서는 안된다. 그러지 않아도 보잘것없는 자기가 그렇게까지 해서는 안된다. 그럼 어떡한다? 죄를 짓고라도 살아가는 도리밖에? 곰녀는 자꾸만 가슴이 떨렸다.

별과 같이 살다 169

그러다가 곰녀는 깜짝 놀라고 만다. 이 떨리는 가슴속으로부터 이상한 소리가 들려온 것이다. 빙신, 빙신, 하고. 그것은 산옥이의 목소리같기도 하고, 주심이언니의 목소리같기도 했다. 그러나 기실은 산옥이의 목소리도 주심이언니의 목소리도 아니었다. 곰녀 자신의 가슴속으로부터 속삭여진 소리였다. 이 소리가 이어 속삭이는 것이다. 주심이언니한테로 가그라, 주심이언니한테로 가그라.

잠시 곰녀는 숨도 크게 못 쉬고 서있었다. 그러는 곰녀의 해쓱해진 얼굴에 갑자기 화기가 내돋히기 시작했다. 왜 자기는 여태 이 생각을 못했을까? 바보, 바보! 이번에는 입밖에 내어 중얼거리건만 놀라지 않았다. 그저 아지못할 어떤 바람으로 해 가슴만이 두근거릴 뿐이었다. 이 두근거리는 곰녀의 가슴속에서도 뭔가 강둑의 아지랑이같은 것이 피어올랐다.

곰녀는 방으로 들어갔다. 밖에 있던 눈이 방안에 들어서자 캄캄해졌으나 곰녀는 곧 짐을 꾸리기 시작했다.

이부자리를 싸면서 곰녀는 하르반의 베개를 들고, 이것만이라도 하르반에게 보낼 것을 해본다. 이 하르반을 위해 깨끗이 잇을 껴 두었던 베개만이라도. 그러나 이런 것이 오늘날의 하르반에게는 아무 것도 아니리라.

쌀자루를 들면서 곰녀는 또 이럴 줄 알았으면 오늘 이것은 받지 말 것을 한다. 뒤이어 지금 자기가 가는 곳은 굶주린 사람들이 있는 곳이니 이것이나마 가져가야 한다는 생각이 들었다. 만약 하르반이 이 일을 안대도 과히 나무라지는 않으리라. 그리고 그동안 하르반에게 진 신세는 이후에 찬찬히 찾아가 인사할 기회도 있으리라.

그리고 곰녀는 마음먹는 것이었다. 한 개비의 장작이나마 다 소중히 나르자. 자기가 몇번을 위아래 거리를 오르내리는 한이 있더라도. 그 당장 자기보다 굶주리고 헐벗은 사람들을 위해서는…… 정녕 주심이언니가 거들어준다고 나서리라. 그것을 자기는 들어주어서는 안된다고 곰녀는 혼잣속으로 중얼거렸다.

1946 십일월

카인의 후예

I

 별이 쓸리는 밤이었다. 바람이 꽤 세었다. 서북지방의 밤공기가 아직 찰대로 찬 삼월 중순께였다.
 산막골 고갯길을 넘어오는 사내가 있었다. 박훈이었다.
 엔간히 술이 취한 듯 걸음이 허청거렸다. 그는 지난 넉 달 동안이나 어떤 보람을 느껴가면서 운영해오던 야학을 어제 당에서 나온 공작대원에게 접수를 당한 것이었다. 아무런 예고도 없었다. 훈이 야학 시간이 되어 가보니 벌써 낯모를 청년이 교단을 점령하고 있었다. 오늘 저녁 이렇게 술이 좀 지나친 것도 그 허전감에서 온 것인지도 몰랐다.
 길 오른편은 적이 가파르게 경사진 개간지요, 왼편은 소나무숲이었다. 그 사이로 외발자국 오솔길이 나있었다. 여름이면 쑥과 뱀딸기 덩굴로 해서 거의 덮이다시피 되는 길이었다.
 왼편 소나무숲이 쏴아 하고 크나큰 물결소리를 내었다. 훈은 어쩌면 숨이 막힐 정도로 이 찬바람을 얼굴 전체에 받았다. 그러면서 그는 적잖이 술기가 간 정신으로도 이 찬바람 속에 이미 봄을 마련한 송진냄새가 풍겨있음을 느끼는 것이었다. 코를 벌름거려보았다.
 오른편 앞쪽 밋밋한 등성이 위에 검은 나무 그림자가 나타나기 시작했다. 훈의 삼촌네 소유로 되어있는 과수원이었다. 벌써 몇해째 손을 대지 않고 내버려두어 거의 폐목이 되다시피 한 과수원이었다.
 훈이 과목 그림자에 눈을 주었다. 올해도 꽃을 피우리라. 그리고 과실 구실도 못하는 열매가 작년보다도 더 얼마 안 되게 달렸다 떨어지고 썩고 하리라.

과수원의 검은 그림자가 점점 면적을 넓혀갔다. 과수원 둘레로 돌아가며 심은 아카시아 울타리. 이것은 또 잘라주지 않고 그냥 내버려두어, 이제는 제대로 굵은 나무들이 돼있었다.

이 아카시아 울타리 한끝에 희끄무레한 그림자가 하나 붙어있었다. 오작녀다. 거기서 훈 자기를 기다리고 있는 것이다.

좀전에 술집아주머니가 한 농담이 떠올랐다. 목이 빠져라 하고 기다릴 오작녀를 생각해서라도 어서 집으로 돌아가야 하지 않느냐는 것이었다. 훈은 못 들은 체 그 말을 흘려버리고 말았다.

고향에 돌아온 후로 삼년이란 세월을 젊은 여인과 단둘이 한지붕 밑에서 살아왔으니 노상 그런 말도 날 만한 일이었다. 그리고 사실 훈은 언제부터인가 밖에서 돌아올 때마다 거기 오작녀가 기다리고 있다는 데 저도모를 어떤 위안같은 것을 느끼는 것이었다.

지금도 그것을 느꼈다. 그러나 이 오작녀와의 한지붕 밑 살림도 머지않아 끝이 난다는 생각이었다.

그러자 오늘쯤 오작녀와 마지막으로 한번 장난을 쳐보고 싶은 생각이 들었다. 이쯤에서 서리라. 그래 언제나 부끄럼타듯 저만큼에서만 기다리는 오작녀를 여기까지 오게 하리라.

훈이 섰다.

그러나 아카시아 울타리 쪽에서는 아무 움직임도 없었다.

소나무숲을 불어 지나는 바람소리만이 한층 높았다. 한 소리가 멀리 꼬리를 끌고 달아나는가 하면, 그 소리가 미처 사라지기도 전에 새로운 소리가 뒤따라 일어나곤 했다.

바람소리에 귀를 기울이고 있던 훈은, 문득 지금 자기가 생각해낸 장난이 어이없는 것같이만 느껴졌다. 자리를 뜨려 했다.

이때 아카시아 쪽에서 움직였다. 오작녀가 이리로 달려온다고 생각됐다. 그러나 오작녀의 희끄무레한 그림자는 이리로 오는 것이 아니고, 아카시아 울타리로부터 훈이 서있는 왼편 앞쪽으로 사선을 그으며 소나무숲 속으로 들어가는 것이었다. 그게 여간 빠른 동작이 아니었다.

훈은 퍼뜩 정신이 드는 심사였다. 거기 소나무숲에는 오작녀보다 앞서 다른 그림자 하나가 달아나고 있는 것이 아닌가. 훈은 전신의 감각으로 그게 사내의 그림자라는 걸 느꼈다. 등골로 찬 기운이 스치고 지나갔다. 그만 훈은 저도모르는 새 그들의 뒤를 따라 숲속을 달리고 있었다.

어디 이런 돌부리가 많이 있었을까. 이 부근에 어디 이런 잡목의 나뭇가장이가 무성해있었을까. 훈은 몇번이고 돌부리에 채어 무릎을 꿇다시피 하고, 꼿꼿한 나뭇가지에 면상과 목줄기를 째이었다.

그러면서도 제힘껏 달렸다. 나뭇가장이를 헤치기 위해 마구 두 손을 어둠속에 허우적거렸다. 앞선 그림자나 뒤쫓는 오작녀의 그림자가 잘도 달리는 것이었다. 꼭 산에 익은 짐승의 내달림이었다.

훈은 종내 두 그림자를 잃고 말았다. 걸음을 멈추고 귀를 기울였다. 바닷물소리같은 바람소리가 쏴아 쏴아거릴 뿐, 사람의 기척소리라곤 들려오지 않았다.

저만큼 그 평토가 다 된 옛무덤 자리가 어둠속에서도 짐작되었다. 그 한끝에 이 산중 어느 소나무보다도 특출하게 굵고 높은 산신나무가 밤하늘에 검은 몸뚱이를 드러내놓고 있었다.

그리로 가 아무렇게나 주저앉아버렸다. 이곳은 한 오십여평 나무도 들어서지 않은 잔디밭인 데다 볕바른 곳이어서 훈이 늦가을로부터 이른봄에 걸쳐 늘창 해바라기하러 올라오는 자리였다.

고만큼 뛰었는데 목에서 쇳내가 나며 땀이 내뱄다. 나뭇가지에 째인 면상이며 목이며 손등이 쓰렸다.

어쩐지 온몸이 노곤해져 드러누웠다.

하늘의 별들이 눈앞에서 핑 돌았다. 눈을 감아버렸다.

좀전에 오작녀가 뒤쫓은 그 그림자는 대체 누구일까.

땀이 걷히우며 밑으로부터 올라오는 냉기로 인해 등골이 오싹거렸다. 이 오싹거림은 대체 그가 누굴까 하는 좀전의 검은 그림자로 해서 한층 심해지는 듯했다.

그것이 사내인 것만은 틀림없었다. 그리고 몰래 자기의 뒤를 밟거나, 거기 어디 숨어서 자기네의 동정을 살피고 있었던 것도 틀림

카인의 후예 175

없었다.
 훈은 소위 토지개혁이란 걸 앞둔 요즈음 뜻않았던 때 뜻않았던 곳에서 느끼곤 하는 어떤 강박감이 어제 오늘에 와서는 어떤 구체성을 띠어가지고 신변 가까이 닥쳐왔음을 느꼈다. 어젯밤에는 야학을 접수당했다. 이제 무슨 변이 몸에 와닿을는지 모르는 것이었다. 새로이 온몸에 소름이 끼쳐지면서 술기운도 다 사라지는 심사였다.
 아무튼 이젠 일어나 내려가야겠다. 이러다가는 정말 감기 들리겠다. 그러면서도 그는 좀처럼 몸을 일으키지 못하고 있었다.
 바람소리가 잠시 그쳤다. 별나게 주위가 고즈넉해지면서 자기를 중심으로 한 얼마의 구역이 따로 떨어져나간 느낌이었다. 부자연스러웠다. 이 자기를 중심으로 한 구역 밖 어느 한 곳에 누가 몸을 숨겨가지고 이쪽을 감시하고 있는 것만 같았다.
 눈을 번쩍 뜨며 상반신을 일으켰다.
 "집으루 내레가시야디요."
 언제 와있었는지 오작녀가 곁에 서있었다.
 훈이 말없이 일어나 앞장을 섰다.
 여기서 집으로 내려가는 길만은 아무리 밤길이라 해도 발에 익었다. 고향에 돌아와 삼년 동안이나 친해온 길이었다. 그런데 웬일인지 다리가 자꾸 허청거려, 꺼멓게 드러나 보이는 잡목에 몇번이고 부딪쳤다. 이제는 술 때문이 아니었다. 대체 좀전의 그 그림자가 누구일까 하는 생각이 적잖이 마음을 헝클어놓는 것이었다.
 오작녀가 앞질러 앞장을 섰다. 그리고는 훈의 걸음걸이를 재어, 꼭 두어 걸음 앞을 서 길잡이 노릇을 하는 것이었다.
 "오작녀, 대체 그게 누구요?"
 대답이 없었다.
 "따라가다 놓쳤수?"
 "아니오."
 "그럼?"
 다시 말이 없었다.
 "누군지 모를 사람입디까?"
 "아니오."

"그럼?"
　다시금 오작녀는 말이 없다가, 무슨 애원이나 하는 듯한 어조로,
"선생님,"
하고는 잠시 사이를 두어,
"내일 말씀드래서는 안돼요?"
　전에없는 일이었다. 그네가 이처럼 훈의 물음에 대답을 피해보기는 처음인 것이었다. 심상치 않은 곡절이 있는 것같았다.
　그럴수록 훈은 기어이 오작녀의 입으로부터 그자가 누구인가를 알아내고 싶어졌다. 그리고 자기가 캐어물으면, 오작녀편에서도 결국은 말하고야 말 것을 알고 있었다. 그러나 그만두었다. 오작녀가 말하기 힘들어 하는 것을 알아냈댔자 무어 시원한 일이 있을 성싶지 않아서였다. 그저 이제는 어서 집으로 돌아가 눕고만 싶었다.
　잡목숲이 다하자 바로 거기에 양짓골 집들이 어둠속에 반원을 그리고 널려있었다. 모두 등을 이리 돌리고 널려있는 품이 흡사 무슨 나락더미 같았다.
　이 반원 한복판 안굽이에 다른 나락더미보다 크게 드러나 뵈는 것이 훈의 집이었다.

　저녁상을 보아 들여놓고, 오작녀는 조용히 밖으로 나섰다.
　아버지네 집으로 가보지 않고는 못견딜 심사였다. 누구와 결판을 내고만 싶었다. 글쎄 삼득이(남동생) 그애가 어쩌자고 그런 짓을 할까. 남의 뒤를 밟다니 될 말인가. 그것도 다른 사람 아닌 박선생의 뒤를.
　오작녀아버지네 집은 훈네 집에서 왼편으로 한 오십미터 떨어진 곳에 있었다. 함석집이었다.
　오작녀는 아버지네 집 마당에 들어서며 잠깐 망설였다. 바둑이가 와 다리에 감겼다. 가슴이 더 뒤설레이었다. 그러나 마음을 가다듬어먹고 문고리를 가 잡았다.
　방에는 어머니 혼자뿐이었다. 남폿불 앞에 동그마니 앉아 바느질감을 잡고 있다가 방문 여는 소리에 놀라는 눈을 들었다.
"너 오니?"

"다들 어디 갔소?"
"저녁 먹구들 나가드라."
　어머니는 말소리마저 무엇을 염려하고 겁내하는 빛이었다. 그게 요새와서 더 심해진 것같았다.
　소녀 시절에는 웃기 잘하기로 유명했던 오작녀어머니였다. 대수롭지 않은 일에도 웃음이 앞서곤 했다. 갓 시집와서도 그랬다. 윗어른 없는 시집살이라 흥허물없이 동네 젊은 여인들과 만나면, 무슨 이야기 끝에고 곧잘 웃음을 터뜨리곤 했던 것이었다.
　이렇던 웃음이 어느새 그네의 동글납작한 얼굴로부터 자취를 감추어버리고 말았다. 살림이 고된 탓은 아니었다.
　빽빽한 바위 밑같은 남편의 그늘이 그리 만들었는지 모를 일이었다. 무어 남편되는 도섭영감이 유별나게 아내를 들볶는 것은 아니었다. 마치 바위편에서 무슨 생각이 있어 그 밑의 푸나무를 어쩌는 것이 아니듯이. 그저 남편의 바위 밑에서 이 여인은 차차로이 제 웃음을 잃고, 그자리에 어떤 그늘이 대신한 것이었다. 그것이 요즘와서는 더 심했다. 아무렇지도 않은 일에 깜짝깜짝 놀라기까지 했다.
"삼득인 늘 밤늦게 댕기우?"
"글쎄 그러누나."
　늘 삼득이가 그러는 것은 아니건만, 누이되는 사람이 걱정 비슷이 하는 말에, 어머니도 덩달아 이렇게 말을 하고는 이번에는 혼잣말로,
"밤엔 집에들 있어줬으믄 둏갔는데……"
"아바진 또 요새 왜 그러우?"
"글쎄 말이다."
"오마니가 좀 말을 해요."
　어머니가 놀라는 눈을 이리 돌렸다.
"요새 아바지가 박선생한테 너무해요. 디나간 일두 생각해야디 나빠요. 이제 토디개혁인가 뭔가 된다구 해서 그럴 수가 있이요? 오마니가 좀 말을 해요. 오마닌 왜 아바지한테 말 한마디 못하구 삽네까?"

오작녀아버지 도섭영감은 이십여년 동안이나 훈네 토지를 관리해 온 마름이었다. 그동안 웬만한 지주 못지않게 잘 살아왔다. 그것이 요즈음 토지개혁이란 걸 앞두고는 모든 행동에 있어서 달라진 것이 었다. 그게 오작녀에게는 못마땅했다.

 딸의 말에 오작녀어머니의 눈이 더 놀라고 겁먹어갔다. 이애가 어쩌자고 갑자기 이런 소릴 해쌓는지 모르겠다. 가만있지 못하고. 이애가 이러다간 집안에 큰 풍파를 일으킬라.

"그리구 또 삼득인……"

 오작녀어머니의 손이 가늘게 움직였는가 하자, 손은 그대로 있는데 바느질감만이 무릎에서 흘러떨어졌다.

"가만!"

 그리고는 떨리는 손길이 딸의 팔을 와 붙들며 나직한 말로,

"아바지다!"

 오작녀도 그만 흠칫하고 귀를 기울였다.

 그러나 아무 소리도 들리지 않았다.

"아바지야!"

 어머니가 다시 숨소리만으로 속삭였다.

 수십년 같이 살아오는 동안, 이 여인은 이처럼 다른 사람이 알아듣지도 못하는 남편의 인기척을 알아듣는 것이었다.

 좀만에 과연 뜰로 들어서는 인기척이 들렸다. 오작녀는 저도모르게 훌 일어섰다. 그리고는 문고리를 잡고 생각난 듯이,

"삼득이 들어오믄 낼 바주 옆게스리 좀 보내주우."

 그러나 어머니는 그저 바느질감만 뒤적이고 있는 것이었다. 그것은 지금 자기네가 나타내고 있는 낯빛을 남편에게 눈치채이지 않기 위한 몸짓이기도 했다.

 오작녀는 섬돌에 올라선 아버지와 어겼다. 고개를 수그린 채 총총걸음을 쳤다.

 문득 좀전에 어머니한테 한 말이 후회되었다. 정작 어머니가 아버지더러 무슨 말을 해서 풍파라도 일어나면 어쩌나.

 그러나 다음 순간 오작녀의 가슴속에는 좀전 어머니한테 말할 때보다도 더 굳세인 어떤 딴 힘이 머리를 들고 일어섬을 느꼈다. 무

슨 일이 있든 한번은 벌어질 일이다. 아버지가 나쁘다. 아버지가 박선생에게 그럴 수가 없다. 그리고 또 삼득이도……
"애애!"
아버지의 거센 목소리가 울려왔다.
어둠속에서 오작녀는 뒷덜미나 잡히듯 그자리에 서고 말았다.
"네 남편이 돌아왔드라."
이번에는 뒤통수를 되게 얻어맞는 감이었다. 아버지의 말을 못 알아들은 듯, 잠시 그러고 서있었다.
다음에는 지금 들은 말에서 도망이나 하듯이 급히 그곳을 떠났다. 점점 걸음을 빨리 했다.
귓속에서 세찬 바람이 일어 윙윙 휘몰아치는 소리가 들렸다. 그 바람 속에, 남편이 돌아왔다, 남편이 돌아왔다, 하는 소리가 들렸다.
눈앞이 어지러웠다. 걸음이 허청거렸다. 이런 자기를 도저히 자기의 힘으로 부축해나가지 못할 것만 같았다.
대문 기둥을 붙잡고 기대었다.
눈을 들어 앞을 보았다. 훈의 방에 불이 꺼져있었다.
언뜻 정신이 들었다. 박선생이 저녁상을 둘리지도 않고 불을 끌만큼 그동안 자기는 어디 가 무엇을 하고 있었을까. 큰 실수를 했다. 어서 상을 치워야겠다. 이제는 다른 생각은 없었다.
그제야 안뜰로 걸어들어가는 오작녀의 걸음걸이는, 거기에 자기를 부축해주는 어떤 힘이라도 붙잡은 듯이 온전해졌다.

훈은 저녁을 뜨는 둥 마는 둥 그대로 자릿속으로 들어갔다. 그러자 웬일인지 이날은 온몸이 매시시해지며 곧 잠같은 게 들어버렸다. 그리고 어지러운 꿈을 꾸었다.
야학당 앞에 가있었다. 단층으로 길게 지은 소학교 한가운데 불이 켜져있어, 그곳이 야학당이었다.
훈은 오늘밤 몸이 편찮아 누워있다가, 그래도 자기가 맡은 시간만은 하려고 나온 길이었다. 죽은 듯이 엎드려있는 집채 한가운데에 여기만은 이렇게 살아있다는 듯이 켜져있는 불빛. 몸이 편찮지만 오길 잘했다고 생각했다.
 현관으로 들어섰다. 현관 바로 오른편 방이 야학당이었다.
 야학당에서는 지금 공부중이었다.
 교단 쪽 문앞을 지나 뒷문으로 갔다. 그리 들어가 그 시간이 끝나기를 기다릴 참이었다.
 조심히 뒷문을 밀어 열었다. 교단에서 웬 낯선 사내가 강의를 하고 있었다. 언뜻 보는 눈에, 개털오바를 입은 키가 자그마한 청년이었다. 함경도 사투리가 억세었다.
 교단 옆 의자에는 언제나처럼 흥수가 꼬딱하니 앉아있었다. 이 사람은 훈과 함께 야학을 시작한 사람 중의 한 사람이었다.
 그리고 언제나같이 남폿불 옆자리에는 오작녀가 앉아서 열심히 교단 쪽을 바라보고 있었다.
 그런데 훈이 채 방에 들어서기도 전에, 거기 뒷켠에 앉았던 청년 하나가 맞받아 나왔다. 명구였다. 이 사람도 처음부터 훈을 도와 야학을 해오는 청년 중의 한 사람이었다.
 명구청년은 훈을 복도 한옆으로 데리고 가더니 귓속말로, 당에서 나왔이요, 했다.
 귓결에 교단 쪽에서는 이런 말귀가 들려왔다. ……교육이란 건 결국 뉘기가 뉘기에게, 즉 어떤 계급에 속하는 사람이 어떤 계급에 속하는 사람에게 대해서 행해지는가 하는 게 가장 중요한 것이올시다!
 밖으로 나왔다. 그런데도 웬일인지 자기는 그냥 야학당 안에 있는 것이었다.
 오작녀를 찾고 있었다. 늘 앉는 남폿불 옆자리에 오작녀가 없었다.
 보니, 저기 그늘진 한구석에 혼자 쓸쓸히 앉아있었다. 눈의 광채까지 걷혀져있었다.
 보통때는 그렇게 어수룩하던 오작녀가 야학당 남폿불 밑에서는 마냥 눈에다 불을 켜드는 것이었다. 놀라운 총기도 이 눈에서 오는 듯, 배우는 것을 누구보다도 먼저 깨쳐갔다. 이 오작녀가 오늘은 그 눈의 광채를 거두어가지고, 그늘진 한구석에 혼자 앉아있는 것이다.
 문득 오작녀가 자리에서 일어섰다. 그리고는 그늘 속을 걸어 남폿불 있는 데로 가더니 입김으로 남폿불을 꺼버리는 것이었다. 이제부터는 이 남폿불도 소용없다는 듯이.
 명구청년이 가까이 오며, 오늘로 야학이 마지막이라고 속삭였다.
 불출이가 걸상들을 한옆으로 몰아놓기 시작했다. 이 사람은 또 저녁마다 난로에 불을 피우고 뒷거둠을 해주고 하는 사람이다. 그런데 오늘밤 불출이의 뒷거둠질은 꼭 마지막 치움질을 하는 그런 거둠질이었다.
 사촌동생 혁이가 훈더러, 어서 가자고 재촉했다.
 훈은 어둠속에서 자꾸만 등골을 스치고 지나가는 오한과 전율을 느껴야만 했다.
 어느새 또 이번에는 밖에 나와있었다. 현관 앞에서 오작녀를 기다리는 참이었다.
 좀처럼 오작녀가 나오지 않았다. 아무때까지라도 오작녀가 나오기를 기다리리라 마음먹었다. 그러는데 사실은 기다리는 게 훈이 아니고, 오작녀인 것이다. 장소도 야학당 현관 앞이 아니고, 산막골 고갯길 과수원 모퉁이였다. 오작녀는 지금 남폿불까지 켜들고 훈을 기다리고 있는 것이었다.
 훈은 한번 장난을 치고 싶은 생각이 들었다.
 거기 소나무 뒤에 몸을 숨겼다. 그러나 곧 오작녀에게 들키고 말았다.
 훈이 산속으로 달리기 시작했다. 오작녀가 뒤따라왔다. 아까 생시에는 오작녀가 앞서 달리고 훈이 뒤따라 달렸는데 꿈속에는 훈이 앞서 달리는 것이었다.
 훈은 이럴 필요가 없다고 생각하면서도 그냥 달렸다. 자꾸 돌부리에 채여 넘어지고 나뭇가지에 얼굴과 목줄기와 손목이 긁히었다.
 오작녀가 와 붙들어줬으면 좋겠다. 그러니까, 와 붙들어주었다.
 그리고 오작녀는 훈의 얼굴의 생채기를 빨기 시작했다. 목줄기의 생채기도 빨아주었다. 손등이며 팔목의 생채기도 빨아주었다.
 나중에는 혀로 핥기 시작했다. 이마며 어깨며 가슴이며 모조리 돌아가며 핥아주는 것이었다. 부끄러웠다.
 그러면서도 오작녀가 하는 대로 내맡겨두었다. 그게 어쩐지 흐뭇하기까지 했다.
 그러다 보니, 오작녀가 들고 있는 남폿불이 지나치게 화안히 켜져있는 것이었다. 그건 오작녀의 타는 듯한 그 눈 때문에 더한지도 몰랐다.
 부끄러웠다. 그러면서도 행복스러웠다.
 문득 이런 자기를 누구에게 엿보여서는 안된다는 생각이 들었다. 불을 끄라고 했다. 그러나 오작녀는 불을 끌 생각을 않는 것이었다.
 훈이 입김으로 남폿불을 불었다. 안 꺼졌다. 자꾸 불었다. 그래도 안 꺼지는 것이었다. 안타까웠다—— 그러다가 잠이 깼다.
 거기 자기를 들여다보고 있는 오작녀를 발견했다. 남폿불이 화안히 켜져있었다.
 훈은 깨달았다. 오작녀가 자기 생채기에 머큐룸을 바르고 몸의 땀을 씻어주고 있었다는 것을.
 "어데 대단히 펜티않으신 모양인데요. 식은땀을 막 흘리시구, 잠꼬대를 하시구⋯⋯"
 오작녀는 자못 걱정스런 빛이었다.
 "괜찮우."
 이런 일은 그에게 있어 오늘밤에 비롯된 증세는 아니었다.
 오작녀는,
 "저녁상을 내가려구 들어왔다가 상채기에 피가 내뱄기에⋯⋯"
 이렇게 밤중에 훈의 방에 들어오게 된 걸 변명하고 나서,
 "여러 군데 째디셌는데요. 그리구 식은땀을 막 흘리시구⋯⋯ 요새 얼굴이 더 못되셌이요."
 그 책임이 자기에게나 있는 듯한 말씨였다.
 "괜찮우."
 그러면서 훈은 좀전 잠속의 일이 그대로 잠꼬대를 통해 오작녀에게 알려지지나 않았나 하는 생각에 절로 눈이 감겨지며,
 "불을 좀 꺼주우,"

했다.
 그러나 이것도 역시 꿈속에서 한 말을 다시 되풀이하는 것같아,
"불은 그대루 놔두우,"
해버렸다.
 감은 훈의 우묵한 눈이 검은 눈썹 밑에서 더 그늘져있었다. 그저 땀기 머금은 넓은 이마만이 남폿불에 엇비치어 희게 드러나 보였다. 스물아홉이라고는 도저히 볼 수 없는, 서른이 훨씬 넘어 뵈는 얼굴이었다.
 좀만에, 이마에서 거의 삼각형을 이루며 내려간 빠른 하관이 약간 움직였다. 혀끝으로 메마른 입술을 축여보는 것이었다. 그리고는 불빛을 피하듯 돌아눕고 말았다.
 밤뻐꾸기 우는 소리가 들려왔다.
 뒷산에서는 그냥 산바람이 솔숲을 울리고 있었다. 그 소리에 뻐꾸기 울음소리가 한껏 멀리 지워졌다가는 이어지곤 했다.
 훈은 어릴 때의 일이 떠올랐다.
 밤중에 무서운 꿈을 꾸고 난 뒤였다. 어디선가 밤뻐꾸기 우는 소리가 들려왔다. 전설에 나오는 큰아기바윗골 뻐꾸기 생각이 났다. 무턱대고 어머니의 품을 파고들었다. 그러면 무서움은 사라지고 그대로 아늑해지는 것이었다.
 지금 훈은 이 어릴 때에 어머니 품속에서 맛본 자릿한 행복감을 되도록이면 오래 지속시켜보려 했다.
 그러나 다음순간 좀전에 꿈속에서 자기가 어머니 아닌 오작녀에게 몸을 내맡기고 만족스럽던 일이 떠올라 이불을 머리 위까지 뒤집어쓰고 말았다.
 오작녀는 오작녀대로 잠시 자기 방으로 건너가야 할 것도 잊고, 뻐꾸기소리에 귀를 기울이고 있었다. 그러는 그네의 눈은 무엇을 꿈꾸는 듯한 빛으로 변해있었다.

II

"형님, 어데 펜티않수?"
 미닫이 여닫는 소리를 들었다. 누가 방에 들어선 것을 알 수 있었다. 그리고 목소리로 해서 그가 사촌동생 혁이라는 것도 알았다.
 훈은 잠이 들어있는 게 아니었다. 그러면서도 또 이상스럽게 잠에서 완전히 깨어나지 않은 심사였다.
"아니, 얼굴을 왜 이르케 다뗐수?"
 손이 와 이마를 짚었다.
 눈을 뜨니, 눈이 시도록 방안이 환했다. 지금 한창 남쪽 들창 너머로 맑은 햇살이 들이붓고 있었다. 밖은 바람도 잔 모양이었다.
"열은 없는 것같은데…… 어데 넘어뗐수?"
"아니."
 훈은 뿌득해져오는 눈을 도로 감아버리고 말았다.
 혁이 베갯머리로 바싹 다가앉으며
"데, 형님!"
하고 불러놓고는 잠시 사이를 두어,
"남이아반 죽은 거 압니까?"
 훈은 그제야 완전히 잠이 깨이는 느낌이었다.
"어젯밤, 낫에 띨레 죽었이요."
 사촌동생의 얼굴이 바로 위에 와있었다. 무엇에 몹시 흥분해 상기된 얼굴이었다.
"밤둥에 남이오만이 잠이 깨 보니간 자리가 축축하드래요. 애가 오좀을 쌌나 하구 더듬어봤드니, 오좀치구는 별나게 끈적끈적하드라나요. 그래 살펴봤드니, 글쎄 남이아반 가슴에 낫이 꽂테있디 않갔이요?…… 그리구 보니깐, 좀전에 문소리가 난 걸 잠결에두 듣긴 했대요. 그러나 남이아반이 뒷간에 나가는 줄만 알았대요. 아마 그때 누가 들어왔든 모양이디요."

남이아버지는 농민치고 보기드물 만큼 허약한 사람이었다. 이 남이아버지가 빈농꾼이라고 해서 얼마 전에 면농민위원장이 되었다.

"종내 일이 벌어디구야 말았쉐다!"

훈도 그렇게 느꼈다. 오래간만에 가슴속이 뜨거워 올랐다. 저쪽에서 어떤 조직체로 굴레를 씌우러드는 이마당에 이쪽에서도 가만 있을 수 없다는 생각이었다.

그러나 훈의 눈앞에 남이아버지네 올망졸망하니 많은 아이들의 모습이 떠올랐다. 모두 겁게 자리잡은 큰 눈들을 하고 있었다.

그중 큰애 하나는 해방 전해에 죽었다. 영양부족이었다. 남이아버지는 안주 수리조합 공사에 보국대로 뽑혀 나가고 없었다. 남이어머니는 남이어머니대로 그날도 옥수수를 쪄가지고 순안 장으로 들어가고 없었다.

저녁때 남이어머니가 돌아와 보니, 큰애의 움푹꺼진 눈과 반쯤 벌려진 입안에 파리떼가 가득 메워져있었다. 이미 죽은 지가 오랜 것이었다. 아래 아이들은 그걸 모르고 있었다. 자기네의 언니가 오늘은 하루종일 잠만 잔다고 생각한 것이었다.

"아직 누가 쥑였는디는 몰라두 어느펜 사람이란 건 짐작할 수 있디 않아요?"

훈은 새삼스러이 군턱이 진 사촌동생의 얼굴을 쳐다보았다. 훈은 벌써 남이아버지가 죽임을 당했다는 말을 듣는 순간, 그것이 어느 편에서 한 일이라는 걸 알고 있었다.

그리고 이것으로 일은 시작됐다는 느낌이었다. 그러나 그것을 남이아버지의 처지에서 볼 때, 그가 의식하고 농민위원장이 됐던 게 아니고 저편에서 시키는 일이니 그저 멋도 모르고 되었다는 데에 생각이 미치자, 남이아버지는 역시 억울한 죽음을 당했다는 생각이 들었다.

"아니 대단히 몸이 펜티않은 모양이군요. 약을 제다 잡수야디요."
"괜찮아."
"그럼 몸 조심하십쇼. ……가봐야겄군. ……대테 누가 그런 대담한 짓을 했을까."
 흥분한 채 혁이 일어섰다. 햇볕의 한끝이 혁의 두터운 앞가슴에 안겼다 다시 거기 구들바닥에 떨어졌다.
 눈이 부셨다. 훈은 다시 눈을 감았다. 사촌동생의 활기 띤 발자국소리가 대문 밖으로 사라지는 게 들렸다.
 그러자 훈은 갑자기 사촌동생에게 할말이 있음을 느꼈다. 뒤이어 누구에게라없이 가슴속을 치밀어오르는 어떤 슬픔에 가까운 노여움 같은 걸 느끼는 것이었다.

 오작녀아버지 도섭영감은 면인민위원회 숙직실에 군당부에서 나온 공작대 책임자와 마주 앉아있었다. 개털오바를 입은 청년이었다.
"동무, 내 동무의 과거르 둘추지 앙이하겠소. 그 대신 앞으루 일 많이 하오."
"선생이 하라는 대루 무슨 일이든지 하디요. 말씀만 하십시오."
 도섭영감은 이십여년 동안이나 훈네 마름으로 있은 게 이제와서 꿀리는 것이었다.
"먼저 지주와의 관계르 깨끗이 청산하오."
"벌써 그사람과는 아무 상관이 없습네다."
"앞으루 그걸 행동으루 보이오."
"선생이 하라는 대루 무슨 일이든지 다 하리다."
"선생이라 그러지 말구 동무라 부르오. 그러믄 동무……"
 개털오바청년은 말소리를 좀 낮추어,
"어젯밤에 그 박가의 집에 무슨 별다른 기색이 뵈인 게 없소?"
 도섭영감이 그게 무슨 말인지 몰라 잠시 머뭇거리는데 청년이 다시,
"밤에 누가 그집에 오구간 사람은 없나 말이오?"
했다.

도섭영감이 그 언제나처럼 맨숭맨숭 칼로 민 머리를 한번 기웃하면서,
"불만은 늦게꺼지 케데 있었는데요,"
했다.
"요지음 그집에 자주 드나드는 사람이 뉘기뉘기요?"
"그사람 사춘아우 혁이가 드나들구…… 명구라는 애두 드나들구요."
"그 명구새끼가 어젯밤엔 그집에 앙이 왔댔소?"
"낮에는 와서 뒷산에서 둘이 무슨 니애길 하는 걸 봤습네다."
"불출이새끼는 앙이 왔댔소?"
"개는 과히 그집에 드나들디 않습디다."
개털오바청년은 알겠다는 듯이 고개를 끄덕이고 나서,
"그러믄 동무, 동무가 오늘부터 놈들의 테러에 맞아 죽은, 전 농민위원장 동무의 뒤를 이어 이르 맡아 보오. 우리의 사업은 잠시래두 공백이 있어서는 앙이되는 게요. 그러믄 동무, 지금두 이애기르 했지만 먼저 지주와의 관계르 깨끗이 청산하구, 무자비한 투쟁을 해야 하오. 그렇게 하믄 동무의 과거의 과오는 말하지 앙이하겠소."
도섭영감은 이제는 살았다는 심정이었다. 좀전에 사람이 와서 면인민위원회에서 부른다는 말을 들었을 때는, 오늘이야 기어이 무슨 일을 당하느냐라 하고 가슴이 우주주했던 것이었다.
집으로 돌아오는 도섭영감의 역시 밴밴히 밀어 수염 한 오라기 없는 큰 입가장자리에는 어떤 아지못할 미소까지 어리어있었다.
그는 자기가 벌써 얼마 전부터 지난날의 지주였던 훈과 왕래를 끊은 게 잘했다고 생각했다. 그것을 앞으로는 더 칼로 베듯이 해버려야 한다고 마음먹었다.
그러면서 그는 또 이런 생각도 하는 것이었다. 남이아버지가 죽은 건 그자가 원래 몸이 약해빠져서 만만히 보인 탓이다. 아마 나라면 나이는 좀 늙었어도 누가 감히 손을 댈 생각을 못하렸다. 어디 누구 손을 대볼 테면 대보라지, 누가 어떻게 되나?
도섭영감은 가래를 한번 크게 돋구어 탁 옆으로 내뱉았다.

보안서 사환애가 와서, 서에서 훈을 부른다고 했다.
오작녀가 자기가 대신 가서 무슨 일인지 알아보고 오겠다는 걸, 훈이 그럴 것 없다고 자리에서 일어났다. 약간 어지러웠다.
보안서는 바로 면인민위원회에서 몇 집 떨어지지 않은 곳에 있었다. 순안으로 가는 신작로를 앞에 안고 있었다.
훈이 보안서로 가니, 세 사람의 사내가 앉아있었다. 정면 테이블 안쪽에 정복한 서원 하나, 그리고 이쪽 세로 놓인 테이블에 개털오바를 입은 청년 하나, 그리고 그 맞은편 벽 밑에 의자만을 놓고 앉았는 홍수. 이렇게 셋이 솥발 형국을 이루고 앉아있었다.
"게 앉으십시오. 이렇게 오시라구 해서 미안하웨다."
서원이 부드럽게 입을 열었다.
"잠깐 물어 볼 말이 있어서 오시라구 했는데요. ……처음에 야학을 시작한 게 언제부터디요?"
"작년 시월 하순께부텁니다."
"시작할 때 누구누구가 시작했습네까?"
"저와 제 사춘동생, 그리구 명구라는 청년과 여기 앉았는 홍수섭니다."
홍수는 아까부터 고딱하니 서원편만 바라보고 있었다.
그는 어제 면민청위원장이 돼있었다.
"선생은 뭣을 맡아 가르켔습네까?"
"국어와 역사를 가르쳤습니다."
"단군이 실재한 인물입네까?"
"어떤 민족의 역사건 상고루 올라가면 신화시대와 전설시대가……"
"아니,"
하고 서원은 훈의 말을 막아놓은 후, 이쪽에 앉아있는 개털오바청년에게로 눈을 주었다.
개털오바청년은 그대로 자기 앞 공간만 바라보고 있었다.
서원이 눈을 거두어 자기 테이블 위로 가져갔다. 거기에는 무엇을 가득 적은 종잇조각이 한장 놓여있었다.
"선생이 야학에서 단군을 실재한 인물루 가르켔는가 어쨌는가 말씀해주시오."

카인의 후예 189

"고대 씨족 사회에 뛰어난 인물이 있어서 그를 단군이라 하였다구 볼 수 있습니다. 그러나 이는 단지 신화 전설에……"
"알 만나오. 당신은 단군을 실재한 인물로 취급했소."
개털오바청년이 자기 앞만 바라보며 말을 가로챘다.
훈은 조금 더 말하고 싶었다. 그러나 그만두었다. 끝없는 논의일 것같았다. 그러면서 훈은 이 개털오바청년을 어디서 본 듯하다고 생각했다.
서원이 테이블 위의 종잇조각을 내려다보면서 말을 이었다.
"선생의 사춘동생 혁씨는 뭣을 가르켔습네까?"
"산술입니다."
"그리구 명구라는 사람은 뭣을 가르켔습네까?"
"여기 앉았는 홍수씨와 함께 농업을 가르쳤습니다."
"명구는 왜 야학에 나오디 않게 됐습네까?"
"모르겠습니다."
"선생이 야학에 안 나오게 된 건 몸이 약해서 그런 줄루 압니다. 그른데 명구는 왜 안 나옵니까? 거기에 무슨 까닭이 있디 않습네까?"
"별루 까닭이 있다구 생각지 않습니다. 제가 보기엔 자기 자신이 좀더 공부해가지구 남을 가르치겠다는 생각인지 모르겠습니다."
"명구가 지금 어디 있습네까?"
"넘은 동리에 삽니다."
"그건 압니다. 어젯밤에 어디루 갔느냐 말입니다."
"어젯밤에 어디루 가다니요?"
"어젯밤에 어데루 자취를 감촸습니다. 선생은 어데루 갔는디 알 겝니다."
"모릅니다."
"아무 말두 없었습네까?"
"무슨 말 말입니까?"
"그게 우리가 알려는 게요."
개털오바청년이 다시 말을 가로챘다.
"아무것두 들은 말 없습니다."

서원이 테이블 위 종잇조각을 내려다보며,
"최근에 명구를 만난 게 언젭네까?"
"어젭니다."
"그때 무슨 말을 했습네까?"
"별루 한 말이 없습니다. 뒷산에 앉아있누라니까 그사람이 왔습니다. 서루 말없이 한참 앉아있었습니다. 그러다가 나중에 그사람이 일어서면서 나더러, 건강이 좋잖아 보이니 조심하라는 말을 했습니다."
여기서 개털오바청년이 무슨 말을 할 듯하다가 담배 연기만 훅 내뿜고 마는 것이었다.
서원이 다시 종잇조각을 들여다보며 말을 이었다.
"어젯밤 선생은 무엇을 했습네까?"
"산막골에 다녀왔습니다."
"불출이오만네 술집 말이디오? ……그래 게서 불출일 봤습네까?"
"뵈지 않습디다."
서원은 여기서 다시 개털오바청년 쪽을 한번 쳐다보고는 종잇조각으로 눈을 떨구었다.
"어젯밤 집에서 늦두룩 등불을 케두었디요?"
"몸이 편찮았습니다."
개털오바청년이 담배꽁초를 아무렇게나 테이블 모서리에 비벼 끄면서,
"어젯밤 술을 먹었지?"
"예."
"몸이 편찮다믄서?"
"철바꿈 전후해서 불면증이 오군 합니다. 그래서 술을 먹구야 잠을 자군 합니다."
"얼굴의 상처는 언제 그렇게 됐소?"
"어젯밤 술이 과했던 모양입니다."
"이게 뉘 해요?"
개털오바청년이 책 한 권을 테이블 위에 올려놓았다.
"제것입니다."

카인의 후예 191

세계사상전집 중의 한 권이었다. 개털오바청년이 책을 폈다. 미리 접어두었던 책장이 나왔다.

"여기 프롤레타리아 독재니, 테러리즘이니 하는 대목에다가 붉은 연필루 줄을 쭈욱쭉 그어놓은 건 당신이 한 게요?"

"명구청년이 한 것입니다. 자기가 모를 데를 그렇게 표해두었다가 나한테 묻군 했습니다. 아마 농업학교 이학년밖에 더 못 댕긴 사람으로서는 어려운 모양입니다."

"그러믄 알 만하오. ……우리 간단히 이얘기르 합시다. 어젯밤 농민위원장 동무가 테러를 맞아 죽었소. 그 범인이 명구와 불출이요. 우리는 그 간나아새끼들이 간 데르 알아야겠소. 그래서 당신을 오라구 한 게요."

"아까두 말했지만 저는 모릅니다."

"불출이는 그만두구래두 명구 간 데래두 좋스."

"사실 저는 모릅니다."

"지금 나는 당신에게 애거르(애걸)하구 있는 게 앙이오! 명령이요! 당신은 이 명령에 복종할 의무가 있소!"

벌떡 개털오바청년이 자리에서 일어났다.

"나는 다 알고 있다! 너어 간나아새끼들이 야학이라구 시작한 것부터가 일종 반동 결사다! 농민들을 꾀이려 한 수작이다. 역사라구 해가지구 단군이얘기나 해주구…… 다아 안다, 너어 간나아새끼들 본심으! 역사르 그렇게 안개에 싸가지구 진정한 역사적 발전을 감춰보려는 게지? 앙이된다! 아무리 너어 반동들이 발버둥일 쳐두 이미 역사는 우리 무산대중의 것이다. 우리 무산대중으 조국, 쏘비에트 러시아의 예르 봐라. 그래 아직두 농민들을 놈들으 노예루 만들어보려는 거냐? 앙이된다! 지금 노동자와 농민은 자본주의와 지주에게 대한 불같은 증오심으루 피비린내나는 투쟁을 개시하구 있다. 물론 우리는 이 싸움에서 승리할 것이다! 그건 틀림없는 사실이다. 우리 뒤에는 약소민족의 해방자이시며 은인이신 위대한 스딸린 대원수가 계시다!"

청년은 불같은 눈을 훈에게 붓고 있었다.

"우리는 너어 반동으 손에서 야학을 접수했다! 그러자 너어 반동분자새끼들은 새로운 음모를 계책한 것이다. 그것이 이번 농민위원장 동무르 살해하는 거루 나타났다. 놈들이 꽤 오래 계책해온 것두 자알 알구 있다. 놈들은 첫 착수루 불출이란 새끼르 매수했다. 노름판에만 쫓아댕기는 불출이새끼르 손쉽게 매수한 것이다. 그러구서는 그늠으새끼가 밤마다 놀라가는 척하구 농민위원장 동무네 집으루 갔다. 기회르 엿보자구 그런 게다. 그러다가 어젯밤에 손을 대었다. 물론 불출이 그늠으새끼가 이르 치르구사 말았다. 낫을 사용한 것을 보믄 안다. 낫이란 칼과는 달라 써보지 못한 사람에겐 여간 불편한 게 앙이다. 손을 댄 놈은 불출이다. 그러나 그새끼가 주모자는 앙이다! 주모자는 따루 있다! 찌른 자리가 다른 데가 앙이구, 꼭 심재앵(심장)이다! 그게 어두운 밤중에 한 일이다. 나는 우연이라구 앙이 본다. 뉘가 뒤에서 상당히 연습으 시킹 게 드러난다. 그 간나아새끼들 중의 한 새끼가 명구다. 반동 자작농 겸 지주으 아들놈인 명구다. 그러나 이런 계획을 그 간나아새끼 혼자서 했다구는 앙이 본다. 분명히 배후에 무엇이 있다. 그런데 당신은 모른다구만 한다. 그러나 어디까지나 알아내구야 말겠다! 우리들 앞에 숨길 수 있는 게라군 이세상에느 없다. 그게 아무리 깊이 든 비밀이래두 그예에 드러나구야 말 게다. 그건 마치 당신이 중학 때부터 대학까지 서울 가있었기 때문에 서울말을 쓰지만, 역시 평안도 말투가 남아있는 것과 같은 게다. 내가 함경도 사투리르 못 고치는 거나 마찬가지루…… 언제나 본색은 드러나구야 마는 게다. 그때는 당신은 더 용서르 받을 수 없다. 우리는 농민위원장 동무가 흘린 피으 몇 천배 몇 만배루 그 원쑤르 갚구사 말겠다! 우리는 지끔이래두 당신을 구금할 수 있다. 우리가 지금 가지구 있는 증거루래두 충분하다. 그러나 우리는 그렇게 앙이한다! 일본 제국주의자 새끼들처럼 사람으 구속 앙이한다! 그러나 이 점으 하나 알아둬야 한다. 앞으루 이 동네에서 십리 이상 떠나서는 앙이된다! 그때는 허가르 받아야 한다!"

개털오바청년이 자리에 앉았다.

훈이 자리에서 일어났다.

다른 아무 생각도 없었다. 그저 이 개털오바청년이 그젯저녁 야학당에서, 교육이라는 것은 누가 누구에게 즉 어떤 계급에 속하는 사람이 어떤 계급에 속하는 사람에 대해서 행해지는가가 가장 중요한 것이라던, 바로 그 사람이라는 생각만을 몇번이고 되풀이하고 있었다.

훈은 지금 이런 생각이라도 붙들지 않고는 제 발로 이곳을 걸어 나갈 수 없을 것만 같았다.

홍수는 여전히 의자에 곧추 앉은 채 서원 쪽으로만 고개를 돌리고 있었다.

무슨 왁자한 소리에 퍼뜩 정신이 들어 보니, 산신나무 바로 앞까지 와있었다. 훈은 저도모르는 새 산등길을 넘어 돌아오고 있었던 것이다.

왁자한 소리는 오작녀아버지 도섭영감네 안뜰에서 들려왔다. 말소리는 분명치 않으나 대단히 노한 도섭영감의 언성이었다.

훈은 거기 아무데나 주저앉았다.

도섭영감은 오작녀의 머리채를 감아쥐고 밀었다가는 나꿔채고 밀었다가는 나꿔채고 하면서, 이년, 칵 뒈데라! 소리를 연발했다.

오작녀는 그저 붙잡힌 머리를 감싸안은 채 아버지가 하는 대로 비틀거렸다. 나꿔채일 때 위로 들리어지는 얼굴빛은 샛하얗게 질려 있었다. 고통마저 잊은 빛이었다.

옆에서 어쩔줄을 모르고 부들부들 떨고만 있던 어머니가 간신히,
"이건 놓구 말씀하시소고레,"
하며 어릿어릿 가까이 와 남편의 손을 붙들려 했으나,
"넌잔 가만있어!"
영감의 팔꿈치에 밀리어 그만 나가뒹굴어버렸다.
"이년이 아바질 기갈하러들거든! 백번 쥑에두 시원티 않을 년같으니라구……"

이렇게 무서운 도섭영감을, 훈이 전에 직접 목도한 일이 있었다.

중학 이삼년 때 일이었다. 겨울방학이 되어 할아버지댁에 나와있었다.

그날 도섭영감네 마당에서 콩마당질이 있었다. 그즈음 도섭영감

네 집은 안동네 할아버지댁에서 몇 집 안 떨어진 곳에 있었다.

훈이 한옆에 서서 콩마당질 구경을 하고 있었다. 거기에 웬 중년 농부 하나가 왔다. 담뱃진 밴 노랑수염을 한 사내였다. 훈이 처음 보는 사람이었다.

이 사내가 별반 볼일이 있어 온 사람같지 않게 마당 한모서리에 섰다.

도섭영감도 누가 왔다는 것에는 눈도 주지 않는 태도였다. 도리깨질을 계속했다. 그렇게 자연스럽게 사내 있는 데까지 도리깨질을 해갔다. 그러자 도섭영감이 소리를 질렀다. 안돼!

노랑수염 사내가 조용히 낡은 무명 조끼주머니에서 담뱃대를 꺼냈다. 부싯돌도 꺼냈다. 그러면서 조용조용 도섭영감에게 말을 건네었다. 도리깨질 소리에 먹히어 무슨 말인지는 알아들을 수 없었다.

안된다니까! 소리와 함께 도섭영감이 도리깨채로 냅다 사내의 어깨를 밀쳐버렸다. 사내의 몸뚱이가 모로 내동댕이쳐졌다.

사내는 저도모를 쓴웃음을 입가에 떠올리며, 우선 담뱃대 떨어진 곳부터 찾아 윗몸을 일으키려 했다. 그러자 도섭영감의 도리깨가 내려와 사내를 갈겼다. 다시 나가넘어졌다. 또 사내가 일어나려 했다. 도리깨가 또 내려왔다. 어느새 사내의 귀언저리와 코와 입술에서는 피가 흐르고 있었다.

훈이 달려가 도섭영감의 도리깨채를 붙잡았다. 그러나 훈의 힘같은 건 문제가 아니었다. 그냥 도섭영감의 도리깨는 적당한 간격을 두고 사내를 향해 내렸다.

그런 도섭영감의 얼굴에는 아무런 표정도 나타나있지 않았다. 흰 무명 수건을 질끈 동인, 언제나 칼로 맨송맨송 민 머리. 역시 밴밴히 밀어 수염 한 오라기 없는 네모진 얼굴에 이것만은 검게 꼬리를 치킨 눈썹. 그리고 완강히 앞으로 툭 내밀어진 턱. 이런 도섭영감의 얼굴이 콩널기를 내리칠 때와 다름없는 빛으로 사내를 향해 도리깨를 내리는 것이었다.

훈은 어찌할 바를 모르면서 몸만 떨었다.

누가 달려와 쓰러진 사내의 몸을 안아 일으켰다. 오작녀였다.

저걸 어쩌나, 할 새도 없이 이번에는 오작녀의 등어리를 향해 도리깨가 떨어졌다. 오작녀가 비틀거리며 앞으로 나가쓰러지려 했다. 한번만 더 도리깨가 내리면 그냥 쓰러지고야 말 것이었다.

훈이 저도모르게 오작녀에게로 달려갔다. 그리고는 두 팔을 벌려 오작녀를 가렸다. 오작녀가 훈 쪽으로 고개를 돌렸다 거두었다. 그 언제나 눈꼬리가 없어 보이는 큰 눈. 훈은 이 눈과 부딪치자 이제 자기 등에 내릴 도리깨같은 건 잊고 있었다.

도리깨가 다시는 내려오지 않았다. 도섭영감도 차마 훈이에게까지 도리깨를 내릴 수는 없었던 것이리라.

오작녀가 사내를 부축해 일으켰다.

뒤에 알고보니, 도섭영감이 사내를 그처럼 한 데는 무어 대단한 까닭이 있어 그런 것도 아니었다. 노랑수염 농부는 뒷마을 사람으로 역시 훈네 소작인이었다. 그가 여태까지 도지로 부치던 논을 내년부터는 반작으로 해달란 것이었다. 며칠 전에도 그 일로 도섭영감한테 왔다가 안된다는 말을 듣고 돌아갔던 것인데, 이날 다시 왔다가 그 변을 당한 것이었다. 이즈음 벌써 훈의 아버지는 이 도섭영감에게 농토 관리에 관한 것을 일체 맡기다시피 하고 있었다.

도리깨 사건이 있은 후로, 훈은 도섭영감이 마냥 무섭게만 생각되었다.

이런 도섭영감이 훈의 아버지가 세상을 떠났을 때, 누구보다도 서러워했다. 아들인 훈 자신보다도 더 서러워하는 것같았다. 그것은 자기를 알아주던 사람이 이제는 이세상에 없다는 데서 오는 슬픔인지도 몰랐다. 늙은 사내가 이처럼 목을 놓아 슬피 우는 것을 훈은 그 전에도 그 후에도 본 적이 없었다.

역시 근본 성미는 악할 수 없는, 단순한 사람이라는 걸 알 수 있을 듯했다. 그러면서 훈은 마음먹었다. 앞으로도 모든 일을 이 도섭영감에게 맡겨 하리라고.

훈이 평양집을 거두어가지고 시골로 나오기로 했다. 전쟁 말기가 가까워올수록 복아대는 성가심을 시골 와 박혀있음으로 해서 좀 면해보자는 것이었다. 바로 해방 전전 해의 일이었다.

집터는 미리 준비돼있었다. 비석거리 뒤 양짓골이었다. 아버지가 생전에 집자리로 정했던 곳이었다. 만일 아버지가 협심증으로 그처럼 갑자기 세상을 떠나지만 않았던들 여기 집을 내다 짓는 건 이미 실현을 보았을 것이었다.

좌향을 정한다든가, 지대를 닦는다든가, 목수를 지휘한다든가 하는 따위 전부를 도섭영감이 도맡아 해주었다.

가을도 깊어서 시작한 집이라, 무던히 서둘러야만 했다. 안방 두 간에 부엌 간반 그리고 건넌방 간반이 한일자로 된 안채와, 대문 달린 헛간 두 간짜리의 바깥채를 짓는데, 담벼락 바깥쪽은 종내 초벌밖에 더 바르지 못하고 말았다. 그리고 본시는 안채와 바깥채 사이에 돌담을 쌓을 작정이었던 것이 이것도 수수깡바자로 대신하는 수밖에 없었다.

한창 물자가 발랐던 때라, 비록 기와는 이었을망정 재목도 말아니었다. 얼핏 보아도 모든것이 엉성한 집이었다.

그래도 뒤뜰에 우물만은 하나 파있었다. 토역에 쓸 물이 있어야해서, 집을 세우기 시작하면서 미리 팠던 것이었다.

그렁저렁 사람이 들 수 있게끔 되어서 훈은 우선 밥이나 해주고, 빨래나 주무를 노파가 하나 필요했다. 도섭영감이 자기네 오작녀를 데려다 시중을 들게 하면 어떻겠느냐고 했다. 오작녀는 그즈음 남편한테 구박을 받아 시집을 못 살고 돌아와있었다.

훈의 머리에는 오작녀의 그 타는 듯한 눈이 먼저 떠올랐다. 전에 서울 가 공부할 때나 평양에 돌아와있는 동안 훈은 몇몇 여자와 안 일이 있었다. 그때마다 이상스레 떠오르는 건 이 오작녀의 눈이었다. 그리고 어느 여자이고 이 오작녀의 눈보다는 못하다는 생각이었다. 한번은 부모의 권도 있고 해서 어떤 여자와 약혼까지 할 뻔한 일이 있었다. 무엇 하나 나무랄 데 없는 여자였다. 그것을 훈은 퇴해버렸다. 그저 어쩐지 눈이 마음에 들지 않는다는 이유로.

이번 고향에 돌아와, 훈은 그리 멀지않은 거리를 두고 한두 번 아니게 오작녀를 보아왔다. 전날의 날씬하던 몸매가 약간 굵어진 채 삼십 전의 난숙한 여인이 돼있었다. 그러나 그네는 번번이 이편과 마주치는 걸 의식적으로 피하는 듯 그네를 본 것은 등 뒤로만이었다.

이 오작녀와의 한지붕 밑 살림이 시작되었다. 처음에는 오작녀가 자기 집에서 자고 다니면서 시중을 들었으나, 한번 훈이 세찬 감기로 앓아눕게 되자부터 병구완을 위해 건넌방에 와 있게 된 것이 그대로 머물러있게 된 것이었다.

오작녀의 눈은 전과 다름없었다. 그저 훈과 한집에 있게 된 후로도, 그네는 좀처럼 훈을 향해 이 눈을 바로 쳐들지 않는 것이었다. 볕에 그을었어도 본래의 맑은 맵시를 간직하고 있는 그 도톰하고도 부드러운 선으로 둘린 얼굴. 이것도 훈을 대할 적마다 무엇에 수줍은 듯 다소곳이 숙여버리는 것이었다.

어떤 애수에 가까운 그늘이 그네의 몸 전체를 감싸고 있는 듯했다. 어려서 명랑하던 사람이, 아마 그것은 결혼에 실패한 여인이 지녀야만 하는 모습인지도 몰랐다. 훈은 처녀 오작녀를 마지막으로 본 뒤로 오늘에 이르기까지의 십여년이라는 세월이 풍겨다주는 어떤 적막감같은 걸 느껴야만 했다.

시골이라고 결코 피난처는 아니었다. 전쟁이 가져오는 핍박은 시골이 한층 심한 듯했다. 직접 육안에 보이고, 피부에 쏠렸다. 그러나 이상한 일이었다. 이 모든 것을 오작녀와 같이면 견딜 수 있을 것같았다. 훈 저로서도 모를 일이었다.

해방이 되었다.

초벽인 채 내버려두었던 바깥쪽 담벼락을 세 벌 다 발랐다. 뒤뜰 우물도 깨끗이 가시어냈다. 그리고 그동안 수수깡바자인 채로 두었던 울타리를 돌담으로 고치기 위해 사면에서 돌멩이를 모아들였다. 모두 도섭영감이 앞장서 해주었다.

훈과 오작녀 사이에도 변화가 생겼다. 언제부터인가 오작녀는 다소곳이 고개만 숙이고 있지 않게 되었다. 밖에 나간 훈을 기다리게 되고, 그것이 밤인 경우엔 어둠을 타가지고 훈을 마중나오게쯤까지 됐다. 훈은 또 훈대로 집에 오작녀가 기다리고 있다는 것만으로 어딘가 가슴이 흐뭇해지는 것이었다.

그러는 동안, 돌담 쌓기에 넉넉한 돌이 모이었다. 그런데도 돌담은 언제까지나 둘려지지 않은 채로 있었다. 수수깡바자라도 갈아쳐야 할 형편이었다. 그것마저 그대로였다. 도섭영감이 나서서 해주어야 할 터인데 해주지 않는 것이었다. 그즈음 벌써 소작료는 사륙제니, 삼칠제니 하고, 지주에게 불리한 조건만이 떠돌고 있었다.

그것이 이즈음와선 도섭영감이 훈네 집 울타리는 고사하고 훈과 대면하는 것조차 꺼리는 듯, 짐짓 제편에서 외면을 하는 것이었다. 그것은 또 이제 토지개혁이 실시되어 지주의 토지를 모조리 몰수해가지고 농민에게 무상분배를 한다는 말이 이 가락골 마을에도 떠들어오자부터의 일이었다.

훈은 모든것을 세월의 탓이리라 했다.……

도섭영감네 안뜰에서는 그냥 싸우는 소리가 들려왔다.

"이년아, 넌두 인젠 그만 식모살일 해라!"

도섭영감은 오작녀의 머리채를 끌어잡은 채였다.

"아바진 박선생한테 너무해요!"

팽팽히 켕겨진 머리카락 밑에서 오작녀는 입에 거품을 물었다.

"뭣이 어때? 이, 이 당장에 목을 눌러 쥑일 년같으니라구!"

"그래 몸이 펜티않아 밤늦두룩 불을 케놓은 걸 개지구……"

"얘, 얘, 넌두 입 좀 다물구 있거라."

어머니는 저렇게 무서운 아버지에게 대드는 딸이 예사 정신은 아니라고 생각하며, 이제는 땅바닥에 펄썩 주저앉은 채 벌벌 떨기만 하는 것이었다.

"글쎄 그런 일을 개지구 다른 데 가서 니를 건 뭐야요!"

"에익!"

도섭영감의 발길이 오작녀의 뒷덜미를 와 밟았다. 헉 하고, 오작녀는 네활개를 펴고 엎어졌다.

"이 홰냉년의 엠나이새길 칵 쥑에버리구 말아야디. ……밤둥에 남의 사내 방에 들어가있는 게 잘했단 말이디? 이 홰냉년의 엠나이새끼야! ……네 남편이 아직두 시퍼렇게 살아있다, 살아있어!"

다시 발길이 내렸다.

"흑……쥑에주소……흑……어서……흑……속시원히……흑……쥑에주소……"

숨 넘어가는 소리였다.

오작녀어머니는 에그 소리만 지르며 마구 땅을 긁으며 맴을 돌고 있었다.
 그제야 거기 서있던 삼득이가 움직였다. 아버지 가까이로 갔다. 실은 어머니가 진작부터 이 삼득이더러 싸움을 좀 말리라고 하고 싶었으나, 이 아들마저 무서운 아버지에게 내맡기고 싶지 않아 그냥 두었던 것이었다.
 삼득이가 아버지의 팔을 가 붙들었다. 도섭영감이 홱 뿌리쳤다.
 그러나 삼득이의 손은 물러나지 않았다. 이번에는 머리채 감아쥔 아버지의 손을 잡았다. 잡고는 손아귀를 펴기 시작했다.
 "이새끼가……"
 도섭영감이 머리채 감아쥔 손에 부드득 힘을 주었다. 그 손을 삼득이가 벌려 펴놓았다.
 도섭영감이 힐끗 아들편을 쳐다보았다. 놀라는 눈치였다. 이새끼가 언제 이렇게 힘을 쓰게 되었느냐는 듯. 그러나 다음 순간,
 "데리 물러나디 못하간?"
 버럭 소리를 지르며 다시 머리채를 잡으려 했다.
 삼득이가 얼른 새에 들어 아버지를 안았다.
 "누이는 집으루 가소. 내일 바주 엮으러 갈께니."
 "이 백당넘의 새끼가……"
 도섭영감이 주먹을 들어 아들을 내리쳤다. 그러나 주먹이 채 내려가지 않았다. 삼득이가 아버지의 양겨드랑 밑을 떠받친 것이었다.
 도섭영감은 안간힘을 써 아들을 떠밀어버리려 했다. 그러나 도리어 제편에서 한 걸음 뒤로 물러나고 말았다. 이번에는 그자리에 버티고 서있으려 했다. 그래도 자꾸 한 걸음 한 걸음 뒤로 떠밀리어 나갔다.
 "이 백당넘의 새끼가 아바지두 몰라보구……"
 사립문 앞까지 가서야 삼득이는 발걸음을 멈추었다.
 후닥닥 도섭영감이 지겟작대기를 집어들었다. 그러나 이미 그 한 끝은 삼득이에게 단단히 붙잡혀있었다.
 도섭영감의 노한 눈이 아들을 노려보았다. 검은 눈썹꼬리가 피끗거렸다. 작대기 잡은 손을 부르르 떨었다. 작대기를 놓고 말았다.

"모두 다 뒈데 없어데라! …… 데 홰냉년의 엠나이새낀 인젠 우리 집안사람 아니다. 나보구 아바지라구 글디 마라! …… 이 백·당넘의 새끼 넌두 그놈의 바줄 엮어만 줘봐라, 당장 손모가질 꺾어버리디 않나!"

못마땅한 듯 도섭영감이 토방으로 올라가 쭈그리고 앉아버렸다. 대통을 내어 담배를 붙여 물었다. 담배 한 대를 거의 다 태우고 나니까 약간 마음이 진정되었다. 문득 자기도 이제는 늙었다는 생각이 들었다. 그러나 뒤미처 오는 것은, 저놈의 새끼놈들이 아직 철이 없어 아무것도 모른다는 생각이었다. 세상이 어떻게 돌아가는 줄도 모르는 연놈같으니라고. 이대로 옛 지주한테 붙어 우물쭈물하다가는 큰코다칠 것도 모르고. 어떻게 해서든지 이 고비를 무사히 넘겨야 한다.

도섭영감의 주름잡힌 이마에 새로운 땀방울이 맺히기 시작했다.

훈이 산을 내려왔다. 자기 집 곁을 지나 비석거리로 내려갔다.

윗골과 한천 방면으로 가는 도로와 안동네로 들어가는 행길, 그리고 순안으로 들어가는 길이 서로 모였다 갈라지는 세어름 길가 한옆에 비석이 서있었다. 끝이 뾰족한 대리석 네모 비였다. 훈의 할아버지의 송덕비.

이 비석을 중심하고 세어름 길가에는 여남은 채의 초가집이 늘어서있었다. 거기 비석 맞은편 우물가 집이 당손이할아버지네 집이었다. 훈이 가끔 마을오는 곳이었다.

당손이할아버지는 칠순이 넘은, 오늘날까지 손자애 당손이 하나를 데리고 살아오는 늙은이였다.

당손이할아버지는 오늘도 당손이와 가마니를 치다가 훈을 보고 돌아앉았다. 새하얀 머리요 수염이었다.

"어뜨케 얼굴이?"

"어젯밤 술이 과했던가봅니다."

"교사(훈을 이렇게 불렀다)는 본래 몸이 약해놔서…… 약줄 좀 조심해야디…… 더구나 요새 세상이 하두 소란해놔서……"

"예. ……그런데 저, 할아버지, 도섭아즈반네가 옛날엔 잘 살았대지요？"
 "그르티. 본시 영웃골 사람으루, 한때 위진사네라믄 근방에서 쩡쩡했디. 그래 오작네아반두 어레서는 잘산 사람이야. 자기 아바지가 금광엔가 실패해개지구 가산을 탕진해버리기꺼지는."
 "그러면 그때 이 동리루 들어왔군요."
 "아니디. 패가하구 나선 여게더게 떠돌아댕기믄서 고생두 숱해 한 가부드군. 어레서 잘살 때는 독훈당꺼지 친 시절이 있었다는데……"
 훈도 도섭영감이 무슨 적읍질같은 것을 할 때, 남의 손 빌지 않고 자기 앞감당은 해나가는 것을 알고 있었다.
 "……스물아믄 돼서 이 동네루 떠들어와서는 마츰 교사어르신네를 만나개지구 잘된 셈이디. 네펜네두 예 와서 얻구……"
 "아버지가 모든것을 도섭아즈반한테 맽겨 한 건 압니다."
 "그랬디. 오작네아반이 일을 잘 보기두 했어. 그르나 너무 디나틴 데가 있었디. 쩍하믄, 내리누를 놈은 꾹꾹 내리눌러야디 우자우자 했다가는 한이 없다구 하믄서, 자기 비위에 틀린 소작인한테는 못살게 굴었디. 그 덕택에 한때는 이름 붙은 날이믄 소작인들한테서 닭이니 떡이니 들이밀리군 했어. 아마 디주보담두 더 위했을걸.. 가다오다 교사할아바지가 오작네아반더러 소작인들 너무 억울하게 하디 말라는 말이라두 할 것같으믄, 세상에 이르케 디주가 많아서야 어뜨케 일을 해먹겠냐구 투덜거린 적두 한두 번이 아니야. 들리는 말에, 교사어르신네는 한번 믿구 일을 맽긴 이상에는 그사람이 다소 잘못하는 일이 있어두 눈감아주는 수밖에 없다는 말을 했다드군."
 당손이할아버지는 볏짚 한줌을 쥐어 잎을 따기 시작했다.
 "저, 할아버지, 남이아버지 이얘기 들으셨습니까？"
 "오늘 아츰 당손이 애가 밖에 나갔다 듣구 왔드군. 글쎄 착하디착한 사람이 그르케 되다니. 누구와 척질 사람두 아닌데…… 다된 세상이야. 대테 어떤 악귀같은 놈의 즛인디."
 훈은 그것이 명구와 불출이의 짓이라는 말을 하지 못했다. 아무리 그것이 사실이라 하더라도 자기 입으로 그것을 확인하고 싶지가 않은 것이었다.

"남은 사람들이 불쌍트군. 오늘밤 당장 덮을 게 없다구 피뭍은 니불을 빨구 있디 않잤나."
 당손이할아버지는 돌아앉아 바딧손을 잡으며 혼잣말로,
"세상이 하두 소란스러워서……"
 그리고는 바디를 내리치면서 생각난 듯이,
"참…… 그자가 돌아왔드군,"
했다.
 훈은 당손이할아버지가 분명히 누가 돌아왔다고 말한 것같은데, 그만 바딧소리로 해서 잘 알아듣지를 못해,
"누구말입니까?"
하고 물었다.
"오작네 남편되는 자 말이야. 그자가 글쎄 수삼년 동안 뵈디 않드니 어제 이 앞으루 디나가드구만."
 훈은 문득 깨달아지는 게 있었다. 어젯밤 산속으로 달아난 사내가 다른 누가 아니고 그였구나. 그래서 오작녀가 누구라는 것을 말하기 힘들어 했구나.
 역시 자기는 이고장을 떠나야 한다고 생각했다. 그러자 어느 한 목소리가, 너는 앞으로 허가 없이는 십리 밖을 못 나간다고 했다. 할수없다. 있는 날까지 있는 수밖에. 훈은 이런 이유에서라도 여기 그대로 남아있는 수밖에 없다는 사실이 왜그런지 언짢지가 않은 것이었다. 그런 자기가 한편 무서웠다.
 훈이 자리에서 일어났다.
 우물 앞에서 혁과 마주쳤다.
"아, 여게 오셨댔소? 그런 걸 모르구 찾아댕겠군."
 혁이 훈의 앞으로 다가오더니 귀 가까이 입을 대고,
"어젯밤 일은 명구하구 불출이가 한 짓이드군요."
 그리고는 훈의 기색을 한번 살피고 나서 다시,
"그친구들이 그렇게 대담할 줄은 꿈에두 몰랐이요."
 혁의 상기된 얼굴이 석양에 어리어 더 붉게 보였다.
 훈은 말없이 사촌동생의 옆을 빠져 집 쪽으로 걸어 올라가기 시작했다.

혁은 사촌형이 오늘은 어떻게 되었다고 생각했다.
훈이 갑자기 무엇을 잊은 듯한 생각에, 고개를 돌렸다. 사촌동생 혁에게 할말이 있었다. 그러나 혁은 벌써 안동네로 통하는 한길에 들어서있었다. 활개걸음이었다. 학생 티가 그대로 드러나 보였다. 혁은 서울 고등공업에 적을 둔 학생이었다. 여름방학에 시골 왔다가 해방을 맞은 것이었다.
이쪽으로 누운 그림자가 미처 따라가지 못할 만큼 활갯짓하는 혁의 뒷모양을 바라보며, 훈은 아까 아침에 느꼈던 슬픔에 가까운 노여움같은 걸 다시 한번 느꼈다.
집에서는 저녁상을 들이는 오작녀가 오늘따라 푹 고개를 수그렸다.
낮에 아버지와 싸운 것도 남편 문제로 생겼는지 모를 일이었다. 역시 자기는 어떻게든 이곳을 떠나야만 한다는 생각이 들었다.
돌아서는 오작녀의 턱에 생채기가 나있었다.
"잠깐…… 턱이 많이 다친 것같은데?"
오작녀는 주춤하며,
"괜티않아요."
훈이 탈지면에 머큐롬을 적셔가지고 왔다.
"자아……"
"괜티않아요."
돌아선 채 오작녀는 조용히 고개까지 저어 보였다. 언제나처럼 곱게 빗겨져있는 머리였다.
"자, 잠깐……"
그제야 오작녀가 돌아섰다. 훈의 말이면 거역하지 않겠다는 몸짓이었다.
훈이 약을 바르는 동안, 오작녀는 살포시 눈을 감고 있었다. 눈꺼풀이 부어있었다. 적잖이 운 눈이었다.
이런 오작녀의 얼굴에, 걷히었던 핏기가 차차 되살아왔다. 귀 밑에, 뺨에, 눈언저리에, 코에, 그러다가 코끝에 핏기가 모이는 듯하더니 눈이 몇번 실룩거렸다. 거기에 이슬방울이 맺혀 나왔다. 이슬방울이 부서졌다. 꼬리를 끌고 뺨을 흘러내렸다. 얼굴이 흔들렸다.

어깨와 가슴이 흔들렸다. 아랫도리가 흔들렸다. 온몸이 흔들렸다.

그렇건만 오작녀는 아무것도 깨닫지 못했다. 그저 몸뚱이가 자꾸 허공으로 떠올라가는 듯함을 느꼈다. 오작녀는 그대로 몸을 내맡기고 있었다.

이날 밤, 비석거리 탄실네 집 앞마당에는 화톳불을 둘러싸고 마을꾼이 모여있었다.

"강계 따에서는 벌써 토디개혁이란 게 됐다믄서?"

칠성이아버지가 강목수를 건너다보며 하는 말이었다.

"넝변 따에서두 했다드군."

강서방은 목수 일을 제법 잘했다. 그래서 강목수라는 이름으로 통했다. 동네에서 새로 집을 세운다든가 낡은 집을 고칠 때는 으레 강서방을 불러대지만, 강서방편에서 자진해서 남의 집이나 닭장 지어주기, 지게 만들어주기, 심지어는 맷돌손잡이 깎아주기에 이르기까지 아주 신이 나서 잘 해주는 것이었다.

이 강목수가 또 어디서 주워들이는지 바깥 소문을 제일 먼저 옮겨놓곤 하는 것이었다.

"그래 그 토디개혁이란 게 되믄 어뜨케 되는 겐가?"

탄실이아버지가 혼잣말처럼 중얼거렸다.

무어 새로 듣는 말이 되어 그러는 게 아니었다. 이제 토지개혁이란 게 실시되면 농사꾼에게 거저 논밭을 나눠준다는 말은, 지난 초닷새 날짜로 법령이란 게 발포된 후로 수없이 들어오는 말이었다. 그렇지만 그게 도시 미덥지가 않은 것이었다. 땅을 거저 주다니? 세상에 어디 공짜가 있단 말이냐.

그것은 비단 탄실이아버지만의 생각은 아니었다. 거기 모여앉은 누구나가 다같은 생각이었다.

그러면서도 한편 구미가 당기지 않는 바도 아니었다. 논밭이 자기의 것이 된다! 생각할수록 가슴이 설레이는 일이었다.

그러나 다음순간 이들은 자기가 무슨 바라서는 안될 것이나 바라는 것처럼 죄스러워지는 것이었다. 공연히 대통을 땅에 두드려보고, 코를 풀어내고, 헛기침을 해보고 했다.

"어디선가는 동네 체니 총각, 홀애비 과부를 모주리 짝을 붙에주 었대.”
 강목수는 자기가 이런 이야기를 생각해낸 것이 잘됐다고 생각하며,
"글쎄, 체니 총각, 홀애비 과부를 한자리에 모아놓구설랑 참봉잽이(술래잡기의 일종)를 시켔대. 그래개지구설랑 처음에 서루 붙잡은 사람끼리 짝을 붙에주었대,”
"거 참, 보갈주갈이로군,”
하고 나서 칠성이아버지가,
"가만있자, 우리 동네에두 체니 총각, 홀애비 과부가 적디아니 있겠다? 한번 그르케 해봤으믄……”
"그러다 이 갑성이가 분디나뭇집할마니를 붙들믄 제격일라.”
 탄실이아버지의 말에 웃음이 터졌다.
 분디나뭇집할머니는 칠순이 넘은 과부요, 갑성이는 올해 갓스물난 총각이었다.
 그래도 갑성이는 의젓이 팔짱을 끼고 앉았다가,
"난 탄실일 붙들랴는데,”
하여 새로운 웃음이 솟았다.
 탄실이는 올해 열일곱 난 처녀애.
 탄실이아버지는, 망할 놈같으니라구, 하면서도 따라 웃는 것이었다.
 모두들 필요 이상으로 큰 웃음이요, 필요 이상으로 긴 웃음이었다. 그것은 그렇게 함으로써 요즈음 자기네를 어지럽히는 생각을 감싸보기라도 하려는 듯한 웃음이었다.
 별안간 웃음들을 멈추었다. 그리고는 한 곳으로 고개를 돌렸다.
 언제 거기에 와있었을까. 오작녀아버지 도섭영감이 바로 뒤에 서 있었다. 한 손에다는 두레박을 들고.
"지금이 어느때라구 이르케들 뫠앉아서 허튼 쉬작이나 하구 웃구 떠들구 야단이야! ……강목수 자넨 관만 짜놨데게레. 폿말두 하나 알맞추 깎아봐야디. 상여두 낡은 것이니 한번 둘봐 손질을 해놓구…… 그리구 자네들은 또 밤샘을 가는 게 아니구 이게 뭐야!”

화톳불에 들고 있던 두레박 물을 홱 끼얹어버리는 것이었다.
마을꾼들은 그 물이 자기네의 등줄기에나 부어지는 듯 화닥닥 일어들 섰다.

초상집에는 사람이 가득 모여있었다.
강목수랑은 하는 수 없이 봉당에들 앉는 수밖에 없었다. 역시 남이아버지가 농민위원장 지낸 것이 대단하다는 생각들을 했다.
훈이 나중 온 사람들에게 자리를 내주려고 일어서려는데 저쪽에 앉았던 김의사가,
"박선생, 어뜨케 생각하오?…… 난 이세상에서 가장 사람에게 필요한 물건일수록 값없이 거저 얻게 매련이라구 생각하는데?……"
훈은 이사람이 또 무슨 말을 하려 이러나 하며, 김의사의 벗어진 머리를 바라보았다. 김의사는 십여년 전, 나이 삼십도 못되어 이 동네로 왔을 때 이미 앞이마가 벗겨져있었다.
"……첫째 우리 사람에게 데일 필요한 공기를 보시오. 돈 안 내구 거저 마십니다. 다음으루 물만 해두 그렇디오. 도회디같은 데선 사 먹는다구 해두 데일 싼 게 물일 것입니다. 그건 이 물이란 게 우리 사람에게 아주 필요한 물건이기 때문이디오. ……그른데 보십시오. 우리에게 하루라도 없어서는 안될 낭식 문데는 어떤가? 그것을 만 든 사람은 굶주리구, 그것을 만드는 일과는 아무 상관두 없는 놈들 이 배불리 먹구 뚱땅거리는 형편이 아닙니까? 왜 그럴까요? 그것 은 디주라는 착취계급이 있기 때문입니다. 농토와는 아무 상관두 없는 놈들이 주인행세를 하기 때문입니다. 이래서 될까요? 응당 농토는 밭갈이할 줄 아는 농민이 주인이 돼야 할 것입니다. ……그 래서 나는 이번 토디개혁이 실시되기 전에 얼마 안 되는 농토디만 솔선해서 바텠습니다."
여기서 김의사는 이마에 땀을 씻으면서 힐끗 한 곳을 바라보았다.
거기에는 웬 낯선 청년 둘이 앉아있었다. 공작대원으로 나와있는 청년들일 것이었다.
훈은 김의사의 말을 어느 글에선가 읽은 듯하다고 생각하면서, 결국 이사람이 자기를 붙들고 그런 말을 하는 뜻이란, 제가 솔선해

서 토지개혁에 협력했다는 걸 여러 사람에게 알리기 위함일 거라고 생각했다.

김의사는 이 동네로 들어오자 면소 앞에다 자리를 잡았다. 처음에는 초가집을 사서 왔던 것이, 이삼년 후에는 부연을 단 기와집으로 고쳐졌다. 가난한 사람의 병은 봐주지도 않는다는 소문이었다. 그리고 그가 돈놀이를 한다는 소문도 났다. 매해 전답을 몇 때기씩 사들였다. 해방 전에는 꽤 오붓한 지주가 돼있었다.

훈이 다시 자리에서 일어나려고 하며 관 쪽을 한번 바라보았다. 관에는 흰 광목필이 칭칭 감겨져있었다. 쌀 반 가마니와 함께 면인민위원회에서 특배를 받은 것이었다.

아까 낮에 당손이할아버지가, 남이네 집에서는 당장 산 사람이 덮을 게 없어서 피문은 이불을 빨고 있더라고 한 말이 떠올랐다. 그러자 훈에게는 어쩐지 지금 이 관을 감은 흰 광목필이 이 자리에 어울리지 않는 듯이만 느껴졌다. 습한 흙냄새가 자꾸만 코를 싸아하게 하는, 검게 그을은 담벼락에 비겨 그것은 지나치게 희었다.

벌컥 샛문이 열리면서 남이가 뛰어들어왔다. 손에다 쌀밥을 한 옴큼 움켜쥐고 있었다.

뒤따라 와자자하니 머리가 헝클어진 누이동생이 들어왔다.

남이는 등으로 누이동생을 막아내며, 움켜쥔 밥덩이를 먹어대는 것이었다. 코와 입언저리에 마구 밥풀이 달라붙었다.

누이동생이 기어이 남이의 손을 끌어다 손아귀에 든 밥을 깨물고야 말았다. 남이가 아얏 소리를 지르며 손을 빼냈다. 손가락을 물린 것이다.

그러나 곧다시 남이는 제 손바닥의 남은 밥알을 핥기 시작했다.

훈은 더 오래 그것을 바라볼 수가 없었다.

III

이튿날 아침, 삼득이는 훈네 수수깡바자를 엮으러 왔다.

도섭영감은 이 아들의 하는 양을 못 본 척했다. 보아하니 아들놈이 자기 말을 들을 성싶지가 않은 것이었다. 떡 벌어진 아들의 어깨가 새삼스레 쳐다보였다. 이놈이 이제는 아이가 아니라는 생각이었다. 그러면 그럴수록 이 아들놈이 세상 어떻게 돌아가는 줄도 모르고 저런다는 생각에 울화가 치밀었으나, 이제 그놈을 붙들고 아웅다웅해보았댔자 남보기만 흉할 뿐 소용없을 것같아, 한번 헛가래를 크게 돋구어내고는 못 본 척 돌아서고 말았다.

훈은 훈대로 툇마루에 나와 앉아, 지금에 와서 수수깡 울타리를 새로 해 칠 필요가 무어냐는 생각이었다. 영변이나 박천 지방에서는 벌써 토지개혁이라는 게 실시되어, 지주들이 속속 추방을 당하고 있지 않으냐. 그게 언제 자기에게 와닿을지 모를 일인 것이었다.

훈이 뒷산에라도 올라가려 뜰로 내려섰다.

대문을 나서려는데,

"그래 무슨 일루 박선생님의 뒤를 밟았니?"

나지막하나마 다짐하는 오작녀의 말소리가 들렸다.

훈은 가슴이 철렁하여 발걸음을 멈추었다. 그젯밤에 자기의 뒤를 밟은 사람이 오작녀의 남편이 아니고 삼득이었던가.

삼득이가 대체 무슨 일로 자기의 뒤를 밟은 것일까. 이즈음와서 변해가는 사람들의 심정에 부닥칠 때마다 느껴지는 그 어떤 설움보

카인의 후예 209

다도 더 짙은 무엇이 가슴을 내리눌렀다.
 오작녀의 말에 삼득이는 아무 대꾸가 없었다.
"어데 한번 속시원히 말이나 해봐라. 대테 무슨 일루 그런 짓을 했는디……"
 수수깡 다루는 소리만 들릴 뿐 삼득이는 여전히 아무 대꾸가 없었다.
"우리 집안식구들은 왜 모두 그모양이가? 아바진 아바지대루 미친사람터럼 굴구, 넌 또 너대루 그러니……"
 문득 훈은 이제 삼득이의 입에서 나올 대답이 한껏 무섭게만 여겨졌다. 그 무서운 대답을 막아버리기라도 하듯이 대문을 나서 일부러 울바자 엮는 곁을 지나쳤다.
 오작녀가 훈에게 무슨 할말이라도 있는 것처럼 새끼줄을 놓고 일어서려는 눈치다가 그만두었다.
 삼득이는 그저 잠자코 바자만 엮고 있었다. 그 옆얼굴이 그대로 아버지 도섭영감을 닮아있었다.
 이미 이태 전에 삼득이는 억센 소년이었었다.
 훈이 고향에 돌아온 이듬해 봄에 얼마의 논을 자작한 일이 있었다. 절박해오는 식량 사정을 모면해 보자는 것이었다. 자기 앞 공출량도 제대로 못 감당해나가는 소작인들한테 식량을 의탁할 수는 없는 것이었다.
 훈이 처음으로 모판을 만들어보았다. 모내기도 해보았다. 밤늦게까지 물꼬도 지켜보았다. 어느것 하나 뼛골이 빠지지 않는 일이 없었다. 그런데도 훈의 하는 일이란 모두가 시늉에 지나지 못했다.
 삼득이와 오작녀가 없었던들 농사는 지어지지 못했을 것이었다. 훈은 이 소년과 여인의 일하는 품을 몇번이나 경탄의 눈으로 바라보았는지 몰랐다. 그것은 손수 흙을 만지기 전에는 느껴보지 못했던 심정이었다.
 그해 추수를 해들였다. 예년에없이 심한 공출이 나왔다. 주재소와 면소에서 통틀어 나와서 볶아대었다. 볏짚낟가리 밑을 들추어냈다. 눈더미 속이나, 부엌바닥에 파묻은 쌀되마저 끄집어냈다.
 훈은 될대로 되라는 심사였다. 소출이 공출량보다도 적은 것이었다.
 하루는 삼득이가 와서 오작녀와 낟알 감출 의논을 했다. 오밤중이었다.
 오작녀는 광속 독 밑을 파고 게다 묻자고 했다. 삼득이가 잠자코 볏가마니를 지고 집 뒤로 돌아갔다. 본시 말수가 적은 소년이었다. 그게 믿음직스러웠다.
 벼 다섯 가마니를 뒷울안 우물 속에 넣었다.
 공출 미납한 사람들이 주재소로 불려갔다. 훈의 대신으로 삼득이가 갔다. 훈이 자작한다고 했으나, 실은 삼득이가 지은 농사나 다름없었다. 타작도 삼득이의 손으로 한 것이었다.
 삼득이는 소출이 그것밖에 더 나지 않았다고 했다. 주재소 주임이 예에 의해 버선을 벗으라고 하고는 쇠좆몽둥이로 갈기기 시작했다. 미납한 공출을 얼마라도 더 내라는 것이다.
 불려온 사람 가운데 분디나뭇집할머니가 있다가 삼득이더러, 좀 엄살을 피우라고 했다. 그렇게 뻣뻣이 견디어내면 더 맞지 않느냐는 것이다. 그러나 열일곱살짜리 삼득이는 아픈 소리를 내지 않았다. 그저 쇠좆몽둥이가 내릴 적마다 그 매를 한 대 두 대 세듯 눈알만 붉어져가는 것이었다.
 훈이 집에 앉았을 수만 없어 주재소로 찾아갔다. 경우에 따라서는 우물 속에 감추어둔 볏가마니를 내놓을 작정이었다.
 어떤 곳에서는 지주들이 주재소에 얼쯩거려 웬만한 일은 눈감아주고 있다는 걸 알고 있었다. 그러나 훈은 아직 고향에 돌아온 후로, 이들 주재소에 어떤 사람이 와있는지도 모르는 형편이었다.
 주재소 앞에 이르자, 오작녀가 먼저 와있다가 훈의 팔소매를 붙들었다. 훈이 이리 찾아온 뜻을 다 알고 있다는 눈치였다.
 주재소 안에서 쇠좆몽둥이질하는 소리가 그대로 들려나왔다. 오작녀는 그 소리 하나하나에 흠칫흠칫 놀라는 것이었다. 그러는 그네의 눈도 점점 붉어져갔다.
 훈이 다시 주재소로 들어가려 했다. 오작녀가 팔소매를 붙들고 놓아주지 않았다. 그 손이 사뭇 와들와들 떨렸다.
 나중 오작녀와 훈이 삼득이를 부축해가지고 돌아왔다. 삼득이는 사흘 동안이나 제 발로 바깥 출입을 못했다.
 훈은 우물물에 잠겼던 벼를 걸구에 찧어 먹으면서, 이 삼득이의 일을 생각하고는 목이 메이곤 했다. 그러면서 그는 지난날 자기 아버지가 삼득이아버지에게 대한 이상으로 자기도 앞으로 이 삼득이를 대하리라 마음먹었다.
 이런 삼득이가 요즘와서는 자기의 뒤를 밟게쯤까지 되다니.……
 정신이 들어 보니, 앞 개울 농머리로 나가는 길에 와있었다. 이즈음 훈은 가끔 이런 일이 있었다. 정신이 들어 보면 자기도 모르는 새에 좀전에 생각했던 것과는 딴판인 짓을 하고 있곤 하는 것이었다. 지금도 자기는 뒷산에 올라가려고 나선 것인데 이렇게 농머리로 나오고 있었다.
 농머리란 냇둑에 서있는 봉우리가 용의 머리같다고 해서 그렇게 부르는 개울이었다. 개울 이쪽은 갯버들이 무더기져있고, 건너편은 모래판이었다. 이편 응달진 기슭에는 아직 얼음장이 붙어있었다.
 유리조각 깨지는 소리같은 게 나곤 했다. 얼음장이 풀려나가는 소리였다. 부서진 얼음조각들은 그대로 물에 가라앉는가 하면 떠내려가곤 했다. 작은 얼음조각이면 떠내려간다고 생각할 새도 없이 녹아 없어지기도 했다.
 훈이 이번에는 요것이 풀려나간다고 한 얼음장을 지켜보았다. 그러나 이곳저곳에서 딴 얼음조각들이 먼저 바작바작 부서져나갔다. 몇번이고 헛맞쳤다.
 그러다가 훈은 무엇에 놀란 사람처럼 윗몸을 앞으로 내밀었다.
 갯버들가지가 얼음에 붙어있었다. 가지에는 숱한 버들개지가 달려있었다. 그중 적잖은 버들개지가 얼음에 붙어있었다. 그런데 이 버들개지들이 자기 둘레의 얼음을 두어 푼씩 녹여가지고 있는 것이었다. 어느 버들개지나 모두 한결같이 그랬다.
 이 아직 털도 제대로 피우지 못한 버들개지들이 그처럼 자기 둘레의 얼음을 녹여가지고 있다는 것에, 훈은 절로 가슴속이 다사로워짐을 느꼈다.
 개울 건너의 벌판은 아직 겨울에서 깨어나지 못한 삭막한 들판이었다. 그런데 이 삭막해 뵈는 들판 저 한끝에서 지금 아지랑이같은 것이 피어오르고 있었다. 쥐불이었다.
 훈이 저도모르게 눈을 감았다. 그러면 그의 가슴속에도 잔딧불이 피어오르는 것이었다.
 그것은 아직 훈이 평양으로 이사해 들어가기 전, 일곱인가 여덟살 때의 일이었다. 이른 봄철이었다.
 같은 또래의 사내애들과 같이 산막골 넘어가는 언덕에서 불장난을 하며 놀고 있었다. 마른 잔디가 풀풀 타는 양이 여간 재미있는게 아니었다. 그리고 불이 웬만큼 퍼진 다음에 그것을 끄는 맛이 또 좋은 것이었다.
 한번은 퍼진 불을 아무리 끄려고 해도 꺼지지 않았다. 발로 비비면 죽은 듯하다가 다시 되살아나곤 했다. 저고리들을 벗어 들고 치기 시작했다. 그러나 도리어 불티만 날려놓아 불자리는 넓어져만 갔다.
 덜컥 겁들이 났다. 하나 둘 달아나기 시작했다. 나중에 훈 혼자만이 남았다. 자기도 이제 도망가는 수밖에 없다고 생각하고 있을 때였다.
 오작녀가 달려왔다. 나물바구니를 팽개치더니 그대로 불 위에 뒹굴기 시작했다. 한 자리를 끄고 나서는 다음 자리로 가 뒹굴었다. 이렇게 해서 불을 다 껐다.
 훈은 그저 놀라운 눈으로 오작녀의 하는 양을 보고만 있었다. 그러다가 훈은 다시한번 놀랐다. 불을 다 끄고 일어나는 오작녀의 눈에서 이상한 것을 발견한 것이었다. 저도모르게, 네 눈에서 불이 붙는다, 했다.
 오작녀는 반사적으로 눈을 비볐다. 훈이 다시 네 눈속이 탄다고 했다. 사실 그것은 타는 눈이었다. 이것이 훈이 오작녀의 눈을 발견한 처음이었다.
 지금 감고 있는 훈의 눈앞에 또하나의 타는 듯한 오작녀의 눈이 떠올랐다.
 그것은 평양으로 이사해 들어간 지 몇 해 만에 여름방학이 되어 할아버지댁에 나왔을 때의 일이었다.
 그날 훈은 이 냇가 모래 속에 묻혀있었다. 한여름 뙤약볕이 싫지

카인의 후예 213

않은 소년시절이었다.
　얼마나 그러고 있었을까. 문득 후끈거리는 모래 냄새에 섞여 무르익은 참외 냄새가 풍겨왔다.
　눈을 떠 좌우를 살펴보았다. 아무것도 없었다. 도로 눈을 감았다.
　그냥 무르익은 참외 냄새가 풍기어 왔다. 머리 윗쪽을 살펴보았다. 거기 두 개의 검정참외가 가지런히 놓여있었다.
　누구의 짓인지 알 수 있었다. 거기 냇둑 밭머리에 오작녀가 애(삼득이)를 업고 섰다가 획 돌아서 달아나는 것이었다.
　순간, 훈은 오작녀가 획 돌아서며 이리 준 눈을 보았다. 타는 듯한 눈이었다.
　저도모르게 참외 한 개를 집어 깨물었다. 꿀같이 단 물이 온 입안에 퍼졌다. 그대로 몸으로 스몄다.
　지금도 훈에게는 그 타는 듯한 오작녀의 눈과 함께 어떤 그윽한 향기가 그대로 맡아지는 것만 같았다.
　눈을 떴다. 옆을 살피고 뒤를 돌아다보았다. 깜짝 놀랐다. 뒤에 오작녀가 와있지 않은가.
　"기척두 없이 언제 그렇게?……"
　오작녀가 미안한 듯이,
　"선생님이 뭣을 생각하구 계신 것같애서……"
　실은 요즈음 훈은 또 공연한 일에 놀라는 버릇이 있었다. 그러나 이날 훈의 놀람은 또 달랐다. 무엇에 취하는 듯한 놀람이었다. 금방 되살아왔던 소년시절의 일이 그대로 현실로 이어지는 듯한 느낌이었다.
　오작녀의 눈을 찾았다. 그러나 오작녀는 눈을 떨군 채.
　"집에 웃골 윤주사가 오셌이요,"
했다.
　훈이 그곳을 떠나려다가 멈칫 서며,
　"참, 잠깐 이리 오우."
　오작녀가 무슨 일인가 하고 가까이 왔다.
　"여기 버들개지를 좀 봐요. 자기 둘레의 얼음을 조렇게 녹여놓은 걸…… 꼭 무슨 체온이라두 있는 것같지 않우?"
 오작녀가 말없이 버들개지를 내려다보다가 가지 하나를 꺾어냈다. 그러는 오작녀의 양볼이 복숭아빛으로 물들어있었다. 본시 붉은 볼이 이른 봄바람으로 해서 더 짙게 물들어진 듯한 빛이었다.
 논둑길로 들어서며 훈이,
 "여기가 예전에는 모두 밭이드랬지? 아마 이 논과 저 논이 주로 차매를 심든 밭이구……"
 수리조합이 생기면서 이 일대가 모두 논으로 변한 것이었다.
 그때의 그 검정참외…… 실은 검정이가 아니고 녹색인 것이 검게 뵈도록 아주 짙은 녹색빛깔의 참외…… 그 부드럽고도 매끄러운 감촉…… 그 짜게스리 단 내음새…… 그 물기가 서리는 주황빛 속살……
 훈이 지금 생각하고 있는 참외는 지난날 농머리 모래판에서 오작녀가 몰래 갖다놓고 달아난 그 검정참외였다. 그 후, 훈은 같은 검정참외를 수없이 많이 먹어왔지만 그날의 그것처럼은 달고 향기롭지는 않았다고 생각되는 것이었다.
 "참, 선생님은 전부터 차매를 둏와하셨디요."
 오작녀도 그때 일을 생각하고 있는 것일까.
 "여름철 과물이라면 먼저 떠오르는 게 차매지. ……그러나 어디 요샛거야 그게 차매라구."
 훈은 지금 이 일대의 밭이 모두 논으로 변하고, 그때의 검정참외의 빛깔과 맛이 변한 것처럼, 그동안 사람의 생활과 감정도 변했다는 걸 말하고 싶었는지도 몰랐다.
 몇 걸음 뒤서 오던 오작녀가 잠시 무엇을 주저주저하다가,
 "데 선생님, 용서해달라우요,"
했다.
 훈이 돌아다보았다.
 오작녀는 수그린 고개를 외면하면서,
 "삼득이 말이야요, 그애가 그럴 애가 아닌데…… 왜 그런 짓을 했느냐구 해두 통 말이 없습네다레. ……다시는 그런 짓 말라구 단단히 닐렀이요. 한번만 용서하시라우요."

"용서구 뭐구 있소. 그게 삼득이 탓이 아니구 세상 탓인 걸……"
"다시는 그런 짓 않을 거야요. 그애만은 그런 애가 아니야요."
 그러나 훈은 앞으로 그애가 더 나빠질 테니 두고 보라는 심정이었다.
"아버지는 모르갔이요. 그르나 그애만은……"
"너무 그런 일루 속 쓰지 마우. 인제 오작녀두 자기 일 좀 생각해야 할께요. 남편두 돌아오구 했으니……"
 훈은 기어이 이제야 할말을 꺼내놓았다고 생각했다.
"선생님, 제 일만은 걱정 마시라우요. 제 일은 벌써 제가 결심한 바가 있이요."
"물론 내가 여기를 썩 떠나기만 하면 그만일께요. 그러나 왜그런지 지금 당장은 떠날 수가 없는 심정이오. 무어 농토에 애착이 있어서 그러는 건 아니오. ……그사람들이 오늘이라두 날더러 멀리 떠나라구 하면 떠나겠소. 그러나 그 말을 들을 때꺼지는 여길 떠나구 싶지가 않소. ……그렇다구 해서 오작녀까지 나와 행동을 같이 할 필요는 없소. 처음 오작녀가 우리집에 와 있게 됐을 때부터 난 내가 지주요 오작녀는 소작인의 딸이란 관계를 생각해본 적은 없소. 그게 이제와선 더더구나 그런 관계란 없어졌다구 보오. 조금두 지난날의 의리관계를 생각해서 나와 행동을 같이할 필요는 없소."
"선생님, 저두 첨부터 선생님이 우리집 디주라구 해서 와있는 게 아니야요, 그리구 선생님, 버릇없는 계집의 말같디만 앞으루 선생님이 여게 계시는 동안은 저더러 나가라는 말씀만은 말아달라우요."
"오작녀를 위해 좋지 않을께요."
"전 아무래두 돟와요. 선생님께서만 나가라는 말씀 않으신다믄……"
 이것은 오작녀가 벌써부터 별러오던 말이었다. 이 말을 훈에게 할 일만 생각해도 절로 가슴이 두근거려지곤 했다. 그것을 이제 훈에게 다 말해버린 오작녀는 앞이 환히 트이는 느낌이었다.
 뻐꾸기소리가 들려왔다.
 오작녀가 고개를 들었다. 큰아기바윗골 쪽이었다. 그러자 오작녀는 가슴속이 무엇으로 가득해짐을 느꼈다. 큰아기바위의 슬픈 전설보다 자기가 너무 지나치게 행복한 것같았다.

오작녀는 갑자기 등골이 으스스 떨렸다. 두손으로 볼을 짚어보았다. 열이 또 오르는 것같았다. 지난밤도 오작녀는 아지못할 열에 떠, 온 밤을 시달린 것이었다. 오작녀의 얼굴이 점점 검붉어져갔다. 갯버들가지를 든 손이 오들오들 떨렸다.
　그러나 오작녀는 이런 고뿔쯤 아무것도 아니라고 생각했다.

　소달구지 한옆에 윤주사가 중절모를 벗어들고 기다리고 있었다.
　"방으루 들어가시지 않구."
　"그동안 별고 없었나."
　윤주사가 훈의 손을 잡았다. 도톰하고 따뜻한 손이었다.
　"폐양 들어가시는 길입니까?"
　윤주사는 평양에 오고갈 때는 으레 소달구지를 이용하는 것이었다. 소달구지로 순안까지 가 기차를 타고, 평양서 나올 때는 또 미리 전갈을 하여 소달구지를 순안까지 마중나오게 했다. 이렇게 평양 오가는 길에 가끔 훈네 집에를 들렀다.
　"아니, 오늘은 자네를 좀 볼려구 왔네."
　훈의 아버지와 윤주사는 세교관계로 형님 아우님으로 지냈다. 자연 훈은 윤주사를 아저씨로 대해오는 것이었다.
　달구지 끌고 온 사람이 보자기에 싼 것을 오작녀에게 내주었다.
　"웃골엔 술이 떨어뎄데게레. 그래 조고만 병아리만 하나 잡아개지구 왔디."
　"그런 걸 가지구 다니실 게 있나요."
　윤주사는 달구지꾼을 향해,
　"그럼 자네는 이길루 순안 들어가 소 징이나 박아개지구 오게,"
하고는 다시 고개를 이리로 돌리며,
　"요 뒤 산막골엔 술이 떨어디디 않는대믄서?"
하고는,
　"오늘은 바주두 엮구 하니 우리 게 가서 한잔석 할까?"
했다.
　"아무케나요."
　그러나 윤주사는 무엇을 생각한 듯,

"하긴 요새 밖에 나다니믄서 술 먹을 때가 아닙데. 우리 예서 받아다 한잔석 하세. 조용히 니얘기나 하믄서……"
 그건 오작녀도 그렇게 생각했다. 훈을 함부로 술좌석에 내보내고 싶지가 않은 것이었다.
 오작녀는 닭을 찍어 풍로에 올려놓고 집을 나섰다. 그리고 산막골이 내려다뵈는 등성이에 올라서며 생각했다. 술을 얼마나 받아와야 하나? 한 되 다 받아와야 하나, 반 되쯤이면 되나? 손에 든 되들이 병을 내려다보았다.
 반 되만 하자. 박선생의 몸을 생각해서라도 반 되만 하자.
 갔다 오는 동안 남비가 끓어 넘을는지도 모른다는 생각이 들었다. 풍로문을 닫긴 했어도. 절로 걸음이 빨라졌다.
 불출이어머니네 집에는 벌써 술꾼들이 와있는 기색이었다.
 오작녀가 조용히,
 "아즈만 있소?"
하니, 안으로부터 지게문이 열리었다.
 방안은 담배연기가 자욱했다. 안이 잘 들여다보이지 않았다.
 그러는데 오작녀의 눈에 콱 들어오는 얼굴이 있었다. 아찔했다. 담배연기보다 더 짙은 안개같은 것이 눈앞을 가리고 지나갔다. 사내 하나이 맞받아 일어서며,
 "허, 이게 누구야? 참 오래간만인데!"
 오작녀의 귀마저 먹먹해지고 말았다.
 "……호랭이 제 말하믄 온다구, 그러디 않아두 네 말을 하구 있었다! ……그래, 재미 어떠냐? 신접살림이? ……오라, 오늘은 또 낭군이 잡수실 술껏 받으러 왔군 그래. ……그르나 이년아, 네 본남편이 아직 이르케 시퍼렇게 살아있다! 이 화냥년아!"
 사내가 와락 문설주를 붙잡으며 밖으로 달려나오려는 기세인 것을, 불출이어머니가 매달리다시피 붙들었다.
 "아즈만 이것 좀 노소! ……그래 이르케 시퍼렇게 살아있는 남편을 두구 서방질을 해? 이 한칼에 배를 갈라 쥑일 년같으니라구. ……아즈만 이것 좀 노소! 내 데년의 배를 당장 갈라놓구 말갔쉐다!"

"이사람이 왜이를까. 술 깨개지구 논정이 말할 게다."
"아니, 내가 술 취해서 이러는 줄 압네까? 나두 사내자식이웨다! 사내자식이 눈이 시퍼래서 제 네편네 빼앗기는 거 보구두 가만있으란 말이우? 그래 이년아! 그 박가놈이 돈냥이나 있다구 붙었냐? 이젠 그 박가놈의 돈두 쓸데없는 세상 됐다! ……에익, 그 박가놈부터 가서 떨러력이구 말아야디! 아즈만 이것 좀 노소!"
방안에 앉았던 사내가 일어섰다. 흥수였다.
"최동무! 이리 와 앉우."
"변선생, 그렇디 않습네까? 박가놈이 디난 세월에 돈푼이나 있었기로서니 그깐 게 이제와서 뭡니까?"
"자아, 최동무, 이리 와 앉우."
흥수가 팔을 잡아끌었다.
그제야 오작녀남편은 못 견디는 체 자리에 돌아가 앉았다.
"변선생이 말리시니 오늘은 이만해둡니다만 당장 사생결단을 낼래 댔쉐다."
지난날 흥수가 수리조합 간선 주임으로 있을 때, 오작녀남편은 그 밑에서 급수원 노릇을 한 적이 있었다. 당시 흥수는 꽤 까다로운 사람이었다. 오작녀남편은 급수원 자리 떨어지지 않기 위해 술을 사 안긴다 뭣을 해준다 하고 비위를 맞췄었다.
그런 사이가 이번에 만나자 양상이 달라졌다. 흥수의 말씨부터가 해라가 아니고 하오였다. 그리고 오늘은 또 자기에게 술까지 사주는 게 아닌가. 이런 흥수가 나서서 말리는 터이니 못 견디는 체하지 않을 수 없었다.
"그럼 아즈만, 술이나 한잔 더 주우."
불출이어머니가 이 말에는 대답없이 흥수편을 바라보았다. 술을 더 내어도 좋으냐는 뜻이었다.
"최동무에게 대포 한잔 더 드리우."
"사실 오늘은 변선생이 게셨기 말이디……"
"선생이라구 하디 말구 동무라 부르시오."
"아니 별말쏨을…… 변선생이야 변선생이디 어디 가갔쉐까? ……오늘은 변선생이 말렜기 말이디 그 년놈이 내 손에 결딴나는 날이댔쉐다."
"정말이디 최동무두 무던히 속이 상할꺼요. 그르나 앞으룬 모든게 최동무 생각 여하에 달리디 않았갔소? 안 그렇소?"
"내 무슨 일이 있어두 그 박가놈하구 담판을 짓구야 말갔쉐다."
한편, 오작녀는 오작녀대로 자기가 어떻게 술 반 되를 받아들었는지도 몰랐다. 신열도 나있었다. 그러나 이맛 것에 져서는 안된다는 생각이었다.
다시 남비가 끓어 넘을지도 모른다는 생각이 났다. 이제는 어서 집으로 돌아가야 한다는 생각뿐이었다. 그러면서 그네는 오늘 박선생이 여기 오지 않은 것을 얼마나 다행스럽게 여겼는지 몰랐다.

"아니 미군이 사리원꺼지 들어왔다믄서?"
윤주사의 눈은 술이 들어갈수록 빛을 더해갔다.
"……이제 쉬 황주와 폐양에두 들어온다믄서? 자네 모르나?"
"글쎄요, 풍설 아닐까요? 그렇게 돼줬으면 하는 사람들이 퍼뜨린……"
"음……"
윤주사의 곰보자국이 몇 알 나있는 콧잔등에 땀방울이 내돋혔다.
"그르구 데, 토디개혁인디 뭔디가 돼두 디주가 부티든 땅만은 냉게둔다믄서?"
"글쎄요, 그자들의 말이 대지주의 땅은 모두 몰수한답디다."
"그럼 대디주와 소디주는 어뜨케 구별하노?"
"아즈반네나 우리는 대지주에 들 겁니다."
윤주사는 윗골에 상당한 토지를 갖고 있었다.
"음…… 그른데, 부재 디주의 것은 전부 몰수해두 그렇디 않은 디주는 자기 힘으루 부틸 만큼은 냉게둔다는 말두 있든데?"
그러나 윤주사는 부재 지주였다. 벌써 오륙년 전에 시골집은 어떤 사람에게 싼값으로 넘기고 평양 들어가 집 장사를 하고 있었다. 모래터에 한창 집바람이 났을 때 한몫 잘 보았다는 소문을 훈도 들어 알고 있었다.
매해 타작 때만 윗골에 나오곤 했다. 중절모를 눌러쓴 윤주사의 자그마한 몸이 소달구지 위에 흔들리며 윗골과 순안 사이를 오르내렸다.
"그래서 말일쎄……"
윤주사는 곰보자국이 난 코끝을 붉혀가지고,
"이번에 어떤 소작인과 짜가지구…… 실은 오늘 달구지 끌구 온 송가하구 말일세, 내가 얼마큼 자작한 결루 맹글어놓긴 했는데 어떨까?
훈은 알 수 있었다. 그래서 윤주사가 얼마 전부터는 줄곧 윗골에 나와 살다시피 한 것을.
"자네 삼춘네는 어뜨케 할 작덩인가?"
실은 윤주사가 이런 일을 훈보다는 훈의 삼촌인 용제영감과 의논하고 싶었을 것이었다. 그러나 그들은 몇년째 사이가 좋지 못했다. 토지로 인한 이해관계 때문이었다.
훈의 삼촌 용제영감도 윗골에 적잖은 토지를 갖고 있었다. 대부분이 밭이었다. 그것을 재작년부터 작답을 시작했다. 큰 동을 막아 저수지를 만들 계획이었다.
윤주사의 논밭은 대개 이 훈의 삼촌 용제영감네 토지 아래에 있었다. 위에다 저수지를 만들면 밑에 있는 자기네 논물이 문제였다. 자연 말썽이 생길 밖에 없었다. 그러나 일제말기의 한창 증산을 부르짖던 때라, 저수지를 만들어 미곡을 증산한다는 명목만으로도 훈의 삼촌 용제영감의 주장이 섰다. 하기는 그때의 추세가 그렇지 않았다고 하더라도 용제영감은 그 저수지 파기를 그만두지 않았을 것이었다. 그처럼 용제영감은 무슨 일에 한번 마음이 끌리면 얼마 동안은 그것에 미쳐들어가는 성미가 있었다.
이렇게 티격난 후부터 윤주사는 훈의 삼촌네 집에는 아예 발길을 하지 않았다.
"아마 자네 삼춘네는 무슨 도리를 강구하구 있을껄."
"글쎄요."
훈의 대답이 성차지 않는 듯 윤주사는,
"그럼 대테 자네는 어뜨케 할 작덩인가?"
"별 작정이 없습니다. 그저 그때꺼지 기다려본다는 것뿐입니다."

"그때꺼지 기대레본다? 기대레봐두 별수 없디 않나? 내쫓기는 길밖에?"
"어느 시기가 이르러 내쫓으면 내쫓겼지 어떡합니까?"
윤주사의 눈이 번뜻 빛났다.
"허, 이사람두…… 아마 자네 어르신네가 계셨으믄 그렇디는 않았을 걸세. 무슨 술 냈디. ……어디 우리가 디주라구 해서 못할 짓을 했나? 소작인들 비료값 대주구, 농낭이 떨어댔대믄 농낭 대주구… 거저 준 건 아니디만 소작인들 심부름 해준 탁밖에 더 되나? 아마 우리같은 디주만 없었든들 소작인들이 한해 농사두 못 짓구 굶어죽구 말았을 걸세. 그런 사정두 모르구 덮어놓구 디주의 토디를 몰수해버린다니 그런 무디몽매한 놈의 법이 어디 있나? 모주리 마른 베락을 맞아 뒈딜 놈들이디 글쎄……"
술잔을 기울이는 손이 흐르르 떨렸다.
훈은 훈대로 이 윤주사의 흥분과는 달리 가슴을 끓게 하는 게 있었다. 그것은 아직 나라도 서기 전에 토지개혁을 한다는 건 민족을 분열시키는 시초라는 점이었다.
어느새 날이 설핏해졌다.
술병도 비어있었다.
오작녀가, 부엌 샛문을 열어잡고, 진짓상을 들이려느냐고 했다. 윤주사는 자기는 밥생각이 없다고 하면서 달구지꾼이나 순안서 나왔거든 좀 먹이라고 했다.
오작녀가, 달구지꾼은 벌써 먹었다고 했다.
"그럼 가보갔네."
윤주사가 중절모를 집어들었다.
"오래간만이신데 한잔 더 하실껄요?"
"아니 그만하세. 취했네."
훈은 자기가 오늘 이 윤주사에게 위안될 말을 한마디도 해주지 못한 게 안됐다는 생각이 들었다. 몸집은 작으나마 심지가 굳기로 이름있는 윤주사가 이렇게 자기를 찾아온 데는 그래도 무슨 좋은 말이라도 한마디 얻어들을까 해서일 것이었다.
윤주사가 달구지에 올라탔다. 달구지가 움직이자, 윤주사는 앉은 채 한손으로 중절모를 들었다 놓았다.
 징을 새로 박은 황소의 걸음이 더 호기있어 보였다. 달구지 위에서 윤주사의 자그마한 몸이 흔들거렸다.
 기운 햇발이 정면으로 들이비쳤다. 윤주사가 고개를 갸우뚱하니 돌리고, 한 손으로 햇살을 막았다.
 훈은 어쩐지 이 윤주사가 의지할 곳 없는 외로운 사람같이만 생각되었다. 무언가 서글펐다.
 달구지가 비석거리 모퉁이를 돌아 뵈지 않게 된 후에도 훈은 그냥 그러고 서있었다.
"더게서 누가 찾아요."
 훈이 돌아다보니, 삭정이 짐을 진 당손이가 뒤쪽을 가리킨다. 그러나 뒤쪽에 아무도 뵈지 않았다.
"데 뒷산에 있이요."
 오작녀가 이리로 오며 당손이에게 물었다.
"누군데?"
"글쎄 올라가보시라우요. 나무 해가지구 내레오는데 선생님을 좀 찾아달라구 그래요.."
 대번에 오작녀의 얼굴이 흙빛으로 변했다.
 훈이 집 뒤로 사라지자, 오작녀는 삼득이에게로 달려갔다. 몹시 열에 뜬 사람의 허둥거리는 걸음걸이였다.
"애, 너 어서 좀 가봐라!"
 그러나 삼득이는 울바자 세우던 손을 멈추지도 않는 것이었다.
"어서 좀 가보래두, 애가! 큰일났다! 큰일났어!"
 삼득이는 울짱에 잡아맨 새끼줄을 이빨로 끊으며,
"누이는 왜 요새 이르케 야단요!"

 뒷산길에 웬 사내 하나가 서있었다. 장대한 사내였다.
 훈이 가까이 가니 사내편에서,
"박선생님이시디요? 실례합니다,"
하고 담배꽁다리를 내던지고 나서,
"제가 오작네 남편되는 사람입네다."

훈은 올 것이 오고야 말았다는 생각이었다.
"잠깐 할말이 있어서 왔는데요?"
"집으루 내려가십시다."
"아니 그럴 필요는 없구……"
 사실 이 사내로서 집으로 내려가기는 뭣하리라는 생각이 들어 훈이,
"그럼 저리루 가 앉읍시다."
 옛무덤가 잔디밭 쪽을 가리켰다.
 오작녀남편은 불쑥 붉은 입술 새로 흰 이빨을 드러내 보이며 미소를 짓더니,
"우리 산막골루 가 술이나 한잔석 합세다."
 훤칠한 키하며, 넓적한 얼굴에 알맞게 솟은 콧날이며가 사내답게 잘 생긴 얼굴이었다. 그것이 이상스레 훈에게 어떤 친근감을 주었다.
 산막골로 가는 길에서 오작녀남편은 아무말이 없었다. 앞장서 걸으면서 조금도 술먹은 체를 내지 않았다. 훈도 술먹은 것같지 않게 머리가 맑아있었다.
 불출이어머니는 오작녀남편과 같이 온 훈을 보자 놀라는 눈치였다.
"술 취했으믄 한잠 자디 않구……"
 불출이어머니가 오작녀남편에게 한마디 하니, 오작녀남편은 눈을 한번 크게 떠 보이며,
"아니 이 아즈마니가 생사람 잡갔네. 내가 언제 술이 취했단 말이요? 그르디 말구 어서 술이나 한병 주소."
 불출이어머니는 속으로 혀를 차면서 잠자코 말았다.
 불출이를 노름꾼으로 만든 게 바로 이 오작녀남편인 것이었다. 한때 불출이를 이끌고 순안으로 영유로 한천으로 마구 드나들었다. 그당시 불출이어머니는 이 오작녀남편을 붙들고 몇번이나 야단을 쳤는지 모른다. 와이셔츠도 여러개 결딴냈었다. 오작녀남편도 불출이어머니가 끔쩍해서 슬슬 피해 다녔다.
 이 오작녀남편이 해방 삼년 전 가을부터 어디로 가버렸는지 뵈지

않았다. 무슨 나쁜 짓을 하다가 감옥에 들어갔다는 소문도 있었다.
 해방이 되어도 얼씬 않던 사람이 며칠 전에 나타났다. 감옥에 들어갔던 사람같지 않게 얼굴이 전대로 펑펑했다. 술도 여전했다.
 그러나 불출이어머니는 이 오작녀남편을 전과같이 대할 수는 없었다. 무엇보다도 이 사내를 대하는 다른 사람들의 태도가 전과 달라진 것이었다. 먼저 홍수가 그랬다. 전같으면 어림도 없을 텐데, 하오를 써가면서 술동무까지 돼주는 것이었다. 그것도 제편에서 술값까지 내가면서. 실로 세상이 바뀌었다는 느낌이었다. 그러면서 불출이어머니는 자기도 이 오작녀남편에게 전과는 달리 대하여야겠다고 생각한 것이었다. 더구나 자기는 요즈음 아들놈이 저지른 일로 해서 꿀려 살고 있는 형편이 아니냐. 그저 다행히 홍수의 덕택으로 술장사만은 계속해오는 터이지만.
 술 한 병이 거의 다 내려가자 오작녀남편은 좀전에 먹은 술기운과 합쳐지는 듯 붉어진 눈을 들어 불출이어머니에게,
 "아즈마니, 나 그동안 어데 가있었는디 아우?"
했다.
 불출이어머니는 네깟놈 그동안 징역살았다는 말이 옳겠지 하는 마음이었으나,
 "글쎄 내가 그걸 알 수 있나,"
하고 얼굴에 지어먹은 웃음까지 띠워 보였다.
 "이걸 좀 보소."
 오작녀남편이 왼팔을 쑥 걷어올렸다. 팔굼 위에 칼자리인 듯한 홈이 크게 나있었다.
 "이걸 보구두 모르갔소? 나 그동안 광산에 가있었쉐다, 광산……데, 성천 회창광산에 말이야요. 참 광산 경기 둏왔습네다. 전에 사동탄광에두 가본 일이 있디만 어데 탄광에야 사람이 갈 데야요? 첫때 사람의 주제가 말이 아니거든요. 그르나 광산에만은 사내자식 티구 한번 가볼 만한 뎁데다. 무엇보담두 사람의 마음이 커디거든요. 눈에 뵈는 게 모두 돈이 아니갔이요? 나중에 내가 십당노릇까지 해봤디만, 여게선 술 한방울 구경 못할 땐데두 흔한 게 술이요, 색시였쉐다. ……참 아즈마니, 거게 술당수 하는 고운 색시 하나가

카인의 후예 225

있었는데 나하구 정분이 났댔쉐다. 알갔쉐까, 아즈마니?"
 불출이어머니는 오작녀남편이 한창 자기 자식놈하고 밀리어다닐 때는 자기더러 오마니라 호칭하던 것이 지금에 와서, 아즈마니, 아즈마니, 하고 수작질하는 말버릇부터 비위에 거슬렸다. 그러나 아불망나니를 건드릴 필요는 없다고,
"자네야 어데 가나 영웅이디."
"천만에요. 나쁜 짓은 혼자 골라 댕기믄서 한 내가 아니오? 그르나 말이웨다, 이번에 나만 곁에 있었어두 불출이가 그르케 되디는 않았을 거웨다. 이래봬두 난 누구 추김에 들디는 않는 사람이니까요. 자, 아즈마니 술 한 병만 더 주소."
"오늘은 그만 하시게. 박선생두 그르케 술이 세디 못하구 하니…"
"천만에요. 박선생님이 술 잘하신다는 걸 내 아는데…… 그렇디 않습네까, 박선생님?…… 만일 술을 할 줄 모른다믄야 이르케 서루 초면이믄서 구면터름 대할 수 있나요? 안 그렇습네까, 박선생님?"
 훈은 어서 이 사내가 술이 한껏 취해가지고라도 오늘 자기를 만나자고 한 본뜻을 털어놓기를 바라는 마음이었다.
 오작녀남편은 불출이어머니에게 짐짓 눈까지 부라려보이며,
"아즈마니, 왜 이러우? 외상은 안 먹을 테니 안심하구 어서 한병 더 주소."
 훈도 한마디 덧붙였다.
"제 염녀 말구 한병 더 주시우."
 오작녀남편은 거기 아까부터 눈이 말똥말똥해 두 사람을 쳐다보고 앉았는 너덧살난 사내애를 시켜 북어 두 마리를 가져오래가지고 맷돌 모서리에 두들기기 시작했다.
 불출이어머니는 새로 술 한 병을 내놓으면서, 여하튼 오늘 이 두 사내가 무사해줬으면 하는 마음이었다. 아까 이 최가가 오작녀에게 대하던 서슬로 보아 아무래도 마음이 놓이지 않는 것이었다.
 한참 동안 말없이 술만 들이켜던 오작녀남편이 이번에는 별안간 딸꾹질을 시작했다.
"어……피꺽……내가 무어 **남의 것을** 도죽질해 먹었나?……피꺽

……아마 아즈마니가 주기 싫어하는 술을 달래 먹어서 그른 모양이로군.……피꺽……박선생, 우리 밖으루 나가 바람이나 쐽세다.……피꺽……아즈만 얼마요?"

훈은 이제부터로구나 했다.

오작녀남편은 비틀하고 일어서서 호주머니에 손을 넣어 몇번 휘둘러보더니,

"피꺽……할 수 없군.……아즈만, 오늘은 외상이웨다."

훈이 돈을 꺼내어 세기 시작하자 오작녀남편은,

"아닙니다.……피꺽……박선생, 오늘은 제가 책임지갔습니다.……피꺽……"

한 손으로 훈의 돈 든 손을 밀어내다가,

"그럼……피꺽……아즈마니, 술값 받으소. 이래서 술 먹는 사람끼리란 둏거든요.……피꺽……초면이래두 주머니에 돈있는 사람이 내게 매련이니.……피꺽……"

밖으로 나왔다.

어느새 밖은 저녁 골안개가 끼어있었다.

오작녀남편은 집 모퉁이로 돌아가 오줌을 누고 나더니 약간 어지러운 걸음걸이로 가까이 와 한 팔을 훈의 어깨에 얹었다. 다른 한 팔이 또 움직였다고 생각됐다. 훈은 이제 멱살을 잡히거니 했다.

그러나 오작녀남편은 어깨에 한 팔만을 감은 채,

"……피꺽……오늘은 실례했쉐다. 사실은 선생께서 자꾸 술값을 내시갔다구 해서……피꺽……호의를 무시하는 것같애서 그냥 두었습니다마는 그까짓 술쯤 좀 외상으루 먹기루서 어떻습니까.……피꺽……그른데 선생님……피꺽……지금 불출이오만이 데르케 술당술 할 수 있는 게 뉘 덕인디 아십니까?……피꺽……홍수 덕입니다, 홍수.……피꺽……내 선생님한테니 하는 말입니다마는 이자 고 오두마니 앉아있든 애새끼가 뉘 앤 줄 아시우?……피꺽……홍수아들이야요, 홍수.……피꺽……그리구 불출이오만네 시집간 딸 아들 합해서 다섯이나 되는데……피꺽……그게 모두 애비 다른 자식들입니다.……피꺽……홍수가 수리조합 간선 주임으루 있을 적엔 꽤 세도가 당당……피꺽……했디요. 밤낮 술대접이 끄틸 날이 없구……피

꺽……나두 그 밑에서 물감독 노릇을 하믄서 술병깨나……피꺽……앵게줬디요. 그리구 참, 홍수 그 사람이 또……피꺽……뱀을 동와 해서요……피꺽……내손으루 뱀두 숱해 잡아주구 했는데……피꺽… 그르든 사람이 해방이 되구 이번에 민청위원당인가 되드니……피 꺽……사람이 아주 달라뎄드군요. ……피꺽……나보구두 전터럼 해 라를 하디 않구……피꺽……넵을 다 하구……"
　고개 한중턱에서 오작녀남편은 문득 발걸음을 멈추었다. 어깨에 얹었던 팔을 풀었다.
　"……피꺽……참, 선생님 오늘 실례 많았습니다. ……피꺽……저혼 자서만 지꺼레놔서……피꺽……왜 이르케 자꾸 피께질이 날까, 에 헴……피꺽……사실 오늘 선생을 뵙구 할말이 있었습네다."
　오작녀남편의 더운 입김이 확 얼굴에 와 끼얹혀졌다.
　"내가 이르케만 말해두 짐작하시갔디요? 그래 선생과 한번 단둘 이 만나 담판을 지을라구요, 아시갔습니까?"
　어느새 딸꾹질이 멎어있었다.
　"세상에서는 흔히 내가 난봉이 나서…… 사실 그동안 난봉두 꽤 피 워봤디만…… 내가 난봉이 나서 오작네를 구박해 못 살게 된 줄루만 알구 있디요. 그르나 그르티가 않습니다. 이르케 된 바에 숨김없이 다 말하갔쉐다마는, 정말은 내가 오작네를 싫어한 게 아니야요. 인 물두 눈이 좀 세게 생긴 게 너자티구 뭣하디만, 것두 보기에 따라 선 시원하게 생겠다구두 볼 수 있디요. 하여튼 내가 네펜네 싫어서 버린 게 아닙네다. 그저 그년이 이상한 버릇이 있어놔서요. 시집온 날부터 아예 허리 위루는 다티디 못하게 하거든요. 허리띨 꼭 졸라 매구서 아래보담두 더 소동히 너기디 않갔이요? 처음에는 그저 부 끄러워 그르거니 했디요. 그르나 그렇디가 않아요. 언제꺼지나 젓 가슴은 못 다티게 하는 거야요. 그래 본때가 글렀다구 손질을 하기 시작했디요. 그래두 영 말을 안 듣디 않갔이요? 그래 필시 이년이 나 말구 생각하는 딴 사내놈이 있구나 하구, 그르믄 그놈하구 가 잘 살라구 때레 내쫓은 거야요. ……이르케 된 게디 내가 처음부터 그년이 싫어서 그랜 건 아닙네다. 지금와 생각하니 그 다른 남자가 바루 선생이었드군요?"

훈은 비로소 오작녀남편의 얼굴을 똑바로 바라보았다.
"그건 오햅니다."
"오해? 대테 뭣 말라 죽은 게 오해야?"
 오작녀남편의 숨결이 거칠어졌다.
"오작녀와 나 사이엔 아무런 관계두 없습니다."
"삼년 동안이나 한가맛밥을 먹구 살문서두?"
"내 분명히 말하지요. 오작녀는 옛날과 다름없이 깨끗한 몸입니다."
 오작녀남편의 붉은 눈이 잠시 훈을 노리다가,
"처음 생각으룬 당신을 만나기만 하믄 단주먹에 때레눕힐라구 했댔쉐다. 그르나 막상 대하구 보니깐 첫눈에 아주 약골루 생긴 게 어디 손댈 나위두 없을 것같구…… 그래 술은 한잔 할 줄 안대기에 그럼 술이나 한잔썩 하구 나서 니얘기 하자구 한 것인데…… 술 할 줄 아는 사람이란 서루 말 한마디루 통할 수 있거든요. 그른데 왜 바른대루 말을 못하는 거요? 무식하다만 나두 한때 이름있든 활랭이웨다. 당신이 바른대루 말만 하믄 그까짓 네펜네 하나쯤 문데 아니웨다."
"더 변명 않겠습니다. 언제든지 오작녀를 데려가구 싶은 때 데려가십시오."
"그르타믄 당장 낼 대레가갔소!"

 이날 밤 오작녀는 열에 떠 잠을 이루지 못했다. 그러면서도 오늘 훈이 무사히 돌아왔다는 데 한껏 마음이 놓이는 것이었다.
 열은 이튿날 아침이 되어도 내리지 않았다. 그러나 여느때와 다름없이 부엌동자를 했다.
 아침상을 받으면서 훈이 비로소 오작녀의 얼굴이 심상치 않음을 발견했다.
"열이 있는 것같은데?"
 오작녀는 눈을 내리깔며,
"괜티않아요."
"이따 약 먹구 땀을 내우."

그러면서 훈은 오늘 오작녀남편이 온다는 데에 생각이 미쳤다. 미리 약을 주어두는 게 좋을 것같아 아스피린 몇 알을 종이에 싸주었다.

아침상을 물리면서 훈은 오작녀에게 오늘 남편이 온다는 말을 하려다 그만두었다. 어제 앞개울에서 돌아오는 길에 자기 일은 자기가 이미 결정한 바 있다던 오작녀의 말이 떠오른 것이었다. 이제 남은 것은 오작녀와 오작녀남편, 이 두 사람이 직접 맞대면하는 문제뿐인 것이었다. 그러기 위해 훈 자기는 오작녀남편이 오기 전에 자리를 비켜주어야 옳을 것같았다.

뒷산 옛무덤가로 올라갔다.

앞 잡목 나뭇가지 끝에 까치 한 마리가 앉아, 제 무게에 못이기는 듯 펄럭펄럭 춤을 추다가 날아가버렸다.

그 잡목 밑동 옆으로 내다보이는, 안동네와 비석거리 사이에 뚫린 한길로 지금 줄지어 나오는 사람의 떼가 있었다.

남이아버지의 상여였다. 만장도 여러틀이었다. 꽤 호사스런 상여였다.

갑자기 뒤에서 발자국소리가 나더니,

"아, 마츰 잘됐쉐다,"

하고 홍수가 옆에 와 서며,

"오늘 최가가 이리 오기루 됐댔나요?"

한다.

"예."

"그른데 지금 그자를 요 뒤에서 만났는데, 오늘 갑재기 순안 들어갈 일이 생겼다구요. 뭐 집을 하나 얻는대나요. 그래 이삼일 후에 다시 찾아오갔다구 하믄서, 디나는 길에 날더러 그 말을 좀 던해달라구요."

훈은 오작녀남편만 좋다면 자기네 집을 내주어도 좋다고 생각했다.

"그사람이 이만저만한 자가 아닙니다. 조심해 대하십쇼 선생님. ……그럼 실례합니다."

장례에 참례하러 가던 길인 듯 바삐 몇 걸음 서두르더니 도로 이

리로 걸어오며,
"참, 선생님……"
 무엇을 꺼리듯 주위를 한번 살피고 나서 낮은 소리로,
"어제 웃골 윤주사가 댕게갔디요? 내 선생님께만 하는 말인데, 앞으룬 그런 사람과 만나디 않으시는 게 둏을 겝니다."
 훈을 위해 귀띔해주는 듯한 언성이요 태도였다.
 훈은 이 말로써 홍수가 민청위원장으로서 맡은 일이 무엇인가를 알 수 있는 듯했다.

 묘지에서는 남이어머니가 묘 판 자리에서 퍼그나 떨어진 곳에 가 돌아앉아있었다.
 우는 것같지도 않았다. 고개와 어깨가 그대로 조용했다.
 하관이 시작되자, 자리에서 일어났다. 두리번거리며 누구를 찾는 눈치였다. 그러는 그네의 눈만이 꽈리알처럼 피가 뭉쳐있었다.
 개털오바청년에게로 가까이 갔다.
"여보, 선생, 명구네 땅 떼주갔다구 한 거, 그거 우리 부티게 해주소. 땅이구 뭐구 다 싫다구 했디만, 생각해보니 죽은 사람은 죽은 사람이구 산 사람이나 살아야디 않갔소? 즌갯벌 논하구 서젯골 밭을 부티게 해주소. 그 땅이믄 소작뇨 물구두 될 거요. 명구네는 그것 말구두 부틸 땅이 있으니, 그 즌갯벌 논이나하구 서젯골 밭만 부티게 해주소. 거젼 싫소. 죽은 남편과 그 땅을 바꾸는 것같애 거젼 싫소. 소작으루나 반작으루 부티게 해주소."
 개털오바청년은, 아무래도 이 여성동무가 투쟁의식이 부족하다고, 눈살을 찌푸렸다.

IV

 종내 오작녀는 자리에 눕고 말았다.
 아스피린을 먹고 땀을 내보았으나 소용없었다. 그냥 신열이 계속되었다.
 오작녀는 요맛 몸살에 져서는 안된다는 생각이었다. 몸살이란 움직여서 풀어야 제일 속한 법이다. 그대로 부엌동자를 했다. 그러면서 몇번이나 눈앞이 아찔해서 소반을 든 채 쓰러질 뻔했다.
 하루만 어머니더러 부엌일을 보아달라고 하고는 그만 자리에 눕고 말았다.
 훈이 김의사를 찾아갔다. 왕진을 청할 작정이었다.
 그러나 김의사는,
 "뭐 인플렌잘 겝니다, 이른 봄철에 흔한. ……약을 제드리디오."
 "아스피린은 안 듣는군요."
 "다른 약을 제드리디오."
 가루약 세 봉지를 받아가지고 돌아왔다.
 약을 써보았으나 역시 열은 내리지 않았다.
 이튿날 다시 김의사를 찾아갔다.
 "한번 가셔서 진찰해봐주십시오."
 "예……"
 김의사는 잠시 무엇을 생각하는 듯하더니,
 "그럼 뒤루 곧 갈께니 만제 가시디오."
 훈이 집에 돌아와 아무리 기다려도 김의사는 오지 않는 것이었다.

한 두어 시간 잘 되어서였다. 미닫이를 똑똑 두드리는 소리가 났다. 김의사였다.

좀 들어오시라고 해도 김의사는 오늘은 바쁘다고 하면서, 환자가 있는 건넌방으로 갔다.

좀만에 미닫이를 두드리는 소리가 또 났다. 김의사는 이번에도 좀 들어오라는 말에는 대답도 없이 툇마루 밖에 선 채,

"역시 독감입니다. 약간 테한 기운두 있구…… 주살 놨으니 이제 괜티않을 겝니다."

그래도 환자의 열은 좀처럼 내리는 기미가 뵈지 않았다.

훈은 오작녀의 병이 심상치가 않아 보였다. 예사 고뿔이나 몸살 같지가 않은 것이었다. 이렇게 무슨 병인지도 모르고 하루 이틀 끌 수는 없다는 생각이 들었다.

저녁때쯤 또 김의사를 찾아갔다.

김의사는 벗겨진 이마를 손바닥으로 한번 문지르더니,

"거 모를 일인테요. 그만큼 했으믄 차도가 좀 보일 텐데? 어디 좀 두구 보시디요."

훈이 왕진료로는 지나칠 만한 금액을 꺼내놓았다.

"한번만 더 가셔서 진찰해봐주십시오. 예삿병이 아닌 것같으니……"

"그럼 내 뒤루 곧 가리다."

그날 김의사는 오지 않았다.

좀더 급한 환자라도 생긴 모양이라고, 이튿날 아침 다시 찾아나서려는데 김의사가 왔다. 사실 몹시 바쁜 기색이었다. 손에 왕진가방도 들려있지 않았다.

훈이 건넌방 문 밖에서 진찰이 끝나기를 기다렸다.

새로 해 친 수수깡바자에서 삐르르 하고 우는 소리가 들렸다. 덜 따낸 수수깡잎이었다. 바람도 있는 것같지 않은데 삐르르 하고 우는 것이었다. 듣기 싫었다. 가서 따버렸다.

좀만에 김의사가 알콜 솜으로 손바닥을 닦으며 나왔다. 훈이 다가갔다.

"열이 대단하지요?"

나직이 물었다.

"발진티푸습니다."
"발진티푸스요?"
　가슴이 섬뜩했다. 어머니가 이 병으로 돌아가신 것이었다.
"벌써 입가생이에 붉은 반덤이 보이기 시작했쉐다. 이제 온몸에 그게 돋을 겝니다."
"무슨 치료 방법은?"
"환자를 안덩시케가지구 니마에 찬물멈이나 계속해서 해주시우. 아마 내일쯤부터 열이 최고도루 오를 겝니다. 결국 이 열에 지디 않아야 되는데……"
　별로 치료법이 있지 않다는 걸 훈도 알고 있었다. 어머니도 결국 심장이 못 견디어 세상을 떠났다.
"그리구 말입니다, 데 병은 온몸에 돋았든 반덤이 없어딜 때가 데일 던염성이 많으니, 그때 조심하시우."
　김의사는 버릇처럼 벗겨진 이마를 몇번 손바닥으로 문질렀다. 그리고는 다음 급한 환자라도 있는 듯이 바쁜 걸음으로 돌아서 나가다가,
"참, 박선생님,"
하고 이쪽으로 고개를 돌리며,
"이제 무슨 병인디 안 이상에는 내가 다시 안 와두 됩니다. 내게 따루 약이 있는 것두 아니구 하니까……"
　훈은, 그래도 가끔 와서 강심제라도 놔줘야 하지 않겠느냐고 하려다가 그만두었다. 언뜻 김의사의 말뜻을 알아차렸기 때문이었다.
　김의사는 다시는 자기를 찾지 말라는 것이다. 이렇게 훈과 오고 가는 게 남의 눈에 좋지 않다는 것이리라. 그래서 첫날 왕진왔을 때 훈의 방에는 들어오지도 않았고, 어제는 약속을 해놓고도 안 왔던 것이다. 그것이 오늘은 또 왕진가방까지 안 들고 왔다. 아마 주사기같은 것은 주머니에 넣어가지고 남의 눈에 띄지 않게끔 다녀가는 것이리라.
　돌아서 나가는 김의사의 금방 문지른 이마에서 김이 올랐다.
　다시는 왕진을 오지 않으리라. 훈은 오작녀가 자기와 한집에 있으므로 해서 큰일을 볼 것만 같은 생각이 들었다. 불안스럽기 짝이

없었다.

 오작녀어머니도 제대로 와 끼니를 끓이지 못했다. 남편한테 야단을 맞은 것이었다. 그깟년은 이미 내 자식이 아니다, 죽건 말건 내버려둬라, 다시 훈네 집에 드나드는 연놈은 그냥 두지 않겠다는.
 겁먹은 오작녀어머니가 남편 몰래 살그머니 건넌방을 들여다보고는 그대로 그림자처럼 가버리곤 했다. 그러는 그네의 마음은, 이제 딸이 돌봐주는 사람도 없이 죽고 말리라는 생각뿐이었다. 눈에 눈물기가 마르지 않았다.
 훈이 찬물찜을 시작했다. 오작녀는 몇번이고 일없다고 했다. 그리고는 부끄럽고 미안한 생각에 그저 어쩔줄을 몰라 했다.
 미닫이 밑 판자에 관솔이 한 군데 박힌 것이 있어, 햇빛에 이상스레 투명한 빛을 냈다. 저게 붉은 빛깔이긴 한데 무슨 붉은 빛깔일까.
 훈은 물수건을 갈아주고는 이 관솔 빛깔에 눈을 주곤 했다. 보면 볼수록 황홀한 빛깔이었다. 저게 무슨 꽃빛깔같은데 무슨 꽃빛깔일까. 찔레꽃빛? 석류꽃빛? 생각해낼 수가 없었다.
 훈이 끼니도 끓였다. 열 때문인지 오작녀는 미음도 변변히 먹지 못했다. 훈이 만들어준 것이라 한 술이라도 더 떠보고 싶었으나, 도시 목에 넘어가지가 않는 것이었다.
 비석거리에 사는 칠성이어머니가 병문안을 왔다. 샛문을 열어잡고, 오작녀의 앓는 모양에 몇번 혀를 차고 나서 조용히 문을 닫았다.
 눈을 감은 채 오작녀가, 거 누구냐고 물었다.
 훈이, 칠성이어머니가 병문안 왔다 간다고 했다.
 오작녀가 핏줄서린 눈을 번쩍 뜨며 몸을 일으키더니 미닫이문의 유리께로 다가가 밖을 내다보았는가 하자 드윽 문을 열었다.
 "칠성이오만!"
 칠성이어머니가 대문께서 고개만을 돌리며,
 "오, 되기 앓는다게 왔다 간다. 어서 나서 널어나두룩 해라."
 "거 뭐웨까?"

"뭣 말이가?"
"초매 밑에 넣은 거?"
"이거 아무것두 아니다."
"어데 좀 봅세다."
"댜가! 아무것두 아니래두 그래."
"아니긴 뭐가 아니야요? 이리 가제오라우요."
 칠성이어머니가 불쑥 치마 밑에 넣었던 손을 뽑았다. 놋대접이었다.
"자! 이거 하나 빌레간다 왜?"
"누구보구 말하구 빌레갑네까?"
"댜가! 그래 이거 하나 거저 개제간대믄 또 어떠니?"
"넘테없이 그르디 말구, 어서 이리 갖다놓기나 하소!"
"넌 또 왜이래니? 이제 메칠 안 가서 이 집두 다 없어딘대드라. 그래 이거 하나쯤 개제가서 뭐이 안됐니?"
"아니 대테 누가 그런 소릴 합데까? 내 눈에 흙들기 전엔 여기 돌멩이 하나 까딱 못해요!"
"야, 참 비우 둏다! 그래 너 혼자 몽땅 처먹어보갔단 말이디? 그런 맘 셌단 안된다, 안돼!"
"아직두 여러소리 하갔소?"
 오작녀가 후들거리는 팔로 문턱을 넘어 뒷마루로 나섰다. 그제야 칠성이어머니는,
"엣따! 너 혼자 몽땅 처먹구 뒈데라!"
 놋대접을 뜰안으로 내동댕이쳤다.
 자리에 돌아와서도 오작녀는, 까마귀 뭘 뜯어 먹듯 해볼라구? 하는 말을 혼자 중얼거렸다.
 훈은, 칠성이어머니가 오죽하면 그 놋대접을 훔쳐가려 했을까 싶어, 차라리 그걸 모르는 체했던 편이 나았으리라고 생각하는 것이었다.

 김의사의 말대로 이튿날 열은 최고도로 올랐다.
 물수건을 갈아줄 때마다 깜짝깜짝 놀랐다. 절로 앓는 소리를 내

었다. 숨이 가빠져 가슴을 들먹이었다.
 종시 헛소리까지 하기 시작했다.
 "……칠성이오만, 그 놋대접 이리 개제오소…… 안돼요, 안돼, 내 눈에 흙 들기 전엔 안돼……여보, 남의 냄비는 또 왜 가제가?…… 아, 냄비가 끓어 넘는다, 어서 가봐야갔이요, 어서 어서……"
 오작녀는 이리저리 몸을 마구 뒤치었다.
 "……이놈아, 이놈아, 안된다, 안돼…… 이놈아, 이 최가놈아, 이 가슴만은 못 다틴다…… 야, 사람 살레라! 삼득아, 큰일났다! 최가놈이 박선생을…… 야, 삼득아, 어서 좀 가 봐라, 어서 어서……"
 오작녀는 잠시 숨이 넘어가는 듯 꼼짝않고 있더니 길게 한숨을 내뿜으면서,
 "……아, 답답해, 날 켠에다오, 날 켠에다오……"
 치마허리를 밀어내렸다. 불룩 젖통이 솟아나왔다. 흰 살갗이 붉은 반점으로 해서 진달래빛 물이 들어있었다.
 "……아, 죽갔다, 누구 이 가슴을 좀 빠개주소……"
 훈이 이불을 끌어다 가슴을 가리었다.
 오작녀가 이불을 걷어 찼다. 젖가슴이 더 물결쳤다.
 다시 이불을 끌어올리는데 덥썩 오작녀의 손이 훈의 손을 와 잡았다. 그 손이 불덩어리였다.
 훈이 손을 뺐었다. 뭉클하고 뜬뜬한 젖통과 꼿꼿한 젖꼭지가 스치었다.
 훈은 이불을 훅 끌어올렸다.
 다시 오작녀가 걷어 찼다. 그리고는 가슴을 쥐어뜯기 시작했다. 진달래빛 젖가슴에 손톱자국이 나고, 손톱자국에 뿔깃뿔깃 핏방울이 내맺혔다.
 "……어서 이 가슴을 좀 빠개주소……"
 훈이 고개를 돌렸다. 관솔에 눈을 주었다. 지금 관솔은 대낮의 햇빛을 받아 한창 황홀한 빛을 드러내고 있었다. 오늘은 더욱 그게 무슨 빛깔인지 알 수 없었다.
 "……정말 가슴이 답답해 죽갔이요, 어서 좀 이놈의 가슴을 빠개달라우요……"

훈은 오작녀의 쥐어뜯는 손을 멈추어야 한다고 생각했다. 그러나 다시는 그 물결치는 젖가슴에 손을 가져갈 수가 없었다.
 그러면서 훈은 웬일인지 오늘 자기는 이 오작녀가 여태까지 지켜온 깨끗함을 이렇게 더럽히고 있다는 느낌이었다.
 "……아, 큰애기바윗골 뻐꾸기가 우네요……큰애기가 우네요…… 큰애기가 불쌍해요, 큰애기가…… 선생님……"
 갑자기 오작녀가 이렇게 중얼거리고는 훌쩍훌쩍 울기 시작했다.
 "……선생님 제발 저더러 이집에서 나가라구 글디 말라우요……선생님, 선생님……"
 저녁때가 되면서 관솔의 빛깔이 거무칙칙하게 죽어졌다.
 빗방울 듣는 소리가 들렸다.
 오작녀는 혼혼히 잠이 들었는가 하면, 깜짝깜짝 놀라면서 아지못할 소리를 지르고, 훌쩍훌쩍 울고 했다.
 훈은 비 머금은 검고 무거운 하늘이 그대로 가슴을 내리누르는 듯함을 느꼈다.

 이틀만에야 열이 좀 내렸다.
 훈이 오작녀가 잠든 틈을 타, 며칠만에 처음 자기 방으로 건너왔다.
 몸이 무거울대로 무거웠다. 그러나 마음은 가벼운 편이었다. 그동안 오작녀가 그 고열에도 잘 이겨준 게 대견스러웠다. 그리고 그 병구완에 자기가 이만큼이나마 견디어냈다는 게 또 기이하고도 상쾌스런 것이었다.
 책상머리로 갔다. 버들개지가 뽀오얗게 털을 피우고 있었다. 저번 오작녀가 개울에서 꺾어온 갯버들가지였다. 병의 물이 거의 잦아있었다.
 훈은 버들개지 몇을 따가지고 아랫목으로 가, 배를 깔고 엎드렸다. 버들개지를 일자로 세워 놓고 구들바닥을 두들겼다. 버들개지들이 별로 움직이는 기색이 뵈지 않았다. 딱딱한 장판이라 그런 모양이었다.
 어려서 장난할 때는 버들개지들이 잘도 경주를 해주었다. 삿자리에 놓고 두드리면 꼭 무슨 복실강아지들처럼 털을 보르르 떨면서 달리는 것이었다. 열심히 옆으로만 달리는 놈도 있었다. 삿꼬챙이에 걸려 댁실댁실 구르는 놈도 있었다. 여간 재미가 있지 않았다.

눈앞에 버들개지가 어룽신해지며 눈자위가 쓰렸다. 팔베개를 하고 눈을 감았다.

그리고 얼마를 잔 것일까. 눈을 떴을 때는 기운 햇발이 미닫이에 걸려있었다.

홀연 무엇이 생각켜졌다. 어느 겹은 바위 틈에 피어있는 산나리 꽃포기가 떠올랐다. 절로 가슴이 뛰었다. 오작녀가 있는 방 미닫이 판자에 박힌 관솔빛은 다른 빛이 아니고, 이 산나리의 빛인 것이다.

부엌으로 해서 건넌방 샛문을 열었다. 햇발 속에 관솔이 꽃을 피우고 있었다. 산나리꽃빛! 훈은 저도모르게 마른침을 삼켜내렸다.

오작녀는 입술을 살포시 연 채 그냥 잠이 들어있었다. 숨결도 골랐다. 이런 오작녀의 얼굴도 산나리꽃빛으로 물들어있는 것만 같았다.

사뿐히 샛문을 닫고 돌아서는데 부엌문 유리에 대문간의 그림자가 비쳤다. 당손이었다. 그러고보니 자기는 얼마 동안 당손이할아버지한테 가보지를 못했다.

우물로 가 찬물로 세수를 한 뒤 저고리를 걸치고 밖으로 나섰다. 밖은 지난 비에 씻겨 한꺼풀 봄빛이 드러난 것같았다.

당손이할아버지네 안뜰로 들어서는데 방안에서 당손이의 울음소리가 들렸다. 연방 아얏 소리를 지르는 품이 할아버지한테 매라도 맞는 모양이었다.

좀전에 본 애가 웬일일까 하고 훈이 섬돌로 올라서며 문고리를 잡으니, 안으로 문이 잠겨져있었다.

"할아버지, 접니다."

잠시 안에서 매질이 그치고, 당손이의 울음소리가 좀 수그러지는 속에 당손이할아버지의,

"밖에 누가 왔나?"

하는 소리가 들렸다. 숨찬 음성이었다.

"접니다. 훈입니다."
"오, 교산가?"
그러나 문은 열려지지 않았다.
다시 방안에서는 찰싹찰싹 하고 회초리소리가 들려나왔다.
당손이는 아얏 소리를 지르는 사이사이,
"할반, 잘못했이요. 죽을 죄루 잘못했이요."
하며 그만 주저앉아버리는 눈치자, 늙은이의 숨가쁘고도 엄한 목소리가,
"닐어나거라! 얼른 닐어나서 네 매를 맞아라!"
했다.
"할반, 한번만 용서해달라우요. 다시는 안 그럴께요."
"아니다! 좀더 맞아야 한다! 썩 닐어나거라!"
훈이 문고리를 잡아흔들며,
"할아버지, 왜그러십니까? 문 좀 열어주십시요,"
하니,
"교사, 잠깐만 기대리게…… 자, 썩 닐어나거라!"
하고, 방안에서는 다시 회초리소리와 함께 당손이의 비명소리가 들려나왔다.
"할아버지, 왜그러십니까? 진정하시구 문 좀 열어주십시오."
딱 하고, 회초리 부러지는 소리가 들렸다.
씨근거리는 당손이할아버지의 거친 숨소리가 그냥 높아지며,
"이번에는 내 차례다!"
새로 회초리를 집어드는 기색이 났다.
이어 회초리소리가 다시 들려나왔다. 그러나 이번 회초리는 살에 부딪는 소리가 아니고 뼈에 부딪는 소리같았다.
"할반, 정말 죽을 죄루 잘못했이요. 한번만 용서해달라우요."
당손이가 와서 할아버지 팔에라도 매달리려는 기색인 것을,
"데리 물러가서 이 햅애비의 매맞는 꼴을 자세히 봐라! 왜그런디 난 이 매가 도무디 아프디 않구나! 이 저리구 아픈 가슴에 비하믄…… 에익, 에익……"
딱 하고, 또 회초리 부러지는 소리가 났다.

흑, 흑, 하고 늙은이의 흐느낌같은 소리가 두서너 번 났다. 그리고는 이어 당손이의 울음 참는 느낌소리가 들릴 뿐, 방안은 고요해졌다.
이윽고 문고리 벗기는 소리가 났다. 분명 떨리는 손이 벗기는 소리였다.
"교사, 들어오관데."
조용한 음성이었으나 목소리마저 떨려있었다.
밖에서 들어간 훈의 눈에 처음에는 방안의 것이 잘 보이지 않았다. 차차 눈이 익어지면서 이쪽 허공 한점에 눈을 주고 있는 당손이할아버지의 흰 수염이 드러나고, 그 앞에 회초리 두 개가 아무렇게나 동강이 난 채 널려있는 게 보였다.
당손이는 아랫목에 돌아앉아 고개를 무릎 새에 묻고는 어깨를 들먹거리고 있었다.
당손이할아버지가 허공에 눈을 준 채,
"오작네가 되기 않는다드니 좀 어떤가?"
"된 고빈 넘긴 셈입니다."
늙은이는 천천히 고개를 떨구면서,
"그른데 교사, 내 교사한테 사과할 일이 하나 생겼네."
훈은 아까부터 무슨 영문인지 몰라 하고 있었다.
"글쎄 데놈의새끼가 큰 잘못을 저즐렀네게레, 사람질 못할 놈의 새끼가!"
"대체 무슨 일입니까?"
"교사가 들으믄 고약하게 생각할 걸세."
당손이할아버지는 후우 한숨을 끄고 나서,
"글쎄 좀전에 말일세, 물 한 지게를 제울라구 우물루 나가디 않았갔나. 그랬드니 비석 뒤에서 홍수란 놈이 데새끼 주머니에다 뭘 쿡 밀어넣구설랑 가버리데게레. 그래 데새끼보구 물어봤디. 그랬드니 데놈의새끼 수작이, 아무것두 아니구 홍수가 그저 비석 글잘 가르케주구 갔다는 거야. 요새끼가 가짓말을 하는구나 하는 생각이 들드구만. 그래 지금 네 주머니에 넣어준 건 뭐냐구 했드니 그저 아무것두 아니래는 거야. 필시 무슨 곡절이 있구나 했디. 아무리 내 눈이 어둡기루서니 지금 당장 내 눈으루 본 걸 개지구 아무것두 아니라니 될 말인가. 데놈의새끼를 끌구 들어와 주머닐 뒤데봤네게레. 그랬드니 십원짜리 넉 장이 나오디 않갔나. 그래 이건 웬 돈이냐구 했드니, 흥수가 비석 글자 잘 안다구 상으루 주드래는 거야. 당티 않은 수작이디. 요새끼가 아직두 가짓말을 하는구나 하구 종아릴 들이족뎄디. 그랬드니야 실토를 하디 않갔나. ……매일 멫번썩 교사네 집에를 가서, 교사와 오작네가 뭣을 하구 있는디 염탐을 했다는 거야. 데놈의새끼가 글쎄!"

늙은이의 젖은 눈이 번쩍 빛났다.

훈은 훈대로 등골이 써늘해짐을 느꼈다.

얼마 전, 흥수가 뒷산 옛무덤가에서 자기를 위해 귀뜸이나 해주듯이, 오작녀남편 최가가 이만저만한 자가 아니니 조심해 대하라던 말과 앞으로는 윗골 윤주사와 만나지 않는 것이 좋을 거라던 말이 떠올랐다. 이 흥수가 역시 자기의 일거일동을 염탐하는 책임을 맡고 있음이 틀림없었다.

훈은 자기가 항상 무엇에 노림을 받고 있다는 생각에 멫번이고 등골이 써늘했다.

당손이할아버지는 다시 언성에 노기를 띠며,

"하긴 흥수 그놈이 나쁜 놈이디. 어린앨 돈으루 나꿔개지구 그런 즛을 하게 맹그는…… 그르나 남 탓할 게 있나. 데놈의새끼가 나뿌디. 그르구 보믄, 이 핸애비가 잘못 가르케 그르케 된 거니 이 핸애비가 더 안됐디. 교사, 용서해주게."

흰 수염에 덮인 턱이 후들후들 떨리었다.

"누구의 잘못이 아닙니다. 모두가 세월 탓인 걸요."

"아니디. 세월이야 어떠 됐든 사람의 마음이야 어데 가갔나. 사람 으루서 할 즛과 못할 즛은 고금을 통해서 변할 리 없거든."

여기서 늙은이는 손자에게로 고개를 돌리며,

"이새끼야! 넷날부터 남의 고자질이나 하구 염탐꾼 노릇 하는 놈이 앉았든 자리엔 삼년간 풀이 못 난단다라, 이새끼야! 그르구 앉았디 말구 어서 썩 그놈의 돈이나 갖다 주구 오나라!"

소년이 뒤뚝거리며 일어섰다.

훈이 손수건을 꺼내어 눈물과 코를 닦아주었다.
당손이가 나가자 늙은이는,
"내 핏줄이라군 데거 하나밖에 없는데……"
"아직 철없는 애 아닙니까."
"그르나 넷말에 될성부른 나문 떡닢부터 알아본다구 하디 않았나."
늙은이는 새로이 후우 하고 깊은 한숨을 껐다.
늙은이의 정강이에 피가 나있는 게 보였다. 두 정강이가 온통 붉고 푸르게 부르터있었다.
훈이 손수건을 가져갔다.
"아니 걸루?……"
늙은이가 볏짚으로 대신 훔치려는 것을,
"괜찮습니다. 빨 수건입니다."
깨끗이 피를 훔치어주었다.
"교사 보기가 부끄럽네."
"아닙니다. 너무 상심 마십시요. 사람이란 몇번 변하는지 모르는 겁니다."
"어데 둏은 사람 나쁘게 되긴 쉬워두 나쁘든 사람 둏게 되기야 쉽든가."
오작녀의 죽을 쑤어야 할 것이 생각났다. 일어섰다.
섬돌을 내려서려는데 늙은이가 문을 열어잡은 채 문득 생각난 듯이,
"참, 교사 들었나?"
하여, 훈이 몸을 돌렸다.
"뭘 말씀입니까?"
"낼 뭐이 있다는 거?"
"못 들었습니다."
"낼 농민대회를 한다는데, 그 자리에서 토디개혁인갈 한대데."
"예……"
"어뜨케 되는 놈의 세상인디……"
이미 예기하고 있던 일이었다. 그러나 한 순간 훈의 가슴을 무엇인가 분명히 두 갈래로 갈라놓는 것이 있었다. 그것은 또 그대로

그를 싸고 있는 공간이 크게 두 갈래로 갈라지는 듯한 느낌이기도 했다.

오작녀에게 죽을 쑤어 들여보내고는 자기도 밥을 몇 술 뜨는 둥 마는 둥 하고 나서 문갑과 궤, 장롱 속을 뒤적거리기 시작했다. 정리할 것을 좀 정리해 두리라는 생각이었다.
문갑 속에서 사진 한 장이 나왔다. 훈의 첫돌사진이었다.
아마 사진사가 방울이라도 흔들고 있는 것이리라. 혹은 저만큼에서 어머니가 손뼉을 치고 있는지도 모른다. 어린 훈이 무엇에 놀란 듯이 동그란 눈을 떠 정면을 바라보고 있었다. 노리께하게 변색한 사진 속에서도 이 눈만이 또렷이 남아있는 듯한 인상이었다.
어딘가 귀여웠다. 이 귀여운 어린애가 아무래도 지금의 자기가 아닌 것만 같았다.
갈아입을 셔츠 몇 벌과 함께 손가방 속에 넣었다.
궤에 들어있는 토지문서와 아버지의 인감도장은 따로 꺼내어 한 묶음 쌌다.
장롱 속에서는 옷감 보퉁이가 나왔다. 어머니가 살아계실 때 훈의 혼숫감으로 사들인 피륙들이었다.
어머니가 끼시던 가락지가 생각났다. 장롱 밑을 뒤지었다. 누리께한 한지에 꽁꽁 싸여있었다.
옷감 보퉁이와 가락지를 들고 오작녀 방으로 건너갔다. 오늘은 그래도 몇 숟가락 대어본 죽그릇이 샛문 밖에 내놓여있었다. 훈이 건너오는 것을 보고 부끄러운 게리라. 오작녀는 이불을 이마 위에까지 뒤집어쓰고 있었다.
"저, 오작녀, 내 마지막 기념으루 하나 줄 게 있소."
오작녀가 화닥닥 일어나 앉았다.
"그냥 누워있으우. 이게 어머니께서 내 혼숫감으루 끊어다 두었든 게요. 받아두시오."
오작녀는 온몸을 와들와들 떨기 시작했다.
"그리구 이건 어머님이 끼시든 가락지요. 같이 기념으루 받아두우."
"선생님, 건 안됩니다!"

"지주의 재산 몰수 한계가 어느 정도인진 몰라두, 내가 이걸 오작녀에게 주었다구 해서 법령에 저촉되진 않을 게요."
"건 안됩니다! 선생님이 개지구 계시다가 이후……"
"이후에 이런 물건이 내게 소용될 리가 없소."
오작녀의 눈에 확 홰가 섰다고 느껴졌다.
"그리구 사실은 이 집꺼지두 오작녀에게 물려주려구 생각했었소. 남편되는 분만 찬성하신다면…… 그런데 그분이 집 구하러 순안 들어가서는 통 소식이 없구먼요."
"안됩니다! 건 안됩니다!"
오작녀가 칵 옆으로 엎으러졌다. 검은 머리가 얼굴을 덮었다. 어깨가 마구 물결쳤다.
훈이 이래서는 안되겠다는 생각에 자리를 일어섰다. 그러자 오작녀의 팔이 와락 훈의 아랫도리를 와 안았다.
훈이 엉겁결에 상대편의 몸을 떠밀쳤다. 그러나 상대편의 팔은 점점 이편의 몸을 끌어안으며 위로 올라오는 것이었다. 검고 긴 머리채가 허리께까지 흘러내려있었다.
"선생님, 왜 절 살레놨습네까? 죽는 대루 내버려두디 않구, 왜 살레놨습네까?"
뜨거운 입김과 함께 오작녀의 맨 가슴이 훈의 가슴 가까이서 들먹여댔다.
훈은 온몸의 힘을 빼앗긴 사람처럼 그저 두 손을 상대편의 어깨에 얹고 있었다.
그러는 훈의 머리에 김의사의 말이 스치고 지나갔다. 발진티푸스는 반점이 날 때가 제일 전염성이 많다던 말이. 훈은 저도모르게 입밖에 내어 중얼거리고 있었다.
"나두 살구 싶지는 않다! 나두 살구 싶지는 않다!"
오작녀의 고개가 가슴에 와 비벼졌는가 하자 헉 하는 소리와 함께 나가쓰러졌다.
잠시는 숨 넘어간 사람처럼 움직이지 않았다. 등어리가 들썩 하고 크게 한 번 움직였다. 둥근 어깨에 경련이 일었다. 머리카락 새로 흐느낌소리가 새어나왔다.

훈은 온몸의 피가 자꾸 위로 끓어올라옴을 느꼈다. 그러자 가슴 한구석에서 부르짖는 소리가 있었다. 지금 네가 하려는 일은 무서운 일이다. 손가락 하나 까딱해서는 안된다. 이 여인의 어깨를 가려주기 위해서라도 손가락 하나 까딱해서는 안된다. 어서 이 여인에게서 눈을 돌려라!
　무엇에 쫓기듯이 그곳을 뛰쳐나왔다.
　그리고는 얼마 동안을 지향없이 뒷산 속을 헤매고 나서야 비석거리로 내려가 당손이할아버지에게는 아버지가 쓰시던 노안경을, 당손이에게는 자기가 차던 회중시계를 각각 정표로 나눠줄 **수가** 있었다.

V

 지난밤의 일이 부끄러운 것이리라. 오작녀는 이불을 뒤집어쓴 채 죽에 숟가락을 댈 생각도 하지 않았다.
 엷은 젖빛 안개가 걷히면서 햇빛이 비치었다. 오늘도 찬 날씨가 청명할 모양이었다.
 훈은 선산을 찾아 나섰다. 산막골 뒤에 밋밋이 벋은 산줄기가 있었다. 이 산줄기가 동쪽 모서리에 큰아기바윗골 벼랑을 만들고, 허리에다 붉은 황토를 드러내놓으며 비스듬히 서북쪽으로 달리다가 붕긋이 머리를 든 곳에 엉기성기 소나무숲을 이루어놓았다. 여기가 훈네 선영이었다.
 소나뭇가지 새로 해맑은 아침 햇살이 들이비치고 있었다. 나무 밑은 그대로 습기에 찬 검붉은 흙이 냉랭했다. 응달쪽에는 아직 서리가 녹지 않은 채로 있었다.
 훈의 아버지와 어머니의 분묘는 합장이었다. 합장치고도 별나게 더 커보였다. 지금 한편으로 길게 누운 그림자 탓인지도 몰랐다.
 훈이 끼고 온 토지문서 뭉텅이를 상석 위에 올려놓았다. 노끈을 풀고, 성냥을 그어댔다. 메마른 종이 귀퉁이에 팔락 하고 불꽃이 오르더니, 금세 파아란 연기만을 남기고 꺼지고 말았다. 종잇장들이 너무 빽빽하게 겹쌓인 때문인 것같았다.
 토지문서 뭉텅이를 도로 집어, 윗장 하나를 뜯어 불을 붙였다. 오그라들면서 잘 탄다. 한 장이 거의 다 탈 쯤해서 다시 한 장 뜯어냈다. 이렇게 한 장 한 장 불에 올려놓으면서 훈은 어느새 거기다

손을 쥐고 있었다.
 문득 파아란 불길이 먹어들어가는 종잇장에서 이런 글자들을 주 워읽었다. 답, 사천오백평. 그 다음도 답, 이천이백평. 그 다음은 전, 일천삼백평.
 어려서 은행놀이하면서 종잇조각에 적힌 액수를 세는 격이었다.
 그 다음은 임야, 삼정사반보. 그 다음은 대지, 천구백평…….
 이제는 글자 찾아 읽는 것에도 흥미가 없어졌다. 남은 종이들을 마구 구겨가지고 불에 올려놓았다. 확 불길이 일어났다. 그 속에 아버지의 인감도장을 들여뜨렸다.
 곧 연기 한오리 남지 않고 다 타버렸다. 재가 팔랑거리며 흩날렸다.
 그 속에 상아 인감도장이 노리끼레하게 내에 그을은 채 누워있었다.
 소나뭇가지를 하나 꺾어왔다. 그걸로 상석 앞을 파고 인감도장을 묻었다. 무슨 화장하고 남은 뼛조각이나 묻듯이.
 그리고는 이제 둘레를 한바퀴 돌아보고 내려가리라고 일어서는데, 붉은 소나뭇줄기 새로 번쩍 하고 빛나는 게 있었다.
 보니, 저쪽 들길에 많은 사람이 몰려오고 있었다. 오늘 농민대회에 오는 윗골사람들일 것이었다.
 또 번쩍 하고 빛났다. 들길이 빤히 내려다보이는 산모서리로 갔다. 그래도 번쩍이는 게 무엇인지는 알 수 없었다.
 붉은 황토길이 들 한가운데로 감취었다 이어지고, 이어졌다 감추이며 굽이치고 있었다. 이 길을 걸어오는 사람들의 아랫도리도 붉은 황토빛이었다. 그것이 몸 위로 올라갈수록 점점 연해지다가 희멀건 빛으로 변해지는 것이었다. 머리에 수건을 동인 사람도 있었다. 그것이 제일 희었다.
 몇번이고 또 번쩍이었다. 사람들이 모두 무엇을 하나씩 메고 있는 것쯤 알아볼 수 있게 됐다. 그것이 햇빛에 번쩍이는 것이었다.
 개울이 있어 징검다리를 건넜다. 이쪽 둑에 올라선 사람들의 뿌연 입김까지 알아볼 수 있었다.
 맨 앞에 선 사람은 감빛 양복에 전투모를 쓰고 있었다. 이 사람이 때때로 뒤를 돌아보며 무어라고 말을 하는 눈치였다. 그러면 뒤에 오던 사람들이 헝클어진 행렬을 정돈하는 몸짓들을 했다. 그러나 곧 행렬은 전과 같이 헝클어지곤 했다.
 사람들이 메고 있는 것들이 쟁기인 것도 알 수 있게쯤 됐다. 삽과 쇠스랑이 많았다. 낫을 멘 사람도 있었다. 이 낫만은 한 발이나 되는 막대기 끝에 잡아매어져있었다.
 또 번쩍이었다. 낫날에서 제일 날카로운 빛을 내었다.
 그러자 훈의 가슴에 오는 것이 있었다. 남이아버지가 낫에 찔려 죽었을 때, 보안서에 불려가 들은 개털오바청년의 말이었다. 농민위원장 동무가 흘린 피으 몇 천배 몇 만배루 그 원쑤르 갚구사 말겠다! 하던 말.
 훈이 저도모르게 그 낫날에서 피하듯이 돌아섰다. 가슴이 떨렸다. 그러는 그의 가슴 한구석에서 부르짖는 소리가 있었다. 나는 누구의 원수도 아니다, 나는 누구의 원수도 아니다!
 상석 앞을 지나다 보니, 재가 하나도 없이 말짱히 날아가버렸다. 그저 불을 놓았던 자리에 꺼멓게 그을은 자국만이 남아있었다. 머지않아 이 자국마저 깨끗이 씻겨 없어지고야 말리라.
 이상스레 마음이 맑아지는 심사였다. 그러자 자기는 여기 누워있는 무덤을 대신하여, 조용한 마음으로 누구의 원수라도 되어줄 수 있을 것같았다.

 농민대회는 소학교 운동장에서 열렸다.
 개털오바청년은 잠시 말을 끊고 앞에 모여선 농민들을 둘러보고 나서 갈한 목청을 돋구어 가지고,
 "자, 그러믄 이제부터 반동 지주들의 이름을 부르겠소! 그 한 사람 한 사람에 대해서 동무들이 비판을 해주오. 오늘은 누구의 간섭도 받지 앙이하구, 동무들이 직접 판결을 내리는 게요. 이게 우리들만이 가질 수 있는 진정한 인민재판이오!"
 손에 쥔 종잇조각을 펴들고,
 "첫째, 벌써 몇 대째 **수많은 농민의 피르 착취해온 전형적인 반동지주 박용제**!"

"옳소! 반동 디주 박용제를 타도하자!"
번쩍 도끼를 쳐들며 고함치는 사람이 있었다. 도섭영감이었다. 무엇에 놀란 듯한 얼굴들이 모두 그리로 쏠렸다. 뒤의 사람은 발돋움까지 하고 기웃거렸다.
개털오바청년이 단 위에서 도섭영감을 한번 힐끗 내려다보았다.
얼핏 도섭영감이 도끼를 내렸다. 아차 내가 너무 빨랐구나 하는 낯빛이었다.
개털오바청년이 이어,
"이 반동 지주 박용제가 일본 제국주의 시대에 면협의원이 되야 놈들으 앞잽이 노릇을 하는 한편, 일제말기에 이르러서는 웃골에 저수지를 판다는 명목하에 수많은 농민의 피와 땀을 착취한 사실은 아직도 우리 기억에 새롭소! 이 박용제를 우리 민주 발전 방해물로 규정짓는 데 이의가 있소? 없소?"
"없소오! 반동 지주 박용제를 타도하자아!"
여기저기서 쟁기가 올라왔다. 그런데 그 대개가 오늘 각 동네에서 농민들을 인솔해가지고 온 낯선 공작대원들이었다.
이번에는 조심해서 도끼를 쳐든 도섭영감이 고개를 돌려 자기 동네사람들의 얼굴을 더듬기 시작했다. 모가 선 눈이었다. 왜들 미리 일러준 대로 쟁기를 안 드느냐는 것이었다.
이 눈에 마주쳐 강목수와 칠성이아버지가 쟁기를 들었다.
개털오바청년이 다시,
"동무들! 조금두 주저할 게 없소. 동무들으 자유를 구속할 사람은 여기 한 사람두 없소. 어서 손을 드시오. 만일 우물쭈물하다가 반동에 가담했다는 불명예스런 누명을 써서는 앙이되오!"
차차 눈치를 보아가며 쟁기를 드는 사람이 늘어갔다.
"잘 알았소!"
청년은 크게 한번 고개를 끄덕이고는,
"그러믄 이 반동 지주 박용제를 우리 민주 발전으 방해물로 규정짓는 데 반대하는 사람이 있으믄 손을 드오!"
그리고 휙 모여선 사람들을 훑어보고 나서,
"한 사람두 없소?…… 그러믄 다음으루 이 전형적인 반동 지주 박용제으 조카이며 역시 악질 반동 지주인 박훈을 인민재판에 걸기루 하겠소. 사실은 이 박훈이가 우리 면에서 제일 악질 반동분자요! 이 박훈은 날마다 술루써 소일하믄서 우리 민주 혁명에 불평을 품고 있는 자요. 그리구 무지한 청년들을 유혹하여 반동 결사를 조직해가지구 면농민위원장 동무를 살해하게 한 장본인이 바루 이 자요. 그뿐 앙이라, 지주으 권력으루 소작인의 딸이자 남의 유부녀인 여성동무를 유린한 자가 또 이 자요. 시방 이자리에 그 피해를 입은 아버지와 남편이 와 있소!"

농민들 가운데서 웅성거리는 소리가 들렸다.

"전 농민위원장 동무의 뒤르 이어 새로 위원장이 된 동무가 그 아버지요, 순안 민청 부위원장으루 있는 동무가 그 남편이오! ……이 모든 점으루 봐서 악질 반동분자이며 악질 반동 지주 박훈을 숙청하는 데 이의가 없을 줄 아오!"

"옳소오! 악질 반동분자, 박훈을 타도하자아!"

좀전보다 쟁기 드는 수가 많아졌다. 남의 눈치를 보며 드는 축도 좀전보다는 쉽게 수가 늘어갔다.

"다음은 반동 부재지주 윤기풍을 인민재판에 걸기루 하겠소! 이 윤기풍은 벌써 칠팔년 전에 평양 들어가 집장사를 하는 한편, 고리대금업으루 수많은 농민의 피르 착취해오는 악질 부재지주요. 이 악질 부재지주가 얼마 전부터는 웃골에 나와 갖인 흉계를 꾸며가면서 우리 민주 발전을 방해하구 있소. 그 일례를 들면 순박한 농민 동무들을 속여 토지를 팔아먹는 한편, 어떤 소작인을 꾀여가지구 자기가 자작하지두 않은 토지를 자작한 결루 가장한 사실이 있소. 이 악질 반동 부재지주 윤기풍을 숙청하는 데두 이의가 없을 줄 아오!"

"옳소오! 반동 부재디주, 윤기풍을 타도하자아!"

좀더 많은 쟁기가 대번에 올랐다. 보아하니 모두 쟁기를 드는 바에는 쥐뿔나게 자기가 늦게 들 필요가 무어냐는 듯했다.

푸른 하늘 아래 쟁기 끝들이 번쩍이었다.

사람들의 얼굴에 점점 놀라움과 겁먹은 빛 대신에 어떤 아지못할 살기마저 떠돌았다.

이런 가운데서 웃골 송관호만은 잠시 난처한 빛을 띠고 있었다. 윤주사가 자작농을 한 것처럼 꾸미는 데 있어, 자기가 한몫 낀 것이었다. 자기가 여태까지 부쳐오던 땅 중에서 얼마를 윤주사가 자작한 것으로 만들어놓은 것이다. 그래 그것이 성공만 되면 그 대가로 소와 달구지를 거저 가지기로 약조가 돼있었다.

문득 송관호의 눈앞에, 요즈음 콩만 먹여 번지르르해진 황소의 엉덩판이 나타났다 사라졌다. 무슨 일이 있어도 이놈만은 내것으로 만들어야겠다. 이 기회에 내것으로 만들지 못하면 언제 자기 소를 매어본단 말이냐.

이때 관호는 어떤 날카로운 눈초리가 자기 얼굴에 와 머물러있는 것을 느꼈다. 보니 오늘 자기네를 인솔해가지고 온 공작대원의 눈초리였다. 저도모르게 쇠스랑을 번쩍 들었다. 그러면서 혼자 생각하는 것이었다. 나중에 조용히 사정을 말하자. 실은 자기가 부치던 땅이지만 윤주사가 한 부분 자작한 것으로 해줘야 소달구지가 자기 것이 되겠기에 그렇게 했다고. 그러면 사정을 들어주겠지. 동네사람들도 자기네 손해볼 일 아니니 내 말을 거들어줄 것이고.

모여선 사람들의 뒤쪽 가장자리를 돌고 있던 공작대원 하나가 노기 띤 언성으로 소리질렀다.

"노인동무는 왜 아까부터 손 한번 안 드오?"

당손이할아버지였다.

"민주개혁에 무슨 불평이라두 품구 있소?"

"난 아무것두 모르우."

"어디 봅시다. 손 좀 내미오!"

청년이 당손이할아버지의 손을 덥썩 잡아 펴보더니,

"동무두 이르케 손바닥에 못이 백이게 놈들에게 착취를 당하지 않았소? 왜 쟁기두 하나 안 들구 왔소?"

"난 아무것두 모르우."

"왜 동무는 아직두 그 노예 근성을 못 버리는 거요?"

"난 아무것두 모르우."

단 위에서 개털오바청년이 더 갈해진 목청을 한층 돋구어,

"그러믄 여러 동무들! 이제부터 여러 동무들은 민주개혁의 용감

한 전사가 됐습니다. 이길루 곧 반동 지주들한테루 가서, 직접 여러 동무들의 손으루 숙청하기루 하겠습니다. 여기서 다시한번 말해둘 건 우리의 이 성스러운 과업을 완수하기 위해서는 무자비한 투쟁만이 있다는 것입니다. 그걸 잠시라두 잊어서는 앙이됩니다. 자, 그러믄 이제부터 각기 자기 부락을 향해 출발합시다!"

이때 아까부터 개털오바청년과 나란히 서서 앞만 내려다보고 있던 캡 쓴 사내가 청년 쪽으로 고개를 돌렸다. 도농민위원회에서 나온 사람이었다.

개털오바청년이 곧 캡 쓴 사내에게 귀를 돌렸다.

"동무, 창의성을 발휘하시오."

대번에 개털오바청년의 얼굴에서 핏기가 걷히었다.

"동무, 내 생각같애서는 이렇게 하는 게 좋다구 보는데? 제 부락 끔 갈 게 아니라, 이 부락 저 부락 사람을 반반씩 섞어서 보내는게 좋다구…… 아직 투쟁의식이 약한 농민들이라, 자기 부락 지주에겐 안면 관계두 있구 해서 강하게 나오지 못할 우려가 있으니 말요."

옳은 말이었다. 개털오바청년은 달아오르는 얼굴을 들어, 여기저기 대열 속에 널려있는 대원들에게 손짓을 했다.

"동무들, 새루 대열을 만들어 주오. 이 부락 저 부락 사람을 반반씩 섞어서……"

운동장 안이 적잖이 혼잡을 이루었다.

개털오바청년은 몹시 후회되었다. 농민대회를 시작하기 전에 왜 미리 이런 대열을 만들어놓지 못했을까. 창의성! 자기네의 사업 진행에는 언제나 이 창의성이 필요하지 않은가. 그걸 발휘 못한 자기는 응당 자기비판을 받아야 한다. 그러자 덜컥 겁까지 났다. 이, 도에서 나온 동무의 보고 여하로 자기의 운명이 결정될 수도 있는 것이다. 새로이 얼굴의 핏기가 걷히는 심사였다. 그러나 자기는 여기서 주저앉아서는 안된다. 이 과오를 씻기 위해서라도 앞으로 좀더 투쟁 실적을 올려야 하겠다. 그럼 오늘 자기는 이 가락골 마을에 남아, 면내에서 가장 큰 반동 지주들인 박용제와 그 조카 박훈을 숙청하는 데 전력을 다하자.

비석거리 탄실이아버지는 윗골로 가는 패에 들었다. 그는 같은 동네사람 중의 누구누구가 윗골 패가 되었는가 살펴보면서 이런 생각을 떠올리고 있었다. 며칠 전에 강목수한테 들은 이야기였다.

순천에선가 농민대회가 있은 날 일이었다. 점심때가 되어 각 동네 대표들에게 식권을 나누어주었다. 종이 관계로 흰 종이와 푸른 종이 두 가지가 있었다. 거기에 익살꾼이 하나 있다가 장난을 쳤다. 흰 종잇조각 받은 사람은 밭을 타고, 파란 종잇조각을 받은 사람은 논을 타기로 됐다고. 그러자 흰 종잇조각 받은 사람들이 들고 일어섰다. 누군 논을 주고 누군 밭만 주느냐고.

탄실이아버지는 오늘 자기네가 땅을 나눠 받는 일이 있더라도 공연히 앞장서서 그러지 않으리라 마음먹었다. 그러다가 창피한 꼴을 당하면 어떡하느냐. 그러나 이런 마음 한구석에서 불안한 생각이 머리를 드는 것이었다. 자기가 윗골 가있는 동안에 동네사람들이 저희끼리만 좋은 땅을 나눠가지면 어쩌나. 이왕 나눠받는 바엔 남보다 나쁜 땅을 받아서는 안될 텐데? 그러나 만일 이렇게 제 앞차지만 하는 놈이 있으면 당장 이걸로 그놈의 대갈통을!

손에 잡은 쇠스랑 자루를 한번 부드득 그러쥐었다.

개털오바청년이 농민대회 결정서를 다 읽기도 전에, 훈의 삼촌 박용제영감의 얼굴빛이 달라졌다. 좀전까지도 그는 행여나 하는 마음이 없지않았다. 지주라고 다 숙청을 당하지도 않는다지 않느냐. 그 숙청당하지 않는 지주 속에 자기를 넣고 있었다.

반백이 지난 머리를 들어 대문 앞에 모여선 사람들의 얼굴을 더듬었다. 알 얼굴들이 섞여있었다. 도섭영감, 강목수, 칠성이아버지, 갑성이, 육손이아버지…… 육손이아버지에게서 눈을 멈추었다. 이 육손이아버지는 바로 뒷담장 하나를 사이에 두고 사는 터다.

어디선가는 한두 사람의 소작인이 좋은 말을 해주어서 곤경을 면한 지주도 있다지 않느냐. 이 육손이아버지네만은 해방 전 공출이 한창 심할 때 자기네가 수수와 피를 대주어 먹여살리다시피 한 일도 있는 것이다. 이 육손이아버지가 이자리에서 그런 말을 좀 해주면 좋겠다.

그는 육손이아버지의 눈을 찾았다. 그러나 육손이아버지는 그것을 알고 그러는지 모르고 그러는지 메고 있던 낫을 한번 이 어깨에서 저 어깨로 옮겨 멜 뿐, 통 이쪽으로 눈을 돌리지 않는 것이었다.

개털오바청년이 한 걸음 다가서며,
"자, 이집 열쇠를 모두 이리 내오!"
용제영감의 얼굴에 분명히 절망의 빛이 떠올랐다. 눈을 한번 지그시 감았다 떴다. 그러는 그의 얼굴에 문득 어떤 마지막 바람이라고 할까 그러한 빛이 나타났다.
안방으로 들어갔다.
아들 혁이가 길이 일곱치나 되는 단도를 빼어들고 바깥 형세를 엿보고 있었다. 이런 아들의 한 팔을 어머니가 붙들고 와들와들 떨고 있었다.
용제영감은 두 팔을 벌리며 아들의 앞으로 가 단도를 빼앗았다. 눈과 고개로써 큰일날 짓을 하지 말라고 하면서.
금고에서 토지문서를 들고 나왔을 때는 사람들이 안뜰에 밀려들어와있었다.
"이게 제 소유루 돼있는 토디 전부웨다. 이르케 제 소유를 전부 다 드릴께니 그대신……"
"당신이 주는 게 앙이라, 우리가 빼앗겠든 걸 되비(도로) 찾는 게요!"
"건 아무래두 둏습네다. 그대신 제 소원을 하나 들어주십시오."
청년은 여러말 할 것 없다고 소리를 지르려다 참았다. 이제 자기는 이 지주를 면인민위원회까지 데리고 가야 할 책임이 있는 것이다. 되도록이면 말썽없이 순순히 데리고 가는 게 상책이다. 그럴려면 상대편의 비위를 너무 상하게 하지 않는 것이 좋다. 창의성! 모든 면에 있어서 이 창의성을 발휘해야 하는 것이다.
"제 소원이란 다름 아니구, 웃골 데수디 말입니다."
"데, 수, 디? 저수지 말이오?"
"예, 그 데수디 말입니다."
"그 저수지가 어쨌단 말이오?"

"그 데수디만은 냉게주십시요."
 청년의 입가에 절로 쓴웃음이 지어졌다. 언제까지나 버리지 못하는 지주의 소유 근성!
 용제영감은 청년의 이런 웃음에나마 힘을 얻은 듯,
"아까 선생이 읽은 글에서는 내가 그 데수디를 파기 위해서 동리 사람들의 피와 땀을 빨아먹었다구 했디만, 실은 그르티가 않습네다. 일본시대에 안주 수리조합이나 서폐양 개수공사에 보국대루 뽑혜나갈 것을 내가 도에 말해개지구 데수디 파는 데루 돌린 겁니다. 누구보구나 물어보십시요. 그때 안주나 서폐양에 가는 것보담 얼마나 동와들 했는가."
 그렇지 않으냐고 모여선 사람들에게로 고개를 돌리다가 도섭영감의 눈과 마주쳤다.
"아, 여기 그때 인부 동원을 한 오작네아반이 있쉐다. ……어서 그때 니얘길 좀 자세히 해주게."
 그러나 도섭영감은 검은 눈썹꼬리를 피끗하니 움직였는가 하자,
"난 그때 시키는 대루 공심부름 해준 것밖에 없소. 디주의 삼춘이라구 해서……"
 그리고 홱 외면해버리고 마는 것이었다.
 용제영감은 완전히 자기가 혼자가 된 것을 느꼈다. 이제 사정해 볼 사람이라고는 이 청년밖에 없다는 생각에,
"제 말을 믿으십시요. 그때 조금두 난 마음에 걸리는 일을 한 일은 없습니다."
 그러니 그 저수지만을 몰수 대상에서 빼달라는 거냐고, 청년의 눈이 용제영감의 얼굴에 부어졌다.
"이제 올봄만 더 손질을 하믄 끝납니다. 그 데수디만은 냉게주십시요."
"영감, 앞으루 지주들두 우리 민주개혁에 협력만 하믄 살 길이 열리오. 그러기 위해선 먼첨 그 지주 근성을 버리오."
"지주 근성?"
"당신들의 그 뼛속까지 젖어있는 토지 소유욕 말이오!"
"전 그런 의미에서 하는 말이 아닙니다."

"그럼 그게 뭐요?"

"제 이름으루 두디 않아두 동습니다. 그저 제 손으루 마자 맹글게만 해주십시요."

"그럼 토목공사의 기술이 있단 말이오?"

"별루 이렇다할 기술은 없습니다마는 꼭 내 손으루 마자 만들구 싶습니다."

그건 용제영감 자신도 모를 일이었다. 재산 전부를 몰수당하는 이마당에 있어서 그 저수지만이 그렇듯 마음을 이끄는 것은 무슨 까닭일까.

한 이십년 전에는 과수원에 미친 적이 있었다. 자나깨나 산막골 넘어가는 등성이에 가 살다시피 했다. 그러던 것이 과일이 한창 열리기 시작한 지 몇해가 안 되어서 일체 과수원에는 발길을 않게 되었다. 폐목이 되어도 아랑곳하지 않았다.

그리고는 또 산림에 열중한 적이 있었다. 이 세상에서 산림이 제일이라는 것이었다. 비료도 필요없고, 김도 매주지 않아도 좋다. 가물과 홍수의 해도 없다. 그저 제멋대로 내버려두기만 하면 된다. 그리고 언제 보나 그 푸른 소나무. 용제영감은 누가 산림을 팔려고 내놓기만 하면 마구 사들였다. 그리고는 말 한 필을 매놓고 언제나 이곳저곳 산림판을 돌아보는 게 다시없는 낙인 듯했다.

그랬던 것이 해방되기 전전 해에는 윗골 저수지 만드는 데 정신이 팔린 것이었다. 오랜 동안 세교로 내려오던 윤주사와 의를 상하면서까지 일을 진행시켰다. 용제영감편에서 보면, 이해관계로만 그러는 건 아니었다. 저도모를 어떤 무엇이 그로 하여금 그렇게 만드는 성심었다. 저수지에 손을 대자, 그는 또 날만 새면 반백이 된 머리를 말 위에 흩날리며 윗골로 달려올라갔다가는 날이 어슬해서야 돌아오곤 하는 것이었다. 해방이 된 뒤에도 그것은 계속되었다. 동네사람들은, 용제영감이 이번에는 또 저수지에 미쳤다고 수군댔다.

"이제 땅두 풀리구 했으니 곧 다시 공사를 계속해야 할 겁니다. 금년 한 해만 손질하믄 끝납니다."

용제영감의 눈에 어떤 광채까지 서리어있었다.

개털오바청년은 개털오바청년대로 이 지주의 심중을 알 수 있을 것같았다. 이 전형적인 지주가 그렇게나마 자기의 명맥을 유지해나 가면서 훗날을 엿보자는 반동심리 외에 아무것도 아닐 것이라고. 새로운 분노가 청년의 가슴에 북받쳐 올라왔으나, 이제 이 지주를 면인민위원회까지 데리고 가야 할 임무가 있는 걸 깨닫고,
"우리 그건 면인민위원회에 가서 말하기루 하고, 열쇠는 이리 내오."
용제영감은, 사실 이런 문제는 이 청년 혼자로서는 결정을 지을 수 없으리라는 생각이 들었다.
"그럼 선생이 말씀을 좀 잘해 주십시요. 열쇠는 가제다 드리디요."
방으로 들어갔다.
아내가 여전히 파랗게 질린 채 와들와들 떨고 있었다.
"내 잠깐 면에 댕겨오리다."
그리고 아들에게 나직이,
"끔쩍 말구 있거라,"
하고 당부했다.
혁은 아버지의 얼굴에서 어떤 희망의 빛을 본 듯했다.
용제영감이 열쇠꾸러미를 들고 나와 청년에게 내주며,
"동저고리바람이 돼놔서……"
하고 주의(두루마기)를 입고 가자는 기색을 보이자 청년은,
"곧 댕게 오실 텐데 뭐……"
그리고 같이 온 공작대원 하나에게 열쇠꾸러미를 내맡겼다.
열쇠꾸러미를 받은 공작대원은 용제영감이 대문 밖으로 사라지는 걸 보고는 바로 안방으로 들어갔다. 거기서 그는 돌아가며 장롱과 궤의 문을 잠그고 붉은 딱지를 붙이기 시작했다.
혁이 거칠은 눈초리로 공작대원을 바라보다가 어머니를 부축해가지고 사랑방으로 나갔다. 어머니는 다리가 후들거려 신발도 꿰지 못했다. 혁이 신겨주었다. 그리고 허리를 펴면서 자기 가슴을 한번 만져보았다. 거기에 단도가 숨겨져있는 것이었다.
밖에서는 집 둘레에 널려있는 자자분한 것과 부엌 세간을 광으로 모아들이고 있었다.
갑성이가 광 한구석에서 **과목 소독 펌프**를 발견해가지고 손잡이

를 뽑았다 눌렀다 해보았다. 삐꺼덕삐꺼덕 녹슨 소리가 났다.
 강목수는 광 시렁 위에서 목수의 연장을 발견하자 슬쩍 사면을 한번 둘러보았다. 마침 아무도 없었다. 얼른 대패 하나를 집어 허리춤에 찔러넣었다.
 부엌 뒷문 밖으로 돌아갔던 육손이아버지는 거기 뒷담녀락에 세워둔 삽과 괭이를 발견했다. 휙 앞뒤를 살펴보고는 삽을 집어 돌담장 너머의 자기 집으로 넘겨쳤다. 삽날이 땅에 부딪는 소리가 났다. 이런 때 여편네가 저쪽에서 받아라도 주었으면 오죽이나 좋을까. 괭이도 넘겨쳤다.
 이리로 오는 사람이 있었다. 칠성이아버지였다. 힐끗 쳐다보니 싯누런 이빨을 드러내놓고 히죽이 웃고 있는 것이 아닌가. 가슴이 뜨끔했다. 들키고야 말았구나.
 칠성이아버지의 입을 막기 위해서 삽과 괭이 중 어느 것 하나는 주어야겠다. 그래 칠성이아버지에게 그런 말을 하러 다가서려는데 누가 또 이리로 오는 인기척이 났다. 이따가 단둘이 있을 때 이야기하는 수밖에.
 대관절 삽과 괭이 중 어느 것을 주나. 삽이고 괭이고 자기에게는 모두 필요한 물건들인데. 글쎄 그 망할놈이 뭣하러 기신기신 그리 온담. 칠성이아버지가 밉기 짝이없었다. 어디 안 주고 견딜 수는 없나. 히죽이 웃던 그 얼굴. 뜻있는 웃음이다. 어느것이고 하나 주어 입을 틀어막는 수밖에. 그러면 괭이를 주자. 아무래도 삽이 괭이보다는 더 농가에서 소용되니.
 마침 칠성이아버지가 행랑채 처마 밑에 놓여있는 바람기계를 안고 광 쪽으로 오는 게 보였다. 이 틈에 말해 두리라. 그러다가 육손이아버지의 눈이 한 곳에 머무르고 말았다. 지금 칠성이아버지의 옆허리춤 새로 뾰족 내밀고 있는 게 바로 여자의 고무신코가 아니냐. 슬쩍 다가가, 한 손으로 고무신코를 밀어넣어주었다. 그리고 좀전의 칠성이아버지보다 더 크게 싯누런 이빨을 드러내 보이며 히죽 웃어주었다. 이것으로 자기는 삽과 괭이 중 어느 것 하나도 손해보지 않게 된 것이다.
 개털오바청년이 돌아왔다.

공작대원이 건넌방에서 무슨 상자같은 것을 하나 들고 나왔다.
"동무, 그게 뭐요?"
"라지옵니다. 벽장 속에서 나왔습니다."
"라지오?"
　개털오바청년의 눈이 번쩍 하며,
"그 학생동무는 어디 있소?"
　공작대원이 사랑방을 가리켰다.
　개털오바청년이 잰걸음으로 사랑방 앞까지 가더니,
"학생동무 좀 봅시다."
　혁이 핏줄선 눈으로 나왔다.
"이게 무스게오?"
"라지오 아니오?"
"그걸 뉘가 몰라서 그러오? 왜 이런 거 집에다가 뒀능가 말이오?"
　혁이 어이없는 듯이 바라보고만 있느라니까,
"내 다 아오! 섬게두구서리 이남 반동분자들으 방송을 듣자는 게 앙이오?"
"그건 아직 듣디 못하는 라지오요!"
"듣지 못하는 게라구?"
"맹길다 만 라지오 아니오?"
"아, 그럼 학생동무가 만든 게군!"
　청년의 얼굴에서 긴장이 풀리면서 어떤 화기까지 떠돌았다.
"참, 학생동무는 공과학교르 댕긴다는 거 전부터 알구 있었소. 좋소! 열심히 공부해서 진정한 과학자가 되오. 아버지는 아버지요 아들은 아들이오. 우리는 진정한 과학자를 요구하구 있소. 학생동무두 아다시피 우리가 과학 방면에 있어서 얼마나 뒤떨어졌소? 그래 하루속히 이 낙후성을 타파해가지구 모든 면에 있어서 우리의 위대한 선진국가 쏘련을 본받아야 하오!"
"아부지는 어뜨케 됐소?"
"좀 물어볼 말이 있어서 지끔 면인민위원회에 남아있소. 이제 이내 돌아오오."

개털오바청년은 그길로 밖으로 나가 대문의 문패를 떼어버린 후, 그자리에 가지고 온 간판을 붙였다. 리인민위원회 간판이었다.

사람들이 비석거리를 지나 훈네 집으로 향해 올라왔다.
내친 걸음이라 이제는 과히 주저하는 빛도 없는 걸음걸이들이었다. 메고 있는 쟁깃날들이 번뜩이었다.
도섭영감네 바둑이가 짖어댔다. 사람들이 몰려옴에 따라, 비실비실 뒷걸음질을 치면서 짖어대더니, 모두 훈네 집 대문 앞에 모여서자, 한 곳에 머물러 선 채 그냥 짖어댔다.
누가 대문 안으로 들어가는 것이 보였다. 먼발치로도 그가 도섭영감이란 걸 알 수 있었다. 좀만에 도섭영감이 도로 나왔다. 그리고는 개털오바청년과 무어라 말을 주고받는 것이었다. 앞에 모여선 사람들이 수군거렸다. 아마 훈 자기가 없다고 그러는 모양이었다.
과수원 쪽 비탈에서 훈이 일어섰다. 선산에서 내려오면서 거기 앉아 이때가 오기를 기다리고 있은 것이었다.
비탈길을 내려오는데 개 짖는 소리가 귀에 들어왔다. 좀전부터 듣던 소리였다. 그러나 그 소리가 이번에는 바로 귓속에서 나는 소리만 같았다. 그리고 또 한껏 멀리서, 어느 꿈속에서 들려오는 소리만 같았다. 분명히 자기는 이런 소리를 언젠가도 들은 법했다. 그것은 밤중이었다. 금방 무서운 꿈에서 깨어난 뒤였다. 멀리서 개 짖는 소리가 들려왔다. 무서웠다. 어머니 품속으로 파고들었다. 그 따뜻하고 아늑한 피난처. 그제는 아무것도 무섭지 않았었다.
어머니, 어머니. 지금 자기 집 대문 쪽을 향해 걸어가는 훈의 무릎이 사뭇 떨리고 있는 것이었다.
대문 앞에 모여선 사람들의 얼굴이 이리 향해졌다. 검붉은 얼굴들이 뒤범벅이 돼 보였다. 그런 얼굴들이 좌우로 갈라지더니 길을 내주었다. 그 트인 공간에 노오란 동그라미들이 둥둥 떠서 맴을 돌았다.
집으로 들어갔다. 미리 챙겨두었던 가방을 들고 나왔다. 구두끈을 매기 시작했다. 가슴의 고동이 목구멍에까지 올라와 뛰었다. 아까 선산 상석 앞에서 느꼈던 조용한 마음은 어디로 갔는지 몰랐다.

문득 이런 생각이 떠올랐다. 아버지가 협심증으로 돌아가셨다. 어머니도 결국 심장이 견디지 못했다. 그런데 의사의 말이 자기만은 심장이 대단히 좋단다. 지금 이렇게 눈앞이 어지럽기만 한 자기더러 심장은 썩 좋단다. 자기의 몸을 유지하고 있는게 이 심장이란다. 저도모르게 픽 웃었다. 될대로 돼라, 될대로 돼라! 그제야 아상스레 마음이 얼마쯤 진정되는 것같았다.

대문을 나섰다. 앞에 모여선 사람들이 또 좌우로 갈라졌다. 이번에는 얼굴이 뒤범벅이 되지 않고 서로 떨어진 채로 보였다. 거기에 머리와 수염을 빽빽히 민 도섭영감이 도끼를 메고 있는 모습도 알아보았다. 그리고 도섭영감네 바둑이가 그냥 극성스레 짖어대는 것도 그대로 가려 들었다.

앞에 트인 공간 속으로 훈이 몇 걸음 발을 옮겨놓는데 뒤에서,
"잠깐!"
하고 부르는 소리가 들렸다.
개털오바청년이었다.
"여기 와 서오!"
대문간을 가리켰다.

훈은 비로소 자기가 집을 나서는 데도 어떤 절차를 거쳐야 한다는 것을 깨달았다.

개털오바청년이 손에 쥔 종이를 펴가지고,
"결정서! 우리는 농민대회 결의로 다음과 같은 결정서를 반동 자주 박훈에게 통고함!"
개 짖는 소리가 시끄러운 듯 청년은 읽던 것을 멈추고 고개를 들었다.

도섭영감이 얼른 사람들 틈을 비집고 나가 돌멩이를 하나 집어던졌다. 그러나 개는 홀딱 저만큼 달아나 돌아서더니 그냥 짖어대는 것이었다. 이번에는 얼러 집으로 데리고 가는수밖에 없다고 생각한 것이리라. 도섭영감이 손을 혼들면서 얼렀다. 그러나 개편에서 도무지 가까이 하지 않았다.

누가 이쪽에서, 메고 있는 도끼를 내려놓으라고 했다. 그 말대로 도섭영감이 도끼를 내려놓으니까 그제야 개가 주인에게 곁을 주었

다.
 도섭영감은 냉큼 개허리를 안아들면서 투덜거렸다.
"이 쌍놈의 개새끼, 너두 오늘 죽디 못해 이러니? 죽디 못해 이 래?"
 집으로 들어가 부엌문을 열고 거기 내동댕이쳤다. 이 소리에 방 안에 있던 오작녀어머니가 기겁을 했다. 그네는 좀전에 개짖는 소 리에 빠끔히 방문을 열고 밖을 내다보았던 것인데, 그만 바깥 광경 에 놀라 이불을 뒤집어쓰고는 벌벌 떨고 있던 참이었다.
 남편이 부엌문을 꽉 닫아버리고 사라지자, 그네는 이불 속에서 떨리는 손을 싹싹 비비며 중얼거렸다. 신령님, 신령님, 신령님께 비나이다. 아무쪼록 오늘 아무일두 없게 해줍소사. 아무일두 없게 해줍소사.
 개털오바청년이 다시 종이를 펴들고,
"우리 민주 혁명에 불평을 품고 매일같이 술로써 소일하는 한편, 무지한 청년들을 유혹하여 반동결사를 조직해가지고 우리 면농민위 원장 동무를 살해하게 한 사실, 그리고……"
 여기서 또 읽던 것을 멈추었다. 모여선 사람들이, 아, 하고 놀라 는 소리를 지른 때문이었다.
 오작녀가 어지러운 걸음걸이로 나와 대문 문설주를 붙잡고 섰다. 헝클어진 머리를 아무렇게나 뒤로 묶었을 뿐, 얼굴도 반점이 가시 기 시작한 꺼칠한 얼굴 그대로였다. 그저 그속에서 눈만이 화안히 타고 있었다.
 개털오바청년은 이 자리에 오작녀까지 나타난 것이 오히려 잘됐 다고 생각하며,
"……그리고 지주의 권력으로 소작인의 딸이자 남의 유부녀인 여 성동무를 유린한 사실, 이런 사실로 보아……"
"여보!"
 오작녀가 청년의 말을 가로챘다.
"대관절 누가 그런 소릴 덕었소?"
 청년이 의아한 눈을 들었으나 타이르듯,
"농민대회의 결정이오."

"왜 그런 허튼 소릴 덕었소?"
 청년의 얼굴에 어떤 놀람과 격분의 빛이 스치고 지나갔다.
"여성동무, 말을 삼가오! 우리는 시방 동무르 반동분자 손아귀에서 해방시키자구 그러는 게요."
"해방이구 뭐구 다 일없소. 어서 집으루들 돌아가시요."
"데 엠나이새끼가 미쳤나? 열병을 앓구 나드니 혼이 나갔나?"
 도섭영감이 썩 앞으로 달려나와,
"동무, 용서하시우, 데 엠나이새끼가 열병을 앓드니 속이 허해데서 데럽네다,"
하고 다시 딸에게로 험한 얼굴을 돌리며,
"이 엠나이새끼야, 썩 들어가 자빠데있디 못하간?"
"난 벌써 아버지의 딸이 아니야요!"
"데 엠나이새끼의 아가릴 칵!"
 딸에게 달려들려는 것을 개털오바청년이 한 손으로 제지하며,
"동무, 진정하오. 가사 싸움을 할 때가 앙이오."
 그리고는 엄연한 얼굴을 오작녀에게로 옮기며,
"여성동무, 우리는 동무를 상대하구 있을 여가가 없소. 자, 그러믄······"
 앞에 어리둥절해 서있는 사람들을 한번 둘러보고 나서,
"그러믄 이제부터 다시 계속하겠소. ······이러한 모든 사실로 보아 우리 농민대회는 지주 박훈을 악질 반동 지주로 규정하는 동시에 그의 모든 사유 재산을 몰수하는 데 이의가 없음!"
 그리고 훈을 향해,
"이 집 열쇠를 이리 내오!"
 훈이 오작녀에게로 눈을 주었다. 열쇠는 모두 오작녀가 맡아가지고 있는 것이었다. 훈은 어서 그것을 내주어 이 일을 끝마치고만 싶은 심정이었다.
 그러나 오작녀는 비틀비틀 걸어와 등으로 훈을 가리우듯 하며 청년의 앞을 막아섰다.
"왜 남의 집 열쇠는 달래는 거요?"
 청년의 눈에서 불티가 튀었다.

"동무! 이 이상 더 우리의 공작을 방해했다가는 어떤 처벌을 당한다는 걸 알구 있소?"
"이 집은 내 집이요! 내가 살아있는 동안은 누구 하나 이 집에 손을 못 대요!"
순간, 청년은 이 여성동무의 속뜻을 알았다는 듯이 고개를 끄덕이며,
"동무, 내 동무가 여러 해 동안 이 집에서 고된 종살이를 했다는 걸 다 아오. 그런 사실은 내 중앙에 보고하겠소. 그러믄 중앙에서도 무슨 말이 있을 게요. ……그래 이때까지 노동한 보수나 다 계산해 받았소?"
"당신네는 아무것두 몰라요!"
청년이 오작녀 어깨 너머로 훈에게,
"그동안의 보수는 다 물었소?"
그러나 훈보다도 먼저 오작녀가,
"그른 건 문제 아니야요!"
청년이 달래듯이,
"그러믄 동무, 오늘 이 공작만은 우리에게 맽기오."
"안돼요! 누구나 이 집에 손구락 하나 까닥 못해요!"
청년은 역시 이 여성동무의 생활이 오죽 딱하면 이렇게까지 나올까 싶어,
"동무, 시방두 말했지만 그동안 동무의 고생은 우리가 모르는 배 앙이오. 그러나 그건 오늘의 이 공작과는 딴 문제요."
"당신네는 아무것두 몰라요!"
"뭘 모른단 말이오?"
"당신네는 아무것두 몰라요!"
오작녀는 입술을 잘끈 깨물고 나서,
"우리는 부부가 됐이요!"
그리고는 지그시 눈을 감아버리고 마는 것이었다. 지금까지 지탱해온 힘이 이것으로 다해진 듯한 낯빛이었다.
모여섰던 사람들이 웅성거리기 시작했다.
청년도 적이 놀라는 빛이었다. 일이 그렇게까지 되었던가. 박천

어디선가서도 여자 지주가 자기 머슴과 결혼하여 화제를 일으킨 일이 있었다. 그걸로 그 여자지주는 숙청을 면한 것이었다.
　이 자리를 수습코자 청년은 고개를 들어 사람들의 얼굴을 더듬었다. 오작녀의 남편을 찾는 것이었다. 그 남편의 태도가 이 사건에 중요하다고 생각한 것이었다.
　오작녀남편은 사람들 맨 뒤에 서서 아까부터 얼굴을 붉히고 있었다. 부끄럽기도 하고 노엽기도 한 빛이었다.
　그는 오늘 토지개혁 때 증언을 서라는 면인민위원회의 통지를 받고 이 자리에 와있었던 것이다.
　청년의 눈이 자기 얼굴에 와 머물음을 느끼자 그는 목줄기까지 붉은 물을 들여가지고,
"오작네에게 한마디 물어볼 말이 있쉐다!"
하고 소리질렀다.
　오작녀가 온몸을 후루루 떨며 소리나는 곳으로 눈을 떴다.
"나한테 시집오기 전에 생각하구 있은 딴 사내가 있었니, 없었니?"
　오작녀는 그 말뜻을 못 알아들은 듯 남편 쪽을 바라보고만 있었다. 창백해진 얼굴에서 눈이 다시 빛을 발했다. 그리고 이 눈만이 이제 남편이 어떠한 말을 하더라도 그것을 감당해나가려는 것같았다.
"나한테 시집오기 전부터 데 박가를 생각하구 있디 않았느난 말이다!"
　오작녀가 고개를 두어 번 끄덕였다. 그리고는 다시금 눈을 지그시 감아버렸다.
"난두 너같은 년을 내 네펜네루 생각디 않은 디 오랬다!"
　오작녀는 이제는 더 오래 서있을 수도 없겠는 것이리라. 어깨숨을 쉬면서 훈의 발 밑에 풀썩 주저앉아버리고 말았다. 그러는 그네의 핏기 걷힌 입술에 아지못할 가냘픈 미소의 그늘이 어리어있었다.
　훈은 아까부터, 모두가 오해다, 오해다, 하는 소리만 가슴속으로 지르고 있었다.
　청년이 같이 온 공작대원 하나에게 귓속말을 했다. 이 사건을 잘못 처리했다가 또 창의성 없다는 지적을 받지 않게끔 도에서 나온

동무한테 물어오라고 한 것이었다.
 달려온 공작대원의 보고를 듣자 도농민위원회에서 나온 캡 사내는 입가에 웃음을 띠우며,
 "거 재미있는 일이오. 큰 고기를 잡자믄 낚시랑 미끼랑 다 좋아야 하는 법이오. 그냥 얼마동안 그 박가를 내버려둬가지구 배후 관계를 조사하도록 하시오."
 그리고 돌아서 나가려는 공작대원을 향해 캡 사내는 한마디 덧붙였다.
 "동무, 그리구 그 박가의 사진을 한 장 구하도록 하시오."

 도섭영감은 도시 마음이 평온치가 못했다. 자기 딸년 때문에 일을 잡쳤다는 생각이 들수록 부아가 치밀어 견딜 수가 없는 것이었다. 쌍 간나이년의 엠나이새끼 같으니라구, 않다 칵 뒈디디 않구 왜 살아개지구 이 망신일까! 집안사람 못 잡아먹어서? 귀신두 모르게 죽는 꼴을 못 봐서?
 토방 위에 도끼를 아무렇게나 동댕이쳤다.
 방안에 이불을 뒤집어쓰고 있는 아내를 보자 새로운 울화가 치미는 듯,
 "이년아! 글쎄 뭘 싸쌍가티디 못해서 그런 걸 싸놔개지구 이 성활 멕이니? 그 엠나이새끼가 시집을 못 살구 왔을 때만 해두 당장 쫓아보내디 않구 옆에 끼구 우자우자하드니 꼴 좋게 됐다! 그르단 넌두 팔짜 좋게 죽긴 콧집이 왜그라뎄다, 왜그라뎄어!"
 오작녀어머니는 그냥 이불을 뒤집어쓴 채 잠자코 있었다. 이불만이 무슨 살아있는 물건처럼 쉬지 않고 후들거렸다.
 어쩐지 도섭영감은 방안에 들어앉아있을 수도 없는 심사였다. 담뱃대를 뽑아 물다 말고 밖으로 나왔다.
 헛가래를 돋구어 내뱉고는 대문을 나서며 무심코 비석거리 쪽으로 눈을 주었는가 하자 무엇을 생각했는지 도로 들어가 도끼를 메고 나왔다. 그러는 그의 크게 다물어진 입가에는 어떤 결심의 빛이 떠올라있었다.
 비석거리 우물가에서는 탄실이가 물을 긷다가 도끼를 메고 내려

오는 도섭영감을 보고 무엇에 놀란 사람처럼 반도 못 찬 물동이를 이고 부랴부랴 자기 집으로 들어가버렸다.
 도섭영감은 비석 앞에서 발걸음을 멈추었다. 그리고 비석과 정면으로 마주섰다.
 일찌기 이 훈의 할아버지의 송덕비는 도섭영감 자신이 감독하여 지대를 닦는다, 콘크리트를 한다, 하여 세운 비였다. 그때도 그는 이렇게 정면에 서서 비가 면바로 섰는가 어쨌는가를 몇번이나 겨냥해 본 것이었다.
 지금 그가 이 비석과 정면으로 마주 섬은 그때와는 다른 것이었다. 지금은 어떻게 하면 대번에 이 빗돌을 넘어뜨릴까 하는 노림인 것이다.
 도섭영감의 숨결이 거칠어졌다. 눈썹꼬리가 몇번이고 피끗거렸다.
 마침내, 에잉! 하는 소리와 함께 도끼가 후려쳐졌다.
 비석 한중동이 헤짝하게 금이 가더니 뒤로 나가떨어졌다.
 그 메아리 소리가 들려왔다.
 또 한 대 후려쳤다. 또 한 대 후려쳤다. 모주리 때레쩍에라! 모주리 때레쩍에라! 도끼가 내릴 적마다 비석은 돌가루를 뿌리면서 부서져나갔다.
 이 소리에 칠성이어머니가 밖을 내다보고는 깜짝 놀라,
 "여보, 오작네아반이 비석을……"
 아까부터 윗목에 무릎을 안고 앉아 담배만 빨고 있던 칠성이아버지가 아내의 등 너머로 밖을 내다보았다. 그러나 심상한 빛이었다. 그는 오늘 이보다 더 놀랍고 무서운 사실을 몸소 보고 듣고 한 것이었다.
 "제발 당신 오늘은 밖에 나댕기디 마소."
 도섭영감은 비석 밑둥까지 다 때려부수자 이번에는 맨 처음에 넘어뜨린 빗돌 윗동강을 또 몇 조각이고 내리쳐 부수는 것이었다. 꼭 무엇에 취한 사람같았다.
 그 일도 다 끝나자 도섭영감은 붉어진 눈으로 자기 둘레를 한번 훑어보고는 휙 훈네 집 쪽을 향해,
 "독사를 쥑일래믄 깨깨 쥑에야 한다아!"

그 소리가 메아리가 돼 돌아왔다. 그리고는 조용해졌다.
칠성이어머니가 살그머니 다시 밖을 내다보더니,
"여보, 오작네아반이 갔나붸다. 나가서 어디 방칫돌감이나 하나 있나 보소."
그네는 좀전부터 그걸 궁리하고 있은 것이었다. 다듬이질할 적마다 분디나뭇집할머니한테 가야만 하는 것이었다. 불편하기 짝이없었다. 이런 때 다듬잇돌을 하나 장만한다면 오죽 대견하랴. 더구나 저 비석돌이면 면판이 얼음처럼 매끄러운 다듬잇돌이 될 게라.
칠성이아버지는 잠자코 담배만 빨고 있었다. 아까 용제영감네 집에서 여자 고무신 한 켤레 집어온 것만도 속이 개운치 않은 것이었다.
"여보, 어서 다른 사람이 주워가기 전에 나가 보소."
벌써 좀전에 남편더러 오늘은 제발 밖에 나다니지 말라고 한 말 같은 건 잊고 있었다.
칠성이아버지는 그냥 잠자코 담배만 빨고 있었다. 그러다가 문득 이런 생각을 해보는 것이었다. 저 부서진 비석돌은 고무신과는 다르다. 저건 벌써 비석이 아니고 그저 보통 돌멩인 것이다. 흔히 굴러다니는 돌멩이처럼 누가 주워가도 좋은 것이다. 그렇다면 하나 주워와도 상관없지 않은가.
일어서 밖으로 나갔다. 그중 제일 큰 비석조각을 하나 집어들었다. 글자가 많이 새겨져있어 다듬잇돌로는 마땅치 않았다. 반반한 놈을 골라잡아 보면, 그건 또 좀 작아서 마음에 안들었다. 이왕 깨놓으려면 좀 쓸 만하게 깨놓지 않고 이게 뭐람.
갑성이가 나왔다. 그도 이리뒤적 저리뒤적 돌을 고르기 시작하는 것이었다. 그러다가 칠성이아버지가 맨처음 잡았던 큰 조각을 뒤치었다.
"이사람, 건 내가 골라논 거네."
그러면서 칠성이아버지는 그 큰 돌은 댓돌로 써야겠다고 생각했다. 그리고 이참에 다듬잇돌과 함께 숫돌도 하나 골라잡으리라 마음먹는 것이었다.
탄실이어머니가 나왔다. 그네는 이럴 때 남편이 집에 있지 않은 게 여간 못마땅하지가 않았다. 글쎄 다른 사람들은 저렇게 다 집에 있는데 왜 하필 자기 남편만은 윗골로 뽑혀갔단 말인고. 맹추같은 영감이란 할 수 없다니까. 그래 다 쓰러져가는 잿간을 다시 세워야 겠다고 걱정만 하지 말고, 이런 때 주춧돌이라도 몇 개 골라두면 어떤고.

집 쪽을 향해 소리질렀다.

"애, 탄실아, 너라두 좀 나오나라!"

당손이가 잠긴 일각대문을 방싯 열고 밖으로 나왔다. 오늘 당손이할아버지는 농민대회가 끝나기도 전에 곧장 집으로 돌아와 대문을 잠그고 있었다.

당손이가 빗돌조각 하나를 안고 들어왔다.

당손이할아버지는 그것을 보자 질겁을 해 도로 울바자 너머로 팽개쳤다.

윗골 운주사는 제정신이 아니었다.

앞에 모여선 사람들이 모두 자기편을 안 들어주는 것은 할수없는 일일지도 모른다. 그처럼 굳게 약속한 송관호마저 눈알이 멀뚱멀뚱해 아무말 없는 데는 막 속이 타지 않을 수 없었다.

"이사람, 왜 잠자쿠만 있나? 내가 젠년부터 님자 부티든 논 이천 평을 자작한 걸 알구 있디 않나?"

관호는 눈을 내리깔며,

"아무리 생각해두 난 없는 말은 못하갔쉐다."

운주사의 곰보 자국이 난 코끝에서 핏기가 걷히었다.

"없는 말이라니?"

"소달구지 못 가제두 할수없쉐다."

물론 관호가 이 소달구지에 애착이 없다는 것은 아니었다. 그저 이 소달구지보다도 더 중요한 문제가 생긴 것이었다. 까딱 잘못하다가는 소달구지는커녕 여태 부쳐오던 농토마저 결판이 날 형편인 것이었다.

좀전에 이리로 밀려오는 길에서 공작대원 하나이 관호의 곁으로 와 일러준 말이 있었다. 조금이라도 반동 부재지주 운기풍과 부화

하는 언동을 했다가는 이 동네에서 다 사는 줄 알라는 것이었다.
슬쩍 공작대원의 얼굴을 살피었다. 순간 관호는 이 사람이 자기의
사정을 조금도 들어줄 사람이 아니라는 걸 깨달았다. 할수없다. 이
북새통에 여기를 쫓겨나면 어디로 가 산단 말인가. 소달구지를 단
념하는 수밖에 없었다. 요즈음 펀펀하게 살이 오른 소 엉덩이가 한
번 눈앞에 떠올랐다 사라졌다. 에이 그놈을 그만!

윤주사는 암만해도 기가 막혔다. 자기가 얼마의 토지나마 자작한
걸로 만들어놔야 우선 그 소출로써 어느 정도 식량문제를 해결할
수 있는 것이다. 그리고 또 이렇게나마 자기 토지와 인연을 붙여두
어야만 훗날 세상이 다시 바뀐다 해도 떳떳할 수 있는 것이다. 그
랬던 것이 그만 관호의 변심으로 말미암아 틀려버리고 만 것이
었다.

윤주사는 흠때가 오른 관호의 이마빼기를 한번 쏘아봤다. 오늘
새벽까지도 그처럼 약속대로 하마고 장담해온 자가 아니었던가. 무
식한 놈들이란 할수없다. 그러기에 늘 고 모양으로만 살지 않느냐.

모여선 사람들 속에서 곱실이아버지와 미륵이형이 앞으로 나왔
다. 공작대원을 한번 힐끗 쳐다보고 나서 곱실이아버지가 먼저 윤
주사를 향해,

"데, 요전에 우리한테 판 논 있디요? 그거 물러주소."

얼마 전부터 윤주사는 계획한 게 또하나 있었다. 토지개혁이 실
시되기 전에 얼마큼의 땅이라도 처분하자는 것이었다. 헐값으로 땅
을 내놓았다. 그리고 이 기회에 땅을 사두기만 하면 앞으로 어떤
세상이 되더라도 버젓할 테니 이때를 놓치지 말라는 소문까지 은근
히 퍼뜨려놓았다.

이 계획만은 윤주사가 저번 훈을 찾아갔을 때도 입밖에 내지를
않았다. 그것은 자기가 자작농을 한 것처럼 꾸미는 문제와는 다른
것이었다. 지주들이 자작농을 한 것처럼 꾸미는 문제만은 그렇게
함으로써 한 사람의 지주라도 더 농촌에 머물러있게 되면 될수록
결국 서로의 힘이 될 수 있는 것이다. 그러나 이 토지 방매 문제만
은 다른 지주에게까지 알려져 제가끔 토지를 내놓는 날이면 자연
땅값이 더 떨어질 것은 말할 것도 없고, 어째서 지주들이 모두 땅

을 내놓을까 하고 의심을 품게 되어 매매가 전혀 안 될 우려가 있기 때문이었다.
　이 윤주사의 계획이 그러나 그 성과에 있어서는 별로 신통치가 못했다. 아무리 헐값으로 토지를 내놓아도 그걸 살 만한 능력을 가진 농민이 없는 것이었다.
　그중에서 곱실이아버지와 미륵이형이 약간 구미를 동할 수 있는 처지에 있었다. 곱실이아버지네는 지난 가을에 사다 맨 송아지 한 마리가 있었고, 미륵이형네는 큰 암퇘지 한 마리가 있었다. 송아지와 암퇘지를 팔고 닭마리마저 팔 생각들이었다. 그렇게 해서라도 이참에 몇 평의 땅이나마 자기것으로 만들 수 있다면 이 얼마나 대견한 일이냐.
　그러나 그것으로 땅값이 될 리가 없었다. 다행히 윤주사가 그 모자라는 대금만은 몇 해에 나누어 쌀로 갚아도 좋다는 조건을 붙여 주었다. 이렇게 되어 매매계약은 성립되었다. 곱실이아버지와 미륵이형은 이 난생 처음으로 만져보는 계약서를 며칠을 두고 혼자 꺼내 보고는 남모를 웃음을 떠올리곤 했다. 그것이 오늘 와 보니 자기네가 큰 실수를 한 것이었다. 자기네가 산 땅이건 아니건 마구 뒤섞어 분배를 한다는 것이었다.
　곱실이아버지는 아무래도 이런 자리에서는 나이도 나이려니와 말더듬는 미륵이형보다는 자기가 나서야 한다고 생각하며,
　"자, 여게 계약서가 있쉐다. 어서 물러주소."
　윤주사의 입귀가 샐룩샐룩 경련을 일으키며,
　"이건 뭐 애들 장난인가! 언제는 사자구 야단이드니……"
　"그땐 그때구…… 어서 물러나 주소."
　모여선 사람들은 제가끔, 실은 돈도 없었지만 농토를 안 사기를 잘했다고 생각하며 이 일이 어찌 될까 모두 숨을 죽이고 있었다.
　윤주사가 갑자기 무슨 생각을 했는지 안으로 들어갔다. 얼마 전부터 윤주사는 관호네 윗방을 거처방으로 정하고 있었다.
　윤주사가 벽에 걸린 중절모를 벗겨, 내대 속에 넣어두었던 종잇조각 둘을 꺼내가지고 나왔다.
　"자, 님자네가 정 그러믄, 논값에서 이거나 탕감해 주디."

토지 대금에서 부족되는 금액은 쌀로 갚는다는 증서였다.
옆에서 보고만 서있던 공작대원이 그 종잇조각을 가로채어 갈기 갈기 찢어버리고 말았다.
여기서 힘을 얻은 미륵이형이 자기도 한마디 해야 할 걸 느끼며,
"여, 여러말 하, 하디 말구, 어, 어서 물러주소!"
윤주사의 곰보 자국 난 코끝에 오송오송 땀이 내뺐다.
그러나 이런 때일수록 정신을 바짝 차려야 한다고 마음을 다져먹으며,
"그 돈은 지금 내게 없네."
"없다니요?"
"벌써 페양 들에갔네."
"언제요?"
"저번에 우리 노친네가 나왔다가 개지구 갔네."
곱실이아버지의 얼굴빛이 금세 꺼멓게 죽어들어갔다.
그런데 미륵이형이 눈을 껌벅이며 무엇을 생각하는 눈치더니,
"아, 아, 아니웨다. 그, 그, 그 아즈마니 왔다간 댐에 노, 논값 치뤘쉐다."
그제야 곱실이아버지도 퍼뜩 정신이 드는 듯,
"옳디! 내가 송아질 팔아개지구 돌아오는 길에 쌀자룬가 뭔가 니구 페양 들어가는 그 아즈마닐 만났댔으니……"
"아니야! 님자들이 잘못 생각하구 있어. 논값 받구 난 뒤에 우리 노친네가 왔댔어!"
곱실이아버지가 눈에 심지를 세우며,
"그 허리춤 좀 봅세다!"
하고 메고 있던 삽을 내던지고 한 걸음 다가섰다.
윤주사가 언제나 허리에다 돈전대를 감고 다니는 버릇을 곱실이아버지는 알고 있는 것이었다.
"이사람들이 미쳤나?"
한 걸음 뒤로 물러섰다.
그러는 윤주사의 한 팔을 어느새 곱실이아버지의 손이 와 붙들었다.

"이사람들이 왜이래!"
 다음순간 남은 한 팔마저 미륵이형에게 붙잡히고 말았다.
"이놈들 사람을 몰라보구!"
 잠시 두 사내는 주춤했다. 사실 자기네가 이 윤주사에게 이렇게 손을 대서 되는가. 꿈에도 생각할 수 없었던 일이 아닌가. 그러나 모르겠다. 아무것도 모르겠다. 그저 자기네 잃어버릴 뻔한 돈만 찾으면 그만이다. 윤주사의 허리춤으로 손들을 가져갔다.
"이 도죽놈덜 봐라! 누구 와서 이 도죽놈덜을 떼가지 못하냐?"
 요동을 쓰며 사람들을 둘러봤다. 누구 하나 움직이는 사람이 없었다. 혼자서 이 곤경을 벗어나는 수밖에 다른 도리가 없다는 걸 느꼈다.
"이 도죽놈들아, 이걸 놓구 논정히 말루 하자! 아무리 무법턴디기루서니 이른 놈의 법이 어디 있느냐?"
 그러나 두 사내의 거친 손이 허리춤 들추기를 멈추지 않았다.
 언뜻 윤주사의 눈에 거기 박혀있는 소말뚝이 띄었다. 안간힘을 써 모로 나자빠지면서 냅다 그걸 머리로 받았다. 그리고는 소리부터 질렀다.
"어유우, 나 죽는다아!"
 대번 정수리 한옆에서 피가 흐르기 시작했다.
 두 사내가 다시 어리둥절한 기색을 보였다.
 윤주사는 자빠진 채 두 손으로 머리를 움켜잡으면서 다시한번 소리질렀다.
"어유우, 나 죽는다아!"
 주춤했던 두 사내의 눈이 번쩍 빛났다. 허덕거리는 윤주사의 허리춤 새로 전대끝이 드러나보인 것이었다. 달려들어 풀어내기 시작했다.
 윤주사가 벌떡 일어나앉으며 전대를 그러쥐었다. 두 사내가 손목을 비틀어댔다. 흰 전대에 윤주사의 피묻은 손자국이 났다.
 두 사내는 전대를 거머쥐기가 바쁘게 거기 집 모통이로 자취를 감추어버렸다.
"데놈의 살인강도를 붙잡아라아!"

역시 누구 하나 움직이는 사람은 없었다.
 이런 사람들 틈에 끼어 탄실이아버지는 아까부터 적잖이 가슴이 먹먹해있었다. 이런 일도 세상에 있을 수 있는가. 정말 세상만사가 확 뒤집히는 판이로구나. 그래서 사람이란 죽는 날까지 어떻다고 말을 다 못한다는 거로구나. 어쨌든 난생 처음 보는 구경을 오늘 해본다.
 공작대원은 공작대원대로 신문짓조각에 담배를 말면서 혼잣속으로 뇌까렸다. 오늘 내가 맡은 책임은 이것으로 완수했다. 네깟놈 피를 동이로 흘리며 지랄을 한대도 내 알 바 아니다.
 윤주사가 피 흐르는 머리를 한 손으로 움켜쥐고 일어섰다.
 안으로 들어가 모자와 주의를 들고 나왔다.
 마당귀에 놓여있는 달구지로 가 올라탔다. 그리고는 충혈된 눈으로 관호를 찾았다. 이렇게 머리를 상했으니, 순안까지 안되면 가락골마을 김의사네 집까지라도 태워다 달랄 참이었다.
 관호는 윤주사의 눈과 마주치자 공작대원 쪽을 한번 살피고는 힝하고 코를 풀어내면서 외면하고 말았다.
 달구지에서 내려왔다. 기른 개한테 물렸다는 느낌이 윤주사의 가슴속에서 소용돌이쳤다.
 동구밖을 나섰다. 기른 개한테 물렸다, 기른 개한테 물렸다는 말이 입밖에 새어나왔다.
 비석거리 당손이할아버지네 울바자 곁을 지나다가 돌에 걸려 넘어질 뻔했다. 비석조각이었다. 윤주사 자신도 그 발기인의 한 사람이 되어있는 비석의 조각이었다. 그러나 그는 지금 그것이 어떤 돌이란 걸 눈여겨 볼 경황도 없었다. 그저 입속으로 중얼대었다. 망할놈의 돌멩이까지 왜 이르케 길가에 굴러나와 성화람.
 김의사의 집 앞에서 발걸음을 멈추었다.
 문이 잠겨있었다. 두들겼다. 옆 유리창에 사람의 그림자가 어른거렸다. 김의사였다. 그러나 문은 열려지지 않았다.
 "원당, 나요. 웃골 윤기풍이요."
 저쪽 안방께에서 퉁명스런 목소리가 들려나왔다.
 "오늘은 병원 안 봐요!"

"아니 잠깐 약만 바르믄 될 텐데?"
다시는 아무 대답도 없었다.
이놈, 네놈이 전에 살림 어려운 사람의 병은 봐주지도 않는다는 소문이 있더니, 그래 오늘은 나까지 수모하려드는구나. 다된 놈의 세상이다, 다된 놈의 세상이야.
순안 쪽으로 다시 걸음을 옮기는 윤주사의 작은 몸이 무슨 열에 나 뜬 사람처럼 자꾸만 허청거렸다.

훈은 뒷산 옛무덤가 양지쪽에 올라가있었다.
무엇을 자꾸만 생각하고 있었다. 그러나 아무것도 생각하고 있지 않았다. 그저 오해라는 말을 수없이 되뇌이고 있었다.
사촌동생 혁이 올라왔다. 한 손에 비석조각을 들고 있었다.
"글쎄 이런 백당넘의 새끼들이 어디 있쉐까!"
비석조각 쥔 손을 부르르 떨며,
"글쎄 아부질 데리구 가드니 어떻게 됐는디 모르갔이요. 잠깐 할 말이 있다구 데레가구선…… 면엘 가봤드니 좀더 도사할 게 있다구 폐양에루 데리구 들어갔대나요."
훈도 그건 심상치 않은 일이라고 생각했다.
"주의두 안 닙으시구 저고릿바람으루 가셨는데…… 아직 뎅뎅하시다구는 해두 나이가 나이라……"
동저고릿바람으로 데려갔으면 곧 돌려보낼지도 모른다고, 훈은 약간 안심이 되었다.
"이길루 폐양꺼지 들어가볼냅네다. 만일 아부지 몸에 무슨 일이라두 있으믄 내 그 백당넘의 새끼들을 가만두더는 않갔이요. ……그리구 이것 좀 보소. 글쎄 이 비석이 무슨 죄가 있다구 이렇게 깨부세야 합니까?"
비석조각 쥔 손을 다시한번 부르르 떨며 이를 가는 것이었다.
훈은 이 사촌동생의 흥분한 얼굴을 바라보며 문득 얼마 전 남이 아버지가 낫에 찔려 죽었을 때 일이 생각났다. 그때도 이 사촌동생은 한껏 흥분한 얼굴이요 몸짓이었었다. 이런 사촌동생에게 그때 자기는 어떤 슬픔에 가까운 노여움같은 걸 느끼면서 하고자 한 말이 있었다. 왜 그렇게 남의 피를 보고 좋아하느냐고.
 지금 이 사촌동생의 흥분한 얼굴과 몸짓을 눈앞에 보면서는 훈이 그때와는 다른 걸 느끼고 있었다. 그것은 지금 이 사촌동생 자신이 가슴속으로 피를 흘리고 있다는 느낌이었다.
 사촌동생이 간 뒤에도 훈은 그자리에 그대로 앉아있었다. 앞에 굴러있는 비석조각이 자꾸 눈에 스며들었다. 그러는 그의 몸속 어느 부분에서도 분명히 핏방울이 듣고 있는 것같음을 느꼈다.
 저녁때가 다 되어, 저녁 한술을 끓이러 내려오니 오작녀가 부엌에서 불을 지피고 있었다. 머리도 깨끗이 빗겨져있었다.
"아니 왜이러우? 며칠 더 누워있지 않구."
"괜티않아요."
"그러다 열이라두 되오르면 어쩔려구. 며칠만 더 가만히 안정하우."
"인제 다 나았이요."
 저녁상을 물리자, 오작녀가 사분히 훈의 방으로 들어왔다.
"그러지 말구 며칠만 더 안정하우."
"괜티않아요. 인젠 정말 다 나았이요. 그새 넘테없이 누워있은 것만 해두……"
"그런 걱정은 말구 며칠만 더 누워있으우."
"아니오. 인젠 정말 일없이요. ……그르구 저같은 사람은 좀터럼 안 죽는 법이야요. ……그른데 선생님, 아까 낮의 일 용서해달라우요."
"참, 앓는 몸으루 왜 그런 무릴 하우?"
"저두 모르게 그르케 됐이요. 어젯밤부터…… 용서해달라우요."
 오작녀는 해쓱해진 양볼에 볼그스럼히 물을 들이며 다소곳이 고개를 떨구었다.
 사실 일견해서 이 유순해 보이기만 하는 여인이 어떻게 그렇게 대담하게 나올 수가 있었을까.
 좀만에 오작녀는 조용히 손을 내밀어 발치에 놓여있는 보퉁이를 끌어다 훈의 앞에 놓았다. 훈이 없는 새에 미리 거기 가져다두었던 성싶었다.
"그르구 선생님, 이것 도루 간수해두시라우요."

훈이 보퉁이를 내려다보는데,
"오마니께서 끊어두셌든 옷감이야요."
"그거면 이미 내가 오작녀에게 준 물건 아니우?"
그리고 자기가 오늘 여기를 쫓겨나지 않고 그냥 이렇게 남아있다는 게 도리어 부자연스러운 생각이 들어,
"오늘부터는 이 집두 거기것이요."
"아니야요, 선생님. 그런 말씀 마시라우요. 이 집은 언제나 선생님의 집이야요."
오작녀의 타는 눈이 확 이리 향해졌다.
훈은 자기가 한 말이 어쩌면 이 여인에게 비꼬임조로 들렸을지도 모른다는 생각이 들어,
"내 말을 오해 마우. 기실은 벌써부터 이 집을 남편되는 분만 좋다면 내주려구 했었소."
"아니야요, 선생님. 다시는 그런 말씀 말아달라우요."
갑자기 그네의 눈에 물기가 돌며 무엇을 애원하는 듯한 빛으로 변했다.
"그러나……"
훈은 지금 자기가 하려는 말이 벌써 자기의 본심이 아닌 것만 같은 생각이 들어 입을 다물었다가,
"그 옷감만은 오작녀가 받아두우,"
했다.
"이건 오마니께서 선생님의……"
"내 혼숫감으루 끊어두었든 물건이란 말이지요? 그치만 앞으루 내게 이런 것은 소용없을 게요."
물기 머금은 오작녀의 눈이 훈의 얼굴에서 무엇을 찾아내려는 듯이 부어지다가 별안간 무엇에 놀란 사람처럼 흠칫했다.
바람소리에 섞여 밤뻐꾸기 우는 소리가 들려온 것이었다.
점점 오작녀의 젖은 눈이 무슨 꿈꾸는 듯한 빛으로 변하면서 혼잣말을 중얼거렸다.
"큰애기바윗골 뻐꾸기……"
큰아기바윗골 전설은 훈도 어려서 어른들한테 들어 알고 있었다.

그옛날 이 가락골마을에는 큰 부호가 하나 살았다. 대문이 열두 대문이나 되는 큰 집이었다.

그 집에 삼대째 내려오는 외아들이 하나 있었다. 이 도련님이 자기 집 여종 하나와 좋아지냈다. 큰아기라 불리우는 애였다.

도련님이 서울로 공부를 떠나게 되었다. 큰아기와는 자기 돌아올 때까지 기다리라는 굳은 언약을 하고.

몇해가 지났다. 도련님이 돌아오지 않았다. 큰아기는 차차 자기의 처지를 생각하게 되었다. 자기와 같은 천한 계집이 어찌 도련님 같은 낭군을 바란단 말인고.

어떤 사람의 아내가 되고 말았다. 그 남편되는 사람이 여간 부랑자가 아니었다. 공연한 일에도 못살게 굴었다.

큰아기는 밤마다 사람의 눈을 피해 산으로 올라가 빌었다. 그만 자기를 바위가 되게 해달라고.

그러한 어느 여름날 밤, 하늘과 땅이 무너지는 듯한 천둥이 울면서 거기 꿇어앉은 큰아기를 바위로 변케 해버렸다.

그해 겨울이었다. 서울 갔던 도련님이 돌아왔다. 큰아기의 이야기를 듣자 곧 산으로 달려갔다. 그리고는 큰아기바위를 붙안고 울었다.

추운 겨울인데도 이상하게 큰아기바위에는 산 사람과 같은 온기가 서리어있는 것이었다.

도련님은 며칠이고 큰아기바위를 안고 울다 그자리에 그냥 숨지고 말았다.

이듬해 봄, 큰아기바윗가에 전에없이 붉은 진달래꽃이 피었다. 그리고 어디서 왔는지 뻐꾸기 한 마리가 구슬피 울었다.

훈은 어려서 이 산막골 뒤에 있는 큰아기바윗골로 진달래를 꺾으러 간 적이 있었다. 몇 길이나 되는 낭떠러지 위에 젊은 여인이 꿇어앉은 듯한 바위. 그때도 어디서 왔는지 뻐꾸기 한 마리가 구슬피 울어주었다.……

"전 데 뻐꾸기 소리를 들을 적마다……"

오작녀의 젖은 눈에 꿈꾸는 듯한 빛이 더해지며,

"왜그런디 제가 분에 넘티게 행복한 것만 같애요."

VI

 비석거리 한옆에 있는 우물가에 좀전부터 여인이 몇 모여있었다.
"참, 오작네 갸가 어렸을 땐 꽤 얌전하댔는데?"
 달래의 티사귀를 골라내며 하는 갑성이어머니 말에,
"얌전하긴 뭘 얌전해요. 누갈이 소누깔겉애개지구 미욱한 데가 있디,"
하고 칠성이어머니가 머리에 똬리를 올려놓은 채 고개를 이리 돌리며,
"글쎄 얼마 전에 앓아 자빠뎄대기에 병문안을 갔다가 놋대접을 하나 좀 빌레달라구 했드니 우둘거리믄서 영 안 빌레주디 않갔이요?"
 그러자 두레박줄을 잡아올리던 탄실이어머니도 덩달아,
"그 해냉년의 엠나이새끼가 글쎄 오늘 아츰엔 또 우리집에 와서 부엌 안을 기웃거리디 않갔어?"
했다.
 실은 이 탄실이어머니도 오작녀가 열에 떠있을 때 병문안을 간 척하고 겹체를 하나 집어왔다가 오늘 아침 오작녀에게 들킨 것이었다.
"요새 애들이 오죽 엉뚱하야디."
 갑성이어머니가 혼잣말처럼 중얼거렸다.
"말할것 있나요. 글쎄 우린 몇 십년 가티 살아온 넝감의 얼굴두 아직 면바루 터다보니 못하는데……"
하며 칠성이어머니가 입을 한번 비쭉거렸다.

탄실이어머니는 탄실이어머니대로 콧등에 잔주름을 잡으며,
"난 백번 죽었다 페두 그 엠나이터름은 못하갔다. 글쎄 본남편이 있는 년이 그게 무슨 디랄이람, 수많은 사람 앞에서…… 하늘이 무섭디두 않은 게디…… 하긴 벌써 오래 됐대. 둘이 붙은 게."
갑성이어머니는 달래를 물에 헹구어내며 또 혼잣말 비슷이,
"젊은 남녜가 삼년씩이나 한집에 살믄 탈두 나는 법이디."
그러자 탄실이어머니가 무엇을 생각했는지 한 손으로 자기 입을 막아가며,
"이번에 앓아누웠든 것두 사실은 딴 병이 아니구 입덧을 몹시 해서 그랬대요,"
한다.
"데런!"
갑성이어머니가 달래 헹구던 손을 멈추고 놀란 눈을 들었다.
신이 나는 듯 탄실이어머니는,
"그래 오늘 아츰에 왔을 때 유심히 봤드니 정말 몸놀림이 다르디 않갔이요?"
"아이구 망측해라!"
칠성이어머니도 이 새로 듣는 소문에 신이 나 머리에 올려놓았던 따리까지 내려쥐며,
"간 또 젠녠 너름에 벌써 그르티 않나 했디. 그집 우물물이 차다구 해서 목물을 엎으레 갔는데 말이야, 내가 한차례 엎구 그년을 엎어주는데 가만히 허리띠 새루 보니건 젖꼭지 빛깔이 다르디 않갔어? 그래 수상하다구 생각한 적이 있었디."
그러나 갑성이어머니는 아직 모를 일이 있다는 듯이,
"그른데 오작네 남편되는 작자가 이상하디 않아? 그자가 그르케 순순히 제 네펜넬 남에게 내줄 작자가 아닌데?"
"형님, 거 다 내막이 있이요."
그것이 무엇일까 하고, 갑성이어머니는 앞니 한 개가 까맣게 죽은 입을 반쯤 벌린 채 탄실이어머니에게서 눈을 떼지 못했다.
탄실이어머니는 짐짓 사이를 두어 물동이에 쪽박을 엎고 나서,
"돈으루 우겠디 뭐요. 금붙이니 뭐니 한아름 앵게 줬답데다. 본래

돈이라믄 사죽을 못쓰는 자가 아니웨까."
 그제야 갑성이어머니도 딴은 그럴 법한 일이라고 고개를 주억거렸다.
 칠성이어머니도 좀전부터 새로운 소문을 먼저 알고 있는 탄실이어머니 쪽을 감탄스런 눈으로 바라보고 있다가,
"그래서 그자가 어제 오늘 술안주 한다구 우리집에서 닭을 사가구 야단이었구만. 그런 줄 알았드믄 닭값을 좀더 받을 걸 그랬디."

 훈이 낡은 신문을 뒤적이고 있는데 삼득이가 와 뒤곁에서 누가 찾는다고 했다.
 나가 보니, 오작녀남편이었다.
 오작녀남편은 훈을 보자 붉은 입술에 미소를 띠우며,
"안녕하십니까?"
하고는,
"바쁘시디 않으믄 우리 술이나 한잔 하레 갑시다,"
했다.
 훈이 얼른 이 사내의 속뜻을 몰라 머뭇거리는데,
"얼마 전엔 제가 술 한잔 낸다는 게 그만 실례해놔서요, 오늘은 제가 한잔 내갔습네다."
 왜그런지 훈도 오늘 이 사내와 한번 술이 취해보고 싶은 심정이기도 했다.
"선생님, 어데 펜티않습니까? 안색이 돟디 못한 것같은데?"
"아니오. 전 언제나 이렇습니다."
"이르케 갑재기 와서 술 먹으레 가쟨다구 기분 나쁘게 생각디 마십시오. 선생님은 어드신디 몰라두 난 술동무 없이는 술을 못 먹는 버릇이 있어놔서요."
"전 곧잘 혼잣술을 먹습니다."
"거 대단하신데. 사실은 그게 진짜 술꾼입네다."
 오작녀남편은 흰 이빨을 드러내 보이며 히죽 웃고 나서,
"참, 선생님 요새 소문난 거 들었습네까?"
 무슨 소문 말이냐고 훈이 고개를 돌리니,

"내가 네펜네를 돈 받구 팔았다는 소문 말이야요. 홍수가 그럽데다. 동리에 소문이 자자하다구."

훈은 오늘 이 사내가 자기를 찾아온 목적은 다른 데 있지 않고 돈을 청구하러 온 것임에 틀림없다고 생각했다. 불쾌했다. 그러나 이 사내가 청구하는 돈을 자기는 힘이 자라는 데까지 들어주리라 마음먹었다.

"아니 선생님, 왜그러십네까? 얼굴빛이……"

"그 이얘기면……"

그런 흥정이면 구태여 산막골까지 갈 필요가 없다고 생각했다.

"물론 선생님두 그런 말 들으믄 기분이 좋디 않을 줄 압네다. 그러나 생각해보믄 그런 소문두 날 만하거든요. 세상에는 제 네펜네 팔아먹는 놈이 없디않아 있으니까요."

말하는 품이 웬만한 액수로는 결말이 나지 않을 성싶었다.

오작녀남편은 잠시 무엇을 생각하는 듯하더니,

"사실인즉 나두 그른 경험이 있쉐다. 회창광산에서 십당으루 있을 때 일인데, 거기 술당수 하는 색시가 하나 있었이요. 얼굴두 상당히 곱게 생긴 녀자댔쉐다. 쩍하믄 실눈웃음을 띠믄서 눈빠는 시눙을 하는 버릇이 있었디요. 그게 밉디가 않았이요. 그래 내가 고것 하구 한때 죽자살자 정분이 났드랬쉐다. 선생님, 선생님에겐 이른 니얘기 시시하디요? 선생님은 한창 적에 기맥힌 넌앨(연앨) 많이 해봤을 테니까요. 그러나 좀 들어보십시요."

오작녀남편의 입에서는 마늘냄새에 섞여 술냄새가 풍기었다. 어제 먹은 술기운일까. 혹은 좀전에 벌써 홍수하고라도 한잔한 것일까.

"그른데 말이야요, 고것한테 남편이 있었거든요. 네펜네 술당수 시키믄서 핀둥핀둥 노는 작자였디요. 이 작자가 우리들 새를 눈치챘단 말이야요. 하루는 일을 끝마치구 나오니까 이 작자가 굴 밖에서 날 기다리구 있디 않갔이요? 그래 날 보드니 데리 좀 가자는 거야요. 첫눈에 벌써 우리의 일이 드러난 줄 알았디요. 하긴 나두 언제구 한번은 이런 일이 있으리란 걸 각오하구 있었디만요. 그래 그자의 뒤를 순순히 따라가디 않았갔이요? 그랬드니 어느 으슥한 산모통이루 데리구 가드니, 품에서 싯퍼런 식칼을 꺼내는 거야요. 그리구는 대뜸 내 가슴에다 그걸 들이대믄서, 이새끼 너 우리 네펜네하구 이렇구 이렇디? 하는 거야요. 바른대루 말했디요. 네 말대루라구. ……선생님, 뭐 내가 그 식칼이 무서워서 그랜 줄 압네까. 천만에요. 그까짓 칼부림쯤 우리들에겐 식은죽 먹기보담두 더 쉬운 짓이야요. 그저 우리같이 노름판에나 굴러댕기믄서 남을 속에먹디 못하믄 배가 아파 못 견디는 놈이라두 그런 땐 바른소릴 하는 법이웨다. 당장 목이 달아나두 바른소릴 하디요. 아시갔습네까?"
　오작녀남편은 힐끗 훈 쪽을 쳐다보고는,
"그랬드니 말야요, 그자가 터무니없는 모양이야요. 그르케 내가 첫마디에 바른대루 말할 줄은 몰랐든 모양이디요. 한참이나 멍하니 서서 날 바라보디 않갔이요? 그르드니 칼 든 손을 내리우구 마는 거야요. 나는 그때 생각했디요. 이자가 이제 제 네펜넬 나한테 떠맬길래는가부다 하구. 그래 떠맬기믄 두말없이 맡을 작덩이었디요. 객주집으루 돌아와서는 그걸 기다리구 있디 않았갔이요? 녀자가 자기 남편한테 내쫓기는 걸 이젠가 저젠가 하구. 그르나 밤이 깊두룩 아무 소식이 없드군요. 기다리다 못해 내편에서 찾아나셨디요. 그른데 그집 가까이까지 거의 다 가서야요. 베란간 어둠속에서 앞을 막아서는 사람이 있길래 보니, 남편되는 자가 아니야요? 그리구 그자의 말이, 자기두 지금 날 찾아오는 길이라구요. 그르믄서 또 그자의 하는 말이, 아무리 자기 네펜넬 족티믄서 토사를 받아봐두 당최 나와 그런 일이 없다구 우기니 어뜨케 된 일이냐는 거야요. 그래 내가 말했디요. 네놈의 매가 무서워 바른말을 못하는 게 아니냐구. 그르나 그자의 말이 그르티가 않다는 거야요. 동와하는 놈이 있으믄 내 아무말 않을 테니 어서 그놈하구 가 살라구 해두 영 그런 일은 없누라구 하드래요. 도무디 알 수 없는 일이 아니야요? 그르케 나더러 같이 도망가자구 조르든 년이 그럴 수가 있이요? 그래 그길루 그년이 있는 데 가서 삼대면하기루 했디요. ……선생님, 고약한 인간들이디요?"
　오작녀남편은 여기서 붉은 입술 새로 쓴웃음을 한번 흘리고 나서,
"그르나 선생님, 공연히 우물쭈물하는 것보담은 이르케 속시원히

결판을 짓는 게 둏디 않습네까? 그래 둘이 그년한테 갔드니 말이야요, 남편되는 자의 말대루 그년이 나와는 아무 상관이 없다는 거야요. 내가 속았구나 하는 생각이 들드군요. 그래 그집을 나오구 말았디요. 그랬드니 남편되는 자가 따라오디 않갔이요? 그리구는 한다는 소리가, 데년이 암만 자기는 그렇디 않다구 해두 서방질한 것만은 틀림없디 않느냐구요. 그래 자기는 그런 쌍년하구는 살 수 없으니 나더러 맡으라는 거야요. 그르믄서 그값으루 돈 이만냥만 내라는 거야요. 그때 나는 광산 투전판 돈을 쓸다시피 한 때라 그맛 돈쯤 수둥에 있긴 했디요. 그르나 될 말이웨까? 그깟년은 인제 단돈 서푼 아니라 거저 개지래두 안 개진다구 했디요. 그랬드니 그자가 이번에는 자기 네펜네 배레준 값이라두 내라구 달겨들디 않갔이요? 그래 종내 칼부림꺼자 나왔디요. 이게 바루 그때 그자한테 딜리운 자리웨다."

오작녀남편은 얼마 전 산막골에서 내보인 팔굽 위의 홈자리를 걷어 보이고 나서,

"그른데 말이야요, 얼마 후에 그년이 객주집으루 날 찾아오디 않았갔이요? 어스름 달밤이였쉐다. 뭘하러 왔느냐구 했드니 그년의 말이, 내가 멍텅구리라는 거야요. 왜 자기 남편한테 바른말을 했느냐구요. 그런 일을 바른대루 말하는 멍텅구리가 어디 있느냐구요. 그르믄서 앞우루 다시 전터름 남편 몰래 만나자는 거야요. 성이 머리끝까지 올라와 견딜 수가 없두만요. 나두모르게 귀쌈을 한 대 갈겼디요. 아이구! 하드니, 두 손으루 얼굴을 싸는데 손구락 새루 뭣이 흐르는 게 뵙데다. 어스름 달밤에두 그게 코피가 분명했이요. 그르나 조금두 내가 디나틴 일을 했다는 생각은 들디 않드군요. 다시는 내 앞에 뵈디 말라구 고함을 티구서 돌아서 들어오구 말았디요. ……선생님, 글쎄 이런 년놈이 어디 있쉐까? 남편되는 자는 그래 제 네펜네 홰냥질하는 걸 알구두 그냥 대리구 살갔으믄 그저 잠자쿠 대리구 사는 게구, 그 홰냥년은 또 이왕 제 남편한테 들킨 바엔 내놓구 나하구 살든디, 그르티 않으믄 곱게 본남편하구 살께디 그게 뭡니까?"

오작녀남편은 붉은 눈망울을 훈에게로 돌리며,

"여기 비하문 말이웨다, 오작네는 이백만냥두 더 나가는 녀자디요. 그만하문 인물두 괜티않구요. 안 그렇습네까, 선생님? 그 수많은 사람 앞에서 자기가 먹구 있는 맘을 그터름 털어놓는다는 게 쉬운 일이 아닙네다. 사실은 그날 그때꺼지두 난 오작넬 대레갈라구 생각하구 있었이요. 그동안의 잘잘못은 다 닞어버리기루 하구. 그래 순안에다 집두 한칸 새루 장만해놓았댔디요. 그르나 그날 오작네의 말을 듣구 생각을 돌이켔쉐다. 흥수는 오작네만 내가 대레오믄 수가 난다구 합데다. 선생님의 집두 내것이 된대나요? 그르나 이래 배두 한때 이름있든 활랭이웨다. 그까짓 집 한 채에 마음이 동할 내가 아니디요. 그랬드니 이번에는 내가 돈을 받구 오작넬 팔았다는 소문이 돌디 않갔이요?"

"혹시 원하신다면 제 힘이 자라는 데꺼지 뭣이든 도와드릴 수 있습니다."

"뭣이든 도와준다?"

오작녀남편의 눈망울이 갑자기 번뜩이며,

"그게 무슨 말이웨까?"

"오해 마십시요. 전두 숨김없이 하는 말입니다."

"숨김없이 하는 말? 그래 내게 돈을 주갔단 말이오?"

오작녀남편은 숨결마저 씨근거리며,

"거 어뜨케 하는 말이웨까? 지금꺼지 내가 한 말을 못 알아듣습네까? 대테 돈이란 뭡네까? 있다가두 없구 없다가두 있는 것, 이 나이꺼지 남터름 풍성하게는 못 살았디만 돈에 코가 께워 살다는 않았쉐다. 궁줄에 들었는가 하문 또 살 길이 열리군 했디요. 이번에두 튀전판에서 돈냥이나 쥈쉐다."

호주머니에서 붉은 군표를 한움큼 쥐어내 보이며,

"제버릇 개 못 준다구 노름만은 그냥 하디요. 순안서 나더러 민청 부위원당인가 뭔가 하래기에 요즘 세상에 그런 이름쯤 걸어두는 것두 손해볼 일 없을 것같애 이름만은 걸어두구요. 사실 그편이 이런 즛 하기엔 펜리하거든요. ……하여튼 돈 니애긴 다시 맙세다. 세상이 어뜨케 됐든간에 나두 한때 이름있는 활랭이댔쉐다. 아시갔쉐까, 선생님?"

훈은 비로소 이 사내가 오늘 자기를 찾아온 뜻을 알 수 있을 것 같았다. 무어 돈을 청구하려는 건 아니다. 그저 이 사내는 지금 이 사내대로 마음의 괴로움이 있는 것이다. 아내를 잃은 남편의 처지 인 데다가 또 여편네를 돈에 팔았다는 터무니없는 소문까지 난 것이 었다. 그 울적한 마음을 조금이라도 풀기 위해서 이렇게 자기를 찾 아온 것임에 틀림없었다. 이런 사내의 심정을 훈은 넉넉히 알 수 있었다.
 그렇다면 이 자리에서 다시 한번 자기와 오작녀 사이에는 아직 아 무런 관계가 없다는 것, 그러니 자기네의 사이를 오해하지 말라는 말을 할까 하다가 그만두었다. 사내편에서 도저히 그말만은 그대로 들어줄 성싶지가 않은 것이었다. 그것도 무리가 아닐 것이었다.
 그래 훈은 그저,
 "말하기 좋아하는 사람들 저희끼리 지껄이다 싫어지면 그만두겠 지요,"
해두었다.
 "그야 그르티요. 그르나 내 앞에서 다시 그런 쉬작을 하는 놈이 있으믄 당장 그놈의 아가릴 찢어놓구 말갔쉐다."
 오작녀남편은 흥분으로 해 약간 떨리는 손으로 담배를 꺼내어 피 워물더니 훈에게도 한 대 권하는 것이었다.
 "전 못 피웁니다."
 "참, 담배는 안 피우든가요."
 그리고 오작녀남편은 한동안 말이 없었다.
 담뱃불이 꺼진 모양이었다. 오작녀남편이 걸음을 멈추고 성냥을 다시 그어대고는 무엇을 발견한 듯,
 "데새끼는 또 뭣하레 기신기신 따라오노."
 보니, 저쪽 소나무숲 사이로 삼득이가 빈 지게에 갈퀴를 들고 오 는 것이었다.
 "저번에 선생님과 가티 술 먹으레 갔을 때만 해두, 내가 오줌을 눌라구 집모퉁이루 돌아가니깐 데새끼가 바루 집 뒤에 쭈크리구 앉 아있디 않갔이요? 아마 우리가 무슨 말을 하는디 듣구 있든 모양 이야요. 난 데놈의 새끼가 도무디 비위에 맞디 않아요. 첫때 데새

낀 버버린(벙어린)디 사람을 보구두 인삿말 한마디 없쉐다레. 얼마 전엔 몇 해 만에 첨 만나개지구두 이렇단 인사 한마디 없디 않갔이요? 좀전만 해두 그래요. 당손이녀석보구 아무리 선생님을 좀 찾아달래두 영 말을 안 듣기에 마침 디나가는 데새끼보구 부탁을 했디요. 그랬드니 들은 척두 않구 내레가디 않갔이요? 그래 어떨까 했드니, 그래두 찾아주긴 하드군요. 본시부터 데새끼가 무뚝뚝해서 말이 없긴 했디요. 그르나 그것두 덩도 문데가 아니웨까? 원래 처남매부간이란 그렇디가 않은 법인데, 언제 한번 살틀히 디내본 적이 없디요."
훈은 훈대로 지난날 오작녀가 한 말이 생각났다.
삼득이가 훈의 뒤를 밟은 일이 있은 때의 일이었다. 그때 오작녀는 삼득이만은 그런 애가 아니니 앞으로 다시는 그런 짓을 않을 것이라고 했다. 그러나 훈은 그때 혼잣속으로 그애가 앞으로 점점 더 해질 테니 두고 보라는 심사였다. 자기의 생각대로 오늘은 이 삼득이가 당손이를 대신해서 내놓고 자기의 동정을 염탐하는 일까지 맡은 것이 아닌가.
오작녀남편이 담배 한 모금을 한껏 빨았다 내뿜으며,
"그깟놈의 새끼 저믄 저구 나믄 나디. 내가 언제 데놈의 새끼 덕닙구 살아온 사람인가. 자, 어서 가서 출출한데 술이나 한잔썩 하구 봅세다. 안주두 다 돼가는 가붸다. 아까 미리 닭 한마릴 잡으라구 갖다주구 왔디요."
사실 큰 밤나무 곁 불출이어머니네 굴뚝에서는 파란 연기가 오르고 있었다.
오작녀남편은 이제는 술밖에 다른 생각이 없는 듯 앞장서 걷기 시작했다.

이튿날 훈은 머리가 몹시 지끈거렸다. 참말 어제는 지나치게 술을 들이켰던 것같다. 한번 한껏 취하고 싶은 생각도 있어서, 오작녀남편이 돌리는 잔을 그대로 받아 마셨던 것이다.
그런데 지금 무엇보다도 훈의 가슴을 내리누르는 것은 어떤 부끄러운 생각이었다.

술기운이 돌수록 앞에 앉았는 오작녀남편이 자기보다 큰사람으로 보여졌다. 아무리 자기와 오작녀의 사이를 오해하고 있다 하더라도 이 사내가 취하고 있는 태도는 어딘가 훌륭하게만 생각되었다. 이러한 자기 자신에게 문득 저항하고 싶은 충동이 가슴 한귀퉁이에서 머리를 들었다. 역시 오해라는 것은 좋지 않다. 이 사내의 오해를 풀어야 한다.

저도모르게 오작녀남편에게 지껄여댔다. 오작녀와 나 사이를 오해 마시오. 지금이라두 나 있는 집을 내줄 테니 와서 같이 사시오. 오작녀는 아직 전대루 깨끗한 몸이오.

지껄이면서 훈은 자기 자신의 옹졸됨이 자꾸만 뉘우쳐졌다. 그러나 때는 늦었다.

오작녀남편의 눈망울에 확 불이 켜지더니, 이건 사람을 어뜨케 보구 하는 쉬작이야? 아직두 고 꼬딱하구 야시꺼운 심보를 못 버렸어? 오작네가 불쌍하다, 오작네가 불쌍해! 하면서 냅다 훈의 뺨을 후려갈기는 것이었다. 눈앞이 아찔하고 코허리가 시큰했다.

오작녀남편은 그대로 벌떡 일어나 술집아주머니에게 붉은 군표 얼마를 던져주고는 다시 이쪽을 노려보며, 앞으룬 네깟놈하구 상종 안하갔다! 하면서 홀 밖으로 나가버리고 마는 것이었다.

코피는 흐르지 않았다. 그저 눈에 눈물이 핑 돎을 느꼈다. 두 손으로 눈을 가렸다. 이상스레 가슴이 후련해지는 심사였다. 그러면서 한편 자기 자신의 옹졸됨이 그지없이 부끄러워지는 것이었다.

그건 술기운이 가신 지금에 와서 더했다. 고 꼬딱하구 야시꺼운 심보를 못 버렸어? 오작네가 불쌍하다, 오작네가 불쌍해! 사실 자기는 오작녀남편이 회창광산에선가 경험했다는 그 술집계집보다 더 얄미운 태도를 오작녀와 오작녀남편에게 취하고 있는 게 아닐까. 싫으면 싫다, 좋으면 좋다고, 왜 분명한 태도를 취하지 못하는 것일까.

훈은 자기 자신의 이 옹졸됨을 모르는 바 아니었다. 그러나 자기 자신이 그걸 어쩌지 못한다는 것도 잘 알고 있는 것이었다. 절로, 으흠 하고 비명에 가까운 신음소리가 질러졌다.

인기척이 나더니 미닫이가 열리며,

"어데 펜티않수?"
하고 혁이 들어섰다.
 그제 평양 들어갔다가 지금 나오는 길인 모양이었다.
"머리가 좀 아파서……"
 그러나 차라리 일어나 앉는 편이 낫겠다고 이마의 타월을 풀어 내며,
"그래 갔든 일은 어떻게 됐나?"
"틀렛이요."
 사촌동생은 적이 초췌해진 얼굴로,
"도에서두 모른다는 거야요. 아무리 이러이러한 분이 이리 들레왔을 테니 알아봐달라구 해두 자기네는 모른다는 거야요. 사흘 동안이나 댕기믄서 물어봐두 통 알 수가 없었이요."
"면에서는 분명히 도루 들어가셨다지?"
"그럼은요. 이자 나오는 길에두 면에 들레서 물어봤드니 틀림없이 도루 들어가셨다는 거야요. 그래 내가 지금껏 도에 들어가 알아보구 나오는 길이라구 해두, 좌우간 자기네는 도루 들어간 것만 알디 그 뒤의 일은 모른다는 거야요."
 혁은 잠시 허공에다 눈을 주었다가,
"모르긴 뭘 몰라요. 자기네가 한 노릇인 걸…… 암만해두 아부진 어디 먼 데루 끌레가셨을 것만 같애요. 페양거리에 벨벨 소문이 다 퍼뎄이요. 어뜬 곳에서는 디주들을 막 산골루 실어다가 부대앝(화전)을 파게 하는 데두 있구, 어뜬 곳에서는 또 그냥 디주들을 대처루 쫓아보낸 데두 있구…… 재산 몰수만 해두 그래요, 어뜬 데서는 단벌옷 하나루 내쫓은 데두 있구, 니부자리 하나썩은 줘서 내보낸 데두 있구…… 그리구 또 몰수한 가구 처분만 해두 각각이야요. 그 자리에서 제비를 뽑아 노나 가진 데두 있구, 우리집터름 봉인을 해뒀다가 어디루 실어간 데두 있구…… 하여간 아부진 어데 먼 데루 끌레가셨을 것만 같애요."
 훈은 설마 했다. 앞으로 지주들도 원시적인 농토에만 의존시키지 않고 새로운 산업 부문으로 전출시킨다던 신문 사설이 떠올랐다. 이 선전이 그대로 사실은 아니라고 하더라도 늙은이를 산골이나 어

디로 보내어 부대앝을 파게 한들 무엇하겠느냐는 생각이 들었다.
"왜 며칠 더 묵으면서 잘 탐문해보지."
"아니야요. 도루 들어가시디 않은 것만은 사실이야요."
 혁은 아랫입술을 한번 깨물고 나서,
"결국 돌아오시디 못하는 아부집니다."
"샛골 홍진사넨 어떻게나 됐나 한번 거기 가서 알아보면 어떤가?"
 샛골 홍진사네라면 평원군과 대동군 접경에 사는 큰 지주였다. 양쪽 군내에 많은 토지를 갖고 있었다. 응당 그도 이번에 숙청을 당했을 것이었다. 거기 가 알아보면 이번 숙청당한 지주들의 행방도 짐작이 갈 것이었다.
"그럼 거기나 가서 한번 알아보갔쉐다. ……날이 구물구물한 게 어디 비가 올래나."
 혁이 일어서다가 언뜻 무엇이 생각난 듯이,
"참, 형님, 신문 봤습네까?"
 하며 주머니를 뒤적이기 시작했다.
 얼마 전까지 훈은 평양이나 순안 드나드는 사람들에게 부탁하여 신문을 보아왔다. 그게 요즈음들어서는 통 새 신문을 구경 못하던 터라, 무슨 기사일까 하고 사촌동생을 쳐다보고 있으려니까 혁이,
"내 한 당 사 넣었댔는데 없어뎄네. 어제 로동신문에 형님의 기사가 났습데다."
"내 기사라니?"
"진보적인 인테리 디주가 소작인의 딸과 결혼했다구요."
 훈은 관자놀이께가 화끈거림을 느꼈다.
 그제 아침 홍수가 와서 자기 사진 한 장을 달라던 일이 생각났다. 없다고 하니까, 해로운 일이 아니니 꼭 한 장만 달라는 것이었다.
 실상 훈은 가진 사진이 없었다. 본래 사진 적기를 좋아하지 않은 편이기도 했지만, 이래저래 적은 사진들도 잘 간수하지를 못해 언제 어디서 없어졌는지도 모르게 다 없어져버리고 만 것이었다.
 그래도 홍수는 단체 사진도 좋으니 한 장만 찾아보라고 졸랐다. 하는수없어서 지금 수중에 남아있는 것이라고는 돌사진 하나밖에 없다고 했더니, 좋지않은 낯으로 돌아갔다.

그러니 신문 기사에 사진만은 안 붙었을 것이었다. 그러나 사진이 붙고 안 붙고가 문제 아니었다. 그런 기사가 났다는 것만으로도 훈은 얼굴이 달아올랐다.
훈의 입에서는 새로이, 으흠 하고 비명에 가까운 신음소리가 새어나왔다.

제이차 지주의 숙청이 있었다.
윗골 윤주사네 집을 사가지고 나왔던 사람이 대상에 들었다. 폐를 앓는 아들이 있어서 공기 좋은 곳을 찾아나왔던 사람이었다. 양계를 하는 한편, 염소도 몇 마리 기르고 있었다. 토지는 얼마 되지 않았으나 유한지주라는 것이 숙청 조목이 되었다.
뒷마을 명구아버지네도 대상에 들었다. 제일차 숙청 때는 아들 명구가 아무리 반동행위를 했더라도 아들은 아들이요 아버지는 아버지라는 원칙 아래 자작농한 토지는 제외하고 소작주었던 토지만이 몰수 대상에 들었었다. 그것이 이번에는 그 자작농한 토지도 머슴을 두고 한 것이라 하여 몰수 대상에 든 것이었다. 사람들은 이 명구아버지네가 이번에 숙청된 것은, 역시 그 아들 명구가 지난번 농민위원장이었던 남이아버지를 죽인 앙갚음이라고들 했다.
분디나뭇집할머니도 이번 대상에 들었다. 칠순이 넘은 오늘날까지 과부로 늙어오면서 삯일과 무명낳이로 한닢 두닢 모아서는 사들였던 땅뙈기였다.
일제말기에 한창 공출이 심할 때에도 사람을 시켜 농사를 지어가지고는 손수 구들골을 뜯고 벼를 감춘다, 베개 속에 쌀되를 감춘다 하여, 곧잘 주재소에 불려다니던 늙은이였다.
가마니와 새끼 공출 시기에는 또, 그 일은 하지 않고 물레질만 하다가 주재소 주임에게 들켜 등에다 물레를 지고 온 동네를 돌곤 한 일이 한두 번이 아니었다.
이 분디나뭇집할머니가 제이차 지주 숙청이 있은 다음날 아침 자기 집에서 송장이 되어 발견됐다. 목을 맨 것이었다.
동네사람들이 모여선 자리에서 당손이할아버지가 혼잣말처럼 말했다.

"잘 죽었디, 잘 죽었어. 더 산다는 게 욕이디, 욕이야."
거기 도섭영감이 있다가,
"아즈반 말 조심하우."
당손이할아버지의 흰 수염이 도섭영감에게로 향해지며,
"이사람, 내가 언제 못할 말을 했나?"
"글쎄 아즈반은 잠자쿠나 있으소고레. 분디나뭇집아즈마니가 죽은 게 제정신으루 죽은 줄 압네까? 노망해서 그랜 거야요, 노망해서."
"그래 하룻밤 새에 그르케 노망한 게 뭐 때문인가?"
"아즈반 잘 들으소. 그 아즈마니가 이번에 숙청당한 건 한편 생각하믄 가엾기야 하디요. 그르나 말이웨다, 큰 일을 하는데 어드케 일일이 적은 일을 생각합네까? 여게 수리조합이 생길 때만두 그르티 않았소? 간선이나 지선으루 들어간 땅 님자들이 얼마나 반대했소? 그르나 지금와서 생각하믄 그까짓 간선이나 지선으루 들어간 땅쯤 뭐요? 적은 땅을 희생해서라두 많은 땅을 살리믄 그만 아니오? 아마 이제와서 그것 때문에 수리조합된 걸 반대하는 사람은 하나두 없을 거요. 분디나뭇집아즈마니만 해두 그르티요. 큰 사업을 위해선 별수 없는 거야요."
"자네 그동안 유식한 말 많이 배왔네게레. 말은 그를듯하웨마는, 말만 그를듯하다구 되는 게 아니야. 수리조합만 해두 그르티. 그게 돼개지구 정말루 잘 됐기 말이디 그르티 못했대믄 누가 그걸 좋다구 하갔나? 그르구 말이야, 수리조합 말이 났으니 말이디 수리조합이 될 때는 누구에게 억울한 즛은 안 했다네."
"그럼 아즈반은 이번 토디개혁이 앞으루 잘 안 된다구 생각한단 말이요?"
"난 모르갔네. 두구 봐야 알디. 그저 눈앞에 뵈는 거룬 너무 디나티데."
"모르갔으믄 그저 잠자쿠 있기나 하소고레. 쓸데없는 소린 말구."
"누가 어데 말하구 싶어서 하나? 자네가 그르니 그르디."
"일언이폐지하구 아즈바니가 디난 세월에 디주한테 덕본 게 뭐요?"
"허, 이사람이! 나보다는 자네가 더 많이 덕을 봤을걸."
"뭐 어쨌이요? 이 뒤상(영감쟁이)이 오늘 왜 이러는 거야?"

"차차 말 잘 하네."
"내 다 알구 있어!"
도섭영감은 들고 있던 담뱃대로 삿대질을 하며,
"벌써부터 뒤상의 속을 다 알구 있어! 반농 디주들과 한속이 돼 가지구! 공연히 그르다 소용없디, 소용없어!"
"허, 이사람이! 이거야 어데 사람이 사람 무서워 살 수 있나? 그래 내 속을 다 안다니 어뜨카갔단 말인가? 어데 자네 맘대루 해 보게. 난 이미 다 산 사람일세. 더 오래 살아 낙을 보구두 싶디 않네. 자네나 아직 나이두 있으니 오래 살아서 낙을 누리게."
"에익!"
도섭영감이 휙 돌아서고 말았다.
"늙은 뒤상이란 할수없다, 할수없어. 세상 어뜨케 돌아가는 줄두 모르구. 그르다 이제 큰코에 걸레봐야 알디, 걸레봐야 알아."
도섭영감은 자기 집 쪽을 향해 올라가며 몇번이고 헛가래를 돋구어냈다. 그러다가 문득 자기 눈앞에 무슨 안개같은 것이 껴있음을 느꼈다.
날씨가 흐려 그런가 싶어 하늘을 쳐다보았다. 그러나 뽀오얀 하늘 아래 다시 안개같은 것이 끼어 보이는 것이었다. 눈을 한번 꽉 감았다 떴다. 그래도 눈앞의 안개는 사라지지 않았다. 손등으로 눈을 비볐다. 그래도 그 앞을 가리는 안개는 사라지지 않는 것이었다. 이게 분명 나이 탓이로구나. 이렇게 자기도 늙었구나.
언뜻 분디나뭇집할머니는 정말 잘 죽었는지도 모른다는 생각이 들었다. 그러나 다음 순간 그는, 내가 이래서는 안되겠다, 내가 이래서는 안되겠다, 무슨 일이 있어도 이 고비만은 무사히 넘겨야 한다고, 저도모르게 주먹을 그러쥐는 것이었다. 그러는 그의 네모진 턱이 가늘게 떨리었다.

비도 오지 않고 뽀오얗게 운애가 끼었던 하늘이 벗겨졌다. 이렇게 해서 하늘도, 얼었던 땅이 풀리듯이 한 걸음 한 걸음 봄으로 옮겨지는 것이다.
훈이 뒷산 옛무덤가에 앉아 앞에 돋아난 할미꽃 싹을 내려다보고 있는데 사촌동생이 올라왔다.
"형님, 암만해두 아부진 일을 봤이요. 더 수소문해볼 필요두 없이요. 산골루 끌려가셨든가 략임을 당하셨든가 한 게 분명해요. 그렇디 않구야 여태 아무 소식두 없을 리 있이요? 지금 생각하니 첫때 우리가 어리석었이요. 토디개혁날꺼지 행여나 하구 남아있은 게 미련했이요. 글쎄 샛골 홍진사네는 토디개혁이 있기 전에 벌써 폐양으루 다 피해 들어갔대디 않아요? 그게 잘했다구 봐요. 글쎄 요행 우리가 일차숙청 때 무사했다믄 뭐하갔이요? 벌써 이차숙청이 있디 않았이요? 처음에는 그자들이 토디개혁이란 걸 시작해놓구두 민심이 소란해딜까봐 한날 한시에 하디 않구 좀 어수룩한 고당부터 차차 해오믄서 웬만한 디주는 냉게 뒀댔디요. 그러나 앞으루 삼차 사차 털더한 숙청이 있을 거야요. 그러누래믄 말이야요, 나두 지금은 디주의 아들이디만 공과를 하는 학생이라구 해서 크게 봐주는 것같디만, 언제 어떻게 귀신두 모르게 어데루 끌려가서 까마귀 밥이 될는디 몰라요. 형님두 반드시 무슨 구실에 걸레서 쫓게나구야 말 거구요. 뭐니뭐니 해두 그자들이 따지는 건 성분이니까요. 디주의 아들이라믄 눈의 가시루 너기거든요. 너나없이 언제 어떻게 될는디 모르는 거야요. 그래 난 생각다못해 여길 떠나기루 작덩했이요."
형님의 생각은 어떠냐는 듯이 훈의 얼굴을 한번 살피고 나서,
"사실은 디난번에 폐양 들어갔을 때 같은 학교 건툭과에 댕기는 친구를 찾아갔든 일이 있이요. 본시 공부를 많이 하는 친군데, 그 친구의 말이 놈들이 이렇게 삼팔선을 무슨 국경선이나 터름 굳혜놓으니 가만히 앉아서 통일을 바랄 수는 없다구요. 그리구 그들의 조직테란 워낙 강해놔서 그대루 내버레둬선 어느 하세월에 무너디느냐구요. 결국 외부에서 깨트리는 수밖에 없다구요. 그래 자기는 서울에 학교두 있구 해서 이남으루 갈래는데 나두 가티 가디 않갔느냐구요. 그러나 그때 내 생각으룬 암만해두 아부지의 행방이나 알구 나서 봐야갔기에 좀 생각해 보자구 해뒀댔디요. 하디만 지금 와 보니 아부진 아무래두 일을 보신 것만 같구, 이대루 어물어물하다가 삼팔선이 아주 탁 맥히는 날엔 옴짝달싹 못할 것같구…… 그래

이참에 나두 떠나기루 결심했이요."
 훈도 물론 벌써부터 삼팔선이 점점 굳어져가고 있다는 걸 모르는 바 아니었다. 그게 토지개혁으로 해서 더해졌다는 것도 알고 있었다. 훈이 토지개혁이 있기 전날 당손이할아버지한테서 이 동네에도 토지개혁이 된다는 말을 듣고, 이미 예기하고 있던 사실인데도 가슴 한가운데가 두 쪽으로 갈라지는 듯한, 그리고 자기를 둘러싸고 있는 공간이 크게 두 갈래로 갈라지는 듯함을 느낀 것도 이 때문인 것이었다.
 "그런데 그친구가 떠난다는 게 바루 오늘밤이야요. 오늘밤 아홉시 배루 떠난대요. 만경대 배랑 밑 곤이섬 나루에서 몇몇 동지가 패서 떠난다구요. 그런데 말이야요, 어머니를 여게다 그냥 두구 갈 수는 없구, 아무래두 외삼춘댁까지 모세다 두구 와야갔는데, 그럴래문 오늘밤 아홉시꺼지 약속한 당소에 가닿을 수가 없갔이요. 어제쯤 어머니를 모세다 두구 왔으문 됐을걸 하루라두 더 아부지의 소식을 알아보누라구요. 그렇다구 이제 어머닐 혼자 보낼 수두 없구요. 어머닌 그날 놀낸 후루 어즈름증이 심해놔서요. 그리구 내가 어데루 간다는 걸 외삼춘한테만은 알레야 하갔구요. 어떻게 하문 동을 다 모르갔이요. 이 기회에 그 친구들과 가티 떠나는 게 뱃길두 터놓구 해서 여간 편리하디가 않은데…… 아마 우린 모르구 있었디만 명구와 불출이두 이 비슷한 길을 타가지구 이남으루 넘어갔을 거야요. ……근데 형님에게 부탁이 좀 있어서요."
 부탁이라니 무슨 부탁 말이냐고 훈이 눈을 주니,
 "수고스러우신 대루 형님이 한번 이길루 폐양 들어가세서 그친구와 만나주실 수 없습니까? 그친구를 만나서 하루쯤 배를 연기해줄 수 없갔느냐구 좀. 그래두 도무디 연기할 수 없다문 뱃길 구하는 법이나 좀 똑똑히 물어봐가지구 오시구."
 "그럭하지. 내 이길루 폐양 들어갔다 오지."
 "그럼 여게 낙도가 있습니다."
 혁은 미리 그려가지고 왔던 듯 주머니에서 종잇조각 하나를 꺼내가지고,
 "아주 찾기 쉽습니다. 하긴 형님은 외성 살았기 때문에 모래터의

다리를 잘 모를디 모르디만, 서펴양역에서 내레서 이렇게 경창문통으루 들어가시누래믄 이쯤 왼펜짝에 선만고무공당이 있이요. 이 선만고무공당을 왼펜에 끼구 들어가누래믄 여기 오른펜에 골목이 하나 나세는데 이 골목은 말구, 그 다음 이 골목으루 들어가다 이 막다른 집이 그집이야요. 이름은 김시걸이구요."

훈이 약도 종잇조각을 받아줬었다.

"그럼 난 이길루 어머닐 모세다 드리구 오갔습니다."

혁이 그동안 알아보게 초췌해진 얼굴에 핏기를 떠올리며 일어섰다.

"그리구 형님, 형님두 이참에 가티 떠나두룩 합시다."

훈도 같이 따라 일어서며, 실은 자기도 이곳을 떠나는 것이 다른 것은 그만두고라도 오작녀와의 관계를 청산하는 길이 되지 않을까 생각해보는 것이었다.

VII

 열한시 차에 미치었다.
 차 안은 엔간히 붐비었다. 훈은 해방 후 세 번 평양을 들어가본 일이 있었다. 첫번은 해방된 지 한 보름 뒤, 다음은 그로부터 한 스무날 뒤, 그 다음은 또 한 보름 뒤. 그때마다 차는 붐빌대로 붐비었다. 안에는 끼어 설 자리도 없어서 지붕과 기관차 코빼기에까지 올라타있었다.
 오늘은 그때만큼 붐비지는 않았다. 그리고 차 안에 탄 사람들도 그때와는 다른 것이었다. 그때는 대부분이 만주같은 타국에서 고향으로 돌아오는 사람들이었다. 그리고는 시골에서 해방된 평양 구경을 하러 들어가는 사람들이었다. 이 오랜 타국살이에서 고향으로 돌아오는 사람들이나, 시골서 해방된 평양을 구경하러 들어가는 사람들이나 한결같이 흥분된 얼굴이요, 감격에 넘친 몸짓들이었다. 훈도 그때 이러한 사람 중의 한 사람이었다.
 오늘 차 안의 사람들은 대개가 장삿속으로 평양 들어가는 사람들 같았다. 해방되기 전 이삼년 동안의 차 안의 사람들이 이랬다. 무엇을 궁리하는 듯한 얼굴들. 그리고 차 안이 붐비기도 꼭 이맛 정도였다.
 훈은 한구석에 끼어 선 채 창밖에 눈을 주고 있었다. 손등이 따뜻했다. 유리알 하나 남지 않은 차창으로 부어들어오는 햇살이 사람들의 틈새로 쬐어드는 것이었다. 햇살은 차체의 움직임에 따라, 혹은 바깥 산 그늘로 인해 걷히어졌다가는 되비치어들곤 했다. 때로는 훈이 있는 데서 저만큼 떨어진 곳에 비치어 부어지기도 했다. 앞 사람의 등에 멈추어지기도 했다. 그럴 때는 손을 내밀어 쬐었다.
그러는 훈의 머릿속에 한 광경이 떠올랐다.
세번째엔가 평양 들어가는 차 안에서였다. 훈이 가까스로 사람들 틈에 끼어 서있는 바로 몇걸음 앞 의자에 파파노인 부부가 타고 있었다. 둘이 다 아흔이 몇 살씩 지났다는 늙은이들이었다. 얼핏 뒷모양으로는 어느편이 영감이고 어느편이 노파인 것조차 구별할 수 없을 만큼 양쪽이 다 머리를 바특이 깎고 있었다. 한 편이 염소 수염같은 긴 수염이 있어 그것으로 구별될 따름이었다.
이 파파노인 부부가 승강이를 시작했다. 어린애와 같은 승강이였다. 증손녀라는 여인이 나누어준 밀떡을 가지고 서로 자기의 떡이 상대편 것보다는 작다는 것이었다. 떡을 바꾸었다. 그리고 나서도 다시 상대편 것이 크다고 트집들이었다. 다시 바꾸었다.
얼마큼 먹다가 이번에는 상대편 떡에 묻은 팥고물이 자기 것보다 맛있어 보인다고 또 야단이었다. 서로 상대편의 팥고물을 뜯어다 먹었다. 영락없는 어린애들의 장난이었다. 사람이 늙으면 도로 어린애가 된다는 말 그대로.
증손녀되는 여인은 늘 겪어오는 일인 듯 조용히 창밖만 내다보고 있었다. 주위의 사람들만이 재미난 구경거리가 생겼다고 바라보고 있었다. 그러나 파파노인 부부는 또 이러한 주위에는 전혀 아랑곳하지도 않고 자기네의 세계에서만 움직이는 것이었다.
영감이 오줌이 마렵다고 했다. 증손녀가 어린애 달래듯 잠깐만 참으라고 했다. 다음에 차가 멎으면 창구멍으로 부축해 내려 소변을 보게 할 참인 것이었다. 사실 발도 옮겨놓을 틈이 없는 차 안에서 변소까지 헤어가기란 여간 힘들지가 않을 것이었다. 그리고 이제 조금만 가면 서포역이 되는 것이었다.
그러나 영감은 듣지 않았다. 자꾸 오줌이 마렵다고 떼를 쓰는 것이었다. 할수없는 듯이 증손녀가 자리에서 일어났다. 이 삼십쯤 돼 뵈는 여인이 오히려 철없는 어린애에게 졸리우는 어머니 격이 되어 있는 것이었다.
이 젊은 여인이 노인을 옆에 껴안다시피 해가지고 간신히 변소

있는 데까지 갔을 때였다. 뒤에 남아있던 노파가 이상한 소리를 질렀다. 그 목소리가 또 어린애에 가까운 또랑또랑한 목소리였다. 자기도 따라가겠다는 것이었다. 어느새 눈에 눈물까지 어리어가지고.
그러자 저쪽 영감편에서도 이리 오라고 자꾸 손짓을 하는 것이었다. 사람들이 노파를 다음 다음 안아 넘겨서 영감이 있는 데까지 보내주었다. 노파의 몸도 어린애같이 가벼워 보였다.
노파편에서는 대소변이 마려워서 그런 것은 아니었다. 영감이 변소에 들어가있는 동안 거기 변소문 밖에서 안을 기웃거리고 서있는 것뿐이었다. 혹시나 자기 못 보는 사이에 상대편이 어디로 가버리지나 않을까 걱정하는 빛으로.
사람들의 말이 이 파파노인 부부가 정주역에서 오를 때도 그랬다는 것이다. 자리 관계로 몇자리 떨어져 앉게 되자 서로 이리 오라고 손짓을 하고 법석을 피워 곁에 앉았던 사람들이 자리를 내주어 한자리에 앉게 해주었다는 것이다.
만주에 가 살다 나오는 길에 정주 사는 어떤 친척네 집에서 며칠을 묵고 지금 사리원 있는 맏증손자네 집으로 가는 길이라고 했다.
주위의 사람들은 이 파파노인 양주는 아무래도 한날 한시에 죽어 한곳에 가 묻혀야지 그렇지 않고 어느 한편이 먼저 간다든지 하면 큰일일 거라고들 했다.
변소에서 돌아온 파파노인 부부는 잠시 잠잠하더니 다시 다툼질을 시작했다. 이번에는 서로 햇볕이 비치는 자리에 앉겠노라고 승강이를 하는 것이었다. 이미 아침 저녁 선기바람이 난 때였다.
증손녀가 번갈아 앉도록 했다. 자기 차례가 되면 손을 모으고 구김살없이 비치어 들어오는 첫가을 햇빛 속에 눈을 감는 것이었다. 그러는 얼굴에는 어린애들만이 가질 수 있는 티없는 즐거운 빛이 어리우곤 했다.
훈은 이 그림 속에서나 보는 것같은 아름답고 신기한 광경을 머릿속에 떠올리며 그들 파파노인 부부가 그동안 세상을 떠났다고 하더라도 어느 양지바른 곳에 같이 묻히어, 오늘같은 날도 고스란히 햇볕을 즐기고 있을 것만 같았다.
훈은 자기도 마침 차창으로 들이부어지는 햇살 속에 눈을 감아보는 것이었다. 그러나 암만해도 자기는 그 파파노인 부부처럼은 햇볕을 즐길 수 없는 것이었다.

평양이 가까워질수록 어떤 생각이 자꾸 그의 마음을 헝클어놓는 것이었다. 이 기회에 사촌동생과 같이 떠나버리고 마나 어쩌나? 그것을 결정지어야 이제 자기가 찾아가는 사람을 만났을 때 자기의 자리까지 부탁할 수 있지 않은가.

서평양역에 닿았다. 본평양까지 가는 기차건만 전부 여기서 내리는 성싶었다. 차 밖으로 흩어진 사람의 수가 차 안에서보다 더 많아 보였다.

우선 돌아갈 차시간부터 알아두었다. 네시 오십분 차가 있었다.

경창문통으로 들어가는 길에는 차에서 내린 사람이 몇 가고 있을 뿐, 왕래하는 사람도 드물어 넓은 한길이 그저 한산했다. 해방 직후의 모습은 전혀 없었다. 흥분이 가라앉은 본연의 자세로 돌아간 듯싶었다.

오른쪽으로 기차 굴다리가 내다뵈는 곳까지 왔다. 거기 자전거 수선소가 하나 보여 그리 가 고무공장 있는 데를 묻기로 했다.

주인인 듯한 사내가 무릎에 튜브를 올려놓고 페이퍼질을 하면서 곁의 사내와 이야기를 하고 있었다.

"오늘 벌써 두 차례나 나가눈."

"자꾸 뒈디는 모양이디?"

"홍역 바람에 어린것들이 결딴나는 모양이야. 어제는 내 눈으루 본 것만 해두 다섯 개나 돼."

"원체 왜놈들의 창자가 약하대두만. 어른들두 니질에 걸리기만 하믄 관을 짜놓는다믄서?"

"그래두 그동안 호강들 하구 살다가 먹을것두 벤벤히 못 먹고 닙을것두 벤벤히 못 닙은 데다 아직 추운 다다미방에서 홍역이 돌아났으니 별수 있나."

서장대 공동묘지로 가는 것이리라. 가마니에 싼 것을 등에 진 사내 하나가 굴다리 쪽으로 걸어가는 모양이 보였다. 누덕누덕 기운 당꼬바지 저고리에 통발이를 신고 있었다.

"아마 제 아이를 지구 가는 게디?"

"그럼."

"그런데두 조금두 그런 테가 없거든."

"아마 사람이란 극도에 달하믄 아무것두 모르게 되는 모양이야. 처음에는 그래두 궐곽이나 석유상자같은 것두 씨워개지구 나오더니 이제는 데르케 헌 가마니에다 그저 뚤뚤 말아개지구 나오거든. 것두 또 첨에는 가제다 파묻드니 요새와서는 마구 공동묘디에다 갖다 팡가틴대. 그래서 말이야, 개새끼들이 어린애 창자를 물구 댕기구 야단이래."

듣던 사내가 얼굴을 찡그리며,

"금넌엔 개고길 먹디 말아야갔군."

튜브에 페이퍼질을 하던 주인사내가 훈에게 고개를 돌렸다. 뭣하는 사람이 좀전부터 와 서있나 하는 얼굴이었다.

그제야 훈도 너무 오래 거기 서있는 걸 깨달으며,

"저 말씀 좀 묻겠습니다. 여기……"

갑자기 고무공장 이름이 생각나지 않아,

"여기 어디…… 고무공장이 있지요?"

하니,

"선만고무공당이믄 바루 데건데요."

페이퍼 든 손으로 몇집 앞을 가리켰다.

조금만 더 걸어갔으면 되는 걸 공연히 길을 물으려다 좋지 않은 걸 보았다는 생각이었다. 지금 자기 어린것의 시체를 지고 가는 일본인 사내는 슬픔마저 잊은 듯한 걸음걸이였다. 눈앞의 슬픔을 슬픔으로 알지 못할 만큼 더 큰 쓰라림이 이 사내를 짓누르고 있는 것만 같았다.

사내는 이제 자기가 겨다 버리는 어린것이 당장 개에게 물려 찢기는 모양을 볼는지도 모른다. 그것을 사내는 무심히 바라볼 것만 같았다. 꼭 그럴 것만 같았다. 훈은 등골이 오싹했다.

해방후 두번째인가 평양 들어왔을 때였다. 거지가 다된 일본인 하나가 고깃간 주인에게 날기름 한 조각을 조르는 것이었다. 아쉽지 않게 먹어오던 고깃기름을 얼마간 먹지 못해 자꾸만 속에서 그걸 요구하는 모양이었다. 그때 훈은 가엾다는 느낌보다도 너희들도 좀 혼이 나봐야 아느니라 하는 생각이 앞섰다.
 그것이 오늘의 일본인은 달랐다. 그 정상이 가슴을 찌르는 것이었다. 훈이 선만고무공장 이름을 깜박 잊어버린 것도 이 때문인지 몰랐다.
 선만고무공장을 왼편에 끼고 길이 나있었다. 틀림없이 사촌동생이 알으켜준 그 길이었다. 그렇건만 훈은 약도를 꺼내 들었다. 그렇게 함으로써 좀전의 일본인의 생각을 물리치기라도 하려는 듯이.
 웬일인지 집집마다 문패가 하나도 붙어있지 않았다. 그런데도 대번에 그집을 찾아낼 수 있었다. 대문을 밀었다. 안으로 걸려있었다. 대문 위로 눈을 주니, 가시철망이 둘려져있었다.
 훈은 이리로 오는 길에서도 집집마다 담장 위에는 이와 같은 가시철망을 두르고, 집 사잇담장에는 석유통같은 것을 달아놓은 걸 본 것이었다. 이것이 시골까지 소문이 퍼진 해방군(소련군)의 행패를 막기 위해 만든 장치란 것인가. 가련한 방어책이 아닐 수 없었다.
 그래 대낮에도 이렇게 대문을 걸고 있어야 한다는 것. 훈은 해방 직후의 흥분이 가라앉은 듯한 이 거리가 그대로 평안하지만도 않은 것을 느꼈다.
 대문을 흔들었다. 빈 집같이 조용했다. 안으로 문이 잠긴 걸 보아 누가 있기는 있을 텐데? 좀더 세게 흔들었다.
 그제야 인기척이 나면서 대문 틈으로 흰 옷자락이 희끗거렸다. 흰 옷자락은 그냥 대문께로 나오는 것이 아니었다. 저만큼 대문과 빗서서 이쪽을 살피는 것이었다.
 "이댁이 김시걸씨 댁이지요?"
 저편에서는 그자리에 선 채,
 "예, 어데서 왔습네까?"
 조심스런 사내의 목소리였다.
 "잠깐 만나볼 일이 있어서 왔는데요."
 "지금 집에 없습네다. 촌에 갔습네다. 자기 외갓집에……"
 훈은 청년이 벌써 서울로 떠났구나 하는 생각이 들었다.
 떠났으면 떠난 대로 분명한 말을 듣고 가리라 했다. 그러려면 먼저 자기가 누구라는 것을 알려 상대방의 경계심을 풀어줘야겠다고 생각했다.
"저, 순안서 온 사람인데요."
훈은 자기 동네 이름보다는 순안이라는 게 상대방이 알기 쉬울 것같아 이렇게 말했다.
그러자 저편에서도 마음에 짚이는 데가 있는 듯이,
"순안? 순안 어디서요?"
했다.
"순안 박혁이한테서 왔습니다."
조용히 흰 옷자락이 대문으로 가까이 왔다. 그리고 조용히 빗장을 뽑았다. 꺼먼 구레나룻을 기른 중년사내였다. 직감으로 김시걸 청년의 아버지라는 걸 알 수 있었다.
사내는 훈의 얼굴을 한번 더듬어보고는 훈 옆으로 골목 밖을 살피는 것이었다.
"실은 부탁을 받우 왔는데요……"
"그 박군과 어뜨케 되시나요?"
"사춘끼립니다. 제 사춘동생과 댁의 자제가 오늘밤 약속한 일 때문에 왔습니다만……"
사내도 이제는 훈이 누구라는 걸 알아차린 모양이었다. 반쯤 열어잡은 대문 한옆으로 비켜섰다. 들어오라는 표시였다. 훈의 뒤에서 사내가 다시 조용히 대문을 잠갔다.
"그래 벌써 떠났군요?"
"아니오. 아직 안 떠났습네다."
그리고 사내는 아주 나직한 말로,
"지금 제 이모네 집에 가있습네다."
"네에."
"그애가 박군이 오는 대루 자기한테루 보내달라구 그르드군요. 바루 장댓재 뒤인데……"
훈이 들고 있던 약도 그린 종잇조각을 내주었다. 그 뒤쪽에다 다시 그집의 약도를 좀 그려달라고.
사내가 방으로 들어가 연필을 들고 나왔다. 그리고는 이리 와 좀

앉으라고 툇마루를 가리켰다.
"숭인통 쪽으루 가믄 더 찾기 쉽습네다만, 던차를 타구 가실래믄 신창리에서 내레서 넷날 광명서관 자리 옆으루 해서 올라가세야디요."
장댓재 고개를 넘어 숭인통 쪽으로 얼마큼 가야 하는 곳이었다. 그려 주는 약도면 넉넉히 찾을 만했다.
칠성문통으로 올라가 모란봉 입구에서 전차를 탔다.
사창장마당 앞을 지나는데, 복작거리는 사람의 떼가 확 눈에 들어왔다. 거리의 사람들이 모두 이리로 모인 성싶었다. 어떤 여인이 자기 물건을 팔아달라고 외국군인의 배를 꾹꾹 찌르며 무어라 주절대는 모양도 보였다.
신창리에서 전차를 내렸다.
장댓재 고갯길은 상당히 높고 가팔랐다. 오른편쪽은 장댓재 예배당 담장이 마루터기까지 이어졌고, 왼편쪽은 인가가 숭덕학교 축담까지 늘어섰다.
훈은 그 인가가 다한 데까지 와서는 걸음을 멈추고 숨을 돌렸다. 이마의 땀을 문지르며 지금 올라온 길을 돌아다보았다. 꽤 높이 올라와있었다.
저만큼 어떤 사내 하나가 훈의 뒤로 올라오다가 훈만큼도 못 올라와서 숨을 돌리고 있는 것이 보였다.
고개 막바지에 올라와서 다시 숨을 돌리고 보니, 거기 길이 세 갈래로 갈라져있는 것이었다. 올라온 길과 거의 맞서서 숭인통 쪽으로 내려간 길이 하나, 그리고 좌우로 에돌아서 내려간 길이 각각 하나씩.
약도에는 그것이 분명히 그려져있지 않았다. 그래 우선 마주 뵈는 길을 잡아 내려가기로 했다. 왼편으로 골목이 나섰다. 들어섰다. 그러나 푸른 뼁끼칠한 일각대문은 뵈지 않았다. 다음 골목으로 들어가 보았다. 역시 그런 집은 없었다. 숭인통에 나서기까지 왼편 골목에는 그와 같은 집은 뵈지 않았다. 자기가 잡아 내려온 길이 틀렸음이 분명했다. 다시 올라가 다른 길을 더듬어보는 수밖에 없었다.
도로 올라가는 길에 미심결로 왼편쪽 골목으로 들어가 보았다.

거기에 빛낡은 푸른 뼁끼칠을 한 일각대문이 하나 보였다. 약도를 다시 펴 보아도 방향이 틀렸다. 아까 약도를 그릴 때 자기네는 언제나 숭인통으로 해서 다니는 길이라, 장댓재 쪽에서 내려오는 길로도 그만 왼편 골목이라고 잘못 그렸는지도 모를 일이었다.
　좌우간 물어보는 수밖에 없었다. 대문 위에는 역시 가시철망을 돌리고 안으로 잠겨져있었다. 대문을 흔드니 좀만에 한 중늙은이 사내가 나왔다. 아까의 경험이 있는 터라, 훈은 먼저 자기가 어디서 온 누구라는 걸 말했다.
　중늙은이 사내는,
"순…안…서…오…신…박…선…생?"
하고 천천히 훈의 말을 되뇌이었다.
　그 음성이 자기 혼자 생각하는 말치고는 필요 이상으로 큰 것이었다. 과연 이 말소리를 듣고 나오는 듯이 한 청년이 나왔다. 얼마 동안 햇빛을 피해온 얼굴이었다.
　청년이 나직이,
"박동지의 형님 아니십니까?"
했다.
"네, 사춘형되는 사람입니다."
"알갔습니다,"
하고 청년이 중늙은이에게 눈짓을 했다. 대문을 걸라는 것이었다.
　훈이 들어간 윗방은 조그만 단간방으로 한옆에 이부자리와 책 몇 권이 놓여있었다.
　훈이 자리에 앉자 청년은,
"선생님 말씀은 벌써 박동지를 통해 들어 알구 있습니다,"
했다. 아주 침착한 어조였다.
　훈은 자기가 찾아온 뜻을 말했다.
"실은 사춘동생이 오늘밤엔 사정이 있어서 떠날 수 없게 됐습니다. 그래서 여기 형편만 과히 뭣하지 않는다면 좀 연기해줄 수 없을까 해서요."
　잠시 청년은 생각에 잠겼더니,
"연기한다믄 메칠이나 하믄 될까요?"

"오늘밤만 아니면 언제구 좋을 겝니다."

청년은 다시 잠시 생각에 잠겼더니,

"그럼 이렇게 하시디요. 실은 배부리는 이의 말이, 배부리는 이가 다른 사람이 아니구 제 이종사춘형입니다는, 그 형님의 말이 글피가 사리가 돼서 밤배 떠나기엔 데일 둏다구요. 사리엔 밀물이 밤 열두시에 찌기 시작해서 밤새두룩 찌니까요. 그걸 우리가 우게서 오늘밤 떠나기루 작뎡했든 겝니다. 선생님두 아시다시피 어디 불안해서 하루라두 더 오래 여게 머물러있을 수가 있어야디요. 그러나 박동지 사정이 그렇다믄 글피 사리에 떠나두룩 하디요. 그날만은 어게서 안될 겝니다. 시간은 배가 밤 열두시 전에 떠야 할 테니까 적어두 열한시 반까지는 나와야 할께구요. 당소는 전에 말한 만경대 곤이섬 나룹니다. 바람세만 둏으믄 네 물거리믄 딘남포를 빠데 나갈 수 있을 겝니다. 낮에는 고기사냥을 하는 척 날을 보내믄서 ......"

청년은 맑은 눈을 빛내이며,

"하여튼 죽느냐 사느냐 하는 모험이디요."

"그런데…… 한가지 더 부탁이 있는데요."

무어 말이냐고 이쪽을 바라보는 청년의 시선을 면바로 받으며,

"배에 자리를 더는 낼 수 없을까요?"

"선생님께서 쓰시게요?"

"네. 제 자리하구 한 자리만 더."

"실은 배두 크디 않구 해서 사람 수를 극히 제한하구 있습니다. 그러나 선생님이 쓰신다믄 어떻게 해보디요."

"감사합니다."

훈은 자기로서도 모를 일이었다. 이리로 오기까지 자기가 떠나는가 어쩌는가도 결정짓지 못하고 있은 것이었다. 그것을 지금 한 자리도 아니요 두 자리썩이나 부탁한 것이었다. 물론 그중의 한 자리는 오작녀의 것이었다. 생각 밖의 일이 아닐 수 없었다. 그러나 어쩐지 마음속에 오래오래 품고 있던 것이 절로 흘러나왔다는 느낌이었다.

"그럼 배에 널락을 해놓을 테니 선생님께서두 그날 가티 나오십

쇼."
 그리고 청년은 한층 말소리를 낮추어,
"그런데 그날은 곧당 곤이섭 나루루 나오시두룩 하십쇼. 실상은 일전에 박동지가 댕게간 뒤에 수상한 사람이 우리집 골목을 기웃거린 일이 있었이요. 그래 여게 이모네 집으루 옮가와 있는 겝니다. 오늘두 선생님이 돌아가신 후에 다시 다른 데루 자리를 옮기갔습니다. 잠시나마 거동을 조심하디 않으믄 결딴나니까요. 놈들의 감시가 오죽해야디요. 요새 나는 이 들창 하나만 믿구 산답니다."
 여기서 청년은 뒤곁에 나있는 들창을 한번 쳐다보고 나서,
"그러니 박동지보구두 그날 나 있는 데를 찾을 게 아니라, 곧당 곤이섭 나루루 나오라구 닐러주십쇼."
 그때 훈의 머릿속에 되살아오는 게 있었다. 그것은 지난날 개털 오바청년한테서 받은 선언이었다. 앞으로 허락 없이는 동네에서 십리 밖을 나가서는 안된다는 선언이었다. 그것을 자기는 이렇게 아무말 없이 평양까지 온 것이다. 하기는 그건 토지개혁이 있기 전의 일이니 이제와서는 문제가 안 될는지 모른다. 그러나 김청년의 말을 듣고보니 자기는 지금 반드시 누군가의 감시를 받고 있음에 틀림없다고 생각됐다.
 청년과 헤어져 나오면서 훈은 지금 누가 어느 집 모퉁이같은 데 몸을 숨겨가지고 자기의 거동을 감시하고 있는 것만 같음을 느꼈다. 그러나 그는 주위를 둘러보지는 못했다.
 좀전에 장댓재 고개에서 어떤 사내 하나가 자기 뒤로 올라오다가 숨을 돌리던 일이 생각났다. 혹 그자가 자기를 감시하는 자나 아닌가. 그렇지만 그 사내의 얼굴 모습은 고사하고 어떤 빛깔의 옷을 입고 있었는지조차 기억에 없었다.
 돌아오는 길은 숭인통 쪽으로 잡아 내려왔다. 거기 가게에서 담배와 성냥을 샀다. 그리고는 서서 한 대 빼어 물고 성냥을 그었다. 성냥개비가 다 타도록 담배에 불을 댕기지는 않았다. 다시 성냥을 그었다. 이번에도 담배에 불을 댕기지는 않았다. 그러면서 그는 자기 옆을 지나쳐 앞서는 사람을 살피는 것이었다. 피울 줄 모르는 담배를 산 것도 이 때문이었다.

그러나 자기를 감시하는 사람이 있다면 결코 자기보다 앞서지는 않으리라는 생각이 들었다. 다시 걷기 시작했다.
 서문거리와 만나 네거리를 이룬 모퉁이에 음식점이 있었다. 들어가 장국밥을 시켰다. 그리고 무심코 보니 손에다 아직 약도 그린 종잇조각을 접어 들고 있는 것이었다. 변소로 가 거기 변기통에 넣어버렸다.
 음식점을 나와 제일관 뒤까지 와서는 옆골목으로 빠져 큰거리로 나섰다. 사람이 제법 많이 오가고 있었다. 이렇게 많은 사람들 틈에 끼어 기차 시간까지 서성대는 것도 좋을 성싶었다.
 한곳에 사람들이 몰려 서있는 게 보였다. 무슨 공고라도 나붙은 모양이었다. 그리 가까이 걸어갔다. 그런 것이라도 보면서 또 시간을 보낼 참으로.
 사람들 어깨 사이로 눈을 주던 훈이 고개를 거두며 돌아서고 말았다. 로동신문이었다. 전날 이 신문에 났다는 자기의 기사가 생각난 것이었다.
 걸음을 빨리했다. 혹시 모여선 사람이나 지나가는 사람 가운데 자기 아는 사람이 있을지도 모르는 것이었다. 뒷골목으로 다시 들어서고 말았다.
 부청 앞을 지나 일본인이 살던 뒷거리로 들어섰다. 조용히 닫혀 있는 집집의 현관문에는 스탈린의 초상이 붙어있었다. 훈에게는 이 초상이 붙어있는 조용한 현관 안 어느 눈에 띄지 않는 곳에서 홍역에 걸린 어린애들이 식량과 난방장치 불비로 죽어가는 모양이 떠올랐다. 이곳은 서평양 쪽과 달라 순전히 일본인만이 살던 곳이라 그 죽어가는 수효도 더 많을 것이었다.
 해방 직후에 훈이 평양 들어와 이 거리를 지날 때에는 마침 비행기에서 삐라가 뿌려지고 있었다. 죽은 듯 잠잠하던 집집에서 남녀노소가 몰려나와 서로 그것을 줍기에 바빴다. 일본인의 생명과 재산을 절대 보장한다는 삐라였다. 그 한 조각의 삐라에다 실낱같은 희망을 건 겁먹은 얼굴들, 여태까지의 긍지와 체면은 가신 듯이 없어져있었다. 패전한 나라의 모습을 그대로 보는 느낌이었다.
 지금 몇 시쯤이나 됐을까. 갖고 있던 회중시계는 이미 당손이에게 주고 없었다. 일찌감치 정거장으로 나가 기다리기로 했다.
우편국 쪽으로 꺾이는데 어떤 집 유리창에 얼굴이 하나 내비치었다. 창백한 여인의 얼굴이었다. 빡빡 깎았던 머리가 텁수룩이 돋아나있었다.
훈은 해방 직후 시골 들길에서 이렇게 머리를 깎은 일본인 여인을 한둘 아니게 보아왔다. 떼거지같은 사람들이 들길가에 주저앉아 무엇을 우물우물 씹고 있는 것이다. 그들은 훈을 보자 일제히 놀리던 입을 멈추고 외면들을 했다. 그러는 그들의 무릎 사이에는 날수수 이삭같은 것이 감추어져있는 것이었다. 사람들 틈에 파아랗게 갓 깎은 머리에 수건을 동이고, 얼굴에는 숯검정칠을 한 사내들이 끼어있었다. 그게 모두 여자인 것이었다.
우편국 거의 다 나왔을 즈음, 훈은 몇 걸음 앞에 걸어가는 한 여인에게 눈을 멈추었다. 깨끗한 일본옷을 입은 여인이었다. 해방후에 이렇게 거리를 활보해 다니는 일본 여인을 처음 보는 터라 유심히 보았다. 머리는 일단 깎았다 기른 것이리라. 사내처럼 올백을 해 기름으로 재워 넘겼다. 입술에 루즈가 빨갰다. 좀전에 유리창 너머로 보인 여자보다는 한결 안면에 윤기가 돌았다.
이 여인이 거기 어떤 집 앞에 서있는 소련군인 앞으로 가더니 무어라 몇 마디 주고받는 것이었다. 무엇을 흥정하는 눈치였다. 아직 직업적이 못되는 수줍은 데가 있었다. 여인이 사내를 따라 집 속으로 들어갔다.
우편국 네거리에는 소련 여자군인이 교통정리를 하고 있었다. 가슴이 풍만하고 얼굴에 붉은 혈조가 넘쳐흐르는 여자였다.
서평양행 전차를 탔다. 지금 자기가 누구에게 뒤를 밟히고 있다는 생각이 다시 머리에 떠올랐다. 필시 그 사람도 이 전차를 탔으리라. 그러나 훈은 주위를 둘러보지 못했다. 바깥만 내다보고 있었다.
문득 자기가 무엇을 한 가지 잊은 듯했다. 인도교 쪽으로 나가 대동강을 한번 바라보지 못한 것이었다. 어쩌면 마지막일지도 모르는 이 기회에 모란봉과 능라도를 한번 보아두지 못한 게 서운하기 짝이없었다.

경찰서 앞을 지나는데 언제나처럼 소련 지도자들의 초상화가 광장 분숫가에 나란히 자리잡고 있었다. 그중에서도 스탈린의 초상화는 월등하게 컸다. 그 초상 밑에는 목침만큼씩한 글자로 이렇게 씌어져있었다. 〈약소민족 해방의 은인이시며 위대하신 지도자 이브·스탈린 대원수 만세!〉 가슴에 달린 금빛 훈장들이 햇빛에 반사되어 위압적인 빛을 발하고 있었다.

화신백화점 앞을 지나는데 이번에는 거기 이층벽에다 또 언제나처럼 이남 지도자들의 초상화가 붙여져있었다. 고의로 흉하게 그려놓은 화상들이었다. 그리고 그 밑에는 악의에 찬 욕설이 씌어져있었다.

신창리 정류장에서 소련군인 하나가 올라탔다. 옷맵시로 보아 상당한 계급의 장교인 것이 짐작되었다.

곁에 앉았던 사내가 그 군인의 손목시계를 보며 무어라고 한마디 지껄였다. 그 군인이 자기의 팔뚝을 걷어올려 보였다. 거기에는 네 개의 손목시계가 쭈욱 채워져있었다. 시간은 세시 삼십오분.

옆에 앉았던 사내가, 하라쇼, 하라쇼, 하며 고개를 끄덕이었다. 훈은 그저 이 네 개의 시계가 한결같이 세시 삼십오분을 가리키고 있다는 데에 저도모를 어떤 신기함을 느꼈다.

역에서 한 시간이나 기다려 차에 올랐다. 차 안은 올 때보다도 더 붐벼댔다. 새벽차로 온 사람까지 이 차로 돌아가는 모양이었다. 장 본 보따리를 지고 이고 했다.

유리알 없는 창으로 석양이 비껴들었다. 기차의 움직임에 따라 얼굴에 와 비치기도 했으나, 오전에 평양 들어오던 차 안에서처럼 따뜻한 맛은 없었다.

서포역을 지나 간리역에 닿았다. 무심코 밖으로 눈을 주었던 훈이 흠칫 놀랐다.

훈이 타고 있는 찻간 뒤쪽으로 오르려는 사람이 자기 삼촌이 아닌가. 주제가 말이 아니긴 했다. 바지저고리가 막 검정투성이였다. 얼굴도 마찬가지였다. 그러나 전체의 모습은 틀림없는 삼촌이었다.

이제 문으로 들어서면 분명히 알 수 있으리라고 그쪽을 지켜보았다. 그런데 좀처럼 올라오지 않는 것이었다. 아마 문간까지 사람이 차서 차 안으로는 들어오지 못하는지도 몰랐다.
 이쪽에서 거기까지 사람을 헤치고 가 보는 도리도 없었다. 일단 차를 내려 그쪽으로 가볼까 하는데 차가 움직이기 시작했다. 좌우간 순안까지 가면 알 일이었다.
 그런데 순안서 내려 아무리 둘러보아도 삼촌은 보이지 않았다. 기차가 떠난 뒤까지 남아 살펴보았으나 보이지 않았다.
 그러자 아까 삼촌같은 사람이 차에 오른 듯이 보인 쪽은 기실은 사람이 오르내리는 승강구와는 반대되는 쪽이었다는 생각이 났다. 그러면 삼촌 비슷이 생긴, 역에서 일하는 사람이 볼일이 있어 그쪽으로 왔었는지도 모를 일이었다. 그랬던 것만 같았다.
 훈이 맨 나중에 역을 나서는데, 거기 변소 모퉁이에 웬 청년 하나가 섰다가 외면을 하며 돌아서는 것이 보였다. 어디선가 한번 본 듯한 얼굴이었다. 이 사내가 오늘 자기의 뒤를 밟은 것이나 아닐까. 그러나 그가 누구인지는 통 생각나지가 않았다.
 집으로 돌아오는 길에서도 이리저리 기억을 더듬어보았으나 도무지 그가 누구라는 것이 떠오르지 않았다. 그러면서 그는 저도모르게 자기 뒤로 신경을 모았다. 그 청년이 이리로 오는 기색은 없다. 역시 자기가 그 청년을 어디선가 한번 본 듯이 느낀 것은 일종의 착각인 것같았다.
 그러고보면 오늘 자기가 누구에게 뒤를 밟히고 있다는 것도 일종의 착각이 아닐까.
 면인민위원회 앞에 트럭 한 대가 서있었다. 군이나 도에서 나온 것이리라.
 그제야 순안역 변소 모퉁이에서 본 청년이 다른 사람 아닌 토지개혁 날 개틸오바청년과 같이 왔던 공작대원 중의 한 사람이었다는 것이 머리에 떠올랐다. 오늘 자기는 이 사내에게 뒤를 밟혔음에 틀림없다.

 오작녀는 오늘 하루종일 훈이 평양 들어갔다는 데 마음이 썩었다. 무엇하러 갑자기 평양에 들어간 것일까. 혹시 평양 어디다 자리를 잡고 그리 옮겨앉으려는 것이나 아닐까. 훈이 좋아하는 냉이를 캐러 나가서도 이 생각에 한참씩 멍하니 허공을 쳐다보곤 했다.
 어쩐지 자꾸 훈이 기다려졌다. 어느때보다도 기다려졌다. 잠깐 다녀오겠다고 하고 갔으니 해 안에 돌아올 것이다. 좀전에 사촌동생 혁까지 와서 기다리는 것을 보아도 곧 돌아옴에 틀림없었다. 그렇건만 오작녀는 오랫동안 집을 떠난 사람을 기다리기나 하듯이 훈을 기다리는 것이었다.
 별로 할일이 없으면서 뒷우물가로 나갔다. 여기서면 훈이 산머릿길을 돌아오는 게 보일 것이었다. 벌써 말짱히 다 빨아놓은 훈의 셔츠를 다시 헹구고 헹구고 했다. 그러면서 연신 산머릿길 쪽으로 눈을 주고 있었다.
 까치 한 마리가 깃을 물고 산속으로 날아들어가는 게 보였다.
 이윽고 산머릿길 쪽에 사람의 그림자가 걸핏했다. 다시 볼 것도 없이 훈이었다. 아마 좀더 멀리서, 다른 사람으로서는 도저히 그게 누구인지 분간 못할 만큼 아주 먼 거리에서라도 오작녀는 단 한번 눈을 줌으로써 그게 훈이라는 걸 알 수 있을 것이었다.
 오작녀는 저도모르게 일어났다. 그리고는 어쩌자는 것도 없이 우물에 두레박을 들여뜨렸다.
 물 한 두레박을 퍼내고 나서 그제야 비로소 훈을 발견하기나 한 듯이 고개를 돌렸다. 그리고 마음속으로는 반가이, 지금 오시느냐는 말을 한다는 것이,
 "작은 박선생이 와 있이요,"
하고 말았다.
 귀밑이 화끈거려졌다. 고개를 숙이고 부엌으로 들어와버렸다.
 저녁상을 보기 시작했다. 그러면서 방안으로 귀를 기울였다. 이렇게 남의 말을 엿듣는 게 옳지 못하다고 생각하면서도 절로 귀가 기울어짐을 어쩔 수 없었다.
 "그래 그친굴 만나보셨소?"
 "응. 갔든 일두 잘 되구."
 "그럼 연기해준댑데까?"
 "글픗밤 열한시 반까지 곤이섬 나루루 모이게 했어."

"저번엔 아홉시 반이드니 이번엔 열한시 반이요?"
"그날이 사리라 밤 열두시부터 밀물이 찌기 시작한대. 그래서 적어두 열한시 반까지는 그리루 모여야 한대. 바람세만 좋으면 네 물거리에 진남포를 빠져나갈 수가 있다드군."
"그럼 늦어두 글피 오후에는 펴양 들어가있어야 하갔군요."
"참 그런데, 그날은 자기 있는 데루 찾아오지 말구 직접 곤이섬 나루루 나오라드군. 저번에 자네가 그사람네 집에 댕겨간 뒤에 누가 자기네를 감시하는 것같드래. 그래서 지금은 자기 이모네 집에 가 있는데 오늘 내가 댕겨온 뒤에두 다시 거처를 옮기겠다구 하드군. 실은 나두 오늘 누구에게 미행을 당한 것만 같애. 그러니 그날은 새벽 일쩍이 아무두 모르게 여길 떠나는 게 좋을 거야."
"그렇게 해야갔군요. 놈들이 오죽 지독해야디요. 그런데 형님은 어떻게 하실 작뎡입니까?"
오작녀가 울렁거리는 가슴으로 윗몸을 샛문 쪽으로 바짝 기울였다.
"나두 자리를 부탁해뒀네."
"잘 하셨습니다."
오작녀는 눈앞이 아찔했다. 온몸이 땅속으로 자지러져 들어가는 것같았다. 밑에 놓인 밥상을 잘못 짚을 뻔했다. 상 위 냉이국에서 오르는 김이 한껏 먼 데서 아른거려 보였다.
훈은 사촌동생에게 뱃자리를 둘썩이나 부탁해두었다는 말은 그만두었다. 그건 그날 가면 자연히 알게 될 것이었다. 그리고 아까 간리역에서 삼춘같은 이를 보았다는 말도 할까 하다가 그만두었다. 공연한 말을 해서 사촌동생의 마음을 뒤헝클어놓을 필요가 없다고 생각한 것이었다.

안동네 육손이아버지는 저녁상을 물리기가 바쁘게 밖으로 나섰다. 회에 나가야 하는 것이었다. 그동안 밤낮없이 무슨 회니 무슨 회니 하고 거의 회가 없는 날이 없지마는, 오늘밤은 특히 분배한 토지를 재조정하여 마지막 결정을 짓는 날인 것이었다.
그런데 육손이아버지는 이 토지분배에 적잖은 불만이 있었다. 그것은 육손이를 아이 취급한다는 점이었다. 아무리 나이는 열세살이라 하더라도 실제 일하는 푼수로는 어른 한몫을 넉넉히 하는 것이 아닌가. 그것을 아이 취급을 해가지고 토지를 적게 분배해놓았으니 이런 불공평한 일이 어디 있느냐. 그렇다고 이제 한해 이태 지나 나이를 먹는다고 어디서 누가 땅을 더 분배해준단 말인가. 이것을 오늘밤 회에서 따질 참이었다.

육손이아버지가 섬돌을 내려서다 말고 흠칫 발걸음을 멈추고 말았다. 무심코 용제영감네 집 쪽으로 준 눈이 거기 이상한 광경을 발견한 것이었다.

과히 높지 않은 돌담장이었다. 그 돌담장 너머로 뿌옇게 내리깔린 그늘 속에 웬 사람 하나가 지금 마굿간에서 말고삐를 풀고 있는 것이 아닌가. 구두질을 하고 난 사람보다 더 주제가 말이 아닌 사람이었다.

그 사람이 마굿간에서 말을 끌어내가지고 돌아서는 얼굴도 구두질을 하고 난 사람 이상으로 까맸다.

그만 육손이아버지는 저도모르게 입속으로, 아, 소리를 지르며 도로 방안으로 들어와버리고 말았다. 용제넝감의 귀신이 왔다, 용제넝감의 귀신이 왔다!

용제영감은 말을 끌어내자 한번 말의 목줄기를 쓰다듬어 주었다. 말편에서도 이쪽을 알아본 것이리라. 코를 불며 온몸의 피부를 후루루 떨었다.

곁대문을 빠져나와 말 위에 올랐다. 그리고는 말 배를 찼다. 안장이 없어 말 잔등에 그냥 맨살이 닿는 느낌이었다. 그게 도리어 용제영감에게는 잊어버릴 뻔했던 어떤 살뜰한 살결과 맞닿는 맛이었다.

비석거리 세어름 길에서 어떤 사람 하나이 길을 비켰다. 도섭영감이었다. 그는 지금 위에서 어떤 명령을 받고 안동네로 들어가는 길이었다. 그동안 어디로 붙들려갔던 용제영감이 오늘 그곳을 도망쳐 달아났다고 평양서 트럭이 나온 것이었다. 도섭영감은 이제 동네 민청원들을 동원시켜 용제영감이 자기 집에 들르기만 하면 당장 붙잡아놔야만 하는 책임이 있는 것이었다.

길을 비킨 도섭영감이 지금 자기 곁을 달려 지나간 것이 누구라는 걸 얼핏은 알아보지 못했다. 저녁그늘 속이어서가 아니라, 도무지 말 위의 사람의 주제와 얼굴 꼴이 알 사람이 아닌 것이었다.

그러나 다음 순간 자기 동네에는 말이 한 필밖에 없다는 것, 그리고 저렇게 능숙하게 말을 몰 수 있는 사람은 용제영감밖에 없다는 데 생각이 미쳤다. 절로 큰일났다는 소리가 입밖에 새어나왔다.

발길을 돌려 뛰는걸음을 쳤다. 어서 이 일을 알리지 않으면 안되는 것이다.

용제영감은 이처럼 말을 몰고 있는 자기가 좀전까지의 자기가 아닌 것만 같았다. 집을 쫓겨나면서부터 잃어버렸던 자기에게로 지금에야 돌아왔다는 느낌이었다. 그동안의 자기는 지금의 이 자기를 찾아 얼마나 험한 곳을 헤매였던가.

토지개혁이 있던 날 용제영감은 사동탄광으로 끌려간 것이었다. 늙었다고 해서 채광 대신에 밀차를 밀게 했다. 그나마 낮과 밤으로 대거리해 들어가기란 힘에 겨웠다. 오금이 쑤시어 굴에 들어가지 못하는 때는 끼니가 제대로 나오지 않았다. 일하지 않는 자는 먹지도 말라는 원칙이었다. 주먹만한 밥덩이를 위해서라도 다시 밀차를 밀어야만 했다. 탄광 간부들은 해방전 노동자들이 당한 맛을 너희도 좀 맛보라는 태도였다.

용제영감에게는 그것은 노동이라기보다 일종의 가혹한 징역살이로만 생각됐다. 그것도 기한이 없는 징역살이로 생각됐다. 이러다 이곳에서 아무도 모르게 죽고 말리라. 자기가 이러니 가족들도 무사하지 못할 건 뻔한 일같았다. 다시는 이세상에서 못 만나는 사람들로 여겼다.

이런 용제영감의 가슴속에 한가지 간절해지는 것이 있었다. 마지막으로 미완이지만 자기가 계획하던 저수지나 한번 보았으면 하는 생각이었다. 그것은 자기로서도 모를 일이었다. 그저 이제는 자기 손으로 그 저수지를 어쩔 수 없다는 생각이 앞서면 앞설수록 마지막으로 한번 보기만이라도 하고 싶은 마음이 간절해지는 것이었다.

이대로 가다가는 앞으로 며칠을 더 견딜 수 없을 것같았다. 아무래도 죽을 바엔 이곳을 한번 빠져나가보자는 결심이 섰다.
 이날 아침 그는 밤 대거리에서 나오자 뒷간에 가는 체 그곳을 빠져나왔다. 미림까지 왔다. 나루터에 이르니 사공인 듯한 사내가 뱃전에 앉아 그물을 손질하고 있었다. 가까이 가니 이쪽을 한번 힐끗 쳐다볼 뿐 모른 체하는 것이었다.
 용제영감이 주머니를 뒤적거리었다. 뭐가 있을 리 없었다. 조끼를 벗어 사공 앞에 내놓았다. 미안하지만 이것으로 좀 건네달라고 했다.
 사공이 다시한번 이편을 힐끗 쳐다보고는 말없이 일어나 노를 잡았다. 용제영감은 찬 강바람에 등을 돌리고 앉아 사공이 혹시 자기더러 어디서 어디로 가는 사람이냐고 물으면 무어라고 대답하나 하고 겁이 났다. 이렇듯 사람의 말을 무섭게 생각해 보기란 난생처음이었다.
 다행히 사공은 아무말이 없었다.
 건너편에 닿아 배에서 내리는데 사공이 뒤에서, 이 조끼 가지고 가라고 했다.
 용제영감이, 그것이라도 받아두라고 하니까 사공이, 선세는 이따 돌아올 제 내라는 것이었다.
 다시는 돌아오지 않을 사람이라고 했다.
 사공은 이미 다 알고 있다는 듯이, 어제도 한 사람이 도망갔다가 붙들렸다고 하면서, 사실은 배를 안 건네주려다가 늙은이의 나이를 봐서 건네준 것이니 나중에 이 배를 탔다는 말이나 하지 말아달라고 하며, 조끼를 이리 던졌다.
 용제영감도 알고 있었다. 어제 중화군에서 끌려왔던 어떤 중년사내 하나이 탄광을 탈출했다가 붙들려 지독한 고문을 당한 것이었다. 그러나 지금 용제영감에게는 자기가 탄광에 남아 있다 죽으나 도망가다 붙들려 죽으나 마찬가지라는 생각이었다.
 주암산을 지나 흥부 좀 못 미친 데서 어림으로 서포 쪽을 향해 꺾였다. 될수록 사람의 눈을 피해 산길을 걸었다.
 서포 뒷등성이까지 오자 걸음을 옮기기가 힘들어졌다. 허기증도 심했다.

간리까지 와서는 도저히 이대로 걸어서는 갈 수 없다는 생각이 들었다. 날도 설핏해져있었다.
거기 어디 사람의 눈에 띄지 않은 곳에 숨었다가 기차를 타기로 했다.
저녁 차가 들어왔다. 용제영감은 사람이 오르내리는 승강구 반대편 발디딤 위에 올라탔다.
순안에 닿자마자 다시 뒤쪽으로 빠져 몸을 숨겼다가 먼 둑 밑을 돌아 걸었다. 사람의 눈이 이렇게 무서워 보이기도 또 난생처음이었다.
마침 저녁때가 되어 다행히 동네에는 사람의 그림자가 뵈지 않았다.
자기 집 뒷담장께로 가 기어올랐다. 꼭 다른 사람네 담장을 넘는 심정이었다.
짐작했던 대로 가족이 없는 방 쪽을 한번 휙 둘러보고는 곧장 마굿간으로 갔다. 거기에 말이 그대로 매어져있는 것을 보자 다른 생각은 다 사라져버렸다. 피로와 허기증도 사라져버렸다. 이제는 이놈을 타고 윗골로 달리기만 하면 된다는 생각뿐이었다.
용제영감은 몇번이고 말 배를 찼다. 저무는 저녁그늘 속에 석탄가루로 인해 반백이 넘은 자취도 분간 안 되는 머리카락이 마구 흩날렸다. 그리고 고요한 들길에 네굽을 놓는 말굽소리만이 줄달음쳐 들렸다.
단숨에 윗골 저수지 앞까지 달렸다. 말도 주인의 속을 아는 듯 고삐를 잡아당기기도 전에 저수지 둑 밑에 걸음을 멈추었다.
말에서 내려 저수지 둑 위로 올라섰다. 바닥에 깔린 물이 저무는 저녁그늘 속에 희끄무레하니 빛을 발하고 있었다.
부지불식간에 용제영감은 눈시울이 뜨거워짐을 느꼈다. 먼 옛날에 이미 잃어버렸던 귀중한 것이 아직 한점 남아있다가 오롯이 가슴에서 타오르는 느낌이었다.
그러자 이 뜨거워지는 눈시울 속에서 눈앞의 저수지에 물이 철철 넘치는 광경이 떠올랐다. 이제 콘크리트로 수문만 해 막으면, 이제 콘크리트로 수문만 해 막으면……

어둑어둑한 속에 사람의 그림자 하나가 나타났다. 미륵이형이었다. 재 너머 목화밭에다 마지막 두엄을 져내고 늦게 돌아오는 길이었다.

거기 용제영감의 그림자를 보고 동네사람 누구인 줄로 안 것이리라. 지나가는 말로,

"거, 거 누구요?"

했다.

이편에서 아무 대꾸가 없자 가까이 오며,

"과, 과, 관호 아닌가? 게, 게서 뭘하나?"

그러다가 이쪽이 관호도 동네사람도 아닌 것을 알자 후딱 발길을 돌이켰다. 그리고는 말 곁을 지나 걸음을 재촉했다.

동네로 들어가는 길 어귀에서 곱실이아버지를 만났다.

"아, 아, 아, 아즈반, 어, 어, 어데 갑네까?"

"좀전에 이리루 이상한 말굽소리가 난 것같애서 말이야……"

"아, 아, 아, 아, 아즈반, 도, 도, 도, 도, 도깨비가 나왔쉐다. 요, 요, 요, 요, 용제녕감귀신이 마, 마, 말을 타구 데, 데, 데수디에 나타났쉐다."

이때 저쪽으로부터 훤한 불빛이 나타나 털럭거리며 이리 오는 게 보였다. 미륵이형과 곱실이아버지는 이게 정말 심상한 일이 아니라고, 앞서거니 뒤서거니 동네로 들어가버렸다.

한천으로 가는 도로와 갈리면서부터 이 윗골까지는 자동차 길로서는 좋지 못한 길이었다. 털럭거리며 속력이 느렸다.

이 속력 느린 트럭의 헤드라이트가 휘엿하게 꺾이어 저수지 쪽으로 들어섰다. 그 빛에 먼저 말 그림자가 나타나고, 거기 저수지 둑에 서있는 용제영감의 뒷모양이 나타났다.

헤드라이트가 가까워지자 말이 긴 목을 쳐들고 한번 울음을 울었다.

트럭이 멎고, 운전대와 뒷 짐간에서 사람이 몇 내렸다. 도섭영감도 섞여있었다.

용제영감은 그냥 저수지만 내려다보고 있었다. 사람들이 와 팔을 잡으려고 할 때에야 가벼이 그것을 뿌리치고 천천히 저수지 바닥으

로 내려가는 것이었다. 사람들은 이 늙은이가 미치지나 않았나 했다.

물 있는 데까지 내려간 용제영감은 거기서 얼굴과 손을 씻었다. 그리고는 저고리 섶을 젖혀 물기를 닦으며 다시 천천히 걸어 올라왔다.

말이 서있는 곁을 지나면서 말등을 한번 쓰다듬어 주었다. 축축히 땀에 밴 말가죽이 후루루 떨었다.

어느새 아주 어두워진 들길을 트럭이 덜럭거리며 달리기 시작했다. 용제영감은 문득 지금 자기는 어느 석탄굴 속을 달리고 있는 것같음을 느꼈다. 그리고 이 굴은 자기가 여태까지 보아온 어느 굴보다도 깊고 길어 보였다. 칸델라 불같은 헤드라이트를 앞세우고 아무리 달려 들어가도 끝이 없을 만큼 한없이 깊고 긴 굴같았다.

그렇게 얼마큼이나 달린 것일까. 한없이 깊고 한없이 길 줄만 알았던 굴이 무슨 장벽같은 데에 가로막히는 듯함을 느꼈다.

순간, 용제영감은 그만 이 장벽에 부딪치고 말았다. 장벽편에서 이리 다가와 부딪혔는지 이편에서 그리 다가가 부딪쳤는지는 몰랐다. 그저 용제영감은 머리 위로 이 장벽같은 것이 무너져내려오는 것같음을 느꼈다. 그것은 또 하늘만큼 높은 저수지의 콘크리트 수문같기도 했다.

트럭 위에 탔던 사람들이 소리를 쳐 차를 멈추었다.

비석거리 부서진 비석 댓돌에 용제영감이 머리를 부딪고 마지막 경련을 일으키고 있었다.

누군가가 중얼거렸다.

"미친놈의 넝감, 게서 뛰어내리믄 저 죽을 줄두 모르구."

당손이할아버지가 알려주어 훈과 혁이 달려나갔을 때는 이미 팔다리가 식어있었다.

집으로 안아들였다. 그리고는 으깨진 머리와 어깨의 피를 훔치기 시작했다. 피를 훔쳐내느라니 석탄가루도 씻겨졌다.

시체에 옷을 갈아입히고 있는데 바깥 어둠속으로부터,

"독사는 깨깨 룍에 없애야 한다아!"

하는 고함소리가 들려 왔다.
메아리가 뒤따랐다.
훈은 머리칼이 쭈뼛해짐을 느꼈다. 그게 누구의 고함소리라는 걸 알 수 있었다. 전날 비석이 무너뜨려질 때도 이 소리를 들은 것이었다.
혁만은 얼핏 그것이 누구의 고함소리인지 못 알아들은 듯, 옷 갈아입히던 손을 멈추고 고개를 들었다.
다시한번 바깥 어둠속으로부터,
"독사는 깨깨 쪽에 없애야 한다아!"
하는 고함소리가 들렸다.
혁이,
"데거 도섭넝감 아니웨까?"
사뭇 떨려나오는 음성이었다.
훈은 그저 잠자코 있었다.
"데 넝감이 왜 데르케까지 굽네까?"
사촌동생이 밖으로 달려나갈 것같은 기색을 보였다. 훈이 한 손으로 제지하며 눈으로 삼촌의 시체를 가리켰다.
부엌 쪽에서 오작녀의 소리죽인 흐느낌 소리가 그칠락이일락 들려왔다.
옷을 다 갈아입히고 나서 훈은 당손이할아버지를 찾아 비석거리로 내려갔다. 관을 어떻게 하면 좋겠는지 상의하기 위해서였다.
당손이할아버지는 당손이에게 등불을 잡혀가지고 피 흘린 자리에 재를 뿌리고 있었다.
훈이 가까이 가,
"이길루 순안 들어가 관을 하나 사올까 하는데 어떨까요?"
하니, 당손이할아버지는 잠시 무엇을 생각하더니,
"장례는 언제 디낼래나?"
한다.
"내일 아츰에라두 지낼까 하는데요."
"이르케 된 바엔 장례두 속히 치르는 게 돟디. 그른데 널 말일세, 당장 순안 들어가 사울 수 있을른디가 모르갔네. 일전에 분디나뭇

카인의 후예 321

집아즈마니가 죽었을 때두 짜는 게 없어서 마쩨눴다가 다음날에야 찾아왔다네. 만일 이제 들어가서 짜는 널두 없구, 널 짜는 사람두 못 만나게 되믄 낼 장례 디내긴 힘들걸.”
“그럼 어떻게 하면 좋겠습니까?”
“글쎄, 감만 있으믄 예서 짜는 것두 무방한데.”
“어떤 판자래야 하는지 전에 다락에 깔려구 사다뒀든 판자가 있긴 있습니다.”
“건 눅눈 널일 테니 좀 얇디. 넓이두 좁구.”
“아우의 생각은 어떤지 몰라두 이런 때 어디 좋구 나쁜 걸 가리게 됐습니까?”
“그르타믄 내 강목수한테 말해서 짜보두룩 할까.”
훈이 집으로 돌아와 아무리 기다려도 강목수가 오지 않았다.
한 시간이나 실히 지나서 당손이할아버지가 혼자 들어섰다. 손에 톱이며 대패며 마치까지 들려있었다. 뒤에 강목수가 오는 것이거니 했다.
그러나 당손이할아버지의 말이,
“세상 돼가는 꼴 참 기맥히네. 글쎄 널 하날 못 짜주갔대네게레. 집으루 찾아갔드니 회가 있어서 나갔대기에 그리루 찾아갔디. 무어 오늘밤으루 토디 나놔개지는 마지막 결덩을 짓는대나. 그래 그리루 가서 강목술 불러내개지구 부탁을 했드니 못 짜주갔대는 거야. 회가 끝나거든 부디 좀 와서 짜달라구 해두 말 안 듣는구만. 할수없어서 내가 짜볼까 하구 이르케 쟁기만을 빌레개지구 왔디. 하긴 강목수 그사람편에서 생각하믄 그르키두 해. 교사네 집에 드나드는 걸 다른 사람 눈에 띄우게 되믄 이루쿵데루쿵 여러소리 듣게 될 테니 그게 싫다는 거디.”
훈도 그건 그러리라고 생각했다.
하는수없이 당손이할아버지와 훈이 건넌방으로 건너가 일을 시작했다.
당손이할아버지는 전날 훈이 정표로 준 노안경을 꺼내 꼈다. 그리고는 될수록 옹이 없는 판자를 골라 대패질을 시작했다. 훈이 맞잡아주었다. 그런데 대패가 잘 나가지 않는 것이었다. 당손이할아버지의 나이도 나이지만 보기보다는 대패질이란 게 쉽지 않은 모양이었다.
보다못해 훈이 대거리해서 밀어보았다. 당손이할아버지보다 더 서툴렀다.
이러다가는 밤새도록 해도 관이 짜질 것같지가 않았다. 훈이 대강대강 밀자고 했다. 그러나 당손이할아버지는, 어느 정도 밀 만큼은 밀어야 한다고 했다.
닭이 두 홰째 울고 난 뒤였다.
가만히 미닫이가 열리며 강목수가 들어섰다.
당손이할아버지가,
"아, 자네 왔군,"
하고 반가워했다.
훈도 한시름 놓이는 것같았다.
당손이할아버지가 훈더러, 안방으로 가보라고 했다. 안방에는 오작녀가 있기는 하지만 혁이 혼자 있을 것을 생각하고 훈이 그 말을 좇았다.
훈이 나가자 강목수는 허리춤에서 무엇을 하나 꺼냈다. 대패였다. 토지개혁이 있던 날, 용제영감네 광에서 몰래 허리춤에 넣어가지고 온 그 대패였다.
그건 웬 거냐고 바라보는 당손이할아버지를 슬쩍 마주 본 강목수는 속으로 중얼거리는 것이었다. 내가 이르케 온 건 뭐 디난날의 의리를 생각해서가 아니웨다. 이놈의 대패를 한번 써보구 싶어서 온 거디.

장례랄 게 없었다.
관에다 무명필을 감은 것이 상여였다.
베두루마기도 전에 훈이 자기 아버지 세상 떠났을 때 입었던 것을 줄여 혁만이 입었을 뿐이었다. 감투도 그땟것이었다.
상여도 상주인 혁이와 훈이 메고 나가야만 했다.
당손이할아버지와 오작녀는 먼저 산에 올라가 묏자리를 정하고 파기로 했다.

훈이 비틀거려서 몇번이고 쉬었다.
저만큼 묫자리가 올려다보이는 데까지 왔을 때, 어떤 사람 하나가 묫자리에서 뛰어내려오는 것이 보였다. 삼득이었다.
삼득이가 훈을 대신해 무명필 끝을 잡았다.
훈은, 이놈이 오늘은 또 무슨 염탐질을 하러 왔나 하는 생각이 들어 불쾌했다. 그렇지만 지금 자기로서는 관을 묫자리까지 맞잡아 올릴 수가 없을 것같아 삼득이 하는 대로 내맡기고 말았다.
여태까지 광중도 삼득이의 손으로 파진 듯, 관을 산에 올려다 놓자마자 삼득이는 구덩이로 들어가 괭이질을 하는 것이었다.
당손이할아버지가,
"오늘 이 삼득이가 없었으믄 하루종일 걸릴 뻔했어,"
하며 구덩이 속을 들여다보면서,
"좀더 파, 깊을수록 좋으니."
했다.
훈은 어쩌지 이 삼득이의 손으로 묫자리가 파진다는 데 언짢은 생각이 들었다.
한옆에 빈 지게가 놓여있었다. 아마 무엇을 엿보려고 빈 지게바람으로 올라왔다가 오작녀에게 붙들려 일을 하고 있음에 틀림없었다. 그렇다면 아무리 하루종일 걸리더라도 자기네의 손으로 파는 편이 낫지 않았나 생각했다. 절로 좋지않은 시선이 오작녀에게로 갔다. 왜 그런 짓을 했느냐고.
오작녀는 그저 돌아앉아 파낸 흙에서 돌조각을 골라내고 있었다.
관을 내리우고 흙을 덮을 차례에 가서도 삼득이가 먼저 삽을 드는 것이었다.
훈이 이것만은 삼득이의 손을 빌지 않으리라 하는데, 사촌동생 혁도 같은 걸 느끼고 있었던 듯, 성큼 삼득이의 손에서 삽을 빼앗았다.
그런대로 무덤이 만들어졌다. 이제 떼만 입히면 될 것이었다.
혁이, 떼만은 자기 혼자 입힐 테니 다들 내려가라고 했다.
훈도, 당손이할아버지만은 연로하신 이가 어젯밤을 새우다시피 했으니 먼저 내려가시라고 했다. 그러나 당손이할아버지는, 이제 새로 떼를 떠다가 입혀야 할 테니 자기가 있어서 좀더 거들어주겠노라고 했다.

다시 혁이 훈더러, 당손이할아버지를 모시고 내려가라고 했다. 이제 힘든 일은 다 치렀으니 자기 혼자 떼를 떠다 입혀도 된다는 것이었다.

훈도 자기가 내려가야 당손이할아버지도 따라 내려갈 것같았다. 그리고 사촌동생을 거기 혼자 남겨두어 어젯저녁부터 급작스레 받은 마음의 충격을 어느 정도 가라앉히게 하는 시간을 주는 것도 괜찮으리라 생각했다.

훈이랑이 무덤을 떠나기까지 삼득이는 거기 그대로 서있다가 그제야 지게를 지더니 저쪽 산허리를 돌아가버렸다.

VIII

 "형님, 전 오늘 외삼춘댁엘 또 좀 댕게와야겄이오. 아부지가 그렇게 되신 걸 외삼춘한테만은 알레야 할 테니요."
 어제 사촌동생은 산에 혼자 남아서 떼를 입히느라고 늦게야 돌아왔다. 혼자 된 뒤에 적잖이 운 모양이었다. 눈에 핏줄이 서고 눈등이 부어있다.
 사촌동생이 어젯밤에는 또 곤할 터인데도 잠을 제대로 이루지 못하는 눈치였다. 본시 잠이 없고 잠귀가 밝은 훈이 사촌동생의 이리저리 뒤치는 몸 움직임에 몇번이고 눈을 뜨곤 했다. 아침에 보니 사촌동생의 눈이 더 붉게 충혈돼있었다.
 "역시 어머닐 외삼춘댁에 모세다 드리길 잘했이요. 만일 여게 계시다가 그일을 당했으믄 어떻게 됐을디 몰라요."
 혁의 충혈된 눈이 앞 잡목을 향해 들려져있었다. 바람이 별로 없는 것같은데 나뭇가지들이 흔들리고 있었다. 혁의 눈은 그러나 이 나뭇가지를 치어다보는 게 아니고 먼것을 바라보는 눈이었다.
 훈은 잡목 사이로 내다보이는 들판에로 눈을 주고 있었다. 거기에는 어제까지도 모르겠던 아지랑이가 아물거리고 있었다. 그리고 농머리 개울둑에 서있는 미류나무 가지에도 뽀오얀 운애같은 게 끼어있었다.
 별로 바람이 없는 것같은데 앞 잡목들이 그냥 흔들렸다. 이렇게 봄바람이 처음에는 산꼭대기에서부터 불기 시작하여 점점 산 밑으로 불어내리면서 급기야는 땅속의 얼음을 풀고 저렇듯 들판에다 아물거리는 아지랑이와 함께 나뭇가지에다는 운애를 끼어놓는 것이다. 그러는 동안 바람 자체가 점점 온기를 띠어가다가 그대로 꽃바람으로 변해버리고 마는 것이다.

하늘은 또 하늘대로 때아닌 때 추적추적 비도 뿌리고, 그러는가 하면 하루이틀 비도 오지 않는 꽃구름에 싸였다 벗겨졌다 하며 땅과 더불어 봄을 마련해놓는 것이다.

훈이 들판에 주었던 눈을 앞 할미꽃싹으로 옮겼다. 하룻동안에 키도 알아보게 자라고 진자줏빛 꽃봉오리도 눈에 띄게 보풀었다. 이렇게 눈에 보이는 것이 모두 쉴새없이 움직이고 있는 느낌이었다.

훈은 내일 새벽에는 자기도 이곳을 떠나야 한다는 생각을 했다. 그러면 오늘 저녁에는 오작녀더러도 같이 떠날 마음이 있으면 떠나자고 해둬야 할 것이었다.

시골 나와 삼년 동안이나 오르내리던 이 옛무덤가도 오늘로 마지막이라고 주위를 한번 돌아보고 나서,

"그럼 자네는 외삼춘댁엘 갔다가 낼 직접 만경대 곤이섬 나루루 나오두룩 하게. 사람들의 눈두 피할 겸……"

"아니오. 다시 이리루 와야갔이요."

"내 걱정은 말게. 난 나대루 낼 새벽 여길 떠날 테니……"

"형님은 그렇게 하십쇼. 남의 눈에 띠디 않게 일쯕…… 그러나 난 여게 댕게갈 일이 있이요."

무엇 때문에 그러느냐고 훈이 사촌동생 쪽을 보니 혁도 충혈된 눈을 이리 돌리며,

"어제 산에 혼자 남았을 때두 생각해보구, 밤에 자리에 누워서두 생각해봤이요. 아무래두 난 내일 이리루 와서 누굴 하나 쥑에없애구 떠나갔이요."

훈이 사촌동생의 얼굴에서 어떤 심상치 않은 빛을 보았다.

"도섭녕감 말이야요. 그 녕감을 내 손으루 쥑에없애구 말갔이요."

뜻밖의 일이 아닐 수 없었으나 한편 생각하면 사촌동생의 젊은 혈기와 의기가 도섭영감에게 그런 감정을 품게 됐다는 것도 짐작이 안 가는 것은 아니었다. 그러나 훈은 타이르듯이 말했다.

"그 영감이 그러는 건 자기가 살기 위해서 그러는 거야. 생각하면

가엾은 늙은이지."
"자기가 살기 위해 그런다구요? 난 그 넝감이 농민위원당인가 뭔가 됐다구 해서 그러는 게 아니야요. 한때는 나두 농민위원당이니 뭐니 하는 게 무턱대구 미운 때가 있었이요. 그래서 우리가 하든 야학을 아무 예고두 없이 접수당했을 때에만 해두 뎌쪽에서 그렇게 나오믄 이쪽에서두 가만 있을 수 없다구 생각했댔이요. 그래서 명구와 불출이가 남이아반을 럭겠을 때 잘했다구만 생각했든 거야요. 그러나 뒤에 생각해보니 그렇디만두 않드군요. 첫때 남이아반의 경우 남이아반 개인이 무슨 죄가 있나 하는 생각이 들어요. 아무것두 모르는 사람이 그저 위에서 시키니 농민위원당이란 게 됐든 게 아니야요? 그러나 그뒤에 도섭넝감이 농민위원당이 된 건 좀 다르디요. 아마 자기가 자진하다시피 해서 됐을 겝니다. 그러나 그것두 형님의 말씀대루 자기가 살기 위해서 그랬다구 봅시다. 하디만 말이야요, 남의 비석을 그렇게 깨부세야만 살 수 있나요?"
"그건 이래서 그랬을 거야. 자기가 여태껏 지주와 제일 가까이 지내온 사람이니까 그런 짓이라두 해서 이제는 지주와 아무 상관이 없다는 걸 뵈기 위한 거야."
"그럼 것두 그렇다구 합시다. 그래 그저께 밤에 디른 소린 그게 뭡니까? 당장 사람이 죽어있는데……"
붉게 충혈된 눈에 물기까지 떠올리며,
"어제 산에 혼자 남았을 때두 생각해보구 밤에두 혼자 생각해봤이요. 그게 도섭넝감이 아니구 다른 사람이래두 또 모르갔이요. 본래 그 넝감이 형님네를 만나개지구 여태 잘 살았으니 형님네와 특별한 관계가 있는 건 말할 것두 없디만, 나와는 또 다른 의미에서 뗄래야 뗄 수 없는 인연을 갖구 있는 넝감이야요. 내가 어레서 물에 빠뎄든 일루 해서 말이야요."
훈도 그 일이라면 들어서 알고 있었다.
혁이 열두살인가 났을 때 일이었다. 그해 여름 몇십년 만에 처음 큰 장마가 졌다.
농머리 개울이 넘쳐 무연한 물바다를 이루었다. 우대에서 닭이며 돼지가 연방 떠내려왔다. 그러나 누구 하나 이런 것을 붙잡는 사람은 없었다. 이렇게 물에 떠내려오는 것은 그것을 붙잡는 사람의 것이 되는 것이다. 웬만큼 큰 장마에도 곧잘 우대에서 동발목이며 나뭇단같은 것이 떠내려오는 것이었는데, 그때마다 동네에서 헤엄깨나 친다는 젊은 축들은 자랑삼아 그것들을 끌어올리곤 했다. 그러나 이때만은 누구 하나 그럴 엄두를 못내는 것이었다.

별안간 물구경하러 모여섰던 사람들 속에서, 사람 떠내려간다아! 하는 소리가 일었다.

좀전부터 혁이가 동네애들과 같이 물 가장자리에서 장난을 하고 있다가 그만 물살에 휩쓸려들어간 것이었다.

사람들은 그저 고래고래 소리만 지를 뿐, 헤엄깨나 친다는 젊은 이들도 누구 하나 뛰어들 생각을 못하고 있었다. 그러는 새에 혁은 점점 센 물결 속으로 휩쓸려들어갔다. 곧 물에 가라앉지 않는 건 도리어 물살이 너무 센 때문인 듯했다.

거기에 도섭영감이 달려와 다짜고짜 물속으로 뛰어들었다. 사람들은 이것을 보고, 저사람이 뛰어들긴 했어도 애를 건져내지는 못하리라고 했다. 그만큼 혁이는 벌써 멀리 떠내려간 것이었다.

그래도 도섭영감은 막 물살을 헤치고 안으로 들어갔다. 동네사람들은, 이제 저러다가 애 어른이 다 일을 보고야 만다고 했다.

붉은 물결이 세차게 소용돌이치는 곳에서, 혁이가 몇번 물속에 잠겼다가는 솟구치고 솟구쳤다가는 잠기곤 했다. 거기서 간신히 도섭영감이 혁이를 붙들기는 했다. 그러나 소용돌이치는 물살이 여간 센 것이 아니었다. 동네사람들은, 그예 애 어른이 거기서 일을 보고야 만다고들 했다.

가까스로 소용돌이를 벗어났다. 그렇지만 이번에는 기운이 다 빠진 듯 도섭영감이 혁을 붙든 채 물살을 따라 흘러내려가기만 했다. 동네사람들은 물기슭을 쫓아내려가며, 이제라도 저사람이 애를 버리고 혼자 나오지 않으면 둘이 다 죽고 만다고 했다.

그렇게 서너 마장쯤 흘러내려가서야 겨우 둑에 대었다. 그리고는 도섭영감은 그대로 네활개를 벌리고 나가쓰러져버렸다. 이 일이 있은 후, 도섭영감은 두어 달 동안은 얼굴이 싯누렇게 되어 무슨 큰 병을 앓고 난 사람같았다.

"말하자믄 도섭녕감은 제 생명의 은인이디요. 커갈수룩 이 생각은 더해데요. 사실 그때 도섭녕감이 아니었드믄 전 이세상 사람이 아니었을 겝니다."
혁은 앞 허공 한 점을 눈으로 붙든 채,
"그런 도섭녕감이 요즘 하는 짓은 그게 뭐야요? 하기는 해방 전에두 이 도섭녕감이 한두 번 아니게 형님네 소작인들한테 몹쓸게 구는 걸 내 눈으루 봤이요. 그러나 그때마다 나는 이 도섭녕감이 잘못하는 데두 있디만 그만큼 상대편에두 잘못이 있을 거라구 생각하군 했디요. 결국 나는 도섭녕감이 좀 미욱스런 데는 있어두 악한 사람은 아니라구 생각하구 있었이요."
훈도 그 점은 그렇게 생각하고 있었다. 소년 시절 어느 겨울방학 때 도섭영감이 어떤 소작인을 도리깨로 마구 내리치는 것을 보고는 두고두고 무서워했으나, 후에 아버지가 세상을 떠났을 때 이 늙은이가 자식인 자기보다도 더 슬퍼하는 것을 보고는 역시 본성은 악할 수 없는 사람이라고 생각했다.
"그런데 말이야요, 이 도섭녕감이 농민위원당이 된 것두 세월 탓이라 해두구, 비석을 깨부신 것두 자기가 살기 위해 한 짓이라구 합시다. 그러나 그저께 밤의 짓만은 도데히 사람 가죽을 쓰구는 하디 못할 짓이 아니야요? 직접 사람을 쥑이는 것보다두 더한 짓이디요. 어제 산에 혼자 남아서두 생각해보구, 밤에두 자디 않구 생각해봤이요. 그러믄서 속으루 얼마나 울었는디 몰라요. 아부지를 잃었을 때와는 또 달리 슬프기 한량없었이요."
지금도 가슴이 억해오는 듯 잠시 말을 끊었다가,
"아무래두 요즘 도섭녕감이 미쳤다구밖에 생각되디 않아요. 아주 미치디는 않았어두 지금 미체가는 도둥에 있다구밖에 생각되디 않아요. 이제 아주 미치게 되믄 무슨 짓을 할는디두 몰라요. 그래 난 이 도섭녕감이 아주 미치기 전에 없애버리는 게 옳다구 생각했이요. 그게 생명의 은인에게 대한 보답일 것만 같애요."
혁은 그냥 허공에 눈을 박고 있었다. 어떤 한 점을 꽉 붙들고 있는 눈이었다. 그만 훈은 이 사촌동생이 하려는 일을 자기가 막을 수 없다는 것을 느꼈다.

"그래 도섭녕감을 없앨 단도꺼지 더게 밤나무 구넝에 갖다뒀이요."

혁은 여기서 잠간 턱으로 앞 잡목 사이에 끼어있는 큰 밤나무 쪽을 가리키고는 다시 허공으로 눈을 가져가며,

"이 단도는 해방 직후에 폐양 들어갔다가 사온 거야요. 그 무렵에 일본놈들이 여게더게서 발악을 한다는 소문이 있어서 혹시나 하구서 사왔든 거야요. 그랬는데 그 후에는 로스케(러시아인)놈들이 행패를 부리기 시작해서 또 혹시나 하구 간수해뒀댔디요. 그러다가 디난번 토디개혁 땐 또 어든 놈이구 뎀베들기만 하믄 당장 뗄러버릴라구 꺼내들구 있은 일두 있이요. 그리구 아부지가 그놈들한테 붙들래가구 나선 만일에라두 아부지 몸에 이상이 있는 날엔 그 개털 오바놈이랑 멫 놈 뗄러럭일라구 맘먹구 있었댔이요. 그랬든 것이 폐양 들어가 모래터에 있는 그 친구의 말을 들구서는 여태껏 참구 있는 거야요. 그 친구의 말이, 그깟 말단에 있는 놈 한두 놈 없애본댔자 소용없다구요. 어든 크다란 힘으루 그놈의 조직테부터 깨부세야 한다구요. 그러나 형님, 이번에 도섭녕감만은 내 손으루 없애구 말갔이요. 그러는 게 도섭녕감두 위하는 게 될 거야요. 내일 오후 다숫시쯤 이리 불러내다가 없애버리갔이요. 오늘 당장 없애버리구 싶디만 아무래두 외삼춘한테만은 아부지가 돌아가신 걸 알레야 하갔구, 그리구 형님이 낼 새벽에 여겔 떠난 후에 하는 것이 둏을 것같애서요. 만일에 시끄러운 일이라두 생게서 형님이 못 떠나게 되믄 안될 테니까요. 형님은 낼 새벽 일쯕 여겔 떠나십쇼. 난 낼 오후에 여게 와서 도섭녕감을 없애버리구 나서 어둠을 타 만경대루 가갔습니다."

그렇게 약속이나 하자는 듯이 허공에서 눈을 거두어 훈에게로 주며,

"그럼 난 이길루 외삼춘댁에 갔다오갔습니다. 형님은 낼 새벽에 틀림없이 여겔 떠나십쇼."

그리고는 일어나 산을 내려가기 시작했다.

그러나 몇 걸음 내려가지 않아,

"뱀……"

하고 서버렸다.

훈도 놀라 일어섰다. 벌써 뱀이 나올 때가 됐던가.
 가 보니, 과연 뱀 한 마리가 마른 잔디 새에 엎디어있었다. 검은 몸에 붉은 점이 알록달록하게 박힌 놈이었다. 때아니게 일찍 기어나와 해바라기라도 하고 있는 것일까. 사람을 보고도 몸을 제대로 움직이지 못했다.
 "이놈은 언제 봐두……"
 혁이 주위를 둘러보더니 돌멩이 하나를 주워가지고 왔다. 얼마 전에 혁 자기가 들고 올라온 비석조각이었다.
 뱀을 향해 돌멩이를 내리쳤다. 꿈틀하고 허리를 꼬았다. 그러는 허리 한중동에 살이 떨어져 피가 내배기 시작했다.
 혁이 다시 비석조각을 들어 이번에는 뱀의 대가리를 노리고 내리쳤다. 대번에 대강이가 으스러지고 말았다.
 "이제야 다시 살아나디 못하갔디."
 그러면서도 혁은 다시한번 비석조각을 집어 대가리를 내리쳤다.
 "정말루 뱀은 깨깨 쥑여 없애야디."
 산신나무 쪽에서 인기척이 났다.
 홍수였다.
 "뭣들 그르시우? ……아, 뱀이로군."
 홍수는 대뜸 한손으로 뱀의 꼬리를 집어들면서,
 "아, 이 놓은 것을 이르케 묵사발을 맹글어놓다니? 아직 구녕에서 갓 나와개지구 제대루 게댕기디두 못할 텐데…… 멀루다 목만 매놓믄 그만인 걸…… 아, 이게 또 보통뱀이 아니구 독사일세! 이 꼬리만 봐두 내 알디. 거 참 아깝다. 내가 좀더 빨리 왔으믄 되는 걸……"
 훈은 언젠가 오작녀남편한테서 들은 말이 생각났다. 홍수가 무엇보다도 뱀을 좋아한다는 말이었다.
 홍수는 뱀이 그렇게 된 것이 아쉽다는 듯이 몇번이고 혀를 차고 나서 훈에게로 고개를 돌리며,
 "실은 박선생께 한가지 알릴 일이 있어서 왔는데요. 데 오작네남편 최가 말이웨다, 그자가 어젯밤 순안서 총에 맞아 죽었다는 소식이 왔쉐다. 밤늦게까지 술을 처먹구 댕기다가 아마 그르케 된 모양

이야요. 가슴에 총알을 한 방두 아니구 세 방이나 맞았대나요. 술취한 김에 철없이 해방군인한테라두 대들었든 모양이디요. 그르다가야 백번 죽어 싸디 별수 있나요."
그리고는 다시 뱀에게로 눈을 가져가며,
"거 참 아깝다! 이르케 되디 않구 성한 놈이믄 예서 더 둏은 게 없는데. 자우간 올 들어 첫 마수구리니 어서 가 궈먹구 봐야디."
혼잣말처럼 중얼거리며 온 길을 되잡아 걸음을 재촉하는 것이었다.
훈은 산신나무 저쪽으로 사라지는 흥수의 뒷모양을 바라보며, 결국 오작녀남편은 자기와 오작녀의 사이를 오해한 채 죽고 말았구나 하는 생각을 하고 있었다. 그러나 다음 순간, 그것이 순전한 오해만은 아니지 않느냐고 했다. 자기는 내일 새벽 오작녀와 더불어 이곳을 떠나려고 하고 있지 않느냐. 가슴이 뜨끔했다.
혁은 흥수가 사라진 곳을 향해,
"네놈두 불쌍한 놈!"
하고는 훈더러 다시한번,
"그럼 형님, 낼 새벽엔 꼭 여겔 떠나십쇼. 난 낼 여게 들렜다가 곤당 곤이섬 나루루 나가갔쉐다,"
했다.
훈은 사촌동생이 산을 내려 비석거리 모퉁이를 돌아 뵈지 않게 되기까지 거기 서있었다. 그러다가 갑자기 가슴이 뭉클해짐을 느꼈다. 이 사촌동생을 보는 것도 오늘이 마지막이라는 생각이 든 것이었다. 내일 사촌동생은 이리 와서 도섭영감을 없애버리고 나서 만경대 곤이섬 나루로 나오마 했다. 오후 다섯시면 밤 열한시 반 안으로 지정한 장소까지 와닿을 수는 있을 것이다. 그러나 도섭영감을 죽이고 사촌동생이 무사히 이곳을 벗어날 것같지가 않았다.
홀연 훈은 깨달아지는 게 있었다. 도섭영감을 없애버려야 할 사람은 사촌동생이 아니고 바로 자기가 아니냐. 나다. 내가 없애야 한다, 내가 없애야 한다!
산을 내리기 시작했다. 밤나무 곁에서 발걸음을 멈추었다. 어른의 앉은키만큼 위에 큰 구새가 뚫려있었다. 속이 컴컴해서 얼핏은 거기 무엇이 숨겨져있는지 분간되지 않았다. 자세히 보니 구새 한 구석에 쇠붙이의 물건이 바싹 붙여 세워져있는 것이었다.
　내일 도섭영감에게 내가 사용해야 할 물건이다! 훈은 무슨 다짐이나 하듯이 마음속으로 중얼거렸다.

　오늘밤이 오작녀와도 마지막이었다.
　이제 생각하니, 오작녀에게 내일 새벽 같이 이곳을 떠나자는 말을 미뢰 해두지 않은 게 얼마나 잘했는지 몰랐다. 그런 말을 미리 해두었던들 이제와서 무슨 말로 그것을 돌이켜야 할 것인가.
　어쨌든 오늘밤 마지막으로 오작녀에게 무슨 말이고 한마디 해야 할 것이었다. 그것은 그동안 수고했다는 말이라도 좋았다.
　저녁상을 물리고 남폿불을 켠 후 오작녀를 좀 들어오라고 했다.
　오작녀는 오작녀대로 내일 훈이 이곳을 떠난다는 걸 알고 있었다. 훈이 평양 들어갔다 나온 날 저녁, 사촌동생과 주고받는 말을 엿들은 것이었다. 그러니 훈이 지금 자기더러 들어오라는 것은 필시 마지막 작별의 말을 하기 위함이려니 했다.
　미리 준비해두었던 내의를 개켜 안고 샛문을 들어섰다. 그러는 그네의 아랫도리가 절로 허둥거렸다.
　내의를 보자 훈은,
　"엊그제 갈아입었는데……"
　"그래두 이제 갈아입으실 때가……"
　오작녀의 말소리마저 몸속에서 떨려나왔다.
　훈은 내일로 자기의 옷 갈아입는 생활도 끝난다고 생각했다.
　토지개혁이 있은 날 저녁 이후 처음으로 단둘이 마주 앉아보는 자리였다. 저번에 발진티푸스의 반점이 가셔지기 시작하면서 꺼칠해졌던 얼굴이 제 혈색으로 돌아와있었다. 그저 지금은 훈의 입에서 나올 마지막 말을 기다리느라고 약간 모로 숙인 볼에서 적이 핏기가 걷히어있었다. 남폿불 밑에서도 그게 드러나 보였다.
　훈이 오작녀의 손으로 눈을 주었다. 거칠어진 손이었다. 삼년 동안이나 자기의 시중을 든 표적을 그대로 보는 심정이었다.
　절로 그동안 수고 많이 했다는 말이 나올 뻔했다. 그러나 그만두었다. 어쩐지 그런 말을 한다는 것이 도리어 삼년 동안이나 섬없이 자기를 감싸온 어떤 따뜻한 기운을 깨부수는 것만 같은 생각이 든 것이었다. 그만큼 자기의 말은 스스러운 말이 돼 나올 것만 같았다.

오작녀가 훈의 눈길이 자기 손에 와 머문 것을 느낀 것이리라. 무릎에 올려놓았던 손을 무릎 밑으로 내렸다. 그리고는 떨려 나오는 말소리를 간신히 가다듬어가며,

"선생님은 냥이 적으셔서 끼니땔 놓디디 않두룩 조심하셔야 해요."

요즈음 들어 훈이 더 입맛이 준 것을 염려해서 하는 말일 것이었다.

"육체 노동을 하지 않는 몸이라 그만큼썩만 먹어두 넉넉하지요."

"그르구 날수록 무슨 국이든지 국물을 많이 잡수셔야 해요."

내일 자기의 몸에 어떠한 일이 일어난다는 것을 오작녀는 전혀 모르고 있는 것이다. 그러한 오작녀와 이렇게 마주 앉아있다는 게 피로웠다.

"오작녀!"

오작녀가 조용히 고개를 들었다. 그러나 그것은 무엇에 놀란 사람같은 몸짓이기도 했다.

훈은 오작녀를 불러놓고도 자기가 무슨 말을 하려고 했는지를 몰랐다. 그저 오작녀의 눈을 바라보았다. 그러면서 그는 오늘 저녁 자기가 오작녀를 이렇게 불러들인 것도 실은 이 눈을 한번 더 보기 위함이었는지도 모른다는 걸 느꼈다.

오작녀는 오작녀대로 이제 훈이 자기에게 하려는 말을 알 수 있을 듯했다. 그게 어떠한 말이건 자기는 끝까지 조용히 들어야 한다고 생각했다. 그것이 자기가 마지막으로 박선생을 위해 할 수 있는 태도같았다. 그러나 마음과는 달리 오작녀의 눈이 점점 무엇에 겁먹은 듯한, 어딘지 모르게 슬픈 기운을 떠어갔다.

훈은 아까 낮에 흥수한테 들은 오작녀남편의 일이 생각났다.

"참 남편되는 이의 이야기 들었소?"

한순간 오작녀의 눈에 이상한 광채가 번뜩이고 지나갔다.

"어젯밤 누구한텐가 총에 맞아 죽었다든데……"

오작녀가 지그시 눈을 감아버리며 고개를 떨구었다.
"별안간 그런 횡사를 당해놔서 집에서들 대단할 겝니다."
"부모님은 되레 잘됐다구 생각할는지두 몰라요. 둘째아들하구 살믄서 맏아들은 자식으루 생각디 않구 있었이요."
 그러면서 오작녀는 혼잣속으로 깜짝 놀라는 것이었다. 자기도 남편이 그렇게 되기를 바라고 있은 것은 아닐까. 가슴이 울렁거렸다.
"내가 대해본 건 그렇지만두 않든데요. 여간 솔직하구 쾌활한 분이 아니든데……"
"생각하믄 불쌍한 사람이디요."
 그러면서 그네는 혼잣속으로 다시한번 놀라는 것이었다. 정말 불쌍한 사람은 죽은 남편이 아니고 자기 자신이 아니냐 하고.
 절로 오작녀는 눈시울이 뜨거워졌다. 자기가 마음속으로 남편이 다시는 눈앞에 뵈지 않기를 바란 것은 이 박선생의 신변을 염려해서가 아니었던가. 그런데 이 박선생마저 이제 자기를 떠나려고 하는 것이다.
"산 사람이 살았다구 할 수 없는 세상이지요."
 훈은 자기 자신이 내일이면 이미 오늘의 자기가 아닐 거라고 생각했다. 그것이 조금도 부자연스럽지가 않은 것이었다.
 조용한 심정으로 무슨 이야기든 오작녀에게 다 할 수 있을 것같았다. 내일 자기가 하려는 일도 그대로 말할 수 있을 것같았다.
"오작녀!"
 오작녀가 이번에는 고개를 들지 못했다. 이번에야말로 훈이 자기에게 마지막 말을 하려는 게 틀림없다는 생각에.
 좀전에 자기는 훈이 어떠한 말을 하건 그 말을 조용히 앉아 들어야 한다고 마음먹었었다. 지금은 그렇지가 않았다. 그게 아무리 짧은 동안이라고 하더라도 훈과 같이있는 동안만은 그에게서 아무말이고 미리 들어두고 싶지가 않은 것이었다. 내일 떠날 때 들어두 늦디 않다, 떠날 때 들어두 늦디 않다.
"오작녀!"
 오작녀는 이제 자기는 아무래도 고개를 들지 않으면 안된다고 생각했다. 이런 오작녀의 귀에 문득 어떤 소리 하나가 들려왔다. 그네의 입에서 절로 말이 새어나왔다.
"아, 큰애기바윗골 뻐꾸기……"
훈도 하려던 말을 잊고 귀를 기울였다.
그것은 바람소리였다. 저녁에 잔 듯하던 바람이 다시 인 것이었다.
이젠가 이젠가 해도 뻐꾸기소리는 들려오지 않았다. 그런데도 오작녀의 물기어린 눈에 점점 꿈꾸는 듯한 빛이 더해지며,
"이제 들레올 거야요. 어젯밤에두 울었이요. 요새는 매일같이 울어요. 아마 올봄엔 진달래가 네년에 없이 많이 필래는가봐요."

이날 밤, 훈은 뒤숭숭한 꿈만 꾸었다.
허허벌판에 혼자 서있었다. 별도 없는 어두운 밤이었다.
소달구지 하나가 어둠속에서 벌판을 향해 털럭거리며 지나가는 게 보였다. 그 위에 윗골 윤주사가 외로이 도사리고 앉아, 한 손을 이마에 얹고 있었다. 그게 어둠속인데도 이상스레 똑똑히 보였다.
처음에는 몰랐는데 달구지 뒷꽁무니에 남폿불이 하나 매달려있었다. 어렴풋이 불이 켜져있었다. 이 남폿불이 달구지가 흔들림에 따라 대롱거리면서 금시에 떨어질 것만 같았다.
훈이 윤주사에게 소리질렀다. 아즈바니, 남포가 떨어집니다아!
윤주사는 달구지 위에서 이마에다 한 손을 얹은 채 훈의 말을 통 못 알아듣는 것이었다.
이번에는 남폿불이 대롱거리면서 소리를 질렀다. 이러다가는 아주 떨어져 부서지구 말겠소. 어서 좀 붙들어주소!
훈이 달구지 쪽으로 달려갔다. 섭게 달구지 있는 데까지 미치었다. 그랬는데 달구지 위에 탄 사람은 윤주사가 아니고 딴사람이었다. 이게 누구일까. 자세히 들여다보니 자기 아버지같기도 하고 삼촌같기도 했다. 좀더 자세히 보니 그것은 다른 사람 아닌 훈 자기 자신인 것이었다.
어느새 달구지 꽁무니에 달렸던 남폿불도 어디로 갔는지 없어졌다. 둘러보니 지금 달구지가 지나온 저만큼에 켜져있는 것이었다. 그러나 그것은 또 남폿불이 아니고 이리 향해진 오작녀의 눈인 것

이었다. 아, 눈이다, 내가 찾던 그 눈이다. 이 눈을 찾아 나는 여태 헤맨 것이다!
그리 달려가 오작녀의 가슴을 안았다. 오작녀, 이제 당신은 내 사람이오. 당신의 그 건강한 핏속에 내 씨를 뿌리고 싶소. 거기에 내 옹졸한 피를 씻고 싶소!
그런데 훈이 지금 안고 있는 건 오작녀가 아니라 실은 오작녀의 아버지인 것이었다. 금방 단도로 가슴을 찌른 참이었다. 면바로 심장을 찔렀다.
피가 막 쏟아져나왔다. 이 피는 도섭영감의 가슴에서만 나오는 게 아니고 자기의 심장에서도 나오는 것이었다. 온몸이 흥건히 적셔졌다. 그렇지만 조금도 무섭지가 않았다. 흐를 대로 흘러라, 흐를 대로 흘러라!
꿈속에서도 중학 시절의 일이 생각났다. 초청인사의 특별강연 시간이었다. 윗과의사였던 분이라 수술하는 이야기가 나왔다. 자동차엔가 치어 응급치료를 받아야 할 환자 이야기였다. 먼저 환자가 출혈이 심하다는 이야기부터 시작했다. 그리고는 수술하는 광경을 쭈욱 설명하는 것이었는데, 이야기 도중에도 환자의 출혈이 그치지 않았다는 말을 하곤 하곤 했다.
훈은 수술하는 이야기는 귀에 들어오지 않고 그 환자의 출혈에만 마음이 쓰었다. 자동차에 치었을 때 흘리기 시작한 피가 병원에 실리어 가 수술할 동안에도 그냥 흘렀으니 얼마나 흘렸으랴. 더구나 수술하는 과정이 그 얼마나 기냐. 다시 그 환자의 출혈 이야기를 했을 때 훈은 저도모르게, 피 그만, 피 그만! 하고는 그자리에 까무라치고 말았다.
그렇던 훈이 지금 도섭영감의 가슴과 제 가슴에서 피가 콸콸 쏟아지는데도 조금도 무섭지가 않은 것이었다. 흐를 대로 흘러라, 흐를 대로 흘러라!
어느새 훈은 핏속에 몸이 잠겨있었다. 둘러보니 주위가 온통 피바다였다. 헤엄을 치기 시작했다.
그런데 웬일인지 몸이 자꾸 피바다 속으로 깊이 흘러들어가기만 하는 것이었다. 피거품을 일으키며 소용돌이치는 곳까지 이르렀다.

거기 휩쓸려들면 영락없이 죽는 수밖에 없었다.

사람 살려랏 소리를 질렀다. 이 자기 소리에 놀라 잠이 깨었다. 온몸에 식은땀이 흘러있었다.

다시 눈을 붙였는가 하자 이번에는 배를 타러 나가 있었다. 사촌동생이랑 평양 있는 김청년이랑 그 밖의 모든 사람들이 먼저 배에 올랐다. 그리고는 자리가 꼭 하나밖에 더 남지 않았다. 사촌동생이 어서 올라타라고 했다. 훈이 꾸짖었다. 어째서 두 자리를 내놓지 않고 한 자리만 내놓았느냐고 고함을 쳤다. 이렇게 노기를 띤 고함을 쳐보기란 생전처음이었다. 몇번이고 고함을 치다가 그 소리에 또 잠이 깨었다.

한번은 또 자기가 뻐꾸기가 되어있었다. 울음을 울었다. 곁에서 듣는 오작녀의 눈에 어떤 아지못할 행복의 빛이 어리어있었다. 자꾸 울었다. 이러다가는 목이 터져 죽을지도 모른다는 생각이 들었다. 그런데도 그칠 줄을 모르고 그냥 울어대는 것이었다.

IX

 이튿날 아침 일찍이 훈은 선산으로 올라갔다.
 밤 들면서 꽤 세게 불던 바람이 자있었다. 그저 이른 봄날 아침다운 아직 찬 기가 남아있으면서도 어딘가 부드럽고 맑은 공기가 이마에 스치었다. 무겁던 머리가 적이 씻겨졌다.
 산에도 전날 서리 자국이 보이던 자리에 검붉은 황토가 물기를 머금은 채 부풀어올라있었다. 한식 때에도 응달쪽 깊숙한 곳에는 얼음이 박혀있는 수가 있다고 하나, 올 해춘으로 보아서는 그렇지 않을 것같았다.
 저번에 왔을 때는 눈에 띄지 않던 산새들이 이나무 저나무에서 풀풀 날아다니는 게 보였다. 그 동작이 꽤는 가벼웠다. 봄이 됐다는 것이리라.
 훈은 몇번이고 이 산새들이 풀풀 날아다니며 끌고다니는 그림자를 그림자로 보지 않고 산새 그것으로 착각하면서 상석 가까이로 갔다.
 상석 위에는 저번 토지문서를 태울 때 그을은 자국이 그냥 남아있었다. 앞으로 이끼가 끼고 비바람에 닳아 없어지기까지 그냥 남아있으려는가. 그게 어쩐지 종기 자국이나처럼 마음에 마뜩치가 않았다.
 주머니에서 사진 한 장을 꺼냈다. 어릴 적 돌사진이었다.
 성냥을 그어 불을 붙였다.
 순식간에 다 타버렸다.
 훈은 이것으로 자기의 모습은 이세상에게 하나 남지 않는다고 생각했다. 무척 깨끗해지는 심사였다.
　산에서 내려오는 길에 산막골 불출이어머니네 주막에를 들렀다.
　부엌에서 쌀을 씻고 있던 불출이어머니가 허황스레 놀라는 눈을 떠보이며,
"아니 아츰결에 이게 웬일이오?"
했다.
"잠깐 산에 갔다오는 길입니다."
"새벽에 산엔 뭣하레? 아직 한식두 전인데?"
"대포 한 잔만 주시오."
"방으루 들어갑시다."
"예서 하겠습니다."
　단숨에 잔을 비웠다.
　아침 공복에 먹는 술이라 대포 한 잔에 온몸이 훈훈해졌다. 그러나 집에 가 한잠 자리라 생각하고 대포 한 잔을 더 들이켰다.

　훈이 잠을 깬 것은 거의 중낮이 되어서였다. 아침에 집으로 돌아오자 조반은 한술 뜨는 둥 마는 둥 쓰러져 잠든 것이 이렇게 한숨 잔 것이었다.
　한결 머리가 가뜬했다.
　이참에 오작녀에게 무슨 말이고 한마디 해야 할 것같았다. 어젯밤에는 종내 오작녀에게 아무말도 못하고 만 것이었다. 이젠가 이젠가 하고 밤뻐꾸기 소리에 귀를 기울이며 무슨 꿈속에 잠기는 듯한 오작녀에게 차마 아무말도 할 수 없었던 것이다.
　훈이 샛문을 열었다. 오작녀가 부엌에 뵈지 않았다. 뒷뜰에 나가 있거나 건넌방에 들어가 있는 모양이었다. 새삼스럽게 찾을 건 없다고 생각했다. 이따 점심때에라도 늦지 않을 것이었다.
　머리맡에 놓여있는 식은 숭늉을 몇 모금 들이켜고 나서 밖으로 나섰다.
　오늘은 뒷산 옛무덤가에는 올라가기가 싫었다. 어쩐지 거기 올라가면 이따 오후에 그 부근에서 있을 장면이 머리에 떠올라와 견딜 수 없을 것 같았다.

과수원 쪽으로 갔다. 거기서 시간을 보낼 참이었다.

아직 과수원을 거닐기에는 철이 일렀다. 폐목이 되다시피한 과목 가장이에 눈이 부풀기 시작할 무렵에야 훈은 뒷산 옛무덤가에서 이리로 자리를 옮기곤 한 것이었다. 그러다가 과목들이 다시 우수수 낙엽을 지우고 무서리가 땅에 깔리게 돼야 다시금 뒷산 무덤가에로 자리를 옮겼었다.

훈은 시골 나와 이 과수원에서 비로소 나무의 잎눈이나 꽃눈이 언제 생겨나 어떻게 큰다는 걸 알았다. 그때까지 그는 나무의 눈이란 봄에 생겨나 잎과 꽃이 되는 것으로만 알고 있었다. 그렇지가 않았다. 가을에 단풍이 들어 낙엽이 지기 전에 벌써 눈들을 장만해 놓는 것이었다. 이 작고 연약한 눈이 그대로 추운 겨울을 겪고 나서 봄에 싹이 트고 잎과 꽃을 피우는 것이었다. 처음 이것을 발견했을 때 훈은 무슨 신기한 것이나 발견한 것처럼 혼자 가슴까지 두근거렸던 것이다.

돌보아주는 이 없는 과목이라, 그중에는 제철이 되어도 꽃이나 잎을 못 피우는 나무가 있었다. 겨울 동안에 죽은 것이었다. 이것은 겨울 동안만 아니고 여름철에도 무성한 잎을 드리운 채 죽어버리는 수가 있었다. 보기에 여간 딱하지가 않았다.

이런 나무는 이런 나무대로, 살아 남은 과목들은 제철만 되면 잎을 내고 꽃을 피우는 것이었다. 이렇게 과수원에 꽃이 한창일 때는 훈은 여기 과목 사이를 거닐면서 조심해야만 했다.

오랫동안 전정도 해주지 않고 제멋대로 내버려둔 가지들이 마구 벋어나와 길을 막기 때문에, 허리를 굽히고 가지를 휘어잡지 않으면 안되는 것이었다. 가지를 휘어잡았다 놓을 적마다 꽃에 붙었던 꿀벌들이 놀라 그의 머리와 귓전에 달라붙곤 했다. 거기 커다란 말벌이라도 와 있을 때는 더 조심해야만 했다.

꽃이 지기 시작하면서부터 훈은 또 혼자 어떤 기대에 가까운 감정에 사로잡히는 것이었다. 올해는 얼마나 열매가 달리려는가.

그러나 대부분이 헛꽃이었다. 그것이 해마다 더해가는 듯 재작년보다는 작년이 더 열매가 적었다. 그리고 맺혔던 열매도 쉬 떨어져 버리는 것이었다. 간혹 남아서 크는 왜금알도 어느새 동네애들이

따가곤 했다.
 그중에 열매가 나무에 매달린 채 썩어 마르는 것이 있었다. 처음에는 누우렇게 병이 들었다가 거무칙칙한 빛깔로 쪼글쪼글 말라버리는 것이었다.
 그 모양으로 가을까지 달려있는 수도 있었다. 잎이 모조리 떨어진 뒤에도 그냥 가지에 남아있는 것이었다. 높푸른 가을 하늘 아래 애처롭기 짝이없는 모습이었다.
 훈은 그것들을 헤어두고 날마다 돌아보곤 했다. 그러는 동안에 그나마 하나 둘 가을바람에 떨어져 없어지다가 마지막 하나마저 떨어지고 나면, 뒷산 옛무덤가로 자리를 옮기는 것이었다.
 올해도 살아 남은 과목들은 잎을 내고 꽃을 피우리라. 그리고 작년보다도 더 얼마 안 되는 열매가 달렸다 떨어지고 썩고 하리라. 그러는 동안에 점차 과목은 하나 둘 죽어 없어지리라. 그리고 거기에 새로운 풀과 나무가 돋아나리라.
 훈은 앞을 막는 가지들을 휘어잡으며 정자가 있는 곳으로 갔다. 그건 정자라기보다도 정자가 있던 자리라는 게 옳았다. 본래는 여름 한철 여기서 더위를 그을 수 있게끔 꽤 맵시있게 지었던 정자였다. 그것이 훈의 삼촌이 이 과수원을 돌보지 않게 되자부터 제물에 퇴락해가다가 작년 여름 장마통에 그만 아주 무너앉아버리고 만 것이었다. 지금은 바닥에 깔았던 마루만이 반 이상 썩은 채 남아있을 뿐이었다.
 작년 첫여름까지만 해도 썩은 이엉에다 삐뚤어진 기둥이나마 서 있어서, 훈이 과수원을 거닐러 와서는 여기에 걸터앉곤 했다.
 훈은 이 정자로 들어설 때마다 머리에 걸리는 거미줄을 한 손으로 걸어치우곤 해야 했다. 그러나 그것이 번번이 거미줄이 아니었다. 썩은 이엉 사이로 새어들어오는 가느다란 햇살이었다. 그렇건만 훈은 이 정자로 들어서면서는 으레 머리에 걸리는 듯한 이 거미줄을 한 손으로 걸어치우는 시늉을 안 하지는 못했다.
 동네사람들도 가끔 이 정자로 올라오곤 했다. 아무리 무더운 날에도 이 정자 안만은 서늘했다.
 훈이 시골 나온 이듬해 여름이었다. 그날도 동네사람 하나이 올

타와 있었다. 가슴을 헤치고 땀을 걷히고 있었다.
 그때 어디선가 나비 한 마리가 날아왔다. 나비도 더위에 허덕이며 쉴 곳을 찾아다니는 듯했다.
 나비가 정자 안으로 들어오더니 짧은 곡선을 그으며 한 바퀴 돌고 나서 그 동네사람 머리 위에 앉았다.
 동네사람은 그것을 아는지 모르는지 그대로 앉아있었다.
 좀만에 나비는 그 사람의 머리에서 날아났다.
 훈은 문득 그 나비가 자기의 머리에도 와 앉아주었으면 했다. 그러나 나비는 밖으로 나가 연방 짧은 곡선을 그으며 과목 사이로 사라지고 말았다.
 훈은 혼잣속으로 마음먹어보는 것이었다. 앞으로 벌 나비가 내 머리에도 와 앉기까지 난 시골 살리라고.
 그러나 지금의 훈은 어서 오늘의 시간이 가서 이곳에서의 생활의 결말이 나주었으면 하는 생각뿐이었다.
 삼득이가 빈 지게를 지고 산막골 쪽으로 가는 모양이 과목 사이로 보였다. 참말 이따 저치가 없어줬으면 좋겠는데.
 어디선가 재잘거리는 소리가 들려왔다. 그것은 좀전부터 그렇게 들려온 소린 것을 자기가 미처 못 알아듣고 있은 듯한 소리였다. 그리고 그것은 어떤 하나의 재잘거림이 아니고 여럿이 제각기 재잘거려대는 것이 한데 어울려서 들려오는 그런 소리였다.
 소리나는 데로 가보았다. 병아리떼였다. 어미 품에 품겨 재잘거리고 있었다.
 졸고 있던 어미닭이 인기척 소리에 놀라 눈을 뜨더니 온몸의 털을 곤두세웠다.
 훈이 발길을 돌리고 말았다. 이 본능적으로 방위의 태세를 취하는 어미닭의 몸짓에서, 이제 몇 시간 후이면 자기와 도섭영감 사이에 벌어질 어떤 모습을 엿본 듯해서였다.
 과수원 한끝으로 갔다. 바로 과수원 밑 경사진 곳이 밀밭이었다. 파릇한 밀 순에도 생기가 돋혀있었다.
 경사가 끝난 곳에 윗골과 한천 방면으로 가는 도로가 보이고, 그 도로 너머 저쪽 들판에는 아지랑이가 아물거리고 있었다. 그 아물거림이 어제보다 좀 더한 듯했다.

　저어기 왼쪽으로 내다보이는 농머리 개울 둑에 서있는 미류나무에도 엷은 초록색 안개같은 것이 뽀오얗게 어리어있었다. 그것도 어제보다 초록물이 더 들어 보였다.

　언뜻 이런 생각이 떠올랐다. 저만큼 먼 들판에서 이쪽을 본다면 지금 자기가 서있는 이곳에도 아지랑이가 피어오르고, 이 과수원에 뽀오얀 안개같은 녹색물이 어리어 보이지 않을까. 자기까지 껴묻혀서.

　거기 자기까지 끼운다는 게 어쩐지 부자연스러웠다. 돌아서고 말았다. 난 이제 여기서 없어져야 할 사람이다, 없어져야 할 사람이다!

　점심이라고 한술 떴다.

　이제야말로 오작녀에게 무슨 말이고 한마디 해야 할 시각이었다.

　설겆이를 다한 듯해서 샛문을 열었다. 오작녀가 보이지 않았다. 벌써 건넌방으로 들어간 모양이었다.

　부를까 했다. 그러나 자기가 오작녀를 불러 할말이란 대체 무엇인가 하는 생각이 들었다. 사실 할말도 따로 없는 것이었다.

　그저 자기가 오작녀를 부를까 하는 것은 마지막으로 그네의 눈을 한번 더 보아두겠다는 것이 아닐까. 오늘따라 오작녀는 아침과 점심상을 들이고 내갈 때마다 상 위에만 눈을 떨구고 있었다. 그 눈을 한번 면바로 보아두겠다는 것이 아닐까.

　자기는 어려서도 오작녀와 헤어지며 그네의 눈을 찾은 적이 있었다. 훈이 평양으로 이사해 들어갈 때의 일이었다.

　살림도구는 그날 새벽에 먼저 달구지로 들여보내고 어머니와 훈만이 늦조반때쯤 순안으로 가 기차를 타기로 돼있었다.

　동네 여인들이 모여와 배웅을 했다.

　그속에서 훈은 아까부터 오작녀를 찾고 있었다. 어젯저녁에 분명히 오늘 아침 떠날 때에는 꼭 오마고 한 것이었다. 벌써부터 오작녀의 어머니는 와있었다. 그런데 오작녀만은 보이지를 않는 것이었다.

오작녀네 집은 훈네 집과 얼마 떨어지지 않은 곳에 있었다. 훈은 한길에 나서서도 몇번이고 오작녀네 집 쪽을 돌아다보았다. 그러나 오작녀는 나타나지 않았다.

배웅하는 동네 여인들이 동구밖에서 떨어졌다. 그런데도 오작녀의 그림자는 종내 뵈지 않는 것이었다. 진작 오작녀네 집에 가보고 오지 않은 게 후회됐다.

기차가 순안역을 떠나자 찌푸듯하던 하늘에서 비가 내리기 시작했다. 훈은 비안개가 낀 차창 밖을 내다보며, 어젯저녁 헤어질 때 오작녀가, 너는 평양 들어가 살게 돼서 좋겠다고 하면서 물기 머금은 큰 눈으로 자기를 바라보았던 일이 떠올랐다. 그때 훈은 이 눈에게라도 대답하듯이 중얼거렸었다. 펴양 들어가는 게 동긴 무에 동와, 동긴 무에 동와!

어머니가 달걀 삶은 것을 내주었다. 훈은 왜 그랬는지 그것을 종시 받아 먹지 않았다.

지금은 어려서 평양으로 이사해 들어갈 때와는 달라, 한마디 부르기만 하면 오작녀가 나타날 것이었다.

그렇건만 훈은 이제 오작녀를 봄으로 해서 자기의 마음이 헝클어질는지도 모른다는 게 겁났다.

한편 오작녀는 오작녀대로 이날 훈이 자기에게 마지막 작별의 말을 하는 게 이젤까 저젤까 하고 가슴을 죄었다. 상을 보고는 저도 모르게 곧 자기 방으로 들어오곤 했다.

이미 각오하고 있는 바이긴 했다. 그래도 예사로운 낯으로 훈의 마지막 작별의 말을 들어낼 것같지가 않았다. 눈물이 앞설 것만 같았다. 어떻게든 오늘 자기가 박선생 앞에서 눈물을 보여서는 안된다고 생각했다.

어려서 훈이 평양으로 이사해 들어갈 때도 오작녀는 어린 마음에도 자꾸 눈물이 앞설 것만 같아서 떠나는 걸 가보지 못했다.

혼자 순안 가는 길이 내려다뵈는 뒷재에 올라가있었다. 그러다가 훈의 그림자가 뵈지 않게 되자 혼자 울었다. 빗속에 기차가 산모통이를 돌아 아주 뵈지 않게 되기까지 그냥 서서 울었다. 나중에 보니 그때 자기가 저고릿고름을 어찌나 깨물었는지 구멍이 나있었다.

이 저고릿고름을 볼 적마다 훈을 생각했다. 그리고 언제부터인가 오작녀는 자기가 큰아기바윗골 전설에 나오는 큰아기와 같다고 생각했다.

결국 자기는 큰아기보다는 행복되다고 생각했다. 큰아기는 도련님이 돌아오기 전에 바위가 돼버렸지만 자기는 살아서 훈을 볼 수 있은 것이었다. 그리고 지난 삼년 동안은 한지붕 밑에서 살 수까지 있은 것이었다.

정말 오작녀는 훈과 같이 지낸 삼년 동안에 제 한평생을 다 산 것만 같았다. 암만해도 분에 넘친 행복같았다. 이제 자기는 죽어도 한이 없다고 생각했다.

오작녀는 벌써부터 훈이 이곳을 떠난 뒤에 자기 갈 곳을 정하고 있었다. 그것은 다른 곳 아닌 큰아기바윗골 벼랑이었다.

훈은 그냥 집을 나서 비석거리로 내려갔다.

당손이할아버지네는 북더기 마당질을 하고 있었다.

당손이에게 지금 몇 시나 됐느냐고 물었다.

당손이가 집으로 뛰어들어갔다 나오더니,

"세시 조금 넘었이요,"

하며 시계를 내보였다.

세시 오분이 채 못돼 있었다. 아직 시간의 여유가 있었다.

당손이할아버지가 도리깨질하던 손을 멈추고,

"우리야 시계 없이두 사는 사람이니 교사가 다시 차디."

"아닙니다. 저두 필요없습니다."

사실 자기가 시간을 알 필요가 있는 것도 오늘로 마지막이라고 생각했다.

"하긴 댜가 그걸 어뜨케나 소둥히 너기는디. 잘못될까봐 차구두 안 댕기구 벽에다 걸어두구서는 하루에두 몇 십번석 들에다보는디 몰라. 난 아예 손두 못 대게 하믄서……"

"그럼 시계두 이제 제 주인을 만난 셈입니다."

당손이는 할아버지의 입에서 또 무슨 말이라도 나오면 어쩌나 싶은 듯 시계를 들고 집안으로 뛰어들어갔다.

"데것 보디!"

하고 당손이할아버지는 손바닥에 침을 뱉어 도리깨채를 그러쥐며 이번에는 혼잣말 비슷이,
"봄날씨가 너무 가무는데. 어제는 해무리껴지 하는 걸 보니 오래 가물 모양이야."
그리고는 도리깨를 메었다 내리치면서,
"세상이 하두 뒤숭숭하니 년사라두 잘 돼야갔는데 말이야."
훈은 아직 도섭영감을 찾아가기에는 시간이 좀 일러 당손이할아버지에게 말해가지고 모닥불을 피우기로 했다.
북더기를 한아름 안아다 마당귀에 불을 놓았다. 그리고는 그 앞에 앉아 꼬챙이로 불구멍을 뚫어주고, 입김으로 불어주고 했다. 북더기가 다 타면 새로 안아다 얹곤 했다.
그러다가 훈은 모닥불 속에 별나게 빨갛게 타는 것을 발견했다. 벼이삭이었다. 쭉정이 벼이삭이었다. 그 쭉정이 한 알 한 알이 빨간 불꽃이 되는 것이었다. 그리고 다른 검불보다 오래 빨개있는 것이었다.
좀전에 당손이할아버지가 혼잣말처럼 말한, 뒤숭숭한 세상이라는 말이 떠올랐다. 지금 자기도 이 뒤숭숭한 세상 속에 들어있는 것이다. 거기서 자기는 이제 알맹이 없는 쭉정이 벼이삭모양 타버리려고 하는 것이다. 이 모닥불 속의 쭉정이처럼만 아름답게 타버리면 그만인 것이다.
순안 가는 길 쪽으로부터 비석거리 사람들이 몇 몰려내려오는 것이 보였다.
"오늘 무슨 회가 있었습니까?"
"밤낮 무슨 회 무슨 회 하구 회 없는 날이 있나. 오늘은 또 농민대횐가 뭔가 있다드군."
회가 끝났으면 도섭영감도 이제쯤 집에 돌아와있을 것이었다.
일어섰다.
"저, 할아버지, 마당질이 곧 끝나십니까?"
"아마 저녁때꺼지 해야 할걸."
"그러면 이것 좀 제 사춘아우에게 전해주십시오."
어제 사춘동생과 헤어져 돌아와 써두었던 종잇조각이었다.

"아마 다섯시 전후해서 이리 지나갈 겝니다."

이날 농민대회는 다른 것으로 모인 게 아니었다.
도섭영감을 농민위원장 자리에서 숙청하기 위해서였다.
당에서 볼 때 이제는 도섭영감의 이용가치가 없어진 것이었다. 토지개혁이 있기까지 면내 제일가다시피하는 지주와 가까이 지내던 이 사람을 내세워 지주와 농민 사이를 이간붙이자는 것이었다. 그 이용가치가 이제는 없어진 것이다.
초기처럼 이런 당의 결정을 직접 자기네의 손으로 행사하지 않고, 모든것이 농민의 의사에 의해 행해지는 것처럼 보이기 위해 농민대회란 걸 연 것이었다.
도섭영감의 숙청 이유는, 그가 해방 전에 반동 지주의 앞잡이 노릇을 하면서 농민들을 못살게 굴었다는 것이었다. 새삼스럽기 짝이 없는 말이었다. 그리고 과거에 이러한 과오를 범한 도섭영감이 아직도 옛날 반동 지주와 연락을 갖고 있다는 것이었다. 그 증거로 며칠 전에 자살해 죽은 반동 지주 박용제영감의 장례 때, 자기의 아들 삼득이를 시켜 돌보아주게 한 사실을 봐도 알 수 있다는 것이었다.
이날 농민대회에서는 도섭영감의 후임으로 흥수가 새로 면농민위원장이 되었다.
도섭영감은 눈앞이 캄캄해왔다. 세상에 이런 일도 있는가. 앞으로 내 하는 일을 봐서 지나간 일은 모두 덮어주기로 하지 않았는가. 그래 오늘날까지 자기네가 하라는 대로 해오지 않았는가. 지나칠 만큼 해오지 않았는가. 그걸 수고했다는 말은 없이 이렇게 숙청을 해?
도섭영감의 밋밋하게 칼로 민 네모진 턱이 사뭇 덜덜 떨리었다.
집까지 정신없이 돌아오자 방안을 향해 고함을 쳤다.
"삼득이새끼 게 있니?"
심상치 않은 남편의 고함소리에 오작녀어머니는 접먹은 목소리로,
"아까, 좀 아까 새(나무)하레 가는가봅디다,"
하고는 이어서 한마디 덧붙였다.

"이제 곧 돌아올 거웨다."
 조금이라도 남편의 속을 풀자는 것이었다.
 도섭영감은,
"에익!"
하고 소리를 지르고는 헛간으로 가 낫을 들고 나왔다.
 그것을 숫돌에 갈기 시작했다.
 이놈의 새끼 집에 들어와만 봐라, 이놈의 새끼 집에 들어와만 봐라!
 낫날을 만져보았다. 그 손끝이 가늘게 떨리어 몇번이고 헛만졌다.
 이놈의 새끼 집에 들어와만 봐라, 들어와만 봐! 더 팔에 힘을 주어 다시 낫을 갈았다.
 글쎄 백당넘의 새끼같으니라구 뭐하레 용제넝감네 산수엘 가? 당장 목을 베 콕에두 시원티 않을 놈의 새끼같으니라구!
 그러는 그의 가슴을 화악 치받쳐오는 게 있었다. 대체 그새끼가 산소에 간 걸 누가 보고 고자질을 했을까.
 잠시 낫 갈던 손을 멈추었다.
 음, 고놈이다, 고 홍수놈의 짓이다. 그래개지구 제가 농민위원당이 된 거다!
 도섭영감은 아들이고 누구고 비위에 거슬리는 놈은 모조리 낫으로 찔러버리고만 싶었다. 그래야만 직성이 풀릴 것같았다.
 여기에 훈이 찾아왔다.
 훈이 미처 부르기도 전에, 도섭영감편에서 인기척 소리에 고개를 돌렸는가 하자 그대로 벌떡 일어났다.
"아즈반과 잠깐 할말이 있는데요."
 훈의 목소리가 적잖이 떨려나왔다.
 도섭영감의 굵은 눈썹이 피끗하고 움직였다.
 네놈 잘 왔다! 오늘 내가 이 모양이 된 건 결국은 네놈 때문이다. 나한테 할말이 무슨 말인진 몰라두 이참에 결판을 내구 말자!
 낫자루를 단단히 잡고 훈에게로 가까이 갔다.
"잠깐 조용히 할말이 있습니다."
 훈이 앞장서 뒷산 기슭으로 올라갔다.

도섭영감은 몇번이고 헛가래를 돋구어냈다.
훈은 그때마다 도섭영감의 낫이 등덜미를 와 적는 것같음을 느꼈다. 머리끝이 쭈뼛거렸다. 그러면서도 어쩐지 가슴속은 냉정해있을 수 있었다.
잡목숲으로 들어섰다. 밤나무 곁까지 왔다. 섰다.
이제는 구새통에 들어있는 단도를 꺼내어 도섭영감을 찌르기만 하면 될 것이었다. 그러자 가슴속이 막 뒤범벅이 됐다.
자기가 이 순간까지 생각한 것은 그저 도섭영감을 이리로 데리고 와 단도로 찌르리라는 것뿐이었다. 어떤 위치에서 어디를 어떻게 찌르리라는 것은 통 생각해두지 못한 것이었다. 게다가 지금 도섭영감은 낫까지 들고 있는 것이었다.
훈은 정말 도섭영감의 낫이 자기의 등덜미를 먼저 내리찍어주었으면 하는 생각이 들었다. 그러면서 그는 저도모르게 한 손을 주머니에 넣어 담배를 꺼냈다. 전날 평양 들어갔을 때 산 담배였다. 성냥을 그었다. 그러나 담배에 불이 댕겨지기 전에 꺼지고 말았다. 손이 떨리고 숨결이 거칠어진 때문이었다. 다시 성냥을 그었다. 이번에도 꺼졌다.
도섭영감이 훈의 곁을 지나 서너 걸음 앞서더니 거기 섰다. 그리고는 등을 이리 돌려댄 채 낫을 옆구리에 끼고는 담배를 재기 시작했다. 성냥까지 그어댔다.
훈은 자기보다 늙기는 했지만 이 장대하기 짝이없는 도섭영감을 자기의 손으로 도저히 어쩌지 못하리라는 것을 깨달았다. 도리어 이편이 당하고 말리라.
그러자, 사실 자기가 이렇게 도섭영감을 여기까지 데리고 온 것은, 자기가 그를 죽이려는 것이 아니고 그의 손에 자기가 죽기 위함이었는지도 모른다는 생각이 들었다.
이 생각이 훈에게 힘을 주었다. 구새통에서 단도를 꺼내 들었다. 그리고는, 아즈반! 하는 소리와 함께 도섭영감의 넓은 잔등을 향해 자기 몸을 부딪쳐 나갔다.
도섭영감이 홱 돌아서며 입에서 담뱃대를 떨구었다.
단도가 도섭영감의 오른쪽 옆구리를 째고 지나간 것이었다.

훈은 도섭영감을 쩔렀다고 느낀 순간 단도를 놓쳐버리고는 그대로 몇 걸음 앞으로 쏠려나갔다.
 도섭영감은 처음에 어리둥절한 모양이었다. 잠시 멍하니 훈 쪽을 바라보다가, 그제야 감각이 된 듯 한손으로 오른쪽 옆구리를 짚었다.
 피가 흘러나와 옷을 적시고 있었다.
 도섭영감이 휙 낫자루를 높이 들었다. 씨근씨근 숨소리가 높았다.
 훈은 도섭영감의 피 흐르는 옆구리를 바라보며 눈앞이 핑 돌았다. 어젯밤 꿈속과는 달랐다.
 도섭영감이 낫을 높이 든 채 한 걸음 두 걸음 다가왔다.
 훈은 저도모르게 눈을 감고 말았다.
 머지않은 곳에서 나뭇짐 넘어지는 소리가 들렸다고 생각됐다.
 "아바지이!"
 훈이 눈을 떴다.
 삼득이었다.
 삼득이가 몸을 던지듯이 아버지 앞을 막아섰다. 그리고는 어느새 아버지의 낫 쥔 팔을 붙잡았다. 그때 이미 낫끝이 한치 가량 삼득이의 왼쪽 어깨에 꽂혀있었다.
 "이새끼 마츰 잘 왔다! 너부터 죽어봐라!"
 도섭영감이 부드득 낫 쥔 팔에 힘을 주었다.
 삼득이는 아버지의 낫 쥔 팔을 두 손으로 비틀어 꼬았다. 도섭영감의 낫 쥔 팔이 점점 들리우면서 몸마저 거기 따라 비틀어지다가 뒤로 나가쓰러졌다. 삼득이도 따라 쓰러졌다.
 아버지와 아들이 한참 한데 얼려 엎치락뒤치락했다. 두 몸에 흐르는 피가 서로의 몸에 번지어나갔다.
 삼득이가 간신히 아버지의 손에서 낫을 빼앗았다. 그것을 힘껏 멀리 팽개쳤다.
 도섭영감이 벌떡 일어나더니 손에 잡을 무에 없는가 주위를 휘둘러보다가, 으으흠 하고 뱃속 깊이에서 나오는 신음소리를 지르며 아무데고 주저앉아버리고 말았다.
 도섭영감의 온몸에서 맥이 탁 풀려나갔다. 그러는 그의 심중은 차라리 오늘 훈의 칼에 자기가 죽는 게 옳았을는지도 모른다는 생각이었다. 얼마를 어깨숨을 쉬면서 고개를 떨구고 있었다. 그러다 퍼뜩 생각난 듯이 쌈지에서 담배를 꺼내어 옆구리에 붙였다. 그리고는 말없이 쌈지를 아들에게로 던졌다. 그래두 살 수 있는 데꺼지는 살아야디!

삼득이도 말없이 쌈지에서 담배를 꺼내어 어깨에 붙이고 훈이 있는 데로 왔다. 사지를 떨고 있었다.

훈은 훈대로 아까부터 빠른 하관의 위 아래 턱을 덕덕 마주뜨리고 있었다.

삼득이가 약간 목멘 소리로,

"이른 일이 있을 것같에서 늘상 마음을 못 놓구 뒤따라 댕겠는데…… 오늘은 선생님이 과수원에 계신 걸 보구 새하례 갔다오는 새에 그만……"

훈은 새로이 눈앞이 핑 도는 심사였다. 삼득이가 여태껏 자기의 뒤를 밟은 것은 무슨 염탐질을 하기 위해서가 아니고 자기의 신변을 보살펴주기 위함이었던가.

"사실은 선생님더러 어서 여겔 떠나시라구 하구 싶었디만…… 누이가 불쌍해서……"

삼득이는 무슨 하기 힘든 결심이라도 한 듯,

"이제라두 곧 여겔 떠나십쇼. 다시는 이놈의 피를 묻히디 않두룩……"

물기어린 눈을 똑바로 훈에게 부으며,

"그리구 불쌍한 누이를 대리구 가주십쇼."

훈은 이 어린 청년을 마주 바라보고 있었다. 그러나 아무것도 보이지 않았다. 그러는 그의 몸 한가운데에 어떤 불씨같은 게 남아있다가 고개를 들었다. 왜 이러고 섰느냐, 어서 오작녀에게로 가거라, 어서 오작녀에게로 가거라!

흑 하고 숨을 한번 몰아쉬었는가 하자 훈은 그대로 집 쪽을 향해 뛰는걸음으로 내려가기 시작했다.

당손이할아버지가 마당질한 벼 북더기를 거의 다 바람기계에 풍

카인의 후예 353

겼을 즈음에 혁이 그 앞을 지나갔다. 꽤 빠른 걸음새였다.

혁이 저만큼 지나간 뒤에야 당손이할아버지는 아까 훈에게서 부탁받은 종잇조각 생각이 나,

"이 사람,"

하고 불러세웠다.

"이거 교사가 님자 오믄 주라구 하데."

혁은 적이 상기된 얼굴로 종잇조각을 펴들었다. 그리고 모로 비쳐오는 기운 햇빛 속에 이런 간단한 글발을 읽었다.

《내가 대신해서 도섭영감의 일을 처리한다. 어서 이곳을 떠나라. 이 이상 더 피를 보고 싶지 않다.》

1954 오월

〈해 설〉

인고의 미학

김 인 환

『별과 같이 살다』와 『카인의 후예』는 광복 전후의 사태를 다른 어떠한 소설들보다도 충실히 그려낸 작품이다. 어떤 의미로는 우리가 현재 지니고 있는 어떤 사적(史的) 기록보다도 정확한 기술이라고 생각된다. 그 시대에 대한 역사 서술은 당대의 모습을 여실히 제시하는 데 힘쓰기보다는 주관적 기준에 의존하여 칭찬하거나 비난하는 데 바쁜 듯한 인상을 받을 때가 흔히 있다.

일정 말기의 공출 제도나 광복 초기의 토지 개혁은 중요한 사건이지만 그러한 일들이 마치 인간을 제외하고 그 자체로서 큰 문제인 듯이 논의되는 경우가 있다. 그러나, 정작 중요한 것은 인간들이 모여 사는 구체적 관계의 전체를 문제삼는 일이 아닌가 생각된다. 훼예포폄(毀譽襃貶)의 춘추필법(春秋筆法)은 엄밀한 의미에서 역사적 사고가 아니다. 역사적 원근법은 구체적인 생활에 침투할 수 있을 만큼 섬세해야 하며, 역사적 비판도 냉혹한 객관성의 외견(外見)을 구비할 수 있을 만큼 침착해야 한다.

흔히 매우 개인적인 취향의 작가라고 알려져 있는 황순원의 작품에서 역사적 국면들이 여러 모로 변형되고 결합되는 모습을 보는 것은 다소 놀라운 일이다.

『별과 같이 살다』의 서사 단위(敍事單位)는 크게 나누어 네 단락으로 집단화되는데 그 하나하나의 단락이 각각 중요한 역사적 국면을 함축하고 있다.

첫째 단락은 대구 근처에 있는 샘마을에서 일어나는 사건들로 구성되어 있다. 건강하고 부지런한 곰이가 일본에 건너가 광산 노무자로 일하다가 죽는다. 여기에 일본 자본의 생태가 부각된다. 일확천금의 몽상을 지니도록 유혹하고, 일급(日給)의 저열한 노동 조건을 강요하며, 다음의 지원자를 끌기 위하여 죽은자의 장례비는 비교적 후하게 치러주는 것이다. 갱이 무너진 후 신원도 살피지 않고 처리하여, 사망자가 바뀌어 전해지는 과정을 통하여 작가는 당시의 노동 조건이 식민지 토박이에 대하여 얼마나 열악했는가를 정확하게 제시하고 있다.

둘째 단락은 지주인 김만장의 집에 들어간 곰이의 딸, 곰녀의 생활을 중심으로 전개된다. 이때에 대구 부근을 지배하는 대지주 김만장과 한명인의 갈등이 친일 지주의 생태를 대표하는 전형으로 묘사된다. 점쟁이 한명인은 고리대로 돈을 모아 지주가 되고, 군수를 사위로 얻는다. 김만장은 그런대로 먹물이 든 지주이었으나, 큰아들이 금광에 미쳐 집 문서를 위조하여 한명인에게 넘기는 바람에 패가하게 된다. 김만장과 한명인의 투쟁은 지대율의 하락으로 토지의 집중 현상이 일반화된 당시의 사정을 보여 주는 것이며, 일정 말기에는 이미 양반과 상인의 대립보다는 친일 관료에 접근함으로써 얻은 세력이 더욱 강력한 토지 보유의 근거가 되었다는 사실을 짐작하게 하는 것이다.

세째 단락은 서울의 주사(酒肆)와 평양의 유곽(遊廓)에서 진행된다. 재산도 없고 능력도 없으며, 배운 것도 없는 여자들이 자신의 신체를 파멸해 나가는 과정이다. 술을 따르는 장면과 손님을 유인하는 장면들이 하나하나 생생하게 묘사되어 있다. 여기서도 작가는 중일 전쟁의 병참 기지로 조성된 이북의 상황에 대하여 언급하기를 잊지 않는다. 군수 공장에 징용된 청소년들의 황폐화된 행동은 바로 식민지 전체의 왜곡된 풍속도에 다름아니다.

그러나, 동일한 식민지 안에서도 중산층의 의식과 하층민의 생활은 명확하게 대립된다. 이 여자들은 식민지 지배자에 의해서만이 아니라, 식민지 피지배자들 안에서도 고립되어 있다. 이 작품은 그러한 대립을 특히 그 중의 한 여자인 산옥을 통하여 제시하고 있다.

시집에서 도망와서 강물에 뛰어든 딸과 그녀의 머리를 물속에 처박으며 죽으라고 하던 부모가 소나기를 피해 뛰어가는 것을 보고 산옥은 일종의 분노를 느낀다.

산옥이는 무엇에 속았다는 생각이 듦을 어찌할 수 없었다. 죽던 아나요, 아버지 한번만 용서해달라우요, 아이고 오마니 나 좀 살레 주소고레, 하던 젊은 여자에게 속은 것이다. 그리고 그네의 아버지와 어머니에게도. 그런데 이들은 자기만을 속인 것같지 않았다. 다른 누군가도 속인 것같았다. 누굴까. 옳지. 강물이다. 강물까지 속인 것이다. 오늘은 또 별나게 파아라니 아름답던 그 강물까지를 이들은 속인 것이다.

그중에도 산옥이는 자기 낫세의 젊은 여자가 강물을 속였다는 데, 바로 젊은 여자 낫세인 자기가 강물을 속인 것처럼 느껴지는 것이었다.

그들이 말하는 삶과 죽음의 치열한 한계 지점, 바로 그곳에 서 있는 산옥의 병든 신체는 위선과 희롱을 용납하지 못한다. 생존을 위해 날마다 희롱당하는 신체 자체가 위선에 대하여 날마다 준엄하게 거절하고 있는 것이다. 삶의 바닥에 누워서 한 움큼의 불을 힘겹게 지키고 있는 산옥의 눈에는 허황한 소시민의 도덕이 삶의 표면에 쓸리는 물거품으로밖에 보이지 않는다.

산옥에게 있어서 강물은 침범하지도 않고 침범당하지도 않는 절대의 순결이다. 온갖 더러움을 씻어주는 정화(淨化)의 근원이며, 삶의 본질을 쇄신(刷新)하는 생명의 원천이다. 인간의 신체가 바로 자연의 일부라면, 인간의 내부에 흐르는 피는 바로 축소된 강물이 아니겠는가? 산옥은 어떠한 착취로도 깨뜨릴 수 없는 생명의 신비를 강물 앞에서 확인한 것이다. 산옥은 결국 강물에 몸을 던지는데, 그녀의 죽음은 죽음을 통한 정화로 파악해야 한다. 죽음보다는 언제나 삶에 의미가 있는 것이지만, 강물에 대한 사랑이 매개됨으로써 삼옥의 죽음은 삶과 서로 통하여 작용하는 내용으로 변모하기 때문이다.

네째 단락은 광복과 함께 청루에서 해방된 곰녀가 만주로부터 돌아온 사람들을 구호하는 호민단(護民團)으로 들어가 일하려고 결심하게 되기까지의 과정이다. 못생긴 곰녀의 생활은 유곽 안에서도 소외되어 있었다. 곰녀가 지닌 것이 있다면 몸을 아끼지 않고 일하는 능력과 절대로 거짓말을 하지 않는 성격뿐이다. 버림받고 내쫓기고 억압되는 것 이외에 다른 생활을 모르는 그녀의 의식은 인고(忍苦)로 가득차 있다. 곰녀의 인고와 정직은 본능과 구별할 수 없다. 반성 이전의 이러한 인고를 우리는 단군 신화의 곰녀에게서도 찾아볼 수 있다.

때에 곰 한 마리와 범 한 마리가 굴을 한가지로 하면서 살았는데, 늘 신웅(神雄)에게 원컨대 변화하여 사람이 되게 하소서라고 빌었다. 신웅이 신령스런 쑥 한 심지와 마늘 스무 개를 주면서 이르기를, 〈너희들이 이것을 먹고 백 날토록 햇빛을 보지 않으면 문득 사람 모습을 얻으리라〉했다. 곰과 범이 그것을 얻어서 먹고 스무 하루 동안 햇빛을 꺼리어 곰은 여자의 몸을 얻었으나 범은 능히 꺼리지 못하여 사람 몸을 얻을 수 없었다. 곰녀는 더불어 혼례를 이룰 상대가 없었으므로 매양 박달나무 아래서 원컨대 잉태하도록 하소서 하고 빌었다. 신웅이 이에 짐짓 변화하여 그녀와 혼인하니 임신하여 아들을 낳았다. (『三國遺事』)

참고 견디고 순종하는 데 있어서 『삼국유사』의 곰녀와 『별과 같이 살다』의 곰녀는 완전히 일치한다. 변화하여 사람이 되고 다시 아이를 낳는 사건은 이 작품 안에 나타나 있지 않는 것처럼 보인다. 그러나, 비록 작품의 표면에는 드러나 있지 않다고 해도 이 네째 단락에는 변모와 변신이 포함되어 있다고 할 수 있다. 변하여 사람이 된다는 말은 본능에만 의존하는 수준을 넘어서 반성과 사색의 세계로 들어간다는 의미로 해석할 수 있기 때문이다. 헌신할 줄은 알았어도 누구에게 헌신할 것인가는 생각해 보지 못한 곰녀가 반성하는 의식을 소유하게 된 것이다.
　청루에서 해방되고, 정성을 바치려던 중노(中老)의 사내에게서도 버림받은 곰녀는 심한 병을 앓는 가운데 가진 것 없이 만주에서 건너와 구호소에 머무는 사람들을 헌신의 대상으로 선택한다. 이것은 동정이 아니라. 산옥이의 말대로 누가 누구를 동정할 수 있겠는가 ? 누구를 위하여 일한다는 것이 아니라 곰녀는 자기 삶을 근거지울 수 있는 의미 자체를 획득하기 위하여, 헌신의 대상을 스스로 선택한 것이다. 이러한 선택을 계기로 삼아 본능적 인고는 의식적 인고가 되고, 수동적 순종은 능동적 반성이 된다.

　『카인의 후예』는 의식적 인고와 능동적 반성의 의미를 다룬 작품이다.
　면마다 농민위원회가 설치되어 배메기(幷作)가 사륙제 또는 삼칠제로 바뀌고, 드디어 토지 개혁이 실시되어 지주 제도가 몰락하는 과정이 이 작품에서 인민 재판의 장면을 중심으로 다양하게 묘사된다. 대부분의 농민들은 겸연쩍은 기분을 누르고, 조그만 이익을 좇아 달리고, 마름들은 과거의 소행이 두려워 지주 비판에 열을 올린다. 대패 한 개, 삽 한 자루를 얻고 만족해 하는 농민들의 의식 수준은 위정층에게 계획적으로 이용된다.
　과거에 마름으로서 소작인들 위에 군림하던 도섭영감의 행동은 특별히 강조되어 제시되어 있다. 지주를 위하여 가차없이 농민을 억압한다. 도지(賭地)를 병작으로 바꿔달라고 청원한다는 이유로 도리깨를 휘두르기도 한다. 물에 빠진 주인의 조카를 건지려고 격랑에 뛰어들고, 주인의 죽음에 임해서는 누구보다도 슬피 운다. 그런데 세상이 바뀌자 도섭영감은 지주 비판에 앞장서서 나선다. 제 손으로 세운 공덕비를 깨뜨리고, 자살한 지주의 집에 가서 〈독사는 밟아 죽여야 한다〉고 외친다.
　마름층의 변모가 이해하기 어려운 것은 아니다. 그들에게는 살아남아 이득을 얻는 것 이외에는 중요한 일이 없다. 주체적인 행동이 아니라 의존적 수행만이 그들에게 익숙한 생활이다. 세상의 변화를 다만 주인이 바뀐 것으로 받아들이고 있을 따름이다. 의식 없는 순종이었기 때문에 무모하고 가혹하고 성급하게 나타나는 것이다. 도섭영감은 남에게도 자식에게도 그리고 자신에게도 냉혹하다. 그러나, 농민에 앞서서 지주를 공격하게 한 후에 토지 개혁이 마무리되자 위정층(爲政層)은 중간 착취자라는 명목으로 도섭영감마저 제거한다.

냉혹하게 추진되는 계획 사회의 건설 과정은 농민층 내의 혼란을 확대한다. 가장 빈곤하다는 이유 하나로 농민위원장이 된 남이 아버지는 야학의 폐쇄에 항의한 명구와 불출에 의하여 암살된다. 겁많고 병약한 농민의 피가 그와는 무관한 역사를 위하여 뿌려진 것이다. 당원들은 무자비한 복수를 선동하지만 원한에 잠겨 있는 농민은 아무도 없다.

토지 개혁에 대처하는 지주들의 행동도 흥미롭게 제시된다. 평양서 집장사를 하는 부재 지주 윤주사는 일부의 재산이나마 보존하려고 자작한 것처럼 문서를 위조하고, 김의사는 병원이라도 지키려고 자진해서 농지를 나라에 반납한다. 용제영감은 필생의 사업을 완수하겠다는 일념으로 저수지의 몰수에 항의하다가 탄광으로 끌려갔으나 탈출하여 저수지 물에 발을 적셔본 후에 자살한다. 재산이 아니라 사업에 대한 집념 앞에 목숨을 바치는 박용제의 죽음은 숭고하지만, 역사는 숭고한 것과 망칙한 것을 가리지 않고 휩쓸어 버린다. 역사적 안목으로 볼 때, 숭고한 것에서 망칙한 것에 이르는 거리는 단 한 발자국뿐이다. 박훈은 일체의 토지 문서를 내다 혼자 태워 버리고 아무에게도 말하지 않는다. 내놓는 것이 아깝지는 않으나 시세에 편승하여 반납하는 짓도 쑥스럽게 느껴졌기 때문이다. 소유에 집착하지 않는다는 의미에서 유별나다고 하겠으나, 이 작품은 박훈을 지주 계급에 귀속시킬 수 없도록 구성되어 있다.

『카인의 후예』에 그려져 있는 시대 상황은 구체적으로 형상화되어 있으나, 그것은 어디까지 배경에 지나지 않는다. 배경 *background* 에 대한 전경 *foreground* 으로서 이 작품에 부각되어 있는 사건은 한 여자를 중심으로 전개되는 두 남자의 대립이다.

이 작품 안에서 설화자 박훈은 무색 투명한 의존적 인간으로 묘사되어 있다. 그는 오작녀와의 관계 아래서만 존재하도록 조작되어 있다. 일정 말기에 시골로 내려와 오작녀와 한 집에서 살면서 야학을 하는 박훈의 의식 속에 끊임없이 떠오르는 것은 오작녀의 눈이다. 열 살 전후에 훈은 뒹구르며 들불을 끄고 일어나는 오작녀의 눈에서 이상한 빛을 보았다.

저도모르게, 네 눈에서 불이 붙는다, 했다.
오작녀는 반사적으로 눈을 비볐다. 훈이 다시 네 눈속이 탄다고 했다. 사실 그것은 타는 눈이었다.

그 후로 여자와 만날 때마다 박훈은 어느 여자의 눈도 오작녀의 눈보다는 못하다는 생각을 하게 된다. 부모의 권유로 약혼까지 하게 된 경우에도 그녀의 눈이 마음에 들지 않는다는 이유로 굳이 거절하였다. 오작녀에 대한 박훈의 태도는 애정이라고 할 수 있는 어떤 것이겠지만, 삼년 동안을 한 집에서 살면서도 오작녀의 몸을 가깝게 하지 않는 것으로 미루어 보면 단순히 애정이라고 볼 수 없는 면이 있다.

오작녀는 훈의 얼굴의 생채기를 빨기 시작했다. 목줄기의 생채기도 빨아주었다. 손등이며 팔목의 생채기도 빨아주었다.
나중에는 혀로 핥기 시작했다. 이마며 가슴이며 모조리 돌아가며 핥아주는 것이었다. 부끄러웠다.
그러면서도 오작녀가 하는 대로 내맡겨두었다. 그게 어쩐지 흐뭇하기까지 했다.

이것은 박훈의 꿈속에서 전개되는 장면이지만, 이 장면을 통하여 박훈과 오작녀가 어린이와 어머니의 관계로 얽혀 있음을 짐작할 수 있다. 다친 상처는 험한 세상에서 입은 고통이다. 상처를 빨고 온 몸을 핥는 행동은 갓난 아기를 감싸안는 어머니의 애정이다. 동물들의 경우에 어미는 갓난 새끼의 온몸을 핥아 준다. 오작녀가 암소라면 박훈은 송아지인 셈이다. 감성에 있어서의 영웅적인 강인성을

보여 주는 오작녀 앞에서 박훈은 다소곳이 그녀의 품에 안길 뿐,
감히 그녀의 몸을 범할 수는 없다. 그녀의 신체는 어머니의 몸이기
때문이다.

오작녀의 사랑 또한 원모(原母)로서의 애정이다. 박훈이 서울로
가 공부하는 동안에 시집을 가지만 오작녀는 남편에게 젖가슴 위는
결코 허락하지 않는다. 이러한 행동 역시 의미 깊은 상징이 된다.
첫사랑의 순결을 지키려는 행위라고 한다면, 구태여 몸을 허락하면
서 가슴을 보이지 않는 이유는 무엇이란 말인가. 열병에 띄어서
오작녀는 박훈의 앞에서 가슴을 열어보인다. 젖가슴이란 사내의 소
유할 바가 아니다. 그것은 갓난애가 만지면서 젖을 빨게 하기 위하
여 존재하는 여체의 일부이다. 원모 *gropße Mutter* 로서의 오작녀
의 본질이 분명하게 나타나는 것은 인민 재판의 장면이다. 마름의
딸을 농락한 죄로 박훈이 비판될 때에 오작녀는 그들이 부부가 되
었다고 밝힌다. 진보적 지주가 농민의 딸과 결혼하였다고 하여 재
산의 몰수를 면하지만, 남편과 마을 사람들 앞에서 외간 남자를 선
택하는 행동은 전통적 도덕에 대한 정면 도전이 아닐 수 없다. 그
녀의 눈이 지닌 광휘(光輝)를 박훈 이외의 다른 사람은 알지 못한
다. 동네 사람들은 소눈 같다고 말하고, 그녀의 남편은 눈이 커서
좀 뭣하다고 한다. 박훈에 대한 그녀의 태도는 자신의 본질을 발견
해 준 사람에 대한 보답인지도 모른다.

수리조합 급수원으로 일하던 오작녀의 남편은 노름에 몰두하여
재산을 날리고 금광을 따라다니는 노동자가 되었다. 돈에 옹색하지
않고 세속에 구애되지 않는, 활달한 사람이다. 시집 오기 전부터
훈을 생각했다는 대답을 듣고 그는 선선히 오작녀를 박훈에게 내어
준다.

저도모르게 오작녀남편에게 지껄여댔다. 오작녀와 나 사이를
오해 마시오. 지금이라도 나 있는 집을 내줄 테니 와서 같이 사
시오. 오작녀는 아직도 전대루 깨끗한 몸이요.

지껄이면서 훈은 자기 자신의 옹졸됨이 자꾸만 뉘우쳐졌다. 그
러나 때는 늦었다.

오작녀남편의 눈망울애 확 불이 켜지더니, 이건 사람을 어뜨깨 보구 하는 쉬쟈이야? 아직두 고 꼬딱하구 야시꺼운 심보를 못 버렸어! 오작네가 불쌍하다, 오작네가 불쌍해! 하면서 냅다 훈의 빰을 후려갈기는 것이었다. 눈앞이 아찔하고 코허리가 시큰했다.
오작녀남편은 그대로 벌떡 일어나 술집아주머니에게 붉은 군표 얼마를 던져주고는 다시 이쪽을 노려보며, 앞으룬 네깟놈하구 상종 안하갔다! 하면서 홀 밖으로 나가버리고 마는 것이었다.

오작녀의 남편과 박훈은 여러 측면에서 대립된다. 그녀의 남편은 몇 가지 노동에 종사한 경험이 있으며, 서너 여자와 관계하여 정욕의 시련을 겪고 나서 사랑의 신비 따위를 믿지 않는다. 그에게 있어서 애정이란 지속적인 정념이 아니고, 순간적 도취이다. 노름에 마음을 팔 듯이 그는 여자에게 몸을 맡긴다. 사회적 금기를 무시하는 그의 행동은 천박한 정신의 표현이 아니라, 도덕의 한계를 깊이 바라본 데서 기인하는 것이다. 그의 시선은 사물의 표면을 뚫고 스며들어 세상의 변화를 시인하지 않는다. 순안의 민청 부위원장이란 이름을 걸어놓고 투전판으로 돌면서 자기의 전부를 거는 생활을 계속한다. 그의 삶은 방랑과 모험으로 구성되어 있다. 외국인의 총에 맞아 죽는 그의 일생은 허무로 관통되어 있는 것이다. 사랑하느냐 사랑하지 않느냐 하는 것은 중요한 문제가 아니지만, 순간적으로나마 온몸의 전부를 맡기지 않는 여자는 그에게 있어서 결코 자기의 여자가 아니었다.
박훈에게는 노동의 경험이 없으며, 야학 교사라는 일과도 관계 있겠지만 사회의 관습에 크게 구애(拘碍)된다. 그는 남의 지탄을 무서워하는 사람이다. 박훈에게 있어서 오작녀와 그녀의 남편은 어떻거나 부부로서 간주되며, 그는 그녀의 남편에게 자신의 순결을 인정받고 싶어 한다. 오작녀를 옆에 붙잡아 두는 것이 자기임을 스스로 알면서도 박훈은 그녀에 대한 책임을 감당하려고 하지 않는다. 그는 오작녀에게 전적으로 의존할 줄밖에 모르는 겁많고 순결한 유아이다. 오작녀의 남편이 박훈을 때리는 것은 폭행이 아니라 책임의 의미를 가르치려는 징벌이다. 박훈이 오작녀와 함께 월남하고자 하는 것은 어쩌면 이 징벌의 효과인지도 모른다.

구약에 나오는 사건의 경우에 카인은 신을 즐겁게 하지 못하는 자이다. 카인이 바치는 예물을 신은 즐기지 아니한다. 그러나 아우를 죽인 카인을 추방하면서 신은 〈누가 카인을 만나더라도 그를 죽이지 못하도록 그에게 표를 찍어 주셨다〉(창세기 4 : 16).

아우를 죽인 사건에만 유의하면, 이 작품에서 카인의 후예는 동족상잔(同族相殘)을 예시(豫示)하는 조짐이 된다. 그러나 카인을 국외자로 본다면, 다시 말해서 사회 질서의 테두리를 넘어 서서 살아가는 사람으로 본다면, 우리는 죽이지 못하도록 신이 찍어 준 표에 주의하지 않을 수 없다. 오작녀의 남편은 방랑인 기질에 있어서 카인의 후예답지만, 총에 맞아 죽었으므로 여기서 제외된다. 결국 이 작품에서 실제로 사회적 금기(禁忌)를 넘어선 사람은 오작녀밖에 없다. 그 여자는 남편의 면전에서 이웃의 동의도 구하지 않고 다른 사내를 선택하였다. 그녀의 불타는 눈은 바로 카인의 표지인 것이다.

세속의 계율을 초월하여 깊이 사랑하고, 알 수 없는 내면의 불길로 주위를 휘황하게 밝히는 것이 오작녀에게 맡겨진 길이다. 역사 그 자체에 대항하여서라도 죽음을 무릅쓴 능동적 인고(忍苦)로써 자신의 길을 독특히 지키는, 오작녀야말로 어떠한 사회학도 해명할 수 없는 개인의 신비가 아닐 수 없다.

황순원 전집 6
별과 같이 살다 / 카인의 후예

초판　1쇄 발행_1981년　5월 15일
초판　9쇄 발행_1990년　1월 30일
재판　1쇄 발행_1990년 11월　5일
재판 21쇄 발행_2017년　5월 30일

지은이_황순원
펴낸이_우찬제 이광호
펴낸곳_㈜문학과지성사

등록번호_제1993-000098호
주소_04034 서울 마포구 잔다리로7길 18(서교동 377-20)
전화_02) 338-7224
팩스_02) 338-4180(편집)　02) 338-7221(영업)
전자우편_moonji@moonji.com
홈페이지_www.moonji.com

ⓒ 황순원, 1990. Printed in Seoul, Korea

ISBN 89-320-0467-6 33810
ISBN 89-320-0105-7(전13권)

이 책의 판권은 지은이와 ㈜문학과지성사에 있습니다.
양측의 서면 동의 없는 무단 전재 및 복제를 금합니다.